MARTHA GRIMES

KARNEVAL DER TOTEN

Roman

Deutsch von Cornelia C. Walter

BÜCHERGILDE GUTENBERG

Die amerikanische Originalausgabe erschien 2004 unter dem Titel
»The Winds of Change« bei Viking, New York.

www.buechergilde.de

Lizenzausgabe für die Büchergilde Gutenberg,
Frankfurt am Main, Wien und Zürich
Mit freundlicher Genehmigung des
Wilhelm Goldmann Verlags, München

Satz: Uhl + Massopust, Aalen
Druck und Einband: GGP Media GmbH, Pößneck
Printed in Germany 2006
ISBN: 978-3-7632-5751-5

Meinem Bruder Bill
1929–2003

We fray into the future, rarely wrought
Save in the tapestries of afterthought.
»Year's End«, Richard Wilbur

DIE VERLORENEN GÄRTEN

1

Die Blutflecken auf dem Kleid des kleinen Mädchens verschwammen mit dem Glockenblumenmuster. Als hätte ihr jemand eine Hand voll Blütenblätter auf den Rücken gestreut.

Richard Jury kniete im Rinnstein am unteren Ende der Hester Street, einer schäbigen Nordlondoner Straße, und starrte auf die mit dem Gesicht zur Seite liegende Leiche. Er konnte das Ganze nicht recht fassen. Eingehend betrachtete er das Mädchen – das helle Haar, die Augen, die seine Hand geschlossen hatte, das Blut, das aus dem rechten Mundwinkel auf den kleinen weißen Kragen des Kleidchens mit dem Glockenblumenmuster gelaufen war. Im Schein seiner Taschenlampe hatte er die Farbe der Blumen erkennen können. Selbst das Blut hatte im spärlichen Licht der Nacht blau ausgesehen. Wieder kam ihm der Gedanke in den Sinn – die Blutflecken hätten auch Blütenblätter sein können.

Alles schien ihm auf Miniaturformat geschrumpft zu sein – das Kleid, die Leiche, das Blut –, als wäre es Teil einer Zaubergeschichte, wie bei *Alice im Wunderland*. Das kleine Mädchen könnte jeden Moment wieder aufwachen, die Blutspur würde verschwinden, sich wie ein Kondensstreifen am Himmel einfach auflösen, und die dunklen Flecken auf dem Kleid würden zerlaufen und nur die Blumen zurücklassen.

Kein Mantel. Es war der erste März, und sie trug keinen Mantel.

»Eine Ausreißerin vielleicht?«, mutmaßte Phyllis Nancy, die Gerichtspathologin, die neben ihm kniete.

Jury war klar, dass sie diese Frage auch selbst hätte beantworten können. »Nein, das glaube ich nicht. Das Kleid sieht wie neu aus, sauber gewaschen und gebügelt.« Was er da sagte, klang ziemlich lächerlich, denn wen scherte es schon, ob das Kleid gebügelt war oder nicht. Doch irgendwie ging es ihm wie Phyllis. Er hatte das Bedürfnis, etwas zu sagen, egal was. Er musste etwas sagen, um das, was mit dem armen Kind geschehen war, auf Abstand zu halten.

»Ja, da haben Sie Recht.« Der Saum ihres eigenen Kleids lag in einer Pfütze aus Regenwasser und allem, was der Regen mitgeschwemmt hatte. Vor einer Stunde hatte es noch wie aus Kübeln geschüttet.

Jury hob den Saum an. Es war ein langes Abendkleid aus grünem Samt. Als Phyllis aus ihrem Auto gestiegen war, hatte sie in diesem Kleid richtig königlich ausgesehen. Smaragdohrringe, grüner Samt – man hatte sie in der Royal Albert Hall ausgerufen, und sie war sofort herbeigeeilt.

Sie hatte sich auf beiden Knien neben ihm niedergelassen – ohne eine Unterlage, direkt auf dem harten Straßenpflaster. Ihre kniende Haltung hatte fast etwas Flehendes. »Ich drehe sie jetzt herum. Würden Sie mir helfen?«

Er nickte. »Klar.« Sie brauchte keine Hilfe. Jury hatte sie mit Leichen hantieren sehen, die größer waren als er, hatte gesehen, wie sie sie hin und her drehte, als wären sie federleicht. Phyllis mochte wohl die zerfetzte Ausgangswunde nicht sehen, das Blut, in dem das kleine Mädchen lag. Gemeinsam drehten sie es mühelos um. Das Einschussloch war winzig klein, so als hätte sich sogar die Kugel kleiner gemacht, um zu der Geschichte zu passen.

Jury meinte: »Wahrscheinlich eine .22er, in jedem Fall eine Kleinkaliberwaffe.«

Phyllis Nancy sagte: »Richard, sie ist nicht älter als fünf oder sechs Jahre. Wer würde denn einem Kind in den Rücken schießen?«

Jury gab keine Antwort.

Um sie herum standen die anderen: die Polizisten, die diesen Straßenabschnitt mit gelbem Tatortband abgesperrt hatten, der Polizeifotograf, die Kollegen von der Spurensicherung und Kripobeamte vom Morddezernat. Auch das Paar war noch da, das die Leiche entdeckt hatte, als es gerade ins Auto steigen wollte (sie weinte, er hatte den Arm um sie gelegt). Der Leichenwagen. Und über allem blinkte Blaulicht. Die Polizei war ausgeschwärmt, um an sämtlichen Haustüren in der Hester Street anzuklopfen und nach Zeugen zu suchen. Trotz des geschäftigen Treibens herrschte jedoch eine merkwürdige Stille, als ob alle sich auf Zehenspitzen bewegten oder nur im Flüsterton sprachen. Es war die Art von Stille, die am frühen Morgen herrscht, bevor die schlafende Welt sich in die wache verwandelt. Alle bewegten sich ganz vorsichtig, als wollten sie die Kleine weiterschlafen lassen.

Jury wandte sich erneut an Dr. Nancy. »Können Sie ungefähr sagen, wann es passiert ist, Phyllis?« Lange konnte es bestimmt noch nicht her sein. Das Mädchen lag zwar halb im Rinnstein, doch wäre die Leiche bestimmt aufgefallen. In dieser Gegend waren auch nachts noch Leute unterwegs, so wie das Paar, das sein Auto dort geparkt hatte.

»Ein paar Stunden, länger nicht«, sagte Phyllis.

»Vermutlich weniger, würde ich denken. Man hätte sie doch bemerkt.«

»Ich weiß. Stimmt, hätte sie länger als eine Viertelstunde unbemerkt hier liegen können? In dem weißen Kleidchen?«

Weiß, mit Glockenblumen, dachte Jury, und blutgetränkt.

Er würde das kleine Mädchen nie wiedersehen müssen, wenn er nicht wollte, wenn er es nicht für nötig erachtete. Doch Phyllis Nancy hatte keine Wahl. Sie würde die Autopsie durchführen müssen, sie würde das Kind aufschlitzen müssen. Wie hieß gleich die Stelle bei Emily Dickinson: Spalte den Singvogel und finde die Töne?

Phyllis erhob sich. Er hatte Phyllis Nancy nie die Fassung verlieren sehen, in all den Jahren nicht, bei all den verstümmelten Leichen, die sie zusammen gesehen hatten. Nun, fürchtete er, stand es ihm bevor.

Er irrte sich. Als sie vorhin auf den Tatort zugegangen war, hatte sie in diesem Kleid und den Smaragden königlich ausgesehen. Jetzt, blass und dreckverspritzt, sah sie immer noch königlich aus.

Auf ihr Handzeichen hin fuhr der Leichenwagen näher an das kleine Mädchen heran.

»*Spalte die Lerche – du findest die Töne.*« So hieß sie, die Zeile in dem Gedicht von Dickinson. Eine bizarre Vorstellung bei einer Obduktion. Jury blickte auf das unschuldige, gottverlassene Kind hinunter.

Glockenblumen und Blut.

Keine Töne.

2

Wiggins kochte Tee, was an sich nichts Ungewöhnliches war, außer dass er dabei ziemlich geräuschvoll vorging: Die Teebüchse klapperte auf dem Regal, der Löffel klinkte gegen die Tasse, die Halbliterflasche Milch wurde auf den Schreibtisch geknallt, eine neue Packung Kekse aufgerissen. Wiggins wirkte bekümmert. Es war, als veranstaltete er diesen leichten Aufruhr, um seinen Kummer zu überspielen oder aber ihn deutlich kundzutun.

Jury war soeben zur Tür hereingekommen und deutete den leichten Aufruhr als Warnsignal. »Was ist los, Wiggins? Sie sehen ja aus, als wären Sie einem Gespenst begegnet. Oder aber Chief Superintendent Racer.«

»Ich habe eine schlimme Nachricht, Sir.« Er ließ zwei Teebeutel in die braune Kanne fallen, ohne Jury dabei anzusehen.

Die schlimme Nachricht betraf ganz klar Jury. Er musste sofort an Mrs. Wasserman denken, die mittlerweile in den Achtzigern und die einzige potentielle Kandidatin für schlimme Nachrichten war. »Was?«

Wiggins antwortete nicht gleich.

»Na los, Wiggins. Ich glaube, ich kann damit fertig werden.«

Wiggins schaltete den elektrischen Wasserkocher aus. »Ich fürchte… hmm, es geht um Ihre Cousine, Sir. Ihre Cousine – ist gestorben.«

Einen kurzen, irrwitzigen Augenblick lang wusste Jury nicht, wovon Wiggins überhaupt redete. Er stand noch an der Tür, als setzte ihn die Todesnachricht außerstande, sich zu bewegen, bis ihm plötzlich die Cousine einfiel und die Welt sich erneut zu drehen begann. Seine Cousine oben im Norden, in Newcastle-upon-Tyne.

»Mein Beileid, Sir. Ich mache Ihnen hier gerade eine schöne Tasse Tee.«

Als ob Wiggins das nicht sowieso täte, Todesfall hin oder her. Jury musste fast schmunzeln über diese Wiggins'sche Antwort auf alle Eventualitäten des Lebens. Noch im Mantel setzte er sich hin, machte den Mund auf, sagte jedoch nichts.

»Ihr Mann hat angerufen, wie heißt er –«

»Brendan.«

Wiggins goss Milch in die großen Henkeltassen. »Genau. Am Samstag sei die Beerdigung, sagte er.« Um sich eine nützliche Aufgabe zu verschaffen, überprüfte er seinen Schreibtischkalender. »Das wäre der sechste März.« Er reichte Jury seinen Tee.

»Danke.«

Vermutlich um eine Einschätzung des Ausmaßes von Jurys Trauer bemüht, erkundigte sich Wiggins: »Sie hatten nicht viel Kontakt, oder? Ich meine, so weit dort droben in Newcastle, das ging ja gar nicht. Ich hatte immer den Eindruck, sie war Ihnen irgendwie fremd.«

Jury hatte beide Hände wärmesuchend um den Henkelbecher gelegt. »Stimmt.« Er überlegte. »Ihr Vater, also mein Onkel, nahm mich damals zu sich, als meine Mutter starb. Er war ein großartiger Mensch. Sie ist seine Tochter. Sie war nie so wie er, sie konnte mich nie richtig leiden –« Aber stimmte das denn? Brendan hatte genau den gegenteiligen Eindruck gewonnen: dass sie Jury nämlich sehr mochte und stolz war, dass er bei New Scotland Yard so ein hohes Tier war. Er rieb sich die Stirn. Würde er seine Meinung von ihr womöglich revidieren müssen?

»Aus Eifersucht, würde mich nicht wundern«, sagte Wiggins und blies auf seine Henkeltasse. »Weil ihr Dad Sie aufgenommen hat und das alles. Er muss Sie wirklich sehr gemocht haben.«

»Stimmt.« Seine Cousine aber bestimmt nicht. Ihre Gespräche mit Jury waren oft mit scharfen Bemerkungen gespickt und (so vermutete er) voller Lügen. Er sagte: »Als ich sie das letzte Mal besuchte, schauten wir uns Fotos an, alte Schnappschüsse und so, und dabei brachte sie mich völlig durcheinander. Dinge, von denen ich glaubte, sie wären passiert, hatten sich überhaupt nicht zugetragen, behauptete sie. Am Ende wusste ich überhaupt nicht mehr, woran ich bin.«

»Hört sich so an, als wollte sie Sie auf die Palme bringen.«

»Vielleicht. Der Gedanke kam mir auch, oder Brendan hatte etwas in der Richtung gesagt. Meine Güte, man sollte wenigstens meinen, dass auf die eigenen Erinnerungen Verlass ist.« Er nahm einen großen Schluck Tee und stellte den Henkelbecher auf Wiggins' Schreibtisch ab. »Ich gehe ein bisschen nach draußen. Ich brauche frische Luft.«

Er überquerte den Broadway in Richtung St. James' Park. Dort ließ er sich auf einer Bank nieder. Ihr Tod traf ihn wirklich. Hoffentlich hatte sie nicht zu sehr leiden müssen. Er hatte schon zu viele Menschen qualvoll sterben gesehen – von Schusswunden, Messerstichen verletzt. Manchmal sahen sie einen noch kurz davor mit angsterfülltem Blick an. Jury hatte gar nicht gewusst, dass sie krank gewesen war.

Er mochte sich einreden, dass er seine Cousine ohnehin selten gesehen hatte und ihr nicht sehr nahe stand und sie sich eigentlich nie so recht gemocht hatten. Das funktionierte vielleicht im Leben, im Tod funktionierte es nicht. Der änderte wahrscheinlich sowieso alles. Irgendwie schaffte es der Tod, einem die Stützen wegzustoßen, die sorgsam aufgebauten Abwehrvorrichtungen zu zerschlagen. Zu welchen einfachen Schlussfolgerungen er im Hinblick auf

Sarah auch gekommen war, sie waren ihm mittlerweile ebenso suspekt wie die Ereignisse während seiner Kindheit. Denn vielleicht hatte sie ihn gar nicht angelogen. Vielleicht war er tatsächlich noch ein Baby gewesen, als seine Mutter gestorben war, und nicht der Fünfjährige, der versucht hatte, sie aus den Trümmern ihres ausgebombten Wohnhauses zu zerren.

Wie hatte er sich bloß so irren können? Was war mit den Kindern, die er in Schuluniformen hatte zur Schule trotten sehen? Damals wäre er am liebsten mit ihnen gegangen, nicht wahr? Und was war mit Elicia Deauville? Sie musste doch im Zimmer nebenan getanzt haben. Vielleicht war es ja ein anderes Zimmer, ein anderes Nachbarhaus, zu einer anderen Zeit.

Nein. Sicher hatte Sarah sich das ausgedacht. War doch typisch für sie, oder –?

Er erhob sich von der Bank und ging auf dem Gehweg weiter, die Hände wie ein alter Mann auf dem Rücken verschränkt. Und so fühlte er sich auch. Seine Cousine war zwar älter gewesen als er, aber nicht um so viel älter, dass er sie hätte einer »anderen Generation« zuordnen können.

Hör auf, immer nur an dich zu denken, befahl er sich. Es gab schließlich noch Brendan und die Kinder, alle erwachsen außer dem Baby, dem Baby der Tochter, die unverheiratet bei ihren Eltern wohnte, wo Mutter sich um das Enkelkind gekümmert hatte, während ihr kokettes Töchterchen sich herumtrieb. Na, das musste sich ja jetzt wohl am Riemen reißen, was? Hätte es schon von vornherein tun sollen –

O Gott, diese Krittelei! Wieso hackte er eigentlich dauernd darauf herum? Doch wohl nur, um sich abzulenken und vor der Erkenntnis zu drücken, was all das zu bedeuten hatte?

Das war es: Eine Leere hatte sich aufgetan, die er nicht hatte kommen sehen, und nun wusste er nicht, wie er sie füllen sollte. Und das alles wegen des Todes einer Cousine, die er gar nicht richtig gekannt hatte. Eine fordernde, verbitterte, verlogene Frau, die ihren Mitmenschen keine Freude war, und doch … Sie war das Ende, abgesehen von ihm selbst. Sie war die Letzte gewesen, die Einzige, die seine Erinnerungen geteilt hatte, die Letzte, die teilgehabt hatte an diesem Bild von seiner Kindheit. Sie war die Letzte, bei der er nachfragen konnte, und ob sie nun log (sie würde es bloß Hänselei nennen) oder nicht, war eigentlich unerheblich.

Jury blieb stehen. Seltsam. Vielleicht war es unerheblich, weil sie die Wahrheit sehr wohl kannte. Nun kannte sie außer ihm selbst keiner mehr. Irgendwie überkam ihn plötzlich das Gefühl, die Wahrheit wäre verschwunden und hätte die Vergangenheit mitgenommen.

Er war inzwischen weitergelaufen und bis Green Park gelangt, wo er sich wieder auf eine Bank setzte. Drüben am anderen Ende lag ein Teil des *Daily Express*. Er zog ihn herüber und warf einen Blick auf das Datum. Zweiter März. Er schob die Zeitung beiseite, die heimischen Tagesnachrichten interessierten ihn nicht, auch nicht die königliche Familie oder David Beckham und auch nicht die Jahrhundertwende.

Er sollte zurück ins Büro gehen und Brendan anrufen. Der Arme wusste bestimmt gar nicht, wo ihm der Kopf stand. Was sollte er bloß mit dem Baby machen? Urgroßeltern gab es nicht in der Familie, jedenfalls nicht auf ihrer Seite. Vielleicht auf Brendans, vielleicht droben in County Cork.

Jury war klar, dass er ihn anrufen musste. Doch er blieb sitzen, vornüber gebeugt, die Ellbogen auf die Knie gestützt, und brütete vor sich hin: Er dachte an seinen letzten Besuch vor drei Monaten, seinen Ärger über ihre Sticheleien und Widersprüche und ihre Schadenfreude, weil sie mehr in Erinnerung behalten hatte. Schließlich war Jury damals noch so klein gewesen (hatte sie behauptet), bestimmt könne er sich an überhaupt nichts erinnern. Im Gegensatz zu ihr.

Als er auf den Park hinausblickte, kam ihm eine Gedichtzeile in den Sinn: *Ihr Grün ist eine Art von Traurigkeit.* Er sah hinaus in den trüben Märztag. Plötzlich kam ihm die Idee, einen Blumenladen zu suchen und der Familie Blumen zu schicken, doch er wusste nicht, wohin er sie schicken sollte, zu welchem Bestattungsinstitut. In die Wohnung lieber nicht, Brendan war kein besonders guter Hausmann, abgesehen davon, dass er jetzt ganz andere Sorgen hatte. Die Blumen würden wohl ohne Wasser vor sich hinwelken, bis er sie wegwarf. Vielleicht würden sie ihn sogar nerven.

Trotzdem verspürte Jury das Bedürfnis, etwas zu tun. Er wollte etwas wieder gutmachen, wusste aber nicht, was. Vielleicht, dass *er* das Kind gewesen war, das sein Onkel hätte haben wollen, oder vielleicht, dass er Sarah in Bedrängnis gebracht hatte, als er das letzte Mal dort gewesen war, vor Weihnachten, oder vielleicht, weil er derjenige war, der noch atmete und sie nicht.

Bald wäre Frühling, obwohl der Tag noch düster und verhangen aussah. Wieder musste er an Larkins Gedicht denken: *Die Bäume setzen wieder Knospen an/Wie etwas fast Gesagtes.* Er mochte Gedichte, bevorzugte aber die Offenheit und Direktheit eines Larkin oder Robert Frost. Im Grunde genommen waren Gedichte jedoch nie direkt, sie kamen einem nur so vor. *Wie etwas fast Gesagtes.* Das hätte er nie in andere Worte kleiden können, und doch war ihm klar, dass er damit der Wahrheit so nahe kam, wie er nur irgend konnte.

Er hatte sie ja nicht einmal gemocht, sagte er sich immer wieder. Woher kam aber dann diese Enge in der Brust, dieses erstickende Gefühl (er war übrigens froh, dass Wiggins nicht da war und ihn beobachtete)?

Urplötzlich überkam ihn die Erinnerung an Jenny Kennington, als er sie zum ersten Mal gesehen hatte, wie sie die Treppe ihres Hauses in Littlebourne heruntergelaufen kam, eine schwerverletzte Katze auf dem Arm. Obwohl sie Jury überhaupt nicht kannte, ließ sie sich von ihm zum Tierarzt fahren. Sie redete über den Kater, der ihr gar nicht gehörte, sondern herrenlos und wahrscheinlich von einem Auto angefahren worden war. Ich kann das Vieh nicht mal leiden, hatte sie gesagt, als es schließlich sicher in den Händen des Tierarztes war. Gleich mehrmals hatte sie Jury versichert, ich kann das Vieh nicht mal leiden.

Ja, ja, dachte er. Sagst du so.

Er ging die Piccadilly hinunter und betrat Fortnum & Mason, wo immer eine anheimelnd chaotische Stimmung herrschte. Jeder (denn schließlich ging jeder zu Fortnum's!) war geradezu überwältigt von den Auslagen mit Gänseleber, Käse und Prosciutto, der so hauchdünn geschnitten war, dass man hindurchsehen konnte. Das wunderbare, schwarzbekittelte Personal, die glänzenden Früchte, die ineinander verschwimmenden Düfte von Tee und Zitrusfrüchten und Geld.

Danach zu Hatchards, in eine Buchhandlung, die nach Büchern roch – nach Leder, Wachs, dunklen Holzmöbeln und -paneelen. Eine Atmosphäre, ein sinnliches Erlebnis, an die der gigantische Waterstones ein Stück weiter nicht einmal entfernt heranreichte.

Er ging weiter, blieb bisweilen stehen, an einem Kiosk erstand er einen *Telegraph*, den er später ungelesen in einen Mülleimer warf. Wie war er eigentlich bis zur Oxford Street gelangt? Bei Selfridges warf er einen Blick ins Fenster. Die gesichtslosen Schaufensterpuppen schienen zu wissen, dass es im Fenster nicht viel zu gucken gab, kein Vergleich mit Fortnum's. In ihren Sommerfähnchen der kommenden Saison, die so dünn waren, dass ein Windstoß sie wegwehen könnte, hielten sie die Köpfe geneigt oder leicht vorgereckt, als suchten sie nach einem Ausgang. Auf dem Bürgersteig verkaufte ein Jamaikaner seine illegale Ware, ein gewitzter Kerl, aber nicht so gewitzt, dass er Jurys Polizistenaura bemerkt hätte: Räucherstäbchen, winzige Fläschchen mit Parfüm, das so berauschend war, dass man davon in der Wüste aus den Latschen gekippt wäre.

»Wird gefallen Ihre Frau, Mann, Ihre Freundin-Dame. Frauen mögen diese Zeug.«

Jury erstand ein paar Räucherstäbchen und einen passenden kleinen Halter aus Stein.

Jedes Mal – bei der Zeitung, den Schaufensterpuppen, dem Straßenhändler – konnte er für ein paar Augenblicke vergessen, dass sie tot war. Doch dann war es sofort wieder da.

In den vergangenen Stunden hatte er mehr an seine Cousine Sarah gedacht als in den letzten zwanzig Jahren. Das war es, das Vermächtnis des Todes – jetzt war reichlich Zeit, über die vergeudete Zeit nachzudenken, die ungesagten Worte, die nicht miteinander geteilte Geschichte, bis es zu spät war. Es ist immer zu spät, hatte einmal jemand gesagt. Man kann nie genug getan haben, genug gesagt haben. Es war wie bei dem Bier, das immer viel zu schnell ausgetrunken war: die Witze über das hohle Holzbein, das Bierglas, das ein Loch haben musste. Der unstillbare Alkoholdurst. Für die Toten kann man nie genug tun. Man sucht Trost, aber es gibt keinen, hat es nie gegeben und wird es nie geben. Es gibt nur das allmähliche Abschleifen scharfer Kanten, damit man sich nicht bei jeder Bewegung hinterrücks überfallen fühlt, als sähe man die Toten plötzlich unverhofft um die Ecke biegen.

Eine Weile fuhr er auf der Piccadilly Line und stieg dann in King's Cross in die Northern Line um. Nur in der U-Bahn, dachte er, bekam man solche Gesichter zu sehen. Keines von denen sah glücklich aus, außer bei den Halbwüchsigen, die sich lärmend zusammengerottet hatten, doch selbst die wirkten in einem unbeobachteten Augenblick ziemlich jämmerlich.

Während die uralte Northern Line bei den Fahrgästen die Zähne klappern ließ, musterte er das Mädchen, das ihm gegenüber auf der anderen Seite des Durchgangs saß. Sie war schön, schien sich daraus aber nichts zu machen. Sie saß ordentlich da, die Hände auf den zusammengepressten Knien hielten eine kleine Tasche fest. Ihr langes, glänzendes Haar sah aus wie in einer Shampooreklame. In der Reihe von Werbeplakaten über ihrem Kopf warb eines für ein Erkältungsmittel, dort war ein Skifahrer abgebildet, der sich glückselig in einen Schneehaufen stürzte. Während der Zug dahinratterte, sah Jury einem alten Schokoriegelpapierchen zu, das sich auf dem Fußboden zwischen hohen Absätzen und abgestoßenen Stiefeln hin und her bewegte. Er sah es dahinschweben und musste dabei an sich und Sarah denken, wie sie als Kinder froh und einträchtig in einen Süßwarenladen gegangen waren. Aber dieses Bild hatte er sich selbst zusammengereimt – er bezweifelte, dass sie oft zusammen irgendwohin gegangen waren.

Ich kann das Katzenvieh nicht mal leiden.

Sagst du so.

Er stand auf und stieg an seiner Haltestelle – Angel – aus.

Die Dunkelheit hatte er registriert, während er die Regent Street entlanggegangen war, nicht aber die Uhrzeit. Es war beinahe zehn Uhr. Wo um alles in der Welt hatte er sich die ganze Zeit bloß herumgetrieben?

In Mrs. Wassermans Gartenwohnung brannte Licht, und gleich kam sie in ihrem alten Bademantel auch die Treppe herauf.

»Mr. Jury, jemand hat versucht, Sie zu erreichen. Carol-Anne sagte, ich solle Ihnen sagen, auf Ihrem Anrufbeantworter seien zwei Nachrichten. Von einem gewissen Bernard.«

»Brendan?«

»Sie sagte Bernard.«

Jury lächelte. »Carol-Anne hat manchmal Schwierigkeiten, meine Nachrichten richtig zu verstehen.« Na, das konnte man wohl sagen. Besonders Nachrichten von weiblichen Personen.

Carol-Anne war schon immer der Ansicht gewesen, das einzige Leben, das Jury getrennt von ihr verbringen würde, war das im Jenseits. »Danke, Mrs. Wasserman.« Er wandte sich in Richtung Treppe.

»Ist alles in Ordnung, Mr. Jury? Sie sehen blass aus.«

Wie konnte sie das im Stockfinstern bemerken? Vielleicht hörte er sich einfach blass an. »Ja... Nein. Ich habe tatsächlich eine schlechte Nachricht bekommen. Meine Cousine ist gestorben. Brendan ist ihr Mann. Deshalb versucht er wohl, mich zu erreichen. Um es mir zu sagen.«

»Das tut mir ja wirklich Leid. Jemanden aus der Familie zu verlieren, das ist das Schlimmste.«

Es war, als wären alle Familienmitglieder für sie in jedem Einzelnen vereint. Und eines zu verlieren, bedeutete, alle zu verlieren. »Sie war die letzte Angehörige, die ich hatte. Jetzt gibt es nur noch mich.«

»Ach je. Ach je.« Sie raffte den Bademantel fester um den Hals zusammen. »Das ist furchtbar. Man kommt sich so abgeschnitten vor. Ich weiß, mir ging es genauso. Wie ein Luftballon habe ich mich gefühlt. Höher und höher ist er nach oben geschwebt. Und Schwermut hielt mich fest wie eine Gefangene.«

Jury war überrascht. Mrs. Wasserman sprach nicht oft in Metaphern. »Das haben Sie aber gut ausgedrückt, Mrs. Wasserman. So ungefähr komme ich mir vor.«

»Könnte ich Ihnen vielleicht eine Tasse Tee machen?«

»Das ist nett von Ihnen, aber ich glaube, ich bin zu müde. Ich bin heute viel gelaufen.«

Sie schloss die Augen und nickte, offensichtlich war ihr die lindernde Wirkung von Fußmärschen vertraut.

»Also, dann sage ich Gute Nacht. Und danke für die Nachricht.«

Sie trennten sich, und jeder ging in seine Wohnung.

Als er die Tür zu seiner Wohnung im ersten Stock aufschloss, vernahm er ein kurzes Bellen, eher ein leises Knurren. Es war Stone, Carol-Anne war demnach ausgegangen. Wenn sie zu Hause war, kümmerte sie sich immer um ihn. Das taten sie alle, wenn sie konnten. Manchmal nahm Stan den Hund mit, aber nicht, wenn er viel unterwegs sein musste.

Jury nahm Stans Schlüssel vom Haken, ging in den zweiten Stock hinauf und schloss auf. Stone kam nicht wie die meisten Hunde gleich herausgeschossen, denn Stone war genauso cool wie Stan. Das Höchste, was er zur Schau stellte, wenn er aufgeregt war, war leichtes Schwanzwedeln. Er folgte Jury die Treppe hinunter, blieb dann aber in dessen Wohnung stehen, bis ihm bedeutet wurde, was er tun sollte. Er besaß die Geduld und Selbstbeherrschung dieser Gestalten in weißen Clownskostümen mit weiß bemalten Gesichtern, die bemerkenswert still standen, reglos wie Standbilder, für die sie von den Vorübergehenden ja auch gehalten wurden.

Jury holte den Knochen aus Rohhaut und legte ihn unten an sein Stuhlbein hin. Stone ließ sich nieder und begann zu kauen. »Ich setze dann Teewasser auf.«

Stone hörte auf zu kauen und sah zu Jury hoch.

»Willst du auch eine Tasse? Nein? Okay. Willst du was zu fressen?« Stone machte leise *wuff.* »Das heißt bestimmt ja. Okay.«

Er ließ Stone ruhig weiterkauen, steckte den Wassersieder ein, schwenkte eine Henkeltasse aus und warf einen Teebeutel hinein. Das Teewasser kochte, kaum dass er für Stone eine Dose Hundefutter in den Fressnapf gegeben hatte. Er rief den Hund, goss dann Wasser über den Teebeutel und ließ ihn ziehen, während er Stone beim Fressen zusah. Als das langweilig wurde, warf er den Teebeutel ins Spülbecken und ging zu seinem Sessel im Wohnzimmer. Er starrte aus dem Fenster in die Dunkelheit hinaus. Gleich darauf stand er wieder auf und wühlte in seiner Manteltasche nach den Räucherstäbchen.

Jury befestigte ein Stäbchen in dem unpolierten Halter aus Stein und zündete es oben an. Der Napf in der Küche klapperte, als würde der Hund ihn mit der Schnauze herumschieben. Bestimmt hatte Stone den Räucherdunst gerochen, den starken Patschuliduft, denn er ließ den Napf stehen, um dieser interessanteren Angelegenheit im Wohnzimmer nachzugehen. Er ließ sich neben dem Sessel nieder und beobachtete den Rauch, der sich spindelförmig an die Zimmerdecke erhob. Sein Blick wanderte vom Rauch zu Jury hinüber und wieder zurück. Dabei bebte seine Nase leicht, witterte den ungewohnten Geruch.

Bei jenem letzten Besuch in Newcastle im vergangenen Jahr hatte Sarah ihr Fotoalbum hervorgeholt, und sie hatten sich die Aufnahmen von sich als Kinder angesehen. Jury fühlte sich unweigerlich angegriffen, wenngleich Sarah nichts dergleichen im Sinn gehabt hatte. Und als sie dann über die früheren Zeiten zu sprechen begann, tat sie es ganz ohne Spott – sie hatte einfach nur die Fotos anschauen wollen. Das Album zwischen sich auf dem Tisch hatten sie dagesessen und die Seiten umgeblättert. Es war, als wollten sie mit diesem gemeinsamen Betrachten von Kindheitsbildern eine gewisse gegenseitige Anerkennung andeuten.

Ihre Frau, Mann? Ihre Freundin-Dame?

Nein, es ist für meine Cousine.

Er sah zu, wie sich der dünne Rauchstrahl an die Decke schlängelte und hörte, wie Stones Schwanz über den Boden wischte.

Wie etwas fast Gesagtes.

3

Die Tote lag auf einer Steinbank in einer steinernen Nische, die dem Unterstand an einer Bushaltestelle ähnelte, in den man sich bei schlechtem Wetter flüchtet. Auf den ersten Blick hätte man meinen können, sie habe dort tatsächlich auf den Bus gewartet und sei einfach umgefallen, mit dem Oberkörper auf die Bank, die Beine weggeknickt, die Füße auf dem steinernen Boden schleifend.

Der Unterstand befand sich am anderen Ende des weitläufigen Gartens von Angel Gate. Der Garten, im Laufe der Jahre arg vernachlässigt, wurde gerade restauriert und neu gestaltet, und so hielten sich an diesem frühen Morgen bereits der Obergärtner und seine Tochter, eine Gartenbauexpertin, dort auf. Sie waren es auch, die die Leiche entdeckten. Als Nächste traf die Haushälterin ein. Eifrig versorgte sie das Gartenteam aus Vater und Tochter mit Tee und bot später auch den Polizisten eine Tasse an, die aus Launceston und Exeter eingetroffen waren.

Brian Macalvie, Divisional Commander der Kripo von Devon und Cornwall, hatte die Hände tief in den Manteltaschen vergraben. Etwa zwei Dutzend Tatortspezialisten und Spurensicherer aus Launceston sowie Macalvies Leute aus Exeter standen in der Gegend herum. Reglos und schweigend hatte Brian Macalvie geschlagene zwei Minuten auf die Tote hinuntergestarrt (»was einem eigentlich gar nicht lange vorkommt«, hatte einer seiner Kollegen von der Spurensicherung bei einem Glas Bier im Dorfpub zu einem Freund gemeint, »aber mach das erst mal. Das kommt einem wie eine kleine Ewigkeit vor«).

Diejenigen, die in unmittelbarer Nähe von Macalvie standen, waren so starr wie die Leiche selbst. Keiner durfte etwas berühren, bis Macalvie vollständig fertig war. Das ärgerte den Arzt, der zum Tatort gerufen worden war (ein Ortsansässiger ohne vorsorgliche Einweihung in die seltsamen Methoden des Divisional Commander). Er hatte sich in Richtung Leiche bewegt und war von Gilly Thwaite, der leitenden Tatortspezialistin, unsanft am Mantelärmel zurückgezerrt worden.

»Meine Güte«, sagte der ahnungslose Arzt, »das hier ist ein Tatort und keine Beerdigung. Ich habe schließlich noch andere Termine.«

Die anderen neun oder zehn Polizisten kniffen wie von plötzlichen Kopfschmerzen befallen die Augen zusammen und starrten in den schiefergrauen Himmel, während Macalvie sich dem Doktor zuwandte. Der war zwar nur ein praktischer Arzt aus Launceston, sollte aber ausreichen (wie außer Macalvie alle dachten), um die Leiche fürs Erste zu untersuchen und den Totenschein auszustellen. Der Mediziner aus Launceston, den Macalvie mochte, war nicht verfügbar gewesen.

»Dann drehen wir sie doch wenigstens um«, sagte der Arzt. Beißend fügte er hinzu: »Ich glaube, auf dieser Seite ist sie schon durch.«

Gilly Thwaite stieß einen kehligen Laut aus. Hier und da war unterdrücktes Gelächter zu vernehmen. Macalvie legte keinen gesteigerten Wert auf Galgenhumor.

Macalvie nickte Gilly zu. »Legen Sie los.« Gilly stellte ihre Kamera auf, legte Plastiktüten für das Beweismaterial zurecht und fing an, Fotos zu machen.

In dieser »wundersamen Stille« (wie er es oft nannte) richtete Macalvie den Blick wieder auf die Leiche. Die Frau schien etwa mittleren Alters zu sein, eher jünger. Aber Eindrücke können täuschen, sie hätte auch älter sein können. Er schätzte sie am einen

Ende der Altersspanne auf Ende Dreißig, am anderen auf Anfang Fünfzig. Die gewaltige Divergenz machte ihn stutzig. Sie war ziemlich unscheinbar, hatte ein ungeschminktes Gesicht, soweit er sehen konnte. Vielleicht ein wenig Make-up-Unterlage oder Puder. Aber kein Augen-Make-up. Ihr muffig braunes Haar war stumpf zu einem glatten Pagenkopf geschnitten und würde ihr – wenn sie aufrecht säße – knapp die Ohren bedecken. Ihr Kostüm hatte die gleiche Farbe wie ihr Haar. Es war ziemlich abgetragen und nicht besonders modisch, ein klassischer Schnitt vielleicht, zeitlos, aus grobem Tweed. Macalvie warf noch einen letzten Blick auf die Tote und wandte sich dann dem Arzt zu. »Sie dürfen.« Als der Arzt mürrisch brummend in die abgesperrte Nische trat, meinte Macalvie: »Für die Frau hier ist es eine Beerdigung.«

Dann wandte er sich ab und sah zu dem großen Haus hinüber, Eigentum der Familie Scott, oder jedenfalls derer, die davon noch übrig waren. Macalvie erinnerte sich an Declan Scott, der als Einziger noch dort wohnte. Declan Scott war ein Mensch, der im Leben schon genug Probleme gehabt hatte: vor drei Jahren war seine vierjährige Tochter verschwunden. Und bald darauf war seine Frau gestorben.

Macalvie kannte Declan Scott.

Eine Leiche im Garten fehlte dem Mann nun gerade noch.

4

Als Jury am nächsten Morgen bei New Scotland Yard eintraf, rief er gleich Brendan an. Er war ziemlich beschämt darüber, dass er es nicht bereits am Vortag getan hatte, aber wenigstens wusste er, dass es nicht aus Gleichgültigkeit geschehen war.

»Alles in Ordnung, Sir?« Nachdenklich rührte Wiggins in seinem Teebecher. Einen Tee hatte Jury dankend abgelehnt, was für Wiggins wahrhaft Schreckliches bedeutete.

»Es ging mir schon mal besser«, meinte Jury mit einem Anflug von Lächeln, während er Brendans Nummer eintippte.

»Dr. Nancy hat angerufen und auch Detective Inspector Blakeley von West Central drüben. Ist der nicht im Dezernat für Sexualdelikte? Und dort für Pädophilie zuständig?«

»Stimmt.« Jury ließ sich auf seinen Stuhl sinken.

»Sie sehen irgendwie blass aus.« Nun würde Wiggins gleich jedes Linderungsmittel aufrufen, das ihm zu Gebote stand. In letzter Zeit hatte er es mit Kräutern und Kristallen, von denen ja unzählige Kombinationen existierten. (Raute hilft bei – Wie hatte es bei Shakespeare geheißen? Beim »Angedenken« vielleicht?) Bei Niedergeschlagenheit, da war Jury sich sicher.

Als sich ein Mädchen meldete, ärgerte er sich, weil er die Stimme nicht erkannte. Welche von den Töchtern war es? Das waren auch keine Mädchen mehr, sondern junge Frauen. Eine davon war die Mutter von diesem Baby, das man Großmutter Sarah überlassen hatte. Christine? Nein. Christabel. Ausgefallene Namen hatte seine Cousine sich ausgesucht. »Ist da Christabel?«

»Nein, Jasmine. Chris is nich da.« Starker nordenglischer Akzent.

»Eigentlich möchte ich deinen Dad sprechen.«

»Sag's doch gleich!« Sie wandte sich ab und rief nach Brendan.

»Ja?«, meldete sich Brendan.

Er hatte die Nase schon voll von allem. Nein, eher überwältigt war er davon. »Brendan, hier ist Richard. Mein herzliches Beileid. Was kann ich tun?«

»O, Mann, bin ich froh, dass du anrufst. Ich bin total fertig.« Die Erleichterung machte sich in Tränen Luft. Seine Worte klangen gedämpft. »Du kommst doch zur Beerdigung, ja?«

»Natürlich. Samstag, nicht wahr?«

»Ja. Dauert ein bisschen länger, als ich eigentlich wollte, aber mein Bruder kommt frisch aus dem Krankenhaus, und der will auf jeden Fall dabei sein, also warten wir noch ein, zwei Tage. Könnte ich dich um einen Gefallen bitten, Mann?«

»Kannst du. Um alles.«

»Wenn du mir ein bisschen was vorstrecken könntest ...?«

»Klar kann ich. Ich hatte sowieso vor, mich an den Ausgaben zu beteiligen. Es ist also nicht vorgestreckt, ich bezahle meinen Anteil. Du weißt, sie war meine einzige noch lebende Verwandte. Du sollst nicht alle Ausgaben für die Beerdigung allein tragen müssen.«

Wiggins (bemerkte Jury) spitzte die Ohren.

»Danke«, sagte Brendan. »Danke.«

»Wie viel brauchst du?«

»Na ja, ich dachte – vielleicht zweihundert?«

Der Gute würde mehr brauchen. »Bist du sicher, das reicht dir?«

»Ja. Sollte schon reichen.«

»Scheint mir nicht genug für die Beerdigungskosten. Du weißt doch, wie die sind ...« Jury würde ihm einfach stillschweigend mehr schicken.

Brendan sagte: »Ja. Ach, ich weiß auch nicht. Da ist noch was – ich mach mir Sorgen um Dickie. Der Geschäftsführer auf seiner Arbeit – der blöde Kerl macht ihm die Hölle heiß, hat ihn sogar beschuldigt, er würde klauen.«

Dickie war der Junge, den Sarah ziemlich spät noch bekommen hatte, das war alles, was Jury noch über ihn wusste. »Und was sagt Dickie dazu?«

»Nicht viel. Aber ich fürchte, der Kerl hat ihn auf dem Kieker.« Ein Seufzer. »Kinder! Besonders in dem Alter. Er weiß einfach nicht, wo er hin will.«

Wer weiß das schon?

»Du weißt ja, wie Teenager sind, man kommt schwer an sie ran.«

»Ich weiß, sie denken anders als Erwachsene, aber warum auch nicht?«

»Stimmt. Ach, weißt du, du kennst das. Du verstehst es. Pass auf: Der Gottesdienst ist am Samstagnachmittag um drei. Wir treffen uns vor der Kirche.«

»Okay, Brendan.« Jury verabschiedete sich und legte auf. Wieder fühlte er sich irgendwie ganz frustriert und niedergeschlagen. Er kramte nach einem Umschlag, fand einen. Dann hielt er inne. »Mist, ich habe vergessen, nach der Adresse zu fragen –«

»Die habe ich doch hier.« Wiggins drehte kurz an der Schreibtischkartei.

So hältst du also den Kontakt zu deiner Familie aufrecht, Jury! Und hier ist einer, der deine Verwandtschaft überhaupt nicht kennt, und sogar der hat die Adresse. Und du nicht. »Ausgezeichnet, Wiggins.«

»Es geht um die Beerdigung, nicht?«

Jury nickte. »Wie Sie sagten, am Samstag.«

Wiggins nickte ebenfalls und sah besorgt aus. »Ich weiß, wie es einem dabei ergeht. Es ist, wie wenn das Leben in die Warteschleife gerät.«

Eher so, wie wenn ein Anrufer sofort wieder auflegt, dachte Jury. »Haben wir den Autopsiebericht von dem kleinen Mädchen schon bekommen?«

»Ja.« Wiggins reichte ihn hinüber.

Jury sah ihn sich an. Was Dr. Nancy am Tatort gesagt hatte, wurde darin bestätigt. Zwischen Schütze und Opfer lagen keine vier Meter. Der Schuss war nach unten gerichtet worden.

»Das wundert einen doch nicht. Sie war erst fünf. Und klein.« Wiggins hob die Hand, deutete eine Pistole in der Luft an. »Beinahe jeder wäre größer als das Kind.«

»Hmmm.« Jury nahm sich einen Notizblock und holte ein kleines Metalllineal aus seiner Schreibtischschublade. Erst zog er eine Linie von 0 bis 12, dann eine zweite für die Geschossbahn. Er begann, die Waffe auf dem Diagramm allmählich näher zu ziehen: knappe drei Meter, einsachtzig. Die Wunde, die die Geschossbahn hinterließ, würde kleiner werden, je weiter der Schütze entfernt war. Er warf einen Blick auf die Aufnahmen aus der Pathologie. Schwer zu sagen. Die Ausgangswunde war größer, vermutlich hatte der Schuss auf Knochen getroffen und ein Stück mitgenommen. Er dachte über die Geschossbahn nach, dann nahm er den Hörer zur Hand und rief Phyllis Nancy an.

»Sie wurde sexuell missbraucht, Richard. Für eine Penetration war sie natürlich zu klein, aber es ist alles stark entzündet. Jemand hat es allerdings weiß Gott versucht. Bei einer Fünfjährigen! Wer wäre zu so etwas imstande? Und es ist nicht nur einmal passiert. Wer tut so etwas?« Es klang, als würden die Worte selbst weinen.

»Ich weiß es nicht, Phyllis. Aber ich werde es herausfinden.«

Detective Inspector Johnny Blakeley war zwar Chef des Dezernats für Sexualdelikte, führte seinen Krieg jedoch als Einzelkämpfer. Es fiel ihm schwer, tatenlos herumzustehen, während seine Kollegen streng nach Dienstvorschrift handelten. Zweimal hatte er deswegen bereits dienstliche Untersuchungen über sich ergehen lassen müssen, die ihn fast den Job gekostet hätten. Einmal, weil er einen Verdächtigen recht hart angefasst hatte, und ein zweites Mal, weil er sich ohne Durchsuchungsbefehl Zutritt zu einem Privathaus verschafft hatte. Dass er sich seiner Arbeit mit Haut und Haar verschrieben hatte, stand außer Frage.

Jury erinnerte sich an die fünfminütige Antwort, die er einmal von Blakeley bekommen hatte, als er wegen eines Kinderschänders bei ihm nachgefragt hatte. Knappe Antworten waren von Johnny zu diesem Thema nicht zu erwarten. Und wenn man wegging, war Johnny mit Reden noch lange nicht fertig.

»Diese Monster glauben tatsächlich, sie sind die Normalen und wir die Abartigen. Die erklären dir ihre Liebe zu den kleinen Schätzchen inbrünstig wie Romeo. Die stellen sich unentwegt als die Speerspitze der aufgeklärten Liebe hin. Sind gebildet, kultiviert. Wenn mir noch einmal einer mit Sokrates und seinen Schülern daherkommt, saufe ich den Scheißschierlingsbecher selber aus. Die sind alle so verdammt selbstbezogen, dass mir ganz schlecht wird.« Der Hörer wurde gegen die Wand geschleudert. Jedenfalls hatte es sich für Jury am anderen Ende der Leitung damals so angehört.

Nun wurde in West Central der Hörer hochgerissen, als hätte eine Hand schon seit Stunden abwartend darüber verharrt. »Blakeley.«

»Johnny. Hier ist Richard Jury. Sie hatten mich angerufen?«

»Genau. Dieses Kind, die Kleine, die in der Hester Street erschossen wurde. Ich kann zwar noch nicht sagen, wie sie heißt, wette aber ein Jahresgehalt – lohnt sich also nicht, die Wette zu gewinnen –, dass ich weiß, wo sie herkommt.«

»Und weiter.« Hastig zog Jury den Notizblock herüber.

»In der Straße ist ein Haus, wird seit Jahren als beliebter Treff für Pädophile betrieben. Die Frau, die sich um die Kinder kümmert – was soviel heißt, sie passt auf, dass sie nicht abhauen –, ist ein ganz besonderes Miststück namens Irene Murchison. Sie erinnern sich doch, wie man mich auf Befehl von ganz oben, äh, wegen der Sache mit dem Haussuchungsbefehl durch den Wolf gedreht hat? Na, das war dort. Die Murchison hat gut zehn kleine Mädchen – ich habe da gewisse Quellen –«

(Womit er seine Informanten meinte – er bezahlte sie fürstlich, hieß es unter der Hand.)

»Ich hab's versucht, bis ihr Anwalt mir mit einer Belästigungsklage daherkam. Paar Wochen habe ich mich bedeckt gehalten und bin ihr dann wieder auf die Pelle gerückt. Bekam ziemlichen Ärger deswegen. Also, diese Kleine … identifiziert haben Sie sie noch nicht, oder?«

»Nein, meine Leute arbeiten gerade die Liste von vermissten Kindern durch. Vielleicht haben wir ja Glück.«

»Wäre schön, aber das Glück scheint in dem Fall nach Diktat verreist zu sein. Machen Sie sich keine allzu großen Hoffnungen.«

»Wieso sind Sie sich so sicher, dass mit diesem Haus etwas faul ist?«

»Zunächst muss man sich nur angucken, wer dort ein und aus geht. Die Männer wohnen ja nicht dort. Ich habe das Treiben ein paarmal dort von weitem beobachtet und Fotos gemacht. An manchen Tagen kam nur ein einziger Kunde. Bestimmt nennen sie die so – statt gestörte Dreckskerle. An manchen Tagen kam einer, an anderen wieder sechs oder sieben. Rein und raus, rein und raus. Das ist das eine. Und das andere ist ein Mensch namens Viktor Baumann. Auch ein gestörter Dreckskerl, aber ein reicher Dreckskerl mit guten Beziehungen, ein aalglatter Scheißer. Kinderschänder. Die Sache ist die: Baumann hat genug Geld, um weiß Gott wie viele Teller in der Luft zu jonglieren.«

»Und das ist einer davon?«

»Absolut. Das sind alles honorige Geschäftsleute. Was zum

Teufel, frage ich Sie, haben die in einem Haus im Londoner Norden zu schaffen?«

»Aber besteht da denn nicht ausreichender Tatverdacht?«

»O, nein. Diese Murchison ist Münzensammlerin. Und ihre Kunden ebenfalls. Sie kommen und wollen kaufen, verkaufen, tauschen. Sie hat dort tatsächlich eine Sammlung.«

»Haben Sie einen von Ihren Leuten als Geschäftsmann und Sammler verkleidet hingeschickt?«

»Bis ganz rein ist er gar nicht gekommen. Sie merkte, dass da was nicht stimmte, Baumann hatte meinem Mann kein grünes Licht gegeben. Es gibt bestimmt ein Zeichen, das sie sich gegenseitig geben, ein Passwort oder irgendwas.«

»Erzählen Sie mehr von Viktor Baumann.«

»Ein ganz dicker Fisch in Finanzkreisen in der City, abgesehen davon, dass er ein dreckiges Stück Scheiße ist. Ich komme aber nicht an ihn ran. Wir haben keine Anhaltspunkte dafür, dass er das Etablissement dieser Murchison tatsächlich kontrolliert. Dabei geht's aber auch noch um etwas anderes. In Cornwall verschwand vor drei Jahren Baumanns Tochter, die bei seiner Exfrau lebte. Die dortige Polizei ging zunächst natürlich von einer Entführung aus. Allerdings kam nie eine Lösegeldforderung. Mehrere mögliche Erklärungen gab es. Für am wahrscheinlichsten hielt man es, dass Baumann sie selbst entführt hatte. Beziehungsweise hatte entführen lassen. Der macht seine Dreckarbeit ja nicht selber. Der Chief Inspector, der den Fall leitete, hielt Baumann für einen der Hauptverdächtigen. Die andere Möglichkeit war noch, dass irgendein Abartiger oder Perverser sie sich geschnappt hat. Aber damit kamen sie auch nicht weiter. Dann bestand noch die Möglichkeit, dass es eine verwirrte Frau war, die ihr eigenes Kind verloren hatte und sich sehnlichst wieder eins wünschte. Keine dieser Möglichkeiten führte zu einem Ergebnis. Die Kleine wird immer noch vermisst. Sie war erst vier.«

»Was ist mit Vergeltung? Könnte es nicht sein, dass Eltern, deren Kind dieser Baumann missbraucht hat, Rache nehmen wollten?«

»Schon möglich. Aber wenn schon die Kripo von Devon und Cornwall nichts findet, wie könnte es dann ein einfacher Bürger?«

»Keine Ahnung. Der hat vielleicht andere Ressourcen. Wieso ist Baumann für die der Hauptverdächtige?«

»Ha, weil man ihm das Sorgerecht für das Kind aberkannt hatte, und er versuchte, es zurückzugewinnen. Der bekam ja nicht mal Besuchsrecht. So einer gibt sich nicht so einfach geschlagen. Was der will, das nimmt er sich, und wenn's sein muss, mit Gewalt. Die dortige Polizei hat vielleicht doch Recht.«

»Mit wem hatten Sie dort zu tun?«

»Mit Macalvie. Der war der Chief Inspector. Inzwischen ist er Commander, glaube ich. Hartnäckiger Bursche, muss man schon sagen.«

Jury lächelte. »Ich kenne ihn. Hartnäckigkeit ist bloß die Spitze des Eisbergs. Ich glaube, den Ausdruck ›aussichtsloser Fall‹ kennt der gar nicht. Der gibt nie auf.«

»Ein Bulle ganz nach meinem Geschmack.«

»Ich werde ihm ausrichten, dass Sie das gesagt haben.«

»Angel Gate«, sagte Brian Macalvie am Telefon zu Jury. »So heißt das Anwesen. Sie wurde dort im Garten gefunden.« Er sprach vom Opfer, von der Toten, die man auf einer Steinbank in einer steinernen Nische entdeckt hatte.

Für Jury hatte der Name – Angel Gate, Engelstor – einen geradezu mythischen Klang. Tore aus Elfenbein, Tore aus Horn.

»Wir wissen nicht, wer sie ist. Sie wurde mit einer .22er-Halbautomatik erschossen. In den Brustkorb. Die Waffe haben wir nicht gefunden. Die liegt inzwischen vermutlich tief unten auf dem Grunde des Ex.«

Jury machte aus dem Telefonkabel eine kleine Schlinge. Eine .22er. Das kleine Mädchen in der Hester Street war mit einer .22er erschossen worden. Das musste nun nicht unbedingt etwas heißen. Er saß in seiner Wohnung in dem einzigen bequemen Sessel vor dem Bücherregal und ging noch einmal den Obduktionsbericht durch, dazu die Ergebnisse der Haus-zu-Haus-Befragung in der Hester Street. »Gibt es denn gar keine Spur?«

»Nein. Wir checken gerade ihre Fingerabdrücke durch. Die DNA nützt uns natürlich auch bloß was, wenn wir sie mit irgendwas vergleichen können.« Er klang ungeduldig. »Declan Scott hat diese Frau übrigens einmal in Begleitung seiner Gattin gesehen, und zwar in Brown's Hotel in Mayfair. Von der Köchin in Angel Gate wurde sie ebenfalls gesehen. Das ist aber schon fast drei Jahre her.«

Jury sagte: »Na, dann kann die Identifizierung der Leiche doch nicht so schwierig sein.«

»Von wegen, Jury. Scott hat keine Ahnung, wieso sie mit seiner Frau dort war. Die Köchin – die inzwischen nicht mehr dort arbeitet – hat ebenfalls keine Ahnung, wer es ist. Sie erinnert sich lediglich daran, dass diese Frau Mary Scott sprechen wollte. Aber weder die Köchin noch Declan Scott können sie identifizieren. Bei Brown's erkennt auch keiner das Gesicht wieder.« Macalvie schwieg einen Augenblick. »Bei diesem Fall ist Ihre chronische Melancholie gefragt, Jury.«

Jury hielt den Hörer vom Ohr weg, sah ihn fragend an und hielt ihn wieder hin. »Wovon zum Teufel reden Sie?«

»Von Declan Scott.«

»Weiter.«

Macalvie druckste eine Weile herum. »Länger als eine Viertelstunde ist Scott schwer auszuhalten. Ist Ihnen so jemand schon mal begegnet?«

Jury griff hinter sich und zog einen Band mit Gedichten von

Emily Dickinson aus dem Regal. Er überlegte einen Augenblick, während er das Vorwort des Dickinson-Bandes durchblätterte. »Thomas Wentworth Higginson.«

»Wer zum Teufel ist das?«

»Emily Dickinsons Adlatus, so könnte man ihn vielleicht nennen. Ihr literarischer Kritiker, Lektor, Herausgeber – was auch immer. Na, jedenfalls hat der sich genau so über sie geäußert: Er halte es kaum länger als eine Viertelstunde im selben Zimmer mit ihr aus. So intensiv sei sie, so emotionshungrig, dass sie ihn damit überwältigte. Eigentlich kein Wunder, wenn man sich ihre Gedichte ansieht. Was ist nun mit Declan Scott?«

»Das kleine Mädchen, Flora hieß sie, war eigentlich gar nicht seine Tochter, aber das würde man nie merken, wenn man ihn über sie reden hört. Über alle beide. Die Ehefrau ist ein halbes Jahr nach dem Verschwinden des Kindes gestorben.«

Ein doppelter Schicksalsschlag. »Wie ist sie denn gestorben?«

»Offenbar hatte sie was mit dem Herzen. Scott fand sie im Garten. Ein Garten inmitten eines Gartens, so eine Art Geheimgarten. Sie wissen schon.«

»Nein, ich hatte noch nie so einen. Ist das da, wo Sie heute früh die Leiche gefunden haben?«

»In einem anderen Teil des Gartens, weiter unten.«

»Trotzdem. Ein Zufall?«

»Keine Ahnung.«

»Wen gibt es da sonst noch? Im Haus?«

»Die einzige andere Vollzeitkraft ist die Haushälterin. Eine gewisse Rebecca Owen, Köchin und Wirtschafterin, aber nicht einmal die wohnt dort. Er lebt allein. Zwischen ihm und der Toten, behauptet er, gibt es überhaupt kaum eine Verbindung. Er kannte sie eigentlich gar nicht.«

»›Kaum‹ und ›eigentlich‹ erscheinen mir hier als Schlüsselbegriffe. Eine gewisse Verbindung gab es aber, nicht?«

»Ich sagte Ihnen doch, Scott hatte sie einmal gesehen, beim Tee mit seiner Frau Mary. Die stellte sie damals als eine alte Schulfreundin vor. Von der Roedean School.«

»Und natürlich war die Tote keine alte Schulfreundin, denn dann hätte die Roedean School das bereits bestätigt. Und Sie wüssten inzwischen, wer sie ist.« Schweigen. »Es gibt also eine Verbindung zwischen dem alten Fall und diesem.«

»Muss so sein. Das Opfer hätte doch etwas damit zu tun haben können. Es ist jetzt drei Jahre her, dass die Kleine verschwunden ist. Sie würden vermutlich sagen, Declan Scott soll es gut sein lassen.«

»Wieso zum Teufel sollte ich das sagen? So etwas lässt einen nicht los. Es wird mit der Zeit vielleicht sogar noch schlimmer.«

Keine Antwort.

Macalvie widerstrebte es tatsächlich, den Mann vernehmen zu müssen. Jury überlegte.

Macalvie sagte: »Das ist der Grund, verstehen Sie?«

»Was denn?«

»Was Sie gerade gesagt haben, dass es mit der Zeit schlimmer wird. Die meisten Leute leben nach der Devise ›die Zeit heilt alle Wunden‹. Sie würden sich bestimmt gut mit ihm verstehen.«

Jury schüttelte lächelnd den Kopf. »Wo wurde die Tochter entführt? Aus dem Haus? Vom Grundstück? Von wo?«

»Aus den Verlorenen Gärten von Heligan.«

Jury klemmte den Hörer ans andere Ohr. »Die Verlorenen Gärten von Heligan? Kommt mir bekannt vor. Ich war zwar nie dort, aber war das nicht dieses große Restaurierungsvorhaben in Cornwall? Dort und – wie heißt das andere?«

»Das Eden-Projekt.«

»Heligan ist doch so ein Restaurierungsobjekt, nicht wahr? Die frühere Parkanlage verwucherte zusehends, fiel sozusagen der Verwahrlosung anheim.«

»Richtig«, sagte Macalvie.

»Nun, ich habe noch nie erlebt, dass Melancholie einen Fall gelöst hätte. Meine jedenfalls weiß Gott nicht.«

»Woher wollen Sie das wissen? Bei diesem Fall bin ich mir nicht so sicher. Declan Scott – ach, Sie werden schon sehen, was ich meine. Es ist die Vergangenheit. Er erinnert sich nicht nur an sie, er lebt in ihr.«

»Tun wir das denn nicht alle?«

5

Hoch gewachsen, dünn, schwarz gekleidet und so glatt und geschmeidig wie ein Seehund, war Baumanns Sekretärin gerade am Telefon beschäftigt, als Jury ins Büro trat. Während er wartete, dass sie auflegte, sah er sich in dem kostspielig ausgestatteten Raum um. Ebenso glatt und eckig wie sie waren die Möbel, ganz in schwarzem Leder und Glas. An der Wand zu seiner Linken waren mehrere Glasregale angebracht, auf denen auf schwarzem Samt reihenweise Münzen ausgestellt lagen. Jury fiel wieder ein, was Johnny Blakeley ihm gesagt hatte.

Als sie den (gleichfalls glatten) Hörer endlich wieder aufgelegt hatte, stellte er sich vor und sagte, er würde gern Mr. Baumann sprechen.

»Vor zehn Uhr empfängt Mr. Baumann aber keinen Besuch.« Dabei schaute sie ostentativ auf ihre Armbanduhr.

»Das ist schade, ich muss nämlich um halb elf auf den Zug.«

Mit bedächtigem Stirnrunzeln unterzog sie daraufhin ihren Terminkalender einer ausführlichen Begutachtung. Schließlich hob sie den Blick. »Sie haben ja aber auch sowieso keinen Termin, oder?« Dies formulierte sie als Frage für den Fall, dass er sich mit ihr anlegen wollte.

»Nein, habe ich nicht –« Jury warf einen kurzen Blick auf das metallene Namensschildchen auf dem Schreibtisch. »– Grace.« Bei Vornamen schalteten solche Leute gewöhnlich eine Stufe herunter. Ihre Augenbrauen arbeiteten sich nach oben, erstaunt, was er sich für Freiheiten herausnahm. »Das hier ist einfach ein dringender Termin.« Einnehmend lächelnd schob er ihr seinen Dienstausweis hin. »New Scotland Yard, Kriminalpolizei.«

Sie stieß ihren Sekretärinnenstuhl zurück und stand auf. Immer noch frostig sagte sie: »Ich sehe mal nach, ob er jetzt mit Ihnen sprechen kann.«

»Das würde ich ihm doch stark raten.« Es klappte nie so recht, wenn Jury sich um einen bedrohlichen Tonfall bemühte. Immer versteckte sich dieser Schalk dahinter.

Sie trat an eine Flügeltür zu ihrer Linken, aus Kirschholz und mehrere Zentimeter dick. Sie stieß sie auf, und er hörte, wie sie der Person in dem behaglichen Büro dahinter etwas zumurmelte. Dann wandte sie sich um und zog beide Türen auf – beide Türen … ein dramatischer Auftritt. Nachdem sie wieder hineingetreten war, hörte er sie etwas murmeln, bevor sie sich umdrehte und ihn hereinwinkte.

Viktor Baumann erhob sich und trat hinter seinem Schreibtisch hervor, um Jury die Hand zu schütteln. »Freut mich, dass man Flora bei der Polizei nicht vergessen hat. Und besonders bei Scotland Yard. Sie ist jetzt seit drei Jahren verschwunden. Ich will Ihnen natürlich behilflich sein, so gut ich kann. Bitte, Superintendent, setzen Sie sich doch.« Baumann ließ sich wieder auf seinem Schreibtischstuhl nieder, der wie einer von diesen Bauhaus-Freischwingern aus Aluminium und Leder aussah und so leicht war, dass man fast meinte, er könnte sich in die Luft erheben.

Noch ein mit umwerfenden Designermöbeln ausstaffiertes Büro, jedoch geräumiger als das Vorzimmer. Jury konnte sich vorstellen, dass die Gemälde nicht nur Originale waren, sondern auch von ihm unbekannten zeitgenössischen Künstlern stammten.

»Ich arbeite im Morddezernat, Mr. Baumann.« Als Baumann erschrocken auf seinen Stuhl zurücksank, bemerkte Jury seinen Irrtum gleich und fügte rasch hinzu: »Nein, Verzeihung, es geht gar nicht um Ihre Tochter. Es geht um den Mord an einer Frau. Wir haben allerdings noch keine Spur, der wir nachgehen können.« Er holte das Polizeifoto hervor und reichte es ihm über die Tischfläche hinüber.

Nachdem er einen kurzen Blick darauf geworfen hatte, wandte Baumann sich ab. »Tut mir Leid. Ich bin etwas zimperlich, wenn's um Tote geht. Und ich weiß auch nicht, was das mit mir zu tun hat.«

»Vermutlich gar nichts. So wie es aussieht, hatte diese Frau aber etwas mit Ihrer damaligen Ehefrau zu tun.«

»Mit Mary? Wie meinen Sie das?«

Die Erwähnung von Declan Scotts Namen wollte Jury bei dieser Unterredung tunlichst vermeiden. »Man hat sie zusammen beim Tee in Brown's Hotel gesehen. Nach den Worten Ihrer Exfrau handelte es sich um eine alte Schulkameradin.« Jury ließ Baumann nicht aus den Augen, um zu sehen, wie er reagierte. Kein leichtes Unterfangen bei einem Menschen, der es sich angewöhnt hatte, bei Geschäftsverhandlungen keinerlei ungewollte Regungen zu zeigen. Das Geschäft, stellte Jury sich vor, konnte dadurch entweder glücken oder scheitern. Seine Verwicklung in diesen Todesfall wäre ebenso schwierig nachzuweisen wie bei dem durchtriebensten Schurken.

»Sie sagen aber doch, davon abgesehen könnten Sie keine Verbindung zwischen dieser Frau und meiner Exfrau finden?«

»Bisher jedenfalls nicht.« Er hatte das Foto direkt vor Baumann auf den Tisch gelegt.

Baumann sagte: »Ich fürchte, ich kann Ihnen da nicht weiterhelfen, Superintendent.«

»Sind Sie sicher, dass Sie sie noch nie gesehen haben?«

Baumanns Lächeln wurde ziemlich unfreundlich. »Ganz sicher. Das Gesicht ist ja nicht gerade besonders einprägsam, was meinen Sie?«

Das klang ganz schön kaltblütig, fand Jury. »Vielleicht nicht.«

»Es stand doch davon in der Zeitung, nicht wahr? An ein Foto von dem Gesicht kann ich mich zwar nicht erinnern, aber an das Verbrechen. Ziemlich schauerlich, was? Ein Landsitz mit einer Leiche im Garten?«

Auch er schien Declan Scotts Namen nicht nennen zu wollen. »Schauerlich in der Tat. Das war die Entführung Ihrer Tochter aber auch, die ja immerhin auf diesem Landsitz lebte. Und der Tod ihrer Mutter. Auf Declan Scotts Anwesen passieren eigentlich viel zu oft schreckliche Dinge.«

»Ah.« Baumann entspannte sich etwas und griff nach einem Briefbeschwerer. Offensichtlich nahm er fälschlicherweise an, Jury sei auf seiner Seite. Oder zumindest nicht auf der von Declan Scott. »Dann schlage ich vor, Sie nehmen es mal genauer unter die Lupe, Superintendent.« Er lächelte verschlagen.

»Das tue ich auch, Mr. Baumann.« Baumanns verblüfften Blick ließ er unkommentiert.

»Sie haben aber doch angedeutet, dass Scott bei dem allem eine Rolle spielt.«

»Sicher spielt er eine Rolle dabei. Das muss aber nicht heißen, dass er die Sache inszeniert hat. Welchen Grund hätte er denn haben sollen, Ihre Tochter Flora zu kidnappen?«

Baumann schwieg.

»Bei Ihnen dagegen«, fuhr Jury fort, »könnte man durchaus ein Motiv erkennen. Sie waren mit Floras Mutter in einen Sorgerechtsstreit verwickelt. Declan Scott wollte das Kind adoptieren –«

»Superintendent, Flora war – *ist* – meine Tochter. Ist denn irgendetwas bedenklich an der Tatsache, dass ich sie bei mir haben will?«

»Nein, außer dass sie verschwunden ist. Darum geht es doch, nicht? Dass Sie sie vielleicht so unbedingt bei sich haben wollten, dass Sie sie raubten.«

Baumann wirkte nun gar nicht mehr entspannt. »Es geht also

überhaupt nicht um die ermordete Frau. Sie sind gar nicht wegen ihr hier. Es geht wieder um Flora.«

»Der Grund meines Besuches war nicht Flora, sondern dieser neue Mordfall. Ich glaube aber, dass zwischen den beiden eine Verbindung besteht, Mr. Baumann. Mir scheint einfach, dass der Mord an einer Fremden ausgerechnet dort, wo Ihre Tochter verschwunden ist, kein Zufall sein kann. Insbesondere, weil diese Frau ja selbst dieses Haus aufsuchte. Sie kannte Mary Scott und wollte Schwierigkeiten machen.«

»Woher wollen Sie das wissen?«

»Weil sie ermordet wurde.«

»Und daraus leiten Sie ab, dass es eine Verbindung zwischen Mary und dieser Frau gibt?«

»Da brauche ich gar keine Verbindung abzuleiten. Die gibt es nämlich. Die beiden Frauen kannten einander.«

»Behauptet Declan Scott.«

»Kann sein, dass er lügt. Ich wüsste allerdings nicht, wieso.«

Baumann stand auf und trat an ein Schränkchen im asiatisch angehauchten Stil, dessen dunkles Rot fast wie Schwarz wirkte. »Wie wär's mit einem Drink, Superintendent?«

»Nein, danke. Inzwischen habe ich bestimmt schon ein Dutzend Tassen Tee intus.« Es war ihm bisher noch nicht so recht geglückt, sich Baumann gewogen zu machen, er hatte ihn im Gegenteil sogar fast abgeschreckt. Deshalb sagte er jetzt: »Sie sind Münzensammler, Mr. Baumann. Diese Stücke sehen ziemlich wertvoll aus.« Er lächelte und deutete mit dem Kopf in Richtung Vorzimmer.

Baumann schenkte sich einen kleinen Gin in ein kristallenes Stumpenglas. Das fand Jury nun wieder interessant. Er hätte Whiskey erwartet. Gin vor dem Mittagessen! Jury war der Überzeugung, drei Viertel aller Mitmenschen waren Alkoholiker, er selbst vielleicht inbegriffen.

»Aha, Sie interessieren sich für Münzen, Superintendent?« Er kehrte zu dem schwebenden Schreibtischsessel zurück.

»Ich kenne mich nicht sehr gut damit aus. Aber ich frage mich schon die ganze Zeit, was das für eine ist, die Sie da zwischen den Fingern drehen.« Es war eine alte, in Acrylglas gegossene Münze, die als Briefbeschwerer diente.

Baumann hielt sie ihm lächelnd hin. »Die habe ich eigentlich am liebsten: eine griechische Tetradrachme, was so viel heißt, dass sie vier Drachmen wert ist. Es ist Alexander der Große. Eins meiner Lieblingsstücke. Seit ich angefangen habe zu sammeln, habe ich erst zwei von denen gesehen.«

Jury nahm sie in die Hand. Es überraschte ihn nicht, dass Baumann eine gewisse Affinität zu Alexander verspürte. Der war auf der Münze mit einem Löwenkopf als Helm abgebildet. »Sieht ziemlich wertvoll aus«, sagte Jury und gab sie ihm zurück.

»Eigentlich nicht. Sie ist natürlich sehr, sehr alt, das hat aber nicht viel zu sagen, was den Wert betrifft.«

Nachdem er sich wenigstens bis zu einem gewissen Grad Baumanns Gunst wieder gesichert hatte, meinte Jury: »Nun habe ich aber vom Thema abgelenkt. Wir sprachen doch gerade über Declan Scott.«

Baumann nahm einen Schluck und stellte das schwere Glas hin. »Ich dachte bloß, vielleicht hat Scott deshalb gelogen, weil er von der Beziehung zwischen sich und dieser Frau ablenken wollte, indem er behauptete, sie sei eine Freundin von Mary. Und sich dann diese Geschichte ausdachte, er hätte sie zusammen gesehen. Für diese Begegnung gibt es keine Zeugen, sagten Sie doch, nicht wahr?«

»Nein, wir haben keine aufgetan. Aber Declan Scott ist nicht der Einzige, der sie gesehen hat –«

Baumann unterbrach ihn. »Aber Sie sagten doch gerade, es gäbe keine Zeugen.«

»Bei dem Treffen im Hotel nicht, aber später, als sie zum Haus kam. Und da hat auch nicht Declan Scott sie gesehen, sondern die Köchin der Scotts.«

So wie Baumann sein leeres Glas in den Händen drehte und wendete, wie er es betrachtete, wollte er offenbar noch einen Drink. »Ach, ist das eine von diesen altgedienten ›Perlen‹, die für die Scotts alles tun würde?«

»Wollen Sie damit andeuten, sie würde für sie lügen?«

Achselzuckend stellte Viktor Baumann sein Glas hin. »Könnte doch sein, oder?«

»Ist allerdings höchst unwahrscheinlich. Ich glaube, hier hat Sherlock Holmes Recht, wenn er sagt: Die einfachste Erklärung ist die wahrscheinlichste.«

»Da bin ich aber ganz anderer Meinung. Wie mir scheint, ziehen Sie nicht alle Möglichkeiten in Betracht.«

Jury sagte nichts, sondern wartete darauf, dass er weiterredete, was er offensichtlich beabsichtigte.

»Sie haben sich von ihm beeindrucken lassen, Superintendent. Declan Scott wirkt ja sehr vertrauenerweckend.« Baumann klatschte auf die Lehnen seines Sessels, bevor er sich daraus erhob.

»Ich kenne Mr. Scott noch gar nicht.«

»Nun, wenn es soweit ist, werden Sie sehen, was ich meine. Sie entschuldigen mich, aber ich bin um zehn Uhr verabredet.« Er trat an einen Schrank und holte einen Mantel heraus.

Jury war ebenfalls aufgestanden und sah zu, wie er sich den Mantel zuknöpfte, einen eleganten schwarzen Herrenmantel, einreihig und mit Samtkragen. So einen Mantel hatte Jury schon lange nicht mehr gesehen, geschweige denn selbst getragen.

Immer noch zum Thema Declan Scott meinte Viktor Baumann: »Für meinen Geschmack ist der viel zu glatt.«

Jury lachte. »Genau das hat jemand über Sie gesagt. Der Ausdruck war ›aalglatt‹.«

Viktor Baumann schien diese Charakterisierung zu gefallen. Allerdings war dieser Mensch dermaßen selbstbezogen, dass sich Jury nicht wunderte. »Es kann sein, dass ich Sie noch einmal sprechen möchte, Mr. Baumann, wenn Sie nichts dagegen haben. Falls diese Sache doch etwas mit Ihrer Tochter zu tun hat, wollen Sie bestimmt über eventuelle Entwicklungen informiert werden.«

»Unbedingt, Superintendent.«

Jury gab sich noch eine Spur unterwürfiger. »Meinen Sie, ich könnte mir Ihre Münzensammlung ein bisschen genauer ansehen?«

Baumann runzelte die Stirn, dann hellte sich seine Miene auf. »Ach, Sie meinen, die da draußen? Selbstverständlich. Ich sag nur Grace kurz Bescheid« – er überlegte – »nein, ich weiß was Besseres …« Er nahm ein Visitenkärtchen aus dem kleinen silbernen Ständer auf seinem Schreibtisch, griff dann nach dem schwarzen Schreibstift im Halter, drehte das Kärtchen um und schrieb eine kurze Notiz darauf. Er reichte es Jury. »Grace ist manchmal ein bisschen tyrannisch. Ich will es ihr lieber nicht lang und breit erklären. Sagen Sie ihr einfach, was Sie wollen und geben Sie ihr das hier. Sonst überlegt sie sich zehn Minuten lang irgendwelche Gründe, wieso sie Ihnen die Vitrine nicht aufschließen kann.« Baumann öffnete die Tür. »Also, dann auf Wiedersehen, Superintendent. Grace wird sich darum kümmern.« Er nickte ihm grüßend zu und ging hinaus.

Grace ließ wieder fragend die Augenbrauen nach oben tanzen.

Jury reichte ihr das Kärtchen. »Ich wollte mir nur ein paar von den Münzen genauer ansehen.«

Der Anweisung auf dem Kärtchen folgend, sie solle seinen Wünschen entsprechen, kniff sie den Mund zusammen, holte ein paar Schlüssel aus einer Schublade, stand auf und trat an die Vitrinentüren, um aufzuschließen. Sie gab ihm das Kärtchen zurück, als interessierte Jurys Neugier sie nicht weiter.

Jury seinerseits interessierten weder sie noch die Münzen. Er hatte sich lediglich auf freundlicher Basis von Baumann verabschieden wollen. Sie blieb dicht neben ihm stehen, während er die Münzen betrachtete.

»Ich an Ihrer Stelle würde sie nicht in die Hand nehmen«, sagte Grace. »Mr. Baumann ist in Bezug auf seine Münzen äußerst empfindlich. Sie sind ziemlich wertvoll.«

In Anbetracht der Tatsache, dass das Kärtchen sie angewiesen hatte, ihm jegliche Unterstützung zu gewähren, spielte Jury mit dem Gedanken, es darauf ankommen zu lassen, kam dann aber zu dem Schluss, dass es bloß Zeitverschwendung wäre. »Danke«, sagte er und trat beiseite.

Mit wichtigtuerischer Miene schloss sie die Türen wieder zu. Dann lächelte die Hüterin der Münzen etwas verkniffen und brachte Jury zur Tür.

6

Für die Anonymität von Zugreisen hatte Jury schon immer etwas übrig gehabt. Da in seinem Wagen nur wenig andere Passagiere waren, saß er eine Weile einfach da und genoss das Gefühl der Leere eines Reiseerlebnisses mit der Great Western Railway.

Er hatte sich das Buch von Emily Dickinson mitgenommen und überlegte, während er die Gedichte las, wie es wohl sein musste, über ihre Art von Wahrnehmung zu verfügen. Es musste zutiefst schmerzhaft sein, ein Gefühl, als ob man sich die Zähne an Glas ausbiss. Aber man war wenigstens hellwach. Zu oft hatte er in den letzten Wochen das Gefühl gehabt, wie ein Schlafwandler durchs Leben zu taumeln.

Als der Zug in Pewsey anhielt, stieg eine erschöpft aussehende Frau mit drei kleinen Kindern zu, die sie auf dem Vierersitzplatz mit Tisch unterbrachte. Der jüngste der drei Kleinen heftete seine riesigen Augen auf Jury, der ihm gegenüber auf der anderen Seite des Durchgangs saß.

Jury schloss die Augen, nachdem er die Stelle im Buch mit seinem Plastikteelöffelchen markiert hatte. Er hoffte, das starrende Kind dadurch abwimmeln zu können, und lehnte den Kopf ans Fenster. Er war müde und wollte seine Ruhe haben. So blieb er, den Kopf an die Scheibe gelehnt, eine Weile sitzen, bis ihm diese Haltung zu unbequem wurde und er sich aufrichtete, um weiterzulesen.

In körperlicher Hinsicht hatte er sich von den Schussverletzungen gut erholt. Immerhin war es inzwischen zwei Monate her. Was das Seelische betraf, ertappte er sich jedoch noch zu oft beim Gedanken, wie er auf jener Pier an der Themse lag und überlegte, wie zum Teufel er bloß in diese Lage geraten war. Er las:

Von den Seelen die geschaffen stehn –
Hab ich – Eine – erwählt –
Wenn sich der Sinn vom Geist – abfeilt –
Jede Verstellung – fällt.

»*Jede Verstellung – fällt.*« Was für eine wundervolle Gedichtzeile. Wen Emily erwählte, würde für immer ein Geheimnis bleiben. Und wenn er jemanden erwählen sollte, wer wäre es? Sein Kopf wurde leer. Doch dann tauchte in dieser Leere plötzlich ein Gesicht auf, und er war völlig konsterniert. Eine Frau, an die er nie sonderlich gedacht hatte, bei der er nun überlegte, wie sie ihm hatte entgehen können, eine Frau, die sich bei zahlreichen Gelegenheiten aus dem Schatten herausschälte und dann wieder darin zurückwich. Wieso kam ihm von allen Frauen, die er kannte, ausgerechnet sie in den Sinn? Bei dem Gedanken hätte er beinahe laut losgelacht. Er schlug die Augen auf und sah, dass er immer noch das Interesse dieses Jungen und nun auch von dessen Mutter erregte, die ihm gegenüber saß. So penetrant war er noch nie angestarrt worden. Und auch als Jury ihre unerbittlichen Blicke erwiderte, ließen sich die beiden nicht beirren. Ihre Gesichter wirkten wie in Marmor gemeißelt.

Er könnte sich woanders hinsetzen. Doch es war ihm peinlich, sich dadurch aus der Affäre zu ziehen.

Er holte sich noch eine Tasse Tee vom Servierwagen und wollte eigentlich über Macalvies vermisstes Kind nachdenken. Doch hatte er nicht genügend Details, um sich ein Bild zu machen. Er konnte sich nur vorstellen, dass jemand dieses Kind mitgenommen hatte, vielleicht eine Frau, die ihr eigenes verloren hatte und verzweifelt einen Ersatz suchte. Entweder das oder aber es war der Exmann, Viktor Baumann. An andere Möglichkeiten wollte er lieber nicht denken. Gab es einen besseren Ort, um ein Kind zu entführen als eine riesige Parkanlage mit unzähligen Verstecken?

Er sollte aufhören zu spekulieren, nicht einmal dafür besaß er genügend Informationen.

Stattdessen dachte er an Emily Dickinson. »*Wenn sich der Sinn vom Geist – abfeilt –, Jede Verstellung – fällt.*« Die Maske abnehmen, auf Vortäuschung falscher Tatsachen verzichten, die Karten auf den Tisch legen. Schluss mit Illusionen... Er lehnte den Kopf an die Rückenlehne seines Sitzes und schlief ein.

Jury bekam nicht mit, wie der Zug in Exeter anhielt. Erst als der Schaffner durchkam und St. Austell ausrief, schreckte er hoch. Er sammelte Mantel, Zeitung und Buch zusammen. Jetzt, wo er ausstieg, hatte die Frau ihm gegenüber endlich die Augen zugemacht, und der kleine Junge hatte sich abgewandt.

Als Jury auf den Bahnsteig trat und sich umblickte, sah er einen jungen Mann auf sich zukommen, ziemlich groß, drahtig und mit dunkler Brille.

»Detective Sergeant Platt, Sir«, sagte der Kripobeamte und führte Jury zu einem Ford Escort, dem man selbst ohne Polizeiabzeichen meilenweit ansah, dass es sich um ein Dienstfahrzeug handelte. Jury war einfach über die Jahre schon in zu vielen Fords gefahren.

»Commander Macalvie meint, Sie sollten sich mal dort umsehen, wo die kleine Baumann verschwunden ist – Flora. Die Verlorenen Gärten von Heligan. Ein faszinierender Ort. Das Mädchen wurde in der Nähe der so genannten Kristallgrotte entführt. Ihre Mutter war schon vorausgegangen. Sie hatte sie nur für ein paar Minuten aus den Augen gelassen.«

»Ich habe nichts dagegen, Sergeant Platt. Wie heißen Sie übrigens mit Vornamen?«

»Cody.« Als müsste er seinen Namen näher erklären, fügte Platt hinzu: »Meine Mum hatte eine Schwäche für amerikanische Western, und irgend so ein Cowboy hieß eben ›Cody‹. Ich habe früher immer Cowboy gespielt, mit silberner Pistole, Fransenjacke und Stiefeln. Der Chef nennt mich gern so – äh, ›Cowboy‹.«

»Das sieht ihm ähnlich.« Jury lachte.

Diese Antwort schien DS Platt zu freuen. »Ich denke, Commander Macalvie will, dass Sie sich ein Bild davon machen, was sich damals dort abgespielt hat. Zur Orientierung: Wenn man mit dem Zug aus London kommt, landet man in St. Austell. Heligan wiederum liegt in der Nähe von Mevagissey, Launceston ein gutes Stück weiter nördlich. Ich soll Sie erst nach Heligan fahren, und später will der Chef Sie dann in einem Pub in South Petherwin treffen. Das ist kurz vor Launceston.«

Jury machte gar nicht erst den Versuch, sich die komplizierten Ortsverhältnisse zu merken, wusste aber, dass er überall rechtzeitig hinkäme. Er zog seine Wagentür zu, und nachdem Platt rückwärts aus dem Parkplatz herausgefahren war, lenkte er den Ford Escort auf eine von St. Austells gewundenen Hügelstraßen.

Jury sagte: »Er glaubt also, dass es eine Verbindung zwischen den beiden Verbrechen gibt?«

»Dem Verschwinden der kleinen Flora und diesem Mord hier? Ja, das glaubt er.«

»Und was glauben Sie?«

Platt schien etwas überrascht, dass seine Meinung gefragt war. »Ob ich glaube, das gehört alles zu einem einzigen Fall? Ja, schon. Diese Frau, die ermordet wurde, war früher schon mal in Angel Gate – das ist der Landsitz der Scotts. Anscheinend war sie eine Freundin von Mary Scott. Oder eine Bekannte. Wahrscheinlich eher eine Bekannte.«

»Könnte der Ehemann das denn nicht klarstellen?«

»Der kennt – beziehungsweise kannte – die Tote gar nicht. Hat sie einmal mit seiner Frau zusammen in London gesehen, sagt er, weiß aber nicht, wer sie war.«

»Hm.« Jury lehnte sich zurück und betrachtete schläfrig die recht freundliche, aber nicht sehr beeindruckende Landschaft. Das Besondere an Cornwall war aber ja die Küste, oder? Und nicht das Landesinnere.

Kurz darauf fuhren sie auf den weitläufigen Parkplatz der Gartenanlage von Heligan, wo Autos und Busse mittels Hinweisschildern in die richtigen Parkbereiche dirigiert wurden. Jury war froh, dass es nicht Sommer war, sonst würden sich hier Ausflugsbusse und Menschenmengen drängen. Es standen nur wenige Autos da. Platt parkte neben einem grauen Plymouth.

Sie waren ausgestiegen und blieben neben dem Wagen stehen.

»Die Mutter starb also, kurz nachdem die Tochter verschwunden war?«

Sergeant Platt nickte. »Ein halbes Jahr später. Sie war erst neununddreißig.«

»Woran ist sie gestorben?«

Platt sah auf dem Parkplatz umher, als hoffte er, Mary Scott würde aus dem alten grauen Plymouth neben ihnen steigen, aus dem Morris Minor oder dem schnittigen schwarzen BMW. »An gebrochenem Herzen, würde mich nicht wundern.« Er sah Jury traurig an. »Aber es heißt ja, daran kann man nicht sterben, oder?«

Sein bekümmerter Blick war beunruhigend. Jury legte Platt die Hand auf die Schulter. »Glauben Sie das bloß nicht, Sergeant. Sie kannten sie also?«

»Ja. Ich hielt Kontakt, wissen Sie. Ich kannte Mary – äh, Mrs. Scott – ziemlich gut. Und Flora auch.«

Jury beobachtete sein Gesicht. »Sie hatten die beiden gern.«

Platt nickte wortlos und blickte über den Parkplatz hinweg.

Jury sagte, er würde sich diese Kristallgrotte gern allein ansehen, falls Platt nichts dagegen hätte. Im Gegenteil, der Sergeant schien erleichtert, dass er Jury nicht begleiten musste. Er würde im Café neben dem Souvenirladen auf ihn warten, sagte er. Er könne eine Tasse Tee vertragen, meinte er, und Jury musste an Wiggins denken, der am nächsten Tag ebenfalls herkommen sollte.

Er ging zu einem Kiosk hinüber, wo es die Eintrittskarten zu kaufen gab. Der junge Bursche, der dort herumhantierte, sah ihn erstaunt an, als Jury seinen Dienstausweis hervorzog, und schien schwer beeindruckt.

»Ich brauche einen Plan von der Parkanlage. So was haben Sie ja sicher hier. Ich suche die Kristallgrotte – ich glaube, so heißt sie.«

Der Kartenverkäufer gab ihm einen Lageplan und beschrieb ihm kurz den Weg. »Und Sie haben ja Ihren Plan…« Er sah Jury an, als könnte er nicht recht glauben, dass dieser nicht gleich auf einem fliegenden Teppich dorthin expediert, sondern selbst seinen Weg finden würde. Seltsam.

Den Plan an die Stirn haltend, grüßte Jury ihn zum Abschied und ging.

Ein üppiger Rhododendron, der Jury um ein Zehnfaches überragte, markierte den Eingang zum nördlichen Gartenbereich. Hier drinnen auf dem Fußweg herrschte Stille, tiefe Stille, die aus den einstigen Trümmern des Parks bewahrt zu sein schien. Als er sah, wie sich das Sonnenlicht im Astwerk der Bäume fing, fiel ihm plötzlich wieder die Freundin seiner Mutter ein, eine Aquarellmalerin, die später erblindet war. Er erinnerte sich, wie er mit ihr in dem kleinen Park auf der gegenüberliegenden Straßenseite ihres Reihenhauses gesessen hatte. Etwas weiter unten erspähte er durch das Gitterwerk aus ineinander verschlungenen Zweigen die Statue eines kleinen Mädchens auf Zehenspitzen, das im Moment der Ausführung von einer dieser schwierigen Ballettfiguren festgehalten schien, und musste unwillkürlich an Elicia Deauville denken – an sie oder aber an die fälschliche Erinnerung, wie sie offenbar in dem Reihenhaus nebenan getanzt hatte, neben dem

Zuhause seiner Kindertage. Seine Cousine hatte diese Erinnerungen jedoch fast vollständig zerstört, sie entwertet oder bestenfalls fragwürdig werden lassen – Erinnerungen, die man hervorzerrte und dem Tageslicht aussetzte, um zu sehen, wie echt sie waren. So wie jene Zeit in Devon während der Kriegszeit, der Strand, die kaputten Zäune, das Mädchen mit dem rötlichgelben Haar. Oh, dieses Mädchen musste es doch einfach gegeben haben – wie es mit seinem Spott und seinen Hänseleien sämtlichen kleinen Jungs überlegen war. Ihr Haar, ihr flammendes Haar – das war doch bestimmt echt gewesen. Ihm war, als käme er plötzlich nur ruckartig voran, als stolperten, taumelten seine Gedanken zwischen diesen unerquicklichen Szenen hin und her beim Versuch, das Gleichgewicht zu halten. Ja, dachte er unvermittelt: So war es, das Leben – man versuchte immerzu das Gleichgewicht zu halten.

Er ging diesen Gedanken nach, ohne für einen Moment stehen zu bleiben. Er hatte nicht einmal seinen Schritt verlangsamt, sondern war in gleichmäßigem Tempo weitergegangen. Außer ihm war niemand unterwegs. Jurys Füße knirschten einsam auf dem Kies. Außer einem Vogel irgendwo über ihm in der Luft war kein Laut zu hören.

Nach fünf Minuten kam er plötzlich an eine abwärts führende Treppe. Moos bedeckte die Stufen, weich und ein wenig rutschig. Die Kristallgrotte lag am Fuß dieser Stufen, und vor dieser kleinen Höhle, hatte Platt gesagt, war Flora Scott von ihrer Mutter zum letzten Mal gesehen worden. Er fragte sich, ob Flora hineingegangen war, um sich die Grotte anzusehen, die der Beschreibung nach recht romantisch war. In die Decke waren kleine Kristallstücke eingelassen, und früher, in der Blütezeit des Parks, hatten die Besitzer offenbar überall Kerzen aufgestellt, damit sich deren Licht in den Kristallen widerspiegelte.

Mary Scott war anscheinend damals vorausgegangen, und das Buschwerk musste ihr wohl die Sicht auf die Grotte versperrt haben. Wenn es aber nur ein paar Minuten gedauert hatte, bis ihr auffiel, dass Flora nicht hinter ihr herkam, musste die Kidnapperin (Jury stellte sich vor, dass es eine Frau war) ihnen heimlich gefolgt sein und sehr rasch gehandelt haben. Jury konnte sich nicht vorstellen, dass diese Person sie genau hier hatte abpassen können, denn die Gärten von Heligan waren weitläufig, und sie hätte ja nicht wissen können, dass Mary und Flora diesen Weg nehmen würden.

Er oder sie (vielleicht war es ja doch ein Mann) hätte aber wissen können, dass die beiden oft hierher kamen. Dann wäre es vielleicht kein Zufall gewesen, was darauf hindeutete, dass es jemand war, der sie gekannt hatte und es auf Flora abgesehen hatte und nicht auf irgendein beliebiges kleines Mädchen. Falls es aber Viktor Baumann war – wie hätte er die Kleine die letzten drei Jahre lang verstecken können? Am Schauplatz eines drei Jahre zurückliegenden Verbrechens gab es nichts mehr zu sehen. Wenn es überhaupt ein Verbrechen gewesen war.

Er hieß Marvin Griswold und arbeitete bereits seit über vier Jahren in unterschiedlichen Funktionen hier. Der Verkauf von Eintrittskarten war nur eine davon.

»Schwierig, sich so weit zurückzuerinnern, drei Jahre, ich meine, sich genau an die Tatumstände zu erinnern«, beantwortete Marvin Griswold Jurys Frage nach Flora Scotts Verschwinden. »Klar erinnere ich mich an die Sache. Stand ja schließlich in allen Zeitungen. Es war ganz schön aufregend. Noch ein halbes Jahr später kam man kaum durch bis zur Kristallgrotte. So sensationslüstern, wie manche Leute sind, nicht? Aber ob ich mich erinnern kann, sie und ihre Mutter an dem betreffenden Tag gesehen zu haben? Nein, kann ich nicht. Da war bestimmt jemand anderes im Kiosk, als sie kamen.«

Er klang ein wenig ungehalten, so als hätte jemand anderes damals den ganzen Spaß gehabt.

Jury dachte an den Lageplan des Parks. »Kommt jeder am Eingang an Ihrem Kiosk vorbei? Um eine Eintrittskarte zu kaufen?«

»Ja. Es ist eigentlich keine Eintrittskarte, sondern so eine Anstecknadel.« Er hielt ein kleines Metallplättchen hoch, das die Besucher sich an Jackett oder Mantel hefteten.

»Auch wenn die Leute den Park wieder verlassen?«

Griswold schüttelte den Kopf. »Nein, außer sie gehen den gleichen Weg wieder zurück. Aber wahrscheinlich nehmen sie eher einen von den anderen Fußwegen, zum Beispiel den hinter dem Souvenirladen dort drüben.« Er deutete mit einer lässigen Handbewegung hinter Jury.

»Und Mrs. Scott hatte wohl auch einen Plan dabei.«

Marvin blies nachdenklich die Backen auf und überlegte. »Nehme ich an. Wir geben immer einen Plan aus mit dem Anstecker. Aber wenn sie und die Kleine oft hier waren, hat sie sich vielleicht gar keinen mehr mitgenommen.«

»Als Sie sie nicht zurückkommen sahen, haben Sie sich da nicht gewundert?«

»Nein, ich sagte ja gerade, es gibt mehrere Ausgänge.«

»Was heißt, es gibt auch mehrere Eingänge. Wenn man aber zur Straße hinaus will, kommt nur ein Ausgang in Betracht, nämlich der beim Parkplatz.«

»Ja, für die Besucher. Dann sind da natürlich auch noch die anderen Fahrwege für die Bauarbeiter. Und was Sie mehrere Eingänge nennen – theoretisch ja. Aber das macht doch keiner, oder? Dass er sich heimlich reinschleicht. Nicht in einen Park wie Heligan. Ist ja kein Kino oder ein Rolling-Stones-Konzert, oder?«

»Nein.« Jury lächelte.

»Ach, wissen Sie«, seufzte Marvin, »ich bin ja schon von der Polizei befragt worden, und zwar nicht nur einmal.«

»Aber nicht von mir.« Jury hob grüßend die Hand zum Abschied. »Danke für Ihre Hilfe.«

Als Jury das Café betrat, saß Sergeant Platt mit einer Tasse Tee auf einer der Holzbänke.

»Sie haben sie gefunden?«, sagte er.

Jury musste unwillkürlich lächeln. Es klang, als hätte die Grotte die Angewohnheit, den Standort zu wechseln. »Ja. Ich kann allerdings nicht behaupten, dass ich dabei große Erkenntnisse gewonnen hätte.«

»Na ja, der Chef wollte eben, dass Sie sich ein Bild davon machen. Er sagte was von Atmosphäre. Sie sollten sich eben mal umsehen.« Platt runzelte leicht die Stirn, anscheinend wurmte es ihn, dass er nicht die richtigen Worte für das fand, was Macalvie gemeint hatte.

»Er hatte Recht. Ich bin froh, dass ich dort war. Die großen Erkenntnisse kommen mit der Zeit ja hoffentlich noch.«

»Wollen Sie einen Tee oder sonst was?«

»Ich könnte was zu essen vertragen. Vielleicht fahren wir gleich weiter nach Launceston.«

»Gut. Genauer gesagt, nach South Petherwin, das ist ein kleines Dorf kurz vor Launceston. Dort gibt es ein Pub.«

Gut. Ein Pub-Lunch. Jury hatte einen Bärenhunger. Abgesehen von den zehn bis zwölf Tassen Tee hatte er den ganzen Tag noch nichts zu sich genommen. »In Ordnung.«

7

The Winds of Change lag in dem Dörfchen South Petherwin und war – nach der Größe des Parkplatzes zu urteilen – auf regen Geschäftsbetrieb eingerichtet. Dass so wenig los war, lag vermutlich an der Jahres- oder der Tageszeit. Am anderen Ende des Parkplatzes war eine große Fläche für Ausflugsbusse ausgewiesen. Jury fragte sich, was das Dörfchen für Touristen wohl so anziehend machte.

Brian Macalvie saß bereits an der Theke, trank, rauchte und behielt die Tür im Blick. Als Jury und Platt eintraten, winkte er sie mit großer Geste herüber, als müsste er sie über die Köpfe einer Menschenmenge hinweg ausfindig machen und säße bereits seit Stunden – ja, seit Tagen – hier, um auf die notorisch zu spät Kommenden zu warten.

Jury setzte sich und griff zur Speisekarte. Cody bestellte sich ein Club Soda.

»Was hat denn so lang gedauert?«, fragte Macalvie.

Cody wollte gerade den Mund aufmachen, um zu antworten, aber Jury kam ihm zuvor. »Die meisten Leute sagen einfach ›Hallo, wie geht's?‹, wenn sie alte Freunde begrüßen. Bei Ihnen kommt immer die Standardbegrüßung ›Was hat denn so lang gedauert?‹«

Macalvie nahm einen Schluck von seinem Bier und starrte Jury ausdruckslos an.

Jury wiederholte es: »Jedes Mal heißt es ›Was hat denn so lang gedauert?‹«

Macalvie wischte sich ein wenig Schaum aus dem Mundwinkel. »Und was *war's*?«

Cody prustete los, so dass ihm sein Club Soda in die Nase geriet. Dann sagte er: »Meine Schuld, Chef. Ich habe ihn in der Gegend herumlaufen lassen.«

»Mich, den alten Tattergreis, auf seine Gehhilfe gelehnt.«

An Cody gewandt sagte Macalvie: »Sie sollten ihm die Stelle zeigen, nicht ihn überall herumstreunen lassen.«

Cody brummte irgendeine lahme Entschuldigung und nahm sein Club Soda mit in den Raum zur Linken, in dem ein Billardtisch stand.

Jury sah sich nach dem Barmann um. »Bin ich froh, dass das hier ein Pub ist. Ich habe einen Bärenhunger.«

»Mittagstisch gibt's nicht mehr.«

»Na, prächtig.« Als der Barmann kam, bat Jury um ein Pint London Pride und schmiss die Speisekarte achtlos beiseite. »Damit ich das jetzt richtig verstehe. Sie fanden heraus, dass diese Tote eine Bekannte von Scotts Ehefrau Mary ist – war –, behauptet jedenfalls der Ehemann?«

»Declan Scott. Der, von dem ich Ihnen erzählt habe. Man fragt sich, wie der mit den vielen Erinnerungen überhaupt dort leben kann.« Als wüsste er, wann es aber wirklich reichte, wandte Macalvie den Blick ab. »Er will wohl an früher erinnert werden.«

»Kann man sich das denn aussuchen?«

Aus dem Nebenzimmer war das Klacken von Billardkugeln zu hören. Der Barmann stellte Jury sein Bier hin.

»Wahrscheinlich nicht. Aber zehren manche Menschen denn nicht davon?«, fragte Macalvie.

Vielleicht, dachte Jury, gehörte Macalvie auch zu ihnen. »Kann sein. Das ist also der Mann, mit dem ich reden soll?«

»Ganz recht.«

»Sagten Sie nicht, Sie sehen ihn irgendwie nicht als potentiellen Täter in diesem Mordfall?«

Macalvie schüttelte den Kopf. »So ist es. Ich glaube nicht, dass er es getan hat, kann es aber nicht durch Beweise erhärten. Ein Alibi hat er jedenfalls nicht. Er war allein im Bett und schlief.«

»Aber Sie glauben, dass dieser Fall in Zusammenhang steht mit dem Verschwinden der kleinen – Flora?« Jury trank sein Bier in der Hoffnung, davon satt zu werden.

Macalvie nickte und starrte auf die über der Bar aufgereihten Spirituosen. Offenbar nahm ihn die bloße Erwähnung dieses Namens mit. Als Macalvie nicht weitersprach, half Jury ihm auf die Sprünge. »Sie war vier? Oder fünf?«

»Vier.« Macalvie räusperte sich.

Eine knappe Antwort, als ob sich diese düstere Szenerie mit Knappheit zumindest teilweise übertünchen ließe. Wieder half Jury ihm weiter. »Sie wurde von irgendwo ganz in der Nähe dieser Kristallgrotte verschleppt. Korrekt?« Jury versuchte, eine Reaktion aus ihm herauszulocken, etwas, was er nur selten tun musste.

Macalvies Blick ruhte inzwischen auf den Ringen, die sein feuchtes Glas auf dem alten Bartresen hinterließ. Er nahm einen Bierdeckel, auf dem für Johnnie Walker Black geworben wurde, und schob ihn behutsam unter das Glas. »Flora …« Erneut musste Macalvie sich räuspern. »Flora und ihre Mutter gingen gern dort spazieren. An diesem bestimmten Tag – er war auch nicht anders als sonst – fiel Flora auf dem Spaziergang plötzlich ein wenig hinter ihrer Mutter zurück. Die war nur kurz zu ein paar neuseeländischen Pflanzen hinübergegangen, als sie plötzlich merkte, dass Flora nicht in ihrer Nähe war. Sie geriet jedoch nicht in Panik. Das Mädchen fand sich im Park recht gut zurecht, und die Mutter war es schon gewöhnt, dass Flora unterwegs manchmal stehen blieb, wie sie selbst ja auch. Sie rief nach ihr. Keine Antwort. Sie rief noch ein paarmal und ging dabei den gleichen Weg noch einmal ab – immer noch keine Antwort. Dann machte sie sich Sorgen und bekam Angst. Mittlerweile waren gut zehn Minuten vergangen, und die Parkanlage ist natürlich riesig. Sie hielt Leute an und fragte sie nach einem kleinen Mädchen ohne Begleitung, das aber keiner gesehen hatte. Schließlich wandte sie sich an ein paar Mitarbeiter und schilderte es ihnen, die holten daraufhin jemanden von der Verwaltung, der wiederum sofort die örtliche Polizei verständigte. Bevor die eintraf, begann das Personal zu suchen, sogar einige Besucher hielten Ausschau. Cody kann Ihnen Genaueres von dieser Suche berichten. Das war vor drei Jahren. Er war damals noch Detective Constable.

Es waren eine Menge Touristen unterwegs, was die Suche umso schwieriger gestaltete. Jeder hätte daherkommen können, sehen, dass sie allein war und sie verschleppen können.«

»Sie hätte sich doch gewehrt – hätte geschrien oder gekreischt.«

»Wahrscheinlich. Aber wie oft haben Sie schon eine Mutter oder einen Vater ein weinendes, schreiendes Kind hinter sich herzerren sehen? Als Sie das letzte Mal im Supermarkt waren vielleicht? Mum guckt mit starrem Blick vor sich hin, während Daddy vielleicht versucht, dem Kind gut zuzureden, das aber unbeirrt weiterbrüllt? Ich sehe schon, die Theorie gefällt Ihnen nicht.«

Jury hatte unentwegt den Kopf geschüttelt. »Es muss etwas geben, was diesen Fall von solchen Beispielen deutlich unterscheidet. Flora hätte doch bestimmt um Hilfe gerufen. Ich will damit nicht sagen, dass es unmöglich ist, ein Kind zu schnappen. Aber wahrscheinlicher ist, dass sie betäubt wurde, mit Chloroform vielleicht. Und dann wurde ihr irgendetwas übergeworfen – ein Mantel, ein Umhängetuch. Und dann hat man sie wohl einfach hinausgetragen, wie ein schlafendes Kind, den Kopf über der Schulter des Täters.«

Macalvie rührte seinen Kaffee um. »Gut sind Sie, vielleicht sollten Sie damit Ihr Geld verdienen.«

»Danke.«

»Dass keine Lösegeldforderung gestellt wurde, brachte Mary Scott schließlich auf den Gedanken, es sei ihr Exmann gewesen, Viktor Baumann.«

»Mit dem habe ich gesprochen. Ich kam aber zu keinem Schluss, außer vielleicht, dass er arrogant ist und sonst noch einiges.«

»Damals sah alles so aus, als stecke er dahinter. Andererseits hätte es aber auch eine jener Kindsentführungen sein können, bei der der Täter – in neun von zehn Fällen eine Frau – sich nur das Kind schnappen will und es auf das Geld gar nicht abgesehen hat. Wir konnten also nicht viel machen. Verdammt, wir konnten überhaupt nichts machen, weil die Spur nämlich da aufhörte.

Mary Scott gab sich die Schuld, weil sie Flora aus den Augen gelassen hatte. Das tun Eltern wohl immer, nicht? Ich sagte ihr, man kann sein Kind doch nicht vierundzwanzig Stunden am Tag beaufsichtigen. Unmöglich. Wenn jemand fest entschlossen war, Flora zu entführen, dann hätte er dazu jede Menge Möglichkeiten finden können.« Macalvie schwieg einen Augenblick, dann sagte er: »Die Tote kam Scott bekannt vor, und da fiel ihm auch wieder ein, dass er sie einmal in Begleitung seiner Frau in London gesehen hatte. Er war nämlich mit Mary dort gewesen, um Weihnachtseinkäufe zu machen. Sie nahmen sich bei Brown's ein Zimmer und fuhren am nächsten Tag wieder zurück. Scott hatte einige Kunstgalerien besucht und nach einem Bild gesucht, das er seiner Frau schenken wollte. Er fand auch eines, hat ihn wahrscheinlich ein Jahreseinkommen gekostet – Ihres, meine ich, nicht meins ...«

»Sehr witzig.«

»... und als er das Hotel betrat, sah er Mary in der Lounge beim Tee mit einer ihm unbekannten Frau. Er wollte nicht stören und außerdem sollte Mary auch nicht sehen, was er da trug – Form und Größe des Paketes nach offensichtlich ein Gemälde –, also ließ er sich von einem Hotelbediensteten dabei helfen, es unkenntlich zusammenzuschnüren und im Kofferraum ihres Wagens zu verstauen. Als er danach in die Hotelhalle zurückkehrte, waren die beiden Frauen verschwunden. Das war kurz vor fünf gewesen. Mary musste noch einmal weggegangen sein, denn er sah sie erst nach sechs Uhr wieder. Sie behauptete, sie sei bei Fortnum & Mason und in der Jermyn Street gewesen und hielt so eine kleine Einkaufstüte von Links in die Höhe. Als er sie fragte, wer denn ihre Freundin gewesen sei, stellte sie sich erst dumm, als wüsste sie nicht, wovon er redete. Als er sagte, er habe sie in der Hotelhalle beim Tee gesehen, tat sie so, als wäre es ihr gerade wieder eingefallen, und sagte, ach ja, richtig, eine alte Schulfreundin, die habe sie ganz zufällig getroffen. Als er fragte, von welcher Schule denn, tischte sie ihm die Roedean auf.«

»Wie hieß die Frau?«

Macalvie schüttelte den Kopf. »Das sagte Mary Scott nicht. Und ihr Mann fragte auch nicht danach. Er sagte, wenn sie es ihm hätte verraten wollen, hätte sie es getan. Scott hat viel Gespür für die Privatsphäre seiner Mitmenschen.«

»Und der Ehemann ist auch der Einzige, der eine Verbindung zu Mary herstellen konnte?«

Macalvie nickte. »Das Polizeifoto hat auf diesem Mädcheninternat niemand erkannt, keiner kann sich an die Frau erinnern. Wieso sollte Mary lügen, in einer Sache, die wir so leicht nachprüfen können?«

»Sie kam nicht auf den Gedanken, dass es einen Grund geben könnte, es nachzuprüfen. Sie konnte ja nicht ahnen, dass auf ihrem Landsitz ein Mord passieren würde.«

»Nein, natürlich nicht.« Macalvie zuckte die Achseln. »Wo ist eigentlich Wiggins?«

»Der kommt noch.« Zu Jurys größter Überraschung hatte Macalvie Sergeant Wiggins schon immer gut leiden können.

Macalvie rief Cody herüber und knallte einen Zehner auf den Tresen. Während der Barkeeper ihm Wechselgeld herausgab, meinte er: »Dann wollen wir mal sehen, wie weit ich mit der Nächsten komme. Einer gewissen Dora Stout. Die war dreißig Jahre lang Köchin bei Scott.«

Platt hatte sich im Schneckentempo an die Bar bewegt. »Soll ich da wirklich mitkommen, Chef? Ich meine, drei Leute, da kriegt die doch vielleicht Angst.«

»Bestimmt. Nein, Sie sollen sie nur schnell anrufen.«

Cody nickte und zog ein Handy aus der Innentasche.

Aus seiner eigenen Tasche brachte Macalvie einen zerknüllten Zettel zum Vorschein, strich ihn ein wenig glatt und reichte ihn Cody. »Sagen Sie ihr, wir sind in fünf Minuten da.«

Während Cody sich entfernte, um den Anruf zu tätigen, gingen Macalvie und Jury zur Tür. »Der Fall gefällt mir nicht.«

»Ich habe noch nie erlebt, dass Ihnen ein Fall gefallen hätte. Ich habe noch nie erlebt, dass *mir* ein Fall gefallen hätte. Diese Frau, die ehemalige Köchin – gibt es irgendeinen bestimmten Grund, weshalb Sie mit ihr sprechen möchten?«

»Hintergrundgeräusche«, erwiderte Macalvie, während sie in den Wagen stiegen.

Tiny Meadows war ein Häusergrüppchen in South Petherwin an der Straße nach Launceston, nicht weit vom Pub entfernt. Sie hätten leicht zu Fuß hingehen können. Jury sagte es.

»Gehört sich das, Jury? Wenn die Polizei zu Fuß daherkommt?«

»Seit wann scheren Sie sich um so etwas?«, wollte Jury wissen, während sie wieder einem blauen Polizeiauto der Marke Ford entstiegen.

Ein kleines, schmuckes Haus. Ein Hund bellte, als Macalvie mit dem Messingklopfer in Form eines Delphins an die Tür klopfte.

Dora Stout kam mit ihrem Hund an die Tür. Beim Anblick des breiten Lächelns und des Schwanzwedelns konnte Jury nicht sagen, wer von beiden mehr darauf erpicht war, die Polizei vor sich zu haben. Dora Stout war eine kräftige, untersetzte Person, deren üppige Taille direkt in ihre rundlichen Hüften überging. Ihr ziemlich schütteres graues Haar war zu einer Art Wolke hochgebürstet, einer aufgeschäumten Cremespeise nicht unähnlich. Irgendwie musste man bei ihrem Anblick ans Essen denken.

Macalvie und Jury zückten beide ihre Dienstausweise, doch mit solchen Nichtigkeiten mochte Dora sich nicht lange aufhalten. Sie winkte sie fröhlich herein und dirigierte sie zu ein paar Sesseln, die mit einem Stoff in Wildblumensträußchenmuster bezogen waren. Auf die Rückenlehnen waren Schondeckchen ausgebreitet. Der Hund, den sie Horace rief, legte sich vor das kleine Gasfeueröfchen hin, ließ den Blick aber weiter aufmerksam zwischen Jury und Macalvie hin und her schweifen.

»Es war wegen meiner Arthritis, wissen Sie«, beantwortete sie Macalvies Frage, »deswegen habe ich aufgehört. Ich bin nicht mehr so gelenkig wie früher, und die Hände tun mir morgens manchmal fürchterlich weh.« Wie zum Beweis hielt sie sie in die Höhe. »Und wenn sie mal nicht so schlimm wehtun, backe ich schnell was. Eben habe ich ein paar Scones in den Ofen geschoben.«

»Ich weiß«, sagte Jury, »ich kann sie riechen. Sie duften herrlich.« Mittlerweile hätte selbst das abendliche Futter von Horace herrlich geduftet. »Ich hoffe, die sind fertig, bevor wir wieder gehen.« In diesem ausgehungerten Geisteszustand konnte Jury verstehen, weshalb Wiggins jedes Mal, wenn sie an einem Happy Eater vorbeifuhren, so sehnsüchtig guckte.

Macalvie musterte ihn sprachlos, doch Dora war entzückt.

»Wenn Sie mich nicht verhaften, schenke ich sie Ihnen alle.« Sie musste selbst über ihren Witz lachen.

»Ich garantiere«, sagte Jury, »dass Sie ein freier Mensch bleiben.«

»Jury«, sagte Macalvie, »jetzt aber bitte!« Er wandte sich an Dora Stout. »Wir versuchen, die Identität dieser Frau festzustellen, Mrs. Stout.« Er ließ das Polizeifoto aus dem Umschlag gleiten. »Sie war anscheinend eine Freundin oder Bekannte von Mary Scott.« Er reichte ihr das Bild.

Dora schüttelte den Kopf und betrachtete das Opfer mit mitleidigem Blick. »Armes Ding! Entsetzlich! Ja, ich habe davon gelesen. So was Furchtbares. Und jetzt wollen Sie wissen, ob das die Frau war, die Mary Scott damals besuchen kam. Ja, das ist sie.« Dora lehnte sich zurück und hielt das Bild auf Armeslänge vor sich, die Brille auf dem Nasenrücken. »Viel hergemacht hat sie ja nicht, was?« Dora gab das Bild zurück.

»Vielleicht möchten Sie Superintendent Jury erzählen, was Sie über sie wissen.«

»Es war vor über zwei Jahren, nein, eher drei, ein paar Monate, bevor Mary…« Dora kramte von irgendwoher ein Taschentuch hervor, »… bevor sie starb. Unmittelbar davor. Ich habe diese Person auch nur deswegen gesehen, weil ich dachte, Miss Owen – die neue Köchin – hätte geklingelt, und ich ging schnell durch den Flur an die Tür, um aufzumachen. Aber dann war Mary Scott schon selber da, und ich konnte bloß einen kurzen Blick auf sie werfen« – sie deutete auf das Foto – »bevor die beiden sich umdrehten und hinausgingen.«

»Sie gingen weg? Ich meine, sie fuhren weg?«

»Hätte sein können, ich habe aber nicht darauf geachtet. Heute wäre ich froh, ich hätte es getan.«

Weil sich in der Stimme seines Frauchens Tränen ankündigten, richtete der Hund seinen Blick auf sie und dann abrupt wieder auf Macalvie und Jury. Dabei sah er aus, als hätte er vor, es den Verursachern ihres Ungemachs heimzuzahlen.

»Diese Familie«, fuhr sie fort, »hat wirklich mehr als genug Tragisches durchgemacht, das muss man wirklich sagen. Und dann das.«

»Sie denken an Flora?«, sagte Macalvie.

»Die arme Kleine! Und dass sie nie erfahren werden, warum. Das ist doch schrecklich!«

Sie saßen wieder im Winds of Change, diesmal tranken beide Kaffee. Cody war wieder im Billardzimmer. Es gab immer noch nichts zu essen, da noch nicht Abendessenszeit war. Jury hatte sich über ein Schälchen Salzstangen hergemacht und sprach über die Schießerei in der Hester Street und Johnny Blakeleys laufende Ermittlungen.

»In den Rücken geschossen. Ein kleines Kind. Mein Gott!«

»Wo dieser Baumann die Hand im Spiel hat, scheint es sich immer um kleine Kinder zu drehen.«

»Blakeley ist ein guter Polizist. Der lässt nicht locker.«

Jury lachte. »Genau das hat er über Sie auch gesagt.«

Jetzt mampfte Macalvie die Salzstangen.

»Lassen Sie mir auch noch welche übrig, Mann. Ich habe den ganzen Tag nichts gegessen.«

»Scotts Haushälterin soll Ihnen was zaubern. Sie ist eine Wahnsinnsköchin.«

»Ja, okay.« Jury trank seinen Kaffee vollends aus.

»Scott ist ein trauriger Mensch, aber ein großartiger Gastgeber.«

»Was wir vorhaben, hat wohl kaum mit Gastlichkeit zu tun.«

»Gehen Sie und reden Sie mit ihm.« Macalvie sah Jury an. »Ich meine, sobald Sie mit dieser Salzstange fertig sind.«

8

Zehn Minuten später waren Jury und Cody Platt wieder auf der A30. Als sie am Little Chef vorbeifuhren, war Jury genauso zumute wie Wiggins wohl jedes Mal, wenn die Aussicht auf eine schöne Tasse Tee und Bohnen auf Toast lockte. Bloß dass es bei Wiggins eher Seelenhunger als tatsächlich Kohldampf war. Jury machte kurzen Prozess und wies Cody Platt an, beim nächsten Little Chef anzuhalten oder gleich bei einem dieser Imbisswagen, die am Straßenrand standen.

Nach weiteren zwanzig Meilen bog Cody auf den Parkplatz eines Little Chef ein.

Drinnen, vor sich einen vollgehäuften Teller mit so ziemlich allem, was auf der Speisekarte war, wollte Jury von Cody wissen, wie es mit den Ermittlungen um das Verschwinden von Flora Scott stand.

Cody trank Tee und biss gelegentlich von seinem Toast ab. »Manchmal dachte ich, so musste es gewesen sein.«

»Wie denn?«

»Dass sie sich einfach in Luft aufgelöst hatte. Wie bei einem Zaubertrick.« Cody hatte seine dunkle Brille auf die Stirn hochgeschoben. Zum ersten Mal sah Jury tatsächlich seine Augen. Sie waren von einem etwas beunruhigenden Steingrau, als hätte das Licht die Farbe aus ihnen herausgewaschen. Dabei waren sie weder kalt noch hart. Es war, als spürten die Augen diesen Verlust an Farbe, so wie man den Verlust eines Menschen spürt, und es machte sie traurig.

Die Kellnerin – Joanie, stand auf dem Namensschildchen an ihrem Kragen – brachte wieder Tee und Kaffee. Sie lächelte, als wären die beiden das Tollste, was ihr während ihrer Schicht bisher widerfahren war. Jury erwiderte ihr Lächeln. Als sie sich von ihrem Tisch entfernte, rempelte sie glatt gegen einen anderen.

Cody fuhr fort. »Die Scotts müssen einmal ziemlich viel Einfluss in der Gegend gehabt haben. Floras Großmutter wiederum, Alice Miers, lebt in London. Sie war damals sofort zur Stelle, ein Fels in der Brandung, verstehen Sie, so ein Mensch, wie es ihn in jeder Familie geben sollte. Ich glaube, Mary wäre völlig zerbrochen, wenn ihre Mutter nicht bei ihr gewesen wäre. Na, jedenfalls habe ich noch nie so viele Polizisten an einem Tatort gesehen. Wir waren bestimmt fünfundsiebzig oder gar eine Hundertschaft und durchsuchten jeden Zentimeter des Parks von Heligan und diese Grotte. Gefunden haben wir rein gar nichts, kein Haarband, keinen bei einem Kampf verloren gegangenen Schuh – im Film bleibt doch immer ein kleiner Schuh zurück, nicht? Oder ein blaues Täschchen, von dem die Mutter behauptete, Flora hätte es bei sich gehabt. Nicht einmal das tauchte auf. Ich hätte gedacht, so etwas hätte sie doch bestimmt fallen lassen.«

»Das hätte der Entführer doch aufgehoben.«

»Wahrscheinlich.« Er schob den Teller mit Toast zur Seite und beugte sich über die glänzende Tischoberfläche. Als wäre der Bericht höchst vertraulich, hielt er dabei die Hände gefaltet und knetete die Finger. »Ich konzentrierte mich auf die Grotte, ich dachte, hier ließe sich am ehesten jemand packen, weil sie nicht unmittelbar einsehbar ist. Sie erinnern sich – es geht drei oder vier Stufen hinunter …« Er ließ die Finger über den Tisch wandern und ahmte die Schritte nach. »An der Grotte war Mary Scott kurz zuvor vorbeigekommen. Ich habe jedenfalls meine eigene Theorie.«

»Und?« Jury verputzte den letzten Eierrest.

»Es waren bloß ein paar Minuten verstrichen. Mary war kurz

davor noch mit Flora zusammen gewesen, hatte sie bei der Grotte gesehen. Als sie sich aber umdrehte, merkte sie, dass Flora nicht da war, und rannte zurück. Ich glaube, der Täter war mit Flora in der Grotte und hatte sie entweder betäubt oder hielt ihr den Mund zu, damit sie still war.«

Jury runzelte die Stirn. »So tief, dass man dort jemanden verstecken könnte, ist die Grotte doch gar nicht, oder? Was meint Macalvie dazu?«

Cody lehnte sich seufzend in die Sitzbank zurück. »Der Chef würde Ihnen zustimmen, er glaubt, man hätte sie sehen können. Nicht unbedingt, sagte ich zu ihm, nicht, wenn die Mutter vorbeirannte. Der Dreckskerl hätte Flora auch einfach anders anziehen können, ich meine, sie in einen anderen Mantel stecken, ihr irgendwas anderes überziehen.«

Jury legte die Gabel aus der Hand. Er hatte immer noch Hunger. Er schob seinen Teller weg und überlegte, ob er noch etwas bestellen sollte. Seine Kaffeetasse war fast voll. Jetzt fehlte ihm nur noch eine Zigarette. Die Vorteile des Nichtrauchens hatten sich ihm nie erschlossen. Wenn man auf die Sprüche der Nichtraucher-Lobby hörte, weiteten sich angeblich die Lungen, der Duft von Rosen und Veilchen würde intensiver, der Geschmack von Pfefferminz schärfer, die Luft sauberer, der Regen kristallklarer, und die Gefilde der Seligen würden seliger. Und die Wolken wahrscheinlich bauschiger. Der einzige Gewinn, den er selbst bezeugen konnte, war, behaupten zu können, dass man sich fortan nicht mehr mit Nikotin umbrachte. Das war zwar nicht unwichtig, aber einfach abstrakt. Und seit wann, fragte er sich, war er eigentlich so versessen auf derart kreatürliche Freuden?

»Rauchen Sie?«

»Was? Rauchen? Nein. Vor ein paar Jahren habe ich aufgehört.«

Jury machte fast einen Satz vorwärts. »Furchtbar, nicht?«

Cody sah ihn verständnislos an. »Eigentlich nicht. Nach ein

paar Wochen habe ich kaum mehr was gemerkt.« Er zuckte die Achseln. »Wieso?«

Jury lehnte sich in die Sitzbank zurück. Schachmatt. Wie war einem Menschen zu trauen, der mit dem Rauchen aufhörte, ohne das große Zittern zu kriegen, der sich zu seinem Tee eine einfache Portion Toast bestellte? Sergeant Wiggins würde man nicht dabei ertappen, wie er an einem Stückchen Toast knabberte, ohne einen tüchtigen Schlag Bohnen drauf. Niemals. War Cody Platt etwa die Speerspitze eines ganz neuen Menschenschlags, der sich schneiden konnte, ohne zu bluten? Wer schaffte es denn, schlechte Angewohnheiten aufzugeben, ohne dass einem zumindest ein wenig etwas fehlte? Wetten, dass Cody morgens in aller Frühe im Sportstudio auftauchte, um seine hundert Liegestütz und eine Stunde auf dem Stepper zu absolvieren, um dann in liegender Position noch siebenhundert Pfund Gewichte zu stemmen und dabei einen Ball auf den Zehen zu balancieren, auf dem ein Hund saß.

Na, na, jetzt aber mal halblang, schalt Jury sich selbst. »Hatten Sie mit den Scotts denn nach dieser Suche noch Kontakt?«, fragte er.

»Mit Mary – mit Mrs. Scott – ja, schon irgendwie. Mit ihr bin ich in Kontakt geblieben.«

Jury fiel auf, dass er sich beim Vornamen gleich korrigiert hatte. Im Verlauf des Gesprächs hatte Cody sie immer wieder Mary genannt. Was hatte das zu bedeuten?

Cody erzählte weiter. »Ich habe nie eine Frau gesehen, die so am Boden zerstört war. Weil sie sich selber die Schuld gab, als hätte sie ihre Tochter ständig an der Hand halten sollen, aber das geht ja gar nicht, oder? Man kann sein Kind doch nicht auf Schritt und Tritt festhalten.«

»Nein, das kann man nicht. Welche Art von Kontakt hatten Sie denn zu Mary Scott?«

»Ich war mit ein paar anderen für das Haus eingeteilt. Sie wissen schon – wenn nach einer Entführung die Anrufe überwacht werden, während man wartet, dass der Scheißkerl anruft. Ich hatte aber keinen Telefondienst, ich war Mädchen für alles, habe Kaffee gekocht und Botengänge erledigt. Sogar die Köchin war vollkommen außer Gefecht gesetzt durch das, was passiert war. Ja, selbst das *Hausmädchen*, hieß es, sei völlig fertig. Sie ist nicht mehr dort, das Hausmädchen. Meine Güte, ich dachte immer, Dienstboten sollten einfach weiter bei der Stange bleiben, wie wenn nichts wäre.«

»Wahrscheinlich auch so ein Märchen. Was ist mit Declan Scott? Ist er bei der Stange geblieben?«

»Schon, ja, das ist er.« Cody lehnte sich zurück und runzelte die Stirn, als versuchte er sich zu erklären, woher der Stiefvater überhaupt die Geistesgegenwart gehabt haben konnte, »bei der Stange zu bleiben«.

»Irgendjemand musste es ja schließlich, Cody. Jemand musste doch da sein, um Fragen zu beantworten und eventuelle Anweisungen entgegenzunehmen, falls diese Person anrief.«

Cody überlegte einen Augenblick. »Ich war ziemlich viel in der Küche, habe Kaffee gekocht. Sie – also, Mary – kam herein. Die Küche bei denen ist ja riesig, so eine, die für große Dinnerpartys mit fünfzig Dienstboten angelegt ist. Na, jedenfalls hat sie sich dort dann immer auf einen Barhocker gesetzt und von Flora erzählt: Flora als Zweijährige, wie sie im Garten Purzelbäume schlägt, Flora mit vier, wie sie unbedingt will, dass Declan beim Bauern den Ziegenbock aus dem umzäunten Gehege holt. Lauter solche Sachen, ohne Ende. Und Flora war so hübsch. Sie hatte die blausten Augen, die ich je gesehen habe. Kornblumenblau, so blau wie das Kleid, das sie anhatte.«

»Sie müssen für Mary Scott ein Geschenk des Himmels gewesen sein, jemand, mit dem sie reden konnte.«

»Aber es war irgendwie gar nicht real. Mary war nicht ganz da. Sie lebte auf einer völlig anderen Ebene.«

»Sie wollte es nicht wahrhaben, nehme ich an. Trotzdem – Sie konnten sie offenbar verstehen.«

»Ja.« Er fummelte mit der Speisekarte herum, nahm sie aus dem verchromten Halter. »Sie wollte nicht nur über Flora reden. Sie erzählte auch viel von sich und von Declan Scott, und wie sehr er Flora liebte. Er wollte sie adoptieren, aber der Vater des Mädchens – dieser Baumann – sagte zu Scott nur, er solle sich verpissen, so was in dem Sinn.« Er steckte die Karte wieder in den Halter zurück.

»Viktor Baumann?«

»Wissen Sie, was das für einer ist?«

Jury nickte. »Ein Kollege von mir, Inspector im Pädophiliedezernat, ist schon eine ganze Weile hinter ihm her.«

»Wie muss das sein, wenn man Frau *und* Tochter verliert? Declan Scott muss sich innerlich völlig bankrott gefühlt haben.«

»Das hat Fitzgerald gesagt, nicht? Der Punkt, an dem man aufhört, etwas zu fühlen, weil die Gefühle erschöpft sind. Innerlich bankrott, so beschrieb er seine Figuren. Kann ich aber nicht nachvollziehen. Es gibt immer irgendwo noch ein Konto, von dem man abheben kann. Immer. Ich bin mir allerdings nicht sicher, ob das so ein Segen ist. Wenn die Verzweiflung schon um die Ecke auf einen lauert.«

Cody blickte auf seine wenig einladende leere Tasse hinunter und schwieg eine Weile. Schließlich sagte er: »Vielleicht hätte ich doch was essen sollen.« Er sah Jury an, als wollte er sich vergewissern, ob der Superintendent für diesen Plan zu haben war.

Jury musste schmunzeln, wie hochkonzentriert Cody diese Angelegenheit anging. »Nur zu. Ich hab's nicht eilig.«

Die Kellnerin schlenderte – anders konnte man ihre Bewegung zwischen den Tischen und Stühlen hindurch nicht nennen – zu ihnen herüber, und erst jetzt bemerkte Jury den Ring an ihrem Finger – ein Brillant, in lauter winzige Facetten geschliffen, so winzig, dass man meinen konnte, der Juwelier hätte es auf Atomspaltung abgesehen gehabt. »Ihr Ring gefällt mir«, sagte er. »Auch die Fassung. Wirklich wunderschön.«

Sie lief fast fieberrot an. »Den habe ich erst gestern Abend geschenkt bekommen.« Sie streckte den Arm aus, damit sie ihn von weitem bewundern konnten. »Wenn ich ein bisschen belämmert wirke, dann wissen Sie ja ...« Ihren belämmerten Zustand führte sie jedoch nicht weiter aus.

»Belämmert nicht. Bloß etwas geistesabwesend, ist ja kein Wunder. Also, mein Freund hier möchte noch etwas bestellen.«

»Ich glaube, ich nehme Bohnen auf Toast.«

Was sonst? Jury lächelte.

»Und noch Tee?«, fragte sie heiter. Als wäre die bloße Aussicht auf eine weitere Tasse ein Grund zum Feiern. Cody nickte, und sie bedankte sich. Dann ging sie, stolperte und fiel beinahe hin, als sie mit dem Fuß an einem von den aufgereiht dastehenden Hochstühlen hängen blieb.

Jury beobachtete sie, wie sie auf ihrem Weg quer durch den Raum einer ganzen Serie von Beinaheunfällen auswich, wandte sich dann an Cody und sagte: »Wie war Flora eigentlich? War sie ein aufgewecktes Kind? War sie süß?«

Codys klare Augen trübten sich wie aufgewühltes Wasser, eine Unruhe unter der Oberfläche. »Ja, aufgeweckt war sie schon.« Er lächelte. »Aber süß würde ich sie nicht nennen. Sie war ganz schön dickköpfig.«

»Sie war vier Jahre alt. Da gehört ›dickköpfig‹ ja zum Programm.«

Die Kellnerin stellte ihm seinen Teller Bohnen auf Toast mit einer schwungvollen Geste hin. »Ta-*dah*!«. Offensichtlich hatte sie die Geistesabwesende gegen die Entertainerin eingetauscht. Cody bedankte sich, und sie ging, diesmal viel sichereren Schrittes, wie ein Seemann, der den Trick endlich heraushatte.

Jury sah zu, wie Cody die Bohnen in sich hineinschaufelte. Der hatte also auch seine kleinen Schwächen. »Sie rauchen nicht. Trinken Sie?«

»Nein, damit habe ich auch aufgehört.« Cody schob seine Brille nach oben, beugte sich zu Jury herüber und flüsterte mit gewichtiger Miene: »Ich bin nämlich Alkoholiker. Glauben Sie mir, es ist die Hölle, es ist einfach die Hölle. Kein Tag vergeht, an dem ich mich nicht danach sehne. Die reine Hölle.«

Jurys Mundwinkel wollten sich schon verstohlen nach oben bewegen, doch er zog sie herunter.

Insgeheim musste er schmunzeln. Cody war also auch kein Engel.

9

Obwohl Jury Detective Sergeant Platt recht gern hatte, wollte er ihn genauso wenig bei seinem Besuch in Angel Gate dabei haben wie zuvor im Park von Heligan. Er war auf der Suche nach Stille. Er wollte alles in sich aufnehmen, denn auch ohne den Fundort der Leiche je gesehen zu haben, wusste er, dass Angel Gate irgendeinen Schlüssel zur Lösung des Falls bereithalten würde. Dies entsprang nicht etwa seiner Intuition und war auch sicherlich keine brillante Schlussfolgerung. Es lag ganz einfach auf der Hand: Die Frau war entweder absichtlich an diesem Ort umgebracht worden und jemand hatte damit etwas »klarstellen« wollen (wovon viel zu oft ausgegangen wird!) oder der Mörder hatte ganz einfach keine andere Wahl gehabt, als es hier zu tun. Das heißt, er hatte sich sowieso im Haus oder im Garten aufgehalten.

Cody hatte nichts dagegen, dass sich Jury allein umsehen wollte. »Ich muss sowieso noch ein paar Sachen erledigen. Dort drüben« – er deutete auf den weißen Wohnwagen in der Ferne – »ist unser Tatortbüro. Wir hätten es auch im Haus einrichten können, aber das wollte der Chef nicht.« Er wandte sich an Jury. »Und ich soll Ihnen in jeder Weise behilflich sein, meinte er.«

»Das waren Sie bisher auch, und ich werde es ihm sagen.« Jury überlegte kurz. »Sie wissen ja, wie er immer ist mit dem Tatort – dem darf *ja* keiner zu nahe kommen!«

»O ja, wie *er* ist, weiß *jeder*.« Cody lächelte.

Jury ebenfalls. »Ich bin schlimmer!«

Das stimmte zwar überhaupt nicht, diente jedoch als ausreichende Begründung für Jurys Wunsch, allein durch den Garten zu gehen, und verschaffte Platt das erleichterte Gefühl, sich keinem Ausdauertest à la Macalvie aussetzen zu müssen.

Cody hatte ihn bis hinter das Haus begleitet. Auf dem Anwesen seien schon so viele Polizeibeamte herumgelaufen, sagte er Jury, dass man Declan Scotts Erlaubnis kaum mehr einholen müsse. Der fände bestimmt nichts dabei, wenn sich noch ein weiterer Polizist umschaue. Dann ging Cody durch ein Törchen in der Gartenmauer davon, dessen schwarzes Gitterwerk die Form eines Engels hatte. Jury sah ihn wie durch einen Zaubertrick verschwinden und musste unwillkürlich an Alice im Wunderland denken. Der Garten und Codys plötzliches Verschwinden, als sei er durch das Törchen gefallen. Dieses Thema ging ihm nicht aus dem Kopf, und dabei fragte er sich, welches imaginäre Element hier verborgen war, welche Kindheitsgeschichte.

Die Gartenmauer war wie das Haus auch aus blassrotem Backstein und von breiten Rabatten gesäumt. Ein Großteil des Grundstücks wurde gerade umgestaltet, was an den aufgerissenen Stellen und anderen, bereits frisch angepflanzten Abschnitten zu erkennen war. Zwar nicht mit Heligan zu vergleichen, aber auch ein großes Bauvorhaben. Es sah aus, als hätte hier ein Landschaftsarchitekt oder Gartendesigner die Federführung übernommen, denn der Garten war in Quadrate und Dreiecke aufgeteilt, durch Steinplattenwege gegliedert und gelegentlich mit Skulpturen bestückt. In der Mitte des Gartens befand sich ein Springbrunnen mit einer Bronzeplastik von zwei kleinen Knaben mit Eimern, die sich gegenseitig mit Wasser zu überschütten versuchten. Der eine stand so über dem anderen, dass der untere den Wasserschwall abbekam. Jury musste schmunzeln, denn die Plastik wirkte so drollig in einer so förmlich angelegten Gartenlandschaft, die dabei doch eine Art ungezähmter Wildheit behielt. Es gab Unmengen von Rhododendren in Pink und Weiß, einige hatten große Blätter und zitronengelbe Blüten. Es war erst Anfang März, doch er konnte sich vorstellen, dass das milde Klima von Cornwall alles recht früh zum Blühen brachte. Die Rhododendren umstanden ein kleines Areal, in dem Jury einen Garten im Garten vermutete, vielleicht war es der von Macalvie erwähnte Geheimgarten.

Üppige Buchsbaumhecken wuchsen im Umkreis und säumten die Fußwege. Obwohl ein Großteil des Geländes umgepflügt war, standen noch Pflanzen in leuchtenden Farben – Hahnenfuß, dazu eine Jury unbekannte, rot blühende Pflanze mit grünen Nadeln, und im Rhododendrengarten ein längliches Beet mit Glockenblumen. Er musste an das kleine Mädchen in der Hester Street denken.

Das alles betrachtete Jury von der Terrasse aus, die eigentlich die erste von drei untereinander liegenden Geländestufen war. Sie waren jeweils mit Balustraden versehen, und die in der Mitte angeordneten Treppenstufen führten zum Becken und den bronzenen Knaben hinunter. Das Ganze war nicht besonders groß und wirkte, weil von einer Mauer umgeben, beinahe intim. Er ging die Stufen hinunter an den Bronzeknaben mit ihren Eimerchen vorbei bis zum anderen Ende des Gartens.

Das gelbe Absperrband bildete einen seltsamen Kontrast zu den abgegrenzten Parzellen, die neu bepflanzt worden waren. Seltsam, wie sehr ihn die Stufen nach unten an die Grotte in den Verlorenen Gärten erinnerten. Jury bückte sich unter dem Band durch, um sich die steinerne Bank, auf der die Leiche gefunden worden war, etwas genauer anzusehen.

Er warf einen Blick zurück auf den Weg, der sich auf halber Strecke um die Skulptur mit den Knaben wand. Vom rückwärtigen Teil des Hauses war die Nische bestimmt gut zu sehen, wenngleich über diese Distanz nichts Konkretes zu erkennen war. Da der Schuss nach Einbruch der Dunkelheit gefallen war, war es jedoch unerheblich, ob bei Tageslicht etwas zu sehen war.

Warum war diese Frau ein zweites Mal gekommen? Mary Scott war tot, wen wollte sie also treffen? Denn ein Treffen musste der Beweggrund gewesen sein, also musste dieser Jemand eine Verbindung zum Haus haben, dort wohnen oder auch nicht. In jedem Fall ein merkwürdiger Ort für ein Stelldichein.

Jury nahm denselben Weg zurück und sah zu den Fenstern hinüber, hatte aber nicht das Gefühl, beobachtet zu werden. Als er ums Haus herum wieder nach vorn gelangte, sah er einen alten Mann über eine Schubkarre gebeugt stehen und etwas hineinwerfen, was er gerade aus dem Stück Erdboden gezogen hatte, das er jätete.

Eine rechte Sisyphusarbeit hatte der Alte vor sich, in Anbetracht des Zustands des Geländes vor dem Haus. Dort war offenbar seit Jahren nichts gemacht worden, doch brachen immer noch neue Schösslinge durchs Erdreich, etwa eine Schwertlilie, die sich ihren Weg durchs Unkraut bahnte. Es musste sich um sehr widerstandsfähige Gewächse handeln, widerstandsfähig oder aber so gut verwurzelt, dass ihnen überhaupt nichts etwas anhaben konnte. Neben einem ausgetrockneten Becken wucherten rosa Kletterrosen in so üppiger Fülle über ein Spalier, dass sie fast die Bänke bedeckten, von denen die Farbe abblätterte und auf denen die Bewohner einst gesessen und die duftgetränkte Luft genossen hatten.

Der gichtgeplagte Gärtner (jedenfalls hielt ihn Jury dafür) mit seiner Schubkarre würde dies alles nie und nimmer bändigen können. Ein altes Faktotum, vermutete Jury. Man hatte ihn wohl behalten, um ihm das Gefühl zu geben, er könne sich auf seine alten Tage noch ein wenig nützlich machen. Aber vielleicht stand er auch als eine Art Beweis für die Vergangenheit, die unveränderliche, immer gleich bleibende Vergangenheit.

Dichter Wald schloss sich an dieser Stelle an das Anwesen an. Die Äste der Bäume auf beiden Seiten eines einstigen Bogengangs aus Goldregen bildeten einen dichten Baldachin, den das Licht der Nachmittagssonne kaum durchdringen konnte. Früher musste es wohl einmal eine ganze Allee mit Kastanien, Goldregenbüschen, Platanen und Eichen gewesen sein. Es sah einladend aus, fand Jury, dem gut abgeschirmte Fußwege gefielen. Er folgte dem Weg ein Stück weit, der vor lauter zerfurchtem Erdreich, hohem Gras, Unkraut und heruntergefallenen Ästen fast nicht mehr auszumachen war. Bisweilen kam er an einem Baum vorbei, dessen Stamm mit einem weiß aufgemalten *X* markiert war, und fragte sich, ob diese Bäume wohl gefällt werden sollten, damit der Weg wieder benutzbar wäre. Als er an der weiß bemalten Rinde herumzupfte, stellte er fest, dass die Farbe alt war und abblätterte. Wer auch immer damit begonnen hatte, diesen einst sicher ansehnlichen Weg auszuholzen, hatte dieses Vorhaben wohl längst wieder aufgegeben.

Dabei wäre die Allee sehr hübsch gewesen und hätte zu einem Spaziergang geradezu eingeladen. Die Luft hier draußen war von einem Duft erfüllt, den Jury nicht recht zuordnen konnte. Es war wohl eher eine Mischung von Düften. Jury machte kehrt und ging zurück. Dabei stellte er sich den Weg in seiner ehemaligen Gestalt vor. Er konnte bestimmte Dinge intuitiv erfassen, war darin geübt, Umrisse und Muster zu erkennen, die nicht mehr eingehalten wurden, aber immer noch vorhanden waren, wie etwa Fußspuren in weicher Erde. Die weißen Kreuzchen, die geheimnisvolle Atmosphäre gefielen ihm. Er hatte den unwiderstehlichen Wunsch herauszufinden, was sich am anderen Ende des Weges befand und ob diese Bäume dem Untergang geweiht waren. Seltsam, dass die gesamte Gartenanlage hinter dem Haus von einem Landschaftsarchitekten neu gestaltet werden sollte, während der Bereich vor dem Haus offensichtlich unberührt bleiben und von dem schweigsamen, betagten Gärtner gepflegt werden sollte. Declan Scott wollte offenbar an der Vergangenheit festhalten oder an seinen eigenen

Wurzeln, versuchte jedenfalls nach Kräften zu verhindern, dass sich etwas änderte.

Eine undankbare Aufgabe, Mr. Scott, eine undankbare Aufgabe.

10

Die Tür wurde ihm von einer Frau mittleren Alters geöffnet, deren gutes Aussehen allmählich verblasste und die offensichtlich wenig tat, um diesen Prozess aufzuhalten. Bis auf etwas zarten Lippenstift trug sie keinerlei Make-up, und der strenge Haarschnitt war für ihr kräftiges, kantiges Gesicht nicht gerade vorteilhaft. Wäre die wadenlange Schürze nicht gewesen, die sie mehr wie ein Laken um sich geschlungen denn als Schürze umgebunden hatte, hätte Jury sie eher für eine Verwandte oder Freundin des Hausherrn gehalten als für ein Mitglied des Hauspersonals. Das »Hauspersonal«, oder jedenfalls das, was er darunter verstand, war tatsächlich beträchtlich reduziert. Die Köchin fungierte gleichzeitig noch als Butler oder Hausdiener, welcher früher, in Zeiten von Kutschen und Karossen, mit einem vollen Stab von Hausdienern, Köchinnen und Dienstmädchen unerlässlich gewesen wäre. In Anbetracht der Größe und Eleganz des Landsitzes musste es früher einmal einen solchen Stab von Bediensteten gegeben haben, wenngleich das Anwesen heute womöglich nicht so »in Schuss gehalten« wurde wie einst, was auf die Frau, die hier nun vor ihm stand, ebenfalls zutraf.

Nachdem er sich ausgewiesen hatte – unnötigerweise, denn sie wusste, wer er war –, sagte die Frau, sie würde Mr. Scott Bescheid sagen, dass er da sei, und ging davon. Jury wartete.

Links und rechts vom Eingang gingen lange Wandelhallen ab. Weil die Frau Schuhe mit relativ hohen Absätzen trug, konnte Jury das Klacken hören, während sie die Wandelhalle zu seiner

Rechten hinunterging und dann um die Ecke bog. Ziemlich opulent waren sie, diese Hallen mit ihren Marmorböden und nun, da die Schritte der Frau nicht mehr zu hören waren, auch sehr still. Nur eine Drossel hörte er draußen schlagen, während er dastand und ein wenig in der Eingangshalle herumschlenderte. Antike, wertvolle Möbel, wenn auch etwas abgenutzt. Der Wandbehang mit der Darstellung einer strammen, behelmten militärischen Gestalt hoch zu Ross wirkte ziemlich schäbig. An dem hohen, pelzverbrämten Helm und der Pferdemähne waren münzgroße Stücke des Samtstoffes abgewetzt, als hätte der Krieg zu lange gedauert, und Soldat und Pferd verblassten allmählich. Der Wandteppich hing über einem Schreibsekretär aus Mahagoni- und gebeiztem Ahornholz mit Goldprägung. Von dem Gold fehlten Stückchen, und an manchen Stellen war am Holz die Beize abgeschabt. Nichts wirkte hier, als würde man das Haus einfach verkommen lassen, es litt nur unter dem langsam nagenden Zahn der Zeit.

Sie kam wieder und geleitete Jury quer durch die Eingangshalle in den Flur, aus dem sie gekommen war. Schließlich blieb sie an der Tür zu einem großen Raum stehen, offensichtlich einer Bibliothek. Drei Wände säumten Bücher, die vierte nahm ein bräunlichgoldener Marmorkamin ein, in dem der Größe der Holzscheite nach relativ kurz zuvor ein Feuer angezündet worden war. Mr. Scott käme gleich, teilte sie ihm mit. Ihr Lächeln war ziemlich verkniffen, gerade noch so, dass es als halbwegs höflich gelten konnte. Sein erster Eindruck war, dass sie etwas gegen ihn hatte, dies aber offenbar verbergen wollte – eigentlich ganz normal, fand er, wenn einem die Polizei das Haus einrannte.

Dann trat Declan Scott ein, ein gut aussehender, hagerer, etwas abgespannter Mensch, dessen Ausstrahlung außergewöhnlich intensiv war. Er war Jury auf Anhieb sympathisch – was ihm, dem Polizisten, allerdings weniger behagte, denn nun war es womöglich vorbei mit seiner Objektivität. Diese Art von Reaktion auf einen Zeugen könnte Ärger bedeuten. Allerdings war ihm auch auf den ersten Blick klar, was Brian Macalvie gemeint hatte, als er sagte, es sei schwierig, sich mit dem Mann länger als ein paar Minuten im selben Raum aufzuhalten, was sich Jury sehr wohl zutraute. Er konnte sich nicht erinnern, wann er das letzte Mal jemandem begegnet war, bei dem er dieses Gefühl von Traurigkeit so unmittelbar verspürt hatte. Und das trotz Scotts seltsam abgehobener Art, die manch einer sogar für Gleichgültigkeit halten konnte, der nicht viele Jahre damit zugebracht hatte, Menschen deuten zu lernen.

Declan Scott stand also im Raum und betrachtete Jury, als wäre dieser nur eine weitere Enttäuschung in einer langen Liste von Enttäuschungen. Polizei, private Ermittler – keinem war es gelungen, die kleine Flora zu finden. Und doch vermutete Jury, dass Scotts Gebaren sich nicht ausschließlich durch jenes schreckliche Ereignis rechtfertigen ließ noch diesen Blick erklärte, mit dem er seiner Überzeugung Ausdruck gab, dass Jury vollkommen daneben lag.

Declan Scott erinnerte Jury irgendwie an Angel Gate selbst, den verwilderten Garten, den Widerhall in den Wandelhallen, so opulent, zerschlissen und fast unbewohnt, als hätte sein Besitzer sich selbst bereits teilweise weggeschleudert und mit seiner restlichen Hälfte weitergelebt. Scott trug ein Einstecktüchlein in der Brusttasche, falls er damit jedoch bezweckte, Eindruck zu schinden, war der Effekt ziemlich missglückt, denn die Ecke hing schlaff herunter. Declan Scott wollte aber keinen Eindruck schinden, da war Jury sich sicher.

Scott streckte ihm die Hand hin. »Tut mir Leid, dass Sie warten mussten. Ich hatte mich im Garten hinten noch um etwas zu kümmern. Na ja, so nenne ich es jedenfalls. Meine Gärtner sind da sicher anderer Meinung. Ich habe Sie vorhin dort gesehen, wollte Sie aber nicht stören.«

Jury fiel wieder ein, wie sehr dieser Mann die Privatsphäre anderer respektierte. Er lächelte. »Haben Sie sich nicht gefragt, wer ich bin?«

»O, ich wusste, wer Sie sind. Commander Macalvie hat mich angerufen.« Und nach einer Pause: »Ich muss gestehen, ich bin einigermaßen überrascht, dass Scotland Yard sich jetzt erst in die Ermittlungen einschaltet, nach all der Zeit. Wie kommt das?«

»Sagen wir so, es geschieht auf dringende Bitte von Commander Macalvie.«

»Okay. Belassen wir's dabei.« Scott lächelte.

Jury ebenfalls. Er hatte das Gefühl, Scott würde sich mit Unwesentlichem nicht lange aufhalten. Jury fuhr fort: »Ich arbeite momentan an einem Fall in London, der möglicherweise in Verbindung steht mit –« Er scheute sich, das heikle Thema zur Sprache zu bringen.

Declan Scott half ihm weiter. »Mit meiner Stieftochter, wollen Sie sagen. Mit Flora.«

»Ja, genau. Mit Flora. Kann sein, dass es da eine Verbindung gibt. Es geht um ein kleines Mädchen, das wir noch nicht identifiziert haben –« Vor Jury tat sich plötzlich ein weites Feld von Möglichkeiten auf. »Von der Identität hängt doch alles ab, nicht wahr?«

Declan musterte ihn skeptisch. »Ich kann Ihnen nicht ganz folgen, Superintendent.«

»Ich denke nur laut nach. Das Bindeglied zwischen diesem ermordeten Kind und Flora könnte Floras Vater sein.«

»Viktor Baumann?« Nachdem er Jury einen Sessel angeboten hatte, ließ sich Declan schwerfällig auf ein Sofa sinken, als wollte er Baumanns Last von seinen Füßen nehmen.

»Kannten Sie ihn – ich meine, sind Sie ihm schon einmal begegnet?«

»Ja. Kurz nachdem Mary und ich geheiratet haben. Er reckte sein grässliches Haupt und verlangte das Sorgerecht für Flora. Als könnte sie durch Marys Wiederverheiratung meistbietend versteigert werden oder so ähnlich.« Declan sah zu einem der hohen Fenster hinüber. »Ich wollte sie adoptieren, Baumann sperrte sich allerdings dagegen. Aber – entschuldigen Sie, darüber wollten Sie ja gar nicht reden.« Er fuhr mit einem Schürhaken ins Kaminfeuer, um die verkohlten Scheite umherzuschieben. Auf dem Kaminsims stand das steinerne Abbild eines Engels mit gebrochenem Flügel und gesenktem Kopf, der die Hand über die Augen hielt und auf dem Boden nach etwas zu suchen schien.

»Im Gegenteil, genau darüber will ich mit Ihnen reden. Macht es Ihnen etwas aus, mir zu sagen, was sich an jenem Tag abgespielt hat? Ich meine, soweit Sie selbst Bescheid wissen?«

Scott beugte sich vor, die Arme auf den Knien. Er schien das ausgeblichene Teppichmuster zu seinen Füßen zu betrachten. »Sie fuhren ein paarmal nach Heligan – Sie wissen schon, in die Verlorenen Gärten. Weil es ziemlich weit ist, nahmen sie sich den ganzen Tag Zeit und aßen manchmal in Mevagissey oder St. Austell zu Mittag.«

»Verliefen diese Ausflüge nach einem bestimmten Muster, das jemand anderes vielleicht kannte?«

Declan schüttelte den Kopf. »Nein, eigentlich nicht.«

»Wie war Ihre Frau? Ich meine, schien sie genauso... wie sonst?«

Er lehnte sich nachdenklich zurück. »Wissen Sie, Mary war schon seit einiger Zeit nicht wie sonst gewesen. Damit will ich nicht sagen, sie sei launisch gewesen oder hätte sich anders verhalten, so dass jemand außer mir etwas gemerkt hätte. Unruhig war sie, ängstlich könnte man es vielleicht nennen. Ich glaubte, es hätte was mit ihrem Herzproblem zu tun – daran ist sie dann ja auch gestorben, obwohl keiner von uns die unmittelbar lebensbedrohliche Gefahr erkannte –« Er hielt inne. »Verzeihung.«

»Sie brauchen sich nicht zu entschuldigen, Mr. Scott.« Jury

wartete ein wenig ab und fragte dann: »Halten Sie es denn für möglich, dass sie befürchtete, Flora wäre vielleicht in Gefahr?«

Scott sah Jury überrascht an. »Auf keinen Fall, nein.«

»Sie werden verstehen, dass wir auch die entfernteste Möglichkeit in Betracht ziehen müssen. Ich bin sicher, die Polizei hat Sie bereits ziemlich ausführlich befragt.«

Scott nickte. Er fuhr sich durch das dunkle Haar und schob die Hand zum Nacken hinunter, als wollte er einen verspannten Muskel reiben. Dann schlug er lächelnd die Beine übereinander. Er hatte ein umwerfendes Lächeln, das besonders hinreißend wirkte, weil er es nicht oft aufsetzte. Wenn er so lächelte, lagen ihm die Frauen bestimmt reihenweise schmachtend zu Füßen.

Bevor er den Mantel abgelegt hatte, hatte Jury eines der Polizeifotos aus der Manteltasche geholt. Das schob er Scott nun hin. »Ich glaube, Sie haben noch keine Bilder von der Leiche gesehen …«

»Nein, und ich bin auch nicht besonders scharf darauf«, sagte er trocken, während er eine Brille aus der Brusttasche nahm, aus der das schlaffe Tüchlein hing. Stumm betrachtete er das Foto und gab es Jury dann zurück.

»Hat man sie schon identifiziert?«

»Noch nicht. Sie sagten der Polizei, es sei eine Freundin Ihrer Frau.«

»So habe ich mich eigentlich nicht ausgedrückt.« Als sei er es leid, falsch zitiert oder missverstanden zu werden, ließ Scott sich tiefer in den Sessel sinken, bis sein Kopf auf der Rückenlehne ruhte.

»Also eine Bekannte?« Jury wusste, was Scott der Polizei gesagt hatte, er wollte es nur von ihm selbst hören. Dinge, die bei der ersten Aussage (oder der zweiten oder dritten) vielleicht gefehlt hatten, tauchten womöglich in einer späteren Fassung auf. Man erinnerte sich an unterschiedliche Dinge zu unterschiedlichen Zeiten und natürlich aus unterschiedlichen Gründen.

»Ich bin mir nicht sicher. Aber bestimmt eher eine Bekannte als eine Freundin. Wie sollte ich es wissen? Ich habe diese Frau« – er deutete mit einem Kopfnicken auf das Foto in Jurys Hand – »nur ein einziges Mal gesehen und zwar in der Lounge in Brown's Hotel. Das ist einer der beliebtesten Teesalons in London und normalerweise sehr voll. Sie saß dort mit meiner Frau Mary in einer Ecke des Raumes. Ich wollte schon hinübergehen und Guten Tag sagen, tat es dann aber nicht.« Dies sagte er, als fragte er sich, was ihn wohl bewogen hatte, so zu handeln – oder nicht zu handeln – und ob dadurch alles, möglicherweise sogar Entscheidendes, vielleicht anders gekommen wäre.

Jury fragte ihn danach. »Und warum nicht?«

»Ich wollte nicht einfach so hineinplatzen, verstehen Sie.«

»Nicht einmal bei Ihrer Frau?«

Declan lächelte. »*Besonders* nicht bei meiner Frau. Sie schätzte ihre Privatsphäre und hatte viel zu wenig davon. Es gab aber auch einen rein praktischen Grund: Ich hatte ihr zu Weihnachten ein Bild gekauft, was sie aber nicht wissen durfte. Außerdem«, fuhr er fort, »schienen die beiden so ... so in ihr Gespräch vertieft, dass ich nicht stören wollte.« Er fuhr sich mit dem Daumen über die Stirn und rieb ihn hin und her, als wollte er einen Gedanken hineinpressen oder aber herauslocken. Er musterte Jury. »Vielleicht habe ich sie deshalb nicht unterbrochen. Die Situation erschien mir etwas merkwürdig. Mary wirkte nicht sonderlich glücklich. Ich beschloss einfach abzuwarten, bis sie es mir erzählte.«

»Wie Sie der Polizei sagten, tat sie das aber nicht.«

»Nein. Sie erwähnte es nicht einmal. Als ich es schließlich zur Sprache brachte, räumte Mary nur ein, die Frau sei eine alte Bekannte, eine ehemalige Schulfreundin. Von der Roedean School, die Mary besucht hatte. Sie nannte aber keinen Namen und ließ sich auch nicht weiter darüber aus. Wenn ich nicht gesagt hätte, ich hätte die Frau gesehen, hätte sie mir es wohl überhaupt nicht erzählt. Es war so beunruhigend, weil das Ganze auf einmal so etwas Heimlichtuerisches, Verschwiegenes hatte, und das war eigentlich nicht ihre Art. Sie war sonst immer sehr offen mit mir.«

»War diese Frau nun eine Klassenkameradin?«

»Keine Ahnung. Sie hat es nicht weiter ausgeführt.«

»Sie muss im Leben Ihrer Frau eine wichtige Rolle gespielt haben.«

»Warum?«

»Weil sie ermordet wurde.« Das Gleiche hatte er zu Viktor Baumann gesagt.

»Ja, natürlich.« Declan wirkte verdrossen, ungehalten über sich selbst. »Marys Heimlichtuerei bezüglich dieser Frau war eigentlich ein deutlicher Hinweis darauf, dass etwas an ihr wichtig war. Ich werde aus dem allem nicht schlau, Superintendent.« Seine Augen funkelten im Schein des Kaminfeuers. »Die Distriktspolizei durchsuchte sämtliche Habseligkeiten meiner Frau nach irgendeiner Verbindung zu dieser Frau. All ihre Papiere, ihre alte Korrespondenz – Mary bewahrte doch alles auf. Einmal flatterte ihr bei den Sachen, die sie trug, ein Stückchen Papier zu Boden, und ich hob es auf.« Er lehnte sich lächelnd zurück, als hätte diese Erinnerung etwas Tröstliches. »Es war ein alter Zettel, den ich ihr einmal vor einer Dinnerparty geschrieben hatte: ›Lass uns doch hingehen! Gilbert serviert Seezunge.‹ Können Sie sich vorstellen, dass jemand solchen Unsinn aufhebt?«

Es war klar, dass der Zettel selbst vielleicht Unsinn war, nicht aber die Tatsache, dass er aufbewahrt worden war. Jury lächelte.

»Es war schließlich kein Liebesbrief oder ein Ticket in die Karibik«, sagte Scott.

Jury gefiel die Schlussfolgerung. »Für sie vielleicht schon«, meinte er lächelnd.

Scott blickte zum Kamin hinüber, zum Feuer oder aber zu dem Foto auf dem Kaminsims.

»Und die Polizei hat nichts gefunden?«, fragte Jury.

»So viel ich weiß, nein. Dann entdeckten sie schließlich ihr Tagebuch, von dem ich geglaubt hatte, ich hätte es ziemlich gut versteckt. Ich hatte es im Wäscheschrank verstaut. Wer würde dort nach so einem Buch suchen?«

»Die Kriminalpolizei.«

Declans Lachen schien ihn zumindest vorläufig aus seiner melancholischen Stimmung zu locken. »Und ich hielt mich für verdammt clever. Ich konnte es einfach nicht ertragen, dass sie in ihrem Tagebuch lasen. Das verletzte doch ihre Privatsphäre.«

»Stimmt. Bei Ermittlungen in einem Mordfall gibt es allerdings keine Privatsphäre. Stand in dem Tagebuch nichts über diese Frau? Nicht einmal über die zufällige Begegnung in dem Hotel?« Falls sie Zufall war, dachte Jury.

»Offenbar nicht, die Polizei hat nichts gesagt.«

»Haben Sie es denn nicht gelesen?«

»Nein.«

Ein Mensch, der es mit der Privatsphäre todernst meinte. »Haben Sie einmal mit dem Gedanken gespielt, von hier wegzugehen – ich meine, sich in London ein Haus zu suchen etwa? Es muss doch sehr schmerzlich sein, hier zu wohnen.«

Declan sah Jury an, als sei dieser Polizist etwas schwer von Begriff. »Überhaupt nicht. Das hier ist mein Zuhause, mein Familiensitz. Ich brächte es nicht fertig, wegzugehen und woanders zu leben. Ich hasse Veränderungen. Es ist wie der Tod, finden Sie nicht?«

Das war keine rhetorische Frage. Jury wusste nicht, was er darauf antworten sollte, also sagte er nichts. Scotts Haltung zum Thema Veränderung ließ sich an den Bäumen und Wegen und dem reparaturbedürftigen Mobiliar ablesen. Deshalb bewahrte er wohl auch alle Habseligkeiten seiner Frau auf, dachte Jury. Declan Scott war wie seine Frau. Wenn Jury ihn jetzt bitten würde, das Zettelchen mit der Notiz über Gilberts Seezunge vorzuzeigen, mochte er wetten, dass Scott dazu sofort in der Lage gewesen wäre.

Declan stand auf und trat an den Schreibtisch, wo die Siphonflasche stand. Die Karaffe hochhaltend, drehte er sich fragend um: »Superintendent?«

»Ja, ich glaube, ich nehme einen.« Während die Drinks zubereitet wurden, musterte er Scott und überlegte: So fühlte es sich vielleicht an, wenn einem im eiskalten Wasser allmählich warm wurde. Oder vielleicht hatte Macalvie doch Recht, und Jury hatte einfach über die besagte Viertelstunde hinaus ausgeharrt, lange genug, um sich in der Gegenwart dieses Menschen zu entspannen.

»Sagen Sie, wer bekäme eigentlich dieses Anwesen, wenn Sie sterben?«

»Jetzt? Flora natürlich.«

»Aber sie ist …«

»Bitte sagen Sie nicht, sie ist tot, Mr. Jury. Ich weiß, es ist die naheliegendste Erklärung. Ich halte die Hoffnung aufrecht, was ja nicht unvernünftig ist, oder?«

»Nein.«

Er reichte Jury seinen Drink. »Ich meine, es kommt darauf an, aus welchem Grund sie verschleppt wurde, nicht? Wenn Marys Exmann der Täter ist, dann ist Flora irgendwo in Sicherheit. Es wäre nicht das erste Mal, dass man so etwas hört.« Declan kehrte zum Sofa zurück.

»Glauben Sie, dass es so gewesen ist?«

Er sah eine Weile sinnierend ins Feuer. »Nein.« Dann kippte er seinen Drink in einem Schluck zur Hälfte hinunter.

Scotts Bemerkung überraschte Jury. Viktor Baumann war genau der Typ gewesen, fand er, der hinter so einem Komplott steckte.

»Warum nicht?«

»Laut Mary wollte Baumann eigentlich gar keine Kinder.«

»Es könnte aber sein, dass er Macht wollte. Ich glaube nicht, dass die Baumanns dieser Welt sich so leicht geschlagen geben.« Jury fragte sich, ob Declan etwas von Johnny Blakeleys Ermittlungen über dieses Haus in der Hester Street ahnte. Oder von der Anklage wegen Kinderschänderei wusste. Jury bezweifelte es, würde es ihm aber auf keinen Fall sagen.

»Haben Sie vielleicht Bilder von Flora, die ich mir ansehen könnte?«

Declan lächelte. »Bloß ein paar hundert.« Er stand auf und zog an dem Wandtischchen hinter dem Sofa eine Schublade auf. Er nahm ein paar Dutzend Aufnahmen heraus und breitete sie zwischen ihnen auf dem Tisch aus. Dann nahm er ein Foto zur Hand. »Das war das Letzte, das habe ich an dem Tag gemacht, als sie ...« Declan räusperte sich, »... als sie verschwand. Sie liebte dieses blaue Kleid. Es war nagelneu, und sie hatte solche Angst, es könnte einen Fleck bekommen, dass sie sich nicht einmal hinsetzen wollte.« Er lachte und suchte ein weiteres Foto heraus. »Auf dem hier war Flora drei. Die Aufnahme stammt aus Exeter, wo sie bei Debenhams für die Kinder einen Weihnachtsmann engagiert hatten.«

Jury betrachtete es eingehend. Ihr Haar war goldblond und lockig, und sie war von dieser fast ätherischen Schönheit, die wohl nur Kinder besitzen, reine, unverfälschte Schönheit. Der Weihnachtsmann, von dem nur die Augen über dem weißen Rauschebart zu sehen waren, sah zumindest in diesem Moment so aus, als gälte dies auch für ihn. Jury lehnte sich mit dem Bild in der Hand zurück, um es genauer zu betrachten und womöglich herauszufinden, was ihn daran so berührte. Es war das Inbild von Kindheit, auch seiner eigenen, wenngleich die so schwierig gewesen war. Doch selbst darin hatte es Augenblicke wie diesen gegeben, ja, er war sich sicher, dass es sie gegeben hatte, es hatte bestimmt im Leben eines jeden Menschen solche Augenblicke gegeben – Kindheit in ihrer reinsten Essenz.

Auf einigen Fotos waren nur Mary und Flora in den Gärten von Heligan zu sehen. Jury erkannte den riesigen Rhododendron wieder. Dann folgten mehrere von Declan und Flora. Ein etwas größeres zeigte Declan und eine Frau, die aber nicht seine Ehefrau war. Es war auf der Straße aufgenommen, hinter ihnen war der reich verzierte Jugendstilbogen eines Pariser Metroeingangs zu sehen. Er hielt es in die Höhe. »Paris. Wer ist das?«

Declan wirkt überrascht. »Ach, das ist Georgina. Eine Freundin von mir. Georgina Fox.«

»Wenn ich das so sagen darf – sie sieht hinreißend aus.« Das tat sie. Hoch gewachsen, schlank, hatte sie diese blonde Leichtigkeit an sich, die beinahe durchsichtig wirkte. Gegen so eine »Freundin« hätte Jury auch nichts gehabt. Er lächelte. »Eine *gute* Freundin, stimmt's?«

Declan lachte etwas verlegen. »Das war ein Jahr nach Marys Tod. Ich war noch – na, ich wollte einmal weg von allem, fuhr also eine Weile nach Paris.« Er nahm Jury das Bild wieder ab. »Georgina. Sie ist wirklich – atemberaubend, finden Sie nicht?«

Es war, als wollte er sich von Jury versichern lassen, dass er kein Schuft war, weil er nach dem Tod seiner Frau etwas mit Georgina Fox angefangen hatte. Ach Gott, wer wollte ihm das zum Vorwurf machen? »*Ich* könnte mich auf jeden Fall in sie verlieben. Welcher Mann denn nicht?«

»Es hat nicht lange gehalten. Ein paar Wochen.«

Jury hob den Blick. »Haben Sie noch welche von Flora?«

Declan lachte. »Ach, jede Menge.« Er ging wieder an das Wandtischchen hinüber, zog eine Handvoll hervor und reichte sie Jury.

Flora in verschiedenen Lebensaltern. Als Baby, als Zwei-, Drei- und Vierjährige. Jury gefiel es, wie sie auf einigen aufrecht dastand, dort, wo der Fußpfad begann, den er vorhin entlanggegangen war, mit den Bäumen wie Wachsoldaten und den weißen Kreuzchen. So (hatte sie sich vielleicht gedacht) stellte man sich für ein Foto in Positur. Sie trug ein helles Rüschenkleid, das ihr kaum bis zu den Knien reichte.

Declan saß in Denkerpose und sah zu, wie die Fotos durch Jurys Hände glitten, als könnten sie unter dem Blick eines Fremden, einer neuen Person vielleicht wieder zum Leben erwachen. »Mary nannte Flora immer ›Fleur‹, um sie zu ärgern.« Er lächelte. »Sie hasste ›Fleur‹.« Und als wäre es ihm gerade eingefallen, fügte er hinzu: »Wissen Sie, Flora war sehr bodenständig, unprätentiös – wenn man das von einem vierjährigen Kind sagen kann.« Er richtete sich auf. »Wenn ich in London herumspaziere – oder egal wo, in irgendeiner kleinen oder großen Stadt – und mir unterwegs Kinder begegnen, schaue ich sie an und denke, wie unverfälscht doch ihre Welt ist, und dann denke ich mit Entsetzen, womit sie in ein paar Jahren konfrontiert werden: mit Drogen, Zuhältern, Scharlatanen, Verrückten – mit dieser ganzen gesetzlosen Welt – und dann bleibe ich stehen und hole ganz entsetzt Luft. Wie um Gottes Willen sollen sie bloß damit fertig werden? Wie können sie die Last der Welt schultern?«

»Vielleicht sind ja Mum und Dad da, um ihnen die Last abzunehmen.«

Declan sammelte die Fotos wieder ein. »Manche haben aber keine Mum. Manche haben überhaupt keine Eltern. Was dann?«

»Sie werden schon damit fertig.«

»Das sollten sie aber nicht müssen.«

»Ich weiß«, sagte Jury. Er wusste es nur zu gut.

In dem Moment kam dieselbe Frau, die Jury aufgemacht hatte, ohne große Förmlichkeiten an die Tür, entschuldigte sich und sagte: »In zehn Minuten ist das Abendessen fertig, Mr. Scott.«

»Gut. Danke, Rebecca. Mr. Jury wird mir Gesellschaft leisten –« An Jury gewandt: »Das tun Sie doch, nicht? Ich kann Ihnen garantieren, es lohnt sich.«

»Na, und ob.«

Sie nickte und ging.

Ein Thema, von dem Declan Scott nie genug bekommen würde, war seine Frau. Und so fragte Jury ihn bei einer Kraftbrühe, wie sie sich eigentlich kennen gelernt hatten.

»Per Zufall. In einem Pub in Belgravia. Nachdem sie Viktor verlassen hatte, wohnte sie bei ihrer Mutter – Alice Miers, einer bezaubernden Frau – in Belgravia. Alice hat dort ein Haus, klein, aber fein.«

Kleines Haus, großer Preis. Eins musste man sagen: Diese Leute verstanden zu leben.

»Ich besuche Alice ab und zu, wenn ich nach London fahre. Flora nehme ich – nahm ich – auch mit.« Seine Stimme verlor sich. Er hielt das Kelchglas hoch, in das der Chardonnay eingeschenkt worden war. »Diese Gläser stammen aus Prag. Mary liebte schönes Glas. Ich mache mir nicht viel daraus, mich interessiert eher das, was drin ist.«

»Und das ist etwas sehr Gutes«, sagte Jury.

Rebecca servierte den Hummer an einer ausgezeichneten (mit besagtem Chardonnay üppig angesetzten) Sauce und zog sich dann zurück.

Jury fragte: »Wie genau konnten Sie sich die Frau in Brown's Hotel eigentlich ansehen?«

Verblüfft hob Declan den Blick von der Speise, die von der Servierplatte auf seinen Teller transferiert worden war, und sagte: »Ziemlich genau, ich versuchte ja zu erkennen, wer sie war. Glauben Sie, ich irre mich vielleicht? Ich meine, indem ich sie falsch identifiziert habe?«

So genau hatte Jury es nicht durchdacht, stellte jedoch fest, dass es zutreffen könnte. Er äußerte diesen Gedanken. »Es fiel mir nur gerade ein. Es ist immerhin drei Jahre her, dass Sie sie gesehen haben.«

»Stimmt. Ich weiß auch nicht, warum ich sie mir gemerkt habe. Attraktiv war sie nicht. Allerdings – wenn es nicht dieselbe Frau wäre, bestünde ja keine Verbindung zwischen dieser Ermordeten und Mary.«

»Doch, es könnte trotzdem eine geben. Nämlich die Tatsache, dass es hier passiert ist, auf Ihrem Grundstück. Und dann ist da noch Flora. Auch das könnte eine Verbindung sein.«

Declan wollte gerade nach seinem Glas greifen, ließ die Hand aber in der Luft verharren. Erst Mary und dann auch noch Flora, beide Verluste mussten ihn plötzlich überwältigt haben. Mary, die so jung gestorben war, und Flora, ein Kind, dessen letzte Minuten – dessen letzte Monate womöglich – vielleicht eine einzige Qual gewesen waren, ohne dass ihr jemand zu Hilfe gekommen wäre – der Gedanke musste unerträglich sein.

Wieder spürte Jury, wie schwer die Verzweiflung auf Declan Scott lastete. Sie hing in der Luft, und Jury hatte das Gefühl, etwas tun zu müssen. Vielleicht war es das, was Macalvie nicht ertragen konnte. »Es tut mir Leid«, war alles, was er zu sagen wusste.

Den Blick gesenkt, schüttelte Declan den Kopf und hielt die Hand vor sich hin, als wollte er Entschuldigungen abwehren oder bloß um genügend Zeit bitten. Um zwei, drei Sekunden. »Schon gut. Ich glaube, ich bin immer noch nicht fertig damit.«

»Wieso sollten Sie auch?«

Er lächelte etwas bitter. »Sie haben Recht. Wieso sollte ich?« Er nickte und griff wieder nach seinem Weinglas. »Was aber diese Frau betrifft, ja, ich bin mir ziemlich sicher, dass es dieselbe war. Und vergessen Sie nicht – Dora Stout hat sie ebenfalls gesehen. Dora war hier viele Jahre Köchin.«

»Ich weiß. Ich habe ihr bereits einen Besuch abgestattet.«

»Dora ging, weil ihr die Arbeit mit der Zeit zu viel wurde. Außerdem gab es inzwischen ja Rebecca Owen. Sie war schon einige Zeit bei Mary in Stellung gewesen, als Mary noch mit Baumann verheiratet war. Die beiden konnten sich nicht riechen, das kann ich Ihnen sagen. Rebecca mochte ihn gar nicht.«

Jury ließ sich das durch den Kopf gehen. »Dora Stout konnte sich die Frau damals nicht richtig ansehen, meinte aber, es hätte durchaus die Tote sein können. Wissen Sie, was von dieser Fremden am einprägsamsten ist? Ihre extreme Reizlosigkeit. Seltsam, dass einem so was in Erinnerung bleibt. Man würde doch meinen, es ist absolut nebensächlich. Ich weiß auch nicht, wieso das so ist. Nahm Dora es denn übel, dass Mrs. Owen ins Haus kam?«

»Nein, das glaube ich nicht. Ich glaube sogar, sie war froh darüber. Sie hätte Mary ja nicht einfach im Stich lassen wollen.« Er unterbrach sich, als Rebecca Owen hereinkam, um das Geschirr abzutragen. Es sei köstlich gewesen, sagte Jury zu ihr.

Sie bedankte sich und meinte, gleich käme noch »was Süßes«. Dann schob sie sich durch die Schwingtür.

Declan lachte. »›Was Süßes‹. Herrlich!«

Sie erschien gleich wieder mit hohen, dünnwandigen Gläsern, die mit Dessertcreme gefüllt waren, stellte sie vor die beiden hin und ging dann zur Anrichte hinüber, um sich an die Zubereitung des Kaffees zu machen.

»Was hat es mit dieser englischen Vorliebe für Dessertcreme auf sich, Superintendent? Ist Ihnen die schon mal aufgefallen?«

»Natürlich, ich bin schließlich von Beruf Ermittler.« Jury hatte ein Löffelchen davon probiert und fügte hinzu: »Das hier ist aber keine gewöhnliche Dessertcreme.«

Rebecca meinte: »Es ist eine Zabaione. Ich fürchte, ich habe zu viel Marsala hineingetan.«

»Kann man denn davon zu viel hineintun?«, wollte Jury wissen.

Sie lächelte und fragte Declan: »Soll ich den Kaffee gleich servieren oder wollen Sie noch warten?«

»Ach, bringen Sie ihn doch bitte gleich, Rebecca.« Zu Jury sagte er: »Wie wär's mit Portwein?«

Jury schüttelte den Kopf. »Ich kann nicht. Ich bringe gar nichts mehr runter.«

»Danke, das wär's dann. Wir haben alles.«

Sie schenkte ihnen den Kaffee ein und ging durch die Schwingtür wieder hinaus.

»Ich sage es höchst ungern«, meinte Jury, »aber vielleicht sollte ich jetzt lieber den Burschen aufstöbern, der mich hergebracht hat. Oder sonst einen in dem provisorischen Büro da draußen auf Ihrem Grundstück. Schließlich muss ich wieder nach Launceston.«

»Wieso denn? Bleiben Sie doch hier. Wie Sie sehen, sind wir heute Abend nicht ausgebucht.«

Jury war müde. Und morgen war Freitag und das hieß die Rückfahrt nach London und dann am Samstag nach Newcastle.

Er überlegte nicht lange, ob es professionell war oder nicht, die Gastfreundschaft eines Zeugen oder Tatverdächtigen zu akzeptieren. Er war todmüde. Oder vielleicht kam die Müdigkeit von Declan Scotts betrübter Stimmung, die sich wie ein Joch auf Jurys Schultern gelegt hatte. Jedenfalls nahm er das Angebot zur Übernachtung dankend an. Er würde Cody anrufen und sagen, er solle ihn morgen früh in Angel Gate statt im Dorfgasthof in Launceston abholen.

Jury sah aus seinem Zimmerfenster in die Nacht hinaus und dachte an Declan Scott, dem es so schwer fiel, die Vergangenheit ad acta zu legen. Die zahllosen Erinnerungen an das, was er verloren hatte, lähmten ihn nicht. Vielleicht gehörte er zu den Menschen, die im Erinnern eher etwas Heilendes als etwas Angstbesetztes erlebten. Auf ihn wirkte es tröstlich, sich mit Dingen zu umgeben, die sie berührt oder gehört oder getragen oder aus denen sie getrunken hatte. Würde man Scotts Geisteshaltung womöglich für krankhaft halten, weil er in diesem Haus voller Geister lebte?

Jury tat es nicht. Wenn die Vergangenheit so ziemlich das Einzige war, was man hatte, wieso sollte man sich dann ihrer entledigen? Jury versuchte, ihn sich mit einer neuen Wohnung und neuen Freunden vorzustellen. Denn darin, dachte er, täuschte man sich: zu glauben, man könnte wieder ganz neu anfangen und auf den Trümmern des alten Lebens ein neues aufbauen. Kein Wunder, dass er sich in die schöne Georgina Fox verguckt hatte. Doch was sollte man als Baumaterial hernehmen, wenn man nur verbranntes Holz und zerbrochenen Gips hat?

Im Zimmer war es zwar kalt gewesen, doch bald zog das Feuer, das jemand in dem großen Kamin gemacht hatte, Feuchtigkeit und Frostkälte aus der Luft. Daran dachte er später, in seinem Zimmer, dessen hohes Fenster nach vorn hinaus zeigte, über den Wald und die Allee oder was dort gewesen war und nun zwischen Laub, Gras, Farnen und mitgenommen aussehenden Hecken verschwand. Er dachte an die weißen Kreuzchen. Er musste Declan Scott unbedingt fragen, was sie zu bedeuten hatten.

Er war so müde, dass er bestimmt sofort in Tiefschlaf fallen würde. Das tat er aber nicht, sondern lag lange wach, machte die Augen zu und wieder auf und ließ die Szenen, die er sich mit Mary und Flora und Declan Scott ausgedacht hatte, wie einen Film vor seinem geistigen Auge ablaufen.

Und er dachte an die geheimnisvolle Frau. Bei ihr blieb der Film hängen, bei der Toten auf der Steinbank. Ein Kommentar, eine Botschaft, vielleicht sogar eine Warnung. Doch er hatte keine Ahnung, was es bedeuten könnte, und während er noch versuchte, daraus schlau zu werden, schlief er ein.

11

Am nächsten Morgen traten sie durch die Terrassentür hinaus und gingen die ziemlich baufällige Treppe hinunter zum Fußweg und der Bronzeplastik mit den kleinen Knaben. Der Weg verlief von den steinernen Stufen bis in den rückwärtigen Teil des Gartens.

»Wenn's nach mir ginge, würde ich alles so lassen, wie es ist.«

»Wieso wird es dann geändert? Das ist doch ein enormes Stück Arbeit.«

»Weil Mary den Garten so haben wollte, wie er früher einmal gewesen war«, erwiderte Declan, als würde damit alles erklärt, nicht bloß ein verwildertes Gartengrundstück. »Ich habe Warburton und die Macmillans damit beauftragt – dort unten ist der alte Macmillan.« Er deutete auf eine kleine, gedrungene Gestalt, die an einem der Beete auf halber Höhe mit Graben beschäftigt war. »Alles hier soll wieder zum Leben erweckt werden – wie einst. Mary wollte es so. Diese Treppe, die wir gerade heruntergekommen sind …?« Declan blickte sich über die Schulter um.

»Von den Terrassenstufen herunter, meinen Sie?«

»Ja. Die sind jetzt ein bisschen bemoost und rutschig, hatten aber früher einmal eine richtige, passend zugeschnittene Grasnarbe. Die waren ganz mit Gras bedeckt. Es klingt vielleicht lächerlich, aber so hätte ich es gern wieder.«

Jury sah hinter sich auf die Stufen, vier auf jeder Terrassenebene. »Sie könnten sich doch einfach ein paar Rasenstücke besorgen, oder? Diese Dinger, die man bei Neubauten hernimmt, um den kahlen Erdboden zu bedecken?«

»Nein, mein Landschaftsspezialist meinte, es muss eine ganz bestimmte Sorte sein. Und dazu bräuchte ich jemanden mit, wie er sich ausdrückte, ›intimer Kenntnis von Rasenplaggen‹. Sie verfügen nicht vielleicht zufällig darüber? Oder kennen jemanden, der Bescheid weiß? Ehrlich gesagt, ich kann mir nicht vorstellen, dass jemand so esoterisch veranlagt wäre.«

Jury lächelte. »Die Neugestaltung scheint Ihnen aber sehr am Herzen zu liegen.«

»Hm. Da wären wir«, sagte Declan, als sie einem Mann im grauen Overall begegneten, mit Lederkappe und Gartenhandschuhen, die so steif waren, dass sie mit den Stiefeln zusammen in der Ecke stehen könnten. »Mr. Macmillan, das ist Mr. Jury, ein Freund von mir.« Er wandte sich an Jury. »Die Macmillans sind die gefragtesten Gärtner in ganz Cornwall. Und da Cornwall voller Gärten ist, will das etwas heißen.«

Macmillan badete in diesem Kompliment, als hätte er gar nichts Geringeres erwartet. Er wedelte mit der Hand über den direkt um den Springbrunnen liegenden Bereich, vier von schmalen Wegen durchzogene Beete, und meinte: »Was wir hier machen woll'n, Mr. Scott, is Folgendes: Wir tragen das Ganze ab und – wenn Sie woll'n, dass ich dem alten Plan ganz genau folge« – die Betonung deutete darauf hin, dass er alles andere lieber täte, denn er pausierte lange genug, um Declan Gelegenheit zu geben, ihm freie Hand zu lassen, was Declan aber nicht tat –, »dann tun wir die Tulpen rein wie vorher, aber ich würd ganz gern die Zuchttulpen ausprobier'n, die haben nämlich ganz prächtige Farben, das würd sich schon lohnen.«

»Na gut, Mr. Macmillan«, sagte Declan voller Ernst, »Sie sind der Experte.«

Macmillan klimperte mit den sandblonden Wimpern, und seine hellbraunen Augen sahen gleich glücklicher drein. »Und was die Begonien anlangt, da würd ich Dragon Wing sehr empfehlen, falls wir's in Ihrem Treibhaus heiß genug kriegen. Wenn ja, dann blüh'n die vielleicht dieses Jahr noch.«

Declan sah zu zwei kleinen, merkwürdig unscheinbaren Glashäusern neben der Mauer hinüber. »Ich weiß nicht, das heißt, ich weiß nicht, wie es mit der Wärme da drin aussieht. Darüber reden wir später.«

»Millie hat übrigens nach den Grasplaggen gefragt. Sie wissen ja, was für 'ne Perfektionistin sie is. Und dann is da noch die Sache mit dem Cloisonnégärtchen. Ich hab ja nich so viel am Hut mit dem aufgemotzten Zeugs, aber –« Er tat das Thema Aufmotzen per Cloisonné mit einem Schulterzucken ab.

»Sagen Sie Millie, sie soll sich mal keine Sorgen machen. Ich bin sicher, da findet sich noch jemand, so sicher wie die Wintersonnwende.«

Das schien Macmillan nicht recht glauben zu wollen und warf Jury einen säuerlichen Blick zu, als hätte der seine Finger in dieser Gartengeschichte. »Und noch was, könnten Sie bitte dafür sorgen, dass der alte Abbot vorm Haus bleibt. Der wuselt nämlich die ganze Zeit hier rum und gibt seinen Senf dazu ab.«

Declan lächelte. »Nein, Mr. Macmillan, das werde ich Abbot nicht sagen. Der ist nämlich schon ewig hier, länger als wir alle miteinander. Dieses Grundstück war früher seine Domäne. Sie werden sich damit abfinden müssen!«

Macmillan lief leicht violett an, weil er eine Abfuhr erteilt bekommen hatte, und kehrte an seine Arbeit zurück.

Declan und Jury setzten ihren Weg fort. »Was meinten Sie da gerade mit der Wintersonnwende?«

»Nichts. Ich dachte, es muss etwas mit der Alchimie des Gartenhandwerks zu tun haben. Solche Sachen sage ich gern mal, damit man nicht denkt, ich wäre auf dem Gebiet eine komplette Null.«

Jury lachte. »Das sehe ich doch, dass Sie das nicht sind.«

»Dann sind Sie blind. Ich *bin* eine komplette Null.«

Sie näherten sich dem unteren Ende des Gartens mit dem gelben Tatortband und begegneten einer jungen Frau, von der Jury annahm, dass es die Tochter des Gartenbauers war. Die gleichen sandblonden Augen und Wimpern, das gleiche rötlichbraune (nicht rötliche, nicht braune) Haar, der gleiche Overall. Die Ähnlichkeit war frappierend.

Declan stellte Jury wieder vor.

»Mr. Scott.« Millie sah zu der Mauer hinüber, die die großzügige Gartenanlage umgab. »Sie wollen doch bestimmt wieder Weintrauben haben.« Die Hand über die Augen gelegt, spähte sie in die Ferne, als hätten sich die Trauben womöglich durch den bröckeligen Backstein in die Freiheit geflüchtet. »Die zwei Treibhäuser für Reben sind absolut gut in Schuss, das ist kein Problem.« Daraufhin streute sie hier und da ein paar lateinische Fachausdrücke und andere auf ihre Arbeit bezogene Begriffe ein. Anfangs kam Jury noch ganz gut mit, aber als sie fertig war, hatte er keinen blassen Schimmer, wovon die Rede gewesen war.

»In Ordnung, Millie. Wann kommt der Rest der Mannschaft, um dieses Zeug hier wegzuschaffen?«

»Die werden schon noch kommen«, sagte sie unverbindlich, aber gut gelaunt.

Er akzeptierte diese Laisser-faire-Haltung und ging mit Jury weiter.

»Es wirkt so ominös, dieses Absperrband, in dem freundlichen, leuchtenden Gelb«, sagte Declan.

Als er jemanden seinen Namen rufen hörte, drehte er sich um.

Ein Mann stand auf den Terrassenstufen und schwenkte die Arme, um auf sich aufmerksam zu machen. Er kam die Treppe herunter auf sie zu und hob dabei ab und zu den Arm, als könnte er dadurch verhindern, dass sie sich abwandten, solange er sich noch in Bewegung und in ihrem Blickfeld befand, oder zumindest in Scotts Blickfeld.

»Marcus Warburton. Das ist der Landschaftsmensch. Der gestaltet hier in der Gegend viele Gärten.«

Jury war etwas überrascht, dass es hier genügend Gärten zu gestalten gab. Warburton war ein hochgewachsener Bursche mit scharfen, gut geschnittenen Zügen und einem Gesicht mit mehr Winkeln als Flächen – mit schmaler, fast griechisch geformter Nase und hohen Wangenknochen wie bei einem Fotomodell. Gut gekleidet war er außerdem. Sein locker geschnittener Anzug sah nach einem italienischen Designerstück aus – Armani, Fendi, Zegna –, in einem Farbton zwischen silbern und dem Braun der Birken. In puncto Schick war Marc Warburton nicht zu schlagen, ganz im Gegensatz zu Declan Scott, dessen Tweedjackett zwar vermutlich von einem Schneider aus der Jermyn Street oder Savile Row stammte, dort allerdings vor zehn Jahren angefertigt worden war.

Als Warburton hörte, dass er ein Superintendent von Scotland Yard war, rechnete Jury fest damit, dass er sagte: »Ach ja, einer von denen.«

Er lächelte Jury an – das Lächeln war ebenso scharf geschnitten wie der Rest von ihm – und machte die Bemerkung, deretwegen er wohl hier in den Garten heruntergekommen war: »Eine Wahnsinnsgeschichte, was, Superintendent? Dass man die Frau hier gefunden hat.« Er deutete mit dem Kinn zu der steinernen Nische hinüber.

Jury gewann den Eindruck, die Leiche passte nicht so recht in Warburtons landschaftsgestalterische Pläne, doch nun hatte er sie eben am Hals.

»Muss ja was Ernstes sein, wenn die hiesige Kripo Sie hinzuzieht.«

»Eigentlich nicht«, erwiderte Jury mit ausdrucksloser Miene. »Ich kam nur gerade zufällig vorbei.«

Warburton stieß ein abgehacktes Lachen aus. »Irgendwie nehme ich Ihnen das nicht ganz ab!«

Jury lächelte. »Ach ja, und wieso nicht? Sie kannten also Mrs. Scott?«

»Ja, natürlich.«

Jury konnte nicht genau sagen, ob der betrübte Ausdruck, der sich nun auf Warburtons Gesicht legte, echt oder gespielt war. Wieso sollte dieser Mensch aber etwas vortäuschen wollen? Mary Scott war seit über zwei Jahren tot. Ihr Ehemann mochte sie noch betrauern, ein Auftragnehmer konnte sich solch bekümmertes Getue aber doch wohl schenken.

»Sie war...«, setzte Warburton an, sah nach einem Blick in Jurys Gesicht jedoch davon ab weiterzureden.

Declan Scott hatte sich abgewandt.

»Ich würde gern einmal mit Ihnen sprechen«, sagte Jury.

Marc Warburton bereitete diese Bitte keinen sonderlichen Verdruss. Er verschränkte die Arme und sagte: »Das hat die Kripo bereits getan. Vielleicht wollen Sie sich bei denen mal erkundigen.«

Selbst Scott zog ob dieser Begriffsstutzigkeit erstaunt die Augenbrauen hoch.

Jury erwiderte nur: »Das habe ich schon, Mr. Warburton, da die hiesige Distriktspolizei für den Fall ja zuständig ist. Manchmal können zwischen den verschiedenen Aussagen aber Einzelheiten verloren gehen. Die Erinnerung verändert sich.«

Ein Lächeln ging über Warburtons Gesicht, das jedoch weder offen noch freundlich war. »Selbstverständlich, Superintendent, jederzeit. Jetzt gleich, wenn Sie mögen.«

Scott meinte: »Nein, nicht jetzt. Ich zeige dem Superintendenten gerade den Garten.«

Warburton nickte. »Gut, dann wann Sie wollen. Ich bin immer verfügbar. Declan weiß, wo ich zu erreichen bin.« Er machte kehrt und ging über den Gartenweg davon.

»Marc ist sehr gut auf seinem Gebiet, will aber den Ton angeben – sogar bei Ihnen.«

»Besonders bei mir.« Jury lachte. »Es passte ihm nicht, dass ich mit Ihnen gesprochen habe. Jedenfalls nicht unter vier Augen.«

Sie kamen an einem Grüppchen Birken mit silberner und rosabrauner Rinde vorüber. »Das hier waren Marys Lieblingsbäume.«

Gemeinsam betrachteten sie die Nische mit der Steinbank. Jury sagte: »Dieser Platz konnte einem doch nur opportun erscheinen, wenn man hier wohnt.«

Declan machte ein überraschtes Gesicht, dann lachte er. »Dann bin ich der Schuldige. Schließlich bin ich der Einzige, der hier wohnt.«

»So meinte ich es nicht. Jeder, der mit dem Anwesen in Verbindung steht, das Personal –«

»Ah! Dann war es Rebecca Owen. Schade! Sie ist eine so gute Köchin.«

»Gehören Ihre Gärtner denn nicht zum Personal? Ich meine damit Leute, die sich in Angel Gate sehr gut auskennen.«

Declan runzelte die Stirn. »Das könnte jeder hier sein – ach, das ist unvorstellbar.«

»Noch abwegiger aber ist, dass sich ein Fremder mit seinem Opfer ausgerechnet hier treffen wollte. Wie ich ja bereits gesagt habe: das wäre nicht gerade opportun.«

»Es fällt mir äußerst schwer …«

»Das zu glauben. Stimmt. Es ist immer schwer, Mr. Scott.«

Schweigend gingen sie auf die Terrasse zu, dann sagte Jury: »Offenbar beziehen Sie die Vorderseite des Hauses nicht in das Bauvorhaben ein.«

»Nein, das ist Abbots Terrain. Der wahre Grund ist aber wohl der, dass das Wäldchen schon so war, seit ich mich erinnern kann. Nun, wie ich bereits sagte …« Declan zuckte die Achseln. »Ich hasse Veränderungen.«

»Ich habe mich gefragt, was es mit den weißen Kreuzchen auf sich hat. Sie haben also nicht vor, diese Bäume abzuholzen?«

Declan blieb stehen und musterte ihn. »Das ist Floras Werk.« Er lächelte. »Einmal kam ein wandernder Baumchirurg vorbei – so nannte er sich jedenfalls – und fragte, ob wir sie gefällt haben wollten.«

»Kann ein Chirurg denn wandern?« Jury lachte. »Und was sagten Sie?«

»Ich sagte, nein, das würden die weißen Kreuzchen nicht bedeuten.«

»Was wollte Flora mit dieser Markierung denn bezwecken?«

»Damit man sich nicht verirrt, sagte sie. Man folgt einfach den weißen Kreuzchen.«

»Hätte sie sich denn auf ihrem eigenen Grundstück verirrt?« Inzwischen hatten sie ihren Weg fortgesetzt.

»Ach, wahrscheinlich dachte sie, verirren könnte man sich überall.«

Als sie die Terrassenstufen erreicht hatten, blieb Declan die Hände im Rücken verschränkt stehen. Er senkte den Blick. »Worin besteht eigentlich eine ›intime Kenntnis von Rasenplaggen‹, möchte ich wissen? Ich weiß, dass es verschiedene Arten von Erde gibt – saure, weniger saure und so weiter –, aber kann dieses Thema denn so umfassend sein, dass man sich extra ganz ernsthaft damit beschäftigen muss?«

Jury hatte die Hände nun auch auf den Rücken gelegt und meinte nachdenklich: »Zufälligerweise kenne ich jemanden, der sich ziemlich gut auskennt in den Geheimnissen des Gartenbaus. Er hat sich offenbar intime Kenntnisse über die Besonderheiten des Gartenbaus im Mittelalter und achtzehnten Jahrhundert angeeignet. Ich glaube, ich habe ihn sogar einmal darüber reden hören …«

In diesem Augenblick trat Rebecca Owen durch die Terrassentür, um Jury mitzuteilen, Sergeant Cody sei da, um ihn abzuholen. Jury sagte, er käme sofort. Dann wandte er sich wieder an Declan. »Ich glaube, ich habe den Betreffenden schon über Cloisonné reden hören – heißt es so?«

»Ja, Cloisonné- oder Blütengärtchen.«

»Dann kennt er sich vielleicht damit aus und mit dieser Rasenplaggengeschichte auch.«

»Das würde mir sehr helfen. Sagen Sie mir doch, wie er heißt, dann rufe ich ihn an.«

»Ach, ich rufe ihn selbst an«, lächelte Jury. »Mit dem größten Vergnügen.«

12

Während Jury mit Declan Scott durch den Garten ging, saß Melrose – was eine ganz und gar andere Geschichte war – mit Agatha in seinem Wohnzimmer.

Ein neuer Eremit war eingewiesen worden, nachdem sich der vorige inzwischen bei Theo Wrenn Browne verdingt hatte. Melrose hatte ihn damals eingestellt in der Hoffnung, Agatha abzuschrecken oder sie wenigstens dazu zu bewegen, die Anzahl ihrer Besuche zu reduzieren. Das hätte wohl auch geklappt, wäre Mr. Bramwell nicht so unerträglich gewesen, dass Melrose meinte, er sollte vielleicht besser bei Theo Wrenn Browne arbeiten (dem Unerträglichkeit ja wohl vertraut war).

»Wenn ich den sehe, kriege ich glatt eine Gänsehaut«, sagte Agatha und häufte sich noch mehr Schlagsahne auf ihr Scone. Damit meinte sie diesmal den neuen Eremiten, der von Marshall Trueblood ausgesucht und für akzeptabel befunden worden war. Mr. Blodgett hatte Erfahrung, war ein Jahr Eremit auf dem Anwesen von Lord Thewis gewesen und konnte mit Empfehlungsschreiben aufwarten. Trueblood hatte ihn nach Ardry End herübergeschickt.

Melrose gefiel sein Aussehen sofort – etwas kleinwüchsig, etwas gekrümmt –, und er erkundigte sich, was er denn so mache.

»Was ich so mach? Hmm, mit Verlaub, Sir, ich mach halt, was so 'n Eremit macht. Sie wissen schon.«

»Nun, die Sache ist die. Mein letzter Eremit hockte dauernd

im Pub herum, wenn er sich nicht gerade über die Eremitage beschwerte.«

Vor ebendiesem Bauwerk standen sie nun. Mr. Blodgett hatte es inspiziert und fand es die beste Eremitage, die er je gesehen hatte. »Da müssen Sie aber 'ne Niete erwischt haben. Versaut uns allen den Ruf. Pub kommt nicht in Frage, Sir. Meistens sitz ich halt einfach so da.«

»Sie können aber doch auch herumlaufen, oder?«

»Wenn's verlangt wird, Sir, mach ich's gerne.« Er verbeugte sich untertänig.

Melrose gefiel besonders die Art, wie er seine Kappe in den Händen knetete.

»Noch was, können Sie finster dreingucken?«

Mr. Blodgett musterte ihn ratlos. »Finster dreingucken? Ich versteh nich ganz, was Sie meinen, Sir.«

»Na, eben grimmig blicken. Und wild.«

»Vielleicht brauchen Sie da eher so 'n Schauspielertypen?«

»Nein, nein. Sehen Sie, ich will bloß, dass Sie herumschleichen, wenn meine Tante hier ist, besonders vor den Wohnzimmerfenstern.«

»Das lässt sich machen, bloß dass meine Augen nich so gut sind. Woher soll ich wissen, dass sie's is?«

»Weil sie es immer ist, sie ist der einzige regelmäßige Besuch, den ich habe, und sie kommt jeden Tag herüber. Es hängt mir wirklich zum Hals heraus.«

Das war vor einigen Wochen gewesen, und Melrose war mit Mr. Blodgetts Bemühungen höchst zufrieden. Unglücklicherweise war Mr. Blodgett aufgrund seiner schlechten Sehkraft eines kalten Februarmorgens in den Ententeich gefallen, wovon er sich immer noch erholte, und Agatha suchte ihn immer noch täglich heim.

Momentan betrachtete Melrose seinen Ziegenbock, der gerade sein Frühstück (oder seinen Brunch, da es schon auf elf zuging) vor dem Wohnzimmerfenster verzehrte, wo er schmackhaftes Gras oder frische junge Blätter gefunden hatte. Es war zwar nicht das Gleiche, als wenn Blodgett dort gewesen wäre, denn der Ziegenbock (falls Agatha ihn überhaupt bemerkte) käute jenseits der Fensterscheibe lediglich wieder und bot keinen furchterregenden Anblick. Melrose fand, dass der Ziegenbock eigentlich eine recht bemerkenswerte Seelenruhe an den Tag legte. Oder Ergebenheit, Ergebenheit in sein der Laune eines zufällig vorbeikommenden Fremden unterworfenes Schicksal. Er war kurzerhand von dem Farmer Brown (oder wie auch immer er hieß) gekauft und als Gefährte von Melrose' Pferd in den Stall von Ardry End verfrachtet worden. Melrose gefiel das Gesicht des Ziegenbocks und diese grüblerische Art, wie er wiederkäute, als befasste er sich mit weitaus bedeutsameren Dingen als mit Fressen.

Diane Demorney war der Überzeugung gewesen, Melrose müsse sich einen Ziegenbock anschaffen, um das Pferd bei Laune zu halten. »Man braucht das Pferd doch bloß anzuschauen. Man sieht doch gleich, dass es sich nach Gesellschaft sehnt.«

»Sie haben Aggrieved exakt einmal zu Gesicht bekommen, Diane, und zwar aus sechs Metern Entfernung während der Cocktailstunde. Um fünf Uhr sind Sie ja nicht mal in der Lage, Ihre eigenen Hände klar sehen, erzählen Sie mir also nicht, wie Aggrieved aussah.«

Diane scherte sich keinen Deut um seine Meinung und fuhr unverdrossen fort. »Einen Ziegenbock oder aber eine Katze. Genuine Risk hatte eine Katze bei sich in der Box, die sie zu allen auswärtigen Rennen begleitete. Ein Pferd braucht Gesellschaft.«

Diese Kommentare waren damals im Januar im Jack and Hammer zum Besten gegeben worden, während Richard Jury noch als Rekonvaleszent unter ihnen weilte. Alle sechs – Diane, Trueblood, Vivian, Jury, Theo Wrenn Browne und Melrose – drängten sich um den Tisch am Fenster. Alle sieben, wenn Mrs. Withersby darauf bestand, sich mit Wischmopp und Putzeimer neben ihren Tisch zu stellen.

»Wie ist denn sein Name?«, fragte Marshall Trueblood, wobei er den Namen des Ziegenbocks meinte.

»Hat noch keinen. Ich kann mich nicht so recht entscheiden. Ich dachte vielleicht an Provok'd.«

»Wir sollten einen Wettbewerb ausrichten«, meinte Theo Wrenn Browne, der gerade von zwei Wochen Ibiza zurückgekehrt war und aussah wie aus einem Toaster gehüpft (und mit ebenso viel Schwung wie die Brotscheibe).

»Der Gewinner bekommt eine Flasche Wodka!«, sagte Diane.

»Gin!«, rief Mrs. Withersby aus, wobei sie ihren Wischmopp ein paar Mal auf dem Fußboden aufschlug, als wäre es ein Trommelklöppel oder eine Wünschelrute: »Gin! Oder vielleicht Brandy oder sonst den zwölfjährigen Whiskey, den Dick da hat.« Sie stützte sich auf ihren Wischmopp.

»Was auch immer«, sagte Trueblood. »Da brauchen wir aber Regeln. Eingrenzen müssen wir es schon, sonst verschwenden wir mit blöden Namen wie Bubbles oder Yellow Teeth bloß Zeit.«

»Komisch«, sagte Jury, »aber ich glaube, auf Bubbles wäre ich nie gekommen. Auf Yellow Teeth vielleicht, aber nie auf Bubbles.« Er saß auf dem Platz in der Fensternische neben Vivian. Inzwischen hatte er sich wieder das Kaugummikauen angewöhnt, und manchmal leistete sein Unterkiefer Überstunden.

»Okay«, sagte Melrose, »nachdem das Pferd Aggrieved heißt, beschränken wir uns doch auf einen dazu passenden Namen. Wie Agitated oder so etwas. Wir könnten es doch wirklich einschränken, indem wir darauf achten, dass die beiden ersten Buchstaben unbedingt ein ›A‹ und ein ›G‹ sein müssen. Wie ich gerade sagte – ›Agitated.‹«

»Aggravated«, sagte Vivian.

»Ist das Ihr offizieller Vorschlag?«, wollte Theo wissen.

»Na los, alle miteinander, strengt mal euer Oberstübchen an!«, sagte Trueblood.

Diane, die ihr Oberstübchen im Getränkemarkt gelassen hatte, stieß einen Seufzer aus.

»Es sollte auch die Regel geben, dass man bei seiner ersten Wahl bleibt«, meinte Theo Wrenn Browne und bedachte die anderen mit seinem verkniffenen Lächeln.

»Wir sollten es aufschreiben«, sagte Jury zwischen Malmgeräuschen von Juicy Fruit.

»Guter Vorschlag«, lobte Trueblood und stand auf, um sich ein halbes Dutzend Bierdeckel mit Reklame für Adnam's zu schnappen und sie auszuteilen. »Sie können den Namen auf die Rückseite schreiben. Auf die Art erfährt keiner, wessen Name es ist.«

Vivian sah ihn entgeistert an. »Wofür um alles in der Welt soll das denn gut sein?«

»So macht man das eben.«

Theo Wrenn Browne meinte: »Es sollte ein Zeitlimit geben.«

Mrs. Withersby ließ ihr gackerndes Lachen ertönen. »Zeit für 'n Schlückchen, das is Ihr Zeitlimit.«

»Ich würde sagen, fünf Minuten?«, kam Vivians Vorschlag. »Wer nimmt die Zeit?«

»Ich«, sagte Theo Wrenn Browne.

Sie saßen still da, nippten an ihren Getränken und betrachteten ihre Bierdeckel. Vivian kaute an ihrer Unterlippe.

»Drei Minuten haben Sie. Drei Minuten.« Theo schrieb etwas auf seinen Bierdeckel.

Jury war als Erster fertig und warf seinen Bierdeckel schwungvoll auf den Tisch. Nun schrieben auch die anderen ihre Wahl nieder, und Theo Wrenn Browne senkte die Hand. »Zeit ist um!«

Trueblood sammelte die Bierdeckel ein, mischte sie durch und überreichte sie Melrose. »Sie haben die ehrenvolle Aufgabe. Es ist schließlich Ihr Ziegenbock.«

Melrose stellte sein Bierglas ab. »Richtig. Ich lese sie einfach vor, aber alles, was nicht den Regeln entspricht, läuft außer Konkurrenz.«

»Was für Regeln?«, fragte Diane bedächtig rauchend.

Melrose seufzte. »Meine Güte. Dass der Name die beiden Anfangsbuchstaben von Aggrieveds Namen haben muss: ›A‹ und ›G‹.«

»Ach so«, sagte Diane.

Melrose räusperte sich: »Der erste – Agatha … ha, ha, sehr witzig!«

»Aber bitte ohne Kommentar«, sagte Trueblood. »Lesen Sie einfach vor.«

»Okay. Agatha.«

»Agro.

»Agape.«

»AGA-peee, nicht A-*Gape*«, sagte Theo gereizt.

Trueblood seufzte. »Sie halten bitte den Mund und lassen ihn weitermachen! Fangen Sie noch mal an.«

»Gut: Agatha.

»Agro.

»Agape.

»Aglow.

»Agoat …«

Melrose verstummte und blickte sich mit zusammengekniffenen Augen am Tisch um. »*A goat* – ein Geißbock? Okay, von wem ist das?«

Jury kaute angelegentlich seinen Kaugummi.

»He, wenn Sie die Sache nicht ernst nehmen, hat es doch gar keinen Sinn!«, meinte Theo noch gereizter.

»Ich kann euch sagen, wer es nicht ernst nimmt«, sagte Jury, »euer verdammter Ziegenbock nämlich.«

Und so blieb der Ziegenbock namenlos, während Agatha ihr Scone mit Marmelade belud.

Melrose gefiel das seelenruhige Gemüt des Tieres. Das einzige Wesen, das er je so seelenruhig gesehen hatte, war eine Rundschwanzseekuh. Wenn Ziegenböcke und Rundschwanzseekühe die Welt übernähmen, würde diese glatt in wohligen Schlummer versinken. Welch ein geruhsames Leben, wenn man sich zu nichts Größerem als zu einem Kohlstrunk oder Salatblatt aufraffen musste.

»Ich verstehe eigentlich nicht«, sagte Agatha, »wieso du einen Ziegenbock brauchst. Du hast doch schon ein Pferd.«

»Messerscharf von dir gefolgert. Der Grund, weshalb ich mir einen Ziegenbock zugelegt habe, ist folgender: Ich habe ein Pferd. Und Pferde brauchen Gefährten.«

»Du verwandelst dieses wunderschöne Haus noch in einen Bauernhof!«

»Auch eine Idee.« Melrose schlug geräuschvoll die Seite seiner *Times* um.

»Deine Mutter wäre entsetzt!«

Melrose starrte sie verblüfft an und schnellte von seinem Sessel hoch wie ein Rennpferd aus der Startmaschine. »Aghast – entsetzt. Das ist es!«

Agatha sackte zusammen, als hätte man ihr soeben einen Faustschlag versetzt. »Was um alles in der Welt machst du denn da? Was ist los mit dir?« Seiner sich rasch entfernenden Rückseite rief sie nach: »Wo willst du denn hin?«

»Zu meinem Ziegenbock!«

13

»Erdkrume?«, sagte Miss Broadstairs etwas später am selben Nachmittag zu Melrose, der an ihrem Törchen stehen geblieben war, um in einen selbst in diesen frühen Märztagen von Düften erfüllten Garten zu blicken, Düften, deren Ursprung er allerdings nicht ausmachen konnte. War es etwas in diesem Buschwerk? An jener Kletterranke? Entströmte es jenem kleinen Treibhaus dort? In diesem winterlichen Garten waren noch die Überbleibsel des Sommers – Pflanzen, eingepackt und abgestützt oder mit Strohkragen versehen, dürre Überreste von Beeteinfassungen und Hecken, braune oder unheimlich aussehende schwarze Stängel, die ihre zarten, dünnen Finger ausstreckten.

»Erdkrume?«, wiederholte Alice Broadstairs.

Just an ebendiesem Vormittag hatte Melrose einen Anruf von Richard Jury erhalten und sich (wenn auch erst nach einem viertelstündigen Hin und Her) breitschlagen lassen, einem gewissen Landsitz in Cornwall namens Angel Food oder so ähnlich einen Besuch abzustatten.

»Angel Gate, Mann. Versuchen Sie sich wenigstens das richtig zu merken«, kam es von Richard Jury.

»Aber ja, Mr. Plant, natürlich kann ich Ihnen sagen, wie Sie den Zustand Ihrer Erdkrume bestimmen«, tönte es von Miss Broadstairs, die daraufhin einen Vortrag über Klumpenbildung, Alkali- und Säuregehalt vom Stapel ließ und Melrose mit ihrem Wortschwall veranlasste, ein paar Schritte zurückzuweichen. Wie kam es eigentlich, fragte er sich, dass Gärtner ihre Antworten immer mit der Entschlossenheit von Kamikazepiloten auf einen losließen? Ganz im Gegensatz zu Schankwirten oder Fleischern oder Mechanikern – mit anderen Worten, dem überwiegenden Teil der Bevölkerung. Ihm waren Lehmboden und Klumpenbildung doch piepegal, und was die Frage betraf, ob er nun fanatisch die Faust bis zum Ellbogen ins Erdreich rammen sollte …? Melrose schnaubte verächtlich.

»Aber das will ich ja gar nicht, Miss Broadstairs.«

Ihr Gelächter weckte den Kater Desperado, der Melrose anfauchte (der zurückgefaucht hätte, wenn das Frauchen des Katers nicht direkt neben ihm gestanden hätte) und sich mehrmals um die eigene Achse drehte, wie es Katzen gewöhnlich tun, und zwar so lange, bis sie aus schierer Langeweile umkippen. »Aber, Mr. Plant, wenn Sie gärtnern wollen, müssen Sie sich auch die Hände schmutzig machen.« Behutsam schnippte sie eine graue Haarlocke in den Knoten zurück, aus dem sie entwischt war.

»Nein, wissen Sie, ich überlege eher, jemand anderen anzuweisen, wie er es machen soll.«

Die Dämlichkeit dieser Bemerkung bewog sogar Desperado, den Blick umherschweifen zu lassen. Die nahe liegende Frage wäre nun gewesen: Aber, mein Guter, wie um alles in der Welt können Sie denn einen anderen anweisen, wenn Sie selbst keinen blassen Schimmer davon haben? Na? Bloß benutzte Alice Broadstairs eben keine Ausdrücke wie »blasser Schimmer« und würde in ihrer unerschütterlichen Güte auch keine Frage stellen, die Melrose in Verlegenheit brächte, ganz egal, wie recht es ihm geschähe.

»Ich dachte eher an Grassoden.« Wieso machte er eigentlich weiter mit diesen lächerlichen Fragen? War er sich überhaupt sicher, dass er Grassoden meinte? Jury hatte »Rasenplaggen« gesagt, aber war das nicht etwas anderes als Grassoden?

»Ach so, ja, das ist nun etwas ganz anderes.«

Er wartete darauf, dass sie weiterredete, was sie aber nicht tat. »Ja, nicht wahr?« Er überlegte einen Augenblick. »Ist Ihnen schon einmal ein Experte für Rasenplaggen begegnet?«

Sie lachte. »Nein, ich fürchte, so exotische Sachen bringt mein Garten nicht hervor.« Sie schnippte ein paar Mal mit ihrer Gartenschere und ließ den Blick umherschweifen. »Ich kenne niemanden mit enzyklopädischem Wissen über dieses Thema.«

Das jagte ihm einen kalten Schauer über den Rücken. »Enzyklopädisch? Ja, gibt es da denn so viel zu wissen?«

»Du meine Güte, ja. Um sich derartige Sachkenntnisse zu erwerben, muss man auf eine Schule gehen.« Sie ließ ihr leises Lachen ertönen, während sie sich mit der Gartenschere an irgend so einem buschigen Strauch zu schaffen machte, der einen Strohkragen trug, durch den er vermutlich vor Frost geschützt werden sollte.

In »irgend so einem« erschöpfte sich Melrose' Kenntnis über Büsche und Sträucher, obwohl er erst im vergangenen Dezember einige Zeit als Hilfsgärtner in Tynedale Lodge zugebracht hatte. Einen rechten Dreck genützt hatte es ihm. Sein Hirn war wie ein Sieb. »Vielleicht hat die Bücherei ...?«

»Dort würde ich es an Ihrer Stelle mal versuchen. Und dann gibt es ja auch noch die Royal Horticultural Society. Dort könnten Sie es auch mal probieren.«

Melrose stand noch eine Weile unschlüssig herum und betrachtete das Katzenvieh, das alle viere von sich gestreckt auf der steinernen Säulenplatte lag. »Desperado scheint ja noch einiger Teile seiner selbst verlustig gegangen zu sein.«

»O, wenn Sie das Stückchen von seinem Ohr meinen ... Er legt sich eben dauernd mit Ada Crisps Hundchen an. Und wie geht es Ihrem Ziegenbock, Mr. Plant? Gedeiht er denn gut?«

»Gut, sehr gut.« Wollte er wirklich einer von denen sein, die man fragte: »Wie geht es Ihrem Ziegenbock?«

»Das sind doch ganz wunderbare Geschöpfe, finden Sie nicht?«, sagte sie. »Und so intelligent.«

»Glauben Sie, der weiß vielleicht was über Rasenplaggen?«

Miss Broadstairs lachte sich beinahe schief und krumm, und als sie endlich aufhörte, musste sie sich die Tränen von den Wangen wischen. »Nun, wie ich höre, sind es wundervolle Gefährten für Pferde. Wie geht es Ihrem Pferd?«

Das war schon besser. Die Frage: Wie geht es Ihrem Pferd?, beschwor alle möglichen wundervollen Dinge über den Besitzer herauf: An einem dunstigen Morgen durch die Wälder reiten, beim Schauturnier vier oder fünf Hürden überspringen, über die Felder galoppieren – lauter solche Sachen. »Aggrieved könnte es gar nicht besser gehen. Es scheint ihm überhaupt nichts auszumachen, dass er keine Rennen mehr läuft. Sie wissen ja, er ist ein Rennpferd.«

»Aber nein, das wusste ich nicht.« Miss Broadstairs schob sich wieder aufgelöste Haarsträhnen aus dem schlichten, freundlichen Gesicht, einem Gesicht wie ein Pfannkuchen. »Und werden Sie ihn einmal in einem Rennen laufen lassen?«

Melrose war jedes Mal stolzgeschwellt, wenn er über sein Pferd und über Pferderennen redete. Er stellte sich die Szene vor, diesmal mit sich selbst auf Aggrieved in Newmarket oder Newbury, den anderen um Längen voraus, ein Bild, das allerdings dadurch einen kleinen Makel hatte, dass Melrose knapp über einsachtzig maß. »Nein, ich glaube nicht, zumindest vorläufig nicht. Aggrieved scheint ganz zufrieden damit, dass ich ihn ein bisschen umherreite, oder er grast einfach.«

»Wie nett. Also, dieser Freund von Ihnen –«

Welcher Freund?

»Sagen Sie ihm, er muss aber zuerst die alkalischen Eigenschaften des Bodens bestimmen. Die Alkalinität ist wichtig und –«

Ach, *der* Freund.

Unablässig schoss ihr Wortschwall direkt auf ihn zu, *zzzzzzz-OOOOOOOOOMMM* –! Volltreffer!

»Vielen Dank auch, Miss Broadstairs. Ich muss los. In die Bücherei.«

14

Miss Twinney, die hilfsbereite Bibliothekarin, schlug ihm diverse Gartenbaubücher vor, wenngleich dort das Thema Gartenbau an sich viel zu allgemein angelegt war. Was Grassoden betreffe, meinte Miss Twinney, könne sie ihm leider nicht sehr weiterhelfen. Das sei nun wiederum vielleicht ein zu speziell angelegtes Thema. Erde, Grassoden und Lehmboden. »Lehm« war eines seiner Lieblingswörter, und Melrose formte das Wort unhörbar mit den Lippen, während er über dessen reiche Eigenschaften las.

Da kam ihm plötzlich der Gedanke, dass sich Grundkenntnisse über Bodenverhältnisse vielleicht in der Kinderbuchabteilung finden ließen. Denn eines wusste Melrose schon: Wenn man etwas über Grundlagen erfahren wollte, musste man in Kinderbüchern suchen.

In der entsprechenden Abteilung ganz hinten in der Bücherei zog er das Buch mit dem Titel *Die dreckige Debbie* aus dem Regal und vertiefte sich in das Buch, auf dessen Umschlag ein kleines, schwarzhaariges Mädchen mit einem Spaten abgebildet war, von einer Schar Bauernhoftiere auf ganz ähnliche Weise aufmerksam beobachtet wie er in diesem Augenblick ebenfalls, und zwar von einem etwa sieben- bis achtjährigen kleinen Mädchen mit mausfarbenem Bubikopf und rosa Jeanshose. Sie hatte sich in dieser typischen akrobatischen Stellung, wie sie nur Kinder zustande bringen, in einen der weichen Sessel gekuschelt.

Nach einer Weile stand sie auf und stellte sich unter dem Vorwand, ein anderes Buch auszusuchen, neben Melrose, um mit dem

Finger über die Rücken der ihm am nächsten stehenden Bücher zu fahren.

Es war Melrose bislang nie gelungen, genau zu ergründen, weshalb er diese Wirkung auf Kinder ausübte. Sie war anders als Richard Jurys Wirkung. Nein, für Jury würden Kinder sich in brennende Gebäude stürzen. Für Melrose würden sie sich nicht einmal die Mühe machen, ein Streichholz auszupusten. Irgendwie entdeckten sie bei ihm ihre kämpferische Ader. Für Jury konnten sie gar nicht genug tun. Melrose konnten sie gar nicht genug *antun*.

Die Kleine, mit einer Haut wie Zuckerwatte und riesengroßen braunen Augen, zupfte ihn am Ärmel und sagte: »Ich glaub, Sie haben mein Buch.«

Er sah zu ihr hinunter. »Dein Buch? Ich glaube, das« – er klappte die Innenseite um – »gehört der Bücherei. Nicht dir. Du hast kein exklusives Anrecht darauf.«

»Ich wollte nur sagen, das hab ich gerade gelesen.«

»Ach, *wirklich*? Wie viel hast du denn gelesen?«

»Die Hälfte.«

»Die Hälfte?« Melrose konsultierte eine Seite etwa am Anfang, auf der Debbie zu sehen war, wie sie mit ihrem Hund Boots ein Loch grub. »Wie heißt denn ihr Hund?«

Sie verzog den Mund und überlegte. »In dem Teil, den ich gelesen hab, war gar kein Hund.«

»Du sagtest doch die *Hälfte*, oder?« Er wollte schon höhnisch lächeln, beschloss aber dann, sich wie ein Erwachsener zu benehmen.

»Genau. Aber nicht *die* Hälfte. Ich hab bis zu dem Hund gelesen und dann nach dem Hund. Aber den Teil mit dem Hund hab ich nicht gelesen.«

Etwas verschnupft wollte er wissen: »Wie heißt du?«

Sie ließ den Blick von ihm zu dem Buch schweifen. »Debbie.«

Er seufzte. Natürlich!

»Ich hab heute Geburtstag.«

»Ach ja? Na, so was. Wie alt bist du denn?«

»Siebeneinhalb.«

»Das geht nicht, weil es keine halben Geburtstage gibt.«

Ihr Blick kratzte ihm wie eine Bürste übers Gesicht. »Ich hab jedes halbe Jahr einen.«

»Ach, das ist doch lächerlich.«

»Stimmt aber. Weil ich nämlich mal ganz schlimm krank war, und da hatte ich meinen Geburtstag früher, falls ich gestorben wär.«

»Du schreckst wohl vor nichts zurück, nur um dieses Buch zu kriegen, was? Wenn ich es dir weiter vorenthalte, schmeißt du dich wahrscheinlich auf den Boden?«

Den Vorschlag zog sie zweifellos in Betracht.

»Nein, spar dir die Mühe. Hier hast du es.« Er hielt es ihr hin, denn er hatte ein anderes Exemplar von *Die dreckige Debbie* erspäht und zog es aus dem Regal. »Und ich nehme mir dieses.« Er drehte sich um und marschierte mit Debbie im Schlepptau in den kleinen Caféraum der Bücherei hinüber. Am Eingang sah er sich um. »Wo gehst du hin?«

»Ich möchte ein Rosinenbrötchen.«

»Und du meinst, ich kaufe dir eins?«

Sie nickte. »Ich hab doch heute Geburtstag, und zum Mittagessen hab ich auch noch nichts gekriegt.«

»Ist das etwa *meine* Schuld? Beschwer dich bei deiner Mum.«

»Kann ich nicht.«

Nun war sich Melrose zwar der Regel bewusst, die Anwälte vor Gericht befolgten, wenn sie Zeugen vernahmen: Stelle nie eine Frage, auf die du nicht die Antwort weißt. Diesen weisen Ratschlag beiseite wischend, fragte Melrose: »Und wieso nicht?«

»Mum – liegt im Sterben.«

Melrose schloss die Augen und fragte sich, was er hier eigentlich suchte, wo doch (apropos Tod) die Fahrt über den Styx, jenes vergnügliche Stündchen, längst auf ihn warten konnte. Debbies Zögern bei der Mitteilung dieser traurigen Tatsache war ihm aufgefallen. Sie schniefte, doch er wusste, dass dies kein Vorspiel zu Tränen war. Er bezweifelte, dass dieses Kind sich zu derart billiger Gefühlsduseligkeit herablassen würde. Sie würde vermutlich eher lügen.

»Na gut, dann komm mit.« Er stieß einen tiefen Seufzer aus, während sie sich an die Theke zu der freundlichen älteren Dame begaben, die Kaffee und Gebäck servierte. Mrs. Kimble, so hieß sie wohl. Er grüßte sie und bestellte einen Latte macchiato. Dann sagte er zu dem Mädchen: »Nimmst du einen doppelten Espresso?«

»Nein. Ich hätte bitte gern eine Limonade.«

»Ist gut, Polly.«

Aha! Diesmal hatte er sie erwischt! »Also *Polly*? Komisch, Mrs. Kimble, aber zu mir sagte sie, ihr Name sei Debbie.« Er musterte sie mit einem boshaften Grinsen von oben herab.

»Debbie ist mein zweiter Vorname. Ich hätte gern einen gefüllten Krapfen. Und ein Kremküchlein.« Sie reichte mit den Augen knapp über die Theke.

Wusste dieses Kind eigentlich auf alles eine Antwort? Nun, bestimmt kannte Mrs. Kimble ihre Mutter. »Schlimm, nicht wahr, Mrs. Kimble, das mit Pollys Mutter?«

»Ach, ja was denn, Lord Ardry?« Sie schäumte gerade die Milch auf, von einem dampfenden Lächeln umkränzt.

»Na, dass sie auf des Todes Schwelle steht.«

Dies brachte Mrs. Kimble nicht im Geringsten aus der Fassung, da es nicht stimmte. »Das glaube ich aber kaum, Lord Ardry. Mit ihrer Cousine habe ich sie eben noch auf der anderen Straßenseite vorbeigehen sehen.«

Melrose sah zu Polly hinunter. »Im Sterben liegt sie, was?«

»Das geht schon ganz lang so. Na, jedenfalls kann man doch rumlaufen, oder, solang man noch nicht ganz mausetot ist?« Sie ließ ihn einfach stehen und trug ihre Limonade, ihren Krapfen und ihr Küchlein zu einem der Tische hinüber.

Eine Weile aßen sie in aller Stille. In aller Stille bis auf das Geboxe gegen die Sprossen an dem Stuhl. Gefüllte Krapfen essen war sowieso viel besser als reden. »Eine gute Freundin von mir heißt auch Polly«, sagte er und dachte an Polly Praed, die er schon länger nicht mehr gesehen hatte. »Sie wohnt in einem Ort namens Littlebourne.«

Dies erregte keinerlei Interesse. Endlich war sie mit Essen und Trinken fertig und würde nun vielleicht wieder in die Welt eintreten.

Als Melrose aufstand, um zu gehen, rutschte Polly von ihrem Stuhl und zog ihren Mantel an. Ziemlich dünn für ein winterliches Kleidungsstück, fand Melrose. Außerdem trug sie Sandalen, nicht gerade robustes Schuhwerk für diese Jahreszeit.

»Ach, du gehst auch?«

»Ja.«

Polly trottete hinter ihm her. Er konnte das leise Schlappgeräusch hören, wenn ihre Sandalen auf dem Kopfsteinpflaster aufschlugen.

Er drehte sich um und ging ein Stück weit rückwärts. »Warum trägst du keine richtigen Schuhe? Es ist nämlich Winter. Eis und Schnee und so weiter.«

»Es schneit aber gar nicht.«

»Na, jetzt *gerade* schneit es nicht, aber es hat schon.« Er schlenkerte die Hand in Richtung Dorfanger, wo die grauen Schneeränder um den kleinen Teich herum bereits schmolzen. »Man kann den Schnee riechen, der bald fällt. In der Luft kann man ihn schon riechen.«

»Schnee riecht doch gar nicht. Das ist doch bloß weißer Regen.«

Ihm fiel auf, dass sie dies verkündet hatte, ohne ihre Theorie durch ein bisschen Schnüffeln auch nur zu überprüfen.

Melrose schritt inzwischen geradeaus und fragte über die Schulter: »Ist es eigentlich dein alleiniger Daseinszweck auf dieser Welt, anderen Leuten zu widersprechen?«

»Ich hab keinen Zweck.«

Als er sich nach ihr umsah, in ihren Sandalen, dem dünnen Mäntelchen und ohne Fäustlinge, hätte er es fast geglaubt, wenn ihre diabolische Schläue nicht gewesen wäre, mit der sie sich aus verzwickten Situationen herausredete. »Na, nun komm schon, komm, ich kann nicht mit dir reden, wenn ich dabei rückwärts gehen muss.«

Sie kam ein paar Schritte näher, hielt sich aber dicht hinter ihm.

»Warst du schon einmal in dem Buchladen?«

»Nein.« Sie schüttelte den Kopf.

»Das überrascht mich. Ich dachte, in Long Piddleton hatte schon jeder einmal das Vergnügen, dessen charismatischen Besitzer unter die Lupe zu nehmen.«

»Ich bin nicht von hier.«

Er blieb verblüfft stehen. »Was soll das heißen?«

»Das heißt, dass ich nicht von hier bin.«

Wenn er sie jetzt an den Füßen packte und durchschüttelte, fragte er sich, ob die Postangestellte – er stand mit Polly gerade vor dem Postamt – ihn wohl bei der Obrigkeit melden würde. War ihm jemals ein so wunderliches und dabei höchst nüchternes Kind begegnet wie dieses?

»Ja, ich *weiß*. Das sagtest du schon. Und woher bist du dann?«

»Aus Sidbury.« Sie deutete in die Richtung, die sie offenbar für die nach Sidbury hielt.

Dabei kam ihm, Gott allein wusste warum, Prousts *Die Welt der Guermantes* in den Sinn. Es wäre interessant, wenn Polly in

Die wiedergefundene Zeit vorkäme. Was Proust wohl von ihr halten würde? Melrose konnte sich gut vorstellen, dass Polly selbst ein Produkt unfreiwilliger Erinnerungen war. »Wenn du also von dort bist, wieso bist du dann hier?«

Sie befanden sich in der Nähe von Ada Crisps Gebrauchtmöbel-Emporium. Ihr Jack-Russell-Terrier, der auf seinem Stammplatz, einem Hocker draußen vor dem Laden, saß, fing an zu bellen, wie jedes Mal, wenn jemand vorbeigeschlendert kam. Das Hundeparadies könnte auf Erden herabsteigen – er würde trotzdem bellen.

»Mum hat hier eine Freundin, die wollte sie besuchen.«

»Warum bleibst du denn dann nicht bei deiner Mum, anstatt mir hinterherzulaufen?«

»Ich wollte doch was sehen.«

»Na, das hast du ja – ach, halt's *Maul*!«, fuhr Melrose den Kläffer an. »Jetzt bist du schon gut über eine Stunde weg, vermutlich viel länger. Glaubst du nicht, deine Mutter fragt sich, wo du bloß steckst?«

»Nein. Um vier soll ich zurückkommen, und so spät ist es noch lang nicht. Wir haben einen Haufen Zeit.«

Melrose brach in schallendes Gelächter aus. »Ach ja, haben wir das? Und muss ich auch bis vier wieder zurück sein?«

Inzwischen hatten sie die Eingangstür zu Wrenns Büchernest erreicht, und Melrose musste gestehen, dass er neugierig war, was Polly von Theo Wrenn Browne halten würde. Und er von ihr. »Hier ist der Buchladen. Komm!«

»Nun, Mr. Plant. Sie haben unser Geschäft ja schon lange nicht mehr beehrt. Haben Sie etwa den neuen Waterstone's in Sidbury besucht?« Er wackelte mit dem knochigen Finger vor Melrose herum, bis sein Blick hinunter auf Polly fiel. Sein schleimiger Tonfall wurde belehrend. »Ich glaube, dich kenne ich noch gar nicht, mein liebes –«

Keine Reaktion von Polly. Nur ein vielsagender Blick.

»– wir wollen uns aber schön an alle Regeln in der Kinderecke halten, ja? Wir wollen doch unsere hübschen Bücher nicht beschädigen, was?«

Polly starrte ihn weiter unverwandt an, bis es ihm unangenehm wurde und er den Blick auf Melrose lenkte. »Im Januar suchten Sie doch Bücher über amerikanische Rennpferde. Ich habe da ein paar hereinbekommen, die finden Sie, glaube ich …«

Um ihn zum Schweigen zu bringen, fiel Melrose ihm ins Wort. »Grassoden, Mr. Browne. Soden und Krume. Architektonische Gärten. Und meine Freundin hier wird bestimmt etwas Lohnendes in der Kinderecke finden.«

Dies war ein Bereich des Ladens, den Theo Kindern zugewiesen hatte. Nicht weil er sie gut leiden mochte (das tat er nämlich nicht), sondern weil er nun mit genau der Bücherei konkurrieren musste, deren Schließung er vor einiger Zeit so eifrig betrieben hatte. Die Bücherei, durch das Café mittlerweile zu Geld gekommen, war ein echter Erfolgsschlager. Die Erweiterung, ein angebauter Kindertrakt, war unter der Ägide von Miss Twinney entstanden.

Die wundersame Rettung vor der drohenden Schließung war in erster Linie Marshall Trueblood zu verdanken, der dem Etablissement mit seiner Idee von einem Caféstübchen zu immenser Popularität verholfen hatte. Dies war ein weiterer Grund, weshalb Theo Wrenn Browne ihn so hasste. Theo war tatsächlich so in Wut geraten, dass er buchstäblich schäumte. Ständig wurde er von Trueblood übertrumpft, am brillantesten damals in der Nachttopfaffäre, einer legendären Begebenheit in Long Piddleton, von der die Leute heute noch redeten.

»Pass aber hübsch auf«, sagte er zu Polly, die jedoch gar nicht hinhörte, sondern mit ihren großen braunen Augen sämtliche Regale absuchte.

Polly mochte Bücher, dachte Melrose.

An Melrose gewandt, sagte Theo: »Gartenbau, aber selbstverständlich haben wir darüber eine ganze Menge Bücher.« Er hob die an Angeln befestigte Ladentischklappe hoch und kam auf die andere Seite herüber.

In der Zwischenzeit hatte sich Polly in die Kinderbuchabteilung verzogen.

»Nicht über Gartenbau als solchen, sondern über Rasenplaggen, Erdkrume, Grassoden. Und über Cloisonnégärtchen.«

»Das ist schon schwieriger. So was Spezielles. Cloisonnégärtchen, du meine Güte.«

Melrose folgte ihm zu den Regalen im rückwärtigen Teil des Ladens, wo Theo ein Gartenbuch nach dem anderen hervorzog. Zwei davon waren derart enorme Schmöker, dass Melrose fand, als Kniestütze beim Graben und Setzen würden sie wohl bessere Dienste leisten denn als Leitfäden. Er betrachtete sie kurz und verwarf sie umgehend. Sein Blick fiel auf eines mit dem Titel *Der heitere Gärtner*. Er zog es hervor und fing an zu blättern.

Theo lächelte verächtlich. »Ich kann mir kaum vorstellen, dass das was für Sie ist. Sie kommen mir nicht vor wie einer, der es mit diesen östlichen Glaubensrichtungen hat.«

Solange Theo dagegen war, war Melrose dafür. »Ich glaube, das nehme ich.«

»Nun, es handelt jedenfalls nicht bloß von Gartenerde.« Er schob seine Brille mit dem Metallgestell auf der Nase hoch. »Darf ich fragen, was es mit Ihrem Interesse an Grassoden auf sich hat?«

»Sie dürfen.«

Während der darauf folgenden Schweigepause wartete Theo auf eine Erklärung, die jedoch nicht kam. Theo räusperte sich. Melrose blätterte einfach weiter die Seiten in *Der heitere Gärtner* um. Der Denkansatz des Buches gefiel ihm ausnehmend, denn er war inaktiver Natur.

Erneut gab Theo seinem Zweifel daran Ausdruck, dass Melrose ein ganzes Buch nur über Rasenplaggen finden würde. »Was

Sie ausfindig machen müssen, ist ein Experte auf diesem Gebiet.«

»Was ich *werden* muss, ist ein Experte auf diesem Gebiet.«

Aus der Ferne war eine Stimme zu vernehmen. »Ich hab eins gefunden!« Dann kam Polly angerannt, ein Buch in der Hand. Zwei Bücher, denn ein weiteres hatte sie unter dem Arm.

Melrose nahm es. »*Penny legt Plaggen*. Interessant.«

»Das ist ein Kinderbuch«, sagte Theo, ein Meister des Offenkundigen. »Was soll Ihnen denn das nützen?«

»Ein Buch für *alte* Kinder. Für betagte Kinder. Penny legt tatsächlich Rasenplaggen aus. Was ist das andere?« Er nickte von Penny zu dem leuchtend blauen Buch unter Pollys Arm hinüber.

Sie zeigte es ihm.

»Meine Güte, eins meiner Lieblingsbücher, ein Bestseller in Long Pidd: *Patrick, das blaue Schwein*.«

»Das will ich kaufen, bloß dass es schon jemand versaut hat.«

Theo zog pfeifend den Atem ein. »Was? Wie? Das ist ein nagelneues Buch.«

Polly schlug die beanstandeten Seiten auf. »Sie sollten es zum halben Preis verkaufen.«

Verärgert schlug Theo das Buch an den Seiten auf, die sie markiert hatte. Es sah aus, als hätte jemand Erde, vielleicht Blumentopferde, darauf verschüttet oder sogar hineingerieben. »Eine Schande ist das!« Er sah Melrose an, als sei dieser selbst hier in der Rolle des Zerstörers tätig gewesen. »Diese Sally oder ihr Bruder, die waren es …!«

»Sally und Bub haben hier doch Hausverbot, wissen Sie das nicht mehr? Haben Sie eigentlich zwischenzeitlich eine Unterlassungsklage gegen die beiden angestrengt?«

»Machen Sie sich doch nicht lächerlich. Sie waren es doch, Mr. Plant, der die beiden ungeschoren davonkommen ließ. Sie erwarben dieses Buch, ich meine, ganz genau so eines, und schenkten es ihnen. Und wiesen ihnen damit geradewegs den Weg in die Kriminalität.«

»Wohlan, Mr. Browne, ich nehme das Penny-Buch hier.«

Sie begaben sich in den vorderen Teil des Ladens.

»Und ich will das hier«, sagte Polly. »Da können Sie aber nicht die ganzen sieben Pfund fünfzig dafür verlangen.«

»Und ob ich das kann!«

»Dafür kauft es aber keiner.«

»Womit sie übrigens nicht Unrecht hat.«

Theo hob die Ladentischklappe und trat an seine Kasse. Verdrossen meinte er: »Ich reduziere den Preis um ein Pfund.«

Polly schüttelte heftig den Kopf.

»Nehmen Sie doch, was Sie kriegen können, Mr. Browne. Der halbe Preis ist ein gutes Angebot.«

»Na, gut.« Er ließ die Finger so flink auf den Tasten der Registrierkasse tanzen, als dirigierte er die Londoner Symphoniker. »Das wären dann drei Pfund fünfundsiebzig.«

Melrose wollte gerade nach seiner Brieftasche greifen, als Polly einen Fünfpfundschein aus der Tasche holte und ihn Theo reichte. »Na, so was«, sagte Melrose. »Deine Mum hat dich heute aber schön ausgestattet!«

»Nein. Das hab ich mir verdient.«

»Und womit, wenn ich fragen darf?«

Sie warf einen Blick auf *Patrick, das blaue Schwein*. »Mit blaue Bilder malen.«

»Tatsächlich. Und – machst du eine Ausstellung in der Royal Academy?« Auf der anderen Straßenseite ging Trueblood gerade in sein Antiquitätengeschäft. »Ah, da ist ein Freund von mir. Mit dem muss ich unbedingt reden. Wird ja auch Zeit, dass du wieder zu deiner Mutter gehst, nicht?«

Polly sah nicht so aus, als sei sie ebenfalls der Meinung, dass es Zeit war, etwas zu tun, was sie nicht wollte. »Nein«, sagte sie.

»Nun denn, ich muss gehen.«

»Wiedersehen.«

Als er das Geschäft erreichte, in dem Trueblood soeben verschwunden war, wandte sich Melrose um. Sie stand immer noch dort drüben, wo er sie verlassen hatte, so als ob er sie *tatsächlich* sich selbst überlassen hätte. Immerhin hatte er sich über eine Stunde mit ihr abgegeben und hielt Schuldgefühle für fehl am Platz. Wo steckte denn die Mutter? Er stürzte sich in den Laden, der kühl und schattig war und vollgestopft mit schönen Möbelstücken. Trueblood besaß einen exquisiten Geschmack.

»Ich brauche etwas über Cloisonné«, sagte Melrose an Truebloods Rücken gewandt.

Der Rücken drehte sich um. »Hat jemand den Wettbewerb gewonnen?«

Melrose seufzte. »Sind Sie immer noch mit dieser dämlichen Ziegenbocknamensgebung beschäftigt?«

»Dämlich? Soweit ich mich erinnern kann, war Ihnen todernst damit. Sie wollten nicht, dass sich jemand auf Kosten Ihres Ziegenbocks einen Spaß erlaubte.« Er gluckste vergnügt und hielt ein schönes Kristallglas ins trübe Sonnenlicht. »Cloisonné, ja, darüber habe ich ein Buch.« Trueblood trat hinüber zu einem Stapel Bücher auf dem Fußboden (da in den Regalen kein Platz mehr war), zog eines hervor und reichte es Melrose.

Der blätterte den voluminösen Band durch, wie Polly vorhin ihr *Schwein-Patrick*-Buch durchgeblättert und vermutlich ebenso viel Erleuchtung daraus gewonnen hatte. »Aber das ist ja Schmuck.«

»Ja? Emailleschmuck. Bunt emaillierte Stückchen in irgendeiner Fassung eben.«

»Nein, ich brauche etwas, was mit Gartenbau zu tun hat.«

»Da bin ich überfragt, alter Kämpe. Da habe ich, glaube ich, nichts. Ehrlich gesagt, ich weiß überhaupt nicht, was das ist.«

Melrose stöhnte. »Ich soll morgen nach Cornwall fahren und

den Experten spielen, dafür und für das Belegen von Treppenstufen mit Rasenplaggen.«

Trueblood stieß ein blubberndes Geräusch aus, seine Reaktion auf die Vorstellung, Melrose könnte »Experte« auf irgendeinem Gebiet sein. »Nehmen Sie es mit.«

»*Das* hier? Aber ich sagte doch gerade …«

»Wenn Sie mit diesem Cloisonnégarten oder was auch immer herummachen, beeindrucken Sie die Leute bestimmt dadurch, dass Sie auf diesem Gebiet so viel wissen, und können es sich leisten, sich exzentrisch zu geben.«

»Marshall, Sie haben ja keine Ahnung, wovon Sie reden.«

»Natürlich nicht.« Er hielt ein kleines silbernes, mit Edelsteinen besetztes Kruzifix in der Hand. »Das ist ja der Witz dran, oder nicht? Da Sie keinen blassen Dunst haben von der Garten- oder Blumenspielart von Cloisonné, tun Sie eben so, als wüssten Sie derart viel, dass Ihr Wissen einfach ins Cloisonné-Handwerk im Allgemeinen überschwappt.«

Melrose ließ es sich durch den Kopf gehen. Es war genau die Art von verrückter Idee, die ihnen beim geselligen Beisammensein im Jack and Hammer einfallen würde. Also keine schlechte. »Gehen wir was trinken.«

»Bevor ich mich schlagen lasse.« Trueblood ließ das Kruzifix auf den Tisch fallen, und sie gingen hinaus.

Sie stand nicht mehr dort, stellte Melrose bei einem Blick über die Straße erleichtert fest. Doch dann fragte er sich, wo sie war.

15

Die Kirche war düster und fast vollkommen schmucklos, abgesehen von dem Rosettenfenster hinter ihnen im Rücken, den in Grüppchen zusammenstehenden Kerzen und ein paar düsteren Skulpturen.

Zu seiner Überraschung hatte Jury erfahren, dass Sarah an ihrem presbyterianischen Glauben festgehalten hatte und nicht zu Brendans römisch-katholischem übergetreten war. Er zollte ihr Bewunderung dafür, dass sie sich nicht hatte beirren lassen – bestimmt hatte es deswegen einen Familienzwist gegeben, aber nicht mit Brendan selbst (einem der tolerantesten Zeitgenossen, denen Jury je begegnet war), sondern mit Brendans Verwandten, die sicher Himmel und Hölle in Bewegung gesetzt hatten, um sie zum Übertritt zu bewegen.

Im Moment des stillen Gebets, das einem (ihm selbst wie übrigens den meisten Anwesenden) unbekannten Kirchenlied folgte, hielt er den Kopf gesenkt und dachte darüber nach, wie Sarah es geschafft hatte, die Schwiegereltern abzublocken, obwohl sie in ihrer eigenen Familie niemanden auf ihrer Seite hatte. Das war sicher sehr schwer gewesen.

Als das stille Gebet vorbei war, setzte sich die Prozession zur Grabstätte in Bewegung. Eine beachtliche Anzahl von Leuten hatte sich eingefunden, zweifellos waren es alles Freunde von Brendan. Der sah irgendwie verbraucht aus – das Gesicht düster und wächsern, das Herz gebrochen. Man konnte es ihm ansehen.

Die Mädchen, Christabel und Jasmine, dazu Chastity, die

jüngste, standen dicht aneinandergedrängt, der sechzehnjährige Dickie etwas abseits. Es war schon bemerkenswert, wie sie alle aufgezogen worden waren in dieser kleinen Wohnung mit dem abgetrennten Esszimmer, das als zusätzliches Schlafzimmer diente. Brendan war dankbar für die Wohnung gewesen und froh, dass der Vermieter sie nicht vor die Tür gesetzt hatte.

Von der Zeremonie am Grab bekam Jury eigentlich wenig mit, weil seine Gedanken in die Kindheit entflohen, soweit er sich überhaupt an sie erinnern konnte, in die Zeit, nachdem sein Onkel ihn damals aus dem Waisenheim geholt hatte. Seine Tante und sein Onkel hatten in Suffolk gewohnt, oder »Suffkopp«, wie eine Horde von ungebärdigen Halbwüchsigen die Gegend getauft hatte. Einer von diesen Jungen war ein viel älterer Bruder seiner Cousine gewesen, der ihn kaum beachtet hatte – Jury fragte sich, was wohl aus ihm geworden war. Der hatte ihm bloß ab und an zugenickt und ihn gemustert, als wüsste er nicht recht, woher er ihn kannte. Wohin es den wohl verschlagen hatte? Vielleicht war er auch schon tot.

Der Empfang (stellte Jury erleichtert fest) fand dann nicht im Pub statt, sondern in einem düsteren alten Hotel unweit der Kirche. Weil Brendans Wohnung für so viele Leute nicht in Frage kam, war man hierher ausgewichen. Der Raum, in dem man sich versammelt hatte, war vermutlich ein ehemaliger Ballsaal, der heutzutage für solche Anlässe genutzt wurde oder für Hochzeitsempfänge (die seltsame andere Seite der Medaille), für Konferenzen und Zusammenkünfte aller Art. Er fragte sich, mit wem oder wozu man in Newcastle wohl zusammenkommen wollte.

Newcastle. Es war vermutlich eine recht angenehme Stadt, wenn man nicht nur das eingeengte Spektrum von Tod und Arbeitslosigkeit betrachtete. Ihm war die Stadt immer wie ein kalter grauer Steinhaufen vorgekommen, den die meisten Leute nur allzu gern hinter sich ließen. Sarah hätte bestimmt dazugehört.

»Ach, Sie sind doch der, von dem sie immer erzählt hat!« Er drehte sich um und sah eine rundliche Frau mit einem Strohhut, auf dessen Krempe eine Papierblüte saß. Während sie redete, wippte die Blüte auf und ab.

»Ich bin der Polizist, wenn Sie das meinen.« Er versuchte zu lächeln, ließ es dann aber bleiben.

»Und ob ich das meine. Ach, was hat sie große Stücke auf Sie gehalten. Hat sogar ein Foto von Ihnen aufgehängt« – die Frau deutete ans andere Ende des Büfettischs hinüber, wo auf einer Staffelei eine große Sammlung von Fotos und Schnappschüssen angebracht war – »und die Zeitungsberichte über Ihre Fälle. Sollten Sie sich mal ansehen.« Als hätte sie damit eine Mission erfüllt, schnappte sie sich daraufhin einen kleinen Kuchen und fing an zu mampfen. »Aber sie war natürlich bloß Ihre Cousine. Hätte schlimmer sein können.« Mit dieser ernüchternden Mitteilung wandte sie sich ab und ging davon.

Sie hatten am Büfett gestanden, wo Sandwiches und kleine Kuchen aufgebaut waren. Er trank Punsch, den irgendjemand dankenswerterweise mit gut einem Liter irischem Whiskey angereichert hatte. Babyfotos, Hochzeitsfotos, Fotos von einem Urlaub am Meer, als die Kinder noch klein waren. Geburtstage, Jahrestage, sogar Zeitungsausschnitte, überraschenderweise über Jury persönlich, darüber sein Foto. Inspector, dann Chief Inspector. Das war einige Jahre her. Brendan hatte also doch die Wahrheit gesagt: Sie musste stolz gewesen sein auf ihn und seinen Job.

Brendan kam herüber und legte Jury die Hand auf die Schulter. Er war betrunken oder jedenfalls inzwischen auf dem besten Weg dazu.

Jury sagte zu ihm: »Ein Haufen Leute, Brendan. Wenn wir doch nur alle so gut in Erinnerung blieben! Aber weißt du, ich war doch ziemlich überrascht, dass Sarah nicht katholisch geworden ist.«

Brendan lachte. »Ach was, meine Sarah doch nicht! Sie hat immer gesagt, hier in diesem gottverlassenen Newcastle würde sie zwar wohnen, aber verdammt wollte sie sein, wenn sie deshalb ihren Glauben wechseln würde.«

Brendan deutete auf die Fotocollage. »Das hat sie alles ausgeschnitten, manchmal die gleiche Geschichte aus zwei verschiedenen Zeitungen. Sie hatte eine ganze Schuhschachtel voll mit Zeitungsausschnitten.«

Es war albern, aber Jury merkte plötzlich, dass er sich über Sarah ärgerte. »Wir hatten ja offenbar unterschiedliche Erinnerungen. Und es machte ihr anscheinend Spaß, extra darauf hinzuweisen.«

»Herrje, Mann. Letztes Mal, als du hier warst, hab ich dir doch schon gesagt, dass sie dich bloß verarschen wollte. Schau dich doch an. Du hättest es in deinem Job nie bis nach ganz oben geschafft, wenn du Leute nicht richtig einordnen könntest. Warum schaffst du das bloß bei ihr nicht?«

Jury wusste nicht recht, was er sagen sollte.

Brendan fuhr fort: »Sie dachte, du hättest sie im Stich gelassen, Richard. Weißt du, wenn's um Neuigkeiten ging, hat sie sich auf dich verlassen. Das hat sie gesagt.«

»Was denn für Neuigkeiten?«, fragte Jury verdutzt.

Brendan lachte. »Alle möglichen Neuigkeiten. Aus London, was weiß ich. Sie hat es so ausgedrückt: ›Ach, wenn Richard doch käme und Neuigkeiten mitbrächte.‹ Ich weiß nicht genau, was sie meinte.«

»Ich auch nicht«, sagte Jury bekümmert.

Weil sein Zug erst um sechs ging, wollte er ein Taxi nehmen und zum Baltic Center auf der anderen Seite des Flusses fahren, wo er noch nie gewesen war – tatsächlich noch nie. Wo war er eigentlich gewesen in Newcastle, außer mit Brendan im Pub oder einmal mit den Kindern beim Weihnachtseinkauf? Vor langer Zeit. Das war ein Besuch, den er nie vergessen würde, nicht das mit den Kindern, sondern den Teil davor – Old Washington und Washington Old Hall. Helen Minton und die größte Liebe auf den ersten Blick. Wenn er daran dachte, wurde er immer noch rot. Lange gehalten hatte es nicht, was, Kumpel? Old Hall. Es dünkte ihn höchst merkwürdig, dass George Washingtons Vorfahren aus einem kleinen Dorf kamen und zwar direkt neben einem anderen namens Washington, mit seinem halben Dutzend Pubs entlang der einzigen Straße. Wo man gern witzelte, das auf dem Fußboden des Pubs seien keine Sägespäne, sondern die Überreste der Möblierung nach der Schlägerei am Vorabend. Handgreiflichkeiten waren offenbar an der Tagesordnung, aus Frust und Wut über die Misere der Arbeitslosigkeit schlug man sich eben.

Inzwischen saß Jury im Taxi und blickte hinaus auf den Tyne und die eindrucksvollen Brücken, die den Fluss überspannten. Sie konnten es bestimmt mit New York aufnehmen, mit diesen Brücken, die Manhattan und Brooklyn und den Rest miteinander verbanden.

Der Fahrer konnte offenbar Gedanken lesen: »Sehn Sie die neue Millennium-Brücke, die da gebaut wird? Na, das wird 'n Knüller, wenn die mal fertig is.« Er deutete in die Ferne, wo riesige Kräne auf dem Fluss zu treiben schienen. »Das haut einen doch glatt um, das Ding. Damit stechen wir jede andere Brücke auf der Welt aus. Wissen Sie, wie die mal funktionieren soll?« Der Fahrer versuchte, Jurys Blick im Rückspiegel zu erhaschen.

»Nein. Ich weiß gar nichts darüber.«

»Wie so 'n Augenlid, wie ein Augenlid, was langsam aufgeht.«

Jury lächelte. »Kann ich mir gar nicht vorstellen.«

»Also, die geht in Schräglage. Die ganze Brücke geht in Schräglage, damit die Schiffe durch können. ›Das zwinkernde Auge‹ heißen sie das.«

Jury überlegte, was für einen Akzent er hatte. »Sind Sie aus dem Süden?«

Das fand der Fahrer nun aber witzig. »Ach, was ... County Durham, da komm ich her. Schon mal da gewesen? In Durham?«

Jury schloss die Augen. Wieder Helen Minton. Wieder kam eine Erinnerung schneller als das Ende der Brücke auf ihn zugerast. Jerusalem Inn. Er fragte sich, wie es kam, dass zwei Menschen ... Jury schüttelte den Kopf. Konnte man ein Kapitel seines Lebens je unwiederbringlich schließen? Oder abschreiben?

»Da wär'n wir, Kumpel.«

»Eine Riesenanlage«, sagte Jury beim Aussteigen.

»Ganz schön riesig, stimmt. War selber noch nie drin. Aber ich denk mir, die Einheimischen sind doch eh immer die Letzten, die man wo sieht.«

»Da haben Sie Recht.« Er gab ihm das Fahrgeld und ein üppiges Trinkgeld.

Daraufhin hoben sich die Augenbrauen des Fahrers so, wie Jury sich vorstellte, dass die Millennium-Brücke sich heben würde. »Sagen Sie, wie weit ist es von hier bis zum Bahnhof von Newcastle?«

»Zum Hauptbahnhof? Ach, zu Fuß schaffen Sie das in einer Viertelstunde. Is überall ausgeschildert. Können Sie gar nich verfehlen.«

Jury staunte über das Baltic Center, besonders über dessen schiere Dimensionen. Laut Lageplan war die Anlage in diverse »Ebenen« aufgeteilt und beherbergte mehrere Restaurants, ein Kino und Künstlerateliers, vor allem aber natürlich – die Kunst.

Jury merkte, wie unbeholfen er sich zwischen den abstrakten, kaum zu beschreibenden Gemälden und seltsamen Installationen umherbewegte. Er kam sich altmodisch vor mit seiner Vorliebe für

Millais und Rossetti, nach deren Bildinhalten man sich verzehrte und die einem irgendwie etwas gaben. Dabei fragte er sich allerdings, ob das Gefühl, das er verspürte, mit der Leere der heutigen Kunst zu tun hatte oder aber mit seiner eigenen, und schenkte sich daraufhin jeden weiteren Blick auf die Gemälde. Er ging eine Ebene höher hinauf, um vom Beobachtungsraum aus einen Blick über Newcastle zu werfen. Die fast völlig in Glas gehaltene, aus der Westwand des Baltic Center ragende Einfassung bot einen Panoramablick über Newcastle, den Tyne und Gateshead. Allmählich wurde es dunkel, und auf der anderen Seite des Tyne waren schon die Lichter angegangen. Jury war ziemlich überwältigt vom Anblick der Skyline von Newcastle. Sensationell, besser als jeder Blick von Southwark über die Themse, mit den bunten Lichtern des National Theatre Komplexes, der Towerbrücke und der Docks und Quais. Wie die meisten Menschen hatte er Newcastle immer als schmuddlige, heruntergekommene, von Arbeitslosigkeit geschlagene Stadt gesehen – beileibe kein Ort von hohem touristischem Interesse. Von hier oben aus zeigte sie sich jedoch ganz anders, und ihm war um Brendan schon viel wohler. Wenigstens lebte der nicht in einer erbarmungslos langweiligen Umgebung.

Er musste los – er musste auf seinen Zug.

Nicht weit vom Ausgang befand sich ein Buchladen. Er ging hinein und schaute einen Kasten mit Drucken durch, um sich vielleicht etwas zu kaufen. Dabei entdeckte er einen, der in der Sammlung des Baltic sicherlich nicht zu finden war. Darauf war im Karikaturstil eine Familie um einen gedeckten Esstisch abgebildet. Ihre Augen waren so dunkel, dass sie wie hinter Masken verborgen schienen. Der Esstisch war mit hohem Gras gedeckt, vermutlich ein Sumpf oder Moor, im Hintergrund Wasser. Auf den Tellern oder in den Händen hatten sie Schmetterlinge. Das Bild trug den Titel *Die Schmetterlingsesser*. Er dachte ein Weilchen über dieses surreale Bild nach und fragte sich, ob sie sich von Illusion oder Zweideutigkeit ernährten. Dann steckte er den Druck wieder in den Kasten zurück.

Vom Baltic Center aus machte er sich auf seinen viertelstündigen Marsch in Richtung Hauptbahnhof. Der Fahrer hatte Recht: der Weg war gut ausgeschildert, eine Reihe von Hinweistafeln dirigierte ihn zum Bahnhof. Man hätte gar nicht falsch abbiegen oder sich verirren können.

Jury blieb stehen und sah für einen kurzen Moment vor seinem geistigen Auge die Reihe alter Erlen vor Angel Gate. Und die weißen Kreuzchen.

An einem Bahnhofskiosk kaufte er sich einen Kaffee und ein trockenes Wurstbrötchen. Bei dem Empfang vorhin hatte er nichts essen können. Sein Zug nach King's Cross sollte um zehn nach sechs gehen. Er las eine Lokalzeitung und warf sie gleich wieder weg, er wollte über den krisengeschüttelten Norden nichts mehr lesen.

Er setzte sich auf eine Bank, und nach ein paar – bitter und metallisch schmeckenden – Schlucken Kaffee befestigte er den Deckel wieder auf dem Becher, den er zusammen mit dem Rest des Wurstbrötchens in einen Abfalleimer warf. Dann ging er den Bahnsteig entlang. Er war schon mehrmals in diesem Bahnhof gewesen und fand ihn ziemlich deprimierend. Aber traf das nicht auf die meisten Bahnhöfe zu, sogar für so belebte und geschäftige wie King's Cross oder Victoria Station? Es waren Orte zum Abschiednehmen, selten sah er Leute, die einander begrüßten, und fragte sich warum.

Er kehrte zu seiner Bank zurück und beobachtete einen etwas unscheinbaren Hund ohne Halsband, der herumstreunte und am Abfalleimer schnüffelte. Jury überlegte, ob er wohl das Wurstbrötchen roch, das dort noch obenauf lag. Er griff hinein, holte es heraus und nahm die Wurst vom Brot (obwohl – wer sagte denn, dass der Hund kein Brot mochte?). Jury zerteilte die Wurst in Stückchen und stellte sie dem Hund auf dem Pappteller hin. Der hatte sie in null Komma nichts vertilgt. Na, sagte er zu dem Hund, oder mehr oder weniger an ihn gewandt, Das reicht dir nicht, was? Er ging wieder zum Kiosk und kaufte noch ein Wurstbrötchen, brach es in Stücke und legte sie ihm hin. Wieder verschlang der Hund gierig die Brocken.

Jury seufzte, fuhr dem Hund mit der Hand über den knochigen Rücken und fragte ihn. »Können wir denn jemals satt werden, wir alle miteinander?« Er verspürte nämlich eine immense Leere, verstärkt von dem höhlenartigen Bahnhofsgebäude, dem Hund, den endlosen Gleisen.

Sein Zug fuhr ein. Er wünschte dem Hund alles Gute, ging den fast menschenleeren Bahnsteig entlang und stieg ein. Dabei fühlte er sich wie einer, der nichts hatte, für niemanden – wie einer, der nie Neuigkeiten brachte.

DER KINDERDIEB

16

Melrose stieg aus seinem Mietwagen – er war zu dem Schluss gekommen, dass der Bentley zu angeberisch wirkte – und blieb auf dem Kiesweg stehen, um Angel Gate in aller Ruhe zu betrachten. Es war ein beeindruckender Klotz aus rotem, verblasstem Backstein. Neoklassizistisch, so wie es aussah. Nicht minder eindrucksvoll war die Buchenallee, die sich die kurvige Auffahrt hinauf zum Haus wand.

Er nahm seinen Schweinslederkoffer und trat an die Haustür.

Diese wurde ihm ziemlich rasch von einem kleinen Mädchen unbestimmten Alters geöffnet. Besser gesagt: Sie mochte sich ihres Alters gewiss sein, er war es jedoch nicht. Er konnte es nie genau sagen. Sie war einfach sehr jung, hatte braunes Haar, so dunkel, dass es fast schwarz wirkte, und trug eine nicht besonders schmeichelhafte Brille. Das Begrüßungskomitee wurde noch von ihrem Hund vervollständigt, der, wie Melrose erfreut feststellte, nicht automatisch auf Bellfunktion geschaltet war, also keiner von diesen Hunden, die einfach losbellten, sobald irgendetwas geöffnet wurde – eine Tür, ein Fenster, eine Packung Essbares, egal, ob sich auf der anderen Seite jemand Gefährliches befand oder nicht.

»Sind Sie wegen dem Garten da?«

»Ja, bin ich. Dein kleiner Hund gefällt mir.«

»Der heißt Roy.«

»Seltsamer Name für einen Hund.«

»Es ist aber nicht der ›Roy‹, an den Sie denken.«

»Habe ich denn an einen Bestimmten gedacht?«

»Es bedeutet ›König‹ oder ›Euer Hoheit‹ und wird R-o-i buchstabiert. Das ist französisch, aber weil es niemand richtig ausspricht, hab ich eben Roy draus gemacht.«

Es kam ihm so vor, als sei die Temperatur um zehn Grad gesunken, seit er dort stand, aber vielleicht war es auch einfach der Effekt einer Melrose-Kind-Begegnung. Hoffentlich hatte er hier keine weitere Debbie-Polly vor sich, sonst säße er eine Woche lang an der Tür fest. »Hör mal, könnten wir diese Diskussion vielleicht drinnen fortsetzen? Bevor wir die ganze Französische Revolution durchnehmen?«

Widerwillig (so kam es ihm vor) hielt sie die Tür auf.

»Schönen Dank auch.« Man sollte seinen Sarkasmus nicht an Kinder verschwenden, sagte er sich immer wieder. »Eins muss ich deinem Hund zugestehen – er bellt nicht.«

»Hat er auch nicht nötig.«

Diese unergründliche Erklärung machte Melrose einigermaßen ratlos.

»Sie sollen in die Küche kommen, Tante Rebecca macht gerade Mittagessen.«

Er folgte seiner Führerin aus dem schönen Marmoreingang in ein ebenso schönes Esszimmer. Schön, fand Melrose, weil es benutzt aussah, auf angenehme Weise benutzt. Die Ahnenporträts (falls es welche waren) wirkten nicht so aufdringlich wie solche Porträts normalerweise. Alle darauf Abgebildeten sahen aus wie bei irgendeiner Tätigkeit ertappt, und diese Spontaneität hatte der Maler eingefangen, außer bei einer militärisch aussehenden Gestalt hoch zu Ross.

»Wer ist Tante Rebecca?«

»Meine Tante.«

»Darauf wäre ich auch gekommen. Ist sie auch noch etwas anderes?«

»Sie kümmert sich um mich, seit meine Mum und mein Dad gestorben sind.«

(Oje, das hörte sich ja bekannt an. Würde er jetzt jedes Wort auf die Goldwaage legen müssen?)

»Sie ist hier die Haushälterin.«

Sie hatte sich durch eine Schwingtür gedrückt, und er hob rasch die Hand, damit diese ihm beim Zurückschwingen nicht ins Gesicht knallte.

Die Küche war riesig, eine der größten Küchen, die Melrose außer in einem Hotel je gesehen hatte. An einer Wand entlang verlief eine Fensterreihe, was dem Raum die Atmosphäre eines Treibhauses verlieh und Licht auf einen für drei Personen gedeckten, langen Kiefernholztisch strömen ließ.

»Er ist da«, sagte das Mädchen. »Das ist er.« Nachdem sie ihre Pflicht erfüllt hatte, setzte sie sich an den Tisch.

Bei der Frau, die sich auf diese Ankündigung hin umdrehte, handelte es sich um Rebecca Owen, vermutete Melrose. Sie schien überrascht. »Lulu, ich sagte dir doch, du sollst mich holen, wenn Mr. Plant angekommen ist!« Sie wischte sich die Hände an einem Geschirrtuch ab und sagte: »Entschuldigen Sie bitte. Ich bin Rebecca Owen, die Haushälterin von Mr. Scott. Er musste unerwartet weg und bat mich, dafür zu sorgen, dass Sie es bequem haben. Er kommt am Nachmittag zurück, so um die Teezeit.«

Melrose vernahm mit Freuden, dass er sich in einem Hause aufhalten würde, wo noch das rituelle Teestündchen abgehalten wurde. Ihm wurde ganz warm ums Herz.

Sie wandte sich um und nahm einen Teller mit Sandwiches. »Ich dachte, Sie möchten vielleicht etwas zu Mittag essen.«

»Das ist sehr nett von Ihnen. Wissen Sie, eigentlich hätte ich gern einen Kaffee.«

»Auch das haben wir. Wenn Sie sich bitte setzen wollen.« Sie deutete zu dem langen Tisch hinüber, an dem Lulu es sich bereits bequem gemacht hatte, mit dem Rücken zum Fenster, durch das gleißendes Sonnenlicht strömte und ihr glattes Haar wie Lakritz aussehen ließ.

Melrose setzte sich ihr gegenüber, um das Grundstück besser überblicken zu können. Der Teller mit den Sandwiches kam, Lulu nahm sich eines und biss genüsslich immer wieder davon ab. Nebenbei verabreichte sie Roy kleine Stückchen davon – zumindest vermutete Melrose, dass sie sie nicht einfach auf den Boden warf.

Rebecca Owen schenkte Melrose Kaffee ein und Lulu etwas, das nach Limonade aussah. Dann setzte sie sich hin.

Melrose sagte: »Ich habe eine Frage zu deinem Hund.«

Beide blickten ihn an, Rebecca Owen überraschter von der Frage als Lulu, die sich wahrscheinlich zu allem auf Gottes Erdboden eine Frage einfallen ließ.

»Wenn bei Nacht ein Räuber käme, wie würde man das denn merken, weil Roy Fremde ja nicht anbellt?«

Lulu guckte nachdenklich und schob ihre Brille auf dem Nasenrücken hoch. »Ich glaub, da würde sich Roy schon was einfallen lassen.« Sie trank ihre Limonade und beobachtete Melrose über den Rand ihres Glases hinweg.

Definitiv ein Geschöpf vom Schlage Pollys. Er wandte sich an Rebecca Owen. »Wie mir scheint, lässt Mr. Scott hier umfangreiche Arbeiten durchführen.« Er nickte zu der ihm gegenüberliegenden Fensterwand hin.

»Stimmt. Im Lauf der letzten Jahre ist alles ziemlich heruntergekommen, und jetzt hat er beschlossen, dass es schön hergerichtet werden soll.«

Das stieß Melrose aber auf. Sollte er etwa nicht viel mehr als ein Schönherrichter sein? Er sagte: »Hat er denn jemanden, der die Arbeiten überwacht? Oder bloß die Gärtner?«

»Er hat einen Landschaftsgärtner engagiert. Gartenarchitekt, nennt der sich, glaube ich. Heutzutage gibt es ja für alles Spezialisten, nicht?«

»Ja. Es ist schwer, noch Allroundkönner zu finden. Alle sind sie Spezialisten. Und Spezialisten, die sich noch zusätzlich spezialisiert haben. Es geht alles zum Teufel. O, Verzeihung ...«

Lulu lächelte.

Zu Miss Owen sagte er: »Und Sie, haben Sie sich auf etwas spezialisiert?«

»Liebe Güte, nein. Ich bin hier Mädchen für alles: Köchin, Haushälterin, Türöffnerin – wenn Lulu es sich nicht in den Kopf setzt, selbst Begrüßungskomitee zu spielen.«

Rebecca Owen war eine attraktive Frau, die nicht viel Zeit vor dem Spiegel verbrachte. Er schätzte sie auf Ende Vierzig oder Anfang Fünfzig.

Lulu, die aussah wie das reinste Federgewicht, verspeiste mittlerweile ein Brunnenkressesandwich. Roy war unter dem Tisch hervorgekrochen, um sich steifbeinig neben Melrose' Stuhl zu setzen. Woher kam es, dass Hunde bei anderen Leuten fröhlich herumtollten, während er bei ihnen bloß dieses stiere Starren hervorrief?

Er trank seinen Kaffee aus, aß sein Käsesandwich vollends auf, schob seinen Stuhl zurück und sagte: »Sagen Sie mir, wo meine Bleibe ist, dann ziehe ich los.«

»Natürlich. Lulu kann Sie zum Cottage begleiten, es ist gleich dort drüben.« Sie deutete quer durch den Garten.

»Okay«, sagte Lulu. »Ich kann Ihnen den Koffer tragen, wenn Sie wollen.«

»Kommt nicht in Frage. Ich bin viel kräftiger als du.« Melrose nahm seinen Koffer, und sie gingen hinaus.

Die Küche lag im linken Flügel des Hauses beziehungsweise nahm dessen gesamte Fläche ein. Sie durchquerten einen Innenhof und gingen mehrere breite, flache Terrassenstufen hinunter, durch die der Bereich darunter wie ein versunkener Garten wirkte. Sie kamen an einer Bronzeplastik von zwei Knaben mit Eimern vorbei. Der eine hielt seinen Eimer höher als Melrose' Kopf und hätte ihn nass machen können, vorausgesetzt natürlich, es hätte Wasser gegeben und der Junge wäre lebendig gewesen. Melrose fand die Skulptur recht amüsant, eine angenehme Abwechslung zu den ewigen verhüllten, armlosen Mägdelein.

Lulu deutete ans andere Ende des Gartens. »Wir hatten hier einen Mord.«

In ihrem Tonfall klangen Triumph oder Stolz mit, so als hätte dieser Ort eine ganz fantastische Leistung vollbracht.

Er zeigte sich überrascht. »Du liebe Güte, wer wurde denn ermordet?«

»Das weiß niemand, nicht mal die Polizei.«

Sie gingen einen von Eibenhecken gesäumten Weg entlang, der sich mit mehreren anderen Wegen kreuzte. »Eure Gartenanlage ist ja wunderschön.«

»Ich mag es gern, wenn es schneit. Wenn Schnee auf den Hecken liegt und Schatten hin und her huschen.«

»Bekommt ihr in Cornwall denn überhaupt Schnee?«

»Manchmal kriegen wir ganz viel.«

Daran hatte Melrose nun doch seine Zweifel. Im Garten hinten sah er zwei Gestalten, einen Mann und eine Frau, mit Pflanzen oder Hacken beschäftigt oder was auch immer man tat in jener Welt, auf die er sich eigentlich lieber doch nicht einlassen wollte. Von seinen Erfahrungen als (so genannter) Hilfsgärtner in Tyndale Lodge war außer dem Befüllen und Ausleeren von Schubkarren mit Erdreich offenbar nichts hängen geblieben.

»Das sind die Macmillans. Sie und ihr Vater. Die haben ein großes Gartengeschäft in der Nähe von Launceston. Und hier ist das Cottage.«

Vom Architektonischen her besaß das Cottage keinerlei Ähnlichkeit mit dem Haupthaus. Es war aus Stein und behauenem Flint im Schachbrettmuster gebaut und hatte ein Reetdach und sogar ein reetgedecktes Vordach über einer breiten, von zwei schmalen Säulen flankierten Treppe. Rings herum verlief eine Hecke, deren Äste in einem kunstvoll in Form geschnittenen Bogen über den Kiesweg hingen. Mit den zwei Räumen, einem oben und einem unten, war es das putzigste Häuschen, das Melrose je gesehen hatte. Putzig ging es auch drinnen weiter mit den blau und rosa gemusterten Hortensienvorhängen und dem Sofa mit zwei passenden Ohrensesseln, die mit einem Cretonnestoff voller Stiefmütterchen, Rosen und Lilien bezogen waren – ein regelrechter Blumengarten an Mobiliar.

Kein Wunder, dass es Lulu gefiel. »Hier werde ich eines Tages wohnen. Wie lang bleiben Sie denn?«

»Fünf bis zehn Minuten, dann haue ich ab und überlasse es dir.«

»Die Küche ist hier drüben. Kommen Sie!«, befahl sie. Melrose wurde nicht gestattet, länger zu verweilen. »Sehen Sie, da ist alles, was Sie brauchen, zum Beispiel ein Teekessel.« Sie deutete auf das Sammelsurium von ungleichen, aber sehr bunten Geschirrteilen auf den offenen Regalen, Töpfe und Pfannen und verschiedene Gerätschaften. Es war klein, aber sicher groß genug für die ein bis (höchstens) zwei Personen, die das Cottage bewohnen würden.

»Du solltest Besichtigungstouren führen. Blenheim Palace wäre das Richtige für dich.«

»Ob ein Palast mir gefallen würde, weiß ich nicht.« Sie hatte die Angewohnheit, sich beim Nachdenken eine Haarsträhne um den Finger zu wickeln, ein erfolgloses Unterfangen, da ihr dunkles Haar vollkommen glatt war.

»Da werden die Churchills aber untröstlich sein, wenn sie das erfahren. Also, wenn du mich jetzt entschuldigst, dann richte ich mich ein …«

»Okay.« Und flinker als ein Kaninchen war sie aus der Cottagetür.

Hier war eine, die sich schnell entschloss und sofort danach handelte.

Als ersten Programmpunkt, beschloss Melrose, würde er nach oben gehen und ein Nickerchen halten.

17

»Sie sollen auf einen Drink rüberkommen.« Lulu fing Melrose an der Cottagetür ab, als er gerade überlegte, ob er vielleicht etwas essen sollte. Vom Schlafen bekam er immer Hunger.

»Ach ja?« Er sah auf die Uhr und stellte überrascht fest, dass es fünf war. »Heißt das, auf ein Teestündchen mit dir und anderen, nicht näher benannten Personen?«

Sie blinzelte nachdenklich, als müsste sie die Entscheidung treffen. »Mr. Scott meinte, Sie mögen vielleicht gern einen Whiskey.«

»Da hat Mr. Scott aber ins Schwarze getroffen. Demnach ist er zu Hause?«

Sie nickte. »Ich soll's Ihnen sagen und Sie gleich hinbringen.«

»Gut. Warte, ich hole mir nur kurz meine Jacke, dann gehen wir.«

Währenddessen hüpfte sie in dieser von Kindern offenbar bevorzugten, energieverschwendenden Art von einem Fuß auf den anderen. Auf dem Kiesweg hinter ihr hertrottend, sagte er: »Ich heiße übrigens Melrose Plant.«

Sie drehte sich um und ging rückwärts, um mit ihm reden zu können. »Eigentlich heiße ich Louise, aber der Name gefällt mir nicht. Ich will, dass man mich Lulu nennt.«

»Ich bin von meinem auch nicht so begeistert. Ich will aber nicht, dass man mich Lulu nennt.«

»Sie können doch Ihren zweiten Vornamen nehmen.«

»Ich habe aber keinen.«

»Ach so.« Das Interesse an seinem Namen war plötzlich wie

weggeblasen und das Interesse an ihm vermutlich auch. Wie beim Himmel-und-Hölle-Spiel hüpfte sie nun den etwas breiteren Fußweg hinauf zur Terrasse und zum Haus.

Zuzusehen, wie sie sich verausgabte, machte Melrose ganz erschöpft. Trostsuchend blickte er sich im wild wuchernden Blattwerk um. Trost? Wieso brauchte er den? Offenbar schon, denn sonst wäre ihm der Gedanke ja nicht in den Sinn gekommen. Zwar lag ein Großteil des Gartens in der Zuständigkeit des Landschaftsplaners und der Gartenpfleger, doch es gab noch dieses wilde Fleckchen um das Cottage herum mit den winterlichen Blumen – üppige Schneeglöckchen an der Wand drüben, hier und dort eine Handvoll Narzissenschösslinge, der ausgetrocknete Springbrunnen, der Fußweg vom Cottage zum Haus, von feuchtem Moos bewachsen oder bedeckt von Dornengestrüpp, Efeu, der die alles umgebende Mauer hochkletterte, weiter hinten dann weiße Birken, deren zarte Stämme aussahen, als könnten sie einem heftigen Windstoß nicht widerstehen (die jedoch von der Gartenmauer aus Backstein geschützt waren), die nackten, kupferroten Stängel der Rubrumgräser und das dichte braune Gewirr von Klematis – jeder anständige Gärtner würde das Ganze vermutlich als heilloses Durcheinander bezeichnen, für ihn besaß es jedoch einen merkwürdigen Charme.

Ihm und seinen mäandernden Gedanken mittlerweile vorauseilend, rief Lulu ihm etwas zu. Er überlegte, welche Stufen wohl einen »Plaggenbelag« bekommen sollten. Er seufzte. Sollte er bei einem Drink wirklich darüber reden, wo er sich doch viel lieber über die Vergangenheit unterhalten würde? Seine Vergangenheit, Scotts Vergangenheit, irgendeine Vergangenheit.

Er ging die Stufen hinauf bis zu der Terrassentür, durch die Lulu verschwunden war. Sie war nirgends zu sehen. Vermutlich verstand sie unter dem Ausdruck »hinbringen« bloß, ihm Beine zu machen, ihn in Bewegung zu setzen und dort abzuliefern, wo der Whiskey ins Spiel gebracht wurde.

Melrose blickte sich in dem achteckförmigen Raum um – zu den hohen Fenstern und den dazwischen gehängten Porträts hinüber, zu den sattgoldenen Wänden, die bemalt oder mit Damast bezogen waren, wo der letzte Rest des schwindenden Lichts in blassen länglichen Rechtecken auf dem Fußboden zu sehen war. Die einzige Möblierung waren zwei Sitzbänke, die einander gegenüberstanden, jedoch nicht so dicht, als dass man sich mühelos hin und her unterhalten könnte.

Von dort schritt er einen langen Gang ab, der zu einem Raum mit halb geöffneten Schiebetüren hinunterführte. Etwas weiter lagen Eingangshalle und Vordereingang des Hauses.

Zaghaft zeigte Melrose sich an der Tür dieses Raumes, den vielen Büchern nach wohl die Bibliothek. Ein dunkelhaariger Mann stand neben dem Kaminsims. Es war auch eine Frau zugegen, die Melrose nicht gleich sah, weil sie in einem Ohrensessel mit dem Rücken zur Tür saß. Der Mann selbst war eine beeindruckende Gestalt, die Frau dagegen ziemlich unscheinbar. Declan Scott, ein gut aussehender, (vermutlich in den Augen vieler) tragischer und noch dazu steinreicher Witwer, nach dem die Frauen wahrscheinlich die ganze Allee entlang Schlange standen. Dass diese Frau dabei allerdings große Chancen hatte, bezweifelte Melrose.

Dass Melrose selbst, nicht ganz so hoch gewachsen oder so gut aussehend, aber ebenso steinreich, sich die Frauen nicht gerade wie Kletten vom Anzug schälen musste, lag wohl an einer gewissen Art (sicher unbewusst, dachte Melrose), sich abseits zu halten. Dazu hätte Declan Scott bestimmt weit mehr Grund als Melrose. Seine Frau stirbt, sein einziges Kind verschwindet, und jetzt hat er auch noch eine Leiche im Garten. Der Glückspilz!

»Mr. Plant!« Declan Scott, der sich mit der Frau im Sessel unterhalten hatte, hatte hochgeblickt und ihn gesehen. Er kam auf Melrose zu und streckte ihm die Hand entgegen. Die Frau stellte er ihm als Hermione Hobbs vor.

Melrose ergriff Declans Hand. »Ich freue mich, hier zu sein. Ihr Haus ist wirklich schön.«

»Ja, nicht?« Hermione Hobbs lächelte etwas gezwungen. Hier war eine, vermutete Melrose, die sich dauernd bei anderen einschmeichelte und es manchmal ein wenig leid war.

Als Scott die Whiskeykaraffe einladend hochhob, nickte Melrose bejahend (und wie er hoffte, nicht zu gierig). »Auf dem Weg vom Cottage hierher hatte ich das Gefühl, einen Zeitsprung zu machen«, sagte Melrose und nahm den Drink entgegen, den Scott ihm reichte. »Es war ein sehr verführerisches Gefühl, ich meine, die Verlockung, alles einfach nur in mich aufzunehmen.«

»Wissen Sie«, sagte Hermione, »das Gefühl hatte ich auch schon oft.«

Melrose war sich sicher, dass das nicht stimmte.

»Nun muss ich aber los.« Sie stellte ihr Glas auf das Tischchen neben dem Sessel und stand auf.

Declan Scott machte keine Anstalten, sie aufzuhalten. »Danke für den Besuch, Hermione.«

Als er sie zur Tür begleiten wollte, sagte sie: »Ach, lass nur, ich finde schon allein hinaus. Nett, Sie kennen zu lernen«, sagte sie und ging.

»Eine alte Freundin«, sagte Scott und bedeutete Melrose, doch Platz zu nehmen. Der hatte das Gefühl, in dem kleinen tiefen Sofa förmlich zu versinken statt bloß darauf zu sitzen. Declan Scott saß in einem Lehnsessel ihm gegenüber. Im Gegensatz zu den Sitzbänken im achteckigen Raum waren diese hier so angeordnet, dass man sich unterhalten konnte.

»Wollen Sie damit andeuten«, sagte Declan Scott lächelnd, »dass Sie an meiner Stelle nichts verändern würden?«

Melrose wusste erst nicht recht, was er damit meinte, dann sagte er: »Sie meinen die Sache mit dem Sprung in eine andere Zeit?« Dieser Mensch hörte einem ja wirklich sehr genau zu.

Declan nickte. »Dass ich die Gartenanlage da draußen erneuern will, ist gewissermaßen ein Akt des Willens. Oder vielleicht sollte ich sagen – ein Akt des Glaubens.«

»Woran?«

»Keine Ahnung. Da kommt vielleicht der Glaube ins Spiel. Ich mache es, weil meine Frau es so wollte. Ich habe sowieso schon zu lange gewartet.« Er hielt sein – bereits leeres – Glas in die Höhe, um den Widerschein des Feuers oder vielleicht die Leere des Glases zu betrachten. Dann stand er auf und trat an das Getränketischchen, eine hübsche Kommode mit vergoldeten Messingbeschlägen, deren Gegenstück auf der anderen Seite des Kamins stand. Melrose kannte sich mit Antiquitäten gut genug aus (dafür sorgte schon der Umgang mit Marshall Trueblood), um zu wissen, dass sich der Wert dieser Stücke insgesamt auf mehrere tausend Pfund belief. Obwohl es sich dabei höchstwahrscheinlich um Familienerbstücke handelte, schätzte er seinen eigenen Steinreich-Faktor daraufhin etwas anders ein.

Declan schenkte sich einen Drink ein und fuhr fort: »Mir gefällt dieser Bereich um das Cottage herum. Ich finde es schön, dass die Schneeglöckchen einfach wachsen, ob man etwas dafür tut oder nicht. Es waren die Lieblingsblumen meiner Frau. Mary gehörte zu den Menschen, in deren Gegenwart man sich einfach entspannt fühlte. Davon gibt es nicht viele, Menschen, bei denen man sich einfach die Schuhe auszieht, sich behaglich zurücklehnt und gewissermaßen in den Boden sinkt. Wie der Garten da draußen, versunken in ... *desuétude*.«

»Nun, wenn es Sie so an Ihre Frau erinnert, ist es kein Wunder, dass Sie es nicht verändern wollen.«

Declan sah von seinem Glas auf, dessen geschliffene Oberfläche er eben mit dem Finger nachgezogen hatte. »Vielleicht haben Sie Recht.« Er kehrte zu seinem Sessel zurück. »Laut Superintendent Jury sind Sie ein echter Gartenexperte.«

»Ach, überhaupt nicht. Mein Fachgebiet sind Rasenplaggen, schlicht und einfach Rasenplaggen. Ach ja, und natürlich die Cloisonnégärtnerei.«

»Und warum haben Sie beschlossen, sich auf diese beiden Aspekte der Gartenbaukunst zu konzentrieren?«

Melrose fühlte sich plötzlich ganz leer im Kopf (nicht zum ersten Mal). Mit einem »was« hätte er vielleicht gerechnet, nicht aber mit einem »warum«. Was sollte es andere scheren, *warum* Melrose Interesse an Rasenplaggen hatte? »Nun, Rasenplaggen waren ein Lieblingsthema meines Vaters. Wie oft habe ich gehört, wie er sich über die Schönheit der Bodenkrume ausgelassen hat. Ich wurde wahrscheinlich schon von frühester Jugend an indoktriniert.« Schnell, schnell fort von diesem Thema! Entschlossen kippte er seinen Whiskey hinunter und hielt dann sein Glas hoch. »Ob ich vielleicht ...?«

»O, Verzeihung.« Declan nahm das Glas mit hinüber zum Getränketischchen. »Kümmern Sie sich nicht drum, was die Macmillans sagen. Vor allem der Vater meint, wenn er nichts davon weiß, braucht man es auch nicht zu wissen.«

Stimmt vermutlich, dachte Melrose, als Declan ihm sein Glas zurückgab und sich wieder setzte.

»Na jedenfalls, lassen Sie sich von Macmillan bloß nicht auf den Schlips treten. Der alte Knabe kann manchmal ganz schön herrisch sein.«

»Wundert mich ja, dass die Macmillans es nicht selbst machen – ich meine, die Rasenstücke stechen.«

»Haben sie noch nie, und der Alte findet es ›Schickimicki‹, was für das Cloisonnégärtlein übrigens auch gilt.«

Melrose lachte. »Dann wird er mich sicher auch ›Schickimicki‹ finden.«

»Ich hoffe, Sie entsprechen der Beschreibung. Damit ich hier auf meine alten Tage auch noch ein bisschen Unterhaltung habe.«

Wieder musste Melrose lachen. Declan Scott war auch selbst recht unterhaltsam. Obwohl von Pech verfolgt und vom Schicksal geschlagen, entsprach er eigentlich kaum dem Bild einer tragischen Gestalt. Auf Unterhaltung würde Melrose jedoch verzichten müssen, wenn das Thema Mord zur Sprache kommen sollte. Er wollte gerade darauf zuarbeiten, als Scott selbst es zur Sprache brachte.

»Sie waren bestimmt noch keine zehn Minuten hier, als Lulu Ihnen schon von dem Mord erzählt hat.«

»Ungefähr so lange hat es gedauert, ja. Muss wirklich sehr unangenehm sein – ein Mord in Ihrem Garten.«

Declan lächelte. »Nicht für Lulu. Wobei es mich überrascht, dass die Polizei nicht in der Lage ist, die Frau zu identifizieren. Man sollte meinen, mit all den komplizierten Gerätschaften, die die haben, mit Fingerabdrücken, DNA-Analyse und Zähnen und so weiter wären sie im Nu drauf gekommen, nicht?«

»Na ja, zunächst braucht man etwas, womit man die Fingerabdrücke vergleichen kann. Das Einzige, was dabei herauskam, war die Tatsache, dass sie noch nie verhaftet worden war.«

»Man hat Scotland Yard darauf angesetzt – Ihren Freund.« Declan lächelte. »Ein sehr angenehmer Zeitgenosse. Nach fünf Minuten vergisst man, dass er Polizist ist.«

»Mit dieser Art hat er wohl schon so manchen Schurken gekriegt.«

Declans Lächeln ging übers ganze Gesicht. »Verstehe. Aber diese Frau! Wirklich ungewöhnlich. Es gibt anscheinend nichts, was sie mit irgendetwas in Verbindung bringen könnte. Seltsam, wenn man bedenkt, dass wir in einer Welt leben, in der man sich kaum rühren kann, ohne gleich seine Identität nachweisen zu müssen und wo andere mehr über einen wissen als man selbst – wirklich seltsam. Es scheint fast, als wäre sie zu einem einzigen Zweck aufgetaucht – und dann verschwunden. Oder besser *wäre* verschwunden, wenn man sie nicht ermordet hätte. Wäre aufgetaucht und verschwunden – wer auch immer sie war, ebendiese eine Person zu diesem einen Zweck.«

Melrose dachte darüber nach.

Declan schüttelte den Kopf. »Zu einem Zweck, den wir nie erfahren werden, in den ich jedoch anscheinend aus irgendeinem Grund involviert bin. Das gefällt mir daran eben gar nicht.« Er stellte sein leeres Glas auf das Rosenholztischchen neben seinem Sessel. Dann betrachtete er kurz das Porträt über dem Kaminsims und sagte: »Sie war so unscheinbar, das fiel einem gleich ins Auge. Seltsam!«

Bestimmt meinte er damit nicht seine Frau, falls es sich hier um ihr Porträt handelte. Sie stand aufrecht in einem schwarzen Samtabendkleid, die Hand auf ebendiesen Kaminsims gelegt. Und war alles andere als unscheinbar.

»In Brown's Hotel wirkte sie ziemlich fehl am Platz.«

»Brown's?« Melrose horchte auf. »Meinen Sie das Hotel in Mayfair?«

»Ja, Verzeihung. Man ist das alles schon so oft durchgegangen, dass ich vergessen habe, dass nicht jeder Bescheid weiß. Dort sah ich sie mit meiner Frau beim Tee. Die Frau wirkte irgendwie alt. Nicht an Jahren, eher altmodisch, meine ich. Nein, das trifft es auch nicht. Irgendetwas haftete ihr an, wie Staub, als wäre sie in Sepiatönen gezeichnet, Sie wissen schon, wie diese alten Fotografien.«

»Vielleicht ist das passiert, was auch passieren sollte. Abgesehen vom Ende natürlich, das heißt, von ihrem Blickwinkel aus konnte sie *das* ja nicht sehen.«

Declan sagte: »Ich kann Ihnen nicht ganz folgen.«

»Ich überlege nur gerade, ob Ihnen da vielleicht etwas vorgespielt werden sollte.« Melrose nippte achselzuckend an seinem Drink. Es war wirklich ein sehr guter Whiskey.

Declan meinte: »Nun aber Schluss mit Mord. Reden wir wieder von der Gartenanlage.«

Ach, reden wir lieber nicht davon. Melrose seufzte. »Miss Owen sagte etwas von einem Architekten oder Landschaftsplaner.«

»Das ist Marc Warburton. Die Gärtner, das sind die Macmillans. Sie führen gleich außerhalb von Launceston eine große Gärtnerei.«

Warburton. Köstlich, dachte Melrose. Er stellte sich bildlich vor, wie sich sämtliche Touchetts zusammen mit Isabel Archer zur Teestunde über die grasbewachsene Terrasse verteilten. »Aber wenn Mr. Macmillan eine ganze Gärtnerei besitzt, kann denn dann nicht er die Rasenplaggen für die Treppe liefern?«

»Ich habe ihn gefragt. Er war sich nicht ganz sicher, was genau gebraucht wurde.«

Gut. »Also, es kommt bloß auf die Azidität und Alkalinität Ihres Bodens an (gab es diese Substantive denn überhaupt?). Aber das wissen Ihre Gärtner doch bestimmt, wenn sie so viel Erfahrung haben.«

»Sie sagten, sie hätten davon gehört, mehr aber auch nicht.«

Damit wären wir also zu viert – oder fünft, wenn man Lord Warburton mitrechnete. »Das ist ja merkwürdig. Ich hätte gedacht, Ihr Landschaftsarchitekt wüsste darüber bestens Bescheid.«

»O, Bescheid weiß er, er hat sie nur noch nie verwendet. Vielleicht findet er, man sollte es gar nicht machen. Ich fürchte, Sie sind da ganz auf sich gestellt.«

Gott sei Dank!

Melrose wollte das Gespräch auf die kleine Flora Baumann lenken, ohne sie jedoch selbst zur Sprache zu bringen. Er starrte auf sein Glas und verwarf eine einleitende Bemerkung nach der anderen. Lulu. »Lulu ist die Nichte Ihrer Haushälterin, wie ich höre.«

»Großnichte. Ihre Eltern kamen bei einem Verkehrsunfall ums Leben. Sie ist ein wenig schüchtern, bis sie einen besser kennen lernt.«

Melrose hätte sich beinahe an seinem Whiskey verschluckt. *Schüchtern?* »Dann müssen Sie ja an sehr forsche Kinder gewöhnt sein. Ich fand sie alles andere als schüchtern. Ich glaube, sie ist ziemlich gerissen.«

»Gerissen?«

»Klar. Nun ja, ich bin Kinder nicht gewöhnt, ich könnte mich auch total irren. Ich hatte selbst nie Kinder.« Er musterte Declan. Es war, als hätte Melrose ihn verletzt.

»Ich schon. Na gut, ein Stiefkind, aber sie war für mich wie ein eigenes. Sie ist verschwunden.«

»Was?«

»Erst dachten wir, sie wäre entführt worden. Das glaube ich immer noch. Aber theoretisch, wenn kein Lösegeld verlangt wird …« Declans Stimme verlor sich.

»Wieso? Es gibt auch noch andere Gründe, ein Kind zu verschleppen. Wie oft hört man, dass ein Baby aus dem Krankenhaus gestohlen wird oder aus dem Kinderwagen, während die Mutter in einem Laden ist. Da kommt auch keine Lösegeldforderung.«

»Ich weiß. Was mir dabei am meisten zu schaffen machte, war meine Angst, die Polizei würde einer so genannten Verschleppung nicht ebenso tatkräftig nachgehen wie einer Entführung. Ich glaube aber, sie haben getan, was sie konnten. Sie haben sich wirklich sehr bemüht. Flora und Mary machten einen Ausflug nach Heligan – in die Verlorenen Gärten, Sie haben wahrscheinlich davon gehört. Flora wurde verschleppt. Das war vor drei Jahren. Wir haben sie nie wieder gesehen.«

Es war, als wäre ein Licht in dem Mann ausgegangen, um ihn herum schien sich plötzlich alles zu verdüstern, so dass man meinte, eine umgekehrte Filmentwicklung zu sehen, zurück zum fehlenden Bild, zurück zum Nichts.

18

Am nächsten Tag dämmerte es kalt und klar. Nicht, dass Melrose schon auf den Beinen gewesen wäre. Er fragte sich manchmal, wie es sich wohl anfühlte, in aller Herrgottsfrühe auf zu sein, seine Neugier war aber nie so groß, dass er es hätte ausprobieren wollen.

Hier unter dem Dach und (zumindest bildlich gesprochen) in Lohn und Brot eines anderen Dienstherrn stehend, war ihm jedoch klar, dass er vor zehn auf den Beinen zu sein hatte (zu einer Zeit also, zu der er sich gewöhnlich aus dem Bett bequemte), und er war bereit, dieses Opfer zu bringen. Besonders an diesem ersten Morgen, an dem er noch vor dem Eintreffen der Macmillans »die Gartenanlage gründlich in Augenschein nehmen« wollte. Nach ihrer Ankunft hatte er nämlich vor, zur »Materialbeschaffung« nach St. Austell zu fahren.

Er war also auf den Beinen, angetan mit seiner Kappe und einer Wildlederjacke mit Schaffellkragen, die er in Sidbury erstanden und von Ruthven ein wenig hatte bearbeiten lassen, damit sie alt und abgetragen aussah. Ruthven hatte behauptet, die Jacke sei bereits ganz schön bearbeitet, falls sich ein Kleidungsstück so beschreiben ließ, das derart miserabel geschneidert war, dass kein Mensch mit Geschmack das Ding tragen würde. Auf Melrose' Beharren hin hatte er sich jedoch mächtig ins Zeug gelegt, und so war sie nun zerknautscht, rissig und ölverschmiert, und vom Schaffellkragen fehlten ein paar Stückchen.

Als Melrose die Cottagetür öffnete, überraschte ihn Lulu, die plötzlich mit ihrem Hund dastand, ein kleines Tablett in den Händen. Beide starrten zu ihm hoch, Lulu und Roy. »Guten Morgen, Lulu.«

»Hier, Ihr Tee.« Mit dem gleichen Ausdruck freundlicher Gefälligkeit, mit der in *Der Mann mit der Eisernen Maske* der Gefängniswärter das Tablett durch den Zellenschlitz schob, streckte sie ihm das Tablett entgegen.

Dann rannte sie davon, und während er ihr nachschaute, fragte er sich, ob Jury wohl schon mit ihr gesprochen hatte. Hastig kippte er seinen Tee hinunter und machte sich mit seiner Pfeife in der Brusttasche auf den Weg in den Garten hinüber. Sie waren schon da, Macmillan und seine Tochter, stampften das Erdreich fest, zogen Unkraut heraus und taten das, was in solchen Fällen eben zu tun war. (Melrose wünschte insgeheim, er hätte bei Miss Broadstairs besser aufgepasst.) Er beschloss, sich ein Herz zu fassen.

»Mr. Macmillan!«, rief er. Macmillan erhob sich von seiner knienden Position, ein kleiner, aber kräftig wirkender Mann, der wahrscheinlich innerlich bebte vor Energie. Das Gleiche konnte man von seiner Tochter behaupten, die ihre Arbeit nun unterbrach, um sich wie eine Figur aus einem Gemälde von Whistler, nur nicht so anmutig, auf ihre Hacke zu lehnen.

»Ich heiße Melrose Plant!«, verkündete er, froh, seinen eigenen Namen verwenden zu können. Diese Rasenplaggen-Expertise war schließlich bloß ein Steckenpferd. »Ich bin wegen der Plaggen für die Stufen hier.« Könnte sich einer wie er eigentlich als »Plaggenleger« bezeichnen? Er hielt sich wohl besser an »Rasenplaggen«. Den Auftrag für die Gestaltung des Cloisonnégärtleins erwähnte er vorerst nicht, um ihnen nicht allzu viel Gelegenheit für Fragen zu bieten.

»Sehr erfreut.«

»Ganz meinerseits.«

Gott sei Dank hatte Jury ihn bei Scott als gebildeten Menschen angekündigt, so dass er nicht diesen scheußlichen Nordlondoner Akzent aufzusetzen brauchte, den ihm die Leute noch viel weniger abnahmen, als wenn er behauptete, er würde mit den Walen singen.

»Millie!«, rief Macmillan unnötigerweise laut, denn Millie stand bereits neben ihm. »Also, wann legen Sie los mit den Stufen?« Er deutete mit dem Kinn zu mehreren kurzen Terrassentreppen hinüber, die vom steingepflasterten Innenhof über die grasbewachsenen Plateaus zum Springbrunnen hinunterführten.

»Ach, bald. Erst muss ich noch ein paar Sachen besorgen, wissen Sie, eine ganz bestimmte Art von Dünger (besser nicht zu präzise sein, als wäre er dazu überhaupt fähig) und noch so ein paar andere Sachen.«

»Wundert mich ja, dass Sie sich's nich von Warburton mitbringen lassen. Der kennt doch die richtigen Läden.«

Warburton, Landschaftsarchitekt. Umschalten. Melrose' Blick fiel auf ein paar noch nicht eingepflanzte Rhododendronsträucher. »Machen Ihnen eigentlich die Wühlmäuse arg zu schaffen, Mr. Macmillan? Dann würde ich vorschlagen, Sie wickeln diese Wurzeln da bis in Bodennähe in Rinde ein.« Dies war eines der vier bruchstückhaften Mysterien des Gartenbaus, die Melrose inzwischen beherrschte. Vier an der Zahl fand Diane Demorney allerdings übertrieben. Er müsse die genauen Einzelheiten aller vier ja nicht lernen.

Melrose war anderer Meinung. Je mehr er ins Detail gehen konnte, desto wohler war ihm.

»*Fangen Sie aber bloß nicht mit Rosen an. Sonst sind Sie ein toter Mann*«, hatte Diane vor zwei Tagen im Jack and Hammer gesagt. »*Verbitten Sie sich strikt, zum Thema Rosen oder allem, was mit Rosen zu tun hat, konsultiert zu werden. Falls Rosen zur Sprache kommen sollten – und welcher Gärtner bringt sie nicht gern aufs Tapet? –, behaupten Sie einfach, Sie seien seit jeher nach dem*

Grundsatz verfahren: Je weniger man drüber weiß, desto besser. Das hört sich so bescheuert an, dass man daraus sofort schließen wird, Sie müssten in Bezug auf Rosen ein wahrer Quell der Weisheit sein. Doch ich warne Sie, sobald Sie Sternrußtau erwähnen, sind Sie geliefert.«

Macmillan kratzte sich am Hals. »Hm, so ein, zwei Wühlmäuse hab ich vielleicht schon.«

Millie meinte: »Ich habe aber keine Spuren von Wühlmäusen gesehen, Dad.« Sie musterte Melrose von oben bis unten, als stünden die Spuren leibhaftig vor ihr.

Melrose nahm seine Pfeife aus der Tasche und spielte mit dem Gedanken, sie anzustecken. Weil Pfeifen aber ganz schön kompliziert anzuzünden waren, schlug er bloß den Pfeifenkopf gegen seinen Schuhabsatz, um das letzte Restchen Tabak herauszuklopfen. Währenddessen musterte er Millie prüfend, die von den beiden vielleicht die Hellere war. »Ich habe nicht behauptet, es gäbe *tatsächlich* Wühlmäuse, Miss Macmillan. Ich habe bloß gefragt.« Er lächelte. Über Wühlmäuse hatte er sich etwas angelesen, weil sie kleiner als Mäuse waren und ihm die Zeichnung gefallen hatte, auf der sie an einem Baum hochhüpften und mit ihren »scherenscharfen« Zähnchen die Rinde abknabberten, wie in *Country Life* gestanden hatte. »Vielleicht«, fuhr er fort, »sollten Sie die junge Stechpalme dort drüben mit Baumschutzrohr verkleiden.« Er machte sich unbeliebt. Und lächelte. Das Ganze hatte eine zuträgliche Seite: Sie würden nicht mit ihm reden wollen und ganz bestimmt nicht versuchen, einen derart arroganten Gärtner belehren zu wollen – und ihn in aller Ruhe seine Pseudo-Arbeit machen lassen. Nachdem er mit seiner Rindenwickelung und den Wühlmäusen kein Interesse geweckt hatte, wartete Melrose mit seinem dritten Bruchstückchen auf. »Also, wo soll ich denn mein kleines Cloisonnégärtlein anlegen?« Er blickte um sich, als handle es sich um eine rhetorische Frage. Wer scherte sich schon darum, abgesehen von irgendeinem mittelalterlichen Poeten, der sich lang und breit darüber auslassen könnte? »Ich hatte schon immer eine Schwäche für mittelalterliche Gärten, Sie nicht? Die sind so romantisch.« Entzückend! Beide musterten ihn verblüfft aus zusammengekniffenen braunen Augen.

»Vielleicht da drin?«, sagte Millie, auf eine von einer dichten Hecke umgebene Parzelle deutend. »Da ist auch ein Teich. Es ist recht hübsch.«

»Wirklich?« Melrose trat an die Öffnung in der Hecke und spähte hinein. »Ja. Das ist so eine Art Geheimgarten, nicht? Das würde hübsch passen. Man kann sich natürlich ganz komplizierte Muster ausdenken, aber mir ist ein einfacheres lieber. Dieser Effekt hat es mir schon immer angetan. Gewöhnlich fängt man erst im Frühjahr an, und zwar damit man vorher das Gras mähen kann. Im siebzehnten Jahrhundert, heißt es, schnitten die Gärtner mit der Schere um jede Blume einzeln herum, damit die Blüten sich schön abhoben.«

»Das ist wie bei Schmuckstücken, Dad«, sagte Millie. »Winzige Stückchen von bunten Schmucksteinen werden so angeordnet, dass ein …«

Sie wurden unterbrochen, als eine dritte Person auftauchte, die, Millies Gesichtsausdruck nach, für sie von besonderem Interesse war. »Marc!«, rief sie und winkte.

Melrose wusste nicht recht, was das Rufen und Winken sollten, da außer ihnen sonst niemand in der Nähe war.

Marc Warburton war ein gut aussehender Mensch, der sich wohl von keinem etwas vormachen ließ, was Melrose nicht besonders behagte. Wenn ihn hier jemand durchschaute, dann vermutlich Warburton. Macmillan und Tochter schlugen sich sogleich auf dessen Seite. Sie sagte: »Unser Mr. Plant sucht nach einer passenden Stelle für sein Cloisonnégärtlein.«

Das Wörtchen »sein« in ihrer Bemerkung behagte Melrose nicht so recht, denn es hörte sich an, als würde Declan Scott dieses exzentrische Vorhaben geduldig über sich ergehen lassen.

»Ja, ich weiß, sehe aber eigentlich keinen Grund dafür.« Warburton lächelte. In dem Lächeln kam ein leichtes Augenzwinkern durch.

»Es ergibt eben immer einen sehr hübschen Effekt, finde ich«, sagte Melrose standhaft. Nie von einem Standpunkt zurückweichen, egal wie schwach oder lachhaft der ist. *Nie, nie, nie, nie zurückweichen.* Diane klang wie Winston Churchill, wenn er in Hochform war. »Ich fand schon immer, es hat so einen charmanten präraffaelitischen Touch. Wie ich bereits sagte, kommt es natürlich im Frühling am besten zur Geltung, da man ja das Gras schneiden muss, um Platz zu schaffen für die Blumen. Aber ich dachte mir, ich probiere einfach einmal ein kleines Muster aus, dann sehen wir, wie es Mr. Scott gefällt.«

Diesmal kniff Warburton verblüfft die Augen zusammen. Er war, stellte Melrose fest, nicht so selbstsicher, wie er sich gab. »Was für Blumen würden Sie denn dafür nehmen?«

»Immergrün? Veilchen, Stiefmütterchen ...« Gütiger Himmel, wüsste ein Stiefmütterchen Anfang März denn überhaupt, wie ihm geschah? Nicht zurückweichen, nicht zurückweichen ... Allmählich wurde ein richtiges Mantra daraus. »Vor einem Hintergrund von, na, sagen wir, *Helleborus agitatoris.*« Das hätte er jetzt aber gern mit einem Glas Whiskey hinuntergespült.

Inzwischen hatte Warburton seine Pfeife hervorgeholt, und Melrose wünschte, er hätte seine ebenfalls im Mund und würde vor sich hin paffen.

»Das ist mir ja ganz neu«, sagte Warburton, der selbst gleich lospaffen wollte, sobald er das Ding angezündet bekommen hatte.

»Ja, die sind ziemlich schwer zu beschaffen. Ich könnte meinen Diener aber ein paar von Ardry End kommen lassen.« Nicht nur war er der Besitzer dieses seltenen Helleborus-Gewächses, sein Diener war ebenfalls eingeweiht!

Nun gab Macmillan seinen Senf auch noch dazu. »Wie sieht 'n das dann aus?«

Melrose ging (alter Feigling, hätte Diane gesagt) lieber auf Nummer Sicher, indem er sich an die Dinge hielt, die diese Leute kannten. Mit einem Blick hinüber zu der Ansammlung von Nieswurz lateinisch benannter Provenienz, weiß oder in blässlichen Tönen, meinte er: »So ungefähr, nur eben dunkler und ziemlich knuddelig.«

»›Knuddelig‹?« Sie sahen ihn verblüfft an.

Ach, verflixt, er hätte »knubbelig« sagen sollen. Na ja, dafür war es jetzt zu spät. Das kam eben von dem nur halb verdauten Zeug aus *Country Life*. »Ja, das ist so ein Ausdruck, mit dem ich gern Pflanzen beschreibe, die sich mit anderen gut vertragen. Nieswurzsorten, die zum Beispiel Schatten mögen. Obwohl die *agitatoris* gefiltertes Sonnenlicht vorzieht, kann sie sich durchaus auch mit Schatten befreunden.« Melrose lächelte. Es gab Zeiten, da wollte er sich einfach nur voller Anerkennung auf die Schulter klopfen. Die anderen drei sahen allerdings nicht so aus, als hätten sie dies im Sinn. Beziehungsweise die vier, wenn man Roy dazuzählte, der inzwischen angerannt gekommen war, um sich vor Melrose hinzuhocken und ihn mit krauser Schnauze anzublicken. Roy war der Einzige, der bei dem ganzen Unsinn den vollen Durchblick hatte.

Mittlerweile hatte Marc Warburton ein Feuerzeug aus der Tasche geholt, einen von diesen Feuerwerfern, die man zum Karamellisieren von Crème brûlée benutzen konnte. Unmöglich, dass Melrose jetzt seine eigene, fast völlig von Tabak befreite Pfeife hervorkramte, außerdem sähe es dann so aus, als wollte er Warburton dadurch eine Vorlage geben. Nein, er würde sich eine grüblerische Aura zulegen müssen, ohne dabei durch besänftigende

Rauchspiralen starren zu können. Vielleicht sollte er doch noch etwas sagen. »Ich …«

»Mr. Plant«, bürstete Warburton sein »Ich« forsch beiseite, »mich würde interessieren, was Sie hierher geführt hat.«

(Ein Mord und ein Vermisstenfall?) Melrose patschte das »hierher« herunter wie einen Federball. »Die Rasenplaggen, meinen Sie? Ja, Mr. Scott will die Gartenanlage wiederherstellen, das heißt sie in ihre ursprüngliche …«

Patsch! (Das Spiel wurde allmählich gereizter.) »Das ist mir schon klar. Ich entwerfe sie schließlich.«

Patsch. »Diese Sache mit dem Entwurf ist mir nicht ganz klar. Wo kommt der Entwurf zum Tragen, wenn Sie doch dem Original folgen?«

Großer Patsch von Millie, die Warburton rasch zur Seite sprang. »Das muss er doch erst rauskriegen, oder? Er muss es wiederentdecken!«

Melrose hätte sich zu gern auf dieses »wiederentdecken« gestürzt, hielt aber den Mund.

Roy andererseits tat seine Gefühle nur allzu gern kund. Er drehte sich wieder und wieder im Kreis, was aber vielleicht nur seine Verwirrung darüber andeutete, was für ein Quatsch hier geredet wurde.

Riesenpatsch von Melrose. »Aber der konturierte Abdruck (ausgezeichneter Begriff!) zeichnet sich doch deutlich ab. Die alten Beete, Rabatten und Wege sind gut zu erkennen, nicht wahr?« Er lächelte einnehmend.

Nun, vielleicht doch nicht so einnehmend, denn einnehmen ließ sich offenbar niemand, mit Ausnahme von Roy, der von Warburton zu Melrose herüberkam, demjenigen, der gerade den hellsten Kommentar an diesem frühen Morgen gemacht hatte. Den konturierten Abdruck hätte selbst Roy finden können.

Warburton suchte nach einem Gegen-*Patsch*, um die Sache mit dem Abdruck zu kontern. »Der Originalplan ist nicht so deutlich …«

(Ach, was für eine lahme Entgegnung! Warburton sollte sich von Diane mal eine Lektion erteilen lassen.)

Darauf Millie: »Sämtliche Pflanzen und Sträucher im Original müssen wiederentworfen werden.« Wiederentdeckt, wiederentworfen, Millie Macmillan war ganz schön versessen aufs Wiedertun.

Melrose runzelte die Stirn. Er fragte sich, ob Warburton für diese Gartenerneuerung so unbedingt nötig war. Was Millie betraf, ganz bestimmt, aber … Außerdem hätte Melrose gewettet, dass es von Angel Gate und dem dazugehörigen Gelände Originalpläne gab. Er beschloss, sich zu empfehlen und rief mit einem Blick auf seine Uhr: »Oje! Ich muss ja los! Ich bin mit einem speziellen Düngemittel in St. Austell verabredet!«

»St. Austell?«, sagte Millie. »Wäre es denn nicht einfacher, das hier in der Gegend zu besorgen? Nach St. Austell ist es ziemlich weit. Wir fahren ganz selten dorthin.«

Na, eben! Melrose lächelte.

19

In St. Austell – einem recht charmanten Städtchen, wenn Melrose in diesem Moment etwas für Charme übrig gehabt hätte – fand er ein Geschäft für Gartenbedarf, wo er zwei Sack Dünger der Marke Turf 'n' Grow erstand, einfach weil er das Wortspiel (»touch-and-go«) im Zusammenhang mit dem Düngergeschäft sehr einfallsreich fand. Der andere Grund für seinen Kauf war der, dass der Herr, der ihn bediente, den Dünger als sehr ungewöhnliche Sorte bezeichnete, die zahlreiche, zur Anreicherung des Bodens geeignete Inhaltsstoffe enthalte – eine Chemiebombe, sozusagen. Zugegeben, er sei teuer, »aber ich denke, Sie werden feststellen, dass es sich lohnt«. Melrose war schon immer der Meinung gewesen, je mehr etwas kostete, desto besser war es – ob Wein, Kleidung, Autos, Brown's Hotel oder das Ritz. Für Bier und Tiere galt dies nun allerdings nicht, mit Ausnahme von Rennpferden. Sein Pferd Aggrieved, das er vom Gestüt Ryder gekauft hatte, hatte ihn eine schöne Stange Geld gekostet. Seinen Ziegenbock Aghast hatte er jedoch für ein Butterbrot erstanden, denn mit einem Ziegenbock ließen sich schließlich keine Rennen bestreiten.

Und Rasenplaggen, er würde natürlich die Rasenplaggen brauchen. Er hatte vor, irgendeine Sorte zu kaufen, Hauptsache, das Zeug sah irgendwie entfernt nach Gras aus. Und wenn nicht, würde er eben behaupten, es handle sich um eine höchst ungewöhnliche Marke. Nein, bei Rasenstücken gab es gar keine Marken, oder? Ein ungewöhnlicher Schnitt, ja, das war's, wobei er bezweifelte, dass sich jemand darüber lang und breit mit ihm auseinander setzen wollte. Der Geschäftsführer des Gartenladens meinte, ja, man könne ihm welche besorgen und sie ganz nach seinen Instruktionen liefern. (»Ha!«, hatte Melrose in, wie er hoffte, gutmütigem Farmerton erwidert, »die Instruktionen sollten eigentlich von Ihnen kommen!« Woraufhin ihn der Geschäftsführer bloß dämlich angegrinst hatte.)

Während Melrose pfeifend den Bürgersteig entlangging, stellte er sich ein Ziegenbockrennen vor. Wenn Newmarket auch nur eins davon zwischen die Pferderennen legen würde, wäre dies der Entspannung des Publikums vermutlich höchst zuträglich. Wie im amerikanischen Sport, wo man zur Halbzeit die Cheerleaders aufmarschieren ließ. Mit den zwei Sack Dünger über der Schulter kam er sich (weil er noch dazu die Kappe aufhatte) wie eine Figur in einem Roman von Thomas Hardy vor. Er sah bestimmt aus wie das Inbild eines Mannes, der völlig in seiner Arbeit aufging, schwer schuftete und ganz und gar kein Bummelant war. Es fühlte sich gut an, aber so gut auch wieder nicht, dass er damit über die Erfordernisse seines derzeitigen Jobs hinaus hätte weitermachen wollen. Er lud den Dünger in den Kofferraum seines Wagens, der am Straßenrand geparkt stand.

Im Gedränge auf dem Gehweg erkannte er plötzlich die Frau wieder, der er in Angel Gate begegnet war: Hermione Hobbs. Dies wäre vielleicht eine einmalige Gelegenheit, sich ein paar Auskünfte zu beschaffen. Er folgte ihr eine Weile und wartete ab, ob sie vielleicht in einen der Läden ging. Hoffentlich würde sie jetzt nicht in die Kirche auf der anderen Straßenseite gehen, um in einem langwierigen Prozess die Struktur der bronzenen Ritterstatuen auf Papier zu übertragen. Sie ging an einer Teestube vorbei (gute Wahl) und gelangte zu einem Pub an der Ecke.

Er beeilte sich und holte sie ein. »Miss Hobbs«, sagte er mit weit mehr Begeisterung, als er verspürte.

Sie wandte sich um. »Ach, hal-*lo*...« Diese pferdegesichtigen

Typen legten immer gern die Betonung auf die zweite Silbe. »Sie sind doch Mr. …«

»Plant. Melrose Plant. Ich bin für Declan Scott tätig.«

Wie von seinem leuchtenden Glanz ganz geblendet, hielt sie sich schützend die Hand über die Augen und sagte: »Was führt Sie denn nach St. Austell?«

Liebe Güte, es war schließlich keine Insel in der Karibik, oder? Nach St. Austell strömte doch alles mögliche Volk. Doch sie schien aus der schieren Tatsache, dass sie selbst dort war, etwas Besonderes machen zu wollen.

»Materialbeschaffung. Ich habe in dem Geschäft dort drüben gerade Dünger gekauft.« Er deutete mit dem Kinn in die Richtung, aus der er gekommen war.

»Dünger?«

»Ja. Das Gartenbedarfsgeschäft hier führt eine gute Auswahl.«

»Tatsächlich?«

»Ich begann mich für Rasenplaggen und Blühwiesen zu interessieren, als ich in Oxford studierte.«

»In Oxford?«

Sie hatte offenbar größte Mühe, Informationen aufzunehmen. »Ich habe dort mittelalterliche Geschichte studiert sowie Rasenplaggen und Cloisonnégärten. Na ja, so was hatte ich in Ardry End schon immer anlegen wollen.«

»In Ardry End?« Ihre Augen leuchteten auf.

»Ja, dort bin ich zu Hause. Das ist unser Familiensitz seit – wissen Sie was, hätten Sie Lust auf einen Drink (er deutete in Richtung Pub) oder eine Tasse Tee (er deutete in Richtung Teestube)?« Dass ihr Interesse an seiner Person entbrannt war und er die Funken mit Ardry End noch zusätzlich angefacht hatte, war offenkundig.

»Oh … ja, das wäre sehr nett. Ich glaube, lieber Tee.«

Wahrscheinlich eine von diesen Frauen, die das Trinken in Pubs für reine Männersache hielt und meinte, Kuchen und Scones zwischen blümchenbedruckten Kissen stünden ihr besser zu Gesicht.

Es war ziemlich voll, doch zwei Frauen waren gerade dabei, ihre Mäntel anzuziehen, und Melrose schnappte sich ihren Tisch. Der Fußboden war uneben (ein absolutes Muss in einer richtigen Teestube), wodurch der Tisch ein wenig wackelte. Anstelle von Tischdecken gab es Platzdeckchen aus Papier, doch konnte man in der heutigen hektischen Zeit ja wohl kaum erwarten, dass sich jemand total an die Erfordernisse des guten Geschmacks hielt.

Eine dünne Frau etwa in den Sechzigern mit in permanenter Missbilligung geschürzten Lippen nahm ihre Bestellung auf: Tee und getoastete Rosinenbrötchen – bestimmt alles aus dem Beutel und der Packung, da war Melrose sich sicher.

»Erzählen Sie mir doch mehr davon«, sagte Hermione und beugte sich ganz Auge und Ohr zu ihm hin.

Melrose hatte ganz vergessen, wovon er ihr »weniger« erzählt hatte. »Wovon?«

»Von Ihrem Familiensitz. Der muss reizend sein. Liegt er in Cornwall?«

»Nein, in Northamptonshire.«

»Oh.«

Ihre Enttäuschung entging ihm nicht. Ob es daran lag, dass Northamptonshire touristisch weniger interessant war? Oder an der Entfernung von Cornwall? »Die Umgebung dort ist wunderschön. Nicht so schön wie Yorkshire natürlich. Das ist doch was für Sie! Die North York Moors.« Nun, das war zwar etwas weit hergeholt, aber immerhin ein Einstieg ins Thema Mord. »Ist doch schlimm, dass man mit Yorkshire so viel Schlimmes assoziiert, nicht wahr?«

»Wie bitte?« Sie sah ihn geistesabwesend an.

Ein ziemlich glatter, reibungsloser Übergang zum Thema Mord! »Sie wissen schon – der Yorkshire-Ripper, die Moor-Mörder.«

Inzwischen waren Tee und Gebäck gekommen. »Bitte sehr.« Die lippenschürzende Matrone stellte ihnen Tassen und Teller hin.

Zum Teufel, musste die ausgerechnet jetzt hineinplatzen? Nun würde er das Thema Mord wieder mühsam ankurbeln müssen, denn mittlerweile war ihm klar, dass Hermione eine Aufmerksamkeitsspanne von fünfzehn Sekunden hatte.

»Das sieht ja reizend aus«, sagte sie und schenkte Tee ein.

Es war offensichtlich ihr Lieblingswort. »Hmm. Man fragt sich schon, was das ist mit den ganzen Verbrechen heutzutage.«

»Wieso?« Mit chirurgischer Präzision operierte sie an ihrem Rosinenbrötchen herum.

Wieso? Da würde er sich doch lieber mit Lulu unterhalten. »Na ja, weil so viel mehr passieren.«

Lächelnd verspeiste sie ihr Gebäck. »Da finde ich es doch besser, gar nicht daran zu denken, was meinen Sie?«

»Eigentlich nicht. Sie sind aber doch bestimmt neugierig, was es mit dieser Ermordeten in Angel Gate auf sich hat?«

»Eine höchst merkwürdige Geschichte. Schmeckt ja recht gut.« Damit meinte sie das Rosinenbrötchen.

Diesem wurde genau so viel Aufmerksamkeit geschenkt wie dem Mord. *Ganz gleich wie klar, es wäre bloße Luft, Das schwer atmende Sprechen der Luft…* Melrose fühlte sich plötzlich an das Gedicht von Wallace Stevens erinnert. Er kam zu dem Schluss, hier dem schwer atmenden Sprechen der Luft gegenüberzusitzen. Im Rennen um Declan Scott hatte Hermione wohl kaum Chancen.

Er kam sich in diesem einseitigen Gespräch vor wie beim Schlittenhunderennen, vorangezogen von einem stoisch ergebenen Rudel Huskys. Er sagte: »Ist doch schrecklich, was Mr. Scott alles durchmachen musste. Die Frau tot, die Tochter entführt. Ich verstehe gar nicht, wie er es schafft, so ausgeglichen zu bleiben.«

Sie hielt den kleinen Finger von der Teetasse abgespreizt, während sie in kleinen Schlucken trank. »Das war furchtbar! Der arme Declan.«

Er wartete ab. Als sie nichts mehr sagte, stieß er seinerseits einen leisen Seufzer aus und peitschte die Schlittenhunde voran. »Es muss auch für die Mutter des Kindes schrecklich gewesen sein. Ich meine, der Gedanke, sie hätte aufpassen sollen –«

Mit einem ganz untypischen kleinen Gefühlsausbruch sagte Hermione und stellte dabei die Teetasse auf den Unterteller zurück: »Hätte sie tun sollen, meinen Sie nicht? Na ja, Mary war nie besonders achtsam gewesen. Sie war immer so zerstreut.«

Zerstreutheit hätte in der Situation als Erklärung wohl kaum ausgereicht. »Er machte ihr aber doch keine Vorwürfe, oder? Und das kleine Mädchen war ja schließlich seine Stieftochter, nicht seine Tochter.« Das hätte sich auch passender ausdrücken lassen, kam für Hermione aber wahrscheinlich aufs Gleiche heraus.

Kauend ließ sie es sich durch den Kopf gehen. »Ich glaube nicht, dass Declan Mary deswegen Vorwürfe machte, das nicht, aber *irgendjemandem* will man es ja wohl zum Vorwurf machen.«

»Na, zunächst einmal doch wohl dem Kidnapper, würde ich meinen«, sagte Melrose trocken. Der Sarkasmus entging ihr. Er fuhr fort: »Es wurde bestimmt viel darüber spekuliert. Ich meine, über die Frage, wieso das Kind verschleppt wurde?«

»Declan hat schließlich einen Haufen Geld.«

»Es gab aber doch nie eine Lösegeldforderung.«

»Das war seltsam. Es hieß ja auch, jemand hätte es aus Rache getan, aber das kann ich mir nicht so recht vorstellen.«

»Wieso sollte sich jemand rächen wollen? Woher stammt denn diese Idee?«

»Na, wegen der jungen Hardcastle.«

Zum ersten Mal bei diesem Gespräch war Melrose verblüfft. »Wieso sollte die junge Hardcastle sich rächen wollen?«

Hermione schüttelte den Kopf. »Nein, nein. Elsie Hardcastle war das Opfer.« Sie nippte weiter an ihrem Tee.

Melrose hätte fast über den Tisch gelangt und ihr die Tasse weggenommen. Endlich ein Fitzelchen Information, obwohl es sich nach mehr als nur einem Fitzelchen anhörte – und schon war bei ihr wieder Schluss. »Was … inwiefern war sie Opfer? Wovon?«

»Na, von Mary Scott. Es hatte nämlich geregnet, und die Ampel hat nicht richtig funktioniert. Das war in Meva. Mehrere Monate vor Floras Verschwinden.«

Gott, endlich sagte sie etwas, aber wie mühselig, sich einen Reim darauf zu machen. »Moment, noch mal von vorn. Zunächst: Wo liegt Meva?«

»Mevagissey ist ein Fischerdorf nicht weit von Heligan. Es war stockdunkel, die Ampel sprang nicht um, so dass Mary schließlich nichts anderes übrig blieb als weiterzufahren. Elsie überquerte gerade die Straße, hatte ihren Regenschirm aufgespannt. Mary …«, Hermione zuckte die Schultern, »… hat sie angefahren. Und was noch schlimmer ist, sie hielt nicht an. Beging demnach Fahrerflucht. Doch sie konnte den Coroner davon überzeugen, dass sie ehrlich angenommen hatte, sie wäre gegen irgendwas auf der Straße gefahren und hätte nie und nimmer gedacht, dass es ein Mensch war. Es regnete so heftig, es goss in Strömen, und sie glaubte, sie hätte dadurch die Lage nicht richtig eingeschätzt. Außerdem weiß jeder, wie schlecht es sich auf dieser engen Straße fährt.

Sie hat Elsie nicht frontal erwischt, und sie hat sie auch keinesfalls überfahren. Sie kam in heller Aufregung in Angel Gate an und sagte zu Declan, sie fürchte, sie hätte ein Tier oder einen Menschen angefahren. Er verständigte sofort die Polizei. Es war also bestimmt keine Fahrerflucht, jedenfalls nicht im landläufigen Sinn. Der Coroner war überrascht, dass das Mädchen durch den Aufprall tatsächlich getötet worden war.«

»Es wurde trotzdem Anklage gegen sie erhoben?«

»Ja. Aber Mary wurde nicht verurteilt.« Hermione machte eine Pause. »Manche glaubten, das Geld ihres Mannes hätte sie gerettet – und die Geschichte, die sie erzählte. Wundert mich ja, dass Sie nichts davon gehört haben. Declan sagte mir, Sie sind ein Freund von diesem Superintendent von Scotland Yard.« Sie lächelte.

Sollte sich jetzt etwa herausstellen, dass Hermione Hobbs doch recht clever war? Und dass der Fall damit völlig anders lag?

Sie fuhr fort: »Sie können sich ja vorstellen, wie das für die Hardcastles war, als Mary freigesprochen wurde.«

»Das Gericht stellte ihre Unschuld fest?«

»Ja. Die Eltern Hardcastle reagierten am Ende doch sehr verhalten. Es war schließlich ein schrecklicher Unfall, und Mary war so erschüttert, dass es einem, nun ja, schwer fiel, sie zu hassen.«

Wäre er der Vater gewesen, dachte Melrose, es wäre ihm nicht schwer gefallen, sie zu hassen oder umzubringen. Oder Schlimmeres.

»Es ist durchaus möglich, dass Declan –« Sie hielt inne und fummelte nervös mit ihrem Löffel herum.

»Dass Declan?«

»Ich sollte lieber nichts sagen.«

O, tun Sie's, meine Beste, dann spendiere ich Ihnen auch noch eine Kanne Tee, einen Teller Scones, das ganze Zeug im Fenster, das Sie schon die ganze Zeit so begehrlich beäugen. Ach was, die ganze Teestube kaufe ich Ihnen! Nun legen Sie endlich los! »Was sollten Sie lieber nicht sagen?«

Jetzt war sie damit beschäftigt, ihre Papierserviette zu fälteln.

»Noch Tee!«, sagte Melrose und machte der Besitzerin ein Zeichen, die verdrossen angeschlurft kam.

Hermione lachte leise. »Na gut, wenn Sie …«

Melrose bat um eine weitere Kanne Tee und eine Auswahl von Kuchen aus dem Fenster.

Die Frau nahm den leeren Gebäckteller, ging zum Fenster, legte nachlässig vier kleine Kuchen auf den Teller und brachte ihn wieder an den Tisch. Dann nahm sie die Kanne und trollte sich.

»Sie macht das alles ja so schwungvoll, finden Sie nicht? Also, Sie sprachen gerade über Declan Scott –«

Sie schien immer noch unschlüssig.

Spiel jetzt nicht die Dumme, du blöde Nuss. »Sie wollten gerade sagen, dass sich Declan Scott in etwas eingemischt haben könnte.«

»Ja, ach, ich weiß nicht, ob ich das sagen soll, aber vielleicht hat Declan den Hardcastles eine große Geldsumme gegeben, damit sie Ruhe geben.«

»Ruhe geben!« Da wird ein Kind umgebracht, und das Einzige, was Hermione dazu zu sagen hat, war »Ruhe geben«. Falls Geld im Spiel gewesen war, war das ziemlich kaltblütig, aber nicht von Scott, sondern von den Hardcastles. Sie hatten sich von ihm bezahlen lassen. Melrose fragte sich, wie viel Geld wohl den Besitzer gewechselt hatte.

Auch fragte er sich, ob Jury über diesen Unfall Bescheid wusste. Weil zwischen Elsies Tod und Floras Verschwinden nur ein paar Monate lagen, brachte die Polizei die beiden Vorfälle vielleicht miteinander in Verbindung. Und Declan? Der musste damals den Eindruck gehabt haben, dass die Hardcastles sich zufrieden gaben. Dass sie Mary – untröstlich, aber letztlich nicht mit ihr hadernd – abnahmen, dass sie das Mädchen nicht gesehen hatte. Immerhin hatte Scott die Polizei verständigt, und Mary hatte den Unfall zugegeben.

Die mürrische Bedienung stellte ihnen eine frische Kanne Tee auf den Tisch und machte sich wieder davon.

Hermione sagte: »Die Polizei hat verschiedene Leute vernommen, Marys Freunde. Ich dachte mir, sie wollten vielleicht etwas über ihren Charakter erfahren. Der Beamte, der mich vernahm, wollte wissen, was für ein Mensch Mary Scott war, und was ihren

Charakter betraf, sagte ich, der sei untadelig. Von ihrer Zerstreutheit und dass sie in Gedanken manchmal ganz woanders war, sagte ich nichts. Ich fürchtete, dann hätten sie vielleicht ihre Zweifel, ob sie auf die Straße geachtet hatte. Wenn überhaupt jemand schuld war, dann die Gemeinde, finde ich. Die Ampel war schon seit Stunden außer Betrieb, das haben mehrere Leute bezeugt. Die zuständigen Stellen – die Polizei oder sonst wer – hätten da doch etwas machen müssen.«

»Als Flora Scott verschwand, hieß es da vielleicht, die Hardcastles steckten womöglich dahinter?«

Sie runzelte die Stirn. »Na ja, kann ich mir schon denken. Aber die Hardcastles sind so anspruchslose, bescheidene Leute, ich könnte mir nicht vorstellen, dass sie auf eine Gelegenheit gelauert hätten, den Scotts zu schaden. Das ist doch niederträchtig, finden Sie nicht?«

»Schon, aber manche Leute können niederträchtig sein.«

»Sie haben noch ein anderes Kind. Einen Sohn. Elsie war ja nicht ihr Einziges.«

Und würde deshalb auch nicht so sehr vermisst werden? Eltern teilten ihre Liebe doch nicht auf, sondern liebten jedes ihrer Kinder ganz und gar, dachte Melrose. Wenn eines starb, dann starb doch nicht die Hälfte von einem Ganzen. Es war das Ganze. Er hatte darin zwar keine Erfahrung, konnte sich aber vorstellen, dass es so war. Er fragte sich, ob Hermione Kinder hatte – vermutlich nicht.

»Wer hätte es dann gewesen sein können? Ich kann mir vorstellen, dass Sie sich das gefragt haben.«

Hermione ließ sich dies, soweit sie dazu fähig war, ernsthaft durch den Kopf gehen. »Es muss jemand Fremdes gewesen sein. Obwohl mir der Gedanke zuwider ist – ein Kinderschänder vielleicht? Oder eine frustrierte Frau, die selbst keine Kinder bekommen kann. Und was ist mit der Ermordeten?«

Überrascht hob Melrose den Blick. »Wie kommen Sie denn darauf?«

»Keine Ahnung, vielleicht bloß, weil es eine Verbindung zwischen den beiden zu geben scheint.« Sie sah auf ihre Armbanduhr. »Ach, du liebe Zeit, wir sitzen ja schon über eine Stunde hier. Ich muss jetzt wirklich nach Hause.«

Melrose machte der Besitzerin erneut ein Zeichen. »Kann ich Sie nach Hause chauffieren? Das mache ich gern.«

»Danke, aber ich bin mit meinem kleinen Morris Minor da. Den sollten Sie mal sehen. Das sind ganz entzückende Autos.«

Die Leute waren immer so stolz auf ihre Morris Minors, dass sie es jedem auf die Nase banden, so ein Gefährt zu haben. »Unser Gespräch war mir ein Vergnügen«, sagte Melrose.

»Mir auch. Und danke für den Tee.«

Die Besitzerin bediente gleichzeitig auch noch die Kasse (Computer waren hier Fehlanzeige!), und Melrose fragte sich, ob sie vielleicht auch noch als Köchin und Reinigungskraft fungierte.

Sie bedankten sich noch einmal gegenseitig und gingen zu ihren jeweiligen Parkplätzen davon.

20

Das Erdgeschoss von Angel Gate war hell erleuchtet. Ob Declan Scott vielleicht gerade eine Party gab, fragte sich Melrose, während er aus dem Wagen stieg.

Er ging den Kiesweg am Haus entlang zu seinem Cottage, als plötzlich Lulu auftauchte.

»Ich soll Ihnen von Mr. Scott ausrichten, Sie sollen mal reinkommen.« Sie deutete mit dem gekrümmten Daumen über die Schulter in die Richtung.

»In einen speziellen Raum? Oder soll ich einfach wie Banquos Geist im Esszimmer herumwandeln?«

Lulu, die immer alles absolut wörtlich nahm, ließ sich diese Frage durch den Kopf gehen. Sie schob ihre Brille auf der Nase hoch und schien sich gerade eine Antwort zu überlegen. »In die Bibliothek, glaub ich. Da sind nämlich die anderen. Wer ist Banquo? Hatte der wirklich einen Geist, oder denken Sie sich das bloß aus?«

»Mr. B. war ein König, der von Macbeth umgebracht wurde.« Nein. »Von Macduff?« Nein. Lieber Gott, hatte er jetzt etwa schon die Handlung von *Macbeth* vergessen? »Na, es war jedenfalls einer von den Macs. Dann kehrte er wieder und spukte – ach, egal. Shakespeare ist wieder mal schuld an verräterischem Treiben und blutiger Rache.«

»Gab's da viele davon?«

»Wovon?«

»Von den Macs?«

»Na, und ob. Es wimmelte sozusagen von Macs. Lassen wir das. Es ist bloß eine Geschichte.« Er machte kehrt und ging auf das Haus zu.

»Flora war keine«, sagte Lulu, als wollte sie ihn ins Land der Geschichten zurückrufen.

Überrascht drehte Melrose sich zu ihr um. »Du meinst, Flora war nicht bloß eine Geschichte?«

Lulu nickte. »Die wurde wirklich gestohlen.«

»Kanntest du sie denn gut?« Die beiden waren ungefähr im gleichen Alter gewesen.

Sie nickte. »Wir haben immer miteinander gespielt. Keiner weiß, wo sie hin ist. Oder wer sie mitgenommen hat.«

In ihren Worten entdeckte Melrose, wohl kaum überraschend, eine leise Unruhe.

»Ich weiß es aber«, sagte Lulu. Sie hatte ein Stückchen Schnur um den Finger, das sie immer wieder auf- und abwickelte.

Er starrte sie verblüfft an. »Ach ja? Wer denn?«

»Der Kinderdieb.«

Ein ganz neuer Aspekt, ein neuer Rekord in puncto kindliche Fantasie. »Heißt das *ein* oder *der* Kinderdieb?« Eine sehr beruhigende Frage! »Ich meine, gibt es nur einen oder sind es mehrere?« Noch so eine brillante Frage. Wo steckte bloß Jury? Wo war der Kerl, wenn man ihn mal brauchte? Melrose fühlte sich arg in Bedrängnis, wenn er es auch ungern zugeben wollte.

Lulu ließ sich durch ihn aber nicht verwirren, sondern hielt an ihrer Überzeugung fest. »Bloß einer. Es gibt bloß den einen Kinderdieb.«

»Aha. Hm, und wie sieht der aus?«

»Wie jeder. Wie Sie.«

»*Ich?* Eins kann ich dir versichern, ich bin *nicht* der Kinderdieb. Ich würde nicht im Traum dran denken, ein Kind zu stehlen!«

»Genau so was würde er auch sagen.«

Sie stand vor ihm, die Füße nach innen eingeknickt, eine bei Kindern besonders beliebte Stellung.

»Du glaubst doch nicht im *Ernst*, dass ich es bin, oder?«

»Nein.«

Da war er aber erleichtert!

»Sie brächten es gar nicht zustande«, fügte sie hinzu. »Ich sag ja auch bloß, es könnte jeder sein. Er könnte auch eine Frau sein.«

»Hör mal, wieso glaubst du, dass dieser Mensch Flora mitgenommen hat?« Das ganze Thema machte Melrose nervös.

Lulu blickte in die Ferne. »Weil er ein Kinderdieb ist. Wenn Sie es *doch* wären, würden Sie das denn nicht tun?«

»Wir bewegen uns hier im Kreis!« Er ging es aus einer anderen Richtung an. »Hast du das der Polizei erzählt?« Macalvie wäre entzückt, wenn er diese Theorie überall herumposaunt hörte.

Sie zuckte die Achseln. »Die haben mich ja nie gefragt.«

»Komisch, so etwas tun die wohl nicht.«

Den Kopf schräg gelegt, machte Lulu jetzt Knoten in die Schnur. »Ich hätte es denen sagen können.« Sie schwang die Schnur um den Finger und durch die Luft.

»Was hättest du denen sagen können?«

»Wo er wohnt.«

Melrose seufzte. Er könnte noch bis morgen Früh hier stehen und dieser Fantasiegeschichte lauschen. »Na, solange er sich nicht in meinem Cottage einnistet, ist es mir egal.«

Sie wand sich die Schnur wieder um den Finger. »Der wohnt an verschiedenen Orten. Manchmal in London und manchmal hier und manchmal in ...« Sie überlegte. »... in Schottland. Und manchmal in ...«

»Tut mir Leid, aber ich kann diesem Kinderdieb jetzt nicht auf seinen Streifzügen folgen. Ich muss ins Haus, wenn Mr. Scott auf mich wartet. Gehen wir doch zusammen. Deine Tante wartet wahrscheinlich in der Küche auf dich, stimmt's?«

Die Frage blieb zwar unbeantwortet, doch stapfte Lulu mit in Richtung Haus. »Passen Sie bloß auf«, sagte sie.

»Wegen was?«

»Wegen *wem*, wollen Sie wohl sagen.«

Es hörte sich an, als brütete sie die Hexenjagd von Salem im Kopf aus. »Nein, mich kümmert das nicht. Du bist doch die mit den ganzen Ideen.«

Das überging sie geflissentlich. »Da drin ist eine Frau, die Sie nicht kennen.« Inzwischen ließ sie auf der Hand etwas auf und ab hüpfen, was wie ein Knopf aussah.

»Was für eine Frau?«

Lulu bedachte ihn mit einem Blick, der sonst Idioten und Kleinkindern vorbehalten war. »Die da drin –«

Ihr Zeigefinger erinnerte Melrose an Marleys Geist.

»– bei Mr. Scott. Sie heißt Patricia.«

»Du kennst dich ja bestens aus hier. Spionierst du etwa herum und horchst an Türen und guckst durch Schlüssellöcher?«

Die Frage ignorierte sie, während sie zum Innenhof hinübergingen. »Vielen Dank für die Informationen. Unser kurzes Gespräch war mir ein Vergnügen. Gehst du jetzt in die Küche?«

Sie nickte und rannte in die ungefähre Richtung davon.

Merkwürdiges Kind! Er wurde nicht recht schlau aus ihr. Durch den achteckigen Raum ging er zur Bibliothek hinüber.

Das, dachte Melrose, sieht ja schon besser aus! Als Declan Scott ihn mit Patricia Quint bekannt machte, stellte Melrose rasch einen Vergleich zwischen Ms. Quint und Hermione Hobbs an. Patricia Quint war jedoch nicht der einzige Gast in der Bibliothek. Marc Warburton war ebenfalls dort, wie Patricia mit einem Drink in der Hand.

Melrose überlegte – ein schamlos chauvinistisches Gedankenspiel –, ob sie nun zu Declan gehörte oder zu Marc. Oder vielleicht zu irgendeinem anderen Ehemann. Kaum vorstellbar, dass eine

Frau, die aussah wie Patricia Quint, keinen Mann im Hintergrund lauern hatte, wenn nicht sogar im Vordergrund, gleich hier vor dem Kaminfeuer.

Sie streckte ihre schmale weiße Hand aus, um die von Melrose zu schütteln. »Ich habe noch nie einen Experten für Rasenplaggen und Cloisonnégärtchen kennen gelernt. Wenn Sie hier fertig sind, könnten Sie dann vielleicht zu mir kommen?«

Melrose deutete eine knappe Verbeugung an. »Mit Vergnügen. Was für Probleme haben Sie denn?«

Patricia lachte. »Bei mir wächst einfach nichts.«

»Das stellt in der Tat ein Hindernis dar.«

In ihrem cremefarbenen Kostüm wirkte Pat Quint wie aus dem Ei gepellt. Zugegeben, man sah ihr an, dass sie wohl betucht war, doch es war die Klarheit von Teint und Augen, die Präzision des perfekt sitzenden Kostüms, der perfekt geschnittenen Frisur, die ihr dieses wie aus dem Ei gepellte Aussehen verliehen. Die glänzenden Lippen, die zart geröteten Wangen – das alles hätte auch »künstlich« anmuten können. Und obwohl sich Kunstfertigkeit in jeder Wimper, in jeder seidigen Augenbraue offenbarte, wirkte sie dennoch nicht aufgesetzt. Seltsam, dachte er, dass es ihr gelang, diesen Effekt zu vermeiden.

Während dieses Gesprächs über Melrose' Spezialgebiet lächelte Marc Warburton (wenngleich nicht besonders herzlich) und fügte hinzu: »Ich kann mir nicht denken, dass einen die Beschäftigung mit Rasenplaggen zeitlich sehr in Anspruch nimmt?«

»Nein, im Grunde eigentlich erst, wenn man tot ist«, entgegnete Melrose.

Das fanden alle witzig, vor allem Pat Quint.

Warburton ließ jedoch nicht locker. »Sie sind wegen einer bestimmten Sorte von Dünger nach St. Austell gefahren? Ich kann mir nicht vorstellen, dass Sie dort etwas finden, was Sie in Macmillans eigener Gärtnerei nicht auch bekommen könnten.«

»Vielleicht. Die Mixtur ist eigentlich recht einfach, ein bis zwei Ingredienzen mische ich aber doch noch hinein, die nur dieses Geschäft in St. Austell führt.«

Warburton runzelte die Stirn. »Ach ja? Was denn?«

Melrose lächelte. »Selbst beim Dünger hat jeder so seine Geheimnisse. Sie erwarten doch nicht, dass ich die alle preisgebe, oder?«

»Auch Erde ist nicht einfach bloß Erde, stimmt's?«, sagte Pat Quint lachend.

Marc hatte noch einen Einwand, diesmal an Declan gerichtet. »Das hätte ich machen können, Declan. Sie hätten bloß Bescheid sagen müssen.«

»Es ergab sich ganz zufällig, Marc. Bei meinem Gespräch mit Scotland Yard, mit diesem – Sie haben ihn ja kennen gelernt. Mr. Plant ist ein Freund von ihm.«

»Ein Bekannter«, wandte Melrose ein, »kein Freund. Ich hatte einen Auftrag in der Nähe von Northampton, eine Art italienischer Wassergarten (er dachte an Watermeadows, das tatsächlich italienisch anmutete und eine traurige Geschichte hatte). Superintendent Jury leitete dort die Ermittlungen –«

»Aber warum ist er denn hier?«, wollte Pat aufgeregt wissen.

Das sollte doch wohl klar sein, dachte Melrose.

War es auch. Sie fuhr fort: »Ich meine, die Lösung dieses Mordfalls ist doch Aufgabe der Polizei von Cornwall und Devon, oder nicht?«

»Offensichtlich nicht«, sagte Declan. »Warum? Hast du etwas dagegen, wenn Scotland Yard vor deiner Haustür steht?«

»Doch nicht vor *meiner* Haustür.«

Er zuckte die Achseln. »Vor unserer Haustür, meine ich. In unserem Eckchen von Cornwall.«

»Ich habe nichts dagegen. Scotland Yard deutet lediglich darauf hin, dass der Fall etwas dramatischer ist.«

Declan sagte, wieder in diesem etwas belehrenden, von einem Lächeln überdeckten Ton: »Eine Leiche auf meinem Grund und Boden finde ich nun doch ziemlich dramatisch, Pat, ob mit oder ohne Scotland Yard.«

»Es muss sehr schlimm für dich sein. Das Gefühl, alles noch einmal durchmachen zu müssen. Ich meine, das mit Flor –«

»Ich weiß, was du sagen willst, Pat.«

Als ob dieser Mensch es je vergessen könnte, dachte Melrose.

Patricia Quint machte es wieder ein wenig gut, indem sie sagte: »Entschuldige. Ich bin manchmal so dumm.«

Declan lächelte. »Schon gut.«

»Was hat die Polizei denn herausbekommen?«, wollte Warburton wissen. »Irgendwas Neues?«

»Keine Ahnung. Mich ziehen sie ja nicht ins Vertrauen.« Manchmal wünschte sich Melrose, es wäre so.

Patricia sagte zu Declan: »Es ist, als wollte jemand einen Rachefeldzug gegen dich führen.«

»Ich kannte die Frau überhaupt nicht«, erwiderte Declan. »Wieso sollte der Mörder sie mit mir in Verbindung bringen?«

»Ah, darum geht es also!«

»Oder auch nicht«, antwortete Declan.

»Apropos Gartenanlage«, sagte Melrose, weil er das mit dem »konturierten Abdruck« von vorhin wiedergutmachen wollte. »Ich finde Ihren Entwurf hier ganz reizend, Mr. Warburton.«

Marc musterte ihn ungläubig, überrascht, ein Kompliment von Plant zu hören.

»Danke. Das ist aber hauptsächlich das Verdienst der Macmillans.«

»Schon, aber erst die Architektur bringt es doch auf den richtigen Weg.« Melrose wechselte das Thema. »Wohnen Sie schon lange hier, Miss Quint?«

»Nennen Sie mich doch Pat. Eigentlich schon mein ganzes

Leben. Allerdings bin ich nicht das ganze Jahr über hier. Ich fahre ziemlich oft nach London. Ich habe eine Wohnung in Knightsbridge, in der Pont Street.«

Die Pont Street war keine billige Adresse, allerdings war Pat Quint auch keine billige Person. Man brauchte sich nur ihre Designerkleidung anzuschauen – Ferragamo, Armani, Max Mara, eine dieser Marken war es wohl. »Und Ihr Haus hier?«

»Liegt auf halbem Weg zwischen hier und Mevagissey.«

Mevagissey. Der Ort, von dem Melrose bisher kaum etwas gehört hatte, tauchte plötzlich überall auf. Er hätte gern mehr über das Schicksal von Elsie Hardcastle erfahren, aber das würde wohl warten müssen.

»Das Dörfchen ist ein sehr beliebtes Touristenziel«, fuhr Pat fort. »Sie können sich denken – ein Fischerdorf an der Küste. Es liegt übrigens ganz in der Nähe von Heligan. Die Verlorenen Gärten dort sind zu einem echten Anziehungspunkt für Touristen geworden. Sie sind ja auch wunderschön, nicht wahr?«

Das wiederum war ein heikles Thema, das – wie die Rache – am besten ganz nüchtern angepackt wurde. Die Verlorenen Gärten von Heligan.

Declan sagte: »Im Zweiten Weltkrieg haben britische Truppen in Heligan biwakiert. War ganz interessant, was die dort machten. Irgendwann kamen sie auf die Idee, das Klassensystem nachzustellen, dieses Oben-Unten-Syndrom, sozusagen, mit verteilten Rollen zu spielen.«

»Wie wurde denn entschieden, wer wen spielen sollte? Auf der einen Seite Lord Soundso, auf der anderen der Hilfsbutler?«

»Das war ja das Faszinierende dran. Sie gingen nach Rängen vor. Die obersten Ränge spielten die Familie, die unteren die Dienstboten. Und innerhalb dieser Kategorien gab es noch weitere Abstufungen: der Hauptfeldwebel, sagen wir, machte den Butler, der einfache Feldwebel den Hilfsbutler. Hauptmann und Oberleutnant war der adlige Gutsbesitzer, der Leutnant dessen Sohn, der Earl von Sowieso.«

Pat lachte. »Das ist ja ganz nett, aber wozu das Ganze?«

»Nur so zum Zeitvertreib, nehme ich an. Uns vergeht ja doch nie die Lust, uns zu verkleiden und jemand anders zu sein. Die berühmte Truhe auf dem Dachboden, die wir als Kinder geplündert haben.«

Pat Quint sagte: »Daran kann ich mich auch noch erinnern. Sich verkleiden reizt doch irgendwie alle Kinder, nicht?« Da sie aber das Gefühl beschlich, doch wieder zu nah an die kleine Flora Baumann geraten zu sein, fügte sie rasch hinzu: »Diese Sache mit dem Cloisonnégärtchen – was ist das denn genau?«

»Es ist eigentlich ganz simpel.« Und nun folgte so ziemlich genau die gleiche Auskunft, die er Jury gegeben hatte. Wenn man allerdings mit dem Thema absolut nicht vertraut war, hörte es sich vermutlich ziemlich esoterisch an. Außer für Marc Warburton, dem es nichts ausmachte, zugunsten von Melrose einmal in den Hintergrund zu treten.

»Das sieht bestimmt wunderhübsch aus«, sagte Pat.

»Das hoffe ich.«

Declan Scott lächelte unmerklich, wirkte jedoch etwas abwesend und bekümmert. In seinem Sessel nach vorn gebeugt, sah er Melrose an, ohne ihn aber recht wahrzunehmen.

In dem Moment kam Rebecca Owen an die Tür und kündigte das Abendessen an.

»Sie leisten uns doch Gesellschaft, ja?« Declan stellte sein zur Hälfte ausgetrunkenes Glas ab.

»Danke, aber ich habe eine Verabredung.« Melrose sah auf seine Uhr. »Jetzt gleich übrigens. Ich bin schon spät dran.«

21

Jury saß mit Sergeant Wiggins, der am Nachmittag mit ihm aus London hergefahren war, im Winds of Change an der Theke. Am Bahnhof waren sie von Sergeant Platt abgeholt worden, der sich offenbar sofort mit Wiggins verbündet hatte. Vielleicht lag es daran, dass sie den gleichen Dienstgrad hatten. Jetzt setzten sie sich etwas abseits an die Bar, um weiter zu bereden, was sie zu bereden hatten.

Jury trank ein Lager.

»Das ist doch was für Weicheier.« Melrose verlangte beim Barmann ein Old Peculier.

»Tut mir Leid, Sir, ist ausgegangen. Wie wär's mit einem Guinness?«

»Das ist nicht das Gleiche.« Seufzend deutete er auf Jurys Getränk. »Geben Sie mir so eins.«

»Weichei!«

Der Barmann schmunzelte, belustigt über das Kabarettstückchen, das die Polizisten hier darboten. »Ja, Sir.« Er ging davon.

»Also, was halten Sie von Declan Scott?«

»Glatt in seinem Garten herumkicken könnte ich den mit seinem Charme.«

»Ha!« Jury stellte sein Bierglas hin und grinste Melrose rechthaberisch an. »Genau das sagte ich damals über Vernon Rice, erinnern Sie sich?«

»Es ist überhaupt nicht dasselbe.« War es aber eigentlich schon. »Was ist mit unserem Mordopfer? Hat die Polizei die Tote schon identifiziert? Das ist jetzt eine Woche her, nicht?«

Jury schüttelte den Kopf. »Man könnte meinen, jemand hat absichtlich alle ihre Spuren verwischt. Man könnte meinen, sie hatte überhaupt keine Vergangenheit.«

»Oder aber sie teilte sie – danke«, sagte Melrose, als ihm sein Bierglas hingestellt wurde. »Sie teilte sie sich mit jemand anderem. Schwer zu glauben, dass jemand so durchs Netz schlüpfen könnte. Sie wissen über sie also nur, dass sie sich mit Mary Scott in der Lounge von Brown's Hotel getroffen hat, und nicht einmal *das* wissen Sie mit Sicherheit.«

»Wieso sollte Declan Scott sich so etwas ausdenken? Die Köchin Dora Stout hat sie ebenfalls gesehen.«

Melrose überlegte einen Augenblick. »Ich habe was für Sie: eine gewisse Hermione Hobbs erzählte mir von einem Unfall, in den Mary Scott verwickelt war.«

»Ich weiß. Unfall mit Fahrerflucht in Mevagissey vor dreieinhalb Jahren. Sie tötete ein Mädchen namens Elsie Hardcastle. Macalvie hat sich damals den Vater ziemlich zur Brust genommen. Hardcastle war drauf und dran gewesen, ihn deswegen zu verklagen.« Jury sah zum Tresen hinüber, wo der Barmann gerade Kartoffelchips in kleine Schälchen füllte. Als er aufblickte, hob Jury sein Glas in die Höhe und tippte daran.

Der Barmann kam herüber und nahm das leere Glas mit.

Melrose zündete sich eine Zigarette an und ließ das Streichholzbriefchen auf die Theke fallen. Er stutzte ungläubig, als er Jurys wütenden Blick bemerkte. »Was? *Was?* Gütiger Himmel, Sie haben doch vor *Jahren* aufgehört. Soll ich mich jetzt jedes Mal, wenn ich mir eine anstecke, für die bekehrten Raucher auf den Scheiterhaufen werfen?«

»Es ist noch nicht ›Jahre‹ her. Ein Jahr und dreizehn Monate –«

»Mit anderen Worten, Jahre –«

»– was für einen Raucher überhaupt keine Zeit ist. Wir sollten folgende Regel einführen: Kein Rauchen im Restaurant!«

»Sie gehören zur schlimmsten Sorte bekehrter Raucher. Das sind nämlich diejenigen, die einem den Spaß auch noch vermiesen wollen.« Melrose blies einen Rauchstrahl aus, zwar nicht direkt in Jurys Gesicht, aber haarscharf daran vorbei.

Jury wedelte ihn hinweg und hustete gekünstelt. »Passives Rauchen schadet den Lungen …«

»Ach, jetzt *hören* Sie aber auf!« Melrose drückte die Zigarette aus. »Also, Macalvie hat sich den Fall Flora Baumann sozusagen selbst zugeteilt und sich folglich sehr für diesen Unfall mit Fahrerflucht interessiert. Ihn hätte alles interessiert, was mit den Scotts zu tun hat.«

»Richtig.« Jury schaute über die Theke und sah Cody Platt und Wiggins im anderen Raum am Billardtisch stehen. Wiggins reihte gerade die Kugeln auf. Wiggins spielte Billard? Das sollte wohl ein Witz sein. Nein, offenbar nicht, denn nun polierte er den Billardstock mit einem Kreidestückchen. Jury rief Cody Platt etwas hinüber.

»Sir?«

Jury bedeutete ihm herüberzukommen.

Platt lehnte seinen Billardstock an den Tisch, während Jury einen ähnlichen Blick von Wiggins erntete wie vorhin von Melrose. Ah, Spaßverderber!

»Ja, Sir?«, sagte Cody.

»Erinnern Sie sich noch an den Unfall mit Fahrerflucht, in den Mary Scott verwickelt war?«

Cody nickte. »Das war in Mevagissey. Etwa dreieinhalb Jahre ist das her. Sie ist bei Rot über die Ampel gefahren und hat dabei ein Mädchen namens Elsie Hardcastle überfahren.«

»Und kam mit einer Bewährungsstrafe davon, stimmt's?«

»Stimmt. Sie ist eigentlich gar nicht bei Rot gefahren. Die Ampel hat nicht richtig funktioniert. Wenn sie auf Grün gewartet hätte, hätte sie die ganze Nacht dort gestanden. Mehrere

Leute konnten bezeugen, dass das Ding außer Betrieb war. Der Wind peitschte, es regnete in Strömen. Außerdem hatte Elsie dunkle Sachen an und den Kopf unter dem Schirm verborgen. Mary Scott hätte hellseherische Kräfte haben müssen, um ihr auszuweichen. Gegen Mary sprach allerdings, dass sie Fahrerflucht beging.«

»Danke. Und jetzt zurück zu Ihrem Billard. Wie haben Sie denn Wiggins zum Spielen gekriegt?«

»Ich ihn?« Cody lächelte. »Nein, umgekehrt. Er hat mich dazu gekriegt. Al ist doch Champion.« Cody ging davon.

»Al?«, sagte Melrose. Er hatte sich über die essigsauren Chips hergemacht.

»Ich habe Wiggins nie von Billard reden hören, nie.«

»Na ja, womöglich führt Sergeant Wiggins ja noch ein paar andere Leben.«

»Ich war mir nie recht sicher, ob er dieses eine führt.«

Wiggins wollte gerade einen Stoß ausführen, als Jury Cody Platt wieder herüberrief. Der Billardstock glitt von der Kugel, und Wiggins, in seiner Position verharrend, drehte den Kopf herüber und bedachte Jury mit einem ganz untypischen, bösen Blick.

»Tut mir Leid«, rief Jury.

Cody kicherte bloß und kam an die Theke. »Danke. Ich verliere sowieso gerade.«

»Ein Unfall mit Fahrerflucht ist eine ernste Angelegenheit. Ich hätte gedacht, bei einer gerichtlichen Untersuchung wäre etwas herausgekommen – dass sie vorsätzlich fahrlässig gehandelt hatte –, wodurch sie zweifellos im Kittchen gelandet wäre.«

Cody spreizte abwehrend die Hände und meinte achselzuckend: »Declan Scott verfügt hier in der Gegend über viel Einfluss.«

»Declan Scott ist aber auch ein Mensch mit Charakter und Gewissen. Dass er versucht, sich freizukaufen, kann ich mir nicht vorstellen.«

»Sich selbst vielleicht nicht«, meinte Cody, »aber bei *ihr* ist das was anderes gewesen. Der wäre für Mary Scott durch brennende Reifen gesprungen. Ich glaube, der hätte nichts dabei gefunden, die Distriktspolizei oder den Magistrat oder die Hardcastles zu bestechen.«

»Sind sie denn bestechlich?«, sagte Melrose.

»Vermutlich schon.«

Immer noch den Billardstock in der Hand, tauchte Wiggins hinter ihnen auf. »Könnten wir jetzt vielleicht weiterspielen?«

»Aber ja doch, machen Sie ruhig weiter«, sagte Jury. »Cody meint, Sie sind ein ganz toller Spieler. Komisch, ich habe Sie gar nie darüber reden hören.«

»Nein, aber Sie spielen ja auch nicht, oder?«

»Nein, Wiggins, ich trinke aber auch kein klebriges grünes Zeug oder esse schwarze Kekse. Und trotzdem reden Sie unentwegt davon.«

Wiggins schürzte die Lippen. »Haha.« Er ging mit Cody davon.

Melrose verschluckte sich vor lauter Lachen an seinem Bier.

Jury klopfte ihm auf den Rücken. »Ich weiß nicht, ob Sergeant Platt so ein guter Einfluss ist.«

»Ach, ich finde, ganz im Gegenteil«, stieß Melrose würgend hervor.

Jury nahm die Speisekarten aus dem Metallständer und gab Melrose eine.

Sie versuchten, sich zwischen Fisch, Rindfleisch und Curry zu entscheiden. Je einmal Fisch und Rind war einfacher, vor allem, weil sie nicht die Absicht hatten, eines der fünf aufgeführten Currys zu bestellen.

Jury schüttelte den Kopf. »Bei dieser Speisekarte bekomme ich richtig Heimweh nach dem Blue Parrot.«

»Das werde ich Trevor Sly erzählen.« Trevor Sly war der Besitzer des Blue Parrot. »Er wird höchst erfreut sein.«

»Trevor Sly ist immer höchst erfreut.« Jury klappte seine Speisekarte zu. »Jubilieren ist quasi sein Spezialgebiet.«

»Ich nehme die Scholle mit Chips.«

»Und zur Abwechslung Erbsen. Ja, eine sehr originelle Wahl, nicht? Ich glaube, das nehme ich auch. Und Wiggins und Cody ebenfalls.« Jury rief hinüber: »Ist Ihnen Fisch und Chips recht?« Dies trug ihm wieder einen weiteren grimmigen Blick von Wiggins ein, dem Jury erneut den Stoß ruiniert hatte. Beide erklärten sich jedoch mit Fisch und Chips einverstanden.

Als der Barmann herüberkam, bestellten sie viermal Fisch und Chips. »Dann hat der Koch weniger Arbeit.« Er lachte. Das Essen komme sofort, versprach er. Danach brachte er ihnen frische Getränke.

Jury überlegte kurz und rieb sich mit den Händen übers Gesicht. »Ich verstehe es nicht.«

Melrose sah ihn fragend an. »Was denn? Geht es um diesen Fall?«

Jury nickte. »Da wird ein kleines Mädchen entführt, und es wird keinerlei Lösegeldforderung gestellt. Drei Jahre ist das jetzt her. Ich an Mary Scotts Stelle wäre komplett verrückt geworden.«

Im Pub wurde es plötzlich ganz still. Man hörte nur noch das gelegentliche trockene Klacken der Billardkugeln.

»Übrigens, das mit Ihrer Cousine tut mir Leid«, sagte Melrose. »War es schwer für Sie? Ich meine, die Beerdigung?«

»Die Beerdigung nicht, aber ihr Tod, der war schon schwer für mich. Muss jemand erst sterben, bevor man sich über manches klar wird?«

»Ja.«

Jury sah auf seine Armbanduhr. Er wartete, bis Wiggins mit einem Stoß dran war, und rief dann zu Cody hinüber: »Was ist eigentlich aus Ihrem Chef geworden? Der hätte vor einer Stunde hier sein sollen.«

Cody lehnte seinen Billardstock an den Tisch und holte sein Handy hervor. Während er darauf wartete, dass sein Chef ranging, schien er den Tisch ganz genau zu begutachten. Er sprach in die Muschel, nickte und klappte das Ding wieder zu. »Er ist unterwegs, in zwanzig Minuten ist er da.«

Die zwanzig Minuten wurden mit erstaunlich schmackhaften Fisch und Chips zugebracht. Wiggins tat seine Vorliebe für weich gekochte Erbsen kund, eine Vorliebe, die keiner der anderen mit ihm teilte. Dann tranken sie alle noch mehr Bier, außer Wiggins und Cody, der an einem Club Soda nippte.

Melrose erkundigte sich beim Barmann, ob in dessen Weinkeller vielleicht ein 64er Puligny Montrachet aufzutreiben wäre, worauf der (was ihm, fand Jury, alle Ehre machte) nach kurzer Überlegung meinte: »Den 66er und den 70er haben wir, aber keinen 64er. Tut mir Leid.« Er entfernte sich.

»So ein Pech«, sagte Melrose.

»An manchen Tagen ist eben der Wurm drin«, erwiderte Jury.

Die Tür ging auf und wehte Regen und Macalvie herein. Er stellte sich neben ihren Tisch und schüttelte ein paar Wassertropfen von seinem Mantel, legte ihn jedoch nicht ab. Das tat er selten.

»Sie machen Wasser auf meinen Fisch«, sagte Jury.

»Das ist der gewöhnt.« Macalvie ging hinüber an die Theke.

»Der 64er Puligny Montrachet ist aber aus«, rief Melrose ihm hinterher.

Nach ein paar Minuten war Macalvie mit einem Glas Whiskey wieder da. »Mann, ist das ein Wetter!«

»Wo kommen Sie denn her?«, fragte Wiggins, der immer noch sein Essen in sich hineinschaufelte. »Sie wirken etwas … angeschlagen, wenn ich das so sagen darf.«

»Ich bin immer angeschlagen, Wiggins. Freut mich aber, Sie zu sehen.« Er lehnte sich zurück und zog eine Zigarre hervor. »Ich war in Angel Gate.«

Melrose war überrascht. »Dort war ich vor ein paar Stunden erst. Habe ich etwas verpasst?«

»Ich wollte mit Declan Scott reden.«

Nun war Jury überrascht. Er wollte schon einwenden, Macalvie hätte Declan Scott doch ihm überlassen, tat es aber nicht.

Melrose sagte: »Als ich ging, wollten sie gerade zu Abend essen.«

»Ich weiß. Ich kam dazwischen. Während sie aßen, ging ich in die Küche, um mit Rebecca Owen zu sprechen. Sie schenkte mir eine Tasse Tee ein. Nette Frau. Sie kam am selben Tag nach Angel Gate wie unsere große Geheimnisvolle. Ich hatte gehofft, sie könnte sich bei dem Opfer vielleicht an etwas erinnern. Tat sie aber nicht. Ich fing von vorn an. Wieder das Gleiche. Keine Spur von irgendjemandem. Sie war nicht dabei, als die geheimnisvolle Frau zum Haus kam, konnte also auch nicht sagen, ob Scott sie gesehen hatte oder nicht.«

»Wieso sollte er lügen und behaupten, er hätte sie zusammen mit seiner Frau gesehen?«

»Hm, na ja. Das sagte Rebecca Owen auch: ›Meine Güte, wieso sollte Mr. Scott deswegen lügen?‹ Und dann diese Nichte von ihr …«

»Lulu«, sagte Melrose.

»Lulu sagte, ›Weil alle Leute gern lügen‹, und mampfte dabei ein Plätzchen. Die hat die Augen ja überall. Und ihr bescheuerter Köter auch.«

»›Weil alle Leute gern lügen‹«, sagte Melrose. »Klingt nach einer von ihren mysteriösen Sentenzen. Das will nichts heißen.«

»Hört, hört!« Macalvie deutete mit gekrümmtem Daumen auf Melrose und sah dabei die anderen vielsagend an. »Unser Experte für kindliches Verhalten hat gesprochen.«

»Ich weise nur darauf hin, dass Lulu einen gewissen Hang zum Theatralischen hat. Sie freut sich, wenn man sie ungläubig anguckt.«

Macalvie sagte: »Ob ich Flora denn je finden würde, hat sie mich gefragt.« Er blickte unruhig im Pub umher. »Ich sagte, ich wüsste es nicht. Worauf sie dann meinte, ›Wieso nicht? Ist die Polizei nicht schlau genug?‹«

»Gute Frage«, meinte Cody kichernd.

Macalvie formte den Mund zu einem kleinen Kreis, durch den er den Rauch ausblies. »Hm, ja, nachdem ich ihr eins auf die Mütze gegeben hatte, gab ich bescheiden zu, ›Nein, sind wir wohl nicht.‹«

»›Schade‹, meinte sie, als wäre es gar kein Witz gewesen.« Er zog wieder an seiner Zigarre.

Solange sie dort am Tisch gesessen hatten, war etwa ein weiteres Dutzend Gäste hereingekommen. Ein ganz gewöhnlicher Abend im Pub. Falls es so etwas überhaupt gab.

Macalvie fuhr fort: »Dann fragte ich Lulu, ob sie Flora vermisste. ›Nein‹, sagte sie.«

»Darüber regte sich ihre Tante aber ziemlich auf. ›Lulu, du weißt ja nicht, was du redest. Du und Flora, ihr hattet doch viel Spaß zusammen.‹ Ein *bisschen* Spaß, mehr wollte Lulu nicht zugestehen. Dieses Gör würde mich schon nach fünf Minuten auf die Palme bringen. Die ist ja vielleicht widerspenstig!«

Erstaunt hob Wiggins den Blick von seinen restlichen Kartoffeln (er brauchte immer eine Ewigkeit, bis er mit einer Mahlzeit fertig war).

»Lulu stand also – oder vielmehr hüpfte von einem Bein aufs andere, als müsste sie dringend aufs Klo, während der Köter an den Wänden hochsprang, als hätte er Entzugserscheinungen. Ich stand vom Tisch auf, dankte Miss Owen und wandte mich zum Gehen. Da sagte Lulu plötzlich, ›Ich weiß, wer sie mitgenommen hat.‹«

»Ah«, machte Melrose.

»›Ah, was?‹« Als Melrose nur stumm die Achseln zuckte, redete Macalvie weiter. »Na, da war ich aber platt. Ich sah sie an, wie sie mich ungerührt betrachtete und dabei ihren Tee umrührte und darauf wartete, dass ich nachfragte. Okay. Ich gab auf und fragte, ›Wer?‹«

»›Der Kinderdieb.‹«

»Ich wollte gerade den Mund aufmachen und fragen, was zum Teufel sie damit meinte, da sagte sie: ›Mehr verrat ich Ihnen nicht.‹ Ich zwang meine Hände, sie nicht zu erwürgen, und fragte, warum. Warum sie mir nicht mehr sagen wollte.

›Weil… mehr weiß ich auch nicht. Der Kinderdieb eben.‹ Da sehen Sie es.« Er hielt inne. »Kein Wunder, dass ich es hasse, mit Kindern zu reden.«

Melrose wusste, dass das nicht der Grund war. »Lulu ist aber kein gewöhnliches Kind.«

»Gewöhnliche Kinder gibt es nicht.« Macalvie wandte sich an Jury. »Was denken Sie darüber?«

»Über Lulu? Ich weiß nicht. Ich habe noch nicht mit ihr gesprochen.«

»Ich wette, Sie könnten etwas aus ihr herauskriegen.«

Jury leerte sein Bierglas und stellte es hin. »Ich weiß nicht, ob man mit Kindern reden kann, wenn man bezweckt, etwas aus ihnen herauszukriegen.« Er zuckte die Achseln. »Wenn man das bezweckt, kann man wahrscheinlich mit niemandem reden.« Er blickte sich am Tisch um und bemerkte, dass ihn alle verblüfft musterten. »Verzeihung.« Er fügte hinzu: »Ich fahre morgen früh hin und spreche mit ihr.« Irgendwie fühlte er sich beschämt, ohne zu wissen, warum. Er nahm sein Bierglas, dann fiel ihm wieder ein, dass es leer war, und er stand auf. »Ich bin mit der nächsten Runde dran. Wer will noch eins? Bevor Wiggins und ich nach Mevagissey abhauen.«

Wiggins hob den Blick, überrascht und nicht gerade erfreut. »Sir?«

»Zu einer gewissen Familie Hardcastle. Die Mutter meinte, sie würden sich über unseren Besuch freuen.«

Wiggins warf einen fast sehnsüchtigen Blick in den anderen Raum mit dem Billardtisch.

»Tut mir Leid, dass wir ihn nicht mitnehmen können, Wiggins.«

Melrose sagte: »Ich muss zurück in meine Bude, sonst komme ich morgen früh nicht aus den Federn. Ich wünschte, ich hätte Ruthven dabei.«

»Ja, das wäre wirklich sehr überzeugend«, meinte Macalvie. »Ein Gärtner mit eigenem Hausdiener.«

»Das dauert wieder ewig, bis ich dort bin«, sagte Melrose. »Ich habe bloß dieses Mietauto, für Zwergwüchsige gebaut. Gute Nacht.«

Jury und Macalvie wünschten ihm eine gute Nacht. Jury stellte sein Glas hin und bat Cody um die Schlüssel für den Ford.

Macalvie bat Jury, noch einen Augenblick zu warten.

Cody gab Wiggins die Schlüssel. Dann standen beide auf und verkündeten, sie wollten ihr Spiel noch beenden, und kehrten an den Billardtisch zurück.

»Was?«

Macalvie sagte: »Halten Sie es für möglich, dass wir über diese Frau gar nichts herausfinden können, weil sie gar nicht diese Frau war?«

Jury schaute in sein leeres Glas. »Ja, genau das glaube ich.«

»Vielleicht hat sie sich für jemanden anderes ausgegeben, und es ist deshalb so verdammt problematisch, sie zu identifizieren. Wir haben doch die Aufnahme aus der Pathologie herumgezeigt, wir haben alles überprüft, was sich überhaupt nur überprüfen lässt. Bezüglich der Leiche hat der Pathologe absolut gar nichts herausgefunden. Wenn sie nun aber im richtigen Leben gar nicht so ausgesehen hat?«

»Wieso hätte sie sich unkenntlich machen sollen, um sich Mary Scott zu präsentieren?«, fragte Jury.

»Keine Ahnung. Außer …«

»Was?«

»Außer, sie wollte sich gar nicht unbedingt für Mary unkenntlich machen. Sondern vielleicht für Declan.«

22

Der Wagen zielte haarscharf in Richtung Mevagissey. »Haarscharf« war der passende Ausdruck, denn Wiggins hatte eine superschmale Landstraße gefunden und fuhr, als handelte es sich bei dem Wagen um eine Rakete. Es regnete immer noch.

»Vermeiden Sie doch möglichst, den Kombi da vorn zu rammen, ja, und besonders die zwei Leutchen, die drinsitzen?«

»*Sehe* ich, Sir.« Wiggins seufzte leicht genervt. »Sehe ich doch.« Er riss das Steuer herum und raste daran vorbei, ohne darauf zu achten, was vielleicht entgegenkam. Zum Glück kam nichts.

»Sie fahren wie ein Besengter, Wiggins. So kenne ich Sie sonst gar nicht.«

»Wahrscheinlich, weil ich aus London raus bin, aus dem ganzen Dreck, weil ich die saubere Luft atme und mich freier fühle, wissen Sie.«

»Na, toter jedenfalls werden Sie sich fühlen.«

Es goss in Strömen. Wiggins fuhr weiter.

»Ich glaube, wir kommen jetzt nach Mevagissey.«

Der Ort lag, wie Jury mit Bedauern feststellte, am Fuße dieser unsäglich schmalen Straße. Auf dem Hinweisschild wurde empfohlen, den Wagen oben auf einem der Parkplätze abzustellen. Zum Glück leuchteten Lichter aus Teestuben und kleinen Souvenirläden. Mittlerweile war es stockfinster. Wiggins begann die Abwärtsfahrt.

Jury sagte: »Sie sehen schon, dass diese Straße auf beiden Seiten eine Mauer hat, ja?« Er deutete nach links und rechts wie ein

Flugbegleiter, der die Notausgänge anzeigt. Die sie aber nicht hatten. »Die sind nämlich sehr unnachgiebig, diese Steinmauern.«

»Bin noch auf nichts draufgefahren«, entgegnete Wiggins, mit der Zunge schnalzend.

»Sie als Kripobeamter geben sich mit der Logik dieser Aussage zufrieden? Liegt es an Ihrem neuesten Umgang mit Dämonen oder aber mit Cody Platt, dass Sie hier plötzlich den Bruder Leichtsinn geben?«

»So würde ich es nicht direkt sagen, Sir.«

»Ich weiß. Darum sage ich es ja.«

Jury richtete eine kleine Taschenlampe auf den Stadtplan und dirigierte Wiggins nach links, dann nach rechts, dann wieder nach links, bis sie wieder eine Straße hochfuhren.

»Lauter Steilhänge, scheint mir.« Wiggins trieb den Wagen weiter wie einen störrischen Esel.

»Was Sie nicht sagen!«

Es war stockfinster. Jury zog es vor, nicht aus dem Beifahrerfenster zu schauen.

»Komisch, wie sich die Dunkelheit auf einmal so geschwind über alles legt.«

»Geschwind wie ein Sargdeckel.«

Endlich führte die Straße geradeaus.

»Was hat Ihnen Cody sonst noch über die Hardcastles gesagt?«

»Dass sie untere Mittelschicht sind, und dass der Tod der jungen Elsie vermutlich das einschneidendste Erlebnis in ihrem Leben ist.«

»Das kann man sich ja wohl denken, oder? Ein Kind zu verlieren ist ja wohl das Schlimmste, was einem passieren kann. War es jedenfalls für Mary Scott. Und für Declan Scott auch, obwohl Flora nicht sein eigenes Kind war.« Jury verglich prüfend Hausnummern und Namen.

»Ja. Ich habe mich nicht richtig ausgedrückt. Cody meinte,

die Eltern hätten die Sache wohl ziemlich aufgebauscht. Klingt schrecklich, wenn man das so sagt. Er hätte ihnen das ganze übertriebene Getue damals einfach nicht abgenommen, meinte er. Die beiden – oder jedenfalls die Mutter – hätten die Sache eben überreizt.«

Jury runzelte die Stirn. »Das ist ja interessant.«

»Cody kam es so vor, als hätte sie sich direkt gefreut über die Aufmerksamkeit der Polizei.«

»Ist doch nett, wenn man beliebt ist, nicht? Das ist es. Dort drüben links.« Auf dem gepflasterten Vorplatz neben dem Schildchen mit der Aufschrift HARDCASTLE HAVEN war Platz für ein weiteres Auto.

»Hardcastle. Hieß so nicht eine Figur in einer von diesen Komödien aus der Restaurationszeit?«, sagte Jury, während er die Autotür öffnete und ausstieg. Er betrachtete die kiesverputzte Vorderseite des Hauses, wo das düstere Verandalicht in der Dunkelheit kaum auszumachen war. »*Irrtümer einer Nacht*, so heißt das Stück. Von Goldsmith, glaube ich.«

»Wie bitte?«

»Das Theaterstück. Achtzehntes Jahrhundert. Restaurationskomödie.«

Sie gingen einen in gleichmäßig angeordneten Steinkreisen angelegten Weg entlang, der irgendwie künstlich wirkte. »Wie heißen sie mit Vornamen?«

»Sie heißt Maeve, er William. Dann gibt es da auch noch das andere Kind, Peter, der ist etwa zwölf. Der hat sie aber nicht alle.«

Jury wollte Wiggins gerade zurechtweisen, als die Tür aufging und Maeve (wie Jury vermutete) in einem leuchtenden Blümchenkleid dastand, einem ganzen Blumengarten auf hellblauem Hintergrund, der für März doch ein wenig zu sommerlich anmutete. Sie hatte einen teigig fahlen Teint und ein heiter geschwungenes Mündchen – sicher voller Klatsch und Tratsch, dachte Jury bei sich.

»Sind Sie die Männer von Scotland Yard?«, fragte sie gleich, noch ehe Jury und Wiggins ihre Dienstausweise hervorgeholt hatten. »William! Sie sind da!«

Es hörte sich ganz so an wie etwas, das man rief, um Verwandte anzukündigen, die zu einer Feier oder einem sehnlichst erwarteten Sportabend gekommen waren.

»Na, dann bring sie doch rein, Liebes!«, kam die Antwort zurück.

»Treten Sie nur ein. Gehen Sie einfach nach hinten durch – so ist's recht – ins Wohnzimmer.«

Der Anblick des Hausflurs im flackernden, wässrigen Licht der Wandlampen und der Straßenlaterne draußen im Regen, deren Schein durch die offene Tür glitt, ließ Jury an einen verregneten Durchgang denken.

Bei William hinten im Wohnzimmer war auch noch ein dümmlich glotzender Junge mit den kleinen, dicht beieinander stehenden Augen und dem schwammigen Gesicht eines vom Down-Syndrom gezeichneten Kindes.

»Setzen Sie sich, setzen Sie sich«, sagte Maeve. »Unser Petey hat Tee gemacht!«

Petey reagierte aber gar nicht, und Jury konnte sich denken, dass seine Beteiligung am Teekochen sich wohl darin erschöpft hatte, die Zuckerdose aufs Tablett zu stellen. Petey belegte Sergeant Wiggins sofort mit Beschlag, indem er sich dicht neben dessen Sessel stellte und ihm die Hand auf den Arm legte. Weil Wiggins nicht wollte, dass es so aussah, als würde er die Hand abschütteln, tat er so, als wollte er in einer Seitentasche seines Mantels, den er immer noch anhatte, nach etwas greifen – nach seinem Notizbuch, seinem Schreibstift. Er platzierte den Unterarm auch nicht wieder auf der Sessellehne, als er sah, dass Petey immer noch auf den Fleck fixiert war.

»Na, na, Petey,«, flötete seine Mutter, »der Herr ist ein Polizeibeamter, der verhaftet dich womöglich, wenn du dich nicht gut beträgst.« Das fand sie nun recht amüsant.

Sonst aber keiner.

»Dreieinhalb Jahre sind es jetzt«, sagte William Hardcastle, »dass die Frau unsere Elsie totgefahren hat. Und *jetzt* schicken sie einem Scotland Yard vorbei. Bisschen spät, würd ich mal sagen.« Er schnippte die Asche von seiner Zigarette, die mittlerweile bis auf einen Stummel heruntergeraucht war. Er schien sich in seinen Sachen etwas unwohl zu fühlen, als fände er es zu anstrengend, ein frisches weißes Hemd zu tragen, und hätte lieber seine Strickjacke an, wie sonst, wenn er bei einer Tasse Tee vor dem Fernseher saß.

Jury hatte seinen Mantel nicht ausgezogen. Macalvies diesbezüglicher Standpunkt leuchtete ihm ein. Wiggins legte seinen nun aber quasi als Akt der Selbstverteidigung ab und drapierte ihn so über die Armlehne des Sessels, neben dem Petey stand, dass das Kleidungsstück eine Art Barriere zwischen ihnen bildete. Das Kind ließ sich jedoch nicht abwimmeln und fuhr verstohlen mit der Hand am Mantel entlang.

»Es geht hier um einen neuen Fall, Mr. Hardcastle. Sie haben vermutlich gehört, dass auf dem Landsitz der Scotts eine Frau ermordet wurde.« Den Ausdruck »Landsitz« hätte er gern gleich wieder zurückgenommen, denn er hörte sich nach Reichtum und Privilegien und (für William Hardcastle) Gefühllosigkeit und Mangel an moralischem Rückgrat an.

Darauf erwiderte Hardcastle salbungsvoll: »Jeder kriegt das, was er verdient, hab ich mir gesagt, wie ich das gelesen hab.« Er stieß den Zeigefinger heftig in Jurys Richtung.

Sein klischeehaftes Gewäsch anhören zu müssen, nervte Jury. »Was wollen Sie damit sagen? Dass Mr. Scott solches Unglück irgendwie verdient hat?«

»Ein Fluch ist das, sag ich. Diese Leute sind verflucht.«

»Declan Scott würde Ihnen da wohl zustimmen«, sagte Jury nüchtern, »wenn man bedenkt, dass er Frau *und* Tochter verloren hat. Und jetzt wird auf seinem Anwesen auch noch eine Fremde ermordet.«

Mit dem anderen Finger auf ihn deutend, gab Hardcastle zurück: »Wo gehobelt wird…, na ja, Sie wissen schon! Eins sag ich Ihnen, wie Ihre Leute dann angedeutet haben, ich hätte was mit dem Verschwinden von dem kleinen Mädchen zu tun, das hat uns nun gar nicht gefallen. Stimmt's, Maeve?«

War dies das Signal, nun die Tränen fließen zu lassen? Blitzschnell zog Maeve ihr Taschentuch hervor und drückte es auf die Augen, ohne allerdings irgendwelche Tränen zu vergießen. »Unsere arme Elsie. Furchtbar! Das war schon kriminell. Und die Scott kriegt bloß einen Klaps auf die Finger. So ist das, wenn man Geld hat. Da kann man auf der Straße ein Kind umfahren, und passieren tut einem nichts. Kriminell.«

»El-suh-uh!« Petey probierte aus, wie dieses Wort klang, egal, welches Wort es war. »El-suh-uh.«

»Dem armen Petey geht's ja bestimmt noch viel näher wie uns, kann ich mir denken.«

Petey lächelte breit ins Zimmer, bevor er den stieren Blick wieder Wiggins zuwandte.

Billige Gefühlsduselei schien sich im Raum auszubreiten. »Da Flora Baumann ziemlich bald nach dem Unfalltod Ihrer Tochter verschwand, war es nahe liegend, dass Sie unter Verdacht gerieten, Mr. Hardcastle. Das wäre jedem in Ihrer Lage so ergangen, schließlich muss die Polizei alle Möglichkeiten in Betracht ziehen. Aber ich kann Ihren Ärger natürlich verstehen.« Und das ganze andere platte Geschwätz, dachte Jury.

»Sie können sich ja wohl denken, wie meinem William zumute war«, meinte Maeve, »da hat man praktisch *ihm* angehängt, er wär mit der Kleinen abgehauen.«

»Was«, sagte Mr. Hardcastle, »wollte man mir denn da unterstellen? Dass ich mich rächen wollte?«

»Das hätte Ihnen wahrscheinlich niemand zum Vorwurf gemacht.«

Jurys Ton war so sanft und versöhnlich, dass es Hardcastle schwer fiel, sich weiter verärgert zu geben. Er zündete sich eine neue Zigarette an. Jury sah sich im Zimmer um. In finanziellen Schwierigkeiten waren die Hardcastles offensichtlich nicht. »Einen tollen Fernseher haben Sie da.« Das Ding war gigantisch, sie hatten bestimmt mindestens tausend Pfund dafür auf den Tisch gelegt. Der Wagen, der draußen neben dem Ford der Polizei geparkt stand, war ein BMW. Diese Leute waren aber keine typischen BMW-Fahrer. Das Mobiliar war ziemlich abgenutzt, doch würden Maeve und William sich bestimmt nicht zu einer völlig neuen Einrichtung durchringen, sondern im Fall von unverhofftem Geldsegen irgendetwas Protziges anschaffen, würden ihr Geld für Dinge ausgeben, mit denen man prahlen konnte – Autos, Fernseher. Jury bezweifelte auch nicht, dass es einen unverhofften Geldsegen gegeben hatte, höchstwahrscheinlich von Declan Scott. Dieser hatte wohl nicht unerheblich dazu beigetragen, ihren Unmut darüber zu mindern, dass Mary Scott so glimpflich davongekommen war.

»Die äußeren Umstände…« Jury konnte sich den Hinweis nicht verkneifen, »…waren in jener Nacht alle denkbar ungünstig: die Verkehrsampel funktionierte nicht richtig, es war finster, es regnete, Elsie trug schwarze Kleidung.«

»Trunkenheit, das war's, würd ich mal meinen«, sagte Maeve. »Ein Stück weiter war doch das Pub.«

Nun zuckte selbst der engelsgeduldige Wiggins gequält zusammen. »Ein Stück weiter ist immer ein Pub.« Er lehnte sich ganz hinüber auf die andere Seite seines Ohrensessels. Petey hatte die dicken Arme über dem Mantel verschränkt.

»Petey«, sagte Jury, »kommst du mal her und tust mir einen Gefallen? Ich möchte mir was anschauen.«

Petey riss die Augen auf und schien zu bezweifeln, dass es etwas Besseres anzuschauen gäbe als Sergeant Wiggins.

»Na, komm.« Jury machte eine auffordernde Geste.

Schließlich gab Petey seine Stellung neben dem Sessel auf und ging zu Jury hinüber. Wiggins machte ein Gesicht, als würde er gleich heulen vor Erleichterung.

»Dort drüben auf dem Sims« – Jury deutete auf den offenen Kamin – »bringst du mir mal eins von Elsies Fotos, ja?«

Petey ging zum Kamin, streckte die Hand aus und holte ein Bild herunter, das er Jury überreichte.

»Danke.«

»Bist ein *schlauer* Junge«, sagte seine Mutter. Sie hatte eine Art, zu dem Jungen zu sprechen, als wäre er ein Tanzschwein.

Jury sah in ein Gesicht, das dem ihres Bruders deutlich ähnelte, nur etwas schärfer gezeichnet war. Hübsch war sie nicht, wäre auch später als Erwachsene nicht hübsch geworden. Jury sah Maeve direkt in die kleinen Augen, die sich blitzschnell abwandten. Er wollte sie in einem unbedachten Moment erwischen, wusste aber nicht, ob das möglich war. »Sie fehlt Ihnen bestimmt sehr.«

Die Augen, mit vorbereiteter Träne, schwenkten wieder zu ihm zurück. »Aber ja, natürlich fehlt sie uns.«

Jury stand auf, und Wiggins tat es ihm – sichtlich erleichtert – nach. »Wir haben Sie jetzt lange genug aufgehalten.«

»Ach, aber Sie haben ja Ihren Tee gar nicht angerührt.« Die Tassen standen immer noch auf dem Tablett.

Jury schenkte sich die Antwort darauf. »Besten Dank, Sie haben uns sehr geholfen.«

Petey, den allgemeinen Aufbruch ahnend, war gar nicht zufrieden. »Nah, nah, nah«, rief er, an Wiggins' Mantel zerrend.

Nur mit Mühe konnte Wiggins sich beherrschen, ihn nicht mit einem kräftigen Klaps zu vertreiben.

»Diese Eltern sind einfach unmöglich«, meinte Wiggins, als sie wieder ins Auto stiegen. »Man sollte doch meinen, die machen was wegen dem Jungen, oder? So wie der sich da über meinen Sessel gehängt hat.«

»Ich glaube, sie mögen den Jungen nicht besonders, Wiggins. Und geben sich wahrscheinlich nicht viel mit ihm ab. Cody Platt hatte wohl Recht. Es gibt da keine echte Verbindung, zu keinem der beiden Kinder. Nein, ich kann mir nicht vorstellen, dass William Hardcastle so weit ginge, es den Scotts heimzuzahlen, indem er Flora Baumann entführt.«

Schweigend fuhren sie die steile Straße durch Mevagissey wieder bergan, dann weiter durch die Landschaft.

»In Floras Fall tappen wir also weiter im Dunkeln, was?«, sagte Wiggins.

Eine Weile sah Jury schweigend zu, wie die Scheibenwischer den Regen von der Windschutzscheibe schoben. Wiggins fuhr mit relativ normaler Geschwindigkeit. Der Regen hatte etwas Beruhigendes, fand Jury und lehnte sich gegen die Kopfstütze.

»Alles in Ordnung, Sir?«

»Hm? Ja. Eines kam allerdings nicht zur Sprache, obwohl die Alternative eigentlich nahe liegend ist: Ob Flora sie kannte?«

»›Sie‹? Sie glauben also, es war eine Frau?«

»Könnte doch sein. Eine Frau wirkt weniger bedrohlich als ein Mann. Und wenn Flora sie kannte, war sie vielleicht gar nicht bedrohlich. Nichts war zu hören, überhaupt nichts, laut Aussage von Mary Scott, die bestimmt bloß ein paar Meter entfernt war.«

»Was ist, wenn sie doch weiter weg gegangen wäre? Vielleicht wollte sie nicht zugeben, dass sie unvorsichtig gewesen war und nicht richtig auf Flora aufgepasst hatte?«

»Sie haben Recht. Das können wir nicht wissen. Ich nehme aber mal an, dass Mary Scott die Wahrheit sagte. Mir scheint nicht, dass sie eine unachtsame Mutter war, ganz und gar nicht. Wenn man an die erste Ehe mit Viktor Baumann denkt, würde ich sogar sagen, Unachtsamkeit ist das Letzte, was man ihr anhängen könnte.«

»Na gut. Flora hätte also kein Theater gemacht, als sie dieser Person begegnete. Wäre sie aber zu ihr ins Auto gestiegen?«

»Wahrscheinlich nicht, außer die Kidnapperin hatte eine verdammt überzeugende Story parat.«

»Ihre Mutter war noch im Park. Da wäre Flora doch nicht mit einer anderen Person weggegangen.«

»Außer diese Person konnte sie, wie ich bereits sagte, überzeugen.«

»Aber Moment mal. Das ganze Hin und Her hätte doch einige *Zeit* in Anspruch genommen. Die Entführerin hätte überhaupt nicht genug Zeit gehabt, das kleine Mädchen zu etwas zu überreden. Mary Scott hätte sich jeden Moment umdrehen und Flora suchen können.«

»Ach ja, dabei vergesse ich auch immer wieder, dass Flora ja erst vier Jahre alt war«, sagte Jury. »Eine Vierjährige lässt ja nicht so leicht mit sich verhandeln.«

»Man hätte sie schon überwältigen müssen, denke ich. Mit Chloroform oder so.«

»Wahrscheinlich.« Nach einer ziemlich langen Pause sagte Jury: »Ich fahre morgen früh wieder nach London. Sie machen hier weiter.«

Wiggins wandte den Blick lange genug von der Straße, um die Trockensteinmauer, an der sie gerade vorbeifuhren, knapp zu verfehlen. »Gute Idee. Sie haben die letzten Tage ziemlich kränklich ausgesehen. Ein wenig Ruhe wird Ihnen gut tun.«

»Kann sein, aber deswegen fahre ich nicht. Ich will mit Mary Scotts Mutter reden. Und Viktor Baumann will ich auch noch einmal einen Besuch abstatten.« Er klopfte ans Fenster. »Da vorn steht eine Kuh.« Er deutete mit einem Kopfnicken auf die Straße.

Wiggins trat auf die Bremse. »Was zum Teufel hat eine Kuh so spät noch hier draußen zu suchen?«

»Was weiß ich. Ich werde mal mit ihrer Mutter reden.«

Als sie die Scheinwerfer sah, machte sich die Kuh schwerfällig davon. Sie fuhren weiter.

Später fragte Wiggins: »Wie ist der denn, dieser Baumann?«

»Sehr, sehr raffiniert.«

»Ich kann mir eigentlich bloß denken, es war entweder der Vater oder sonst jemand, der das Mädchen eben für sich haben wollte. Glauben Sie, es besteht überhaupt noch die Chance – Glauben Sie, sie ist tot?«

»Ja.«

»Und Commander Macalvie?«

»Nein.«

Wiggins seufzte. »Da einer von Ihnen sich irren muss, hoffe ich, Sie sind es.«

Jury schaute aus dem Fenster in die Dunkelheit. »Das hoffe ich auch.«

Eine Zeit lang blieb es still. Jury dachte über das Theaterstück nach. »Der Held in Goldsmiths Stück – wenn man ihn so nennen kann – war in Gegenwart von Frauen aus der feinen Gesellschaft so schüchtern, dass er ihnen nicht den Hof machen konnte. Da tat die Tochter des Gutsherrn einfach so, als sei sie ein Stubenmädchen, und in der Verkleidung gelang es ihm mühelos, ihr nachzustellen.«

Als er nicht weiterredete, sah Wiggins zu ihm hinüber. »Und dann?«

»Nun ja, Dreh- und Angelpunkt im Drama der Restaurationszeit sind Verwechslungen. Von dieser zentralen Prämisse geht alles aus.«

»Sie denken an die Tote?«

»Ja.«

»Wir wissen aber doch gar nicht, wer es ist. Sie wird doch nicht fälschlicherweise für jemanden anderes gehalten, oder?«

Jury sah zu dem wild überwucherten Rand irgendeines Feldes hinaus, das gerade vorbeiflog. »Nein. Das kommt aber noch.«

Wiggins fuhr weiter und überlegte, was er damit wohl meinte.

23

Jury stellte seine Henkeltasse auf ein wackliges, schiefes Tischchen und beugte sich vor, um den Sack Dünger in Augenschein zu nehmen. »›Turf 'n' Grow.‹ Seltsamer Name.«

Sie saßen am nächsten Morgen im Cottage und tranken Tee.

»Eine spezielle Sorte Dünger.«

»Was ist daran speziell?«

»Keine Ahnung. Ich habe einfach nach etwas gefragt, was hier in der Gegend sonst nicht verwendet wird. Und da haben sie eben dieses Zeug von hinten hervorgezogen. Er verkaufe es sehr selten, meinte der Bursche, es sei nämlich zu teuer. Das Zeug ist sagenhaft gut. Damit wächst einfach alles.«

»Schön. Vielleicht wächst mir damit ein Gehirn.« Jury lehnte sich zurück und griff wieder nach seiner Henkeltasse.

»Ich wollte etwas, was Marc Warburton nicht kennt. Der glaubt offenbar tatsächlich, dass ich weiß, was ich tue.« Melrose zauste sich das hellgoldene Haar. »Bei Declan Scott bin ich mir da nicht so sicher. Ich glaube, der kann durch Wände schauen. Der merkt alles.«

»Im Verkörpern von vergeistigten Intellektuellen sind Sie spitze. Keine Ahnung, wo Sie das herhaben.«

Melrose musterte Jury nachdenklich und kaute auf der Lippe. »Das war jetzt aber kein Kompliment, oder?«

»Deshalb setze ich Sie ja auch ein.«

»Lieber würde ich hören, ›Deshalb bezahle ich Sie ja auch.‹«

»Na, jetzt aber halblang. Sie sind sowieso schon viel zu reich.«

Melrose seufzte und ließ den Kopf gegen die Rückenlehne seines geblümten Sessels fallen. »Manchmal wünschte ich, ich wär's nicht.«

»Was, reich?«

»Ja.«

»Nein, tun Sie nicht.«

»Sie haben Recht; tu ich nicht.«

Jury stellte seine Henkeltasse auf den Tisch und versetzte Plant einen kleinen Stupser ans Bein. »Und jetzt suchen wir Lulu.«

Das Gesichtchen am Küchenfenster verschwand sofort, als Jury und Plant auf dem von leuchtendrosa Rhododendron gesäumten Weg näher kamen. Zwar war es jetzt im März noch recht kalt, doch zeigte sich im Garten schon kräftig Farbe.

Jury sagte: »Kommen die denn durch den Winter?«

»Die kommen durch den Rest des Jahrhunderts, wenn's nach den Macmillans geht. Die mögen bunte Farbspritzer. So viel wie möglich. Als ob es die Farben regnete und sie Pfützen hinterließen.«

Roy kam auf sie zugeschossen, rannte im Kreis herum und bog dann vom Weg ab und sauste geradeaus.

»Der will die Herde zusammentreiben. Der hält uns für Schafe. Border Collies sind sehr intelligent.«

»Roy ist doch kein Border Collie, Menschenskind. Ein ganz schlichter Köter ist das.«

Melrose wandte sich um, als von der rechten unteren Gartenecke her ein Ruf ertönte.

»Das ist Millie Macmillan. Ich gehe mal hin und frage, was sie will. Sicher kommt hinter Roy jetzt gleich Lulu angelaufen.«

Melrose ging und Jury blieb mitten auf dem Weg stehen. Jetzt, wo Plant weg war, setzte sich Roy mucksmäuschenstill hin, ganz normal, mit heraushängender Zunge. Er sah Jury an und gähnte, wie um anzudeuten, nun könnte er sich endlich ein wenig Ruhe gönnen. Vielleicht stellte Plant für ihn eine Art sportliche Herausforderung dar – ganz im Gegensatz zu Jury. Trotzdem wirkte der Hund irgendwie erwartungsvoll, wie in Habachtstellung, als wartete er bloß darauf, dass dieser Mensch sich von der Stelle rührte. Jury schaute sich nach einem Ball oder Stock um, den er für ihn werfen könnte, und sah ein geflochtenes Stück Seil, ein Kauspielzeug, in der Hecke liegen. Er nahm es, und als er sich wieder aufrichtete, stand wie aus heiterem Himmel plötzlich ein kleines Mädchen vor ihm.

»Ah, du bist sicher Lulu«, sagte er mit seinem freundlichsten Lächeln.

Sie klemmte sich eine glatte schwarze Haarsträhne hinters Ohr. »Stimmt.« Sie musterte ihn eingehend. »Und das ist Roy.« Sie deutete auf den Hund. »Das ist eigentlich französisch, r-o-i, und bedeutet König, aber wir nennen ihn einfach Roy.«

»Ich heiße Richard.« Er schleuderte das Seilstück mit einem, wie er fand, ziemlich gelungenen Schwung über die Hecke. Roy zischte los wie eine Rakete, bis er nur noch ein schwarzweißer, verschwommener Fleck war. »Das ist der schnellste Hund, den ich je gesehen habe.«

Die Hände hinter dem Rücken, wippte Lulu auf den Hacken auf und ab, als wartete sie auf irgendetwas.

Das dunkle Haar mit den Ponyfransen verdeckte ihre Stirn, und die melancholischen blauen Augen versanken hinter einer großen, unvorteilhaften Brille. Weder die Brille noch die Ponyfransen konnten ihr herzförmiges, fein geschnittenes Gesicht jedoch ganz verbergen.

Hinter ihnen stand eine weiße Eisenbank. Jury setzte sich und streckte die Beine aus. »Bei deinem Hund wird man ja schon vom Zusehen müde.«

»Sie sind wahrscheinlich Polizist.« Sie trat ein wenig näher an die Bank.

»Stimmt. Woher wusstest du das?«

»Weil andauernd welche hierher kommen.«

»Komm, setz dich doch!«

»Okay.« Sie setzte sich schräg von ihm hin, um sein Gesicht sehen zu können, das sie mit offenbar großem Interesse musterte. »Sie sind wahrscheinlich wegen dem Mord gekommen.«

Er nickte. »Die Polizei ist mehr oder weniger am Ende ihres – hm, wir sind ratlos.«

»Weiß ich.« Sie seufzte tief (etwas theatralisch) und schüttelte den Kopf. »Das ist wirklich schade.« Was es natürlich nicht war. »Einer von den Polizisten war gestern Abend da, einer von diesen Macs und hat Sachen gefragt. Viel gewusst hat er nicht.«

Einer von den Macs? Jury bohrte nicht weiter.

»Meine Mum und mein Dad hatten einen Autounfall. Sie sind beide gestorben. Ich war aber nicht dabei.«

Ihre Stimme war leiser geworden, ihr Ton klang besorgt, als wäre sie nur um Sekunden einer Katastrophe entgangen, als hätte der Wagen den Baum in eben dem Moment gerammt, als sie noch den Kopf abgewandt hatte. Die ganze Szene hatte etwas Beängstigendes, es war fast, als dächte sie, wenn sie dort gewesen wäre, sich nicht abgewandt hätte, dann wäre ihre Mutter vielleicht noch am Leben.

Er betrachtete ihr blasses Gesicht. Welch schreckliche Gedanken mochten diesem Kind wohl im Kopf herumgehen? Wenn man nicht richtig auf jemanden aufpasst (auf Vater oder Mutter), dann verschwindet er oder sie vielleicht? Es war aber noch mehr: Womöglich hatte man selbst Schuld daran, weil man weggeschaut hatte. Er spürte eine Hand auf seinem Arm.

Lulu sagte: »Was ist denn? An was denken Sie? Haben Sie sie gekannt?«

»Die Frau, die erschossen wurde? Nein.«

»Ich dachte, vielleicht – aber das ist ja dumm. Wenn Sie sie kennen würden, wüsste die Polizei ja, wer sie ist. Außer, Sie kannten sie nicht richtig und es war vielleicht eine Frau, die nur aussah wie ...«

Jury lauschte ihrer verworrenen Geschichte, die sich wie die kindlich konfuse Version von dem anhörte, was Macalvie gesagt hatte. Als Roy herüberkam und sich gemächlich vor ihr niederließ, kam sie endlich zum Schluss. Jury sagte: »Ich musste gerade an meine Mutter denken.« Er sah, dass sie plötzlich aufhörte, den Hund zu tätscheln, und reglos verharrte. »Sie ist gestorben, als ich zwei oder drei war oder vielleicht sechs, ich bin mir nicht mehr ganz sicher. Sie wurde von einer Bombe getötet, die vor unserem Haus in London einschlug. Im Krieg schickte man uns Kinder aufs Land, weil London so gefährlich war. Ich war also gar nicht dabei, als es passierte.« Er hatte jedenfalls immer geglaubt, dass es so gewesen war.

Sie verharrten reglos.

»Sie haben nicht richtig aufgepasst.«

Er schüttelte den Kopf. Warum war Kindern die Last des magischen Denkens aufgebürdet? Selbst jetzt konnte er es spüren.

»Aber diese Bombe hätten Sie so oder so nicht verhindern können«, fügte sie hinzu.

»Nein, stimmt. Aber manchmal denken Kinder doch, wenn sie bloß ganz fest an etwas glauben, dann wird es geschehen. Na ja, inzwischen wissen wir ja, dass das nicht stimmt. Wenn man ein Kind ist, bringt man so etwas im Kopf allerdings durcheinander.«

»Ich weiß. Zum Beispiel, dass man auf jemand nicht richtig aufpasst.«

»Stimmt.« Jury überlegte einen Augenblick. »Ich hatte mal einen Freund namens Jimmy Poole, und der hatte Gänse gestohlen. Bei Gans Nummer drei haben sie Jimmy Poole dann geschnappt.« Jury lächelte. Die Vorstellung gefiel ihm.

Ihr nicht. »Eine Gans stehlen kann jeder. Die sind nicht so

schlau wie Hunde und Katzen. Ich kapier bloß nicht ganz, was jemand an so einer Gans findet.« Es blieb einen Moment still, während sie über ihr Problem nachdachte. »Na, es ist jedenfalls lange nicht so schlimm wie Kinder stehlen.«

»Kinder? Nein, natürlich nicht, ich kenne aber keinen, der so einfach mir nichts dir nichts Kinder stehlen würde.«

»Ich schon.« Leise sprach sie weiter. »Der, der Flora mitgenommen hat. Das ist der Kinderdieb.« Sie wandte langsam den Kopf, um Jury in die Augen zu schauen. »Der holt bloß Kinder.«

Jury runzelte die Stirn. »Hast du denn Angst, er könnte dich auch holen?«

Sie sah Roy an und streckte die Hand hinunter, um ihn zu streicheln. Und so ihr Gesicht verbergen zu können. »Ich weiß nicht. Ich glaube, der holt sich nur hübsche.«

Jury schloss die Augen: wie traurig, sich so etwas einzureden! Als er sie wieder öffnete, schaute sie ihm direkt ins Gesicht. Sie rückte ihre Brille zurecht und strich sich die Ponyfransen aus den Augen. Er sollte sich selbst ein Bild davon machen, ob sie womöglich in Gefahr schwebte.

Viel Auswahl blieb ihm nicht: ist man hübsch, wird man gestohlen; ist man nicht hübsch … nun, wo bleibt da der Trost? Er überlegte. »Wenn du immer die Brille aufbehältst und die Augen hinter dem Pony versteckst, bist du vermutlich sicher.«

Als ihr die Bedeutung des Gesagten klar wurde, nickte sie. Sie lächelte sogar ein wenig.

»Aber dieser Kinderdieb«, fragte Jury. »Was macht der denn mit den Kindern, die er stiehlt?«

»Er nimmt sie mit nach Hause … und sperrt sie entweder im Keller ein, wo die Ratten sind, oder er schubst sie auf den Dachboden, wo es immer dunkel ist, oder manchmal kettet er sie auch hinten im Garten an einen Pfosten, und sie müssen im Schnee stehen.« Sie hielt inne. »Oder er lässt sie im Haus wohnen und gibt ihnen sogar ein eigenes Zimmer. Aber reden tut er nicht mit ihnen, und wenn sie was zu ihm sagen« – sie sah Jury wieder an – »dann antwortet er nicht.«

Inzwischen war ihr Rock fester zusammengedreht als Roys Seilstück. »Und sie muss ihr ganzes Leben so weiterleben und kann nie mit jemand reden. Nie.«

Jury fiel auf, dass sie vom Plural in den Singular gewechselt hatte. Das war die Schweigebehandlung, die sie ertragen müsste, falls der Kinderdieb sie erwischte.

Sie hatte Schuldgefühle, da war Jury sich sicher, aber weshalb? Hatte sie Flora bei Mary Scotts Besuchen in Little Comfort etwas getan? Hatte sie jemandem von den Besuchen der beiden in Heligan erzählt?

»Mochtest du Flora gut leiden?«

»Irgendwie schon. Ein bisschen.« Die Beine ausgestreckt, rutschte sie auf der Bank weiter nach unten.

Jury wartete ab.

»Es gab Zeiten, da konnte ich sie nicht ausstehen.«

»Ihn kann ich manchmal auch nicht ausstehen.« Jury deutete mit einem Kopfnicken zu dem Fußweg hinüber, auf dem Melrose Plant näher kam.

Lulu kicherte: ein echtes, entzücktes Kindergekicher. Ihre Augen funkelten, sie hielt sich die Hand über den Mund. »Aber der ist doch Ihr Freund.« Ein ganz allgemeiner Test, wie weit es mit der Freundschaft her war.

»Na und? Können Freunde sich denn immer gut leiden?«

Sie schüttelte heftig den Kopf, und ihr glattes Haar schwang hin und her. Jury fragte sich, wieso ihre Tante nichts unternahm, damit es ihr Gesicht etwas vorteilhafter zur Geltung brachte.

Melrose stand da und schaute die beiden an. »Ihr sitzt hier einfach untätig herum, während ich Beete umgrabe und jäte – und so weiter.«

»Haben Sie gar nicht. Sie haben sich mit der jungen Macmillan unterhalten«, entgegnete Jury.

»Lulu!«, ertönte Rebecca Owens Stimme von der Küchentür herüber. Sie bedeutete Lulu hereinzukommen.

Lulu war alles andere als begeistert. »Jetzt soll ich zum Mittagessen rein.« Widerwillig stand sie auf und verabschiedete sich.

Während er sie wegrennen sah, meinte Melrose: »Wo hat die bloß ihre Energie her?«

»Von mir jedenfalls nicht.« Jury patschte auf die Bank und stand auf. »Also, ich fahre jetzt nach London. Ich muss noch einmal mit Viktor Baumann reden. Der hat seine Finger ja in so manchem Mustopf, glaube ich.«

»Und ich kann meine kaum in einem behalten. Hätten wir uns eigentlich keine bessere Ausrede für meine Anwesenheit hier ausdenken können als die, ich sei Experte für Rasenplaggen?«

»Schon möglich. Es war einfach das Erste, was mir einfiel.«

Melrose warf ihm einen skeptischen Blick zu. »Richard, das ist nicht das Erste, was einem einfällt.«

»Wenn man an Sie denkt, schon.«

24

Alice Miers saß im Wohnzimmer ihres schönen Hauses in Belgravia, blickte angestrengt, ja mit zusammengekniffenen Augen, durch ihre schmale Lesebrille auf das Foto und reichte es Richard Jury dann unter Kopfschütteln zurück. »Ich weiß nicht, Superintendent. Meines Wissens habe ich sie noch nie gesehen.«

Jury nahm das Foto wieder an sich. Er hatte sich immer gefragt, was dieses einschränkende »meines Wissens« eigentlich bedeutete. Für ihn klang darin ein gewisses Zögern an, als ob die befragte Person das Gefühl hatte, irgendetwas von außen Vermittelndes, ein etwas breiter gefasstes »Wissen« würde es erklären.

»Sind Sie sicher?«

»Nein. Aber nur, weil ich mir bei nichts absolut sicher bin.« Sie lächelte.

Jury erwiderte ihr Lächeln, nur dass seines nicht so schwach und matt war.

»Sie hat etwas mit meiner Tochter zu tun?«

»So scheint es.«

»Und Declan kann sich nicht denken, wer sie ist?«

»Nein. Vielleicht ist sie Teil der Vergangenheit.«

»Das leuchtet ein.« Sie musterte ihn erwartungsvoll, das Kinn in die Hand geschmiegt.

Wieder lächelte er. Dass sie sich auf seine Kosten amüsierte, war ihm ziemlich egal. Er berichtete ihr, was die Polizei bisher über die Tote in Erfahrung gebracht hatte.

Alice Miers lehnte sich zurück. »Ungewöhnlich ist es nicht, dass

Mary einer alten Bekannten begegnet sein könnte, aber dass sie Declan angelogen hätte, ist ungewöhnlich. Roedean. So eine idiotische Lüge! Ist doch ganz leicht nachzuprüfen, wie Sie ja bereits wissen.«

»Wieso hätte Ihre Tochter denn annehmen sollen, dass es jemand nachprüfen würde? Doch bestimmt nicht ihr Gatte, ein Mensch mit großem Respekt vor der Privatsphäre anderer. Und eine polizeiliche Ermittlung hätte sie ja auch nicht vorausahnen können. Dann leuchtet die ›alte Schulkameradin‹ doch wieder ein.«

»In Bezug auf Declan haben Sie Recht. Das ist einer seiner großen Vorzüge. Und er hat viele.« Sie lehnte sich zurück, die Hände im Schoß gefaltet. »Vielleicht sollte man ihm gegenüber deshalb lieber nicht zu Ausflüchten greifen.« Sie wandte das Gesicht zum Fenster und dem dahinter liegenden Garten. »Uns kommt das Leben doch so unstet vor – da endet etwas, etwas anderes beginnt, wird abgebrochen, dann kommt wieder etwas anderes – Heirat, Scheidung, Wiederheirat, ein Kind … der Tod.« An dieser Stelle hielt sie inne und betrachtete das Feuer. »Und nichts durchzieht es, wie es einem scheint. Aber bei einer Familie gibt es doch etwas, was sie durchzieht, etwas hält sie zusammen. Eine Familie, das ist sittlicher Halt.«

»Aber wenn man sich mit anderen Familienmitgliedern nicht verträgt?«

Sie verdrehte die Augen, schöne, graue Augen, die tief in ihren Höhlen lagen und die Wangenknochen dadurch noch stärker betonten. »Sagen Sie jetzt bloß nicht ›funktionsgestört‹? Früher hieß es ›unglücklich‹, bei Tolstoi jedenfalls. Aber von diesen guten alten Wörtern ist ja keines mehr wohlgelitten. Vage sind sie, abstrakt. Aber ›funktionsgestört‹ ist ja so konkret, nicht wahr? Es klingt nach einem Fehler in der Elektronik eines Autos. Auf ein so vielgestaltiges Konzept wie eine Familie angewandt, bedeutet es jedoch einfach nur ›unglücklich‹. Was ich mit meiner flammenden Rede hier bloß sagen will: die Familie ist wichtig. Es erstaunt mich, wenn allgemein erwartet wird, Familienmitglieder hätten sich zu vertragen, und wenn sie es nicht tun, haben sie einen enttäuscht. Ich finde, eine Familie ist viel größer als die Summe ihrer Teile. Etwas durchzieht sie, wie ich sagte, wie das Muster hier in diesem Teppich.« Sie senkte den Blick und fuhr mit dem Schuh die fedrigen grünen Fransen nach.

Jury stützte den Kopf an die Rückenlehne seines Sessels. »Heißt es denn nicht, was eine Familie durchzieht, ist ganz einfach Blut?«

»Schon möglich. Declan ist aber kein Blutsverwandter, und trotzdem fühle ich mich ihm verbunden.« Sie erhob sich. »Nein, bleiben Sie nur sitzen, ich hole nur den Kaffee. Sie trinken doch einen?«

»Aber gern.«

Lächelnd ging sie hinaus.

Während ihrer Abwesenheit stand Jury auf und ging im Zimmer umher. Gegenüber vom Kamin befand sich eine Wand mit Fotos. Beim Anblick dieses unbestreitbaren Beweises dessen, wovon sie gesprochen hatte – nämlich Familie –, überkam ihn wieder jenes Gefühl von Trauer und Verlust. Außer den beiden Fotos von seinem Vater und seiner Mutter, die er damals an sich genommen hatte, besaß er kein Erinnerungsstück an früher. Und Alice hatte hier Dutzende, jedes gerahmt und an seinem Platz, alle säuberlich und vermutlich einer gewissen Ordnung folgend aufgehängt. Viele zeigten ihre Tochter Mary oder Mary mit Declan. Dann folgte ein halbes Dutzend von Flora in Gesellschaft verschiedener Leute. Er seufzte. Unbestreitbare Beweise, schön und gut. Nur hatte Alice Miers vergessen, dass manche Leute eine Familie hatten, andere aber nicht.

Das Haus war schmal, aber ziemlich tief. Hinten führte eine Verandatür in einen mit Winterpflanzen begrünten Garten hinaus. Neben dem Kamin tickte schon die ganze Zeit eine mit grüngoldener Chinoiserie verzierte Standuhr leise im Hintergrund. Über dem hellen Marmorsims hing ein großer ovaler Spiegel. Jury betrachtete sich darin und fand, dass er eigentlich genauso aussah wie immer.

Alice kam mit einem schlichten, schwarzen Blechtablett wieder, auf dem eine Thermoskanne Kaffee stand, dazu Henkeltassen, Zucker und Milch. Jury mochte diese unkomplizierte Art, es war ihm lieber als ein silbernes Kaffeeservice, bei dem er immer das Gefühl hatte, er müsse die Kunst des Trinkens wieder ganz von vorn lernen. Sie setzten sich wieder.

»Wieso schmunzeln Sie? Lachen Sie nicht über meine Thermoskanne. Sonst gehen Sie und holen einen Teewärmer. Die sind nahezu nutzlos.« Sie hielt die Kanne in die Höhe. »Milch? Zucker?«

»Ja, bitte, von beidem ganz viel.« Er beugte sich vor, um den Henkelbecher in Empfang zu nehmen. »Ich weiß, es ist ein schmerzliches Thema, aber Sie haben doch bestimmt sehr viel nachgedacht über das, was mit Ihrer Enkelin geschehen ist.«

Sie sah ihm fest in die Augen, als könnte er verschwinden, wenn sie den Blick kurz abwandte – ganz so, wie Lulu es wahrscheinlich immer befürchtete –, und zum Trost bliebe ihr nur die Thermoskanne. »Ja, ich habe darüber nachgedacht. Die ganze Zeit denke ich darüber nach.«

»Zwischen dem Mord an dieser Frau und Floras Verschwinden gibt es einen Zusammenhang, glaube ich zumindest.«

Das Polizeifoto lag immer noch auf dem Tisch neben dem Tablett. Alice nahm es wieder zur Hand. »Sie sieht nicht so aus, als hätte sie vielen das Herz gebrochen. Das klingt jetzt vielleicht oberflächlich. Nur weil sie nicht hübsch war …« Sie zuckte die Achseln. »Merkwürdig, nicht wahr?«

»Das kann man wohl sagen. Wie erklären Sie sich Marys Heimlichtuerei?«

»Nun, sie wollte auf jeden Fall verhindern, dass Declan etwas erfuhr, und vielleicht hat dieses ›Etwas‹ ja zum Tod dieser Frau geführt. Oder stand damit irgendwie in Zusammenhang.«

»Sie kam einmal sogar nach Angel Gate. Dora Stout, die Köchin, hat sie gesehen. Oder jedenfalls einen kurzen Blick auf sie werfen können.«

Wieder reagierte Alice überrascht. »Das wusste ich nicht. Und hat sie es Declan gesagt?«

Jury schüttelte den Kopf. »Nein. Er erfuhr erst davon, als Mrs. Stout es der Kripo erzählte.«

Kopfschüttelnd starrte sie erneut auf das Teppichmuster. »Das macht mich jetzt furchtbar traurig. Declan ist wahrscheinlich der vertrauenswürdigste, großherzigste Mensch, den ich überhaupt kenne, und ausgerechnet ihm wird etwas vorenthalten. Da taucht diese Frau ein zweites Mal auf, und Declan hat *immer noch* keine Ahnung, wer sie ist?«

Jury schlug einen anderen Kurs ein. »Haben Sie Ihre Enkelin oft gesehen?«

»Nicht so oft, wie ich es gern gehabt hätte. Ich kann nicht reisen – der Arzt hat es mir untersagt. Früher natürlich, als Flora noch …« Ihr versagte kurz die Stimme. »Mary und Declan waren sehr lieb und haben mir Flora oft gebracht. Das tut Declan immer noch. Ich meine … tat es.«

»Sie kannten Rebecca Owen bereits, als sie für Ihre Tochter und Viktor Baumann arbeitete, nicht wahr?«

»Sie ist großartig, wirklich. Ein Glück, dass sie dort war, als Mary noch mit ihm verheiratet war. Rebecca schien Mary so etwas wie Halt zu geben. Bei Viktor brauchte man das.« Alice nippte an ihrem Kaffee.

»Nicht gerade die beliebteste Figur in dieser Geschichte.«

Sie stöhnte ungehalten. »Er war furchtbar. Ich bin noch nie einem Menschen begegnet, der so kalt ist und dabei recht charmant wirkt. Gott, war ich erleichtert, als sie diese Ehe hinter sich hatte.« Sie sah in den Garten hinaus. »Menschen wie Viktor werfen allerdings lange Schatten. Die reichen überall hin, um einen zu packen. Und festzuhalten. Declan wollte Flora adoptieren, aber mir war klar, dass Viktor niemals einwilligen würde.« Alice stützte das Kinn in die Hand. »Sie wäre jetzt sieben. Jedes Mal, wenn es an der Tür klopft, ohne dass ich Besuch erwarte, jeder Anruf, bei dem ich eine fremde Stimme höre … da bleibt mir das Herz stehen, und ich denke, es ist etwas mit Flora.« Sie seufzte. »Hoffnung ist nicht realistisch, Glaube auch nicht, trotzdem hält man dran fest. Wie könnte ich denn aufhören zu hoffen, vor allem, weil ich ja nicht weiß, wieso sie überhaupt verschwunden ist? Eine mögliche Erklärung ist, jemand hat sie mitgenommen, um sie als sein eigenes Kind aufzuziehen. An Ihrem Gesichtsausdruck sehe ich, dass Sie anderer Meinung sind.« Sie lächelte.

»Ich muss gehen.« Es wurde allmählich dunkel. Durch die Verandatür konnte er sehen, wie sich die Schatten verdichteten. Aus einem unerfindlichen Grund hatte er das Bedürfnis, sich dort umzusehen. Bereits im Mantel, deutete er mit einem Kopfnicken in die Richtung. »Könnte ich mal den Garten sehen?«

»Aber natürlich.« Überrascht erhob sie sich vom Sofa, und sie gingen durch den schmalen Flur. Von einer Reihe hölzerner Kleiderhaken neben der Verandatür nahm sie einen dicken Pullover. Dann öffnete sie die Tür, trat hinaus und wartete auf Jury.

25

Carol-Anne saß bei Jury in der Wohnung und trug gerade eine dicke Schicht grellrosa Lack auf ihre Zehennägel auf. Das Kinn so aufs Knie gestützt, erinnerte sie Jury eine flüchtige Sekunde lang an Lulu, dabei hätten die beiden allerdings kaum verschiedener sein können, und das nicht nur vom Alter her. Carol-Anne hatte rötlichbraunes Haar, wenngleich dies kaum eine angemessene Beschreibung war: Sonnenuntergang über Santa Fe traf es schon besser, und ihre Augen waren von tollkühnem Blau oder momentan eher brennendem Türkis, während sie sich gerade wieder in Schwung brachte, um sich gleich lautstark zu beklagen, Richard Jury hätte sich in letzter Zeit ja allzu rar gemacht.

»Und der armen Mrs. W –«

Damit meinte sie Mrs. Wasserman in der Gartenwohnung, deren Leben, wenn man Carol-Anne so hörte, förmlich von Jurys Anwesenheit hier in Islington abhing.

»– ging es ja so furchtbar schlecht mit ihrer Bronchitis und dem allem.«

»Bronchitis hatte sie doch schon immer. Immerhin ist sie fast achtzig. Da muss man ab und zu mal mit einem schlechten Tag rechnen.«

Mittlerweile fertig mit ihren Zehennägeln, steckte Carol-Anne das Bürstchen in die Flasche zurück, verschränkte die Arme über der Brust und streckte die Beine aus, um den Effekt zu begutachten.

Aus Jurys Perspektive gesehen, war der Effekt sensationell.

Wenn sie die Arme auf diese Weise verschränkt hielt, verschwand der Ausschnitt ihres Kleides praktisch völlig. Sie trug ein grellrosa Baumwollkleid, das sehr schlicht, sehr anliegend und sehr knapp war. Rosa Haut, rosa Nägel, rosa Kleid, flammend rotgoldenes Haar.

»Es ist, als ob wir in der Sauna sitzen. Nur dass wir nicht nackt sind.« Er schaute wieder auf den sich ins Nichts auflösenden Ausschnitt, den kurzen Rock. »Das nehme ich zurück.«

Sie saßen und verharrten in Schweigen, was ihr aber nach zwei Sekunden schon zu viel war, wenn sie sich stattdessen beschweren konnte. »Na, dann gehe ich eben runter ins Nine-One-Nine.«

Jury war überrascht. »Ist Stan wieder da?« Er sah an die Zimmerdecke, die gleichzeitig Stan Keelers Fußboden war. Aus der Tatsache, dass Stone nicht bei Carol-Anne war, schloss er, dass der Hund bei Stan war.

»Ja, *der* ist schon wieder da. Bin ich aber froh, dass *der* wenigstens da ist, weil gewisse andere Herrschaften ja *nicht da* sind, außer ab und zu mal über Nacht.« Damit wollte sie Jurys Eifersucht wecken und ihm Schuldgefühle einjagen, was ihr zu Jurys Missfallen auch ein bisschen gelang. Alberner Idiot, dachte er.

Sie sagte: »Ich war in letzter Zeit oft im Nine-One-Nine.«

Das Nine-One-Nine war der Klub, in dem Stan auftrat, wenn er in London weilte. Über die selbstgefällige Art, in der sie es sagte, musste Jury unwillkürlich lachen. »Sie sind ja ein Groupie.« Er lächelte.

Ihre pink beperlten Lippen öffneten sich voller Erstaunen. Selbst ihre Zehen bogen sich indigniert. »Bin ich *überhaupt nicht*! Da bin ich schon was Besseres!« Dampf schien von ihrer heißrosa Oberfläche emporzusteigen.

»Sie sind besser als alles«, sagte er und brachte sie damit vollends aus dem Konzept. »Stan hat aber doch bestimmt Groupies. Stan ist total angesagt. Seine Band hatte doch schon immer eine riesige Fangemeinde. Wenn der aus seinem Underground hervorkäme, wäre er der populärste Musiker in ganz London. Himmel, sogar auftreten tut er in einem Keller.« Zum Nine-One-Nine, in einer kleinen Nebenstraße gelegen, ging es ein paar Treppen hinunter.

Seine Bemerkung »besser als alles« hatte Carol-Anne gewissermaßen etwas aufgemuntert, und so lüpfte sie ihre Haarmähne aus dem Nacken, mit einer Bewegung, an deren Anblick Jury sich gut gewöhnen könnte – aber lieber nicht. Sie zupfte am Ausschnitt ihres Kleides herum, breitete es um sich aus. Auch so eine Bewegung, an deren Anblick er sich gut gewöhnen könnte.

»Ich komme mit«, sagte er und zog die Schuhe zu sich herüber. Er hatte sie ausgezogen, um ihren Zehen Gesellschaft zu leisten, und saß in Strumpfsocken da.

Wieder staunte sie nicht schlecht. »*Sie?*«

»Jawohl, ich. Der Unvergleichliche, Einzigartige.« Er machte sich daran, die Schuhe zuzubinden.

Sie stand auf und rückte ihr Fähnchen von einem Kleid zurecht. Auch so eine gute Bewegung, dachte Jury. Die Hände auf den Hüften, meinte sie etwas von oben herab: »Na, wenn Sie meinen, Sie schaffen es.«

Mach mir doch nichts vor, dachte Jury. Er wusste, dass sie ihn gern dabeihaben wollte.

»Ich kann aber nicht den ganzen Abend um Sie rumtanzen, wissen Sie.«

»O, machen Sie sich um mich mal keine Sorgen.« Schwungvoll nahm er sein Jackett und fuhr in den Ärmel. »Ich habe nämlich auch meine Groupies.«

26

»Baumann wurde noch nie verhaftet – ich korrigiere: Einmal gab es eine Vorladung wegen Trunkenheit am Steuer. Kann man sich ja denken!«

Jury hörte, wie es am anderen Ende der Leitung knisterte, dann ertönten Stimmen im Hintergrund, dann kam Johnnys Stimme wieder, redete weiter über Viktor Baumann. »Der ist wie Sand – rinnt einem glatt durch die Finger. Eine Freundin hat er – oder vielleicht sollte ich sagen, Spießgesellin – namens Lena Banks, bildschön, Psychopatin. Wie sagte mein altes Mütterchen – Lumpenpack, alles miteinander, eins wie's andere.«

»Lena Banks.« Jury klemmte sich den Hörer zwischen Schulter und Ohr, suchte nach einem Schreibstift, fand einen und sagte: »Adresse?«

»The Culross. Das ist in der Culross Street, Nähe Park Lane.«

»Feine Adresse.« Jury lehnte sich zurück. »Was wissen Sie über die Frau?«

»Ist seit mindestens zehn Jahren mit Baumann zusammen. War nie verheiratet, aber nie ohne ein Mannsbild. Ausgedehnte Reisen, lebte einige Jahre in Lissabon, Berlin, Paris, London, Rom, New York, die ganze Palette rauf und runter. Ob sie arbeitet? Nicht direkt. Bisschen als Schauspielerin, bisschen als Model. Hauptsächlich sorgt Viktor für sie. War die letzten zehn Jahre etwa mit ihm zusammen oder wenigstens ganz in seiner Nähe. Ziemlich gerissenes Mädel, diese Lena, kleine Gaunerin, macht in Kunstbetrug. So Verschiedenes.«

»Wie kommen Sie eigentlich an Ihre Informationen?«

»Augen und Ohren immer auf der Straße, Rich.« Johnny hatte mehr Spitzel als alle anderen Kollegen zusammen.

»Was ist sie, Oberklasse, Unterklasse?«

»Sie ist kultiviert, gebildet, kennt einflussreiche Leute.«

Jury starrte aus dem Fenster.

»Sind Sie am Nachdenken, Richard? Oder haben Sie aufgelegt?«

Jury hätte nichts dagegen, sich Zutritt zu dieser Wohnung in der Culross Street zu verschaffen. Für einen Durchsuchungsbefehl reichte es allerdings nicht. »Ist das Culross nicht auch eins von diesen Timesharing-Arrangements?«

»Ganz richtig. Bloß nennen die es dort nicht so. Ziemlich beliebt bei Leuten, die viel unterwegs sind. Wahnsinnig teuer, dabei gehört einem die Wohnung nicht mal selber. Wahrscheinlich sehr praktisch für Leute, die viel reisen, aber ich für meinen Teil will meine eigene Bude, auch wenn sie in Hammersmith liegt, dritter Stock ohne Aufzug.«

»Sind Sie so nett und schicken mir herüber, was Sie über die Frau haben.«

»In Ordnung.«

»Danke, Johnny. Ich glaube, ich werde dem Culross einen Besuch abstatten.«

»In die Wohnung kommen Sie aber nicht rein, Rich.«

»Ich weiß.«

»Miss Banks, Sir?«, sagte der Portier in der geschniegelten Uniform hinter dem schwarzen Marmorpult, dem Jury soeben seinen Dienstausweis gezeigt hatte. Eins musste er dem Culross schon lassen – durch einen Besuch von New Scotland Yard ließ man sich dort absolut nicht aus der Fassung bringen. »Miss Banks ist momentan nicht hier wohnhaft. Wir erwarten ihre Rückkehr für« –

er sah in seinem großen schwarzen Anmelderegister nach – »nächste Woche.«

»Wenn die Wohnung also leer ist, könnte ich sie mir vielleicht ansehen?« Nein, konnte er nicht, aber man könnte es ja mal versuchen, dachte er sich.

Der Portier schüttelte den Kopf. »Ich fürchte, nein. Sie ist im Moment belegt.«

»Es handelt sich um ein Timesharing-Arrangement, nicht wahr?«

Darauf reagierte der Portier leicht irritiert und schien etwas verschnupft, dass jemand die Lokalitäten mit einem so unfeinen Ausdruck wie »Timesharing« bedachte.

»Nein, nein. Eine zeitliche Beschränkung gibt es nicht. Die Wohnmöglichkeit ist jederzeit gewährleistet. Nur mit dem Unterschied, dass es nicht immer dasselbe Apartment ist. Man kann daher immer wieder verschiedene Wohnungen belegen. Es wird Ihnen allerdings nichts nützen, sich dort umzusehen, da in der jeweiligen Wohnung keine privaten Gegenstände verbleiben. Persönliche Effekten, die man hier lassen möchte, übergibt man gewöhnlich unserem Concierge, der sie dann vor Ankunft in der Wohnung deponiert.«

»Was meinen Sie mit persönlichen Effekten?«

»Fotos, Laptops, eben Dinge, die man mitbringt, um das Domizil etwas persönlicher zu gestalten.«

Jury überlegte kurz. »Und wo werden diese persönlichen Effekten aufbewahrt?«

»Um diese Angelegenheiten kümmert sich unser Concierge.«

»Dann lassen Sie mich mit ihm sprechen.«

»Er ist momentan nicht im Hause, Sir. Ein kleiner Notfall.«

»Ich habe auch einen kleinen Notfall. Ich habe einen Mord-Notfall. Sie sind also dazu auserkoren, mir zu zeigen, wo diese Dinge aufbewahrt werden.«

Der Portier lief rot an, wahrte jedoch tadellos die Haltung. »Das kann ich wohl für Sie tun.«

Er führte Jury durch ein mit Samt- und Satinvorhängen, Antiquitäten, Marmor, Mahagoni und sanften Farbkombinationen üppig ausgestattetes Foyer. Es war ein wahres Fest der Sinne, eine Kostprobe von Opulenz. Vielleicht sollte einen dieses sinnliche Festmahl für die Tatsache entschädigen, dass man seine hunderttausend Pfund nicht bloß für die Räumlichkeiten, sondern für das Gefühl von großzügiger Geräumigkeit hinblätterte.

Im Untergeschoss gelangten sie schließlich zu einem Abstellraum.

»Wer hat die Schlüssel?«

»Ich habe einen, dann natürlich der Concierge. Und weil ihr Hab und Gut unseren Eigentümern jederzeit zugänglich sein muss, sind noch einige weitere Schlüssel im Umlauf. Wir raten natürlich dringend davon ab, Wertgegenstände wie Schmuck oder Geld hier zu lassen. Für derartige Dinge haben wir einen Tresor.«

»Das heißt, das eine ist zugänglich und das andere nicht?«

Er nickte.

»Demnach kann sich theoretisch jeder Ihrer Mitarbeiter Zugang zu Miss Banks' Sachen verschaffen?«

»Das würde aber keiner tun, ich meine, außer um vor ihrem Eintreffen gewisse Gegenstände in ihrem Domizil zu deponieren.«

»Wie wollen Sie das wissen, wenn es zahlreiche Schlüssel gibt und sich jemand einfach bloß umsehen möchte?«

»Ich versichere Ihnen, Superintendent, alle unsere Mitarbeiter werden sorgfältig ausgewählt und überprüft.«

»Aber selbstverständlich. Das beantwortet allerdings immer noch nicht die Frage, dass nämlich *theoretisch* so ziemlich jeder Ihrer Mitarbeiter Zugang zu den Habseligkeiten Ihrer Eigentümer hat.«

Der Portier zuckte die Achseln. »Wenn Sie unbedingt darauf bestehen.«

»Das tue ich. Und nun bestehe ich darauf, die Dinge in Augenschein zu nehmen, die Miss Banks hier gelassen hat.«

»Bei allem Respekt, Sir, aber ich glaube, dazu benötigen Sie einen Durchsuchungsbefehl.«

»Nein, benötige ich nicht. Die Sachen befinden sich in einem öffentlich zugänglichen Bereich, nicht wahr? Hier hat jeder Zugang. Lassen Sie mich also ihre Sachen sehen.«

Der Mann zog einen Schlüsselbund hervor und schob die Schlüssel umher, bis er den gewünschten hatte. »Ich kann mir nicht vorstellen, was Sie dort finden wollen.«

»Ich auch nicht. Danke.«

Sie betraten das Gelass, in dem fast nur abgeschlossene Fächer waren. »Ich suche Ihnen die Sachen heraus, muss aber wirklich darauf bestehen, dass ich anwesend bin, während Sie sie durchgehen.«

Jury hätte fast gelacht. »Selbstverständlich, bleiben Sie.«

Was der Kerl daherbrachte und auf den Tisch legte, war in der Tat recht spärlich.

»Wie Sie sehen, ist es sehr wenig.«

Ein Laptop, eine lederne Aktentasche und eine Ledermappe mit Reißverschluss, dazu etwa ein halbes Dutzend Kosmetikartikel – Lotionen, Parfums. »Würden Sie die bitte für mich öffnen? Es ist Ihnen ja vermutlich lieber, wenn ich es nicht selbst mache, ja?«

Der Portier zog den Reißverschluss an der Mappe auf, die einen Schreibblock und einen Stift enthielt. Dann die Aktentasche, in der sich ein kleines kalbsledernes Fotoalbum befand, von der Art, wie man sie in der Jackentasche oder in der Handtasche tragen kann.

»Darf ich das mal bitte sehen?« Jury bekam das Album ausgehändigt und öffnete den Verschluss, woraufhin sich ein kleiner

Wasserfall von Schnappschüssen offenbarte. In mehreren Plastikfächern steckten Fotos, Bilder von Viktor Baumann und – vermutlich – Lena Banks.

Jury starrte sie einen Augenblick an und zeigte sie dann dem Portier. »Ist das Lena Banks?«

Der Portier nahm umständlich seine Brille aus dem Etui und rückte die Bügel zurecht. Dann betrachtete er die Fotos. »Ja, das ist sie.«

Jury wusste nicht recht, was er erwartet hatte, vielleicht, dass es sich bei Lena Banks um die Frau in Declan Scotts Garten handelte.

Was er aber ganz sicher nicht erwartet hatte: Lena Banks war Georgina Fox.

Fiona hatte Blakeleys Akte bei Jury im Büro abgegeben, versehen mit einer kleinen Notiz: »Die will Inspector Blakeley möglichst schnell zurückhaben.«

Er schlug sie auf. Auf dem Hochglanzfoto, einer aufwendig gemachten Aufnahme, war ihr blondes Haar von feinen Lichtstreifen durchwirkt. Lena Banks war zweifellos sehr schön, sogar noch schöner als auf Declan Scotts Pariser Fotos. Und doch schien ihm ihre Schönheit vergänglich, ein bloßes Zusammenspiel von Licht und Schatten. Oder einfacher ausgedrückt: Lena Banks war äußerst fotogen.

Er rief Johnny gleich wieder an und dankte ihm für die Akte.

»Paris?«, fragte Johnny. »Ja, Lena Banks war in Paris, ungefähr vor… warten Sie mal« – Papiergeraschel – »vor etwa anderthalb Jahren. Wieso?«

»Ein Detail. Falls es wichtig ist, werde ich es Ihnen sagen. Haben Sie irgendetwas über ihre Aktivitäten damals in Paris?«

Kurzes Schweigen, während Johnny anscheinend seinen Schreibtisch durchsuchte, als könnte eine Pariser Lena Banks vielleicht plötzlich in einer Schublade zum Vorschein kommen.

Jury lachte. »Schon gut, Johnny. Sie können ja schließlich nicht alles wissen.«

»Wieso nicht?«

»Declan Scott war damals auch in Paris. Das war, nachdem Mary Scott gestorben und Flora verschwunden war. Er war verständlicherweise ziemlich deprimiert. Während dieser Zeit begegnete er einer Frau, die sich Georgina Fox nannte. Ihr Verhältnis dauerte ein paar Wochen, sagte er, glaube ich. Worauf ich hinauswill: Georgina Fox ist Lena Banks.«

Am anderen Ende der Leitung glaubte Jury etwas fallen zu hören – einen Stuhl, einen Mann. »Johnny?«

»Bin wieder da. Was zum Teufel hatte die vor, was glauben Sie?«

»Wollte mit Declan Scott ein Verhältnis anfangen, so wie es aussieht.«

»Interessant. Ihr *Haupt*verhältnis hatte sie aber mit Viktor Baumann. Der war immer ihr Hauptverhältnis. Melden Sie sich, wenn Sie was herauskriegen.«

»Ist gut.«

Nachdem er aufgelegt hatte, fiel Jurys Blick auf das Fotoalbum. Das würde er einfach mitnehmen, wenn er Viktor Baumann morgen früh einen Besuch abstattete.

27

Jury trank seinen ersten Becher Tee am Morgen und starrte aus dem Wohnzimmerfenster auf das längliche Parkstück gegenüber. Er hatte schon immer einmal dort herumschlendern, sich einfach auf eine Bank setzen und ins Leere starren wollen, aber nie die Zeit dafür gefunden. Stattdessen ging er in der Wohnung umher, nahm hier ein Buch, dort eine Zeitschrift in die Hand und dachte über Viktor Baumann und die Fotos nach, die er aus dem Lagerraum im Culross unbemerkt mitgenommen hatte. Mit seinem zweiten Becher Tee stand er nun wieder vor dem Fenster und überlegte, wie er es bewerkstelligen sollte, sich einen besseren, etwas einschmeichelnderen Zugang zu Viktor Baumann zu verschaffen, und kam einfach auf nichts.

Der dritte Becher Tee. Er zog den Mantel über, stopfte sich die Bilder in eine Innentasche und verließ die Wohnung.

Jury ging auf der Ludgate Hill in Richtung Cheapside. Irgendwie mochte er diese Mischung aus hohen modernen Gebäuden in Glas und Stein und den etwas düsteren, gewundenen Sträßchen. Es gab kleine Geschäfte – einen indischen Imbiss, eine chemische Reinigung – und andere, furchtbar teure wie Penhaligan's (Hautpflege und Parfümwässer) oder Halcyon Days (wo man für schlappe hundert Pfund ein Emailledöschen erstehen konnte). Wie sich die schmalen Straßen neben den eleganten Büroblocks behaupten konnten, war Jury ein Rätsel.

Er kam bis zu der Café-Bar, wo er und Mickey Haggerty damals gesessen und geredet hatten. Er ging hinein. Als bräuchte er jetzt *noch* eine Tasse Tee oder Kaffee! Die hübsche Bedienung stand hinter der Theke, als hätte sie sich nicht von der Stelle gerührt, seit er sie das letzte Mal gesehen hatte, als stünde sie seit Wochen oder Monaten reglos da. Die Zeit war wie eine betrunkene Obdachlose, die sich ihm zuwandte und dann wieder von ihm abließ.

Er bestellte einen Cappuccino. »Na, Sie hab ich ja schon länger nicht mehr gesehen«, sagte die Bedienung, nachdem sie ihm das Getränk hingestellt hatte.

»Nein. Ich hatte in der City was zu erledigen. Ich bin kein Stammgast.«

Sie schien enttäuscht, als sie es hörte. Er bedankte sich für den Kaffee, und sie ging wieder.

Während er trank, dachte er nicht an Viktor Baumann, sondern an Mickey. Er wandte sich vom Tresen ab und ließ den Blick über die Metalltische und -stühle schweifen, suchte den Platz, an dem sie zusammengesessen hatten. Er würde nie wieder in die City kommen können, ohne sich daran zu erinnern. »*Gehen schlimme Sorgen dir durch Mark und Bein ...*«

Armer Mickey!

Jury verließ das Café.

Grace war vielleicht eine Spur entgegenkommender, gab sich jedoch genauso frostig, als Jury am späten Vormittag bei ihr vorstellig wurde. »Und diesmal, Grace –«

Sie zuckte gequält zusammen.

»– *habe* ich einen Termin.« Er stellte sich vor ihren Schreibtisch, streckte die Hand aus und tippte auf das große lederne Buch.

Sie drückte einen Knopf und teilte Mr. Baumann mit, Superintendent Jury sei eingetroffen.

Vollkommen selbstbeherrscht wie eh und je kam Viktor Baumann hinter seinem Schreibtisch hervor und streckte ihm die

Hand hin. »Schön, Sie wiederzusehen, Superintendent.« Er deutete auf denselben Ledersessel wie beim letzten Mal, und Jury setzte sich. »Haben Sie denn Fortschritte gemacht?«

Jury lächelte. »Fortschritte sind schwer zu messen in unserem Job. Wir haben aber neue Informationen, und ich möchte Ihnen ein paar Fragen stellen.«

Baumann nickte, setzte sich und legte die Hand auf den gläsernen Briefbeschwerer mit der griechischen Münze.

Würde eine gute Waffe abgeben, das Ding, dachte Jury. »Wir sind auf eine Frau gestoßen, die mit diesem Fall offenbar maßgeblich in Verbindung steht, und ich frage mich, ob Sie vielleicht etwas über sie wissen. Ihr Name ist Georgina Fox.«

Baumann – das musste Jury ihm lassen – zuckte nicht einmal mit der Wimper.

»In Paris hatte sie eine Affäre – ziemlich stürmische Geschichte, zumindest von seiner Seite aus – mit Declan Scott.« Mit diesen Worten reichte Jury ihm einen der Schnappschüsse von Lena Banks. Natürlich einen, auf dem Baumann nicht abgebildet war. Jury verspürte fast eine gewisse Distanz bei dieser Transaktion und fragte sich, ob Viktor Baumann leugnen würde, die Frau auf dem Bild zu kennen. Wohl eher nicht, dazu war der Kerl zu gerissen. Er konnte sich ja denken, wenn die Polizei eine Aufnahme von Lena Banks aufgetrieben hatte, gäbe es womöglich noch andere, auf denen Viktor persönlich zu sehen war.

Um Zeit zu gewinnen, öffnete Baumann ein Etui und nahm eine Brille heraus, die er sicher nicht brauchte, vermutete Jury. Er befestigte die dünnen, biegsamen Bügel hinter den Ohren und betrachtete das Foto. Seine erstaunte Reaktion wirkte ziemlich überzeugend, fand Jury. Baumann war ein guter Schauspieler.

»Die kenne ich, Superintendent, oder jedenfalls eine Frau, die ihre Zwillingsschwester sein könnte.«

»Und handelt es sich bei dieser anderen Frau um Georgina Fox?«

»Nein, nein. Das ist es ja. Die Frau, die ich kenne, heißt Lena Banks.«

»Lena Banks?«

»Ja. Das verstehe ich nicht.« Er gab Jury die Aufnahme nicht zurück, sondern legte sie behutsam an die Ecke seines Schreibtischs. In seinem Gesicht drückte sich Verblüffung aus. »Declan Scott und sie waren ein Liebespaar, sagten Sie?«

»Ja, für kurze Zeit. Verzeihung, aber ist diese Banks eine spezielle Freundin von Ihnen?« Er beobachtete Baumanns Gesichtsausdruck. Wie viel sollte er verraten? Wie viel verbergen? Baumann reagierte schnell.

»Das, äh, nahm ich eigentlich an.« Er lächelte, als könnte die Beziehung, wie auch immer sie geartet war, dem nicht standhalten. »Was mir aber nicht ganz geheuer ist – diese Fox... Falls es tatsächlich Lena Banks ist, wieso sollte sie sich Scott dann unter falschem Namen präsentieren?«

Was wollte sie überhaupt von ihm, wollte Jury hinzufügen. »Gute Frage. Wie gut kennen Sie sie?«

»Lena Banks? Sie ist eine gute Freundin von mir... ähm, genauer gesagt, wir sind ein Paar. Ich kenne sie seit Jahren.«

Jury griff nach dem Foto. »Angenommen, sie gibt sich für Georgina Fox aus – hat sie ein Register, Mr. Baumann?«

»Wie bitte?«

»Ein Vorstrafenregister – ist sie vorbestraft?«

Baumann lachte kurz auf. »Ach Gott, das hoffe ich nicht. Wie sind Sie eigentlich an ihr Foto gekommen?« Er beugte sich über das Foto.

»Durch Zufall.« Jury nahm es wieder an sich und steckte es in die Tasche. »Einer meiner Kollegen hatte eine Akte über sie. Sie muss irgendwie etwas mit den Pädophiliedelikten zu tun haben. Inspector Blakeley hatte die Unterlagen.«

»Ja, ich glaube, ich bin Inspector Blakeley schon mal begegnet.«

»Er ist der Chef dieser Abteilung.« Jury zuckte die Achseln. »Kann er meinetwegen auch gerne bleiben. Mich ödet das an – da werden Zeit und Arbeitskräfte verschwendet für etwas, was doch schlicht Geschmackssache ist.«

Baumann unterbrach sich beim Anzünden einer Zigarre und stieß ein abgehacktes Lachen aus. »Aus dem Munde eines Polizisten klingt das ja verdammt merkwürdig.«

»Tut mir Leid, wenn Sie es abstoßend finden.« Jury lächelte, was ihm äußerst schwer fiel.

Nachdem er die Zigarre inzwischen angezündet hatte, lehnte sich Baumann in seinem Sessel zurück, wippte leicht und sagte: »Nein, abstoßend ist es nicht. Sie finden so ein Verhalten also nicht abartig?«

»Auch nicht abartiger, als wenn jemand schwul ist.« Jury wusste, dass er genau beobachtet wurde, dass der andere ihn einzuschätzen versuchte.

Baumann schlug einen vertraulichen Ton an. »Leute wie Inspector Blakeley begreifen eines nicht: dass es nämlich um Liebe geht, nicht um Missbrauch. Wir haben doch alle schon mal Kinder umarmt, mit ihnen geschmust, sie geküsst, und das gilt als völlig natürlich. Warum ist es dann unnatürlich, diese Zuneigung weiter… diese Zuneigung auszuweiten?«

Jury bemühte sich, ein möglichst ausdrucksloses Gesicht aufzusetzen, seine Gedanken zu klären, als würde er Bilder wie Möbelstücke herumschieben, um nicht darüber zu stolpern, um nicht die Hand auszustrecken, diesen Kerl am Schlips zu packen und ihn zu erwürgen. Erstaunlich, aber Baumann, ein gewiefter Geschäftsmann, schien gar nicht zu merken, dass er damit mehr oder weniger zugab, Kinderschänder zu sein. Oder falls er nicht selbst einer war, dass er immerhin Partei für sie ergriff. Weshalb würde er sie sonst rechtfertigen wollen? Es schien ihm auch gleichgültig zu sein, dass Jury aus einem ganz anderen Grund hier war als wegen

Floras Entführung. Das war Jurys Absicht gewesen. Er sagte: »Etwas ganz anderes ist es, wenn ein Kind gegen seinen Willen verschleppt wird, nein, so was sollte nicht vorkommen.«

»Da bin ich ganz Ihrer Meinung. Und wenn der Dreckskerl, der Flora verschleppt hat, je gefunden wird, bringe ich ihn persönlich um.« Baumann machte mit seiner Zigarre kleine stechende Bewegungen in Jurys Richtung, um seinen Worten Nachdruck zu verleihen.

Jury zog sein kleines Notizbuch hervor und blätterte mit dem Daumen ein paar Seiten um, bis er zu einer unbeschriebenen kam, die er vorgab zu lesen. »Ein Chief Inspector bei der Polizei von Devon und Cornwall, ein gewisser Macalvie –«

»Macalvie? Ach, mit dem können Sie mir gestohlen bleiben.«

»Sie werden verstehen, dass wir in so einem Fall immer erst die Familienangehörigen unter die Lupe nehmen, besonders wenn es um einen Kampf ums Sorgerecht geht.«

»›Kampf‹ würde ich es nicht nennen, Superintendent. Höchstens was Mary angeht. Sie war absolut uneinsichtig.«

»Das Mitgefühl erntet unter solchen Umständen immer die Mutter.«

»Mary hat es schon immer verstanden, Mitgefühl zu erregen.«

»Als Flora verschwand, fuhren Sie da sofort nach Cornwall?«

»Man hat mich erst Stunden nach der Entführung verständigt. Die City Police stand plötzlich bei mir vor der Tür und behauptete, die Kripo von Devon und Cornwall hätte sie gebeten, mich aufzusuchen. Ich wurde eine Stunde lang vernommen, man fragte mich immer wieder das Gleiche: Was ich von der Sorgerechtsverhandlung hielte und davon, dass meine Frau wieder geheiratet hatte.« Er lehnte sich zurück, zog seine Weste zurecht und wirkte sehr selbstzufrieden, als wäre die Tatsache, dass er sich mit der Polizei abgab, allein schon ein Grund zur Selbstzufriedenheit. »Nein, ich bin nicht nach Cornwall gefahren. Ich sah irgendwie keinen Sinn und Zweck darin.«

Nein, dachte Jury, bestimmt nicht, da das einzig Wichtige für ihn er selbst war und nicht die verzweifelte Notlage einer Frau, die er einst vorgegeben hatte zu lieben.

Baumann paffte seine Zigarre. »Dieser Scott – was ist denn das für einer? Vermutlich niederer Landadel? Was macht der eigentlich? Wahrscheinlich gar nichts.«

»Hat er wohl auch nicht nötig. Nicht so wie wir armen Schlucker, die für ihren Lebensunterhalt arbeiten müssen.«

Dass er sich selbst – sie beide – als arme Schlucker bezeichnete, gefiel Baumann offensichtlich. Er lachte. »Ich sehe schon, Sie sind ein Kerl ganz nach meinem Geschmack.«

Jury hätte sich fast die Zunge abgebissen. Bestimmt lag es daran, dass Viktor Baumann annahm, Jury befände sich auf seiner Wellenlänge, dass er vergaß, einen Kriminalbeamten vor sich zu haben.

»Mr. Baumann, ich danke Ihnen sehr, dass Sie sich für mich Zeit genommen haben. Das war sehr freundlich.«

Baumann brachte ihn zur Tür. »Jederzeit, Superintendent, jederzeit.«

Den Weg zur Toilette bekam Jury von der Sekretärin gewiesen, überrascht, dass er Viktor Baumann so lange von seinen Terminen hatte abhalten können, fast wie ein Gladiator, der auf das Siegeszeichen wartete.

28

Auf dem Rückweg nach Tower Hill bog Jury von der Fenchurch Street ab und ging weiter in Richtung Lower Thames Street. In einer der kleinen Straßen kam er an dem neuen Bürogebäude vorbei, das auf dem Grundstück errichtet worden war, wo einst das Blue Last gestanden hatte, bevor eine Bombe es im Krieg dem Erdboden gleichgemacht hatte. Das Pub war in seinem Bewusstsein inzwischen ebenso fest eingebettet wie in dem der Familie, der es gehört hatte. Einige Familienmitglieder waren bei der Explosion gestorben, andere lebten noch.

Er nahm den gleichen Weg wie damals, als er ein paar Mal zur Polizeistation Snow Hill gegangen war, um Mickey zu besuchen. Aber dann musste er an Liza und die Kinder denken und wusste, dass es keine gute Idee gewesen war, diesen Weg zu nehmen.

Um das Liberty Bounds sollte er aus dem gleichen Grund wohl besser auch einen Bogen machen. Tat er aber nicht. Es war zwölf Uhr mittags, und er wollte wie jeder andere auch etwas trinken und vielleicht eine warme Mahlzeit zu sich nehmen.

Das Liberty Bounds war ein recht stattliches Pub und bereits gut besucht, obwohl es zum Mittagessen noch etwas früh war. Jury setzte sich an die Theke und bestellte ein Adnam's, zur Abwechslung einmal in der Flasche statt vom Fass, denn es machte ihm Spaß, die Etiketten von den Bierflaschen zu zupfen.

Er trank, dachte nach und zupfte an dem Adnam's-Etikett herum. Dann zog er das Polizeifoto der immer noch namenlosen Frau hervor und wusste auf einmal, dass sie gar nicht existierte.

O ja, sie war aus Fleisch und Blut – totem Fleisch –, hatte jedoch in Wirklichkeit als eine andere existiert, eine, die tatsächlich vermisst wurde. Sie hatten nach der falschen Frau gesucht. Abgesehen von Mary Scott und Dora Stout hatten nur wenige Leute sie in der Aufmachung dieser Frau auf dem Foto gesehen. Das Personal bei Brown's – der Concierge vielleicht, der Kellner, der die Getränke serviert hatte –, aber sonst wohl kaum jemand. Sie sah ja so unscheinbar aus, wer würde sich da schon an sie erinnern?

Rauch und Spiegel. Er blickte gerade in den, der über der Bar hing. Das gleiche Gesicht, der gleiche Ausdruck, den er in seinem Badezimmerspiegel sah. Gleiche Augen, gleiches Haar, gleiche –

Erneut betrachtete er das Foto der Toten. So unscheinbar, wer würde sich da schon an sie erinnern? Und doch hatten es alle getan, die sie gesehen hatten. Das Einprägsame an ihr war, dass sie nicht einprägsam war.

Hastig kramte er das Albummäppchen mit dem Foto von Lena Banks hervor – was aber, wenn die andere Seite der Medaille von atemberaubender Schönheit war?

Jury holte sein Mobiltelefon heraus. Batterie leer. Er hatte wieder vergessen, sie aufzuladen. Er erkundigte sich beim Barkeeper, wo das Telefon war, und wurde nach oben verwiesen. Während er die Treppe hochstieg, spürte er, wie ihn eine Trägheit überkam, die gestern noch nicht da gewesen war … Menschenskind, jetzt *beweg* dich, sagte er sich und nahm die verbleibenden Stufen zwei auf einmal.

Das letzte Läuten seines Telefons ertönte just in dem Moment, als Brian Macalvie die Haustür aufschloss. Er riss den Hörer hoch. Weg! Genervt schmiss er seine Schlüssel auf das Tischchen am Eingang und ging in die Küche, wo er eine Flasche Bier aus dem spärlich bestückten Kühlschrank nahm (in dem sich außer der Milch für seinen Tee nichts befand). Dann ging er hinüber in sein Schlafzimmer.

Dort ließ er sich aufs Bett fallen, trank sein Bier und versuchte gleichzeitig, an den Fall zu denken und doch nicht daran zu denken. Das erste Mal war es schon schlimm genug gewesen: als die kleine Flora verschwunden war. Jetzt war es noch schlimmer, weil ihm auch das Scheitern des ersten Males bewusst war und die Tatsache, dass dieses Scheitern diesmal einen Mord nach sich gezogen hatte.

Er nahm wieder einen Schluck aus der Bierflasche und dachte an Declan Scott. Er musste unbedingt nach Angel Gate! Je mehr er über das nachdachte, was er glaubte, desto überzeugter wurde er davon. Es ergab alles einen Sinn. Familienangehörige gerieten immer als Erste unter Verdacht.

Macalvie lag da, trank sein Bier und sah an die Decke hoch. Und nun dachte er an Cassie. Als er damals bei dem gottverlassenen Cottage im Fleet Valley angekommen war, hatte er festgestellt, dass sie kurz zuvor erschossen worden war, so kurz zuvor, dass die Milch in ihrer Müslischale noch ganz kalt glänzte. Auch hatte ihr der, der sie erschossen hatte, nicht erspart, es kommen zu sehen. Nein, sie hatte sehen müssen, wie die Waffe sich ihr genähert und auf sie gezielt hatte. Diese Gnadenlosigkeit galt aber eigentlich nicht ihr, sondern Macalvie. Und was für ein brillanter Schachzug, welch perfekte Rache: die Kleine zu erschießen und dafür zu sorgen, dass er sie fand – etwas Schlimmeres konnte er sich nicht ausdenken. Seinetwegen war sie verschleppt worden, seinetwegen war sie erschossen worden.

Zumindest (und es war das Allermindeste, ein Trost war es nicht) wusste ihre Mutter, was passiert war.

Das Telefon begann wieder zu läuten. Er sollte eigentlich drangehen. Er tat es nicht.

Er legte den Arm über die Augen und versuchte, nicht an Cassie zu denken, und merkte, dass er an nichts denken konnte außer an Cassie, wie sie dasaß mit einer Kugel im Leib und diesem angstvollen Blick in den Augen.

29

In jener kalten Nacht hob Declan Scott wortlos den Blick von dem kleinen Fotoalbum und schien darauf zu warten, dass Jury erklärte, was er sich selbst nicht erklären konnte: dass Georgina Fox gar nicht Georgina Fox war. Sondern Lena Banks.

»Es tut mir Leid«, sagte Jury. »Es gibt wohl kaum etwas Schlimmeres als zu erfahren, dass jemand, den man geliebt hat, sich als Trugbild entpuppt. Ich weiß nicht, wie ich es anders ausdrücken soll.«

Declan unterdrückte ein Lachen. Er hatte vor dem Kamin gestanden, um sich das Album anzusehen, und trat nun zu dem Ohrensessel gegenüber von Jury. Achtlos warf er das Album auf den Tisch zwischen ihnen, trank seinen Whiskey und blickte über das blaugrüne Teppichmeer. Dabei schüttelte er immer wieder ungläubig den Kopf. »Machen Sie sich nichts draus, Superintendent. Es tut mir nicht weh, es wundert mich nur. Diese Ermordete soll Georgina sein?«

»Lena Banks.«

Declan schüttelte den Kopf und rieb sich mit der Handwurzel über die Stirn. »Ich war eigentlich nie richtig in sie verliebt. Ich fühlte mich nach Marys Tod nur irgendwie so leer. Wissen Sie, was ich meine? Sie sehen aus, als wüssten Sie es.« Er lächelte. »Marys Platz kann wohl niemand einnehmen. Ich habe sie wirklich geliebt.«

Es war eine so schlichte Erklärung. Die für Patricia Quint vermutlich nichts Gutes verhieß, dachte Jury. »Es muss ja auch keine andere Frau ihren Platz einnehmen. Sie schaffen einfach einen neuen Platz.«

Declan lächelte. »Natürlich, Sie haben Recht.« Er beugte sich herüber und klappte das Album auf. »Wie, sagten Sie, ist ihr richtiger Name?«

»Lena Banks.«

»Lena Banks.« Declan stützte den Kopf nach hinten gegen die Sessellehne. »Paris. In der seelischen Verfassung, in der ich mich damals befand, ist es wahrscheinlich gefährlich, nach Paris zu fahren.«

»Es wäre überall gefährlich gewesen.«

»Lena Banks.« Als würde sich die Täuschung verziehen, wenn man es nur oft genug wiederholte. »Ich war damals so deprimiert. Diese Leere war schuld daran und diese Hoffnungslosigkeit. Und das Gefühl, versagt zu haben. Ich hatte wirklich das Gefühl, vor Mary versagt zu haben, weil ich Flora nicht zurückbringen konnte.«

»Wie hätte das denn gehen sollen? Sie wussten doch gar nicht, weshalb sie entführt worden war, und es gab keine Spur, die irgendwohin geführt, in irgendeine Richtung gewiesen hätte. Keine Anrufe, keine Lösegeldforderungen. Nichts. Wenn es Versagen war, dann war dieses Versagen unausweichlich.« Jury beugte sich zu ihm hin, zu diesem Mann, der schon genug durchgemacht hatte, auch ohne eine bloße Schachfigur in einem von Baumanns Spielen zu sein. »Hören Sie: Ich will von Ihnen wissen, was Sie Lena Banks alles erzählt haben – beziehungsweise Georgina Fox. Sie haben mit ihr doch bestimmt über Mary und Flora gesprochen.«

Declan nickte, die Hand über die Augen gelegt, als schämte er sich, daran erinnert zu werden.

Jury sagte: »Warum auch nicht? Darüber zu reden, hat den Schmerz wahrscheinlich ein wenig gelindert. Normalerweise ist das so.«

»Ich bin sonst immer recht zurückhaltend, was andere Frauen betrifft. Manchmal denke ich, ich komme deshalb auch so schwer von der Vergangenheit los. Oder umgekehrt: Ich klammere mich so an die Vergangenheit, weil ich mich nicht wieder binden will.«

Jury ließ den Blick im dunklen Zimmer umherschweifen. Der Engel auf dem Kaminsims wirkte mit seinen verdeckten Augen gefasst, doch fast verzweifelt gefasst – wie Declan Scott.

»Meine Mutter sagte immer, ich sei der jüngste altmodische Kerl, den sie kenne. Aber ich glaube, sie war insgeheim froh, dass Mary hier im Haus nichts veränderte. Sie ließ nur für Flora das Kinderzimmer gelb streichen, mehr auch nicht.«

Jury beugte sich zu ihm hin. »Was haben Sie Lena Banks über Flora erzählt?«

Declan lehnte sich zurück. »Ich habe viel über sie gesprochen. Georgina – ich meine, Lena – hörte zu. Sie zeigte sich entsetzt über das, was geschehen war, und wollte wissen, ob ich irgendeinen Verdacht hätte. Ich sagte, ja, Floras Vater. Der Mann hatte viel Macht und war daran gewöhnt, seinen Willen durchzusetzen – ein Größenwahnsinniger, soviel ich gehört hatte. Höchstwahrscheinlich steckte er dahinter. Sie fand es merkwürdig, dass kein Lösegeld gefordert wurde. Ich stimmte ihr zu, aber nur unter der Voraussetzung, dass der Vater nicht der Schuldige war. ›Falls er es war‹, sagte sie, ›wäre er denn dann nicht so clever gewesen, Geld zu verlangen?‹ Ich musste zugeben, dass etwas daran war. Es hätte aber auch ein wildfremder Mensch sein können, jemand, der einfach ein Kind wollte. In den paar Wochen, die ich mit ihr zusammen war, sprachen wir immer wieder darüber. Und Sie haben Recht, es half mir tatsächlich ein wenig. Allerdings wunderte ich mich, dass sie sich so sehr für Floras Entführung interessierte. Ich weiß gar nicht mehr, wie ich es sonst nennen soll. Ja, das wunderte mich doch. Na, und dann war sie plötzlich sang- und klanglos verschwunden.«

»Sie war verschwunden, weil Sie sie davon überzeugt hatten, dass Sie keine Ahnung hatten, was mit Flora passiert war.«

Declan musterte ihn verwundert.

»Sie war von Baumann geschickt worden, um herauszufinden, was Sie überhaupt wussten.«

»Sie meinen, er dachte, *ich* hätte sie?«

»Oder wüssten, wo sie war. Dass er Lena Banks ein Verhältnis mit Ihnen anfangen ließ, deutet jedenfalls darauf hin. Vergessen Sie nicht – da Floras Mutter ja nicht mehr da war, bekäme er das Sorgerecht zugesprochen.«

»Verstehe.« Erschöpft lehnte Declan den Kopf an die Sessellehne. Das Feuer war heruntergebrannt, sein Gesicht lag im Halbschatten. »Jetzt bleibt uns nur die unbekannte Person, die Flora aus allen möglichen Gründen verschleppt haben könnte. Daran will ich lieber gar nicht denken. Ich wünschte, es wäre wegen des Geldes, ich wünschte fast, Viktor Baumann hätte sie mitgenommen.«

»Das tun Sie besser nicht, glauben Sie mir.«

Declan richtete sich auf und sah Jury fragend an.

»Viktor Baumann beliefert – unter anderem – Kinderschänder.«

Declan wäre fast aus seinem Sessel hochgeschnellt. »Was?«

»Ein Kollege von mir hat ihn schon seit langem im Visier. Er – Baumann – hat im Londoner Norden ein Haus eingerichtet, wo er sich als Kinderhändler betätigt. Mit Mädchen im Alter von etwa vier Jahren bis knapp über zehn. Es sind nie weniger als zehn kleine Mädchen dort.«

Declan erbleichte. »Sie wollen doch nicht behaupten, Flora …« Er sprach nicht weiter.

»Wahrscheinlich nicht, obwohl … jemand mit einer derart niederen Gesinnung wie Viktor würde wohl auch nicht davor zurückschrecken, sein eigenes Kind dafür herzugeben.«

»Aber als sie – ich meine, als Mary und Flora mit ihm unter

einem Dach lebten …« Wieder hielt er inne, als ob Worte diese Art von Bedeutungsschwere kaum tragen könnten.

»O nein, damals nicht. Das bezweifle ich doch sehr. Schließlich war ihre Mutter noch da. Und Flora wäre auch zu jung gewesen.« Falls es, dachte Jury, für solche Leute überhaupt so etwas wie »zu jung« gab.

»Aber warten Sie mal.« Declan rutschte auf die Sesselkante. »Vorhin sagten Sie, Lena Banks hätte versucht herauszufinden, wo Flora sich aufhielt. Falls das so war, deutet es doch darauf hin, dass Baumann es nicht getan hat. ›Deutet darauf hin‹ heißt aber nicht ›beweist‹. Können Sie mit Sicherheit sagen, dass er sie nicht hat?«

»Nein, mit *absoluter* Sicherheit nicht.«

Declan stützte den Kopf in die Hände, als wollte er seinen eigenen Schädel betasten. »Sagen Sie mir so was nicht, sagen Sie mir doch so was nicht.«

»Nein, ich sage es ja gar nicht. Ich halte die Wahrscheinlichkeit für sehr gering, dass Viktor Baumann Flora in seiner Gewalt hat. Sonst hätte er Lena Banks nicht auf Sie angesetzt.« Jury wünschte, er wäre sich dessen so sicher.

»Wenn das der Grund war, dass sie sich an mich herangemacht hat.«

»Möglich. Oder noch einfacher: Es könnte doch sein, dass sie wirklich in Sie verliebt war. Falls Sie sie allerdings jetzt sähen, würde sie von Ihnen bestimmt nicht gern wiedererkannt werden wollen.«

Declan hielt den Blick gesenkt. Durch die ineinander verschränkten Finger sagte er: »Obwohl Mary und ich nur so kurz verheiratet waren, hatte ich wirklich das Gefühl, als wäre Flora mein eigenes Kind.«

»Ich weiß.« Jury erhob sich. »Ich muss noch zu meinen Kollegen hinüber.«

Declan stand ebenfalls auf, bewegte sich jedoch ziemlich langsam, als wäre er im Laufe des Gesprächs gealtert. »Am besten gehen Sie hier durch die Terrassentür hinaus und durch den Garten. Das ist schneller. Danke, dass Sie zuerst hierher gekommen sind, Superintendent. Das war sehr nett von Ihnen.«

»Ich wünschte bloß, ich hätte etwas Netteres zu sagen gehabt.«

Declan begleitete Jury zur Tür. »Nein, irgendwie hat es geholfen, wie meistens, wenn man die Wahrheit erfährt, nicht?«

Auf dem dunklen Innenhof blieb Jury stehen, sah zu den Sternen empor und wollte sagen, Nein, tischt mir lieber Lügen auf, lasst mich bloß einen Tag erleben ohne eine schlimme Nachricht. »Ja, so ist es wohl, Mr. Scott. Gute Nacht.« Er hob die Hand zum Abschiedsgruß und ging in den Garten hinaus.

Cody Platt saß vor einem Computer, den er, sobald er Jurys Kopf in der Tür sah, schnellstmöglich ausschaltete.

»Was war denn das für ein Getöse?«, fragte Jury.

»Ach, ich wollte bloß meine E-Mails nachschauen.«

»Sie müssen ja einen Haufen E-Mails kriegen, in denen einer Sie abmurksen will. Mir war so, als hätte ich Geschützfeuer gehört.«

Jury fragte sich, was es mit Codys diversen nächtlichen Geheimaktivitäten auf sich hatte. Allerdings gab es bei ihm eine Reihe von entlastenden Gründen anzuführen. Von einem der drei Schreibtische nahm Jury sich eine Mappe mit Tatortfotos und machte es sich in dem alten Bürodrehstuhl bequem. »Wo ist denn Ihr Chef? Ich habe ein paar Informationen für ihn.«

»Der ist vorhin kurz nach Hause gegangen, sagte aber, er käme noch mal wieder. Er hat Ihre Nachricht bekommen. Ich soll hier die Geräte überwachen.«

»Und Sergeant Wiggins, wo steckt der?«

»Ist in seine Unterkunft nach Launceston gefahren. Er müsse sich ausruhen, sagte er, bei ihm sei eine Erkältung im Anzug.«

»Immer noch dieselbe?«

Codys Augenbrauen schnellten fragend hoch. »Wie bitte?«

»Nichts.« Jury lächelte.

»Gibt's denn was Neues? So einen Fall hatte ich noch nie. Wie kommt es, dass das Opfer nicht mal einen Fußabdruck hinterlassen hat? Die von der Spurensicherung haben das ganze verdammte Areal abgesucht, und was haben sie gefunden …?« Mit Daumen und Zeigefinger formte er einen Kreis. »Es ist zum Verrücktwerden.«

»Nicht *mehr*, oder *der* Teil davon jedenfalls nicht mehr.« Jury zog das kleine Album hervor und reichte es ihm hinüber.

Cody betrachtete die Aufnahmen von Lena Banks. »Die sieht ja super aus. Wer ist das?«

»Schauen Sie noch mal genau hin.«

»Da könnte ich lang hinschauen, aber – wer ist das?«

»Kommt sie Ihnen nicht bekannt vor?« Jury zog sich die Akte mit den Polizeifotos her, die auf einem anderen Schreibtisch lag, schlug sie auf und schob sie Cody hin.

Cody schaute. Cody runzelte die Stirn. Er beugte sich tiefer. Er schüttelte den Kopf.

Jury sagte es ihm.

»Ich werd verrückt! Aber das heißt doch dann wohl, Viktor Baumann war gar nicht derjenige, der Flora geschnappt hat?«

»Scheint so.«

»Wieso fangen die dann wieder an, sie zu suchen?«

»Ich bezweifle, dass Viktor Baumann je damit aufgehört hat, sie zu suchen.«

30

Das gedrungene, hellbeige getünchte Häuschen am Ende eines Schotterweges war immer noch eher funktional als wohnlich, fand Jury.

»Es sieht noch genau gleich aus«, sagte er. »Bin ich froh, dass ich das noch erleben darf. Sie sind gefahren wie ein Besengter. Was hat Cornwall an sich, dass es bei Ihnen dieses Bedürfnis weckt, schneller zu fahren? Besonders auf schmalen Landstraßen zwischen Trockensteinmauern?«

Darauf gab ihm Macalvie keine Antwort, wohl aber auf das, was er in dem Moment gerade dachte. »Ist doch nicht zu fassen, diese Maskerade.«

»Hier vollführt *jeder* eine Maskerade, Brian. Das habe ich zu Wiggins auch gesagt. Es ist wie in einer Komödie aus der Restaurationszeit. Alles dreht sich um Identität.«

»Sieht so aus – wieso geht hier eigentlich niemand an die Tür? Er weiß doch, dass wir kommen.« Als Macalvie schon die Faust heben wollte, um loszutrommeln, schwang die Tür auf. Die schmaläugige Haushälterin, die ihnen die kleine, massive Tür aufmachte, hieß Minerva, wie Jury sich dunkel erinnerte, und war hauptsächlich dazu da, Besucher abzuwimmeln.

»Hallo, Minerva. Wo ist er?«, sagte Macalvie.

Minerva guckte grimmig, trat aber beiseite, um sie ins Zimmer zu lassen, wo Dr. Dench am Tisch saß. »Ich nehme gerade einen spätabendlichen Imbiss ein.« Er winkte sie ins Zimmer. »Nur herein, nur herein.«

Das Häuschen war haargenau so, wie sich Touristen ein romantisches englisches Cottage vorstellten – mit Deckenbalken, weiß gekalkten Wänden, unebenen Fußböden. Kälte und Feuchtigkeit musste man getrost vergessen, veraltete Rohrleitungen und das Fehlen eines Gartens vor und hinter dem Haus.

Dicht beim Kaminfeuer stand ein gedeckter Tisch, und auf Denchs Teller lagen die Reste mehrerer Käsesorten, von denen er sich kleine Portionen abgeschnitten hatte.

»Setzen Sie sich.« Dench deutete auf die Stühle ihm gegenüber und schenkte noch zwei Gläser Rotwein ein. »Nehmen Sie von dem Käse. Das ist ein ganz köstlicher Neal's Yard Cheddar, und hier ein Wensleydale, Roquefort und rotgelber Stilton. Greifen Sie zu!«

Die Käselaibchen und -dreiecke sahen aus wie mit dem Präzisionsinstrument geschnitten, kaum ein Bröckelchen lag auf dem Teller, außer bei dem Wensleydale, der beim bloßen Anschauen schon bröckelte. Jury war der Ansicht, Käse schmeckte in jeder Lebenslage gut, aber wenn man wirklich Hunger hatte, war Käse das reinste Fest für die Sinne.

Während er seine Zigarre rauchte, ließ Denny Dench sein leises abgehacktes Lachen vernehmen. »Meine Güte, wann haben Sie denn zum letzten Mal was zu essen gekriegt, Mr. Jury?«

»Als ich sechs war.« Einen schwer beladenen Cracker in der einen Hand, holte Jury mit der anderen das Mäppchen mit den Fotos von Lena Banks hervor und legte es auf den Tisch.

»Der futtert schon die ganze Zeit«, sagte Macalvie, »seit er in Cornwall ist.«

Zwischen zwei Bissen meinte Jury: »Na ja, allzu großzügig ist die Polizei von Exeter mit ihren Snacks ja nicht gerade.« Er nahm einen Schluck Wein.

»Ich bin froh, dass Sie das schlaue Köpfchen vom Verein mitgebracht haben, Brian.«

»Sehen Sie sich die mal an, Denny«, sagte Macalvie und legte das Foto aus dem Leichenschauraum neben die Schnappschüsse.

Dench nahm Lena Banks' kleines Album zur Hand. »Hmm. Schöne Frau. Kenne ich die?«

Macalvie reichte ihm das Polizeifoto von Lena Banks.

Denny hielt das Bild auf Armeslänge von sich weg und schaute dann das kleinere Bild an. Eine Weile betrachtete er die beiden eingehend. »Interessant. Außer, dass es sich dabei um ein- und dieselbe Frau handelt, oder geht es eben darum?«

»Ja, darum geht es. Wie kommt es, dass Sie sich da so sicher sind?«

»Wie? Na, deswegen sind Sie doch hier.« Denny Dench erhob sich schnaubend. »Es ist offensichtlich dieselbe. Die Knochen. Es zeigt sich alles in den Knochen, Brian. Alles andere lässt sich irgendwie verändern: Haare, Augen, Lippen, Gewicht, Alter. Aber auf die Knochen kommt es an. Kommen Sie, schauen Sie sich mein neues Computerprogramm an.«

Sie gingen die Kellertreppe hinunter. Jury gefiel der Georgia-O'Keeffe-Druck, der oben an der Treppe hing und auf dem ein Schädel abgebildet war. Am Fuß der Treppe stand eine weiße Glasvitrine, in der sich zahlreiche undefinierbare Gegenstände befanden, darunter ein paar sehnig aussehende Dinge, bei denen Jury hoffte, dass es sich nicht um Finger handelte, dazu etwas unheimlich aussehende Einmachgläser.

Mit den Knochen, die überall herumlagen oder auf Arbeitstischen deponiert waren, mit kleinen Etiketten versehen, die zur Identifizierung dienten, erinnerte das Labor an eine Ausgrabungsstätte. Aber Dench war ja schließlich Gerichtsanthropologe. Es hätte sich auch um einen Friedhof handeln können, der seine Gebeine freigegeben hatte, denn überall lagen Knochen herum, darunter auch ein kleines Skelett, das aussah wie von einem zwölf- oder dreizehnjährigen Kind.

Einen der Knochen legte Dennis Dench ein wenig weiter nach rechts und betrachtete die neue Konstellation.

»Jemand, den ich kenne?«, fragte Macalvie.

»Schon möglich, falls Sie zufällig in den sechziger Jahren in Sidmouth waren.« Er hatte ein zusammengefaltetes Laken ausgebreitet, mit dem er nun die Knochen zudeckte, als befürchtete er, ihnen könnte kalt werden. »Es sind die Knochen eines kleinen Jungen. Die kamen ans Tageslicht, als ein Bauunternehmer ein altes Pub namens The Serpent's Tooth einebnen wollte.«

Jury musste an das Blue Last denken. Manchmal fragte er sich, ob er wohl noch auf seinem Sterbebett daran denken würde, und ihm war, als gäbe es da etwas, was er versäumt hatte zu tun und wodurch alles ganz anders verlaufen wäre. Aber natürlich war da etwas. Und natürlich war da nichts. Lösungen bieten sich nicht deshalb früher an, weil einem dadurch ein Haufen Tränen und Blutvergießen erspart blieben.

»Das erinnert mich an diesen Jungen«, sagte Denny, »den wir an der Küste vergraben fanden. Damals hatten wir doch ein Problem mit der Identifizierung, nicht wahr?«

»Sie schon, ich nicht«, sagte Macalvie großmütig.

Doch es stimmte – er und Dench waren über diese Knochen völlig verschiedener Meinung gewesen, und Macalvie hatte Recht behalten.

Dench ging zu seinem Computer hinüber. »Geben Sie mir mal die Mappe.«

Macalvie tat es.

»Und jetzt sehen Sie her.« Dench legte die Aufnahme von Lena Banks unter eine Videokamera, die das Bild digitalisierte und auf einen Computerbildschirm übertrug. Dann nahm er eines der Polizeifotos von der Frau, die erschossen worden war, aus der Mappe und übertrug es ebenfalls auf den Bildschirm, löschte die rechte Gesichtshälfte und die linke Seite von Lena Banks' Gesicht, und nachdem er fokussiert hatte, um die Aufnahme zu vergrößern, verschob er die eine Gesichtshälfte neben die andere.

»Na, bitte! Dieselbe Frau. Es kommt aber noch besser –« Der Computer generierte ein Bild von Lena Banks auf der anderen Hälfte des Bildes, indem er ihre schlecht geschnittene, langweilige Frisur durch eine üppige Haarmähne ersetzte. »Ich fand es schon immer erstaunlich, wie drastisch so nebensächliche Dinge wie Haarfrisur und Make-up ein Gesicht verändern können. Aber die Knochen, die Wangenknochen der beiden, der Unterkiefer – ich hätte es sofort sehen sollen. Schauen Sie sich doch diese Wangenknochen an. Ich habe wohl schon zu lange alte Schädel angeglotzt. Was bringt das jetzt für Sie?«

»Weiter bringt es uns hoffentlich. Und zurück zu Viktor Baumann.«

»Wer ist das?« Dench hatte den Blick schon wieder auf die Bilder auf dem Computermonitor gerichtet.

»Na, zum einen war er ihr Liebhaber. Er war Mary Scotts erster Ehemann, und es sieht ganz danach aus, als ob sich nun etwas geändert hätte.«

Inzwischen ließ Dench die Aufnahme unter ein Sichtgerät gleiten, nicht sonderlich interessiert am Kontext dieser Bilder.

Während Denny Dench mit seinem Computer herumspielte, ging Jury im Labor umher. Die beiden Fotos, die sie momentan interessierten, fand Dench wahrscheinlich ziemlich langweilig, trotz der feinen Wangenknochen.

Er ging noch einmal zu dem Kinderskelett von der Baustelle in Sidmouth hinüber. Als er auf die zartgliedrigen Knochen des Jungen hinuntersah, spürte er plötzlich, wie ihn eine Welle von Traurigkeit überströmte, und er fragte sich, wie alt der Junge wohl gewesen war. Zehn? Zwölf? Das Skelett wirkte so klein und dünn und unwirklich, dass man sich fragte, wie es einen Jungen stützen konnte, der Fahrrad fuhr und Fußball spielte. Jury versuchte, die Welt mit dem Blick dieses jungen Burschen zu sehen: Wie es war, unter Versprechungen von etwas Süßem, Neuem, Glänzendem vom Gehweg oder vom Spielplatz weggelockt worden zu sein, bis einem dann langsam dämmerte, dass man vielleicht nie wieder zurückkehrte, dass man seine Eltern und sein Zuhause womöglich nie wiedersah. Wie lange konnte sich ein Kind an die Hoffnung klammern? Eben steht man noch im Garten und wird im nächsten Moment schon in ein Auto oder ins Gebüsch oder in einen Durchgang gezerrt, die Schreie erstickt vom groben Zugriff eines wildfremden Menschen. Und im nächsten Moment? Eine Pistole, ein Messer, eine schmutzige Matratze auf einem harten Betonboden?

Denn selbst wenn dieser Junge am Leben geblieben wäre, wenn die Polizei oder sonst jemand ihn gefunden und gesund und wohlbehalten wieder nach Hause gebracht hätte – er würde nie wieder ganz dazugehören. Nein, jemand entführt ein Kind, und etwas von dem Kind bleibt zurück. Wie sollte es anders sein?

Das Kind wäre auf ewig mit dem Teufel verbunden, der ihm das angetan hatte.

Reglos starrte Jury auf das Skelett hinunter. »Der Kinderdieb.«

»Was?«, fragte Denny Dench.

»Nichts.«

31

Es war spät, schon fast elf, als Macalvie beim White Hart Hotel vorfuhr. »Ein Glas kriegen wir noch, bevor der Zapfhahn zugedreht wird.«

Um die Sperrstunde schien in den Pubs noch mehr los zu sein als sonst. Jedenfalls ging es dann immer lauter und hektischer zu. Das Londoner Gesetz der durchgehenden Öffnungszeiten hatte sich offenbar noch nicht in allen Provinzpubs durchgesetzt. Im White Hart galt der Schankschluss jedenfalls immer noch.

Eine Weile tranken Jury und Macalvie schweigend. Jury drehte sich mit seinem Pint in der Hand auf dem Barhocker um und ließ den Blick durch den Raum schweifen. Er mochte es, wenn in den Pubs ganz normales altes Zeug, etwa Kunstdrucke von Jagdszenen mit etwas schrilleren Neuerungen wie Musikautomaten kombiniert wurde. Dabei erinnerte er sich an die Szene in einem Pub in Dartmoor, als Macalvie so einem Ding einmal einen massiven Fußtritt versetzt hatte, weil er den alten Song nicht ertragen konnte, den es spielte. Ein Gefühl von Verlust. Von Verlust und Schuldgefühlen. »Plant hat es mir gesagt«, sagte Jury plötzlich unvermittelt, obwohl er damit eigentlich gar nicht hatte anfangen wollen. »Dass Ihnen in Schottland mal was passiert ist. Er sagte aber nicht, was.«

Macalvie nickte. »Stimmt.«

Jury sah einem Mann zu, der die Jukebox mit Kleingeld fütterte.

Macalvie schob sein Bier auf dem Tresen herum und machte nasse Kreise. »Das war in Kircudbright. Sie wissen schon, das ist diese Ortschaft in Dumfriesshire, die bei Künstlern so beliebt ist. Ich lebte damals mit einer Frau zusammen, die eine sechsjährige Tochter hatte. Man hat die Kleine direkt aus ihrem Bett gezerrt, aus unserem Haus. Zur Vergeltung für das, was bei einer Drogenrazzia in Glasgow passiert war, wo die zwölfjährige Tochter des Übeltäters bei einem Schusswechsel ums Leben kam. Ich hatte sie nicht erschossen, den Einsatz damals aber geleitet. Mit dem Vater war ich vorher schon mehrmals aneinander geraten, der gab also mir die Schuld. Ich erhielt die Anweisung, zu einem alten Haus im Fleet Valley zu fahren, was ich auch tat. Dort fand ich Cassie, sie saß an einem Tisch, eine Müslischale und einen Teller mit Toast vor sich. Man hatte sie in den Kopf geschossen. Ihr Körper war noch warm, es konnte demnach nicht mehr als fünf oder zehn Minuten vor meiner Ankunft passiert sein. Die Milch war nämlich immer noch kalt.« Er hielt inne. »Wie wird man mit so was fertig?«

»So wie Sie damit fertig werden. So wie Sie die damals geschnappt haben, die die beiden armen Kleinen bei Lamorna umgebracht hatte. So wie Sie auch den Mistkerl noch schnappen werden, der Flora verschleppt hat...«

»Den habe ich ja noch nicht.«

»Das kommt schon noch. So werden Sie damit fertig. Eine andere Möglichkeit sehe ich nicht.«

Wieder Schweigen. Dann sagte Macalvie: »Es geht doch um die Kleinen. Was mit denen geschieht. Verdammt, die haben überhaupt nichts getan. Die sind unschuldig. Wieso sollen die dafür zahlen, was wir tun? Die können sich nicht selbst verteidigen, manche von denen sind so klein, dass sie noch nicht mal sprechen können.« Er schloss die Augen. »Was ich mache, ich versuche, mich da hineinzuversetzen, mich in sie hineinzuversetzen, verstehen Sie? Um zu fühlen, wie ihnen zumute sein muss. Voller Angst und Schrecken. So ungefähr.«

»Vielleicht sollten Sie das lieber nicht tun, Macalvie.«

Macalvie betrachtete den Bodensatz in seinem Glas. »Die aber auch nicht.«

Dann herrschte Schweigen, während beide in den Spiegel starrten, aber nicht auf sich selbst und auch nicht aufeinander.

Jury sagte: »Als ich in Newcastle war, sah ich ein Gemälde mit dem Titel *Die Schmetterlingsesser.*«

Macalvie musterte ihn fragend.

»Darauf ist eine Familie abgebildet, die um einen Esstisch herumsteht oder sitzt. Der Tisch steht im hohen Gras oder in einem Sumpf, und jeder hat einen Schmetterling, entweder auf dem Teller oder hält ihn in die Luft. Die Augen sind bei allen dunkel und umschattet und starren einem aus dem Bild entgegen.« Jury trank einen Schluck von seinem Lager. »Was will der Maler damit sagen? Dass sie versuchen, sich Schönheit zu stehlen, es aber nicht können? Verspeisen sie eine Täuschung, fallen sie auf etwas Unwirkliches herein?«

Wieder Schweigen.

»Wieso erwähnen Sie dieses Bild?«

»Es erscheint mir relevant. Als täten wir nämlich genau das, als versuchten wir, Schmetterlinge zu verspeisen, als fielen wir auf Täuschungen herein.«

»Sie meinen, wir können nicht über sie hinaussehen?«

»Über sie hinaus oder durch sie hindurch. Ja.«

Sie tranken wieder schweigend.

Macalvie sagte: »Und was ist mit Declan Scott?«

»O, der ist noch viel mehr drauf reingefallen als wir.«

Ein schmaler Lichtstreif kam unter Wiggins' Tür hervor. Wieso war der eigentlich immer noch auf?

Er »habe es auf der Brust«, kam die Erklärung. Unter dem weißen Laken liegend, das aufgeschlagene Buch über die Brust gebreitet, beantwortete er Jurys Frage.

»Die Temperatur hier drin mag für Kamele angenehm sein, Wiggins, aber nicht für menschliche Wesen. Kein Wunder, dass Sie es ›auf der Brust haben‹.« Gähnend ließ sich Jury am unteren Bettende nieder.

»Wie war London? Was war los?«

Jury erzählte es ihm. »Nicht nur ist Lena Banks Georgina, sie ist auch unsere geheimnisvolle Unbekannte. Sie ist unsere tote Lady. Lena Banks ist die Ermordete.«

Wiggins war sprachlos. »Also, jetzt wo wir wissen, wer sie ist – wer hat ein Motiv?«

»Jeder.« Jury gähnte erneut.

»Wie bitte?«

»Das werde ich Ihnen morgen erklären, oder haben Sie vor, weiter das Bett zu hüten?«

»Ich bin bestimmt wieder auf der Höhe.«

»Gut.« Jury nahm das Buch vom umgeschlagenen Laken über Wiggins' Brust. »Wieder so ein Polizeiroman aus dem Siebenundachtzigsten Revier?«

»Ein ganz früher. Ich finde es am besten, man fängt wieder ganz am Anfang an und lernt erst mal die Hauptfiguren kennen.«

Jury hatte die Seite aufgeschlagen, auf der sämtliche Folgen der Reihe aufgelistet waren. »Ach du Schreck, der hat ja Unmengen geschrieben. Wenn Sie sich vom Anfang her vorarbeiten wollen, brauchen Sie ein zweites Leben.« Hatte er vielleicht schon, dachte er beim Blick in Wiggins' bleiches, vorwurfsvolles Gesicht und die schmachtenden Augen.

»Es kann nicht schaden zu begreifen, wie die Polizei dort drüben arbeitet.«

»Bei allem Respekt vor Mr. McBains Bullen-Shop, aber wir sind nun mal nicht *dort* drüben. Wir sind *hier* drüben.«

»Engstirnigkeit hat einen noch nie weitergebracht«, meinte Wiggins daraufhin salbungsvoll.

»Hamlet hätte Sie unendlich viel weitergebracht. Wie kommt es eigentlich, Wiggins, dass Sie jedes Mal anfangen zu predigen, wenn bei Ihnen was im Anzug ist?«

»Ich finde eigentlich gar nicht, dass ich predige. Es liegt wohl daran, dass ich dann mehr Zeit zum Nachdenken habe. Würde Ihnen übrigens auch gut tun.«

»Was? Nachdenken?« Halb sitzend, halb liegend stützte Jury sich mit den Schultern am Fußteil des Bettes ab und würde bei der nächsten Bemerkung von Wiggins einschlafen.

»Nein, natürlich nicht. Nachdenken tun Sie schon genug. Nein, ein bisschen ausruhen könnte Ihnen nicht schaden. Und vielleicht mehr lesen. Das beruhigt. Ein gutes Buch hat so eine gewisse wärmende Wirkung.«

Er hielt die Hände fast andächtig über Ed McBain gefaltet.

»Das letzte Buch, das ich gelesen habe, war von Emily Dickinson. Sie ist alles andere als beruhigend. Ich glaube, sie hat ihr ganzes Leben mit Sterben verbracht.«

Wiggins runzelte die Stirn. »Wieso hat sie sich dann die Mühe gemacht?«

»Womit?«

»Mit dem Schreiben von Gedichten. Ich meine, wozu sich aufregen?«

Jury suchte eine gute Antwort darauf und fand keine. Doch wie Wiggins soeben gesagt hatte, wozu die Mühe? »Haben Sie Emily Dickinson in der Schule gelesen? Ich ja, kann ich mich erinnern.«

»Nein. Für solche Dinge hatten wir keine Zeit. Für unpraktische Dinge.«

»Sie hat sich eine Kunstfigur geschaffen, eine gewisse Pose, um das sagen zu können, was sie sagen wollte. Eine ihrer Lieblingsposen war das unschuldige Kind, dem man noch nichts eingeimpft hatte.«

»Sie meinen, es hatte seine Schutzimpfungen noch nicht bekommen?«

Mittlerweile hatte Jury eine gewisse Kunstfertigkeit darin entwickelt, auf einen Großteil von Wiggins' Bemerkungen einfach nicht einzugehen. »Ich meine, ein Kind, das Fragen stellt oder ganz unbewusst reagiert. ›Wann ist endlich morgen?‹ So in der Art. Kinder können Fragen stellen, die Erwachsene sich nicht zu fragen trauen, weil wir nicht zugeben wollen, dass wir Angst haben und die Antworten eigentlich gar nicht hören wollen.«

»Na, wir aber doch schon. Wir sind doch zuallererst einmal Polizisten und wollen natürlich die Antworten hören. Ich jedenfalls ganz bestimmt.« Womit er andeutete, dass Jury der Wahrheit nicht immer ins Gesicht sah.

»Man begreift einfach, wie gefährlich die Welt ist.« Inzwischen lag Jury quer über das untere Bettende (Wiggins hatte seine Füße deswegen anders platzieren müssen, was ihm gar nicht recht gewesen war), den Kopf in die Hand gestützt. »*Wenn ich nicht am Leben sein sollte / Wenn die Drosseln kommen, / Gib der einen in roter Krawatte / Einen Erinnerungskrumen.*« Ach Gott, ist das traurig! Das meinte ich vorhin: Sie hat es die ganze Zeit mit dem Sterben.«

»Seit Sie angeschossen wurden, haben Sie einen Hang zum Morbiden ...«

Stimmt vielleicht, dachte Jury. Wenig hilfreiche Emily.

Das hartnäckige Klingeln des Telefons hielt Jury irrtümlich für die Lerche, die Emily Dickinsons Vorschlag gemäß gespalten werden müsste, um die Töne zu finden. Statt des üblichen *Brrr-Brrr* trillerte das Telefon geradezu.

Unbeholfen tastete seine Hand nach dem Hörer und hob ab. »Ja?«

»Auf, auf, auf, Jury.«

»Hallo, Macalvie. Wie spät ist es? Vier Uhr morgens?«

»Nein, neun. Ich habe gerade mit Wiggins gesprochen.«

»Ist der schon so früh auf?«

»Natürlich. Der einzige Faulenzer sind Sie. Ich für meinen Teil bin schon seit Stunden auf den Beinen. Aber Ihnen gönne ich ein bisschen extra Schlaf.«

»Das ist aber anständig von Ihnen.«

»Ziehen Sie sich an. Ich lade Sie zum Frühstück ein.« Als Macalvie auflegte, stopfte Jury bereits sein Hemd in die Hosen.

Ein prächtiger Teller Eier mit Speck wurde soeben auf den Tisch in der Ecke gestellt, als Jury das Foyer betrat.

»Servieren die hier denn Frühstück? Das überrascht mich.«

»Für die Kripo von Devon und Cornwall schon. In weiser Voraussicht vermutlich.« Macalvie zupfte eine Scheibe Toast aus dem Porzellanhalter. »Verraten Sie mir eins: Wie kommt es, dass wir einen verdammten Tunnel unter dem Ärmelkanal bauen können, aber nicht in der Lage sind, heißen Toast zu servieren?«

Jury nahm einen Bissen Frühstücksspeck. »Ich verstehe einfach nicht, wieso ich ständig Hunger habe. Ich verschmachte geradezu.«

»Haben Sie denn was Richtiges gegessen?«

Jury dachte an den Käse und die Kekse vom Vorabend. »Nein, eigentlich nicht.«

»Das ist doch aufschlussreich.«

Macalvie hielt den Toastständer in die Höhe und sah sich nach der Serviererin um.

»Wenn ich an Flüche glauben würde – tue ich vielleicht auch –, dann liegt über Declan Scott einer.«

Die Serviererin war zur Theke zurückgegangen, und Macalvie, nachdem er sie auf sich aufmerksam gemacht hatte, deutete nachdrücklich auf den Toasthalter. Sie kam auf ihren dicken Sohlen angeschlurft.

»Heißen Toast, Schätzchen, den macht man so: Gleich, wenn er hochkommt, schnappt man ihn sich und bringt ihn unverzüglich her. Darum heißt der nämlich ›Toast‹.«

Die Hände in die Hüften gestemmt, stand sie da, ihr Kaugummi wanderte von vorn nach hinten und hinüber auf die andere Seite. Wortlos nahm sie den Halter entgegen.

Macalvie umfasste mit beiden Händen seinen Kaffeebecher. »Weshalb wollte sie mit Mary Scott reden? Ich kann nur einen Grund erkennen, nämlich wieder Flora. Baumann nimmt an, Mary weiß etwas, oder beide wissen etwas, Mary und Declan. Vielleicht hat Lena Banks ja aber auch auf eigene Faust gehandelt.«

Jury schüttelte den Kopf. »Nein. Gegen Baumann etwas zu unternehmen, wäre gewagt.« Jury stutzte. »Vielleicht verfügte sie ja über Informationen. Womöglich hatte sie etwas über Flora herausgefunden.«

»Aber was? Dass sie tot war?«

»Hätte sie deswegen die Reise unternommen? Ein Ermittler für pädophile Delikte verfolgt Viktor Baumanns Treiben übrigens schon seit langem.«

»Das macht mir den Kerl bloß noch unsympathischer. Was heißt übrigens, ›verfolgt‹ sein Treiben? Hat er denn was verbrochen? Im Internet Pornos geguckt?«

»Nein. Schlimmer noch, ich meine, wirklich schlimmer. Der betreibt im Londoner Norden ein Haus, in dem Pädophile ein und aus gehen. Wir glauben, das kleine Mädchen, das vor einer Woche auf der Straße erschossen wurde, kam von dort.«

»Ach Gott. Und mit dem Mord können Sie ihn nicht in Verbindung bringen? Oder mit dem Etablissement selbst?«

Jury schüttelte den Kopf. »Bis jetzt gibt es keine konkreten Beweise.«

Sie schwiegen nachdenklich. Dann sagte Macalvie: »Lena Banks kommt nach Angel Gate, aber nicht um mit Declan Scott zu sprechen.«

»Wenn seine Aussage stimmt. Möglicherweise hatte sie aber Kontakt zu ihm aufgenommen und gemeint, ›Treffen wir uns draußen.‹ Oder das Treffen ging von ihm aus.«

»Weshalb denn?«

»Keine Ahnung. Die Mordwaffe haben Sie ja immer noch nicht«, sagte Jury.

»Es ist auch möglich, dass sie aus einem anderen Grund kam. Ich nehme an, sie wusste, wo Flora war – sagen wir, in einem Kloster in Italien – und war bereit, diese Information gegen einen Haufen Geld preiszugeben.«

»Wo Flora nun schon seit drei Jahren verschwunden ist? Was wollte sie überhaupt vor drei Jahren von Mary Scott? Was war der Grund für ihr Treffen in Brown's Hotel in London?«

»Damals wollte sie vielleicht an Informationen herankommen.«

Macalvie schob seinen Teller beiseite, von dem er kaum etwas angerührt hatte. »Es gibt da eine Person, der ich wahrscheinlich noch nicht genug Aufmerksamkeit habe zukommen lassen: Alice Miers.«

»Ich habe mit ihr gesprochen. Nette Frau.«

»Sie wusste über Viktor Baumann Bescheid.«

»O, sie wusste mehr als nur ›Bescheid‹ über ihn, sie kannte den Mann und hasste ihn – wie die anderen auch.«

»Sie hat für die fragliche Zeit kein Alibi. Ihr Arzt hat ihr aber das Reisen untersagt, behauptet sie.«

»Könnte es denn sein, dass sie Lena Banks erschossen hat und es Declan überlässt, mit der Polizei fertig zu werden? Sie liebt ihn.«

In diesem Moment kam die Serviererin mit dem heißen Toast zurück. Sie knallte den Toastständer auf den Tisch.

Jury nahm sich eine Scheibe und beäugte Macalvies Frühstücksspeck. »Essen Sie das noch?«

32

»Und was«, fragte Melrose ohne große Eile, die Antwort zu hören, »gefällt dir nicht an der Art, wie ich das mache?«

Die Frage war an Lulu gerichtet, die in der Nähe des Teichs stand, neben sich Roy, und die Gestaltung des kleinen Stückchens Erde misstrauisch beäugte, zu der sie sich schon mehr als einmal kritisch geäußert hatte. »So früh im März pflanzen wir noch keine Blumen.«

Melrose kniete über einem quadratischen Rasenstück zwischen der Kastenhecke und der weißen Bank. »Du vielleicht nicht, aber ich und Mr. Macmillan und die meisten anderen Gärtner wahrscheinlich auch.« Da er sowieso keine Ahnung hatte, *was* er machte, brauchte er sich wohl kaum darüber herumzustreiten, *wann* er es machte. Er war dabei, probeweise seine Spezialmischung zu pflanzen, nur um zu sehen, wie es sich ausnahm. Zu diesem Behufe hatte er sich für den kleinen Innengarten entschieden, da es dort ein hübsches Stück Rasen gab, das er bereits zurechtgestutzt hatte. Aufgeschlagen neben sich hatte er Truebloods großes Buch als Gestaltungshilfe liegen. Außerdem hatte er eine Zeichnung angefertigt, auf die Lulu nun mit dem Finger deutete.

»Die kleinen Vierecke da müssen näher zusammen. Und das Gras ist immer noch zu hoch, da sieht man ja die Blumen gar nicht.«

Roy bellte kurz auf. Melrose war voller Bewunderung für seine streng kontrollierten Beller. Ich bin ein Sklave zu vieler Herren, dachte er. Jetzt gibt auch noch Roy seinen Senf dazu. Melrose benutzte seine Pflanzkelle, um etwas mehr Erdreich aufzugraben. Das alles vollführte er nur zur Schau, denn er fand, nun sei es an der Zeit, sich die Hände schmutzig zu machen. Mit seinen Handschuhen und dem Leinenhut, fand er, sah er ziemlich stilecht aus.

»Sie könnten doch ein paar Schneeglöckchen reintun oder die anderen Dinger.« Sie deutete auf die Blümchen, die an der Hecke wuchsen.

»Eisenhut ist das und dahinter Nieswurz. Aber das brauchen wir doch gar nicht mehr. Das würde dazu sowieso nicht gut aussehen.« Inzwischen saß Lulu im Gras, in dieser unsäglichen umgekehrten Yogaposition, die nicht einmal der Buddha zustande brachte: Beine und Füße weit nach außen gestellt, mit den Händen die Knöchel umfassend. »Im Zirkus wärst du eine Wucht.«

Darauf gab Lulu keine Antwort und verwies seine Bemerkung in den Treibsand von Gesprächsthemen, in den Melrose gewöhnlich versenkt wurde. »Da muss noch mehr Farbe rein. Bloß lauter bläuliche Stiefmütterchen, das geht nicht. Schauen Sie mal...« Mit diesen Worten hielt sie ihm die Seite in Truebloods sagenhaftem Buch entgegen, auf der eine Cloisonnébrosche in Form eines Vogels abgebildet war, der sich in vollem Flug befand und unter dem Farbenmeer all der kleinen Porzellanstückchen förmlich zusammenbrach. »Sehen Sie die einzelnen Teile – lauter verschiedene Farben, Grün und Gelb und Rot und Blau sind da herumgesprenkelt.«

»Tatsächlich? Ich für meinen Teil würde mich lieber mit Gin, Whiskey und Rum besprenkeln lassen.«

Ab in den Treibsand. *Schwupp – und weg*.

»Im Übrigen ist das, was du da abgebildet siehst, eine Brosche. Also Schmuck.«

Währenddessen hatte sich Roy genüsslich ausgestreckt und den Kopf auf die Pfoten gebettet, den Blick auf Melrose und Pflanzkelle gerichtet. Vielleicht dachte er, diese ganze Spatenarbeit würde deswegen vollführt, um seinen Knochenvorrat auszugraben.

»Roy hat nichts dagegen, wenn es alles blau ist.«

Roy ließ ein kurzes Bellen ertönen, das plötzlich abrupt abbrach. Entweder war er wirklich knauserig oder er wollte die andere Hälfte eines guten Bellers nicht an Melrose vergeuden. Jetzt ertönte das Bellen jedoch, kurz bevor jemand Lulus Name rief. »Aha! Deine Tante ruft nach dir.«

Lulu scherte sich aber gar nicht darum. Sie kaute auf ihrer Lippe und betrachtete die zur Debatte stehenden blauen Blumen. Melrose hatte den Gartenentwurf neben sich, der ihm ziemlich gelungen dünkte, er hatte sich nämlich dabei von Warburtons ausgeklügeltem architektonischem Plan für die gesamte Anlage leiten lassen.

Nachdem sie die Hoffnung aufgegeben hatte, Lulu würde sich das Tablett abholen, kam ihre Tante mit den Teebechern auf sie zu. Dass ihre Nichte nicht reagiert hatte, schien sie nicht sonderlich aus dem Konzept zu bringen. Sie war eine gutmütige Frau und sehr geduldig.

»Bitte sehr, Mr. Plant. Ich dachte mir, Sie brauchen vielleicht einen Tee. Ziemlich frisch hier draußen. Lulu, du sollst Mr. Plant doch nicht stören.«

»Tu ich gar nicht. Ich helfe ihm.«

Roy hechelte vernehmlich, vermutlich um darauf hinzuweisen, dass er auch ein ganz toller Helfer war.

In einem Appell an die gutmütige Seite seiner selbst – den beträchtlich kleineren Teil von Körper und Seele – sagte Melrose: »Sie leistet mir Gesellschaft. Und Roy auch.«

Rebecca Owen wickelte ihre Strickjacke in einem unvorteilhaften rostroten Farbton noch fester um sich. »Das ist sehr nett von Ihnen. Für Lulu gibt es ja hier sonst nicht viel zu tun.« Sie schob die Fäuste tief in die Jackentaschen.

Nicht viel zu *tun*? War die Frau eigentlich *blind*? Ohne Lulu lief hier doch gar nichts. »Ich verstehe, was Sie meinen. Sie hat keine Spielkameraden hier.« Abgesehen von mir natürlich.

Lulu sagte: »Früher war Flora da.« Sie hatte sich in die Hocke niedergelassen und begutachtete eingehend Melrose' winzige Blumen.

Ihre Tante holte tief Luft, als handelte es sich um ein gefährliches Thema, egal, wer es anschnitt.

Melrose war entzückt. Er hatte schon die ganze Zeit versucht, sich ans Thema Flora heranzupirschen. »Ja. Eine Tragödie ist das.«

»Ja, das war es wirklich.«

»Wir haben die ganze Zeit miteinander gespielt«, sagte Lulu.

Das, dachte Melrose, war ja wohl Wunscherinnerung, nach allem, was er gehört hatte.

»Wenn sie zu uns zum Tee kam«, fuhr Lulu fort, »war sie wirklich hübsch. Sie war hübscher als –«

Rebecca Owen unterbrach sie. »Reden wir nicht von ihr, Lulu. Das macht uns doch alle so schrecklich traurig.«

Melrose machte es überhaupt nicht traurig und Lulu ebenso wenig.

»Na, dann lasse ich euch zwei mal weitermachen«, sagte Rebecca Owen und ging zurück ins Haus.

Lulu stürzte sich sofort auf ein anderes Thema: den Mordschauplatz. »Dort drüben –« Sie deutete über den kleinen Garten hinweg auf den größeren. »Dort wurde doch diese Frau ermordet.«

»Da hast du ja bestimmt ziemlich Angst gekriegt, als du davon gehört hast.«

Das ignorierte sie geflissentlich. »Mr. Macmillan hat sie gefunden. Und ein *Haufen* Blut war da.«

Was hatten Kinder nur für makabre Gelüste! »Davon wusste ich gar nichts.«

Musste er auch nicht. Sie redete weiter. »Sie wurde genau da rein geschossen.« Sie zeigte auf ihre Herzgegend.

Melrose klopfte wieder ein Grüppchen winzige blaue Blumen fest. »Sehr seltsam. Das ist ja richtig schrecklich.«

»Wahrscheinlich ist ihr jemand hierher gefolgt.«

Er war etwas überrascht, was für Theorien sie anstellte. Sie schien sich darüber Gedanken gemacht zu haben. Aber schließlich würde jedes Kind versuchen, sich einen Reim darauf zu machen, da die Erwachsenen dabei keine besonders tolle Figur abgaben. »Das könnte sein, aber dann bliebe immer noch die Frage, wieso hier? Wieso in Angel Gate?«

»Vielleicht wollte sie mit Mr. Scott sprechen.« Sie zupfte an einem Büschel Unkraut herum.

»Wenn sie auf Besuch kam, wäre sie denn dann nicht einfach zur Haustür gegangen?«

»Aber nicht, wenn es ein Geheimnis war.«

»Du meinst, niemand sollte erfahren, dass sie sich trafen? Aber überleg mal – hier im Haus wohnt doch bloß Mr. Scott.«

Sie hatte eine Eichel aufgehoben und ließ sie von der flachen Hand immer wieder in die Luft hüpfen. »Wir sind doch auch noch da!«, rief sie fröhlich aus. »Und manchmal hat er auch Gäste.«

Das war keine hinlängliche Erklärung. Scott wüsste doch Bescheid, wann er Gastgeber spielte und wann nicht. Dann kam Melrose ein Gedanke: Mobiltelefone. Diese vertrackten kleinen Dinger! Für ein spontanes Treffen oder eine heimliche, verstohlene Zusammenkunft wären sie jedoch höchst praktisch. *Hallo, Liebling. Schau mal raus auf die Terrasse – hier bin ich!*

»Und – hatte er denn Gäste?«

Lulu warf immer noch die Eichel in die Luft und fing sie wieder auf. »Mr. Warburton war noch da. Wir haben Cluedo gespielt.«

»Du und Mr. Warburton?«

»Und Mr. Scott. Und diese andere Frau. Ich war Nichte Rhoda.«

»Was für eine Frau?« Bestimmt meinte sie Pat Quint.

Lulu zuckte gleichgültig die Schultern.

Ach, »diese andere Frau« war einfach zu viel Konkurrenz für Lulu! Er fragte sich, wie viel Konkurrenz Flora wohl gewesen war.

»Es war kurz vorm Tee. Wir machen gern Spiele, ich und Mr. Scott. Manchmal spielen wir auch Karten.«

Das klang genau wie das, was sie über Flora und sich gesagt hatte. *Wir haben die ganze Zeit miteinander gespielt.* Melrose überkam plötzlich ein Gefühl der Traurigkeit beim Gedanken, dass dieses Kind ja ganz allein und verlassen war, ganz ohne Spielkameraden, und sich selbst unterhalten musste. Und das nichts anderes kannte als immer nur diese Erwachsenen. Offenbar kamen nicht einmal Schulkameraden hierher zu Besuch.

»Na, dann magst du Mr. Scott ja bestimmt recht gut leiden.«

Sie betrachtete den Erdboden und nickte so unmerklich, dass es ihm fast entgangen wäre, wenn er nicht extra darauf geachtet hätte. Es war, als müsste sie ein Geheimnis daraus machen, wie sehr sie Declan Scott mochte. Dann sagte sie: »Der beschützt mich nämlich. Vor dem Kinderdieb.«

Melrose überlegte einen Augenblick. Er wusste, dass es nichts nützte, ihre Bemerkung als Unsinn abzutun. »Der Kinderdieb kam aber doch nicht hierher. Flora ist doch aus den Verlorenen Gärten verschwunden.«

Die fantastische Dimension dessen, was er da eben gesagt hatte, wurde ihm plötzlich bewusst.

Verschwunden aus den Verlorenen Gärten …

Das klang ja wirklich sehr nach Alice im Wunderland! Er wusste überhaupt nicht, was er damit eigentlich meinte. Was meinte er denn?

Sie schaute ihm nun ins Gesicht und drehte dabei eine Haarsträhne, deren glatte Spitze sich nicht recht um die Finger winden ließ. Und wartete darauf, dass er den Kinderdieb in die Hölle verdammte. Womöglich hätte er Flora überhaupt nicht erwähnen sollen, hätte den Namen unausgesprochen lassen sollen.

Sie sagte: »Vielleicht mag er Gärten.«

»Nein. Er mag Orte, wo er leicht rein und wieder raus kann. Hier ist doch eine Mauer um das Haus und das Grundstück. Sieh doch nur!« Er breitete die Arme aus, als wollte er den ganzen Garten, die ganze Welt umfassen, wenn er gekonnt hätte.

»Hab ich doch gesehen.« Ihr Ton war scharf. Was bedeutete: du Idiot.

Die Undurchdringlichkeit der Gartenanlage, in der sie sich eben befanden, war trügerisch. Der Kinderdieb konnte wie jedes unheimliche Wesen – unter dem Bett, im Kleiderschrank, knarzend oben im Dachboden – durch Wände gehen.

Melrose sagte: »Also, eines ist klar: Falls er je versuchen würde, hier hereinzukommen, würde Roy ihn umherjagen, bis er umfällt.« Das war vielleicht nicht der geeignetste Moment für diese Bemerkung, da der Hund faul ausgestreckt in der Sonne lag und döste.

Lulu musterte Roy skeptisch.

»Der Kinderdieb hat wahrscheinlich sowieso keine Angst vor Hunden.«

Wieder ein skeptischer Blick auf den dösenden Hund.

»Aber du sagtest ja, Mr. Scott wird dich beschützen.«

»Und was ist, wenn er das eine Mal nicht da ist?«

Melrose schlug sich mit den Handflächen auf die Brust. »Dann werde *ich* dich beschützen.«

Lulu musterte Melrose weitaus skeptischer, als sie Roy je betrachtet hatte.

33

Rebecca Owen redete die ganze Zeit über Lulu.

Melrose hatte das Tablett in die Küche zurückgebracht, und zwar mit der ausdrücklichen Absicht, sie zum Reden zu bringen – vorzugsweise über Mary Scott, aber wenn sie über Lulu reden wollte, sollte es ihm auch recht sein. Zusammen genehmigten sie sich noch ein Tässchen Tee. Er lachte. »Glauben Sie mir, man sieht schon, dass sie sehr viel Fantasie hat. Was ist das für eine fixe Idee mit diesem Kinderdieb?«

»Ach, damit hat sie Sie voll gequatscht? Beachten Sie sie gar nicht, Mr. Plant. Was sie da alles daherredet!«

»Die Geschichte mit dem Kinderdieb ist ja vielleicht weit komplizierter, als wir denken.«

»Wie meinen Sie das?«

»Ich bin mir nicht sicher.« Er nahm seine Teetasse und stellte sie wieder hin. »Mir ist nicht ganz wohl bei der Sache.«

Rebecca lachte und stand mit dem leeren Keksteller auf. »Und das findet Lulu bestimmt ganz toll.«

»Was?«

»Dass Ihnen wegen ihr nicht ganz wohl ist.«

Melrose spürte, wie es plötzlich merkwürdig kühl um ihn wurde. Er sah zu, wie sie den Teller ins Spülbecken stellte. »Es muss Ihnen wirklich sehr zu Herzen gehen, dass Mrs. Scott und Flora beide nicht mehr da sind.«

»Ja, das stimmt, das stimmt wirklich.« Sie wandte sich ab und sah hinaus in den Garten.

Melrose hielt es für besser, sie über die Scotts nicht weiter auszufragen, um nicht neugierig zu erscheinen. »Nun, dann werde ich mich mal wieder an die Arbeit machen. Danke für Tee und Kekse.«

»Hat Sergeant Wiggins hier was von Tee gehört?«

Die Frage kam von Jury, der in der Tür stand, hinter sich Wiggins. »Ich hätte auch nichts gegen ein Tässchen einzuwenden.«

Rebecca erhob sich etwas verlegen. »O ja, natürlich.« Sie befühlte die Kanne. »Er ist noch heiß, ich kann aber auch frischen –«

»Nein, das ist schon in Ordnung.«

Als hätte er heute keinen anderen Auftrag, als an diesem Tisch zu sitzen und Tee zu trinken, entledigte sich Wiggins seines Mantels und nahm Platz. Dabei strahlte er übers ganze Gesicht.

»Freut mich zu sehen, dass Sie wieder wohlauf sind, Sergeant«, sagte Melrose. »Gestern sahen Sie doch ein wenig spitznasig aus.«

»Das muss so ein Vierundzwanzig-Stunden-Bazillus gewesen sein. Bitte drei Stückchen Zucker, Miss Owen, wenn Sie so nett wären.«

Mit der Zuckerzange nahm sie drei Stückchen heraus und ließ sie – *plink, plink, plink* – nacheinander in seine Tasse fallen. »Sie nehmen doch bestimmt auch einen Keks.«

Wiggins nickte, als wäre sein langes, dünnes Gestell nie vom Siechtum heimgesucht worden. »O ja, schon.«

Bei dieser geballten Ladung von Teeseligkeit blieb es Jury überlassen, das Zuckerzänglein selber zu schwingen. Während er sich setzte, meinte er: »Dann machen Sie also weiter, Mr. Plant?«

Melrose bedachte ihn mit seinem verschlagensten Lächeln und hob gerade an zu sprechen, als Lulu plötzlich vor ihnen auftauchte und sich wie Morgentau oder Gänseblümchenblätter an Jury schmiegte.

»Ah, hal-*lo*, Lulu, dudelidu, wie geht's, wie steht's?«

Melrose zuckte gequält zusammen. *Lulu, dudelidu*? Das war ungefähr so witzig wie eine Nasenwarze.

Doch Lulu gefiel es. Sie kicherte und juchzte vor Vergnügen. »Ein Geschenk für Sie«, sagte sie zu Jury und hielt ihm ein lilafarbenes Stiefmütterchen hin, das wieder in seinem mit Erde gefüllten Behälter steckte.

Frechheit! »Moment mal!«, gebot Melrose. »Das ist ja eins von meinen Stiefmütterchen.«

»Das war übrig. Das brauchen Sie nicht.« Sie wandte ihren schmachtenden Blick wieder Jury zu.

Der entgegnete: »Das leuchtet ein, wenn es übrig ist.«

»Wer behauptet denn, dass es übrig ist? Ich meine, außer Lulu? Ich hatte sie genau abgezählt.«

Lulu sagte: »Wenn Sie sie richtig aufgereiht hätten, könnten Sie sehen, dass es eins zu viel ist.«

Roy bellte kurz auf, und Jury streckte die Hand zu ihm hinunter und kraulte ihm den Kopf. Roy schlug mit dem Schwanz auf und ab wie ein Biber.

»Du verdirbst mir mein ganzes Cloisonné.« Melrose wollte sich schon wutentbrannt erheben, als ihm einfiel, dass ihm sein Cloisonné ja eigentlich schnurzpiepegal war.

Lulu hielt Jurys Arm gepackt wie ein Seil, das ihr im Treibsand zugeworfen wurde.

Er sagte: »Vielleicht sollten wir alle rausgehen und nachsehen, ob das Muster in Ordnung ist. Denn eins musst du dir merken, Lulu: Unser Mr. Plant ist ein Experte, und du solltest sein Projekt nicht durcheinander bringen.«

»Okay«, sagte sie und warf Melrose ein Lächeln zu wie einem Obdachlosen einen Penny. Ein Lächeln, das nicht bis zu den Augen reichte, hatte er schon gesehen. Aber ein Lächeln, das kaum bis zu den Lippen reichte? Sie hüpfte vor Begeisterung auf und ab, und ihr glänzendes braunes Haar hüpfte unerschrocken mit. Irgendwie kam sie ihm so vor: unerschrocken.

»Wiggins, Sie bleiben hier und trinken Ihren Tee vollends aus.«

Das Erdreich, das Melrose so säuberlich festgeklopft hatte, war aufgewühlt worden. »Du hast sie umgesetzt, Lulu!« Schnurgerade verlief die Reihe der lilablauen Stiefmütterchen.

»Bloß ein bisschen. Das sieht besser aus, so ist es gleichmäßig.«

Jury machte seine Hand los, an die Lulu sich mit beiden Händen gehängt hatte, als hinge ihr Leben davon ab. Er kniete sich hin. »Na, dann wollen wir mal sehen.«

Jetzt aber mal *halblang*, dachte Melrose. Als ob Jury einen blassen Schimmer davon hätte! Dann rief er sich wieder ins Gedächtnis, dass er ja selbst ebenfalls keine Ahnung hatte.

»Ich glaube«, sagte Jury, »die Farben sollten gemischt sein. Sehen Sie, Sie haben hier alle lilafarbenen beisammen. Sie sollten ein paar weiße und gelbe hineinsetzen.«

Er hörte sich an wie Lulu. Melrose funkelte ihn wütend an. »Seit wann wissen Sie denn etwas über die Kunst des Cloisonnierens?«

»Tu ich eigentlich gar nicht. Ich habe aber schon mal Cloisonnéschmuck gesehen.« Er klopfte auf Truebloods Buch. »Sie haben ja hier – aus Gründen, die nur Ihnen bekannt sind – ein ganzes Buch voller Cloisonnéschmuck.« Jury blätterte darin herum. »Die Farben sind bunt zusammengewürfelt.«

O, dieser triumphierende Blick bei Lulu! »Hab's Ihnen ja gesagt!«

Nachdem Jury ihr heimlich Recht gegeben hatte, ließ sie von den Erwachsenen ab, nahm sich Roy und machte mit ihm eine Art Hüpfspiel. Ihre Tante kam auf den Gartenweg heraus und rief herüber, sie solle ins Haus kommen.

»Also dann, bis bald«, rief sie ihnen über die Schulter zu.

»Bis bald«, brummte Melrose.

Jury lächelte und machte sich auf den Weg zum Cottage hinüber. »Kommen Sie, ich muss Ihnen ein paar Sachen erzählen.«

»Wehe, wenn die nicht gut sind.«

Jury warf seinen Mantel auf einen Sessel, setzte sich in einen korbgeflochtenen Schaukelstuhl und rückte das Kissen hinter sich zurecht. »Der Grund, weshalb wir solche Schwierigkeiten hatten, unser Opfer zu identifizieren, war der, dass die Frau gar nicht existierte.«

»Hm, nun ja, das kann eine erkennungsdienstliche Bearbeitung ja erheblich behindern. Was soll das heißen?« Melrose setzte sich hin und holte seine Zigaretten hervor, überlegte es sich dann aber anders und steckte die Schachtel wieder in die Tasche.

»Zunächst einmal kamen wir auf Georgina Fox, Scotts ehemalige Freundin. Nur existierte Georgina ebenfalls nicht. Eine Georgina gab es nicht. Der Name des Opfers war Lena Banks.« Jury erzählte ihm von seinem Besuch im Culross.

»Lena Banks.« Melrose ließ sich den Namen quasi auf der Zunge zergehen. »Wie passt die in das ganze Bild?«

»Über Viktor Baumann. Miss Banks ist beziehungsweise war seine langjährige Mätresse. Sie fing dann mit Declan Scott etwas an, als der nach dem Tod seiner Frau in Paris war. Da Lena Banks nichts mehr sagen kann, nur noch vielsagend schweigen, kann ich bloß spekulieren, dass sie für Viktor Informationen einholte.«

Melrose meinte: »Die dachten, Declan Scott wüsste, wo Flora war, was so viel heißt wie, *sie* wussten es *nicht*. Was außerdem heißt, dass das Kind von jemand anderem verschleppt wurde.«

»Richtig.« Jury lehnte sich gegen das Kissen zurück und schloss die Augen. »Der Kinderdieb.«

»Fangen *Sie* nicht auch noch damit an.« Diesmal fiel Melrose' Entscheidung zugunsten einer Zigarette aus. Eine Zigarette als Denkhilfe.

»Ich hatte eigentlich nicht die Absicht, witzig zu sein.«

»Flora wurde vor drei Jahren entführt.«

»Und ein halbes Jahr später stirbt Mary. Und ein Jahr danach trifft Declan Scott auf Lena Banks, alias Georgina Fox.«

»Was ist, wenn er lügt?«

»Declan?« Jury sah zu, wie sich der dünne Rauch aus der Zigarette seines Freundes in die Luft erhob. »Glaube ich nicht.«

»Das ist nun ein rein subjektives Urteil.«

»Ja, ich bin aber auch kein Richter am St. James' Court. Ich kann so subjektiv sein, wie ich will.« Er ließ ein Lächeln aufblitzen, ein-aus, schnell wie per Lichtschalter.

»Sind Sie sich der Identität des Opfers denn wirklich sicher?«

»Ja. Wir haben Denny Dench alles vorgelegt, einem von Macalvies Lieblingsexperten in Knochenfragen. Der schaute sich Fotos von den beiden Frauen an und sagte, es sei ein und dieselbe Person. Dazu benutzte er ein Gerät, das Bilder miteinander abgleichen kann.«

»Okay, dann ist diese Lena Banks also das Opfer. Und nachdem das alles geklärt ist, wer zum Teufel hat sie dann umgebracht? Patricia Quint? Lord Warburton?«

Jury horchte auf. »Der Name kommt mir bekannt vor.«

»Henry James. So nenne ich den Kerl spaßeshalber.«

»Ist das nicht der, der die Erbin heiraten wollte? Wie heißt sie gleich?«

»Isabel Archer. Isabel Archer wollten sie alle heiraten.«

»Nehmen wir mal einen Verdächtigen aus Ihrer Liste – was wäre denn Warburtons Motiv?«

»Keine Ahnung. Patricia Quint hätte vielleicht ein Motiv. Irgendwie habe ich den Eindruck, sie will Declan Scott für sich haben.«

»Ach ja? Das kann ich mir aber bei jeder Frau vorstellen.«

Melrose nickte.

»Die Ermordete sah aber gar nicht aus wie Georgina, wieso sollte Patricia Quint sie dann umbringen?«, fragte Jury.

»Vielleicht wusste sie irgendwoher, wer diese Frau war.«

»Ziemlich unwahrscheinlich, wenn Scott selbst nichts ahnte.«

Melrose überlegte einen Augenblick. »Hätte die Banks nicht auch auf eigene Faust handeln können?«

»Schon möglich. Das hat Macalvie auch vermutet. Das wäre aber gefährlich gewesen.«

Melrose drückte seine Zigarette aus. »Verdammt, bei diesem Fall laufen mir einfach zu viele Leute mit dem falschen Gesicht herum.«

»›Und keiner weiß, wer der andere ist.‹ Das hat, glaube ich, Melville gesagt – in *Ein sehr vertrauenswürdiger Herr*. Ein beängstigender Gedanke. Man bekommt keinen festen Halt mit den Zehen und überhaupt keinen mit den Fingern, und doch wird erwartet, dass man den Berg erklimmt. Sämtliche Etiketten sind falsch und alle Namen fehlen. Und wir spielen weiter unsere Rollen.«

»Wenn das der Fall ist, kommt man nie auf eine Lösung.«

»Nein, wahrscheinlich nicht.« Jury überlegte. »Und doch glaube ich, dass Viktor Baumann hinter dem allem steckt.«

»Dann hat er sie also ermordet?«

»Das bezweifle ich. Er ist eher der Typ, der andere die Drecksarbeit machen lässt. Einer von den Jungs im – wie es bei uns heißt – Schweinigel-Dezernat ist schon lange hinter Baumann her.«

»Tatsächlich? Weshalb?«

»Baumann betreibt ein kleines Unternehmen, das Kinderschänder beliefert.«

»Mein Gott! Und der wollte das Sorgerecht für Flora Baumann?«

Jury nickte.

»Dann hat dieser Kinderschänderring etwas mit der Kleinen zu tun, die im Londoner Norden erschossen wurde?«

»Ich glaube schon. Morgen fahre ich wieder hin.«

»Von dort *kommen* Sie doch gerade. Sie sehen müde aus.«

Jury tat es mit einem Achselzucken ab.

Melrose sagte: »Wer um Himmels willen würde ein kleines

Kind erschießen? Dazu noch in den Rücken? Was für ein Mensch ist zu so etwas fähig?«

»Ein anderes Kind?«

Jury war auf dem Weg zu dem provisorischen Polizeibüro, als er Patricia Quint drüben durch die schmiedeeiserne Engelspforte in der Steinmauer in den Garten kommen sah. Sie trug einen alten Mantel und hatte die Arme eng um sich geschlungen, als ob ihr kalt wäre.

»Miss Quint«, begrüßte Jury sie mit einem Kopfnicken.

»Ach, hallo. Sie sind auch nie mit der Arbeit fertig, stimmt's?«

»Sieht so aus. Könnten wir uns einen Augenblick hinsetzen? Ich möchte Sie nur ein paar Sachen fragen.«

»Ja, bitte. Aber wenn es Ihnen nichts ausmacht – nicht dort drüben.« Sie wies mit dem Kopf zu der steinernen Bank hinüber.

»Nein, natürlich nicht.« Das Absperrband war entfernt worden. Vielleicht meinte sie, er würde sich kurzerhand auf diese Bank setzen wollen. Sie gingen stattdessen zu einer von den weißen Eisenbänken hinüber.

»Übrigens, was haben Sie da gerade gemacht?«

»Gemacht?«

»Ich habe nur überlegt, was Sie hier draußen suchen.«

»Ich mache einfach einen Spaziergang.«

»Auf dem Grundstück von Angel Gate?«

»Ja, warum nicht? Dachten Sie – denken Sie, ich sollte mich von dem Mord abschrecken lassen?«

Jury lächelte. »Nein, das dachte ich gar nicht.«

Sie musterte ihn verwundert. »Was denn dann?«

»Es ist nur – ich meine, Sie wohnen ja gar nicht hier.«

»Ich bin eine alte Freundin von Declan.« Sie sah ihn etwas erstaunt an. »Ich glaube kaum, dass er etwas dagegen hätte.«

»Oh, er hätte bestimmt nichts *dagegen.*« Jury ließ die Betonung in der Luft hängen.

»Superintendent, ist es das, was Sie mich fragen wollten?«

»Nein.« Jury hielt inne. »Wie gut kannten Sie Mary Scott?«

»Ziemlich gut.«

»Ich weiß nicht so recht, was das heißt. War sie eine gute Bekannte? Eine Vertraute?«

»Ach, irgendwelche Geheimnisse hat sie mir nicht verraten, dass sie eine Vertraute gewesen wäre, kann man also nicht behaupten. Man kann aber doch auch so mit jemandem befreundet sein, oder?«

»Sie betrachteten sie aber schon als Freundin, oder?«

»Natürlich. Ich kannte Mary von früher. Ich meine, bevor sie Declan heiratete. Als sie noch in London lebte und Baumann hieß.«

Das überraschte Jury. »Dann müssen Sie ja auch ihren Mann gekannt haben.«

»Ja, sicher. Ich kannte ihn übrigens schon, bevor er Mary kennen lernte.«

Davon hatte Macalvie gar nichts gesagt. Vielleicht wusste er es nicht. »Was hielten Sie von dieser Ehe?«

Sie schien angestrengt zu überlegen. »Nun, ich hatte den Eindruck, er liebte sie. Er war außerordentlich zuvorkommend.«

»So verhält man sich aber nicht immer aus Liebe.«

»Wie denn dann?« Sie lächelte. »Oder sagen Sie das jetzt bloß aus reinem Zynismus?«

Jury lächelte. »Ich bin kein Zyniker, Miss Quint.«

»Wie denn nicht, bei all dem, was Sie beinahe täglich zu sehen bekommen? Sie ermitteln schließlich in Mordfällen.«

Sie wollte es anscheinend etwas zynisch haben. Jury sagte: »Richtig. Doch um Ihre Frage nach zuvorkommendem Verhalten zu beantworten – es könnte doch sein, dass ihr erster Ehemann sie nur fest im Griff haben wollte. Indem er um ihr Wohlergehen besorgt war, verhinderte er gleichzeitig, dass jemand anderes ihr etwas Gutes tun konnte. Oft ist es ja so, dass die scheinbar hingebungsvollsten Leute das Objekt ihrer Hingabe in Wirklichkeit ersticken. Liebe bedeutet doch Platz zum Atmen, und zwar viel Platz.«

»Ich verstehe, was Sie sagen wollen. Es fällt aber schwer, sich vorzustellen, dass Viktor Mary einengen wollte.«

»Sie hat ihn verlassen, nicht wahr?«

Patricia Quint ließ den Blick über den Garten schweifen. »Ja, das hat sie.«

»Was wissen Sie über Viktor Baumann?«

Ihr Blick kehrte zu Jury zurück. »Eigentlich nicht viel. Er war ziemlich unzugänglich.«

»Wie verhielt er sich Flora gegenüber?«

Sie überlegte einen Moment. »Wissen Sie, ich kann mich gar nicht erinnern, ihn je mit Flora erlebt zu haben. Gut, sie war damals noch ein Baby. Es ist schwer, sich Viktor mit einem Kind vorzustellen.«

Jury musterte sie fragend.

»Er ist einfach nicht der Typ für Gutenachtgeschichten, Schlummerstündchen und Zoobesuche.«

»Und doch bemühte er sich sehr um das Sorgerecht für Flora, bevor sie verschwand.«

»Glauben Sie, er hat es getan? Er hat sie entführt?«

»Es ist immerhin möglich. Haben Sie noch Kontakt?«

»Zu Viktor? Nein. Vor einiger Zeit habe ich ihn allerdings getroffen, als ich in London war. Wir haben etwas getrunken und uns unterhalten.«

»Wie ging es ihm?«

»Soweit ich sehen konnte, ganz gut.«

»Sie hegten doch bestimmt keine besonders freundschaftlichen Gefühle für Mary Scott.«

Sie seufzte. »Sie springen ja ganz schön von einem Thema zum anderen. Wieso hätte ich Mary nicht mögen sollen?«

»Weil sie Ihnen nicht nur einen Mann weggeschnappt hatte, den Sie verehrten, sondern gleich zwei. Wie konnten Sie da etwas anderes fühlen als Abneigung?«

Sie lächelte unmerklich und wandte sich ab. »Wie kommen Sie eigentlich darauf, dass ich mich für Viktor interessierte?«

»Er ist reich, intelligent, gut aussehend und, wie ich hörte, recht charmant, obwohl ich zugeben muss, dass er auf mich nicht so gewirkt hat.«

Sie musterte ihn aufmerksam, das Lächeln immer noch auf den Lippen. »Auf mich auch nicht.«

Jury war etwas überrascht. »Das nahm ich aber an, aufgrund Ihrer Beschreibung. Also, dann Declan Scott. Er hat alle diese Eigenschaften und noch mehr. Ein netter Kerl.«

Ihr Lächeln hellte sich auf. »Kommt jetzt nicht gleich die Frage, ›wo waren Sie in der Nacht des Soundsovielten?‹«

Jury lächelte. »Ich hörte, Sie waren zum Abendessen hier, zusammen mit Marc Warburton.«

»Das stimmt. Werden Sie mich jetzt fragen, ob ich damals irgendwelche einsamen Spaziergänge über das Anwesen gemacht habe?«

»Haben Sie das?«

»Nein.« Sie musterte ihn überrascht. »Glauben Sie etwa, derjenige, der diese Frau umgebracht hat, kam aus dem Haus?«

»Nicht unbedingt.« Jury drehte sich um und deutete mit dem Kinn zum Tor mit dem eisernen Engel hinüber. »Sowohl das Opfer als auch der Täter hätten durch eines dieser Tore hereinkommen können – oder womöglich durch den vorderen Eingang. Nein, es gibt endlos viele Möglichkeiten, fürchte ich.«

Sie stand auf. »Mir ist kalt, Mr. Jury. Wenn Sie mich nicht mehr brauchen, gehe ich jetzt wieder hinein.« Als könnte sie durch die

Mauer hindurch in das Wäldchen hinter ihnen sehen, sagte sie: »Ein komisches Gefühl, dass der Polizeiwohnwagen da draußen steht.«

»Ja, sehr beunruhigend.«

Pat Quint sah zu den Bäumen hinauf, von denen noch der vor einer Stunde niedergegangene Regen tropfte. Sie seufzte. »Ich habe übrigens Ihre Frage noch nicht ganz beantwortet, die nach Declan.« Sie beugte sich ein wenig hinunter, als wollte sie die Veilchen betrachten. »Ich liebe ihn wirklich.«

Das Geständnis kam so von Herzen, dass Jury fast traurig war, dass sie ihn womöglich nie bekommen würde. »Gut«, meinte er schließlich.

»›Gut‹?« Sie hatte den Kopf gewandt und sah zu ihm hoch.

»Ja. Er braucht diese Art von Unterstützung.«

Sie zögerte. »Auch, wenn er es gar nicht weiß?«

»Er weiß es. Irgendwie weiß man es immer.«

Als sie nicht weitersprach, sagte er: »Die alten Fotos, die Mary Scott von diesem Garten fand, die haben sie dazu gebracht, alles wieder wie früher gestalten zu lassen.«

»Finden Sie, Declan lebt in der Vergangenheit?«

Jury nickte.

»Warum?«

»In der Gegenwart hat er ja bisher nicht allzu viel Glück gehabt, oder?«

Cody Platt saß mit zwei weiteren Kollegen, die Jury schon einmal gesehen hatte, aber nicht mit Namen kannte, in dem großen Wohnwagen, den die Polizei zum Büro umfunktioniert hatte. Die beiden anderen telefonierten mit ihren Handys und nickten Jury kurz zu. Als Cody bei Jurys Anblick aufstehen wollte, bedeutete der ihm, sitzen zu bleiben und nahm auf der anderen Seite des Schreibtischs Platz.

»Wenigstens wissen wir inzwischen den Namen des Opfers. Das ist ja schon mal was«, meinte Cody. Dann fügte er hinzu: »Wenn ich das mal so sagen darf – ein gutes Stück Polizeiarbeit war das.«

Jury lächelte. »Sie dürfen, aber eigentlich war es die Polizeiarbeit meines Kollegen.«

»Wer ist das?«

Er nahm immer alles so verdammt wörtlich. »Ein Kriminalbeamter in SO5 mit einer speziellen Abneigung gegen Viktor Baumann. John Blakeley heißt er.«

Cody kippte seinen Stuhl nach hinten, verschränkte die Hände hinter dem Kopf und blickte nachdenklich an die Decke des Wohnwagens. Kopfschüttelnd meinte er dann (als wäre er gefragt worden): »Nein, Sir, kenne ich nicht.«

»Nein. Na, jedenfalls weiß ich von Blakeley, dass das Opfer eine Frau namens Lena Banks ist.« Jury berichtete Cody über das Etablissement in der Hester Street.

»Mein Gott. Und *das* ist der Mensch, der das Sorgerecht für Flora bekäme?«

»Ich fürchte, ja.«

Cody schüttelte bedächtig den Kopf. »Der Chef sagte, dieser Gerichtsanthropologe, Dench, hätte bloß einen Blick auf das Foto geworfen und – gleich Bescheid gewusst.« Er schnalzte mit den Fingern.

»Das liegt vermutlich daran, dass er für solche Dinge ein besonderes Augenmerk hat. Dench fokussiert die Knochenstruktur, die Skelettüberreste. Der kann gar nicht anders. Wenn er Fisch isst, reiht er sämtliche Gräten akkurat auf seinem Teller auf.«

»Irgendwie gruselig.«

»Ja. Hm, vielleicht ist Dr. Dench ja ein bisschen gruselig, aber ein hoch konzentrierter Gruseltyp. Und darauf kommt es ja schließlich an, oder?«

»Ich weiß nicht, kann schon sein.«

Keine rhetorische Frage, die Cody nicht einer eingehenden Untersuchung für wert befunden hätte. Wo hatte Macalvie bloß diesen verschütteten Intellekt aufgetrieben? Unter welchem Knollenblätterpilz, unter welchem steinernen Brücklein? Jury lächelte. Cody hatte einen Verstand wie Treibsand, alles saugte der auf.

»Dieses Etablissement in der Hester Street – wieso zum Teufel macht Blakeley dort nicht einfach eine Razzia?«

»Ah! Schon mal was von hinreichendem Tatverdacht gehört? Nach der Schießerei letzthin kommt er vermutlich sogar damit durch, aber das hieße, jedes Haus in der Hester Street und vermutlich auch die Häuser in der Querstraße. Mit Sicherheit lässt es sich nicht sagen, woher dieses Mädchen kam. Deshalb ist ein Durchsuchungsbefehl so schwer zu bekommen.«

»Ja, aber das verstehe ich nicht. Wenn er sagt, in dem Haus sind ständig bis zu zehn Kinder, dann soll das kein hinreichender Tatverdacht sein? Die haben das Haus doch bestimmt beobachtet, oder? Wenn die Kinder nicht selbst ein und aus gehen, dann doch die Dreckskerle – die so genannten Kunden? Man schnappt sich einfach einen von denen.«

»Hat er ja. Das sind absolut respektable Geschäftsleute. Die daraufhin Beschwerde gegen Blakeley einlegten. Er versuchte, sich selbst als Kunde auszugeben, als Münzensammler, kam damit aber nicht weiter.«

Cody brummte ungehalten. »Wieso nicht? Was für ein großartiger Numismatiker muss man da sein?«

»Darum geht es gar nicht, glaube ich. Ich glaube, dort hinein gelangen bloß Männer, denen Viktor Baumann den Zugang genehmigt. Man muss also – irgendwie Bescheid wissen. Ich bin mir nicht sicher, worüber. Blakeley und seine Leute bekamen jedenfalls eins auf die Finger dafür, dass sie die arme Frau, die den Laden führt, belästigt haben.«

»Das ist ja echt zum Heulen.« Codys Miene verdüsterte sich. »Ich hatte eine kleine Schwester. Eines Tages sollte ich auf sie aufpassen, während meine Mutter einkaufen ging. Ich war sauer, ich wollte mich eigentlich mit meinen Kumpels treffen und rumhängen, und wer will da schon so ein kleines Gör mitschleppen, Sie wissen schon, was ich meine. Wir gingen in Slough also die Straße entlang, und ich tat so, als würde ich sie nicht kennen, denn sonst würden mich die anderen aufziehen, weil ich Kindermädchen spielen musste, und sie rief immer, ›*Cody, wart doch, wart doch.*‹ Ich ließ sie also – einfach stehen. Erst als ich bei meinen Freunden war, merkte ich, dass ich sie gar nicht mehr hörte. Ich schaute mich um, und sie war tatsächlich nicht mehr da. Ich nahm an, sie wäre in den Bonbonladen gegangen und sagte zu den anderen, wir müssten sie suchen. Und das taten wir auch. Alle suchten wir nach ihr, überall. Ich kriegte Angst. Noch nie hatte ich solche Angst gehabt. Na, um es kurz zu machen – wir sahen sie nie wieder. Ma konnte ich damit kaum unter die Augen treten. Betsy war damals sieben.«

Jury war wie gelähmt. »Dann war das, was mit Flora passiert ist, für Sie ja so, als müssten Sie es alles noch einmal durchmachen.«

Cody nickte und senkte den Blick auf die Papiere auf seinem Schreibtisch. Wie mit einem Peitschenhieb wischte er sie plötzlich hinweg, so dass sie durch die Luft flogen, und mit den Papieren alles andere, was sich zufällig in seinem Blickfeld befand.

Dieses Unvermittelte, das Abrupte seiner Reaktion sowie die Intensität seiner Wut machten Jury betroffen. Codys heitere Art, seine Sprunghaftigkeit waren vollkommen verschwunden. Cody explodierte förmlich.

»Tut mir Leid, Cody. Floras Verschwinden muss für Sie ja doppelt so schlimm gewesen sein wie für die anderen.«

Nur nicht für Macalvie, fügte er jedoch nicht hinzu.

34

Die Rasenplaggen, die die gesamte Ladepritsche eines offenen Lasters füllten, waren morgens eilends von einem der jungen Männer aus dem Gartenbedarfsgeschäft in St. Austell angeliefert worden.

Eben hatte Melrose eine Bahn entrollt und stand, die Hände in die Seiten gestemmt, ratlos in der Gegend herum. Er fragte sich, was um alles in der Welt er mit dem Zeug anfangen sollte. Für diesen Teil der Recherche hatte er sich furchtbar wenig Zeit genommen. Er stand einfach da, starrte das Zeug an und ließ den Blick dann über das Gras schweifen, das auf ganz normale Art und Weise wuchs. Dabei staunte er, was für idiotische Auswüchse die Landschaftsgärtnerei doch hervorgebracht hatte. Außer ihm selbst natürlich.

Er drapierte die Rasenplaggen um die flachen Terrassenstufen, die in den darunter liegenden Garten führten. Eine Bahnenlänge reichte bei weitem nicht aus, er würde pro Geländestufe mindestens eine brauchen. Da er von dieser speziellen Art von Rasenplaggen keinen blassen Schimmer hatte, würde er so tun müssen, als wüsste er darüber derart gut Bescheid, dass er seine Plaggen mit vollkommener Geringschätzung behandeln konnte – ihre Qualität, ihre Anpflanzung, einfach alles.

Er sah Macmillan herüberkommen. Wenigstens war es nicht Lulu. Die würde Melrose' Erklärungen sicher nicht widerspruchslos hinnehmen. Als echter Experte war sich Mr. Macmillan durchaus seiner eigenen Grenzen bewusst und eher bereit, Melrose' Fachwissen für bare Münze zu nehmen. Melrose stellte sich also in Positur, schüttelte emphatisch den Kopf und schnalzte ostentativ entrüstet mit der Zunge.

»Gibt's denn Ärger, Mr. Plant?«

Melrose warf die Hände in die Luft. »Und ob, Mr. Macmillan. Wie Sie ja sehen können.«

Macmillan guckte, kratzte sich am Schädel. »Könnt' ich jetzt nich direkt. Sieht eigentlich recht gut aus, das Zeug.«

»Schon, aber nicht gut genug. Ziemlich hoffnungsloser Fall, was? Schauen Sie sich nur mal die Farbe an.«

Macmillan beugte sich vor, die Hände auf die Knie gestützt. »Sieht grün aus.« Bestätigung heischend, schaute er zu Melrose empor.

»Ja, ja, grün ist es. Grün ist es. Aber ein viel zu grobes Grün.«

Immer noch zu den Grassoden hinuntergebeugt, sah Macmillan erneut über die Schulter. »Grob?«

»Da war höchstwahrscheinlich das Saatgut verbrannt. Sie wissen schon, bei der Aussaat von der Sonne verbrannt.«

Macmillan runzelte die Stirn, zufrieden in seiner Ignoranz, aber froh, das eine oder andere dazuzulernen. »Äh, dass das Saatgut auch mal verbrennt, weiß ich, Mr. Plant, aber ...«

Melrose schnitt ihm das »aber« ab, weil es womöglich zu einem anderen Thema führen würde. »Und nicht üppig genug ausgesät. Ja, ja, hier war ein Knauser am Werk, Mr. Macmillan, ein Knauser in der Tat.« Er versetzte dem alten Mann mit seiner eigenen unknauserigen Hand einen Schlag auf die Schulter.

»Ach, tatsächlich? Hab ich gar nich gewusst, dass es so was gibt.« Macmillan nahm das Gras zu seinen Füßen daraufhin etwas genauer in Augenschein. »Und was is dann mit dem da?«

»Ach, das?« Melrose rieb mit dem Schuh über ein Fleckchen allerschönstes Grün. »Das erfüllt seinen Zweck ganz ordentlich, ja, durchaus.« Zu seinem Bedauern sah er Lulu und Roy näher kommen.

Mr. Macmillan wischte sich mit einem großen Taschentuch über den Nacken. »Also, ehrlich gesagt, ich seh da kaum einen Unterschied. Passt doch ganz gut zusammen, meinen Sie nich?« Er wandte sich an Lulu. »Unser Mr. Plant sagt, das da« – er deutete auf die noch nicht entrollten Rasenplaggen – »sieht nach gar nichts aus.«

Lulu überlegte. »Ich finde, es sieht genauso aus wie das andere.« Sie stieß mit der Fußspitze dagegen.

»O, für ein ungeübtes Auge wahrscheinlich schon.« Melrose grinste affektiert. »Da bleibt uns wohl nichts anderes übrig, als es wieder aufzurollen und zurückzubringen.« Was für eine grandiose Lösung! Nur kam in dem Moment ausgerechnet Declan Scott daher, der sonst selten herumstand, um die Arbeit zu beaufsichtigen.

»Wie kommen Sie voran, Mr. Plant? Wie ich sehe, haben Sie inzwischen Helfer bekommen.« Declan lächelte.

Lulu blickte voller Bewunderung zu ihm hoch. »Er meint, es sieht nach gar nichts aus.«

Melrose trug einen alten Gartenhut, den er im Cottage in einem Schrank gefunden hatte, und fand, er sah darin aus wie das Inbild vom untertänigen Gärtner. »Ich ziehe die Qualität der Grasnarbe in Zweifel.«

Nun kann Ignoranz sich entweder der Macht des Wissens beugen oder einfach selbst ihr Glück versuchen. Declan sagte: »Darüber würde ich mir keine Sorgen machen. Außer Ihrem scharfen Auge fällt das wohl keinem auf, stimmt's, Mr. Macmillan?«

»Hab ich auch grade gesagt.«

Nein, hatte er eben nicht! Aber darum ging es auch gar nicht. Melrose war froh, dass der Hut seine Augen verdeckte. »Wenn Sie denken, das geht so, dann mache ich einfach weiter und …« Und was? Und schneide es zurecht, musste es vermutlich heißen. »Bedauerlicherweise …«, er kramte in seinem Korb mit den aufs Geratewohl zusammengeschmissenen Werkzeugen herum, »… finde ich hier jetzt meine Gartenschere nicht. Seltsam.« Er wandte sich an Lulu. Das hatte sie nun davon! »Die hast du dir doch nicht etwa ausgeborgt?«

Sie musterte ihn verdutzt. »Nein. Was soll ich denn damit anfangen?«

Der rätselhafte Roy wählte aus seiner illustren Sammlung von Bellgeräuschen einen durch die Nase ausgestoßenen Schnüffelton. Als hätten sich nicht schon genügend Leute um Melrose geschart, kam nun auch noch Millie Macmillan durch das hohe Rubrumgras herüber, und Jury näherte sich dem Grüppchen von der Engelspforte her. Melrose kam sich vor wie bei einem Auffahrunfall auf der Autobahn. Beim Anblick seiner Werkzeuge seufzte er. »Für die Arbeit hier brauche ich unbedingt die Gartenschere.«

»Was für eine brauchen Sie denn?«, erkundigte sich Macmillan. »Millie, Mädchen«, rief er, »hol mir doch mal kurz meine Schere.«

»Ach, ich fürchte, die reicht nicht.«

Millie wusste nicht, ob sie stehen bleiben oder herkommen sollte.

Wenn Jury doch bloß irgendwo anders hingehen würde, dachte Melrose, während er fortfuhr: »Außer natürlich, Sie haben die Black-Diamond-Stutzschere Nummer dreizehn? Die ist nicht ganz leicht aufzutreiben. Ich habe meine in London erstanden, in dem Geschäft nicht weit vom Britischen Museum.«

Millie runzelte die Stirn. »Von der Sorte habe ich noch nie was gehört. Black Diamond? Du, Dad?«

Macmillan schüttelte verdattert den Kopf.

»Schon gut. Ich rufe wohl am besten zu Hause bei meinem Diener an und lasse sie mir schicken.«

Jury unterbrach ihn. »Nicht nötig. Die kann ich Ihnen besorgen. Ich fahre doch nach London und bin morgen wieder zurück. Das geht schneller als mit der Post.« Er zückte seinen kleinen Kugelschreiber über seinem kleinen Notizbuch. »Wo soll dieser Laden denn sein?«

Hätte Melrose in dem Moment die Black-Diamond-Stutzschere in der Hand gehabt, würde sie jetzt in Jurys Herz stecken. Er hätte gute Lust gehabt, Jury mit dem stacheligen Ast auszupeitschen, mit dem Lulu immer Roy piesackte, rasselte dann aber Straße und Hausnummer herunter, irgendeine Straße in Bellweite des Britischen Museums, egal welche! Und irgendeine Hausnummer.

Schließlich hatten sich alle wieder vom Schauplatz des kleinen Intermezzos entfernt, und Jury ging Cody holen, der ihn zum Zug bringen sollte. Nur Roy war geblieben, nachdem er beschlossen hatte, sich an Melrose als verlässliche Quelle von Belustigungen zu halten. Er war ihm in die Küche gefolgt, wo Melrose nun saß. Nach dem ganzen Hin und Her, fand Melrose, hatte er eigentlich ein Bankett verdient, es sich dann aber mit der Teekanne und einigen von Rebecca Owens vorzüglichen Teekuchen gemütlich gemacht.

Nachdem sie ihnen beiden Tee eingeschenkt hatte, sagte sie: »Wie kommen Sie denn mit Ihren Rasenplaggen voran, Mr. Plant?«

Er zuckte gequält zusammen und wünschte, die Leute würden sich ihre diesbezüglichen Bemerkungen verkneifen. Es war ja sowieso völlig egal, er malte ja schließlich keine Fresken an die Wände der Brancacci-Kapelle. Liebe Güte, er war schließlich kein Masaccio, der im Garten Eden Rasenplaggen verlegte. Ach, wäre er nur in Florenz! »Das braucht seine Zeit. Nein, so etwas darf man nicht überstürzen. Ah, danke.«

Sie reichte ihm die Kuchenplatte – Früchte-, Kirsch- und Mohnkuchen –, und er nahm sich ein Stück Früchtekuchen. Nach dem ganzen Getue dort draußen genoss er nun die Ruhe.

»Das gilt ja eigentlich für die meisten Dinge«, sagte sie.

»Wie bitte?« Wovon redete sie denn?

»Dass man sie nicht überstürzen darf. Wie Sie sagten.«

»Oh.«

»Ich nehme an, das weiß dieser Superintendent von Scotland Yard wohl besser als die meisten anderen.« Sie nippte an ihrem Tee. »Die müssen ja immer so akribisch vorgehen, nicht wahr?«

Sie klang … zögerlich, vorsichtig tastend. Als fragte sie sich, ob es wohl klug war, ihm Fragen zu stellen – oder ihm etwas zu erzählen. »Er macht seine Arbeit sehr gut. Ich kenne ihn schon ziemlich lange.« Dies war kein Geheimnis, also machte es Melrose auch nichts aus, es zu sagen.

»Mr. Scott sagte, er sei es auch gewesen, der Sie empfohlen hat.«

Hegte sie etwa einen Verdacht? Er konnte es nicht mit Gewissheit sagen. Sie schien ihm ziemlich aufgeweckt zu sein. »Ja, stimmt«, erwiderte er einsilbig. Er wartete darauf, dass sie weiterredete, doch sie trank bloß schweigend ihren Tee. Schließlich sagte er: »Seit wann sind Sie schon bei den Scotts? Beziehungsweise, bei Mrs. Scott?«

»Seit Flora ganz klein war. Als Mary noch mit Viktor Baumann verheiratet war. Sie brauchte eine Hilfe. Seltsamerweise hatten sie überhaupt keine Bediensteten. Sie wohnten in einer riesigen Wohnung am St. Katharine's Dock, sehr luxuriös, hatten aber kein Hausmädchen, keine Köchin, nichts. Gegessen haben sie immer außer Haus. Mary konnte nicht besonders gut kochen.« Bei der Erinnerung daran musste sie lächeln, bis das Lächeln sich eintrübte. Dann nahm sie den Faden wieder auf. »Sie sagte, sie hätte es satt, die halbe Londoner Gastronomie zu alimentieren. Aber nachdem Flora geboren war, bestand sie darauf, dass eine Hilfe eingestellt wurde, und so wurde ich als eine Art Haushälterin und Kindermädchen engagiert. Es war sehr angenehm.

Eines Abends, als ihr Mann unterwegs war, kochte ich Mary etwas zum Abendessen. Sie war so beeindruckt, dass sie mein Gehalt verdoppeln wollte, wenn ich ihr zwei- bis dreimal pro Woche abends etwas kochte. Viktor Baumann war zwar ein eingefleischter Restaurantgänger, doch sogar er erklärte sich bereit, an drei Abenden pro Woche zu Hause zu hocken.«

»Das überrascht mich nicht. Ihre Kochkünste sind geradezu legendär.«

Sie lachte stillvergnügt in sich hinein. »Danke. Eigentlich bin ich ja auch ausgebildete Küchenchefin. Habe viele Jahre gelernt, hatte dann ein paar Jahre mein eigenes Restaurant in London. Aber dann wurde mir das zu hektisch, und ich verkaufte. Ich brauchte eigentlich gar keine Arbeit. Diese hier habe ich mir nicht extra ausgesucht, eine gemeinsame Freundin hat mich empfohlen, weil ich mit Kindern gut umgehen kann. Das konnte ich irgendwie schon immer, obwohl ich ja keine eigenen habe. Flora –« Sie stützte das Kinn in die Hand und wandte sich ab. Sie konnte nicht darüber sprechen, der Schmerz war zu groß.

Also versuchte Melrose es auf eine andere Art. »Warum musste seine Frau so darauf drängen, endlich eine Hilfe zu bekommen?«

»Viktor Baumann mochte keine fremden Leute im Haus. Das war der eine Grund. Und ich glaube, er war der Ansicht, Frauen gehörten in die Küche und ins Kinderzimmer.«

Melrose legte die Stirn in tiefe Falten. Er musste an Ruthven denken und an Martha, seine Köchin. Aber das war natürlich etwas völlig anderes. Die hatte Melrose um sich gehabt, seit er auf der Welt war. »Ursprünglich sind aber doch alle Bediensteten Fremde, außer es handelt sich um ein altes Faktotum, das seit jeher in der Familie war. Mr. Baumann scheint ganz schön paranoid zu sein.«

Sie sah ihn ganz offen an. »O ja, das ist er. Er ist absolut misstrauisch. Ich finde, man kann so einem Menschen auch nicht trauen. So wie es Lügnern schwer fällt, anderen Glauben zu schenken. Und dann gibt es ja auch noch die, die glauben, Frauen seien so eine Art persönlicher Besitz. Er war der Meinung, Mary hätte das alles ganz allein schaffen müssen – Kinder, Haushalt, Kochen.«

Melrose wagte eine Bemerkung. »Sie mögen ihn nicht besonders, stimmt's?«

»Wer mag den schon? Ach ja, vielleicht diejenigen, die ihn nicht richtig kennen und sich von ihm einwickeln lassen. Ich glaube, er wollte auch deshalb keine Dienstboten haben, weil er extrem eifersüchtig ist. Auf jeden, den Mary gern hatte, ob es nun ein Mann oder eine Frau war. Auf mich zum Beispiel, das weiß ich, aber auch auf ihre Freundinnen. Ganz zu schweigen von männlichen Freunden. Die Arme hatte deswegen sehr wenig Gesellschaft, hauptsächlich nur Bekannte. Patricia Quint ist ihr geblieben, sie ist ein sehr loyaler Mensch.«

»Sie kannte Mrs. Scott damals schon?«

»Ja.«

»Sie selbst standen ihr recht nahe, nicht wahr?«

»Ja.« Sie blickte in die Ferne. »Sie wollte unbedingt, dass ich hierher mitkomme. Die Heirat mit Declan Scott war überhaupt das Beste, was ihr je passiert ist. Abgesehen von Flora, meine ich. Er ist so ganz anders als Viktor Baumann. Er verdient es einfach nicht, was ihm geschehen ist.« Sie hatte die Arme auf dem Tisch verschränkt und starrte in ihre leere Tasse mit den verstreuten Teeblättern, als wollte sie darin lesen. »Viktor benutzte Flora als Waffe, als Waffe oder als Schachfigur. Er hielt das alles für eines seiner Spiele.«

»Glauben Sie, sie ist tot?«

Rebecca Owen schien bei dem bloßen Gedanken daran zu erschaudern. Sie rieb sich die Arme, als wäre ihr auf einmal kalt. »Den Gedanken ertrage ich einfach nicht.«

»Das glaube ich Ihnen sofort. Nur … wissen Sie, es gibt schlimmere Szenarien.«

»Und bessere«, entgegnete sie sofort. »Vielleicht war es jemand, der ihr nichts Böses wollte.«

Ein Kinderschänder, dachte Melrose, ist wahrscheinlich überzeugt davon, dass er nichts Böses will. Das sagte er aber nicht. »Dann glauben Sie, es handelt sich um eine Person, die eben einfach ein Kind haben wollte?«

»Ja, irgendwie schon. So was kommt doch andauernd vor, nicht wahr? Frauen, die vor einem Geschäft Babys aus Kinderwägen klauen, solche Sachen?«

Melrose dachte, sie wollte wohl unbedingt daran glauben, dass es so gewesen war. So etwas gab es tatsächlich, sagte er sich: Etwas so sehr glauben zu wollen, dass man schließlich davon überzeugt war. »Vermutlich haben Sie Recht. Dann denken Sie aber bestimmt, dass der Mord an dieser Frau mit Flora überhaupt nichts zu tun hat.«

»Richtig, das denke ich.«

»Was aber … dann?«

Sie schüttelte den Kopf. »Vielleicht wurde die falsche Person erschossen.«

Na, das war ja etwas *ganz* Neues! »Die falsche Person? Ja, aber warum?«

Sie beugte sich etwas näher zu ihm hin, als könnte ihre körperliche Nähe ihn besser überzeugen. »Was ist, wenn sie ein Treffen vereinbart hatten, eine heimliche Zusammenkunft? Und dann taucht die falsche Frau auf? Um es gleich zu merken, war es bestimmt zu dunkel.«

»Aber würde ein Rendezvous denn nicht –«

»Ich bezweifle, dass es eines war.«

»– auf Declan Scott deuten?«

Sie lachte kurz auf, als hielte sie Melrose für begriffsstutzig. »Deutet denn nicht sowieso alles auf ihn hin?«

Melrose musterte sie mit einem überraschten Blick, während sie abrupt aufstand und mit ihrer Teetasse zur Anrichte hinüberging. Er fand es durchaus schlüssig, dass sie Scott für denjenigen hielt, der die Frau erschossen hatte. Aber dass die Frau, die erschossen wurde, nicht diejenige war, mit der er sich hatte treffen wollen? Das war absurd: Eine Frau, die er kannte – diese Georgina Fox (für die er sie jedenfalls hielt) – marschiert einfach in den Garten, obwohl sie gar nicht vorhatte, sich mit ihm oder sonst jemandem zu treffen? Nein, das konnte Rebecca Owen nicht glauben, dazu war sie zu intelligent. »Halten Sie denn …?« Nein, das hörte sich zu neugierig an. »Jeder macht sich wohl so seine Gedanken. Ich will ja nicht aufdringlich erscheinen.« Er lächelte sie, wie er hoffte, etwas einfältig an.

»Ja, hier draußen auf dem Land erwartet man doch so was nicht, besonders nicht in Cornwall. Es scheint einfach so abwegig.« Sie zögerte. »Was hält denn dieser Mann von Scotland Yard von der ganzen Sache?«

Sie wollte offenbar nicht locker lassen. »Da werden Sie ihn schon selbst fragen müssen, fürchte ich. Diese Polizisten sind ziemlich verschlossen.«

»Tatsächlich? Das muss ich Cody Platt erzählen, der Quasselstrippe.«

Wieder war Melrose überrascht. »Dann kennen Sie ihn also? Ich meine, außer durch diese schreckliche Geschichte?«

»O ja. Cody war schon einmal hier, bevor Flora verschwand. Declan hatte die Polizei verständigt, um einen Einbruch zu melden – hier wurden ein paar Sachen gestohlen. Cody kam, er war damals noch Constable. Irgendwie fasste Flora Zuneigung zu ihm und er zu ihr. Und auch zu Mary. Ich weiß, nach allem, was mit Flora passiert war, empfand sie seine Gegenwart als Trost. Schließlich ist er Kriminalbeamter und vielleicht auch so etwas wie – ein Symbol? Der Beweis, dass man nicht aufgehört hatte, nach Flora zu suchen. Und natürlich sagte er ihr das auch immer wieder: dass dieser Commander Macalvie nie locker ließ. Damals war er noch nicht Commander, sondern Chief Inspector, glaube ich. Aber egal. Ja, Cody Platt war ein Trost für sie.«

Durchs Fenster sah Melrose Lulu zu, die irgendetwas in die Luft warf, dem Roy nachlaufen sollte. Er fragte: »Was ist eigentlich mit Lulus Eltern passiert, Miss Owen?«

»Sie sind beide tot. Vor ein paar Jahren mit dem Auto verunglückt. Es war einfach furchtbar, Ben und Sara waren unterwegs nach St. Ives, um ein bisschen Urlaub zu machen. Auf einem Kreisverkehr in der Nähe von Camborne fuhr ein Lastwagen auf sie auf. Ben hatte so viel auf dem Rücksitz gestapelt, dass er hinten nichts mehr sehen konnte. Jedenfalls nahm ich an, dass es so passiert ist.« Sie stand auf und trat an die Anrichte. Aus einer Schublade nahm sie einen Zeitungsausschnitt, den sie Melrose reichte. Darin war der Unfall genau beschrieben.

»Sie hatten Lulu damals bei mir gelassen. Sonst wäre sie, hm, auch nicht mehr da.«

Rebecca Owen wirkte so traurig, dass Melrose gar nicht wusste, was er sagen sollte. Etwas banal meinte er: »Das tut mir Leid. Was für ein furchtbarer Verlust.«

»Ich frage mich, ob sie leichter darüber hinweggekommen ist, weil sie noch so klein war? Sie wirkte gar nicht so verstört.«

»Wollte vermutlich nur den Schein wahren«, sagte er. Alles, was mit diesem Fall zu tun hatte, schien »den Schein wahren« zu wollen, wobei das Opfer ebenso schwer auszumachen war wie der Mörder.

»Wie mir scheint, ist sie den ganzen Tag mehr oder weniger sich selbst überlassen. Hat sie denn keine Schulkameraden?«

»O doch, natürlich. Sie geht auf eine sehr gute Schule, dafür sorgt Mr. Scott. Er ist äußerst großzügig. Momentan haben sie Ferien. Es gibt irgendwelche Probleme mit dem Kollegium. Ich glaube, zwei Lehrerinnen mussten gehen – na ja, irgend so ein Skandal, je weniger darüber geredet wird, desto besser, zumindest was die Kinder betrifft.«

Melrose hätte am liebsten laut gelacht. Nein, je *mehr* darüber geredet wird, desto besser, zumindest was Lulu betraf.

»Mit Erwachsenen versteht sie sich aber gut, finden Sie nicht?«, sagte Rebecca. »*Sie* haben jedenfalls Einfluss auf sie, und zwar einen sehr guten. Ich glaube, Sie entfachen ein Feuer in ihr.« Lächelnd trug sie die Kuchenplatte zur Anrichte hinüber.

Was? Er sollte Lulu anfeuern? Unschlüssig, ob er an diesen Feuerentfachungszauber glauben sollte, wurde ihm doch recht warm ums Herz.

In diesem Moment kam Lulu mit Roy herein und blieb an der Tür stehen. »Ihr sitzt ja hier schon ewig beim Tee. Sie wollten doch rauskommen …«

Knatsch, knatsch. Wau, wau. Feuer gelöscht.

Lulu wurde von ihrer Tante daran gehindert, ihm ins Freie zu folgen. »Du legst dich jetzt ein bisschen hin, sonst hältst du heute Abend nicht durch.«

Ha!, dachte Melrose, während er den Geheimgarten durchquerte. Lulu würde sogar eine ganze Eiszeit lang durchhalten. Eingehend betrachtete er sein neu gestaltetes Cloisonnégärtlein. »Gestaltet« war vielleicht zu vornehm ausgedrückt, doch es sah tatsächlich recht gut aus. Die Schneeglöckchen bildeten einen hübschen Akzent. Was er noch nicht genügend ausklamüsert hatte, war die Art, wie genau er den Rasen um die cloisonnierten Stücke stutzen sollte. Deshalb wurde das Gras geschnitten, bevor man die Pflanzen setzte, weil man es nämlich sonst mühsam von Hand machen musste.

»Das ist ja recht hübsch, Mr. Plant.«

Beim Klang von Warburtons Stimme und dem tweed- und tabakgeschwängerten Geruch drehte Melrose sich um. »Schneeglöckchen.« Warburton deutete mit seiner Pfeife auf die Stelle. »Wirklich sehr originell. Habe ich noch nie gesehen. Ein bisschen viel Weiß, finden Sie nicht?«

»Meinen eigenen Garten in Northants habe ich ganz ähnlich

angelegt. Dort habe ich sogar einen ganzen Hang in Silber und Gold gestaltet. Für das Gold habe ich goldgelbe Ringelblumen benutzt (das war ja wohl etwas sehr offenkundig, nicht?), aber nur so als Band durch die Mitte.«

Warburtons sonst so sonnige Miene verfinsterte sich. »Aber sind denn die Ringelblumen nicht zu groß für diesen schmuckstückhaften Effekt?«

Verflixt! Was war er doch für ein Dummkopf. Er sollte sich lieber gleich aufs Schuhepflanzen verlegen. »Schon, es waren aber diese speziellen Zwergringelblumen.«

»Zwerg?«

»Eine besondere Kreuzung, nicht? Habe ich zufällig entdeckt. Ein Bekannter, der sich viel mit Kreuzungen befasst – Sie glauben gar nicht, was der für ein Gewächshaus hat! Na, jedenfalls nehme ich nicht an, dass der die Zwergsorte schon auf den Markt geworfen hat. Ich schicke Ihnen ein Muster, ja?«

»Ja, gerne. Sie sind ja wirklich auf dem neuesten Stand, Mr. Pflanz – äh, Mr. Plant! Verzeihen Sie den Witz!« Warburton lachte.

Melrose lachte ebenfalls, um den Kerl bei Laune zu halten. »Man bemüht sich ja, auf dem Laufenden zu bleiben.«

Warburton nuckelte gedankenverloren an seiner Pfeife.

Worüber um alles in der Welt, fragte sich Melrose, mochte der wohl nachdenken? Über die Sache mit den Schneeglöckchen? Über den Mord? Für gewöhnlich hatte Warburton seine Zeichnungen bei sich. Doch nun, ohne Zeichnungen, konnte er vermutlich an rein gar nichts denken, konnte keine Theorie fortentwickeln, zu keiner Schlussfolgerung gelangen. Mit der Bemerkung über Schneeglöckchen – »ein bisschen viel Weiß, finden Sie nicht?« – war sein Gesprächsstoff auch schon so ziemlich erschöpft.

Melrose fragte sich, ob jener Lord Warburton bei Henry James wohl ebenso seicht gewesen war. Nein, die Figur bei James hatte sicher einen gewissen Tiefgang gehabt. Es war Isabel einfach so vorgekommen, als fehlte Lord Warburton jene Freiheit, nach der sie sich so sehnte und die sie in Osmond gefunden zu haben glaubte. Ha, da täuschte sie sich aber! Gütiger Himmel, fing er nun etwa schon an, fiktive Gestalten zurechtzuweisen? Jedenfalls war dieser Warburton bestimmt ebenso seicht und flach wie die Messingschale in dem Springbrunnen hier in der Nähe, die von den Knaben mit den Eimern ständig wieder aufgefüllt werden musste. Wenn Wasser sprudelte, wäre die Skulptur sicher noch entzückender, stellte Melrose sich vor. Er könnte einen kühlen Wasserstrahl gut vertragen.

Wieso um alles in der Welt hatte Declan Scott eigentlich Warburton engagiert? Weil sein Entwurf eben verdammt gut war wahrscheinlich.

Millie sah die Sache dagegen völlig anders. Für sie stand der Mann selbst im Mittelpunkt. Über sie hatte Melrose sich auch schon so seine Gedanken gemacht: Millie neigte, anders als ihr Vater, zum Grübeln und hielt diese grüblerische Art – ebenso wie Warburtons Einsilbigkeit – fälschlicherweise für glühende Leidenschaft: ein Heathcliff für ihre Cathy. Beim Anblick seiner kohlrabenschwarzen Augen musste Melrose allerdings eher an einen Schneemann als an Heathcliff denken und hätte sich überhaupt nicht gewundert, wenn Warburton plötzlich zu seinen Füßen dahingeschmolzen wäre.

Warburton stand immer noch in Betrachtung von Melrose' Werk versunken. Schließlich deutete er mit seinem Pfeifenstiel auf die winzigen Blumengesichter. »Sollte das lilafarbene da nicht in die Reihe dort gesetzt werden? Da scheint noch eins zu fehlen.« Er meinte das einzelne Pflänzchen, das Lulu herausgenommen und neben dem Beet liegen gelassen hatte.

Ach, ist doch schnurzpiepegal, Mann (wollte er schreien), wo es anderswo Krieg gibt und Hungersnöte und die Welt in Trümmern liegt? Melrose, der sich sonst eher selten Gedanken um die in Trümmern liegende Welt machte, war nun gezwungen, seine eigene Oberflächlichkeit zu überdenken.

Du willst was Triviales, Bursche, da hast du's! Und der Herrgott machte sich daran, mit einem Schneeglöckchen auf ihn einzudreschen.

Höchst verlegen schürzte Melrose die Lippen und betrachtete angelegentlich den schweren, stählern wirkenden Himmel. Du musst anderen gegenüber nachsichtiger sein, sagte eine aus dem Chor seiner ewig tadelnden Stimmen. Wirklich? Wieso?, sagte die Stimme, die im Ohrensessel saß und einen Keks mampfte. *Wirklich, wieso?*, darin erschöpfte sich so ziemlich deren gesamtes Repertoire, und die Stimme freute sich wie ein Schneekönig über diese Antwort. Gut. Melrose war wieder ganz der Alte.

»Finden Sie Symmetrie hier denn angebracht?«, fragte er Warburton.

Wahrscheinlich nicht, gestand Warburton ein, die Pfeife wieder im Mund und ein paar Paffer später, er habe aber nun mal diesen forschenden Blick des Architekten. »Kann nichts dafür.«

»Sagen Sie, Lord – ich meine, Mr. Warburton, was hat eigentlich den Anstoß zu diesem ganzen Restaurierungsprojekt gegeben?«

»Mary Scott wollte es, die Arme. Vielleicht unter dem Eindruck von Heligan. Das ist ja ein Mammutprojekt.« Er klopfte seine Pfeife gegen den Springbrunnen, um den Tabak zu lockern. »Von Declan ging es jedenfalls nicht aus. Declan ist nämlich zufrieden mit der Welt, wie sie ist. Das hier wiederum lässt er jetzt machen als eine Art von – nun ja, er tut es für sie.« Warburton schien dieser Grund zuzusagen. »Wenn es nach Declan ginge, müsste weder drinnen noch draußen etwas verändert werden.«

Melrose hatte sich auf ein Knie niedergelassen und setzte das kräftig lilablaue Stiefmütterchen wieder in seine ursprüngliche

Vertiefung. »Das war Lulu, die hat die Reihe durcheinandergebracht. Sie hat das hier herausgezogen und die anderen weiter auseinander gesetzt. Mit Mr. Macmillan würde sie sich das bestimmt nicht erlauben.«

»Ha! Lieber nicht. Macmillan würde ihr das Fell über die Ohren ziehen. Dieses Kind steckt seine Nase überall rein. Kommandiert alle herum, das kleine Ding. Ständig sucht sie Streit.«

Streit? Nun ja, irgendetwas suchte sie jedenfalls.

Melrose stand da und starrte auf seine Stiefmütterchenumpflanzung hinunter. Die sah auch nicht besser aus als vorher.

So war das eben mit der Gärtnerei. Er streifte die Handschuhe ab und schmiss sie neben die Pflanzkelle hin. Kein Wunder, dass er sich mit dem Zeug nicht groß abgab.

35

Durch das schmiedeeiserne Tor mit dem Engel betrat Jury wieder den Garten mit dem Teich, wo er sich auf dieselbe Bank setzte, die er kurz zuvor verlassen hatte. Dieser Garten im Garten war so abgeschieden und traulich, dass man nicht ahnte, was für umfangreiche Arbeiten anderswo vonstatten gingen. Auf der anderen Seite der Eibischhecke konnte er die Stimmen der Macmillans ausmachen.

Hier begannen die Blumen bereits zu blühen, Rabatten von blauen Blumen vor den Hecken – dunkler Rittersporn, dazu ein silbrigblauer Busch, den er nicht benennen konnte, Kornblumen, fedriges Rispengras. Die Stiefmütterchen in Melrose Plants kleinem Rasenbeet wirkten wie verdattert, als wäre hier weder die richtige Zeit noch der passende Ort für ihr Erscheinen.

Es war noch nicht einmal April und daher ein wenig früh für Wiedergestaltung, Wiedergeburt und Wiederurbarmachung. Vorausgesetzt, man glaubte an solche Sachen. Jury rieb sich übers Gesicht, und gleich überkam ihn ein leiser Schauer, weil ihm einfiel, dass man mit dieser Geste auch den Toten die Augen schloss. Er fragte sich, was es wohl war, von dem er das Gefühl hatte, es habe ihn für immer verlassen. Die unbestimmte Überzeugung, dass schließlich alles doch auf ein gutes Ende hinauslief? Er war sich dessen in letzter Zeit immer weniger sicher.

Von der anderen Heckenseite her ertönten die Stimmen – Worte, Gelächter –, es war, als zöge eine Parallelwelt von Klängen an ihm vorüber. Er war müde, er wollte den ganzen verdammten

Mist an den Nagel hängen. Allerdings würde die Tatsache, fast gestorben zu sein, wohl jeden dazu veranlassen, seine Prioritätenliste neu zu ordnen. Nur stellte er fest, dass er gar keine Liste hatte. Alles, was darauf hätte stehen sollen, erschien ihm gleich – gleich wichtig oder unwichtig.

Seine Gedanken waren unklar, führten nirgendwohin. Was ist, du bist doch ein schlauer Bursche, ein guter Kriminaldetektiv. Du kommst schon noch auf die Lösung. Noch einmal die Fakten: Vor drei Jahren verschwand Flora Baumann aus den Verlorenen Gärten von Heligan. Ein halbes Jahr später stirbt Mary Scott. Ein Jahr danach trifft Declan Scott auf Georgina Fox, alias Lena Banks, die vermutlich im Auftrag von Viktor Baumann arbeitet.

Jury beugte sich vor, die Arme auf die Beine gestützt, und betrachtete ein paar Blümchen am Rand des Teiches, die von der leichten Brise gezaust wurden. Vornüber gebeugt, mit gesenktem Kopf spürte er, dass auf der anderen Seite des Seerosenteichs jemand war, noch ehe er die Gestalt sah. Er dachte: Entweder ist es der Mörder, der die Waffe auf mich gerichtet hält, oder ein alter Hausgeist von Angel Gate. Jedenfalls etwas, das seine Gegenwart nicht ankündigt. Er hob den Kopf und sah hin. Weder noch. Es war Roy. Roy, der auf einer weißen Bank saß, dem Gegenstück zu der von Jury, und nun mit dem Schwanz *bumm, bumm* heftig auf die Bank klopfte. Er bellte nicht. Er hatte nämlich etwas im Maul.

Jury überlegte: Okay, Roy, bring es her – den Schlüssel zur Geldkassette, den belastenden Brief, das monogrammverzierte Taschentuch, das Wachssiegel, die Brille, den Lippenstift, den Ring, das aus einem Kleid gerissene Fetzchen Chiffonstoff, das ich sofort wiedererkennen werde.

Er wusste, dass es nichts davon war, was es hätte sein sollen. Hunde schleppten doch ständig irgendwelche Sachen aus dem Wald herbei, zogen sie aus einem Abflussrohr hervor. Selbst aus dieser Entfernung konnte er erkennen, dass Roy eine blaue Blume hatte, was wohl kaum überraschend war, wenn man die riesige Palette von blauen Blumen hier bedachte, ganze Rabatten vor der Hecke, ganze Beete neben dem Teich. Er konnte nicht mit Sicherheit sagen, um was es sich handelte, denn er war selbst ziemlich blumenblind. Kornblumen, Rispengras, Rittersporn?

Komm schon, du dummes Hundevieh. Gib uns einen Tipp, mach dich nützlich. Wenigstens ein silbernes Feuerzeug oder einen Spazierstock mit einem Löwenkopf als Knauf. Jury stutzte. Kornblumen. Die waren nicht immer blau, aber wenn sie blau waren, dann waren sie sehr, sehr –

Das hatte er doch gesagt! Cody! Als sie im Little Chef gesessen hatten. »Sie hatte die blausten Augen, die ich je gesehen habe. So blau wie ihr Kleid.«

Roy hockte immer noch dort drüben auf der Bank, die Blume im Maul, den Kopf schief gelegt. Und sehr mit sich zufrieden. Jury pfiff. Roy sprang von der Bank herunter, kam großspurig anstolziert.

Sehr mit sich zufrieden. Mir kann keiner!

Der Hund folgte Jury zum Wohnwagen der Polizei, mühsam stapften beide durchs nasse Gras, beide in dem Gefühl, endlich etwas mit Fleisch auf den Knochen gefunden zu haben.

»Cody.«

Überrascht hob Cody den Blick von seinem Mobiltelefon. »Sir?«

»Legen Sie auf.«

Cody tat es, hielt den Apparat aber immer noch fest umklammert.

Jury ließ sich auf demselben Stuhl nieder, auf dem er zuvor gesessen hatte. Er wusste, dass er sich auch irren konnte, es wäre leicht zu überprüfen, doch er wusste auch, dass er höchstwahrscheinlich Recht hatte. Er sah Cody fest an. »Sie sagten, ihre

Augen hätten den gleichen Farbton gehabt wie das Kleid, das sie anhatte: kornblumenblau.«

Cody nickte. Ein erschrockener Ausdruck schob sich wie ein Schatten über sein Gesicht.

»Ich frage mich, woher Sie das wussten.«

Der Ausdruck veränderte sich. Cody wirkte erleichtert und lachte abgehackt. »Das stand doch in der Zeitung! Es musste doch eine Beschreibung geben, wie hätte man sie sonst erkennen können, wenn man sie sah?« In seinem Lächeln lag eine Spur Triumph.

Jury schüttelte den Kopf. »Blaue Augen, blaues Kleid, ja. Aber dann müssen Sie sie gesehen haben.«

»Ich wusste, welche Farbe ihre Augen hatten, und das Kleid habe ich wohl gesehen. Sonst hätte ich es doch nicht gesagt.«

»Genau darum geht es. Sie konnten das Kleid gar nicht gesehen haben, weil es nämlich neu war. Sie hätte es vorher noch nie getragen, sagte Declan Scott. Also haben Sie es an dem Tag damals gesehen, Cody, an dem Tag, an dem sie verschwand.«

Er sprang vom Stuhl hoch. »Sie wollen doch wohl nicht behaupten, *ich* hätte etwas damit zu tun!«

»*Noch nicht*, das sage ich noch nicht. Setzen Sie sich. Erzählen Sie mir, wie es dazu kam, dass Sie sie gesehen haben.«

Cody lehnte sich zurück und schwieg.

»Sie waren Mary und Flora gefolgt, stimmt's? Und vermutlich nicht zum ersten Mal –«

Mit einem etwas kläglichen Lachen sagte Cody: »Um sie zu belästigen, um ihnen auf die Nerven zu gehen, ist es das? Wollen Sie das damit sagen?«

»Nein, das nicht. Eher wie ein Beschützer. Sie machten sich Sorgen, der kleinen Flora könnte etwas zustoßen. Und die schreckliche Ironie dabei ist, dass es dann auch so kam, denn Sie müssen einen kurzen Augenblick weggeschaut haben und sahen die Person nicht, die sie mitgenommen hat. Denn diese Information hätten Sie doch nie und nimmer unterschlagen. Auf einmal war Flora nicht mehr da. So wie damals Ihre kleine Schwester. Es muss Ihnen so vorgekommen sein, als erlebten Sie alles noch einmal. Es muss die Hölle gewesen sein. Sie müssen das Gefühl gehabt haben – und haben es noch –, wieder versagt zu haben. Zu mir sagten Sie, Sie machten sich damals Sorgen um die Kleine. Floras Eltern hätten besser auf sie aufpassen sollen.«

Cody nickte. »Oft war sie allein draußen, lief in dem kleinen Wäldchen herum, sie mochte den kleinen Fußweg dort. Ich habe sie ein paar Mal dort gesehen. Ich weiß, es ist ein Privatgrundstück, aber da konnte jeder hinein. Mir war einfach nicht wohl, wenn sie draußen war. Mary« – er stockte, vermutlich empfand er für Mary mehr, als ihm recht war – »ich kann natürlich nicht behaupten, ich sei ein richtiger *Freund* gewesen, eher ein guter Bekannter. Nach dem Einbruch kam ich ab und zu mal vorbei. Sie wissen schon, nur um zu sehen, wie es ihnen so ging.« Eingetaucht in seine Geschichte, als hätte er nur darauf gewartet, sie jemandem erzählen zu können, jemandem, der sie kapierte, der ihn verstehen würde, beugte sich Cody nun nach vorne, die Arme auf dem Schreibtisch, die Hände ineinander verschränkt. »Glauben Sie mir«, fuhr er fort, »hinterher habe ich mir den Kopf zerbrochen, um mich zu erinnern, was genau ich gesehen hatte. Einen Fremden hatte ich nicht gesehen. Ich suchte die Stelle ab, genau die Stelle, am selben Tag noch, als die anderen Polizisten dazukamen. Sie haben Recht, ich hatte sie einen Moment lang aus den Augen verloren. Ich hatte ein Fernglas dabei – furchtbar, das klingt jetzt, als wäre ich ein Voyeur, aber so war das, so habe ich sie beobachtet.

Declan Scott passte nämlich nicht richtig auf sie auf. Der immer mit seinem Laissez-faire, verstehen Sie, immer locker vom Hocker.«

Jury brach in Gelächter aus. »So würde ich Declan Scott ja am allerwenigsten beschreiben. Locker vom Hocker? Der Mann ist doch so ernsthaft. Sie beschreiben, wie Sie selbst waren, Cody. Sie waren noch ein Kind. Was damals passiert ist, war nicht Ihre Schuld. Ihre Mum nahm Ihre Schwester bestimmt manchmal zum Einkaufen mit. Können Sie sich vorstellen, dass sie sie dabei ständig im Auge behielt? Natürlich nicht.«

Eine Weile herrschte Schweigen. Dann sagte Cody: »Sagen Sie es jetzt dem Chef?« Unter gesenkten Lidern hervor sah er Jury düster an.

»Nein, das tue ich nicht. Das überlasse ich ganz Ihnen.«

»Der nimmt mir meine Dienstmarke ab.«

Jury schüttelte den Kopf. »Nein. Ich glaube, er wird es verstehen. Commander Macalvie hat guten Grund dazu, glauben Sie mir.«

»Er wird denken, ich hab sie nicht alle.«

»Weil es Ihnen wichtig ist, dass man auf kleine Kinder aufpasst? Sind Sie deswegen ein Spinner? Nein.« Jury stand auf und versetzte Roy einen aufmunternden Tritt. »Cody, Sie sind ja ein richtiger Holden Caulfield. Ein Fänger im Roggen.«

Jury ging davon, Roy dicht bei Fuß.

Mir kann keiner.

36

Melrose ging gerade den Kiesweg entlang, als er Jury aus dem Garten kommen sah. Er wartete an der Tür des Cottage auf ihn, und als Jury ihm gegenüberstand, sagte er: »Fahren Sie wirklich nach London zurück oder war das alles bloß leeres Gewäsch?«

»Doch, doch, ich fahre –«

Melrose machte die Tür auf.

»– extra zurück, um Ihnen Ihre Black Diamond Gartenschere zu besorgen.«

»Ach, wie amüsant, schönen Dank auch.« Melrose schleuderte seine Mütze auf den Stuhl, und Jury trat ein. »Sie waren da draußen ja eine enorme Hilfe.«

»Ich fand die Art, wie Sie die alle haben auflaufen lassen, einfach großartig.«

Melrose stand in der winzigen Küche und schüttelte den Teekessel. Dann hielt er ihn unter den kalten Wasserhahn. »Na ja, an meiner schnellen Auffassungsgabe lag es jedenfalls nicht. Eher an Diane Demorneys genauen Anweisungen. Weiche nie, nie, nie von etwas ab, das du als Tatsache behauptet hast. Diane ist schlimmer als General MacArthur. ›Und ich werde wiederkommen‹, ist für sie bloß Quatsch, ›Und ich werde nie weggehen‹, passt viel eher.«

Jury lachte. »Ihr Teewasser kocht.«

Während er den Tee abmaß und Wasser darüber goss, gab Melrose ihm eine kurze Zusammenfassung seines Gesprächs mit Rebecca Owen in der Küche. »Es ist offensichtlich, dass sie Mary und Flora liebte und Baumann hasste. Der hört sich an wie ein schrecklicher Chauvinist und scheint obendrein noch paranoid zu sein.«

»Eifersüchtig war er, was? Das gehört bei Paranoia dazu.«

»Sie interessierte sich besonders für Ihre Meinung. Danach hat sie mich mehrmals gefragt.«

Jury lehnte sich zurück und streckte die Beine aus. »Überrascht Sie das etwa? Sie fragt sich bestimmt, was an diesem Mord so fesselnd ist, dass Scotland Yard sich damit befasst.«

»Ja, wahrscheinlich.« Melrose hatte sich hingesetzt und wollte gerade seine Zigaretten herausholen, als er Jurys Blick bemerkte. »Was?«

Jury runzelte streng die Stirn.

Melrose achtete nicht darauf und steckte sich eine an.

»Was haben Sie denn da draußen bei Ihrem Blumengärtchen mit Warburton gemacht?«

»Er gab mir ein paar Ratschläge über das Arrangement.«

»Ach, ist ja toll. Was ist, gibt's denn bald mal Tee? Lang genug gezogen hat er ja inzwischen.«

Melrose ging in die Küche und klapperte mit Tassen und Untertassen. Dabei redete er weiter über Warburton. »Auch er hat seinen Senf zu den Stiefmütterchen abgegeben. So wie Lulu. Die beiden waren allerdings unterschiedlicher Meinung. All diese Leute, die vorher nichts über Cloisonnégärtlein gewusst haben, die wollen mir jetzt vorschreiben .... Wie viel Zucker?«

»Einen.«

Melrose löffelte Zucker hinein, gab Milch hinzu und brachte die Tassen herein, wobei er ein wenig in Jurys Untertasse verschüttete.

»Henkelbecher sind einfacher.«

»Ich mag aber keine Henkelbecher«, sagte Melrose. »Ich hasse sie sogar. Bei Henkelbechern meint man immer, man muss beim Trinken herumlaufen und alle möglichen Sachen machen. Zum

Tee sollte man sich hinsetzen und überhaupt nichts anderes tun, außer lesen. Aber auf jeden Fall sich hinsetzen. Wie zu den meisten anderen Dingen übrigens auch«, fügte er nachdenklich hinzu.

Jury schüttelte den Kopf. »Sie sind schon zu lang in diesem Klub der Schwachköpfe.«

»Wie bitte?«

»Im Jack and Hammer, dieser Zweigstelle einer Nervenheilanstalt. Bei unseren Freunden.«

Melrose reagierte mit gespielter Entrüstung. »Ist Ihnen klar, dass einer von diesen Schwachköpfen – Diane – mir einmal das *Leben* gerettet hat? Erinnern Sie sich nicht mehr, dass wir ohne dieses blöde Triptychon von Masaccio, hinter dem Trueblood her war, den Fall damals vielleicht nie gelöst hätten? Und was ist mit Truebloods brillanter Verteidigung in der Nachttopfaffäre?«

»Nun gut, auch Schwachköpfe haben ab und zu mal eine Sternstunde. Das bestreitet ja keiner.«

Melrose rührte seinen Tee um. Beim Anblick des Löffelchens musste er an Lulu denken. »Lulu kommt mir ziemlich traurig vor.«

»Mir nicht.«

Melrose zuckte gequält zusammen. »Ach Gott, bei Ihnen braucht es aber viel, bis Sie mal etwas Mitleid aufbringen.«

»Dass ihre Lage nicht traurig wäre, das meine ich damit gar nicht. Das ist sie nämlich durchaus. Ich will damit sagen, in Lulu selbst kann ich keine besondere Traurigkeit entdecken.« Er lächelte. »Sie scheint sich ganz gut durchs Leben zu schlagen.«

»Wie sollte sie nicht traurig sein? Wo sie beide Eltern auf einmal verloren hat?«

»Wie alt war sie? Vier? Fünf? Wie viel konnte sie damals denn begreifen?«

Das ärgerte Melrose unsäglich. »Ach was, Richard, jetzt stellen Sie sich doch bloß dumm.«

»Vielleicht. Haben Sie eigentlich mal *Ein Schmetterling flog auf* gelesen?«

»Nein. Von wem ist das?«

»Von James Agee. Der Vater schlittert mit dem Auto von der Straße, schlägt mit der Stirn an einer besonders empfindlichen Stelle auf – wirklich ein ganz schreckliches Missgeschick – und ist sofort tot. An die Reaktion der Kinder erinnere ich mich noch ganz gut, ein Junge und ein Mädchen, etwa fünf und sieben. Die sind überhaupt nicht geschockt und überlegen, ob sie es vielleicht sein sollten.«

»Verdrängung.«

Jury zuckte die Achseln. »Kann sein. Wir sind aber immer viel zu schnell bei der Hand mit diesem Begriff. Wir werden mit einem Ereignis konfrontiert und glauben, auf eine ganz bestimmte Art und Weise darauf reagieren zu müssen. Bei einem Kind erwarten wir, dass es untröstlich ist, verzweifelt, dass es jammert und weint, wenn die Eltern sterben. Und bei vielen Kindern ist es ja auch so. Aber es kann auch anders gehen. Lulu scheint mir recht glücklich zu sein. Haben Sie nicht das Gefühl, sie findet es toll, dass man auf dem Anwesen eine Leiche gefunden hat?«

»Ach, *das* meinen Sie. Aber das ist was anderes. Es war ja nicht *ihre* Leiche oder die eines Menschen, den sie gern hat. Das ist überhaupt nicht dasselbe.«

»Vielleicht.« Jury sah aus dem Fenster hinaus in den Nieselregen. »Macalvie hat mir erzählt, was mit der Tochter seiner Geliebten damals passiert ist. Können Sie sich das vorstellen? Was für eine schwere Bürde. Das erklärt vermutlich einiges an ihm: diese ungeheure Akribie, seine Gründlichkeit, seinen hohen Anspruch. Er denkt wahrscheinlich, er hätte sie retten können, diese Kleine, wenn er vorsichtig gewesen wäre, wenn er akribischer vorgegangen wäre. Gott, was wir alles von uns verlangen.«

»Es gibt nichts auf der Welt, was er hätte machen können. Das

Kind war von dem Moment an verloren, als sie es verschleppt hatten.«

»Er wird sich aber immer die Schuld an ihrer Entführung geben.«

Melrose nickte. »Das war einfach grausam.«

Jury nickte und stand auf. »Und dieser Mord erinnert ihn jetzt daran. Damals hat er Flora nicht gefunden, und das sieht er erneut als Scheitern, als sei er wieder einmal gescheitert. Als hätte er auch Floras Mutter im Stich gelassen.« Jury stellte seine Tasse hin. »Ich muss los. Danke für den Tee.«

»Wieso? Ich meine, wieso fahren Sie diesmal nach London?«

»Unerledigte Geschäfte.«

»Jetzt bin ich gescheiter.«

Jury lächelte, hob die Hand zum Gruß und ging.

Cody Platt stand vor Beaminsters Schreibtisch, ins Gespräch mit ihm und Swayle vertieft, der aussah, als würde er von diesem Drehstuhl nie wieder aufstehen. Er hatte ihn bis zum Anschlag nach hinten gekippt und ließ die Arme locker über den Armlehnen herunterhängen. Dabei lachte er unentwegt.

Jury fragte sich, wie ein so verschlagen wirkender Detektiv wie Swayle unter Macalvie überleben konnte. Aber vielleicht gab er sich in Macalvies Gegenwart anders, und sein Chef konnte die Augen ja nicht überall haben.

Bei Jurys Anblick hörte Beaminster schlagartig auf zu lachen. Swayle ließ den Stuhl knarrend nach vorn kippen, und Cody wirbelte herum. Außer ihm lächelte keiner.

»Cody, kann ich Sie vielleicht mal einen Moment sprechen?« Er sah, wie sich Codys Augen erschrocken weiteten und sein Gesicht aschfahl wurde. Vermutlich dachte er, es ginge wieder darum, dass er Mary Scott und Flora damals hinterhergegangen war.

»Klar.« Sie traten ein Stück zur Seite.

Die beiden anderen sahen ihnen hinterher, und ihre Gesichter sagten, Was ist, warum geht ihr nicht? So geht doch endlich. Jury ließ sich von ihren feindseligen Blicken jedoch nicht behelligen. Er setzte sich an den kleinen Tisch, der als Schreibtisch diente und von den beiden anderen Polizisten etwas abseits stand. Um Jury zu belauschen, würden sie gewaltig die Ohren spitzen müssen. Cody setzte sich ihm gegenüber.

Jury sprach mit gedämpfter Stimme. »Ich muss in London etwas erledigen. Ihr Chef meint, Sie würden das vielleicht gern mit mir zusammen erledigen.«

An die Stelle des ängstlichen Gesichtsausdrucks traten Erleichterung und Neugier. »Was?«

»Es hat mit Viktor Baumann zu tun.«

»Baumann.« Er sah nacheinander wütend, traurig, hoffnungslos und rachedurstig aus. »Dieser Dreckskerl.«

»Wie viel wissen Sie über ihn?«

»Ich weiß, dass er Mary am Ende das Leben schwer gemacht hat. Ich weiß, dass er Flora entführen ließ.«

»Das wissen Sie aber nicht mit Sicherheit, Cody.«

»Doch«, sagte er nur.

»Wir haben aber keinen Beweis dafür, und was noch schlimmer ist – wir sind bei der Suche nach ihr noch keinen Schritt weiter.« Codys Augen flackerten auf. Der Junge wirkte wie geladen – Jury wusste auch nicht, wieso er ihn als Jungen betrachtete … ja, vielleicht tat er das. Er sah Cody vor sich, vor all den Jahren in Fransenweste und Ledergamaschen, wie er die zwei silbernen Pistolen aus dem Doppelhalfter zog und sich nach einer passenden Stelle umsah, auf die er sein klickendes Sperrfeuer entladen konnte: auf die Kuscheltiere vielleicht, den Stofflöwen oder das Häschen? Auf das Poster von Queen, deren Gitarren wie Gewehre aussahen, so gefährlich? Na, denen verpasste er jedenfalls eine Ladung und die Wand kriegte auch gleich noch etwas ab. Dieser kleine Western spulte sich vor Jurys innerem Auge ab, während Cody voller Ernst von Flora sprach und den endlosen Möglichkeiten, was alles passiert sein konnte. Das war der Ausdruck, den Cody benutzte: »endlos«. Er hatte sich offenbar kleine Szenen ausgedacht, mehrere Miniaturszenerien: Sie könnte in Dulwich sein, in Devon oder Dorset oder überhaupt in einem anderen Land.

»Ja, das könnte sein.« Wie deine Schwester. Bloß glaubte Jury das nicht. »Sie haben mich gar nicht gefragt, was ich denn genau vorhabe oder von Ihnen will.«

»Wenn es drum geht, Baumann einzulochen oder Baumann auch bloß Schwierigkeiten zu machen ...« Schulterzuckend hob er die Hände, die Handflächen nach außen gekehrt, als ob er sagen wollte: Was soll ich da lang fragen?

37

Brian Macalvie stand, immer noch im Mantel, bei Declan Scott im Wohnzimmer.

»Warten Sie, Commander, ich nehme Ihnen den Mantel ab.«

»Danke, ich behalte ihn an. Ich will auch gar nicht lange bleiben. Wo ist sie, Mr. Scott?«

Declan ließ den Arm sinken, den er nach dem Mantel ausgestreckt hatte. »Wie bitte?«

»Flora. Wo ist sie?«

Declan trat näher, als könnte es ihm durch körperliche Nähe besser gelingen, zu verstehen, was Macalvie meinte. »Verzeihung, Sie müssen mir schon erklären –«

Macalvie erklärte aber gar nichts. Er behielt den Mantel an und fuhr fort: »Wieso ich so lang gebraucht habe, um es herauszukriegen, weiß ich auch nicht. Warten Sie. Doch, ich weiß es. Ich habe diesen Fall zu persönlich genommen. Tue ich wahrscheinlich immer noch. Ein drittes Motiv kam mir überhaupt nicht in den Sinn. Ich meine, außer Geld oder der verqueren Sehnsucht nach einem Kind. Flora wurde entführt, damit ihr nichts zustoßen konnte, damit ihr keine Gefahr drohte. Gefahr hieß in diesem Fall – Viktor Baumann, der ja unerbittlich ist, wenn er etwas haben will. Als Mary dann starb, wurde es für Sie sogar noch brenzliger, denn Sie hatten keinerlei rechtliche Handhabe, Flora zu behalten. Da er ihr Vater ist, hätte Baumann das Sorgerecht bekommen. Also, wo steckt sie? In Frankreich? In Italien? In Florenz? Venedig? In einem Internat vielleicht? Einem Kloster?«

Ohne die Aufforderung abzuwarten, setzte sich Macalvie hin, während Declan stehen blieb und ihn völlig verdattert anstarrte. Nun forderte Macalvie ihn auf: »Setzen Sie sich doch!«

»Danke. Aber ich bin außerstande, mich zu setzen.« Er ging zum Kamin hinüber und lehnte sich mit verschränkten Armen gegen den Sims. »Nehmen wir einmal an, Sie haben Recht ...«

»Nehmen wir es an.«

»Was ist dann mit Mary?«

»O, Ihre Frau war natürlich eingeweiht. Sie haben es vielleicht sogar ihretwegen getan.«

»Dann wäre es aber doch kein Verbrechen, oder?«

»Wahrscheinlich nicht. Abgesehen davon, dass Sie die Polizei für nichts und wieder nichts in der Gegend herumgejagt haben.«

»Dann –?«, begann Declan.

»*Dann* ist da ja auch noch Lena Banks, die auf einem Seziertisch in der Pathologie liegt. Mord – *ist* ein Verbrechen, Mr. Scott.«

»Wieso sollte ich diese Frau ermorden?«

»›Diese Frau‹? Klingt ganz schön reserviert, wenn man bedenkt, dass Sie ein Verhältnis mit ihr hatten. Wieso Sie sie umbringen sollten? Weil sie vermutlich einen Haufen Ärger machte.«

»Inwiefern?«

»Sie behaupten, sie hätte bei Brown's mit Ihrer Frau gesprochen. Wir haben diesbezüglich nur Ihre Aussage.«

»Wieso sollte ich lügen?«

»Vielleicht um die Tatsache zu erhärten, sie sei wegen Mary hierher gekommen und nicht Ihretwegen.«

»Sie *kam* aber wegen Mary. Dora Stout hat die beiden gesehen. Und wieso sollte sie sich unkenntlich machen?«

»Damit Sie sie nicht erkennen vielleicht?«

Declans Lachen klang fassungslos. »Commander Macalvie, ich *kannte* sie damals überhaupt noch nicht.«

»Aber bestimmt dachte sie – oder dachten die beiden, Lena

Banks und Viktor Baumann –, Sie würden sie später möglicherweise irgendwann kennen lernen. Und hätten sie gewollt, dass so eine einprägsame Person wie Georgina hierher kam? Ich weiß, es ist reine Spekulation, aber das Ganze geschah ja nicht plötzlich, sondern war ein genau eingefädelter Plan. Es war auch eine Drohung im Spiel. Und die, nehme ich einmal an, lautete etwa so: ›Wenn du Flora nicht herausgibst, holt Viktor sie sich auf irgendeine andere Weise, und das wäre für Flora noch viel traumatischer.‹«

»Das tat er ja auch: Er holte sie sich.«

»Nein, das tat er nicht, Mr. Scott. Viktor Baumann sucht immer noch nach ihr. Das war doch der Zweck dieser ganzen Affäre mit Lena Banks in Paris. Die beiden glaubten, Sie würden reden, wenn Sie bloß das richtige Gegenüber hätten. Sie redeten aber nicht.«

In Declans Lachen klang wieder Fassungslosigkeit durch. »Ich redete nicht, weil ich nichts zu sagen hatte. Meine Güte! Und vor mehr als drei Jahren in dem Hotel – könnten wir jetzt einmal annehmen, dass ich die Wahrheit sage?«

»Okay. Auch dort war sie in Viktors Auftrag. Wie ich schon sagte, sie hat Mary bedroht.«

»Vielleicht haben Sie Recht. Weil Mary mir aber nicht sagte, worüber sie redeten, kann ich es weder bestätigen noch leugnen.«

»Warum hätte sie es Ihnen denn *nicht* sagen sollen? Sie waren schließlich ihr Ehemann.«

»Weil Mary in Bezug auf Flora paranoid war. Das ist jetzt nicht bloß so dahergesagt. Baumann hat ihr wegen dieses kleinen Mädchens immer totalen Stress gemacht. Vermutlich war sie der Meinung, dass es für Flora besser war, wenn sie mir nichts über diese Frau im Brown's Hotel erzählte.«

Macalvie schüttelte den Kopf. »Das nehme ich Ihnen nicht ab. Sie hätte bestimmt mit Ihnen darüber gesprochen. Deshalb nehme ich Ihnen Ihre Version auch nicht ab.«

»Hören Sie, Commander Macalvie, ich kann Ihnen dazu nur eins sagen – Sie irren sich!« Nun setzte sich Declan doch hin, musterte Macalvie und wandte den Blick dann ab. »Ich fürchte, Flora ist tot.«

»Eltern geben die Hoffnung gewöhnlich nicht auf, solange noch eine winzige Chance besteht, dass ein Kind am Leben ist.«

»Ich bin aber nicht Floras richtiger Vater. Ich glaube, diese Zuversicht hat viel mit Blut zu tun. Das ist wie ein sechster Sinn, eine Art Intuition. Wenn man etwas wider alle Vernunft einfach weiß. Mary hatte diese Zuversicht. Damit will ich nicht sagen, ich hätte Flora nicht geliebt, denn das tat ich – absolut. Aber ich war ja nur kurz mit ihr zusammen. Gut, ich kann verstehen, wie Sie zu dieser Schlussfolgerung kommen, ich hätte Floras Entführung womöglich inszeniert. Das erklärt aber immer noch nicht, weshalb ich Lena Banks umbringen sollte.«

»Mehrere Möglichkeiten. Wut auf Georgina, weil sie Sie betrogen hat –«

Declan lachte. »Ach, wirklich? Hm, das Problem ist nur, dazu hätte ich wissen müssen, dass Lena Banks Georgina ist.«

Macalvie tat es schulterzuckend ab. »Wer sagt denn, Sie wussten es nicht? Zweite Möglichkeit: Lena Banks bekam heraus, dass Sie Flora hatten, dass Sie sie irgendwo versteckt hielten.«

»Wenn das der Fall ist, weiß Viktor Baumann es auch.«

»Vermutlich.«

»Dann wird er kommen und sie holen – also was ist, erheben Sie jetzt Anklage gegen mich? Dann wäre diese Geschichte wenigstens teilweise abgeschlossen.« Er hörte sich sehr erschöpft an.

Macalvie musterte ihn nachdenklich. »Nein. Unter Anklage stellen kann ich Sie nicht, nicht ohne weitere Beweise. Wir haben ja noch nicht mal die Tatwaffe gefunden.«

»Wieso erzählen Sie mir dann das alles?«

»Ich will wissen, wo Flora ist.«

»Sie ist tot.« Die Arme auf die Knie gestützt, hielt Declan den Kopf gesenkt und betrachtete den Teppich, als könnte das Muster ihm irgendetwas verraten.

»Das sagten Sie bereits.« Doch die Verzweiflung in Declans Worten klang echt, und Macalvie begann zu zweifeln. Oder verspürte er einfach nur Mitleid? Oder lag es daran – was um einiges wahrscheinlicher war –, dass er sich mit ihm identifizierte? Und sich an das kleine Mädchen erinnerte, das mit einer Kugel im Kopf am Tisch saß? Er sollte eigentlich gar nicht an diesem Fall arbeiten. Er ging ihm zu nahe. »Wusste Ihre Frau, dass sie sterben würde?«

»Ja, aber nicht, wann. Bis zum Schluss nicht. Innerhalb weniger Monate wurde ihr Herz so schwach, dass sie manchmal kaum atmen konnte.« Er wandte sich ab.

»Es tut mir aufrichtig Leid.«

»Ja. Danke.«

Declan Scott erhob sich, und Macalvie, der fast zwei Meter groß war, hatte immer noch das Gefühl, dass Scott ihn überragte. »Ich bringe Sie zur Tür«, sagte Scott.

Macalvie sah zur Terrassentür hinüber. »Wenn Sie nichts dagegen haben, würde ich gern den Weg durch den Garten nehmen. Ich will noch mit meinen Leuten im Wohnwagen sprechen.«

Declan nickte. Als Macalvie die Tür öffnete, sagte Declan: »Sie irren sich, Commander. Sie irren sich gewaltig.«

Beaminster und Wiggins saßen in dem Polizeiwohnwagen, wo es recht kalt war. Irgendetwas stimmte nicht mit dem kleinen tragbaren Heizgerät. Die Heizdrähte sahen ziemlich blutleer aus. Wiggins, mehr verträumt als bleich aussehend, telefonierte gerade und nickte grüßend herüber.

Beaminster, der ebenfalls am Telefon gewesen war und über etwas gelacht hatte, legte rasch auf, als wäre Gelächter, ob nun im Dienste der Ermittlungen oder nicht, verboten.

Wiggins beendete sein Gespräch. »Ich habe jedes Nonnenkloster und jede Schule im Umkreis von fünfundzwanzig Meilen von Paris und Florenz überprüft. Keine Spur von ihr. Eine Nonne...« Er konsultierte die Seite mit seinen Notizen – »...eine gewisse Schwester Anne gab mir ziemlich deutlich zu verstehen, dass man es nicht sehr schätzte, wenn die Polizei sich dort blicken ließe. Ihr Kloster sei ein geheiligter Zufluchtsort, und ob ich tatsächlich glaubte, sie würde es mir verraten, wenn sich so ein Kind dort befände? Hört sich nicht besonders fromm an, wenn Sie mich fragen.«

Macalvie ließ sich seufzend an Swayles Schreibtisch nieder. »Dann suchen Sie weiter. Gehen Sie noch zwanzig Meilen weiter raus. Er weiß, wo sie ist.« Macalvie war sich dessen fast sicher, aber »fast« war weit entfernt von todsicher. »Wenn Declan Scott geständig wäre, bekäme er eine ziemlich milde Strafe...«

»Ja, wahrscheinlich.«

»Viktor Baumann. Lena Banks und Viktor Baumann. Wenn die mein Kind hätten, würde ich sie eigenhändig umbringen.« Mit einem Blick auf Wiggins fügte er hinzu: »Ich hoffe, Ihr Chef schnappt ihn, den Dreckskerl.«

38

Cody parkte den Wagen vor Jurys Haus in Islington. Der hatte ihm angeboten, er könne bei ihm übernachten – oder vielmehr bei Stan Keeler. Stan war wieder nach Deutschland gefahren, »wo sie einen zu schätzen wissen«. Jury hatte darüber geschmunzelt. Der gute Keeler hatte also doch einen wunden Punkt – auch wenn dies die einzige Äußerung von Selbstmitleid war, die er je von Stan gehört hatte. Stone hätte bestimmt nichts dagegen, wenn jemand bei ihm in der Wohnung übernachtete, zumal Cody etwas für Hunde übrig hatte. (Später, nach einem Blick auf Carol-Anne, war Jury klar, dass er auch für Frauen etwas übrig hatte.)

Mrs. Wasserman erkannte Jury am Schritt und stand plötzlich auf ihrer Treppe (die zur Gartenwohnung hinunter führte), vom schmalen Lichtstrahl des Mondes beschienen, der hinter einer schiefergrauen Wolke hervorkam. »Mr. Jury, Mr. Jury.« Sie schüttelte bekümmert den Kopf, als wäre Mr. Jury tatsächlich an allem schuld, was auch immer es war.

»Mrs. Wasserman! Stimmt etwas nicht?«

Sie schaute Cody an. *Der da* stimmte nicht, dieser Fremde, bis Jury ihn ihr als Detective Platt von der Polizei von Devon und Cornwall vorstellte.

»Ah, noch ein Polizist! Da bin ich aber froh. Davon kann es gar nicht genug geben. Da treibt sich einer herum, Superintendent. Es ist noch keine zehn Minuten her, da stand er hier auf der Treppe.«

Mrs. Wassermans Verfolgungswahn kam in Wellen, von denen die größten immer dann ans Ufer schlugen, wenn Jury einmal länger als ein bis zwei Tage weg war. Er bot ihr inneren Halt. Vielleicht war ja wirklich jemand hier gewesen, doch es hätte auch der Milchmann, der Postbote oder der Botenjunge vom Chinarestaurant an der Upper Street gewesen sein können. Carol-Anne hatte eine Schwäche für gebratenen Reis mit Garnelen.

»Haben Sie ihn denn überhaupt gesehen?«

»Nein, natürlich nicht, dazu war es doch viel zu dunkel!«

Jury hatte sein kleines Notizbuch und den Schreibstift gezückt. »Können Sie sich noch an irgendetwas erinnern?«

Sie zwickte sich in die Unterlippe, legte sie in Fältchen. »Bloß dass er groß war. Und dünn.« Für Mrs. Wasserman, die selbst klein und rundlich war, sah allerdings jeder so aus. Während sie es sagte, musterte sie Cody, der in der Tat eine Bohnenstange war. »Ich konnte nicht richtig sehen. Ich sagte Ihnen doch –«

Lächelnd steckte Jury Notizbuch und Stift weg. »Keine Sorge, wenn er wiederkommt, wissen wir Bescheid. Es war vielleicht bloß jemand, der eine Hausnummer suchte.« Jemand, höchstwahrscheinlich aber eher niemand.

Carol-Anne, die ebenfalls recht geschickt darin war, Anzeichen von Jurys Rückkehr zu erspüren, kam aus ihrer Wohnung im dritten Stock die Treppe heruntergesaust, als Jury sich mühsam in den ersten schleppte. »Super!«, rief sie und schoss ihm wie eine Rakete entgegen. Wenn er sie nicht in einer Umarmung aufgefangen hätte, wäre sie kopfüber die Treppe hinuntergesegelt.

»Ein kompliziertes Leben führen Sie, Mr. Jury«, bemerkte Cody. Dabei starrte er Carol-Anne wie einen Sonnenaufgang um Mitternacht an.

Carol-Anne löste sich aus Jurys Umarmung und wäre gleich in Codys Arme geflogen, wenn er sie ausgebreitet gehabt hätte. Während Jury seine Wohnungstür aufschloss, machte er die beiden miteinander bekannt und sagte: »Ich dachte mir, er kann vielleicht in Stans Wohnung übernachten.«

Als offizielle Hausverweserin besaß Carol-Anne für jede Wohnung einen Extraschlüssel. Es handelte sich dabei nur um Jury, Mrs. Wasserman und Stan Keeler, der selten zu Hause war. Carol-Anne packte Cody also bei der Hand und entführte ihn sogleich in den zweiten Stock. Jury sah ihr nach. Was hatte sie da heute Abend eigentlich an? Etwas in einem leuchtenden Lavendelton, der den Kleiderschrank einer alten Dame nie von innen gesehen hatte. Betörendes Seidenoberteil und superkurzer Rock.

Jury konnte gerade noch einen Blick darauf erhaschen, bevor er in sein Wohnzimmer ging und sich wie ein gichtiger Greis in den Ohrensessel hievte. Er seufzte. Zwei Monate war er nun aus dem Krankenhaus und musste gestehen, dass er sich irgendwie dorthin zurücksehnte, obwohl das natürlich bedeutete, sich wieder in die Fänge von Schwester Bell zu begeben. Er ermüdete jetzt immer so leicht. Liebe Güte, wofür wollte er sich denn qualifizieren? Für den Centre Court in Wimbledon? Fürs Querfeldeinrennen in Newmarket? Ach, du liebe Güte!

Geklapper auf der Treppe. Es hörte sich zwar an wie eine Herde Zebras, war aber nur Carol-Anne, die Cody inzwischen in Stans Wohnung eingewiesen hatte – »Gitarre hier, Klavier da, sonst noch einen Wunsch?« – und nun zurückkehrte, um Jury in sein Leben einzuweisen. Was sie denn von Cody hielte? Ein Typ, mit dem man mal ein Bier trinken gehen kann, sagte sie bloß.

»Cody kommt gleich runter. Wir gehen in den Angel, dachte ich mir. Und Sie?« Fragend zog sie die Augenbraue hoch, während sie sich auf dem Sofa niederließ.

»Ich?«

»Oh, Entschuldigung, dass ich frage.« Sie schnappte sich eine von den Schönheitszeitschriften, die sie auf Jurys Beistelltischchen immer bereitliegen hatte, für den Fall, dass sie sich einmal langweilte – den Eindruck hatte er jedenfalls immer –, blätterte darin herum und schwang den Fuß dabei auf und ab.

Die Schuhe hatten das Geklapper veranstaltet. Wieso trugen Frauen eigentlich diese Holzklötze an den Füßen, die aussahen, als hätten sie sie beim Holzhändler erstanden statt in einem Schuhgeschäft? Jury warf einen Blick auf die Zeitschrift. »Was versprechen Sie sich denn davon?«

»Na, ein paar Schönheitstipps …« Mit diesen Worten hob sie eine Handvoll kupferfarbenes Haar, bei dem mit ein paar Glanzlichtern mehr gleich die Feuerwehr gekommen wäre, zeigte mit dem Finger auf Haut und Augen – »und Make-up und Kleider natürlich.« Sie lüpfte einen Zipfel ihres lavendelblauen Rocks.

Jury lachte. »Carol-Anne, Sie sollten Tipps *geben*, nicht kriegen. So etwas nennt man Eulen nach Athen tragen.«

Sie blickte sich im Zimmer um, als wüsste sie nicht recht, woher diese fremdartige Stimme kam, als wäre die Luft gewissermaßen von Argwohn durchtränkt. »Ist das wieder eins von Ihren Komplimenten?«

»Nicht von mir. Von unserem Schöpfer. Wie läuft es bei der Arbeit?«

Sie grübelte immer noch stirnrunzelnd über Jurys Kompliment nach. Dann ließ sie davon ab und begann in der x-ten Ausgabe von *Beauty Secrets* zu blättern. »Andrew sitzt mal wieder auf dem hohen Ross.«

Damit meinte sie Andrew Starr, einen Mann, der gewöhnlich nicht dazu neigte, auf hohen Rössern zu sitzen. Sein Problem war wohl eher, dass er zu geduldig war. Er besaß in Covent Garden ein Geschäft mit dem Namen Starrdust, in dem er Horoskope, Zauberartikel und Träume verkaufte (was, mit anderen Worten, alles ein- und dasselbe war). Es war ein faszinierendes kleines Etablissement, das sowohl Kinder (wie Wiggins) als auch Erwachsene (Jury fiel gerade keiner ein) zu seinen Kunden zählte.

»Inwiefern auf dem hohen Ross?«

»Sie wissen doch, diese Lady Chalmers, die pummelige, die mit ihrer lauten Stimme sogar noch unseren Plattenspieler übertönt. Na ja, schließlich ist sie ja auch stocktaub. Sie wissen doch, wen ich meine.«

»Ehrlich gesagt, nein.«

»Die hat sich also von Andrew das Horoskop machen lassen, was wirklich kompliziert ist und fast unmöglich, wenn man seine Daten nicht richtig geordnet hat. Na, jedenfalls sagte er was von achtzig –«

(Billig war Andrew nicht gerade.)

»– und sie behauptete, er hätte was von zwanzig gesagt. Zwanzig Pfund! Ist doch lachhaft, eine Frechheit ist das, wenn Sie mich fragen. Für eins von *seinen* Horoskopen! Dabei gibt er allen Kunden eine Preisliste. Das ist nämlich das genaueste Horoskop von allen …« Mit den Armen beschrieb sie einen großen Kreis, als wollte sie Himmel, Planeten und Sterne umfassen. »Und was das Arbeit macht! Na ja, er ist schließlich Perfektionist …«

Lag die Betonung auf dem *»er«*, als hätte sie hier einen Nicht-Perfektionisten vor sich?

»Ha, vielleicht ist es *das*, was Sie brauchen!« Sie schlug die Zeitschrift zu, denn nun hatte sie ein Thema gefunden – Jury –, das sogar noch interessanter war als das Auftragen von Lidschatten. »Wenn Andrew Ihnen davor eins gemacht hätte, wären Sie bestimmt nicht angeschossen worden.«

Jury lächelte etwas schwächlich in ihre aufleuchtenden Augen. »Ich will die Zukunft aber gar nicht wissen. Ich will nicht wissen, welche Frau – oder Plural: welche Frauen – mir eins über die Rübe hauen und mich aufs Standesamt schleppen wird.«

»Ach, tun Sie doch nicht so blöd!«

»Blöd? Wieso?«

»Sie bleiben hier sitzen, bis Sie ein alter Miesepeter sind.«

»Ich bin bereits ein alter Miesepeter.«

Er hörte das *klack, klack, klack* von Hundepfoten und das rasche

Tappen von einem Paar Füßen. Gleich darauf kam Cody mit Stone herein.

»Nette Buden haben Sie hier!«, sagte Cody mit größerer Begeisterung, als die Buden verdienten. Die Bemerkung war natürlich auf die Bewohner der Buden gemünzt, besonders auf eine bestimmte Bewohnerin. »Fertig?«, fragte er ganz nebenbei.

Stone machte ein paarmal *wuff, wuff*. Es hörte sich immer an wie durch weiches Material, durch Watte oder Wolken oder Ähnliches. Stone war jedenfalls bereit.

»Kommen Sie auch mit?« Cody war bemüht, es so klingen zu lassen, als wollte er, dass Jury mitkam.

Der schüttelte lächelnd den Kopf. »Nein, ich glaube nicht.« Er sah von Cody zu Carol-Anne. Das fehlte noch, mein Sohn!

Als sie weg waren, blieb er eine Weile reglos sitzen. Dann wurde er jedoch zunehmend unruhiger, während er auf einen dunklen Fleck an der Decke starrte. Vermutlich ein alter Wasserschaden. Er griff hinter sich nach einem Buch. Das Buch wollte er eigentlich gar nicht, sondern das, was darunter lag: den Obduktionsbericht, den Phyllis Nancy ihm ins Büro geschickt hatte.

Woher war dieses Kind gekommen? Er wälzte Fragen im Kopf herum, auf die es keine Antwort gab, nur um die Lektüre des Berichts hinauszuschieben. Er zog die Lampe hinter sich auf die rechte Tischseite herüber, um damit die Seiten zu beleuchten.

Die Kugel war zwischen dem fünften und sechsten Brustwirbel in den Rücken gedrungen und auf den Knochen getroffen, was die Austrittswunde vergrößert hatte. Es folgten weitere Details, kalt und klinisch, wie es sein sollte. Nur konnte Jury nicht vergessen, wie er sie hatte daliegen sehen. Die Spitzen ihrer schwarzen Lackschuhe waren nach innen gedreht, in einer dieser ungelenken Stellungen, die bei Kindern seltsamerweise immer anmutig aussehen. Sie war sechs Jahre alt, soweit sich dies überhaupt festlegen ließ.

Johnny Blakeley war felsenfest davon überzeugt, dass das Kind aus der Hester Street Nummer 13 gekommen war. Aber Johnnys Überzeugung reichte nicht für die Beschaffung eines Durchsuchungsbefehls. Das Gesetz, überlegte Jury, schien eher den Bösewicht, den Schurken, den Übeltäter zu schützen. Jedenfalls kam es manchen Leuten so vor.

Die Polizei war an jenem Abend ausgeschwärmt, dann gegangen, wiedergekommen und erneut ausgeschwärmt. Man hatte an jede Haustür geklopft, auch an die von Nummer 13, wo jene Mrs. Murchison wohnhaft war, die ganz oben auf Johnnys Liste stand, gleich nach Viktor Baumann. Der hatte das Haus unter ihre Aufsicht gestellt. Wie ließe sich die Spur nur bis zu Baumann zurückverfolgen?

Nein. Das war ein Gedanke zu viel, wie es jemand einmal ausgedrückt hatte. Wenn er ständig versuchte, zu weit in die Zukunft zu blicken, wenn er sich zu viele Fragen stellte, würde ihn das nur zermürben. Er las den Bericht vollends zu Ende. Darin stand im Grunde das, was Phyllis schon damals vor Ort gesagt hatte, nur etwas detaillierter, aber ohne überraschende Neuigkeiten. Ihr Blick war der Kugel auf ihrer schnellen Bahn gefolgt, zudem hatte sie verschiedene andere Details ermittelt wie etwa den Zustand der Austrocknung und Unterernährung (keines von beiden lebensbedrohlich, zumindest nicht zum fraglichen Zeitpunkt).

Diesen elenden Schurken kam es nur auf das Äußere, auf die Oberfläche an – die Porzellanpüppchenhaut ohne jede Spur von Schminke, das glänzende Haar. Die verführerische Macht der Unberührten. Warum war Unschuld so verlockend?

Er saß da – stundenlang, wie er geglaubt hatte, bis er überrascht feststellte, dass bloß eine halbe Stunde vergangen war. Es war halb zehn. Er beschloss, zum Yard zu fahren. Vielleicht traf er dort Johnny Blakeley an. Johnny war bekannt dafür, dass er lange im Büro blieb: keine Frau, keine Kinder, keine Hypothekenzahlungen. Die verheirateten Kollegen beneideten ihn.

Johnnys Schreibtisch war mit Papieren übersät und sah aus wie die letzte Müllhalde. Alles an ihm saß irgendwie schief – Schlips, Frisur, die Stapel auf seinem Schreibtisch. Er rauchte eine von diesen milden, teerarmen Zigaretten, und Jury blickte der Rauchspirale mit sehnsüchtigen Blicken nach.

Johnny bemerkte es und schob ihm die Packung hin.

»Nein, danke, ich habe aufgehört.«

»Ah, ich sage mir jeden Tag ein paar Mal, dass ich aufhöre.«

»Tun Sie's nicht.«

»Ist es so schlimm?«

»Schlimmer.«

Johnny grinste und kam auf das Thema zurück, das sie gerade diskutiert hatten. »Es besteht nicht der Hauch einer Chance, dass Sie einen Haussuchungsbefehl kriegen, Rich, nicht mal, wenn ein Kind erschossen wurde. Es lässt sich schlicht nicht beweisen, dass die Kleine aus diesem Haus kam. Und nicht etwa aus einem anderen Haus in der Straße, meine ich. Verdammt, vielleicht nicht einmal aus *dieser* Straße.«

»Dann besorgen Sie einen Durchsuchungsbefehl für alle.«

»Den Richter möchte ich sehen, der das macht.«

»Ich auch.« Jury lachte. »Wenn Sie es nicht geschafft haben, schaffe ich es erst recht nicht. Nein, ich habe nicht einmal daran *gedacht*, einen Durchsuchungsbefehl zu bekommen.«

Johnny beugte sich, so weit es wegen der Schreibtischecke zwischen ihnen ging, zu Jury hinüber. »Rich, ohne das Ding kommen Sie da nicht rein.«

»Sind Sie doch auch.«

»Ja, und habe dafür auch eins aufs Dach gekriegt. Eine gewisse Rechtfertigung hatte ich wenigstens: Es waren meine Ermittlungen, und zwar schon seit einiger Zeit.«

»Dann sind es meine aber auch, jetzt, wo das Kind ermordet wurde.«

Johnny lehnte sich zurück. »Stimmt.«

Sie musterten einander stumm.

Johnny sagte: »Sie sind verrückt.«

»Vielleicht.«

»Himmel noch mal.«

Jury wusste, was ihm zu schaffen machte: Er konnte nicht mitkommen. Die Murchison würde ihn wiedererkennen, und damit wäre alles vermasselt.

»Kriegen wir damit«, fragte Johnny, »Viktor Baumann besser zu fassen?«

Die gleiche Frage hatte Jury sich auch gestellt. »Eher nicht, vermute ich. Andererseits, vielleicht doch. Aber das ist ja nicht das Hauptanliegen, oder? Sondern die Kinder.«

»Es ist nur – bis ganz hinein werden Sie nicht kommen, ich meine, falls Sie vorhaben …«

»Habe ich.«

»Wenn Sie glauben … Hören Sie, wer an diese Kinder herankommt, tut das nur mit dem Segen von Viktor Baumann.«

Jury lächelte. »Nun, dann bin ich solchermaßen gesegnet.«

39

»Ich will, dass Sie im Wagen bleiben, bis ich Ihnen Bescheid sage.«

Jury hatte Cody gleich morgens von dem Durchsuchungsbefehl erzählt.

»Wenn dieser Detective Inspector – Blakeley heißt er? –, wenn der es nicht geschafft hat, sich von einem Richter eine Hausdurchsuchung genehmigen zu lassen, bei der Zeit und Mühe, die er auf dieses Haus in der Hester Street aufgewendet hat, wie haben Sie's dann hingekriegt?«

»Gar nicht.«

Cody runzelte die Stirn. »Sie gehen einfach so da rein?«

»Stimmt. Nicht gerade der schlauste Schachzug für meine Karriere, es scheint aber die einzige Möglichkeit zu sein, in dieses Haus zu gelangen.«

Es war ein ganz gewöhnlich aussehendes Reihenhaus aus braunem Backstein zwischen all den anderen, die sich nur durch die Gardinen unterschieden – in Spitze, Musselin oder Baumwolle – und die Farbe der Haustür, in diesem Fall blau. Der Wagen stand vier Häuser weiter auf der anderen Straßenseite.

Heute früh hatte er Cody das Frühstück serviert, besser gesagt, Carol-Anne hatte es serviert. Sie bereitete in Jurys Wohnung gern Frittiertes. Jury war überrascht, dass Carol-Anne gern kochte, gern Leute verköstigte und selbst gern aß. Und was die alles verdrückte, Junge, Junge! Gott allein wusste, wo diese Kalorien hingingen. Sie musste einen Stoffwechsel haben wie der Kater Cyril. Sie konnte sich jedenfalls in ebenso exquisite Stellungen verbiegen wie er.

Weil die Küche zu klein war, aßen sie im Wohnzimmer. Carol-Anne reichte ihnen die mit Würstchen, Eiern und gegrillter Tomate gefüllten Teller, bevor sie sich ihr eigenes Essen machte. Stone war zusammen mit Cody hereingekommen und lag ihm nun zu Füßen, beziehungsweise auf halber Strecke zwischen seinen und Jurys Füßen, unsicher, wie er seine Loyalität verteilen sollte.

Bei der Gelegenheit hatte Jury ihm von dem Durchsuchungsbefehl erzählt. Oder dem Nichtvorhandensein eines solchen.

Carol-Anne hatte mitgehört und sagte: »Müssen Sie so was denn nicht zwangsläufig haben?« Sie stand da, in der einen Hand den Pfannenheber, den Teller in der anderen.

»Was denn?«, fragte Jury.

»Durchsuchungsbefehle.«

»Vergessen Sie, was Sie hier gehört haben.« Jury schnitt ein Stückchen Ei ab.

»Aber brauchen Sie denn keinen?«

»Doch«, sagte Cody. »Man braucht einen.« Er brach ein Stück von dem Würstchen ab und gab es Stone.

»Also, wieso gehen Sie dann dort ohne rein?« Die Hand mit dem Pfannenheber war inzwischen auf die Hüfte gestützt. Carol-Anne war entrüstet. In einem Strahl Sonnenlicht, der plötzlich wie eine Lanze über den Raum fiel, leuchtete ihr Haar flammend auf, als wollte es ob dieser Ungeheuerlichkeit ebenfalls gleich Feuer fangen.

Jury seufzte. »Das geht Sie überhaupt nichts an, Carol-Anne. Vergessen Sie's.«

»Ah, verstehe. Na, warten Sie nur, bis Sie im Knast sitzen und Besuch haben wollen. Dann geht mich das auch nichts an.« Sie wirbelte herum und stürzte aufgebracht in die Küche zurück.

Jury rief ihr nach: »Ich könnte noch Würstchen vertragen.«

»Dann schlachten Sie sich ein Schwein.« Zwischen Topf- und Geschirrgeklapper fügte sie hinzu: »Was geht *mich* das an!«

Cody kicherte und fütterte Stone wieder mit einem Bissen Würstchen.

Dann war Carol-Anne mit der Pfanne wieder da und ließ zwei von den Würstchen auf Jurys Teller rollen. »Ganz zu schweigen davon, dass Sie Ihren Job verlieren können!« Das war nun die nahtlose Überleitung zum ärmlich bescheidenen Leben hier in der Gerrard Street. Jury, Cody und Stone kauten ihre Würstchen und musterten sie stumm.

»Es ist doch so: Wenn Sie ins Gefängnis kommen, setzt Mrs. Wasserman keinen Fuß mehr vor ihre Tür. Sie wissen doch, wie sie ist, wenn Sie nicht hier sind. Ach ja, ich selber komme schon zurecht, bis auf die Frage, wer dann Ihre Wohnung kriegt. *Das* muss nun wirklich gut überlegt sein.« Offensichtlich gewillt, es sofort zu überlegen, setzte sie sich neben Jury, den Pfannenheber immer noch gezückt und wie ein Fähnchen erhoben. »Vielleicht kommt jemand richtig Gefährliches, ein Verfolger, ein Belästiger oder sonst ein Verrückter, so einer mit weißer Jacke zum Beispiel, der behauptet, er ist Krankenpfleger in dem Krankenhaus, wo Sie damals waren, dabei ist es in Wirklichkeit der Serienkiller, der den Patienten die Todesspritze verpasst hat …«

Cody war völlig fasziniert. Jury musste an Schwester Bell denken.

»… der uns wahrscheinlich im Schlaf abmurksen würde.«

»Dann wechseln Sie das Schloss lieber nicht aus«, schlug Jury vor. »Sie haben ja einen Schlüssel, dann können Sie hereinkommen und sich umsehen, die Belästigungsausrüstung des Belästigers durchsuchen oder die Skalpelle und Injektionsspritzen inspizieren, die dem Krankenhausirren gehören.«

Ohne seinen Einwurf zur Kenntnis zu nehmen, redete sie weiter. »Oder vielleicht ist es eine alte Schlampe aus Soho oder King's Cross, die im Zehn-Minuten-Takt Männerbesuch kriegt, oder womöglich kommt ein Drogendealer und verwandelt das Haus in eine

Crackhöhle. Hm, auf Stan können wir uns nicht verlassen, der ist ja die meiste Zeit weg.« Damit wandte sie sich Cody zu, der eifrig damit beschäftigt war, sein Ei auf Toast zu verzehren. »Würde mich auch nicht wundern« – dabei schüttelte sie den Pfannenheber in seine Richtung – »wenn das alles auf Ihrem Mist gewachsen ist.«

Cody hörte auf zu kauen und musterte sie verblüfft.

»Ist es aber nicht«, sagte Jury. »Sondern ganz auf meinem.« Er lächelte und schob sich etwas gebratenes Ei in den Mund. »Also, am besten vergessen Sie, dass wir drüber geredet haben. Je weniger Sie wissen, umso besser.« Das, dachte er, war nämlich schon furchterregend genug.

»Ha, das ist ja *nett!*« Sie stand auf und reckte den Kopf zur Zimmerdecke, um ihren Gefühlen Luft zu machen. »Wirklich sehr nett ist das, jetzt soll ich womöglich verhört werden und Mrs. Wasserman wahrscheinlich auch noch. Sie haben uns also in Ihr dunkles Komplott mit reingezerrt, und jetzt sollen wir Ihre Helfershelfer sein!«

Jury blickte zwischen ihrem Teller und seinem hin und her. »Sind noch Würstchen da?«

Cody protestierte. »Ich komme mit rein.« Er wollte schon die Beifahrertür aufmachen.

Jury schüttelte den Kopf. »Nein. Wenn wir es zu zweit versuchen, kommen wir nicht mal durch die Haustür. Überlegen Sie doch mal, Mann.«

Cody nickte. »Sie haben Recht. Aber –« Er warf Jury einen fast flehentlichen Blick zu, als wäre ihm wirklich daran gelegen, dabei mitzumachen.

»Keine Sorge. Sie werden rechtzeitig informiert.«

Die Frau, die ihm die Tür aufmachte, musste Irene Murchison sein. In Gedanken hatte er eine Frau vor sich, die ungefähr so aussah wie die dünne, streng dreinblickende, schmallippige Haushälterin von Manderley in dem Roman von Daphne du Maurier. So war Mrs. Murchison aber nicht, sondern rundlich, mit einem rosigen Gesicht und Augen in unbewölktem Blau. Das billige Goldkettchen um ihren Hals hielt ihre Brille, wenn sie sie nicht aufhatte. Sie hatte braunes, leicht angegrautes Haar, das sie aus Gesicht und Hals gerollt trug und mit Nadeln festgesteckt hatte, von denen sie nun eine herausnahm und erneut festklemmte. Jury fand es fast erschreckend, wie normal und alltäglich sie aussah. »Ja?«

Ein Ton, dachte Jury, der sanft und fragend klang. Ohne unterschwellige böse Ahnung oder Argwohn. »Mrs. Murchison?«

»Ja?«

Jury musste tief in seinem Inneren nach einer Antwort graben, zu der er sich zwingen musste. Er ließ es bei einem Lächeln bewenden, dem er nur mühsam etwas Wärme verleihen konnte. »Darf ich hereinkommen? Mr. Baumann hat mich geschickt.«

Das verschaffte ihm zwar Zugang, aber noch keinen Erkennungseffekt. Sie wirkte verblüfft, als sie die Tür etwas weiter öffnete. Dann standen sie in einem schwach erleuchteten Flur, wo ein langer, verzierter Holztisch an eine lebhafte Blümchen- und Rankentapete gerückt stand. »Ich bin mir nicht sicher, ob ich den Herrn kenne. Baumann heißt er, sagten Sie?«

»Ja, genau.«

»Und Sie sind hier wegen …?«

Sie spielte immer noch die Unschuldige. Nun, er hatte nicht erwartet, dass sie zugab, mit was für Leuten sie und Baumann Umgang pflegten. »Wegen Ihrer Münzensammlung. Ich habe gehört, sie ist ziemlich bemerkenswert.«

Sie lächelte. »Ach, *dieser* Mr. Baumann. Der Sammler. Natürlich, natürlich. Kommen Sie doch ins Foyer!«

Er folgte ihr in den Raum zur Linken, der ebenso mittelmäßig war wie seine Bewohnerin. Unansehnliche Möbel, in dunkelbraunem Goldton bezogen, auf einem Regal Tassen und Untertassen, die mit der goldenen Aufschrift EIN GESCHENK AUS... auf ihre Herkunft aus Bognor Regis und Blackpool hinwiesen. Auf einem runden Mahagonitisch standen etliche gerahmte Fotos. Hier herein war sie gekommen, um eine große, mit Samt ausgeschlagene Schatulle, in der sich vielleicht fünfzig oder sechzig Münzen befanden, aus dem obersten Regalfach zu nehmen. Auf den unteren Regalen waren offensichtlich noch weitere.

»Dann sagen Sie mir doch«, meinte sie, »ob Sie eine ganz bestimmte Münze im Auge hatten.«

Das war sie, dachte Jury, die verschlüsselte Frage. Während er eingehend die Münzen betrachtete, hörte er wieder Baumanns Stimme: »Seit ich angefangen habe zu sammeln, habe ich erst zwei von denen gesehen.« Auf dem obersten Regal in der Mitte stand eine Münze, die mit der in dem Briefbeschwerer auf Baumanns Schreibtisch identisch war. »Wie ich sehe, haben Sie eine griechische Tetradrachme.«

»Ah, ja, eine hübsche Münze. Ziemlich wertvoll.«

War sie laut Baumann aber gar nicht. Jury war überrascht, dass die Frau nicht besser instruiert war. Dabei hielt dieser ganze numismatische Hokuspokus ihren Laden doch am Laufen. Andererseits, wieso sollte sie sich so gut auskennen wie Baumann? Schließlich kam keiner wegen der Münzen hierher.

Jury machte eine Bemerkung über die gerahmten Fotos. »Reizende Mädchen.«

»Meinen Sie meine Nichten?«

So hießen die Mädchen bei ihr also. »Ja, genau.«

Aus seiner Brieftasche zog er die Visitenkarte, die er von Baumann bekommen hatte, um sie Grace, seiner Sekretärin, zu überreichen. Er fragte sich, wo Baumann diese Murchison eigentlich aufgetrieben hatte. Und lag ihr an Baumann selbst (der Frauen gegenüber bestimmt unglaublich charmant sein konnte) oder am

Geld (sicher reichlich) oder an der Macht? Man stelle sich vor, über acht bis zehn Kinder zu gebieten, ihr Schicksal in den Händen zu halten.

Das alles kam ihm rasch in den Sinn und war gleich wieder verflogen, während er ihr die Karte überreichte. Sie hielt sich die Brille vor die Augen und las. Jury kannte die kurze Anweisung auswendig:

Geben Sie Mr. Jury alles, was er will.
VB.

Und auf der Rückseite stand der übliche Text einer Visitenkarte.

Mrs. Murchison hob den Blick. »Ich verstehe. Aber ja, ich helfe Ihnen gern. Nehmen Sie doch einen Moment Platz, dann können wir Ihre, äh, Ihre Präferenzen besprechen!«

Inzwischen lächelte sie. Er vermutete, dass sie Kommission bekam, einen Anteil anstelle eines bloßen Gehalts, oder vielleicht zusätzlich dazu. In Anbetracht der Risiken, die die Frau einging, war es bestimmt eine ansehnliche Summe. Ob sie allerdings damit rechnete, dass Viktor Baumann ihr bei einer Polizeirazzia zu Hilfe kam? Verdammt unwahrscheinlich.

Während er sich auf einem mit grobem braunem Stoff bezogenen Zweiersofa niederließ, sagte Jury: »Sie tragen hier anscheinend große Verantwortung.«

Sie hatte auf einem passenden Sessel Platz genommen und nickte lächelnd.

Sehr mit sich und der Welt zufrieden, dachte Jury.

»Ja, ich bin für alles verantwortlich. Ich bin auch ganz auf mich gestellt, da ist nur noch eine Köchin und jemand, der jeden Tag kommt und sich um etwaige Probleme kümmert. Kinder können ja, äh, ganz schön widerspenstig sein. Haben Sie Kinder, Mr. Jury?«

Jury bemühte sich, seinen Ausdruck im Zaum zu halten, sein

Gesicht leer und nichtssagend aussehen zu lassen, die kleinen Muskeln um seinen Mund erstarren zu lassen. Wieso merkte es diese Frau nicht, sein überwältigendes Verlangen, tätlich auf sie loszugehen? Er wusste es nicht. Wahrscheinlich, weil es ihr an jeglicher Vorstellungskraft und Empathie fehlte. »Nein, keine.« Gott sei Dank, war sein Gedanke in dem Moment. »Ich wüsste noch gern, was Sie verlangen.«

»Das kommt ganz darauf an.«

Worauf denn um alles in der Welt? Wie wollte man das abmessen? Er sagte jedoch nichts, wartete bloß ab.

»Es kostet fünfzig Pfund pro halbe Stunde, fünfundsiebzig die volle Stunde.« Zufrieden, dass sie bei der ganzen Transaktion das Sagen hatte, strich sie ihren Rock glatt. »Außer, Sie wollen zwei Mädchen, dann kommen noch mal dreißig dazu.«

Wie bei einer Taxifahrt. Noch 'n Fahrgast, Kumpel? Das macht dann ein Pfund extra, ich dank auch schön.

»Und dann noch das Alter. Was bevorzugen Sie in dieser Hinsicht?«

Sie lehnte sich in ihrem Sessel vor und sah ihn mit funkelnden Augen auffordernd an.

Diese Transaktion versetzte sie doch tatsächlich in *Erregung*! Natürlich, dachte er, um ein derartiges Risiko einzugehen – Johnny Blakeley könnte immerhin jederzeit, Tag und Nacht, vor der Tür stehen und sie ins Gefängnis schicken –, musste es um mehr gehen als um Geld, mehr als nur darum, Baumann zu gefallen. Dazu musste man dem Ganzen schon selbst einen gewissen Reiz abgewinnen können.

Johnny hatte sich wortreich über Kinderschänder ausgelassen und über deren Behauptung, was sie diesen Kindern gegenüber empfänden, sei Liebe, reine, schlichte Liebe.

»Vielleicht können wir es uns mal ansehen.«

Dieses »wir« war schon die Höhe.

Sie griff auf dem Beistelltisch neben ihrem Sessel nach einem Messingglöckchen, das tatsächlich hell klingelte. Jury hörte, wie etwas verrutschte, dann ertönte ein Geräusch wie Möbelrücken. Gleich darauf stand ein Mädchen in der Tür zum Foyer. Sie sah aus wie fünfzehn oder sechzehn, ziemlich groß, das blonde Haar mit einem rosa Samtband zurückgebunden. Hart und unerbittlich sah sie Jury an. Er fragte sich, wie lange sie wohl schon hier war. Bestimmt seit Jahren.

»Samantha«, sagte Irene Murchison, »bring uns doch mal April und Rosie herein.«

Was für liebliche, freundliche Namen. Er musste an Gärten denken – Heligan, Angel Gate, ja, sogar an den Garten hinter dem Haus in Islington, der überhaupt kein Garten war, abgesehen von dem kleinen Lilienbeet, das Mrs. Wasserman in den milden Frühjahrs- und Sommermonaten pflegte. Daran musste er denken, als er den Namen »Rosie« hörte.

»Ja, Mrs. Murchison«, sagte das Mädchen tonlos. Wie eine Schlafwandlerin.

Wieder beugte sich Irene Murchison mit diesem funkelnden Blick zu ihm herüber. »Rosie ist erst kürzlich zu uns gekommen. Sie ist unser Nesthäkchen, ganz neu. Sie verstehen, was ich meine?«

Das große Mädchen war wieder da, auf jeder Seite ein Kind. Das kleinere, etwa fünf, vielleicht sechs Jahre alt, musterte ihn neugierig und steckte den Daumen in den Mund. Es war, als hätte sie keine Ahnung, dass der Blick dieses Mannes sie zerstören konnte. Ihr Blick war fast erwartungsvoll, als könnte bei dieser Transaktion vielleicht ein Leckerbissen für sie herausspringen, als hätte der Mann vielleicht Bonbons in der Tasche.

Das Mädchen auf Samanthas anderer Seite war etwa acht oder neun und wirkte verängstigt. Dass sie sich noch enger an die Große drängte, die ungerührt, ohne jede Regung verharrte, zeigte

Jury bloß, wie sehr April sich fürchtete. Als Samantha sie wegstieß und sagte, sie solle sich aufrecht hinstellen, wurde April nur noch verängstigter und drückte ihr Gesicht in Samanthas Seite. Samantha stieß sie weg. Vermutlich hatte sie auch einmal so angefangen wie diese Mädchen.

Inzwischen war sie Betreuerin.

Das Leiden der anderen Mädchen verschaffte ihr einen gewissen Trost, vermutete Jury. Oder die Gelegenheit, wieder in deren Welt einzutreten, nur eben diesmal mit Kontrollgewalt ausgestattet. Mit Macht. Wenn sie nichts daran hinderte, würde mit der Zeit eine zweite Irene Murchison aus ihr werden. Das arme Mädchen war wunderschön. Er bezweifelte, dass sie sich dessen bewusst war, und falls sie es wusste, machte sie sich nichts daraus oder lehnte ihre Schönheit sogar ab, denn man konnte ja sehen, was sie ihr eingebracht hatte. Einen Dreck.

»Was denken Sie?«

»Sie scheinen mir ja sehr nett, aber...«

Mrs. Murchison nickte Samantha kurz zu, und das ältere Mädchen führte die beiden weg. »Dann möchten Sie jetzt noch die anderen sehen?«

»Ja, gern.«

»Dann gehen wir doch ins Zimmer der Mädchen. Ja, das ist am einfachsten.«

Jury stand zusammen mit ihr auf, und sie gingen vom Empfangszimmer wieder in den düsteren Flur, der vom Foyer in den rückwärtigen Teil des Hauses führte. Der lange Tisch wurde von der Wand weggezogen. Das Gleitgeräusch, das Jury vorhin gehört hatte, stammte von einer in der Wand versenkbaren Schiebetür, die jedoch so bemessen und tapeziert war, dass sie genauso aussah wie die übrige Wand und daher vollkommen unsichtbar war. Deshalb also das Tapetenmuster. Der Raum, den sie sodann betraten, war ganz schmal und dabei sehr lang. Jury bezweifelte, dass von außen zu erkennen war, dass dieser Raum existierte, wahrscheinlich wunderte man sich wohl bloß über das Fehlen eines Fensters. Wer gezielt nach einem Geheimzimmer suchte, könnte es vielleicht entdecken. Ansonsten konnte jemand auf der anderen Seite dieser gemusterten Wand bis in alle Ewigkeit verschmachten. Es war wie in einem Schauermärchen. Nun gut, dann würde er eben den edlen Prinzen spielen, Kinder, ob es euch passt oder nicht.

Jury wusste nicht, was er eigentlich erwartet hatte – gellende Schreie, ungebührliches Benehmen, ein heilloses Durcheinander? Auf diese Stille war er allerdings nicht vorbereitet, auf diesen ordentlichen, säuberlich aufgeräumten Raum. Zehn kleine Mädchen, darunter auch die beiden, die Samantha inzwischen wieder hierher zurückgebracht hatte (sie selbst war verschwunden), saßen entweder auf ihren Bettchen – jedes sah wie frisch gemacht aus – oder standen daneben. Etwas weiter drüben stand Rosie mit einem älteren Mädchen zusammen, älter nur im Sinne dessen, dass sie zehn oder elf Jahre alt war. Das Mädchen hielt Rosie bei der Hand. April, das andere Mädchen, das Samantha ins Foyer gebracht hatte, stand neben dem vordersten Bett. Sie und die anderen Mädchen sahen zu Jury herüber und senkten dann sofort den Blick. An ihrer angespannten Körperhaltung konnte Jury erkennen, dass sie weglaufen wollten. Kämpfen oder fliehen. Keines von beiden war hier möglich. Wahrscheinlich hofften sie, wenn sie den Blick gesenkt hielten, wenn sie ihn nicht anschauten, würde er sie auch nicht anschauen. Dann wären sie unsichtbar, wie die unsichtbare Linie in der Tapete auf der anderen Seite.

Woher kamen sie? Waren sie von zu Hause weggelaufen? Hatte man sie hergelockt? Hatte man sie verkauft? Im Stich gelassen? Waren sie ziellos auf den Straßen herumgewandert? Waren sie von Spielplätzen, öffentlichen Parkanlagen oder Wegen entführt worden? Wie viele Kinder gingen in diesem Land jedes Jahr verloren und blieben vermisst?

Er sah zu der Bettenreihe hinüber und rechnete fast damit, Flora zu entdecken. Natürlich war die Flora auf den Fotos, die er gesehen hatte, erst vier gewesen. Inzwischen wäre sie sieben und sähe womöglich ganz anders aus. Er sah sich die Gesichter der Reihe nach an. Mit ihrem verschlossenen Blick erinnerten sie ihn an die Darstellungen von Kindern, die er auf Bildern in Kirchen und Kathedralen gesehen hatte, adligen Kindern, die im frühen Kindesalter gestorben waren und neben dem steinernen Herzog oder der Herzogin lagen. Er erinnerte sich an die beiden, die er in einer Kirche in Hertfordshire gesehen hatte – kleine Mädchen mit ineinander verschränkten steinernen Händchen. Wie waren sie wohl umgekommen? Durch Krankheit? Feuer? Eine verirrte Kugel? Waren sie vom Dach gefallen oder aus einem hohen Fenster? Wie? Das ging ihm durch den Kopf, während er die beiden dort hinten betrachtete, Rosie und das ältere Mädchen, das sie die ganze Zeit an der Hand hielt.

Rosie war es schließlich, die sich losmachte und im Hüpfschritt auf ihn zurannte, während das andere Mädchen ihr hinterherrief. »Rosie!« Aber Rosie stellte sich hin und fragte fröhlich: »Darf ich jetzt rauf? Alle dürfen, bloß ich nicht.«

Jury blickte zu ihr hinunter. »Ja, natürlich.« Dann musterte er das Mädchen, das so fürsorglich war und nun vor Kummer außer sich schien. »Und sie.« Er nickte dem anderen Mädchen zu.

»Pansy!«, rief Mrs. Murchison zu ihr hinüber.

Sie kam rasch her, fast erleichtert, mit Rosie gehen zu können. Es verblüffte ihn, dass sie sich selbst unter diesen abscheulichen Umständen und in der Gefahr für sich selbst noch als Beschützerin fühlen konnte. Aber hatte er Beispiele für solches Verhalten nicht auch bei Erwachsenen beobachtet? Bei dem Mann, der in ein brennendes Gebäude rannte, um einen Fremden zu retten? Und eben darauf vertraute er, stellte er plötzlich fest, froh, dass er überhaupt in etwas Vertrauen hatte.

»Pansy ist schon seit zwei Jahren bei uns, nicht wahr, mein Liebes?«

Glaubte diese Frau tatsächlich, Pansy würde sie voller Zuneigung ansehen? Pansy sah überhaupt nirgendwo hin.

Jedes Mal, wenn diese Frau den Mund aufmachte, wollte Jury ihn ihr mit Gewalt zudrücken. Jedes Wort, das sie sagte, verpestete die Luft im ganzen Raum. Sie rief erneut nach Samantha.

Samantha bedeutete Jury voranzugehen und sagte, er solle das dritte Zimmer links nehmen. Es wäre sinnvoller gewesen, wenn sie mit den beiden Mädchen vorausgegangen wäre, es war jedoch klar, weshalb sie es nicht tat. Mrs. Murchison hätte den Kunden nicht dadurch in Verlegenheit bringen wollen, dass er Zeuge eines Kampfes wurde, dass er mit ansah, wie die Mädchen gebändigt wurden. Jury konnte hören, dass sich hinter ihm zwischen Pansy und Samantha genau das abspielte. Als sie schließlich jedoch alle die dritte Tür erreicht hatten, war Pansy zur Ruhe gebracht worden. Sie nahm die kleine Rosie bei der Hand, und sie traten ins Zimmer. Jury folgte ihnen.

Es war ein großes Zimmer und das Mobiliar ebenso dunkel und wuchtig wie unten. Überhaupt nicht wie ein Kinderzimmer, doch es war ja auch kein Kinderleben. Er erinnerte sich an Häuser, die er bei seinen Ermittlungen gesehen hatte, an die Zimmer von kleinen Mädchen – rosa Wände, rosa Kissen, weiche Kuscheltiere, weißer Batist – ein Zimmer, zurechtgemacht wie eine Balletttänzerin. Nicht so wie hier! Bevor sie sich hinsetzten, trat Pansy stocksteif an eine Schranktür, machte sie auf und wartete. Offensichtlich auf ihn. Er trat ums Bettende zu ihr hinüber, weil er annahm, er solle seine Sachen dort aufhängen. Nein, das war es aber nicht. In dem begehbaren Kleiderschrank vor ihm befand sich eine Auswahl an kleinen Kleidungsstücken, Kostümen vielmehr. Er trat hinein, schob die Bügel hin und her, entdeckte ein gemustertes Baumwollkleidchen mit Schürze und kleinem Wellholz an einer Schnur, einen Matrosenanzug, einen winzigen, grellroten Bikini, ein schwarzes Abendkleid. Ganz unterschiedliche Sachen. Pansy beobachtete ihn ängstlich. Er sah sie an und schüttelte den Kopf. Dann trat er wieder hinaus und machte die Schranktür zu. Seinen mit Schaffell gefütterten, warmen Mantel hatte er noch nicht ausgezogen. Das würde er aber auch nicht tun, jedenfalls nicht in diesem Moment. Etwas auszuziehen, selbst wenn es nur ein Mantel war, würde bestimmt bedrohlich wirken.

Vor sich hin summend stapfte Rosie umher, in irgendein Spiel versunken, bis Pansy sie bei der Hand packte und ihr zuflüsterte, sie solle aufhören. Rosie steckte wieder den Daumen in den Mund.

Wenigstens ein paar Utensilien aus dem, was eigentlich die Welt eines Kindes sein sollte, gab es: Bücher. Einige standen aufgereiht auf einem von diesen frei stehenden Bücherregalen, wie man sie bei gutem Wetter vor einer Buchhandlung sehen konnte. Jury durchstöberte das Regal in der Hoffnung, dass es sich um richtige Kinderbücher handelte und sich zwischen ihren Seiten nichts irgendwie Pornographisches verbarg. Er fuhr mit dem Finger über die Buchrücken, bis er zu Maurice Sendak gelangte. Er lächelte. Maurice Sendak war wohl das Großartigste, was Kindern seit der Ausmerzung der Pocken passieren konnte. Und bei Maurice Sendaks Kindern wurde auch recht eifrig getrampelt und gestampft. Das würde Rosie gefallen.

Sie hatten sich nicht von der Stelle gerührt und hielten sich immer noch an den Händen fest. Jury hielt das Buch in die Höhe. »Kommt, wir wollen was lesen.«

Ernst blickte Pansy an ihrem geblümten Kleidchen mit den Puffärmeln und dem gesmokten Oberteil hinunter.

Jury schüttelte den Kopf. »Nicht umziehen, Pansy. Wir bleiben in den Sachen, die wir anhaben.« Er lächelte. »Wir lesen jetzt eine Geschichte, vielleicht auch zwei, und mehr machen wir nicht.«

Als sie den Buchumschlag sah, hüpfte Rosie auf und ab und

löste sich aus Pansys Griff. Fast konnte er Pansys Gedanken lesen. Ein Trick, es ist ein Trick. Es *musste* ein Trick sein, ein schreckliches neues Spiel, bei dem sich alle auszogen. Gleich würden sie sehen.

Unter einem Fenster, das zur Straße hinausging und einen trostlosen Blick auf die Reihenhäuser auf der anderen Seite bot, stand eine Bank. Jury setzte sich und bedeutete den Mädchen, es ihm nachzutun. Pansy setzte Rosie ans Ende der Bank und platzierte sich zwischen Jury und dem kleinen Mädchen. Es war das einzig Ermutigende, was er in diesem Haus gesehen hatte: die Art, wie Pansy das neue, kleinste Mädchen beschützte. Es hätte leicht auch anders sein können. Nach zwei Jahren hätte Pansy auch leicht zu einer zweiten Samantha geworden sein können.

Jury schlug das Buch auf und zeigte ihnen die erste Illustration. Er las den dazugehörigen Text, überrascht, dass es in der Geschichte um ein verschwundenes Kind ging. Vielleicht könnte Sendak den Fall besser lösen als die Kripo.

»Nächste Seite.« Er wollte, dass die Mädchen die Seiten umblätterten. Pansy begriff nicht ganz. Sie befürchtete, es gehörte zu diesem schrecklichen Spiel oder zu dem, was sich bald als schreckliches Spiel entpuppen würde, als Spiel, dessen Regeln man ihr nicht mitgeteilt hatte.

Rosie kam näher und blätterte um, klappte die Seite so rabiat um, als bliebe ihr keine andere Wahl, als es mit Gewalt zu versuchen. Jury las weiter, während Rosie und schließlich auch Pansy die Seiten ordentlich umblätterten und die Geschichte um das verschwundene Kind aufgedeckt wurde.

Jury hätte nicht sagen können, wer von den Dreien am meisten in Bann geschlagen war. Die meisten Bücher von Maurice Sendak waren ihm bekannt, stehend hatte er sie in einer der großen Londoner Buchhandlungen, bei Waterstone's oder Dillards oder Hatchards gelesen. Dieser Künstler wusste über Kinder besser Bescheid als jeder Sozialarbeiter, mit dem er sich je unterhalten hatte.

Rosie war richtig aufgeregt und besorgt wegen der Kobolde. Sie mochte sie nicht und wickelte sich unruhig die blonden Haare um den Finger. Das erinnerte ihn an Lulu, nur dass Lulus Haar dunkel war und sich nicht wickeln ließ.

Als er das Buch beinahe durchgelesen hatte, fiel Jury plötzlich auf – vielleicht vom Sturm daran erinnert, der sich auf den Seiten zusammenbraute –, wie kühl es im Raum war. In seinem schaffellgefütterten Mantel hatte er es bisher nicht bemerkt. Beim Blick auf den künstlichen Kamin sah er einen kleinen Elektroofen auf dem Kaminrost stehen, von dessen zwei Brennstäben aber keiner rot leuchtete.

»Ist euch beiden nicht kalt?«

Pansy antwortete: »In dem Haus hier ist mir immer kalt.«

Jury zog seinen Mantel aus und hielt ihn erst Pansy hin, damit sie einen Arm in den rechten Ärmel steckte, dann Rosie, damit sie ihren Arm durch den linken steckte. Jetzt waren sie miteinander verbunden. Rosie kicherte. Sogar Pansy schien sich zu freuen. Sie hielten den Mantel eng um sich geschlungen.

Jury solle die Geschichte zu Ende lesen, sagten sie, und er tat es. Während Rosie stand und Pansy saß, nestelten sie unbeholfen mit dem Mantel herum und schienen es zum ersten Mal richtig warm zu haben.

Die Kobolde brachten ein Baby aus Eis daher, das sie an die Stelle von Idas kleiner Schwester legten. Das Eis begann natürlich zu schmelzen, was Rosie nun überhaupt nicht gefiel. Pansy sagte, sie solle sich keine Sorgen machen, am Ende würde doch alles gut. Und so war es. Ida musste das echte Baby vor den Kobolden retten, was sie auch tat, und schwören, dass sie von nun an immer gut auf das Baby aufpassen würde.

Nachdem Jury aufgehört hatte zu reden, betrachtete Pansy das Buch. Dann überlegte sie eine Weile, während Rosie von einem Fuß auf den anderen hüpfte, als müsste sie dringend aufs Klo. Da er selbst kinderlos war, kannte Jury sich nicht so gut aus, fand es aber ungewöhnlich, dass ein Kind so still sitzen blieb und über ein Problem nachdachte.

Pansy sagte: »Ich weiß, was passiert ist.«

Einen Augenblick wurde ihm schwarz vor den Augen, und er glaubte, sie würde mit einer Lösung für seinen Fall aufwarten und ihm verraten, was mit Flora geschehen war.

Sie sagte: »Die ältere Schwester sollte sich um das Baby kümmern, hat sie aber nicht. Wahrscheinlich wollte sie, dass die Kobolde das Baby holen.« Pansy machte eine Pause. »Wie Samantha, bloß dass Samantha zu den Kobolden gegangen ist. Und dort geblieben ist.«

»Das Baby ist weggelaufen«, legte Rosie nun los. »Das mach ich auch.«

»Nein«, sagte Pansy. »Das ist nicht weggelaufen, das wurde gestohlen. Und du kannst sowieso nicht weglaufen, Rosie, also schlag dir das aus dem Kopf.«

»Kann ich aber doch! Ich kann in den Flur schleichen, wenn sie mal nicht guckt. Und dann kann ich die Tür aufmachen, so wie Alice, und losrennen. Kann ich.« Rosie war den Tränen nahe.

Alice. Jury spürte, wie sein Herz einen Satz machte. »Was ist denn mit Alice passiert?«

Rosie rückte näher, legte die Hand auf Jurys Knie und flüsterte: »Die ist auf die Straße gelaufen und dann –«

»Rosie! Wir sollen doch nicht drüber reden!«

Pansy schien wirklich Angst zu haben. Kein Wunder.

»Mir doch egal!«, sagte Rosie.

Jury fragte: »Ist Samantha ihr hinterher gelaufen?« Sie war selbst noch ein Kind.

Rosie nickte heftig.

Pansy hielt sich ganz fest die Ohren zu. Sie wollte nichts davon hören.

»Okay«, sagte Jury. »Dann reden wir auch nicht darüber.«

Rosie weinte fast. »Ich kann aber, ich kann.« Sie fing wieder vom Wegrennen an.

Er legte ihr die Hand auf den blonden Schopf und zauste ihr Haar. »Ich weiß, dass *du* das kannst. Ich glaube aber, du musst das gar nicht.«

Pansy musterte ihn verblüfft.

Rosie hatte *Wo die wilden Kerle wohnen* herausgesucht und drückte es Jury in die Hand.

»Eins von meinen Lieblingsbüchern«, sagte er. Was übrigens stimmte. »Okay. Setzt euch hin.« Diesmal hatte er auf jeder Seite ein Kind (Rosie steckte jetzt allein im Mantel und sah genauso aus wie ein Sendak-Kind). Beide lehnten sich an ihn, während er die Geschichte von Max und den grotesk komischen Ungeheuern vorlas, zu denen Max auf seiner Reise übers Meer schließlich gelangte. Als dann alle anfingen herumzuhüpfen und zu tanzen, standen Pansy und Rosie auf und machten mit. Die beiden Mädchen imitierten die Gesichter der wilden Kerle, formten die Hände zu Klauen und jagten einander hinterher. Und fielen dabei fast um vor Gekicher.

»Jetzt hört mir mal zu. Ich will, dass ihr Folgendes macht.«

Sie kamen näher.

»Wir gehen jetzt gleich hinunter, alle drei. Es ist wichtig, dass ihr beide ganz müde und traurig guckt.«

»Bin ich aber nicht«, sagte Rosie. »Ich bin nicht traurig.« Sie nahm wieder das erste Buch, das neben Jury auf der Bank lag. »Sie können doch das noch mal lesen. Bloß das mit dem Eisbaby weglassen.«

Sie wollte nicht nach unten gehen.

»Na, nimm es doch einfach mit!«

»Okay, mach ich. Aber traurig bin ich trotzdem nicht.«

»Dann *tu so*«, sagte Pansy. »Er meint, du sollst *so tun*, Rosie.«

»Genau. Wenn ihr nicht ganz verstört ausseht, wird sich Mrs. Murchison wundern, und das wollen wir ja nicht. Wir brauchen fünf Minuten, um uns fertig zu machen. Was ist mit den anderen Mädchen, Pansy?«

»Wir müssen immer in dem Zimmer da bleiben. Dort gibt es einen Fernseher, aber wir streiten uns meistens, was wir gucken sollen. Es gibt auch Spiele und so Zeug, wir haben aber keine Lust zum Spielen. Aus dem Zimmer kommen wir nur zum Essen raus und wenn wir eine Viertelstunde nach hinten raus dürfen.«

Beim Anblick von einem der Bilder verzog Rosie das Gesicht. »Frühstück hat mir nicht geschmeckt. Die Eier waren ganz schlabberig.«

»Wir essen immer an einem Tisch in der Küche, immer drei auf einmal, und Samantha sitzt dabei oder Eddie. Der ist schrecklich. Die sollen auf uns aufpassen, damit wir keinen Ärger machen. Aber Samantha lässt uns auch reden, Hauptsache, es wird nicht so laut. Es gibt bloß nicht so viel zu reden außer über – ähm, also – die schlimmen Sachen, und über die will niemand reden. Die sind zu gruselig.«

Die tiefste Röte, die Jury je gesehen hatte, stieg ihr ins Gesicht. Voller Scham sah Pansy zu Boden.

Jury sagte: »Schon gut, Pansy. Du hast nichts Falsches getan. Das waren andere. Wie viele Mädchen seid ihr denn jetzt hier?«

»Neun. Ich hab sie gezählt«, sagte Rosie. Stirnrunzelnd betrachtete sie eine andere Seite, vermutlich die mit dem Eisbaby.

»Zehn sind es«, sagte Pansy. »Du hast dich selber ausgelassen.«

»Das Essen mag ich nicht«, wiederholte die Kleine nachdrücklich.

Jury fragte: »Lässt Mrs. Murchison die Mädchen wirklich so früh schon anfangen?« Sein Blick ruhte auf Rosie.

»Ja. Aber Rosie ist die jüngste. Ich, also, ich war sieben.« Wieder wurde Pansy knallrot, wie die Heizstäbe des dürftigen Elektroöfchens.

»Du bist seit zwei Jahren hier?« Jury bemühte sich um einen sachlichen Ton. Sie sollte sich nicht noch mehr schämen, als sie es sowieso schon tat.

Trotzdem schaute sie verlegen überall hin, nur nicht auf Jury. Dann sagte sie: »Samantha ist schon seit fünf hier. April seit drei. Länger als ich.«

»Also, jetzt hört zu. Rosie, hör du auch zu.« Rosie reckte das Gesicht aus dem Buch empor und tat geschäftig. »Wenn wir unten sind, will ich, dass ihr beide wieder in euer Zimmer geht und den anderen sagt, sie sollen ihre Mäntel anziehen –«

Pansy war verblüfft. »Die geben sie uns aber bloß, wenn wir rausgehen. Sie bewahrt die Mäntel irgendwo in einem Schrank auf. Wir gehen immer eine Viertelstunde in den Garten hinten raus. Da gibt's keine Blumen. Aber einen hohen Zaun.«

»Passt Samantha auf euch auf?«

»Sie und dieser Eddie ...« Sie sah aus, als wollte sie gleich ausspucken. »Die beiden bewachen uns. Sie sagen, wir sollen spielen, aber wir sitzen bloß rum. Spielsachen gibt es nicht, und wir sind sowieso zu müde. Also sitzen wir auf der Treppe oder stehen am Zaun. Das ist alles. Mehr machen wir nicht. Das ärgert Eddie. Ich weiß auch nicht, warum.«

»Die wollen euch nur kleinkriegen. Jetzt geben wir aber den Ton an. Habt ihr Decken auf euren Betten?«

Sie nickten.

»Dann sagt den Mädchen, die sollen sie mitnehmen und sich darin einwickeln, wenn sie draußen sind.«

Pansys Augen weiteten sich fassungslos, diesmal begriff sie. Ihr Mund mahlte heftig, doch sie brachte kaum etwas heraus. Sie sollten rausgehen, weg von hier? »Wie können Sie ... wie können wir denn –?«

Jury zog seinen Dienstausweis hervor. »Ich bin Polizist.« Pansy schlug die Hände vors Gesicht und starrte ihn fassungslos an. Sogar Rosie hob fragend den Blick von ihrem Buch. »Draußen im Auto ist noch ein Polizist«, fuhr er fort. »Wir holen euch Mädchen hier heraus. Ihr kommt alle von hier weg, wenn ihr aufpasst und genau macht, was ich euch sage.«

Rosie wandte sich wieder ihrem Buch zu. In diese kurze, eisige Stille hinein sagte sie: »Ich glaub, ich will ein Eisbaby sein. Die schmelzen bloß.« Sie hielt inne und sah Jury fast flehend an. »Das ist besser als gestohlen werden.« Um Bestätigung für diese schwere Entscheidung heischend, sah sie Jury an.

»Und noch besser ist … keins von beiden.« Jury zog sein Mobiltelefon hervor und tippte die Nummer ein. »Warten Sie zehn Minuten, dann kommen Sie rein.« Er klappte das Telefon zu.

Beim Hinuntergehen zogen Pansy und Rosie auf der Treppe eine Schau ab: Pansy guckte verzweifelt und hielt sich die Arme vor den Bauch, Rosie tat recht gekonnt so, als würde sie weinen. Er hätte den beiden am liebsten Beifall geklatscht.

Mrs. Murchison, die am Fuß der Treppe stand, sah sich bei dem Anblick zu einem Lächeln genötigt. Sie versetzte Rosie einen leichten Klaps aufs Hinterteil und sagte: »Na, nu komm schon, Mädchen. Ist ja gut.«

Ohne Jury auch nur noch eines Blickes zu würdigen, zogen die beiden den Tisch vor, schoben die Tür zurück und gingen in ihr Gefängniszimmer.

Mrs. Murchison sagte: »Das war jetzt aber mehr als eine halbe Stunde, ich muss Ihnen also die ganze Stunde berechnen.« Sie strahlte übers ganze Gesicht, als er seine Brieftasche hervorzog und zwei Fünfzigpfundscheine zutage förderte. Dann fügte sie hinzu: »Das war es aber bestimmt wert.«

Jahrelange Berufserfahrung hatte Jury unglaubliche Selbstbeherrschung gelehrt. Andernfalls hätte er sie wohl auf der Stelle umgebracht. Er überreichte ihr die hundert Pfund. Die Transaktion war ihm wichtig, er wollte, dass Geld den Besitzer wechselte. Falls diese verdammte Sache vor Gericht überhaupt eine Chance haben sollte. Dann jedoch schmolzen seine Jahre der Selbstbeherrschung weg wie das Eisbaby. Er klappte seinen Dienstausweis auf und hielt ihn ihr unter die Nase.

»*Was?* Polizei?« Sie wich zurück. »Sie können doch nicht einfach so ins Haus hier. Wo ist Ihr Durchsuchungsbefehl? Sie haben mir keinen Durchsuchungsbefehl gezeigt –«

Er knallte sie gegen die Wand. »Das hier ist mein Durchsuchungsbefehl!«

Sie fuchtelte wild mit den Armen.

»Na, warten Sie, bis mein Anwalt – ich werde Sie wegen Körperverletzung anzeigen, warten Sie nur!«

Inzwischen kamen die kleinen Mädchen, jedes mit seiner Zudecke, der Reihe nach aus dem Hinterzimmer, und ihre Blicke reichten von Freude bis zu schierer Fassungslosigkeit. Als sie Jury sahen, den Unterarm fest über Murchisons Kehle gedrückt, blieben sie wie angewurzelt stehen.

Jury ließ die Frau los.

»Eddie!«, rief sie gellend.

Die Mädchen fingen in heller Aufregung an zu lachen.

Als Jury sich umwandte, sah er an der anderen Seite der Treppe einen dünnen Mann heranschleichen, offensichtlich von der Küche her. Er hielt eine 45er auf ihn gerichtet. »Okay, Kumpel. Zurück.«

Jury ließ den Arm sinken und trat zurück. Die Mädchen auf dieser Treppenseite wichen ebenfalls zurück. Jury begriff warum: Eddie war einer der fiesesten Typen, die er je gesehen hatte, mit einem länglichen, pockennarbigen Gesicht, das vom langen Kampf gegen Akne zeugte, dazu Nase und Mund, dünn und messerscharf.

»Alles okay, Murch?«

Murch war mehr als okay. Mit frischer Inbrunst und nach etwas energischem Zupfen an Kleid und Korsett kam sie sogleich zur Sache: »Kommt da einfach herein ohne Durchsuchungsbefehl, na warten Sie, bis Mr. Baum …« Sie unterbrach sich, als sie merkte, dass sie seinen Namen genannt hatte. »Das kostet Sie Ihre Dienstmarke und Ihren Job. Und wundern Sie sich nicht, wenn wir Sie und die gesamte Metropolitan Police vor Gericht zerren! Sie sollten sich was schämen, die alle in Verruf zu bringen!«

Jury lächelte. »Schon möglich, aber das war es wert.«

Eddie ließ seinerseits ein paar Schimpfwörter vom Stapel, in dem sicheren Bewusstsein, dass er als Einziger eine Waffe hatte.

Doch er irrte sich.

Was Jury im dunklen Treppenhaus für einen Schatten gehalten hatte, war gar kein Schatten. Cody? War er etwa in weiser Voraussicht außen herum gegangen –

Ein Schuss ging los, und Eddie guckte überrascht und wollte sich gerade umdrehen, als ein weiterer Schuss ihn mitten in der Bewegung erwischte und er zu Boden glitt. Ein Streifen Blut rann an seinem Kinn hinunter.

Mrs. Murchison schrie auf. Die kleinen Mädchen bewegten sich wie in einer Welle vorwärts.

Dort hinter Eddie stand Samantha, die Schusswaffe in der herunterhängenden Hand, und sah Jury an, nicht wie vorhin mit kalter Gleichgültigkeit, sondern hilflos und betroffen.

Mrs. Murchison beging den Fehler, den Mund aufzumachen. »Du! Warte du nur, bis er dich zu fassen kriegt! Das wird dir noch Leid tun –«

Die Waffe kam wieder hoch, doch diesmal wurde der Schuss von zehn kleinen Mädchen verhindert, die zwischen Mrs. Murchison und Samantha ausschwärmten. »*Samantha, Samantha, Samantha*!«, schrien sie und sprangen dabei auf und ab wie die wilden Kerle in dem Buch.

Sie hatte sie alle gerettet, sie hatte die Situation gerettet. Einige weinten vor Freude.

Jury schob sich zwischen ihnen durch, um Samantha die Waffe abzunehmen. Ihr Gesicht mit der porzellanfarbenen Haut wirkte wie besessen. Er legte den Arm um sie, drückte ihren Kopf an seine Schulter. »Ist gut, Samantha. Jetzt wird alles gut. Schau doch, du hast uns alle gerettet.«

Das Läuten der Hausglocke ging in unablässiges Trommeln an der Tür über. Pansy ging hin, um aufzumachen. Sie schien sich fast überschwänglich zu freuen, dass dort ein Fremder stand.

Cody kam hereinmarschiert. »Was ist los, Chef? Was zum Teufel ist hier passiert?«

Sofort war er von kleinen Mädchen umringt, zwei von ihnen schwangen an seinen Händen hin und her.

Jury ließ die Frage unbeantwortet. Er sah, dass Mrs. Murchison sich ins Foyer stehlen wollte, um es blitzschnell zu verriegeln. Dort drin stand das Telefon. »Cody!« Er deutete mit einem Kopfnicken zu ihr hinüber.

Cody machte einen Satz, so dass beide auf dem Wohnzimmerboden landeten. Die Kinder jauchzten und brüllten, als hätten sie seit Jahren nicht so viel Spaß gehabt, was wahrscheinlich der Fall war. Cody stand auf, zerrte die Frau hoch, ohne sich darum zu scheren, dass dabei ihre Seidenbluse in Fetzen ging, und stieß sie mit dem gleichen Fesselgriff gegen die Wand, den Jury kurz zuvor angewendet hatte.

Die Kinder fingen wieder an. »*Cody, Cody, Cody, Cody*«, tönte es diesmal. Noch ein Retter. Wie viele Retter es auf einmal gab! Die Freiheit schien plötzlich grenzenlos. Wie kleine Stierkämpferinnen schwenkten sie ihre Decken in der Luft.

»He, Chef?«

»Was?« Jury war gerade dabei, Samantha in seinen Mantel einzuwickeln. Sie stand offensichtlich unter Schock.

»Soll ich sie außer Gefecht setzen?«

»Natürlich.«

»Keine Handschellen, kein Strick, okay.« Er zuckte die Schultern und versetzte der Murchison einen rechten Schwinger, dass sie an der Wand herunterrutschte wie Eddie, nur mit dem Unterschied, dass sie noch lebte. Ihr Pech! Cody strahlte.

Die Mädchen riefen laut. Das wurde ja immer besser. Was für Freuden hatte er denn noch auf Lager? Rosie hüpfte wie ein Korken auf und ab.

Nachdem Murchison »außer Gefecht gesetzt« war, begrüßte Cody die Mädchen und breitete die Arme aus. Sie flogen ihm geradezu entgegen, doch er war stark und ließ sich nicht umhauen.

Jury lächelte. Cody Platt, der Billardspieler, der Bulle, der Fänger im Roggen.

40

Chief Superintendent Racer war stinksauer: Richard Jury, Racers ewiges Sorgenkind, sollte, wie weiland vor ihm Richard der Zweite und Richard Nixon, der Kommandogewalt entbunden, sprich, er sollte vom Dienst suspendiert werden. Sobald die Ergebnisse weiterer Ermittlungen vorlagen, konnte es so weit sein.

Jury war bei Fiona in Racers Vorzimmer. Eingehend studierte er den Kater Cyril – definitiv kein Unterfangen, das rasch zu meistern war – und sagte: »Er vergleicht es mit einer Amtsenthebung oder Entthronung, was?«

»Seit er Chief geworden ist, war er nicht mehr so gut gelaunt«, sagte Fiona. »›Eklatante Überschreitung der Polizeibefugnis‹, von wegen!« Der Ausdruck stand in irgendeiner Gesprächsnotiz, die ihr auf den Schreibtisch geflattert war. So oft hatte sie ihn schon aufgesagt, dass sie ihn auswendig wusste. »Haarsträubend ist das. Wirklich absolut haarsträubend! Mir wird ganz übel.« Um das Ausmaß ihres Haarsträubens und ihrer Übelkeit anzuzeigen, zog Fiona den Reißverschluss an ihrem Kosmetikbeutel auf, ohne jedoch Puder und Rouge aufzulegen. Lediglich etwas Lippenstift tupfte sie auf, als kleinen Tribut an die Schönheit, und schob den Beutel sodann in eine der unteren Schubladen. »Und wie verstört Cyril ist, sehen Sie ja!«

Das tat Jury, ehrlich gesagt, nicht. Momentan war Cyril mit seiner Morgentoilette beschäftigt, worin er es, was die dafür aufgewendete Zeit betraf, durchaus mit Fiona aufnehmen konnte. Es sah aus, als würde er jedes einzelne rötlichbraune Haar in Katzenhaarhautschüppchenpracht zurechtlecken. Die Hautschüppchen, hatte Jury Fiona einmal belehrt, befanden sich nämlich im Speichel, nicht im Fell. Er hatte keine Ahnung, woher er das wusste, da er nie Katzen- oder Hundebesitzer gewesen war. Und plötzlich fühlte er sich im Stich gelassen, als wären sie ihm samt und sonders alle weggestorben.

»Ich glaube, ich werde mir einen Hund anschaffen – ich meine, wenn ich jetzt viel Zeit zu Hause verbringen werde.«

Cyril unterbrach seine Bemühungen und blickte ihn durchdringend an.

Fiona flüsterte: »Mussten Sie das jetzt vor Cyril sagen? Sie wissen doch, wie er ist.«

Niemand wusste, wie Cyril war. Cyril war unglaublich schlau, schlauer als Racer, was nicht viel heißen wollte. Die Entscheidung, Jury aufs Abstellgleis zu schieben, war in erstaunlicher Schnelligkeit getroffen worden. Nun, große Zweifel, dass er das getan hatte, was er getan hatte, bestanden ja nicht. Seine eigene Rolle in diesem schwer wiegenden Fall von »eklatantem Missbrauch polizeilicher Gewalt« spielte er jedenfalls hoch und die von Cody Platt herunter. Jury hatte gesagt, er begreife eigentlich gar nicht so recht, weshalb überhaupt eine Untersuchung des Falles stattfinden müsse, da er schließlich bereit sei, seinen Anteil einzugestehen bei der Frage, wie die Murchison und ihr Gefährte Eddie Noon in die Knie gezwungen worden waren, und zwar im wortwörtlichen Sinn. Jemand musste der Sache aber sozusagen sein Siegel aufdrücken.

Jury machte sich Sorgen wegen Cody, denn der war natürlich auch an dem Einsatz beteiligt gewesen, wenn auch nicht in dem Maße. Jury selbst war es die Sache wohl wert gewesen. Er wusste, dass Cody ebenso dachte, vielleicht sogar mehr noch als Jury. Am meisten beunruhigte ihn aber die Frage, ob es ihnen wohl gelingen würde, Baumann vor Gericht zu bringen. Ob die Murchison ihn verraten würde. Oder was im Fall Irene Murchison überhaupt zulässig wäre, in Anbetracht der Tatsache, dass die »Räumlichkeiten« ja »unbefugt betreten« worden waren. Der ganze Laden war dort schon seit Jahren gelaufen. Ein kleines Mädchen war aus dem Haus gerannt und erschossen worden. Es bestand Jurys Ansicht nach also hinreichender Tatverdacht für die Polizei, das Haus zu betreten, wenn auch nicht ohne Durchsuchungsbefehl.

Vorab saß Jury jedenfalls unsuspendiert hier bei Fiona und genoss das Klappern der Computertasten, das Aufklappen einer Puderdose (nachdem sie sich das mit dem Haarsträuben und der Übelkeit noch einmal anders überlegt hatte) und Cyrils Morgentoilette. Er wollte sich gerade in Yeats' »kalte gesellige Ströme« stürzen, als Racer zur Tür hereinkam.

»Für einen, der demnächst suspendiert wird, hocken Sie recht viel hier herum und machen ein frohes Gesicht.«

»Ich kann mich einfach nicht losreißen.«

»Ha! Na, dann genießen Sie es, solange Sie noch können, Jury – ›den segensvollen Fleck, dies Reich, dies blablabla.‹«

»›Dies England.‹ Sie haben Ihren Shakespeare ja gut drauf.«

Racer behandelte Jurys potentielle Suspendierung immer noch wie eine Entthronung, als wäre es an Jury, die Krone nun an Bolingbroke zu überreichen. Er gestikulierte wie ein Platzanweiser, der Jury auf seinen Platz außen am Gang drängen wollte. Dieser zögerte einen Moment, um dem Kater Cyril Gelegenheit zu geben, in Racers Büro zu schlüpfen und dort weiter sein Unwesen zu treiben. Cyril scherte sich nämlich weder um Jurys Lächeln noch um Fionas Kosmetikbeutel oder um irgendwelche Sardinenbüchsen. Ihn interessierte nur, wie Chief Superintendent Racer es diesmal anstellen wollte, ihn zu fassen zu kriegen. Racer versuchte es unentwegt und hatte sich zu diesem Zweck ausgeklügelte Erfindungen ausgedacht, die an die komplizierten Gebilde von Rube-Goldberg-Karikaturen erinnerten. Auf ein menschliches Wesen übertragen wäre es vergleichbar damit zuzusehen, wie die Pyramiden gebaut wurden, Stein um Stein, als exklusive Privatshow, sozusagen. Ja, Cyril hatte ein aufregendes Leben, ein Leben am Rande der Verzweiflung – wobei »am Rande« ganz wörtlich zu nehmen war, denn eines seiner Lieblingsplätzchen war ganz oben, am Rande der Wandvertiefung, die Racer hatte anbringen lassen, als sein Büro im Stil von Harry's Bar & Grill umgebaut worden war. Dort oben sah Jury nun eine rötlichbraune Schwanzspitze hin und her zucken (niemand wusste, wie das Vieh dort hinaufgelangt war), während Cyril wieder alle möglichen Streiche ausheckte und hinunterguckte, um herauszukriegen, was Racer mit ihm vorhatte.

»Die Geschichte mit Cornwall. Die ist für uns nicht mehr interessant, halten Sie sich also da heraus.«

»Oh, die *ist* aber interessant. Viktor Baumann hat dort ebenfalls seine Finger im Spiel.«

»Wenn Sie diese Kinder meinen, das gehört zur Organisierten Kriminalität, also SO1, pädophile Delikte. War nicht Ihr Freund Blakeley an dem Fall dran? Drüben in West Central? Bevor Sie sich da eingemischt haben?«

»Ich habe mich eingemischt wegen der kleinen Alice Smith, das ist das Kind, das von hinten erschossen wurde. Mein Fall, wenn Sie sich erinnern. Hat alles mit Viktor Baumann zu tun. Weiß Gott, was der sonst noch alles auf dem Kerbholz hat. Ich hoffe bloß, dass er nicht noch mehr solche Häuser betreibt. Bei der Kripo von Devon und Cornwall vermuten sie, der hat vor drei Jahren vielleicht seine Tochter entführt …«

Racer fiel ihm ins Wort. »Das hat mit uns nichts zu tun. Sie haben den Fall Alice Smith doch abgeschlossen. Die Kleine wurde von einem der anderen Mädchen erschossen. Von derselben, die auch den Zuhälter erschossen hat …« Er hantierte mit einem braunen Papphefter herum, bis er die Stelle fand. »Hier, Eddie Noon. Ellenlanges Vorstrafenregister. Hat den Dreh raus, die Kleine, wie man andere von hinten erschießt, was?«

Jury zuckte gequält zusammen. Machte der Mann sich etwa darüber lustig? Racer riss sich aber gleich wieder am Riemen. »Gott, wie weit ist es bloß gekommen, dass Kinder jetzt schon Kinder umbringen?«

»Sie hat mir vermutlich das Leben gerettet.« Was würde mit Samantha geschehen? Alles wäre besser als das, was vorher war. Nur weg mit der Alten, nur weg mit ihr… Samantha hatte es wie eine Litanei wiederholt. Und dabei tatsächlich gelächelt.

Unfähig, sich in Bezug auf Jurys gerettetes Leben auf eine passende Antwort festzulegen, brummte Racer bloß etwas Unverständliches und legte den Hefter in sein Ausgangsfach. »Das hätten wir also hinter uns.«

»Nein, hätten wir nicht. Der Fall ist immer noch nicht ganz abgeschlossen – wie ich bereits sagte –«

»Dafür ist die dortige Polizei zuständig. Und was Sie betrifft, mein Freund, bis die Ergebnisse weiterer Ermittlungen vorliegen…«

Er klang wie eine kaputte Schallplatte. Jury hörte gar nicht mehr zu und beobachtete Cyril, der inzwischen an seinem Lieblingsplätzchen über Racers Schreibtisch hockte, der Stelle, von der aus er schon viele Dreipunktlandungen auf verschiedene Teile des Schreibtischs vollführt hatte. Jetzt saß er da, leckte sich die Pfote und wartete eine günstige Gelegenheit ab.

Wie oft musste Jury es noch sagen? Dieser Mensch hatte Taubendreck auf den Ohren. »Sir, bei dem vermissten –« oder toten, fügte Jury lieber nicht hinzu »– Kind handelt es sich um Viktor Baumanns Tochter. Sie war damals vier Jahre alt. Das war einer der Gründe, weshalb ich in das Haus in der Hester Street gegangen bin: um zu sehen, ob er sie dort festhielt.«

»Was? Sein eigenes *Kind*?« Racer wischte ungehalten mit der Hand durch die Luft, die Handflächen von sich gestreckt, als wollte er Jury und dessen krankhafte Ideen auf Abstand halten.

»So was gibt es.«

»In Amerika gibt es so was. Hier doch nicht.«

Der segensvolle Fleck, dies Reich, dies England.

Na, von wegen.

Johnny Blakeleys Büro war in West End Central, wo ein Teil des Dezernats für Sexualdelikte untergebracht war. Dorthin hatte man Irene Murchison gebracht. Im Verlauf der letzten sechsunddreißig Stunden war sie immer wieder in einem der Vernehmungsräume gewesen. Sie konnten sie wegen einer ganzen Latte von Anklagepunkten festhalten. Sie sei »Abschaum«, sagte Johnny. Worauf Johnny es aber abgesehen hatte, war das Eingeständnis, dass Viktor Baumann den ganzen Laden aufgebaut hatte.

»In diesen Scheißladen«, erfuhr Jury eine Stunde später bei einem Drink im Crown, »kamen Viktors Freunde – genau so hat sie es mir zwar nicht gesagt, aber ist doch klar, oder? ›Sehr wählerische Herren‹. Ihre Worte. Die redet daher wie frisch aus einem Roman von Galsworthy entsprungen, was aber, möchte ich gleich hinzufügen, nicht ihrem wahren Milieu entspricht.«

»Diese ›Herren‹ – das waren also die ›Kunden‹? Ich bin heute etwas schwer von Begriff, ich komme nämlich gerade aus Racers Büro.«

Johnny kicherte. »Viktors Kumpane, was? Der Kinderschänderring. Ich will Namen, Mann. Wie kommt es, dass diese Frau den Kopf dafür hinhält, Richard?«

»Das tun Frauen doch immer schon.«

»Mann, die ist doch bestimmt zwanzig Jahre älter als er.«

Jury zuckte die Achseln. »Sie ist eine Schlüsselfigur in seinem Leben. Sie sorgt dafür, dass das Ganze glatt läuft, dass die Mädchen nicht aus der Reihe tanzen.« Wohl eher, dass sie verängstigt und unterwürfig bleiben. Es wollte Jury nicht aus dem Kopf gehen, wie totenstill es in dem Zimmer gewesen war. Dieses unwirkliche

Schweigen. Kein Kind sollte so durch Angst zum Schweigen gebracht werden. »Sie macht das alles ja nicht wider besseres Wissen, sondern weil es ihr gefällt. Es gefällt ihr sehr gut.« Jury trank sein Bier vollends aus.

Johnny machte dem Barmann ein Zeichen, hielt zwei Finger in die Höhe. Der Barmann nickte. »Sie wird ihn nicht verpfeifen, Rich«, meinte er.

»Sie hat aber zugegeben, dass sie ihn kennt.« Jury beobachtete ein etwas plan- und zielloses Billardspiel zwischen einem über und über tätowierten Mann und einem anderen mit den Fingern eines Musikers. Der Musiker schlug die grüne Kugel in eine Tasche. Vereinzelter Applaus. Er musste an Wiggins und Cody Platt denken. »Ich habe Ihnen jetzt doch nicht etwa alles vermasselt, Johnny?«, fragte er.

Der Barmann strich den Schaum von Johnnys Guinness. »Meine Güte, nein«, sagte Johnny. »Sie und der Cowboy aus Cornwall haben ungefähr das gemacht, woran ich mir schon seit Monaten die Zähne ausbeiße. Na ja, und jetzt sind wir soweit.« Johnny lächelte übers ganze Gesicht und hob sein Bierglas, als wollte er ihm zuprosten.

Cowboy. Jury lächelte und hob sein Glas ebenfalls.

Als Jury das Labor betrat, sprach Phyllis Nancy gerade in das Mikrofon, das über dem Tisch in der Mitte des Raumes aufgehängt war. Blut rann von der Leiche in eine Rinne und von dort in einen verchromten Eimer. Das kalte blaue Licht aus einer unbestimmten Lichtquelle verlieh dem Ort eine Atmosphäre, dass man sich wie im Weltall vorkam. Als wäre Phyllis eine Außerirdische von höherer Intelligenz, die an einem Erdling eine Autopsie durchführte.

Ihre Hände waren voller Blut, doch ihr weißer Kittel war rein und sauber wie spiegelglattes Eis. Er fragte sich, wie sie das bloß hinkriegte. Doch dann fiel ihm wieder ein: Phyllis kannte sämtliche Parameter, die Grenzen, die Einschränkungen. Es hatte fast etwas Magisches an sich. Oder vielleicht war es auch überhaupt nicht magisch. Jury wusste (neben zahlreichen anderen), dass ihr beim Anblick von Blut immer schlecht wurde. Einmal abgesehen vom Medizinstudium – bei der ersten Begegnung mit einer zerschnippelten Leiche wurde ja fast jedem leicht flau im Magen. Bloß dass die anderen darüber hinwegkamen. Nicht so Phyllis. Am Anfang, hatte sie einmal gemeint, hätte sie nach dem ersten Schnitt gleich auf die Toilette rennen und sich übergeben müssen. Danach konnte sie dann die Autopsie aber vollends durchführen. Bald schaffte sie die Autopsie bis zur Hälfte, bevor sie sich übergeben musste, dann fast die ganze, bevor Übelkeit sie überkam. Und inzwischen passierte es erst, wenn alles vorbei war. »Das ist eine unglaubliche Verbesserung. Eines Tages geht es vielleicht sogar ganz ohne.«

Jury hatte gelacht. »So wie Sie es sagen, klingt es, wie wenn man mit dem Rauchen aufhört.«

Sie überlegte. »Nein, das Rauchen aufgeben ist viel schwerer.«

Das Ganze war ein Riesenwitz, fand auch Phyllis. Eine Gerichtsmedizinerin, die den Anblick von Blut nicht ertragen konnte!

»Wieso sind Sie dann in diesem Gewerbe? Das ist ja, wie wenn Hannibal Angst vor Mauern gehabt hätte oder Admiral Nelson wasserscheu gewesen wäre. Es ist doch so anstrengend für Sie, Phyllis.«

»Eigentlich nicht. Es ist bloß einen Moment etwas unangenehm. Und zugegeben, auch ein bisschen peinlich.«

»Sie nehmen das alles so gelassen.«

»Sie aber doch auch, wenn Sie eine Leiche auf der Straße liegen sehen, wie die kleine Alice Smith, mit dem Gesicht nach unten in ihrem eigenen Blut. Da bleibt Ihnen doch auch nichts anderes übrig, als sich nach außen hin gelassen zu geben.«

Nun hob sie den Blick vom Seziertisch. Selbst hinter der Schutzbrille aus Kunststoff, die sie ebenso wie ihr Assistent trug, konnte er erkennen, dass ihre Augen grün waren.

»Richard!«

»Hallo, Phyllis.« Er nickte grüßend zum Tisch hinüber. »Ist das einer von Ihren Kunden, die Sie die ganze Nacht auf Trab halten?«

»Nein, jetzt nicht mehr. Ich nehme an, Sie haben was ganz Bestimmtes im Sinn.«

Er lächelte. »Richtig. Abendessen. Ich weiß ja, dass Sie vor einer Autopsie nichts essen.«

Sie streifte die Handschuhe ab, entledigte sich in einer fließenden Bewegung des Mundschutzes und meinte an ihren Assistenten gewandt: »Sie können dann hier vollends fertig machen.«

Das war es, was ihn so schmunzeln ließ, wenn er an Phyllis dachte. Sie vermittelte einem immer den Eindruck, als hätte sie auf einen gewartet. Und zwar ausschließlich.

Sie kam auf ihn zu und blieb dann stehen, die Hand auf der Brust. Sie sah kurz zu Boden, hob dann den Kopf und sagte: »Warten Sie hier. Ich bin gleich wieder da.« Und sie eilte davon.

Zur Toilette natürlich.

Als Vorspeise bestellten sie Salat und als Hauptgericht Ente.

Während Jury die Weinkarte inspizierte (mit der er sich so gut wie gar nicht auskannte), kam der Sommelier mit einer Flasche Burgunder an, die mit ihrem wachsversiegelten Korken aussah, als sei sie tausend Jahre alt, und die wahrscheinlich ein Pfund pro Jahr kostete.

»Danke, aber den haben wir gar nicht –«

Der Sommelier unterbrach ihn lächelnd. »Nein, Sir. Der kommt von Mr. Rice mit den besten Empfehlungen.«

»Oh«, sagte Jury.

»Meine Güte«, meinte Phyllis. »Das ist aber nett von ihm.«

»Mr. Rice bat mich, Ihrer Bestellung nach einen passenden Wein auszuwählen«, fuhr der Sommelier fort. »Und da Sie sich für die Ente entschieden haben, dachte ich, der wird Ihnen munden.« Er setzte einen unkomplizierten Korkenzieher an, drehte und zog den Korken heraus. Dann schenkte er Jury ein wenig ins Glas.

Jury nahm einen Schluck. »Herrlich.«

»Danke, Sir.« Er schenkte ein und ging.

»Mr. Rice«, sagte Phyllis, »muss Sie ja wirklich mögen.« Sie runzelte leicht die Stirn. »Der Name kommt mir bekannt vor. Kenne ich ihn?«

Jury nickte. »Sie sind ihm schon mal begegnet. Nell Ryder. Cambridgeshire.«

»Natürlich.«

»Vernon Rice war ihr Stiefonkel.« Er schaute in sein Weinglas. »Er liebte sie. Er liebte sie wirklich sehr.« Wie kam es, dass er in letzter Zeit alles wiederholte? Als reichte es nicht aus, das, was er sagen wollte, nur einmal zu sagen. Er kam sich ziemlich dumm dabei vor. »Ich habe ihn angerufen, um heute Abend überhaupt einen Tisch zu bekommen. Normalerweise ist das Aubergine Wochen im Voraus ausgebucht.«

Der Kellner war mit ihren Salaten gekommen, hatte sie mit scheinbar unsichtbaren Händen vor Phyllis und Jury hingestellt, war gekommen und gegangen, während Jury das sagte. Jury betrachtete seinen Salat und hatte plötzlich keinen Appetit mehr.

»Es ist wegen Nell und diesen Mädchen, stimmt's?«

»Was?« Er hob fragend den Blick.

Sie lächelte ihn an, ohne zu antworten. Und doch fühlte er sich durch ihre Frage seltsam getröstet. Vielleicht brauchte er einfach das Gefühl, dass jemand ihn verstand. Sein Appetit kehrte ebenso plötzlich zurück, wie er verschwunden war.

Sie sagte: »Sie haben diese kleinen Mädchen gerettet.«

»Ich habe sie vielleicht befreit, aber gerettet habe ich sie nicht.«

»Ich weiß nicht. Es läuft wahrscheinlich auf ein- und dasselbe hinaus, Freiheit und Rettung. Vor der Hölle auf Erden haben Sie sie aber bestimmt gerettet.«

»Eine vielleicht. Rosie heißt sie. Ich glaube, sie war die Einzige, die man noch keinem Mann hingeschmissen hatte wie ein Stück Fleisch. Rosie.« Bei der Erinnerung musste er lächeln.

»Und jetzt kann sie niemand mehr irgendeinem Mann hinschmeißen, Richard. Sie sind ein enormes Risiko eingegangen. Haben Ihren Job, Ihre Zukunft aufs Spiel gesetzt. Sagen Sie jetzt nicht, Sie hätten mehr tun sollen.«

Ein Salatblatt auf die Gabel nehmend, das mit einer ihm unbekannten Art von Nuss gekrönt war, versetzte Jury: »Ich hätte mehr tun sollen.«

Phyllis lehnte sich in die Sitzbank zurück. »Sie hätten diese Murchison umbringen sollen? Wollen Sie das damit sagen?«

»Hätte ich auch beinahe. Und es tut mir fast Leid, dass ich es nicht getan habe.«

»Sie wird aber gebraucht, nicht wahr?«

Jury trank seinen Wein. »Ja, wahrscheinlich. Sie ist das beste Verbindungsglied zu Baumann, obwohl es auch noch andere gibt: die Männer, die dort Stammkunden waren. Deren Namen wird sie preisgeben, wenn dabei etwas für sie herausspringt.«

»Was werden Sie tun? Meinen Sie, Sie brauchen einen Anwalt?«

»So weit voraus denke ich gar nicht. Für dieses ganze Getue um meinen Job habe ich gar keine Zeit. Morgen früh fahre ich wieder nach Cornwall.«

Sie nickte. »Dann glauben Sie also, dieses kleine Mädchen ist noch am Leben?«

»Vor ein paar Tagen glaubte ich es nicht. Jetzt schon.« Er wusste auch nicht warum, schließlich waren keine neuen Erkenntnisse aufgetaucht.

Phyllis sah auf ihren Teller. »Sie nehmen diesen Fall sehr persönlich, nicht wahr?«

»Kann schon sein. Wenn Sie so in Ihre Arbeit hineingezogen würden, was zum Teufel würden Sie dann tun?«

Sie sah im Raum umher und wandte den Blick dann wieder ihm zu. »Ich glaube, ich würde mich übergeben.«

41

»Wirklich clever, Superintendent«, sagte Viktor Baumann, hielt das Feuerzeug an die Zigarette, ließ es klicken und dann in der Westentasche verschwinden. Er nahm einen tiefen Zug. »Aber ich habe ja gehört, dass Sie ein cleverer Mann sind.«

Sollte Jury ihn fragen, woher er das wusste? Wer Baumanns Kontakte waren? Vielleicht hatte er gar einen Informanten bei Scotland Yard? »So sehr auch wieder nicht, Mr. Baumann. Immerhin sitzen Sie ja noch unbehelligt an Ihrem Schreibtisch und rauchen.«

Baumann setzte ein hintergründiges Lächeln auf, bei dem einem mehreres gleichzeitig in den Sinn kommen konnte – Charme, geschmeidige Freundlichkeit, Zerbrechlichkeit. Nichts deutete darauf hin, welch kalte Berechnung dahinter stand. Kein Wunder, dass er auf Frauen so anziehend wirkte – auf die hübsche Mary Scott, auf Lena Banks und sogar auf die grässliche Irene Murchison. Womöglich sogar auf kleine Mädchen, bis es zu spät war.

»Kein Grund, weshalb ich mich nicht so fühlen sollte. Unbehelligt, meine ich. Wer auch immer diese Frau ist, die Sie da in Gewahrsam haben –«

»Diese ›wer auch immer‹ kennt Sie offensichtlich.«

»Was nicht heißen muss, dass ich sie kenne, oder?«

»Wieso hätte sie tun sollen, was auf der Visitenkarte stand, wenn sie den Namen nicht kannte?« Jury hatte die Karte hervorgeholt und warf sie auf den Tisch.

Baumann breitete die Arme aus, als wollte er das gesamte zweifelnde Universum umfassen. »Keine Ahnung. Hatte die Anweisung auf der Karte – fing es denn an mit ›Liebe …‹ – wie sagten Sie gleich, war ihr Name?«

Verdammter Mistkerl. »Irene Murchison.«

»Richtig. Also, stand darauf etwa ›Liebe Irene‹ et cetera?« Er beugte sich nach vorne. »Mr. Jury, sollte diese Karte als Beweismittel aufgeführt werden, würde man Sie und die Anklage lachend aus dem Gerichtssaal jagen. Für den Fall, dass Sie den ursprünglichen Zweck der Karte vergessen haben … meine Sekretärin Grace erinnert sich bestimmt daran. Sollen wir sie hereinholen?«

Als Jury abwinkte, rückte die Hand von der Sprechanlage ab. »Was sagen Sie denn aber, wenn Irene Murchison redet?«

»Die Murchison kann reden, bis sie schwarz wird. Das hat doch mit mir nichts zu tun. Auch ist, wie ich höre, Ihre eigene Rolle bei der ganzen Geschichte höchst vorschriftswidrig. Wie ich erfahren habe, soll es eine gerichtliche Untersuchung geben.« Da war wieder dieses Lächeln.

»Was ist mit Ihrer Tochter geschehen?«, warf Jury ihm vor die Füße, damit dem Mann das Lächeln schlagartig verging (was auch geschah) und um Baumann möglichst so zu überraschen, dass er unbedacht reagierte.

»Wie bitte?« Die gespielte Freundlichkeit wich nun eisigem Gebaren.

»Ihre Tochter, Flora. Was ist mit ihr geschehen?«

»Sie wissen, was geschehen ist. Das hatten wir doch schon besprochen.«

»Stimmt, aber damals haben Sie es mir auch nicht verraten.«

»Das ist doch lächerlich. Sie wurde entführt, wie Sie wissen.«

»Von Ihnen?«

»Natürlich nicht!«

»Und was ist mit Lena Banks?«

»Was soll mit ihr sein? Wir waren gut befreundet, ich bestreite nicht, sie zu kennen. Das habe ich auch nicht bestritten, als Sie sie zur Sprache brachten.«

»Sie haben sie benutzt. Sie war es doch, die das Risiko einging, oder?«

Baumann seufzte. »Mr. Jury, Sie sind gleichermaßen sentimental und dramatisch. Außerdem übersehen Sie zumindest eines: Lena Banks handelte in ihrem eigenen Interesse, nicht in meinem. Ich hatte keine Ahnung, dass sie zu den Scotts gehen würde.«

»Welches Interesse sollte diese Frau an Declan Scott oder Angel Gate haben? Er kannte sie doch gar nicht. Niemand kannte sie.«

Baumann erwiderte mit seidenweicher Stimme: »Sie scheinen genau das zu vergessen, was Sie mir gesagt haben – dass Lena Banks ihm nämlich unter einem anderen Namen bekannt war. War es nicht Fox? Georgina Fox? Sie hatte also doch ein Interesse an Mr. Scott, eines, von dem ich nichts wusste.« Er lehnte sich zurück, offenbar höchst zufrieden mit sich.

Jury sagte nichts. Er verlor allmählich die Geduld. Dann dachte er an die kleine Alice Smith und fing sich wieder. »Sie können so selbstgefällig tun, wie Sie wollen, Mr. Baumann. Irene Murchison wird nicht ewig durchhalten. Das tun solche Leute nie.«

Baumann schüttelte den Kopf und hielt den Mund so fest zusammengepresst, dass es aussah, als würde er gleich Revolverkugeln spucken. »So was nenne ich Schikane, Superintendent. Ich kenne übrigens den Polizeichef.«

»Ich auch.«

Zum ersten Mal wirkte Baumann unsicher und wütend. »Sie erwähnen Flora im Zusammenhang mit diesem Pädophilenring. Wollen Sie damit etwa andeuten, ich hätte Flora benutzt … für diesen …« Er erbleichte.

Da war sie, die unbedachte Reaktion. Zwar brauchte Jury nicht extra davon überzeugt zu werden, dass Baumann diesen Ring betrieb, doch wäre er unschuldig gewesen, hätte er nicht den gedanklichen Sprung zu Flora gemacht. Unmöglich, es wäre undenkbar, dass ein Mann seine eigene Tochter auf dem Tablett servierte.

Er versuchte sich wieder in seiner unbekümmerten Pose, wusste jedoch, dass er die Sache falsch angepackt hatte. »Für was für einen Narren halten Sie mich eigentlich?«

Jury beugte sich näher zu ihm hin. »Was für einen, weiß ich nicht. Ich weiß bloß, dass Sie einer sind. Ein Mann, der von einem Drang, einem Zwang getrieben wird, ist per definitionem ein Narr, denn mit seiner Fähigkeit zu rationalem Handeln ist es aus und vorbei. Sie sind süchtig, Viktor, Sie sind süchtig nach kleinen Kindern, Sie brauchen sie, so wie ein Heroinsüchtiger sich die Nadel geben muss. Sie und die Männer, die Sie beliefern. Ihr Kinderschänderring. Ich wette, das sind lauter hochangesehene Geschäftsmänner, nicht so mächtig wie Sie, aber doch gut bekannt, gut betucht und gut vernetzt und echte Dreckschweine.« Jury beugte sich noch weiter über den Schreibtisch. »Und wenn es um Missbrauch geht, Viktor, ist der Ofen aber total aus. Sie benutzen kein Kokain, kein Heroin, keine Huren, Sie benutzen kleine Kinder, um ihre Sucht zu befriedigen, Sie und die übrigen kaputtenUeckskerle, die da zu Ihnen kommen. Dafür gibt es bei Dante nicht einmal einen Höllenkreis. Ich weiß es, ich habe nämlich nachgesehen. Glauben Sie aber bloß nicht einen Moment, Sie kämen ungestraft davon, Sie elender Scheißkerl.« Jury wandte sich um und ging zur Tür.

»Ich rufe jetzt den Polizeichef an, Mr. Jury.«

Jury drehte sich lächelnd um. »Bestellen Sie ihm schöne Grüße.«

42

Am nächsten Morgen rief er Johnny Blakeley an.

Johnny sagte: »Viktor Baumanns Namen hat sie zwar nicht genannt, aber dafür sieben andere rausgerückt. Wir haben sie herbestellt, alles ganz prominente Geschäftsmänner im Finanzdistrikt. Sind mit Baumann dick befreundet, haben es bloß noch nicht zugegeben, die Drecksäcke. Schon erstaunlich – diese Leute reden sich tatsächlich ein, sie würden den Kindern nicht schaden, ja fungierten sogar als deren Wohltäter. Damit sie ihre ›Sexualität‹ begreifen. Bei einem fünfjährigen Kind, verdammt noch mal.«

»Sie sind sich also ziemlich sicher, dass einer von denen Viktor Baumanns Namen nennen wird?«

»Worauf Sie sich verlassen können. Überlegen Sie mal – denen kann doch wohl kaum daran gelegen sein, dass es publik wird. Sie wären ruiniert. Ich gehe also folgendermaßen vor: Wer als Erster mit Baumann herausrückt, bekommt Straffreiheit zugesichert und bleibt anonym.«

»Wieso zum Teufel sollten die Baumann gegenüber denn irgendeine Loyalität verspüren?«

»Das tun sie doch gar nicht.« Johnny überlegte einen Augenblick. »Außer es ist ihm gelungen, seine Hände in Unschuld zu waschen. Außer die haben wirklich keine Ahnung, wer dahinter steckt.«

Jury sagte: »Ah. Aber das ist doch gewissermaßen der Kitzel an der ganzen Sache, nicht? Das gemeinschaftliche gesetzeswidrige Treiben. Bei Whiskey und Zigarren im Klub zu sitzen, zusammen mit den anderen aus der Baumann-Bande und darüber zu reden.«

»Wir haben doch jede Menge Augenzeugen. Niemand will, dass diese Kinder als Zeugen vor Gericht aussagen müssen, aber können Sie sich vorstellen, wie das einschlagen würde? Die Zeugenaussage dieser zehn kleinen Mädchen? Nein, nein. Die würden alle versuchen, einen Rückzieher zu machen. In einem Prozess hätten die doch nicht den Hauch einer Chance. Das ältere Mädchen –«

Jury hörte Papierrascheln und fügte den Namen ein: »Samantha Burns. Ich werde Samantha einen Anwalt besorgen.«

»Und was ist mit Ihnen selbst, Richard?«

»Sie meinen, ob ich einen habe?«

»Ja.«

»Noch nicht. In einer Stunde bin ich mit einem verabredet.«

Chief Superintendent Racer stellte Jury dieselbe Frage, allerdings ohne das Mitgefühl, das bei Johnny durchgeklungen hatte.

»Ich bin mit Pete Apted verabredet«, sagte Jury mit einem übertrieben deutlichen Blick auf seine Armbanduhr. »In einer Viertelstunde.«

»Aha, jetzt fahren wir also die schweren Geschütze auf, was?«

»So ist es. Wir werden sie brauchen.«

Racer musterte Jury mit einem Blick voller Argwohn. Machte der sich nun über ihn lustig oder nicht? »Wieso lächeln Sie? Sie nehmen diese ganze Chose überhaupt nicht ernst, was? Das Ganze ist unglaublich peinlich für den Yard. Aber sollen uns ruhig die Eier ins Gesicht fliegen, nicht wahr?«

»Für mich ist ein Lächeln so etwas wie ein Schirm an einem regnerischen Tag.«

Das Lächeln galt übrigens dem Kater Cyril, der gegenwärtig ganz hoch oben auf dem Bücherregal zu Racers rechter Seite hockte. Ebenfalls eines seiner Lieblingsplätzchen. Cyril blickte herunter, und sein Schwanz zuckte. Zuck. Zuck. Ein untrügliches Zeichen, dass dieses Gespräch bald beendet sein würde.

»Na, da werden Sie diesmal aber was Besseres als einen Schirm brauchen, Freundchen. Gott, wie konnten Sie bloß so dumm sein?«

Interessant fand Jury den besorgten Unterton in der Stimme seines Vorgesetzten. Der hatte Jury schon so oft zur Rede gestellt, und immer war es auf die gleiche Weise verlaufen, als ließe sich durch dieses rituelle verbale Sperrfeuer die Gefahr auf irgendeine Weise beseitigen. Wie durch einen religiösen Gesang. Racer wollte Jury vielleicht gar nicht so unbedingt loswerden, wie er sich gern einredete. Jury war in zu vieler Hinsicht dienlich, nicht zuletzt wegen seiner Aufklärungsquote. Niemand war besser als er.

Gleich würde Racer sich von seinem Stuhl erheben, die Hände auf dem Rücken verschränkt auf und ab gehen und so tun, als sei er tief in Gedanken versunken. Auf diesen Moment hatte Cyril schon gewartet. Als Racer hinter seinem Stuhl stand, stürzte Cyril sich vom Bücherregal, vollführte einen anmutigen Bogen in der Luft und landete auf Racers Schulter. Von dort sprang er zu Boden und floh aus dem Zimmer.

Dem Kater sofort auf den Fersen (ohne ihn aber je zu fassen zu kriegen), schrie Racer zu Fiona hinüber: »Rufen Sie den Kammerjäger! Wo ist er? Wo ist er hin? Ich bring ihn um.«

Jury blieb seelenruhig sitzen und nahm das Rufen und Schreien und Fluchen zur Kenntnis wie an jedem ganz gewöhnlichen Cyril-Tag. Das würde ihm fehlen, falls er den Job doch an den Nagel hängte. Ach, was soll's! Er stand auf, ging hinüber ins Vorzimmer und mischte sich ins Getümmel.

Fiona, behauptete Racer steif und fest, Fiona hielt den Kater irgendwo versteckt.

Der Witz daran war bloß: ihm würde Cyril auch fehlen.

43

»Weiß es der Polizist?«, fragte Lulu.

Damit meinte sie Jury. »Ob er was weiß?«, erwiderte Melrose, während er die Erde festklopfte.

»Wohin der Kinderdieb sie mitgenommen hat?«

»Ich habe dir doch gesagt, so einen gibt es nicht.«

»Für Flora schon. Wo ist sie denn dann, Sie Schlaumeier?«

Melrose überlegte, ob er sich mit dem Erdschäufelchen auf den Kopf schlagen sollte. »Okay, dann bin ich eben kein Schlaumeier. Jedenfalls nicht so schlau wie dein Polizist.«

»Sie ist nicht tot.«

Wenigstens brauchte das arme Kind dem Tod nicht ins Gesicht zu starren. Noch nicht. »Natürlich nicht.«

Lulu ließ ein Restchen Erde in der Hand auf und ab hüpfen. »Woher wissen Sie das?«

Roy hielt den Erdklumpen für einen Ball und sprang danach.

»Woher ich – was? Du sagtest doch selbst, sie wäre nicht tot.«

»Ich weiß schon, warum ich das glaube. Aber warum glauben Sie es?«

»Eine Ahnung. Intuition.« Er stand auf. »Genug jetzt. Ich gehe hinein zum Tee.«

Lulu wollte sichergehen, dass sie ihm dabei zuvorkam und rannte davon.

Melrose verließ den kleinen Garten und trat auf den alten Gärtner zu, der sich nur selten hier zeigte, und dann auch nur, wenn die Macmillans nicht da waren. Seine Leiter hatte er gegen die Statue der Knaben mit den Eimern gelehnt und schien soeben die mit Rasenplaggen ausgelegten Stufen zu begutachten.

Melrose konnte sich nicht an seinen Namen erinnern. Vielleicht hatte er ihn auch nie gesagt bekommen. »Na«, sagte er leutselig, »was halten Sie von den Stufen?«

Der Alte drehte sich um und guckte grimmig. »Beschissen, wenn Sie mich fragen. Sieht doch aus wie Hundekotze, das Zeug. Da hätte ich Mr. Scott schon für gescheiter gehalten. Alles im Eimer, würd ich mal sagen.«

»Gescheit ist er doch, gescheit –« Melrose' Blick fiel auf die Knaben mit den Eimern, gegen die die Leiter gelehnt stand. »Könnte ich mal kurz diese Leiter benutzen?« Er wartete die Antwort gar nicht erst ab. Während er den Fuß auf die unterste Sprosse setzte, fiel ihm ein, dass man zwar etwas brauchte, worauf man sich stellen konnte, um einen Gegenstand irgendwo herauszuholen, nicht aber, um ihn hineinzuwerfen. Er brauchte nur vier Sprossen zu erklimmen, um einen Blick in den oberen Eimer werfen zu können. Das lag sie, die Waffe. Er kannte sich mit Schusswaffen zwar nicht aus, vermutete jedoch, dass es sich um die gesuchte Tatwaffe handelte. Sein Taschentuch über die Hand gebreitet, griff er in den Eimer und zog sie heraus. Dann rannte er an dem verdatterten Gärtner vorbei ins Haus, um Jury anzurufen.

»In Newcastle, im Tyne-und-Wear-Distrikt oben.«

»Wann kommt er zurück?«

»Müsste eigentlich heute Abend zurücksein. Ich könnte ihn gleich verständigen –«

Es hatte vermutlich mit dem Tod seiner Cousine zu tun. »Nein, es kann warten. Danke.«

Melrose ging das Treppchen vor dem weißen Polizeiwohnwagen hoch. An einem der Schreibtische saß ein Uniformierter, in die Lektüre eines Handbuchs über Golf vertieft. Wann fand der denn

Zeit zum Spielen? Ein anderer saß weiter hinten und telefonierte mit seinem Handy.

»Wo ist Commander Macalvie?«

Der Uniformierte drehte sich um und fragte: »Ian, wo ist der Chef?«

Ian zuckte die Schultern. »Ich glaub, in Launceston.«

»Dann werden Sie ihm vielleicht davon erzählen wollen.« Melrose nahm die in sein Taschentuch gewickelte Schusswaffe aus der Hosentasche und legte sie auf den Schreibtisch.

»Verdammte Scheiße«, sagte der Uniformierte.

Ian fuhr hoch. »Ist das die Knarre, mit der die Banks umgebracht wurde?«

»Hm, es ist jedenfalls *eine* Knarre. Ich kenne mich mit Ballistik aber nicht aus. Ich *nehme an,* sie ist es, allerdings …«

Behutsam drehte der Uniformierte sie herum. »Eine .22er«, wandte er sich nach hinten zu dem anderen namens Ian. »Wo haben Sie das Scheißding denn gefunden?«

Melrose machte eine Kopfbewegung in Richtung Garten. »Da draußen. In einem Eimer.«

WEISSE KREUZE

44

Wenn er gleich in der Frühe losfuhr, konnte er noch am selben Tag wieder zurück sein, vielleicht sogar mit dem gleichen Zug, den er vor ein paar Tagen genommen hatte.

»Es geht um Dickie«, hatte Brendan am Vorabend gesagt. Dickie war sein sechzehnjähriger Sohn, der soweit Jury wusste, bisher noch nie in Schwierigkeiten gewesen, auf jeden Fall noch nie von der Polizei aufgegriffen worden war. Oder doch, und Jury hatte es nur nicht erfahren? »Auf dem Revier in Washington Wallsend halten sie ihn fest. Sein Chef behauptet, er hätte geklaut. Das ist der Vorarbeiter in der Tortenfabrik. Okay, der Junge hat ein paar Torten mitgehen lassen, für den Geburtstag von einem Freund, sagte er, aber meine Güte, ist das denn ein Grund, gleich die Bullen einzuschalten?«

Jury erinnerte sich, einmal an der Tortenfabrik vorbeigefahren zu sein. Sah sauber aus, hochmodern, eine Menge Arbeitsplätze für die Ortsansässigen. Brendan hatte ihm einmal erzählt, die Angestellten lebten in ständiger Angst, dass der auswärtige Besitzer, ein fieser, launischer Mensch mit einem Alkoholproblem, die Fabrik womöglich dichtmachte, doch die hielt sich offenbar über Wasser. Er sagte Brendan also zu, am nächsten Tag nach Newcastle zu kommen. Um elf wäre er dort. Ob Brendan ihn am Hauptbahnhof abholen könne?

»Na, klar. Danke – das ist wirklich toll von dir, Richard. Ich weiß doch, wie viel du zu tun hast.«

»Nicht so viel, als dass ich dir nicht helfen könnte, Brendan.«

Das war wahrscheinlich die Haltung, die er schon die ganze Zeit hätte einnehmen sollen.

Mit dem Acht-Uhr-Dreißig-Zug traf er um elf Uhr sechsunddreißig in Newcastle ein, wo Brendans Wagen vor dem Bahnhof schon auf ihn wartete. Jury stieg ein, und Brendan fing sofort an zu reden.

»Sollen wir gleich direkt zum Polizeirevier fahren?«

Jury überlegte einen Augenblick und sagte dann: »Nein. Wir schauen uns erst mal die Tortenfabrik an. Vielleicht kann ich kurz mit diesem Frank sprechen – wie hieß er noch gleich?«

»Frank Vinson. Ich weiß nicht, ob er Vorarbeiter oder Geschäftsführer ist oder was, aber jedenfalls leitet der den ganzen Laden. Der Besitzer dagegen ist ein echter Scheißkerl. Alkoholiker, nimmt auch Drogen. Ich hab ihn dort drüben mal in einem Pub getroffen. Zum Glück wohnt er in London. Dickie sagt, es ist allgemein bekannt, dass der mit Drogen zu tun hat und so.«

»Du hast mir schon mal von ihm erzählt. Weißt du, wie er heißt?«

»Finnegan.« Brendan steuerte den Wagen um eine Kurve auf die Brücke. Er warf Jury einen kurzen Blick zu. »Verdammt, müssen es immer alles Iren sein?«

Jury lachte.

Die Fabrik lag zwischen Washington, dem Dorf, und Old Washington. Jury erinnerte sich, sie schon einmal gesehen zu haben, damals an jenem Tag, als er Helen Minton begegnet war. Er war auf dem Weg nach Newcastle daran vorbeigefahren. Es war ein lang gestrecktes, niedriges, ziemlich gut erhaltenes Gebäude, in dem Backwaren für Delikatessenläden wie Waitrose hergestellt wurden. Wie es hieß, behandelte man die Mitarbeiter gut.

Dieser Fall, befürchtete Jury, war allerdings kein gutes Beispiel dafür. »Bleib du im Auto, Brendan. Von dir würde sich Frank im Moment sicher bedroht fühlen.«

Brendan nickte.

Eine der Arbeiterinnen, eine fröhlich wirkende Frau mit Plastikhaube, die gerade Rauchpause machte, führte Jury zu Frank Vinsons Büro.

Frank Vinson, ein ziemlich großer, kräftiger Mann, wirkte eigentlich recht freundlich, hatte aber einen messerscharfen Blick, von dem sich ein armes Bürschchen wie Dickie bestimmt nicht gern fixieren lassen wollte. Frank legte einen entschiedenen Mangel an Begeisterung für Bullen an den Tag, was angesichts seiner Verbindung mit Schurken vom Schlage Finnegans kaum überraschte. Jury hätte gewettet, dass Vinson seit frühester Jugend immer mal wieder in der Besserungsanstalt gelandet war. Er stammte aus London und konnte diesem Teil des Landes vermutlich nicht allzu viel abgewinnen. Für einen lebhaften Londoner war der Tyne-und-Wear-Distrikt wahrscheinlich das reinste Sibirien.

Jury verschwieg ihm, dass er nicht dienstlich hier war, und ließ Vinson in dem Glauben, Scotland Yard interessiere sich aus einem unerfindlichen Grund für Dickie Malloy. Aber wieso um alles in der Welt?

Jury blieb ihm die Erklärung schuldig. »Werden Sie denn von irgendjemandem unter Druck gesetzt, Mr. Vinson?«, fragte er stattdessen.

Frank Vinsons messerscharfer Blick fuhr zu Jury herum und fixierte ihn kurz. »Weiß nich, was Sie meinen.« Mit einer Heftigkeit, die eher zur Feuerwehr passen würde, die die in Flammen stehende Fabrik zu löschen versuchte, zündete er sich am Stummel der einen Zigarette eine neue an.

»Von irgendjemandem schon, glaube ich«, sagte Jury. »Vielleicht von Finnegan? Gab's irgendwelche Einbußen, Fehlposten? Irgendetwas in der Richtung?«

Frank zog eine Schreibtischschublade auf und nahm eine Flasche hochwertigen Mutmacher heraus. Rémy Martin. Dann förderte er ein Stumpenglas zutage, schenkte ein und kippte es hinunter. »Also, wenn's Ärger mit den Büchern gibt, da bin ich nich dran schuld.« Er beugte sich fast vertraulich zu Jury hin und wiederholte es eindringlich. »Da bin ich nich dran schuld.«

Als wollte er die Lage taxieren, blickte Jury sich im Büro um, nickte unmerklich, schüttelte den Kopf und nickte wieder. Dann meinte er: »Also, sagen wir mal so, Frank: dass Dickie Malloy dran schuld ist, glaube ich eigentlich auch nicht. Ehrlich gesagt habe ich den Eindruck, dass hier alles Mögliche vor sich geht, Sie nicht? Meiner Meinung nach ist keiner von Ihnen beiden dran schuld. Es wäre viel einfacher für alle Beteiligten, Sie ziehen die Anzeige gegen den Jungen einfach zurück. Dann besteht auch kein Grund, die Sache weiter zu verfolgen. Sie verstehen, Frank?« Jury lächelte.

»Hmm, ja… also.« Noch eine Zigarette, noch einen Schuss Rémy, dann willigte Frank ein.

Jury stieg ein. »Keine Sorge, Brendan. Der hat kapiert, was es geschlagen hat.«

»Was? Was hat er denn gesagt?«

»Er zieht die Anzeige zurück. Und jetzt fahren wir zum Revier. Dort kenne ich einen Detective Sergeant, oder *kannte* ich früher mal.«

Brendan strahlte übers ganze Gesicht, als er den Wagen anließ. »Mann, jetzt sag schon, was du zu dem gesagt hast!«

»Nichts.«

Was im Grunde genommen ja eigentlich stimmte.

Auf dem Polizeirevier Washington Wallsend erkundigte sich Jury, ob Sergeant Roy Cullen noch dort arbeitete, was man bejahte, nur dass der jetzt Detective Inspector Cullen hieß. Dann wurde Jury in den hinteren Teil des Büros verwiesen, wo Cullen saß und telefonierte. Er beendete das Gespräch, als Jury sich auf den Stuhl neben seinem Schreibtisch fallen ließ.

»Schön, Sie wiederzusehen, Inspector. Die Beförderung haben Sie sich verdient.«

»Ach was, Mann, das ist jetzt fast zehn Jahre her. Wenn ich nicht befördert worden wäre, hätte ich hier nichts wie schleunigst die Fliege gemacht.«

Jury lachte. »Stimmt, aber das ist normalerweise kein Grund für eine Beförderung.«

Cullen kaute so gemächlich und bedächtig auf seinem Kaugummi herum wie damals, als er noch Detective Sergeant Cullen gewesen war und es sich entschieden verbeten hatte, dass Scotland Yard die Nase in die Angelegenheiten der Polizei von Northumbria steckte. Jetzt war ihm die Geschichte mit den gestohlenen Torten jedoch kaum ein Kopfnicken wert – immerhin, er war schließlich Detective Inspector. Er nickte zum Telefon hinüber. »Ich hatte gerade Frankie Vinson am Apparat, der mir mitteilte, er würde die Anzeige gegen Richard Malloy vollständig zurückziehen. Ist ja nett.« Und in einem recht unnetten Ton an Jury gewandt meinte er: »Haben Sie sich ein bisschen mit ihm unterhalten?«

»Nicht der Rede wert. Ach, jetzt hören Sie aber auf, Roy. Jemand, wahrscheinlich Finnegan, setzt Frank gewaltig unter Druck, also setzt der eben den armen Jungen unter Druck. Was ist, können wir den Knaben jetzt mit nach Hause nehmen?«

Cullen zuckte gleichgültig die Achseln. »Von mir aus.«

Dickie Malloy, ein dünner, schlaksiger Junge mit traurigen Augen, schlotterte erst vor Angst, bis er merkte, dass Jury den Wachtmeister begleitete, der ihm die Zelle aufschloss.

»Onkel Richard! Wo kommst du denn her? Was ist los?«

»Dein Dad wartet, Dickie. Los, gehen wir.«

Im Auto drehte Jury sich nach hinten zu Dickie um und musterte ihn streng. Dickie schäumte vor Erleichterung förmlich über. »Also, Dickie, hörst du – keine Tortenpartys mehr, okay?«

Dickie nickte erleichtert.

Lachend ließ Brendan den Wagen über eine Rüttelschwelle rumpeln. »Dass die Polizei schnell handelt, hab ich noch nie erlebt, aber das ging ja wirklich ruck, zuck.«

»Oh, wir können in der Tat ganz schön schnell sein«, sagte Jury. »Und jetzt fahr mich zum Hauptbahnhof zurück, ja?«

Im Büfettwagen erstand er eine Tasse Tee, die genauso schlecht schmeckte wie die Tasse Kaffee, die er zuvor im Bahnhof weggeschüttet hatte. Als er wieder auf seinem Platz saß, fiel sein Blick auf eine Frau und ihren Jungen auf der anderen Seite des Durchgangs. Die Mutter (Jury nahm jedenfalls an, dass sie es war) war mit heftigem Kaugummikauen und, dem lüsternen Umschlag nach, der Lektüre eines Liebesromans beschäftigt. Hochkonzentriert schob sie mit der Zunge den Kaugummi wie ein Band vor und rollte ihn wieder zurück.

Der Junge in ihrer Begleitung hätte genauso gut auf dem Mond sein können, so viel Beachtung schenkte sie ihm. Er hatte ein kleines Blechauto dabei, das er auf dem Sitz hin und her rollte und dabei leise Blubbergeräusche ausstieß, die – dachte sich Jury – wohl den langsam in Fahrt kommenden Motor nachahmen sollten.

Jury lehnte den Kopf zurück. Gleich darauf spürte er, wie ihn ein Augenpaar anstarrte: Es war der Junge gegenüber, der sich bemühte, seine Aufmerksamkeit zu erregen. Ebenso sehr bemühte sich Jury, sich nicht vereinnahmen zu lassen. Er wollte momentan mit einem fremden Kind nichts zu tun haben, gar nichts. Doch der Blick rang Jury buchstäblich nieder. Er sah hinüber.

Der Junge lächelte. Er war etwa sieben oder acht Jahre alt, mit Stoppelfrisur in der gleichen braunen Farbe wie seine Mutter, aber absolut einzigartigen blauen Augen. Es waren die blausten Augen, die Jury je gesehen hatte, Augen, durch die sich einem der Junge unvergesslich einprägte, selbst wenn alles andere an ihm in Vergessenheit geriet. Er hielt sein kleines Auto fest. Jurys Blick interpretierte er als Einladung und kam über den Gang herüber.

»Ich hab ein Auto«, sagte er und hielt es zur Begutachtung hoch.

»Das sehe ich. Welche Marke ist es denn?«

»Ein Jaguar. Glaub ich.« Er betrachtete das Auto skeptisch, als würde es der Investition nicht gerecht.

Jury nahm es in die Hand und begutachtete es, als überlegte er auch, um welche Marke es sich handelte. »Es könnte auch ein Porsche sein.«

Der Junge hatte die Ellbogen auf die Armlehne von Jurys Sitz gestützt und hielt das Kinn in die Hände geschmiegt. »Was für ein Auto haben Sie denn?«

»Gar keins.«

Das brachte den Jungen offenbar völlig durcheinander. Ein erwachsener Mensch, der kein Auto besaß? »Aber Sie müssen doch eins haben. Wie kommen Sie denn dann ins Pub?«

»Man kann doch zu Fuß gehen, oder?«

Eine absolut lächerliche Vorstellung! Der Junge verzog das Gesicht.

Jury fragte: »Was für ein Auto fährst du denn, wenn du ein Pub besuchst?«

»Ich?« Er schlug die Hände vor die Brust. »Ich hab kein Auto und geh auch nicht in Pubs. Ich bin noch nicht alt genug.« Doch es schien ihn zu freuen, zur autofahrenden und trinkenden Bevölkerung gezählt zu werden.

»Wirklich? Wie alt bist du denn?«

Der Junge hielt die Hand in die Höhe und spreizte alle fünf Finger, machte sie dann zur Faust und hob drei Finger.

»Fünf? Das ist aber nett«, sagte Jury.

Der Junge war stinksauer über diesen Irrtum und den Dummkopf, der nicht zählen konnte. »Acht! Schauen Sie doch.« Nun gingen fünf Finger an der einen Hand in die Höhe und drei an der, die das Auto hielt.

»Ah! Ich habe mich geirrt. Entschuldige.«

Sofort wurde ihm vergeben, und der Junge nahm seine vorherige Haltung wieder ein, indem er die Hände auf die Armlehne drückte, um das Gleichgewicht zu halten. »Ich fahre nach London.«

»Nach London? Dann bist du aber im falschen Zug, mein Freund. Der hier geht nach Swansea.«

Mit offenem Mundwerk blieb der Junge stocksteif stehen, entsetzt und fassungslos. »Stimmt gar nicht! Der fährt nach London. Aber Sie, *Sie* sind im falschen Zug!«

Es war interessant, dass der Junge sich zur Bestätigung des Fahrtziels nicht an seine Mutter wandte. Jury sah zu ihr hinüber. Sie kaute immer noch Kaugummi, drehte eine Haarlocke und las ihr Buch. Wie eine in Stein gemeißelte Figur auf einem Fries. Selbst ihre sich ständig wiederholenden Bewegungen schienen wie erstarrt. Hatte der Junge es schon aufgegeben, sich an seine Mutter zu wenden, wenn ihm etwas unklar war?

»Das ist meine Mum. Die hat nichts dagegen.«

Hat nichts wogegen? Dass sie durch die Nacht sausten, und zwar nicht in Richtung London, sondern nach Swansea?

»Wollen wir wetten?«, sagte Jury, während er nach Kleingeld kramte und eine Pfundmünze aus der Tasche holte. »Wetten, der fährt nach Swansea.«

»Okay, aber...« Der Junge hatte kein Pfund, das er setzen könnte. Mit einem Blick auf seinen Spielzeug-Jaguar oder -Porsche sagte er: »Ich wette damit.« Als Jury sich einverstanden erklärte, fügte der Junge hinzu: »Und wenn Sie im falschen Zug sitzen, fahren Sie dann jetzt einfach weiter?«

Interessante Frage! »Bleibt mir ja nichts anderes übrig, oder? Das hier ist jedenfalls der Swansea Express.«

Der Junge war Feuer und Flamme. »Express« – das war etwas, woran er sich so richtig schön festbeißen konnte. Er klang nun fast streitlustig. »Wieso schicken die einen Expresszug nach Swansea? Die Stadt ist doch gar nicht groß genug.«

»Woher weißt du das? Ich wette, du warst noch gar nie dort.«

Das brachte den Jungen vorerst zum Schweigen. Ihm fiel keine Antwort ein. Doch er würde sich nicht unterkriegen lassen. Schließlich hatte er sich klar für London entschieden.

»Wieso bist du dir eigentlich so sicher, dass ich mich irre und du Recht hast?«, wollte Jury wissen. »Hast du etwa die Fahrkarte gekauft?«

»Ich? Ach, i wo. Die hat Mum gekauft. Ich hab gehört, wie sie London sagte.«

»Na ja, dann ist es vielleicht die richtige Fahrkarte, aber doch der falsche Zug.« Der Junge musterte ihn argwöhnisch. Erneut fand Jury es interessant, dass er seine Mutter nicht um Hilfe bat. Es konnte sein, dass er sie nicht bekam, oder er bekam sie, aber in verdrießlichem Ton. Es konnte jedoch auch sein, dass es dem Jungen heimlich Spaß brachte, nicht hundertprozentig zu wissen, wohin der Zug fuhr. Seine kleine gerunzelte Stirn und die tiefblauen Augen lehnten sich gegen diese Ungewissheit auf, aber nicht so, dass er sich an jemanden gewandt und gefragt hätte (den lesenden Mann vielleicht? Die ältere Dame mit dem Strickzeug?), um sich ein für allemal Klarheit zu verschaffen. Ihm gefiel einfach die erfundene Geschichte, es gefiel ihm, dabei mitmachen zu dürfen. Kinder mochten diesen leichten Nervenkitzel: auf einem Jahrmarkt in einem kleinen Boot zu sitzen, das sich durch einen Tunnel der Schrecken schlängelt – und wo einem Skelette entgegenspringen und verwunschene Gestalten mit hell erleuchteten Köpfen auftauchen – ja, ein Kind würde bereitwillig seine fünfzig

Pence oder sein Pfund berappen, um sich wohlig schöne Angstschauer einjagen zu lassen.

Am Gesichtsausdruck des Jungen konnte Jury jedoch erkennen, dass der sich der Sache mit London immer unsicherer wurde. Er ging auf die andere Seite des Gangs, um sich den Kontrollabschnitt von der Fahrkarte zu holen, den der Schaffner über dem Sitzplatz angebracht hatte. (Die Mutter beachtete ihn immer noch nicht.) Er betrachtete ihn und steckte ihn stirnrunzelnd wieder hin. Denn er wusste (wie Jury ja gesagt hatte), dass sich mit der Fahrkarte nichts beweisen ließ.

Am anderen Ende des Gangs hatte der Imbissverkäufer gerade sein Wägelchen ins Abteil gerollt. Das war die Gelegenheit! Der bleiche Jüngling würde bestimmt wissen, wohin dieser zwielichtige Zug sie brachte! Der Junge beobachtete ihn, und sein Gesicht wurde so bleich wie das des Verkäufers.

Jury sagte: »Du musst den Gang freimachen, damit er durchkommt. Du kannst dich ja da hinsetzen.« Er deutete auf den Sitzplatz ihm gegenüber.

Die Einladung wurde angenommen. Der Junge wandte sich immer wieder um und betrachtete das Teewägelchen, das recht schnell vorankam, weil nicht viele Fahrgäste im Abteil saßen. »Willst du einen Tee oder Kekse oder sonst irgendwas?«, fragte Jury.

Der Junge verneinte kopfschüttelnd und biss sich immer noch verlegen auf die Lippe. Als das Teewägelchen fast auf ihrer Höhe war, stand er rasch auf und trat, dem Schicksal den Rücken zuwendend, ans Fenster.

Der Verkäufer blieb stehen. Freundlich und höflich listete er die Angebote auf, und Jury sagte: »Ich nehme ein KitKat. Nein, geben Sie mir zwei KitKats. Danke.« Er bezahlte, und das Wägelchen fuhr weiter. Der Junge verharrte noch eine Weile am Fenster, wo außer der Dunkelheit nichts zu sehen war. Es sei Vollmond, verkündete er dann und setzte sich wieder auf seinen Platz.

Er bedankte sich bei Jury für den Schokoriegel und wartete ab, was Jury mit seinem anstellen würde. Jury riss das Papierchen ein Stück auf, und der Junge tat es ihm nach. Beide nahmen einen Bissen. Jury verlor kein Wort über den Imbissverkäufer, doch der Junge lehnte sich über den Sitz und verdrehte den Hals, um dem Teewägelchen nachzusehen, bis es verschwunden war.

»Ich hätte ihn fragen sollen!« Zu spät. »Der hätte es gewusst.«

Jury lächelte. Denn mittlerweile hatte Swansea sich im Kopf des Jungen festgesetzt.

»Was gibt's dort? In Swansea?«, wollte der Junge wissen.

»Na, normalerweise einen Jahrmarkt. Du weißt schon, mit Karussell, Riesenrad und solchen Sachen.«

»Gibt's da auch Boxautos? Die mag ich am liebsten.«

»O ja. Zwei verschiedene Arten von Boxautos.«

Seine Augen weiteten sich staunend. »Wow! Gehen Sie da hin?« In enttäuschtem Tonfall fügte er hinzu: »Aber dafür sind Sie wahrscheinlich zu alt.«

»Für Boxautos ist man nie zu alt.«

Der Junge nickte. »Ich auch nicht, nicht mal, wenn ich zwanzig bin. Oder dreißig.« Er riss die Augen auf, voller Staunen über diese scheinbar unfassbare Anzahl von Jahren. »Es ist auch nicht so groß wie London. Wenn man sich in London verirren würde, würden sie einen wahrscheinlich nie mehr finden.«

»Oh, ich würde dich schon finden.«

Der Junge schien es zu bezweifeln. »Ich glaub, da bleibt man verschwunden. Aber in Swansea wahrscheinlich nicht.«

»Nein. Dort bestimmt nicht.« Jury schaute auf den Durchgang, wo nun die Gestalt mit der höchsten Autorität von allen auftauchte, derjenige, der den unanfechtbaren Beweis für den Zielort dieses Zuges besaß. Jury befürchtete schon, der Schaffner könnte lauthals die Nachricht verkünden, der nächste Halt wäre London. »Da kommt gerade der Schaffner.«

Der Junge sah sich blitzschnell um, rutschte dann vom Sitz und trat wieder ans Fenster, um in die Dunkelheit hinauszuschauen. Er redete vom Mond. »Den sollten Sie mal sehen! Der ist riesig.«

Das Wichtigste war, sich nicht geschlagen zu geben. Dass er gewinnen würde, war so unwahrscheinlich, dass der Junge es gar nicht in Erwägung zog. Jury war schließlich ein Erwachsener und wusste über solche Dinge besser Bescheid. Jurys Alter verlieh ihm Macht, vielleicht sogar so viel, dass er den Verlauf der Schienen umlenken konnte.

Im Grunde waren sie wie Zauberer. Wichtig war, dass das Kaninchen aus dem Zylinder hüpfte, nicht die Frage, wie es überhaupt dort hineingelangt war. Kinder konnten so etwas besser als Erwachsene: die Bälle in der Luft halten, den Körper in der Schwebe, den Tiger in Schach. Noch durfte die Wahrheit nicht aufgedeckt werden. Der Zug konnte immer noch nach Swansea unterwegs sein.

Als er seine Fahrt verlangsamte, zogen die Gebäude langsam und deutlich vor dem Fenster vorbei, die Stadthäuser aus unerschütterlichem Backstein und Beton. Es ließ sich nicht länger leugnen, dass sie in London waren. Die Fahrgäste rissen sich von ihren Zeitungen und Zeitschriften los. Die Mutter des Jungen blickte mit verstörtem Stirnrunzeln umher, als wäre ihr Kind hauptsächlich deswegen aus ihrem Blickfeld verschwunden, um ihr das Leben schwer zu machen.

Der Schaffner rief die Endstation aus, während sie in King's Cross einfuhren. Der Junge schaute über die Armstütze seines Platzes nach hinten zum Schaffner und wandte sich dann wieder her, sein rotes Auto fest in der Hand.

Bestimmt fragte er sich, dachte Jury, was noch von der Spannung des Spiels zu retten war. Gut, er hatte ein Pfund gewonnen, aber die Belohnung dafür, dass er Recht behalten hatte, war ihm längst nicht mehr wichtig. Es war London, daran gab es nichts zu deuteln, und seine Mutter nahm seine Gegenwart mit dem genervten Ausruf zur Kenntnis: »Joey! Na komm schon, mein Schatz.« Griesgrämig bemühte sie sich, ihre Siebensachen einzusammeln.

»Okay«, meinte Joey niedergeschlagen, und der Blick, den er Jury dabei zuwarf, ließ sich nicht anders als flehentlich beschreiben. Das Spiel war vorbei. Sie hätten es weitertreiben können, wenn der Zug nicht hier eingefahren wäre. Er jedenfalls hätte ewig weiterspielen können, solange ein Spiel eben gehen konnte.

Er blieb im Durchgang stehen, während seine Mutter ihre Habseligkeiten sortierte und einiges davon in eine Reisetasche stopfte. An Jury gerichtet, sagte er ziemlich bekümmert: »Ich glaub, ich hab gewonnen.« Ein wahrer Pyrrhussieg!

Weil es gar nicht ums Gewinnen ging, behielt Jury die Pfundnote wohlweislich bei sich. »Weißt du was«, sagte er, »ich bin mir gar nicht so sicher, dass du gewonnen hast.« Er zog seinen Dienstausweis hervor, dazu eins von seinen Visitenkärtchen, das er dem Jungen überreichte. »Ich heiße Richard Jury und bin Polizist, Joey.«

Während Joey ihn ungläubig anstarrte, sagte seine Mutter: »Na, jetzt komm schon. Wir können ja nicht den ganzen Tag hier im Gang rumstehen.« Sie ging in den vorderen Teil des Wagens und ließ Joey wie einen vergessenen Koffer stehen.

Jury erhob sich nun ebenfalls. »Also, pass auf. Die Polizei muss manchmal Züge umleiten, die ursprünglich woanders hinfahren sollten.«

Joeys Augen und Mund waren so rund wie der Mond. Unsicher fragte er: »Sie meinen, zum Beispiel nach Swansea? Unser Zug sollte eigentlich nach Swansea?«

Jury nickte. »Schon möglich. Behalte du also dein Auto, und ich behalte mein Geld, und dann werden wir sehen, wie dieses Spiel ausgeht.« Er zog sein kleines Notizbuch hervor und zückte den Kugelschreiber. »Wie heißt du mit Nachnamen?«

»Holden«, stieß Joey hastig hervor.

Jury lächelte und musste an Cody Platt denken. Holden Caulfield – der Fänger im Roggen. Er schrieb den Namen auf und sagte: »Wenn ich den wahren Endbahnhof dieses Zuges herauskriege, melde ich mich. Das klären wir schon noch, keine Sorge.« Während sie zusammen den Gang entlanggingen, legte Jury die Hand auf Joeys Schulter. »Mach dir keine Sorgen, das Spiel geht weiter.«

Da fiel Joey aber ein Stein vom Herzen! Ein breites Lächeln erhellte seine traurige Miene, als sie zusammen ausstiegen. Dann zerrte Joeys Mum ihn ungeduldig mit sich fort, und Joey zupfte sie alle paar Schritte an der Hand, um sich nach Jury umzudrehen und zu winken.

Da erinnerte sich Jury wieder, wie die Frau auf dem Empfang nach der Beerdigung gesagt hatte: »Sie war bloß Ihre Cousine. Hätte schlimmer sein können.«

Schlimmer? Nein, etwas Schlimmeres gibt es nicht, außer vielleicht auf dem Mond. Und bevor der nächtliche Himmel vom Bahnhof King's Cross verdeckt wurde, hob Jury den Blick und dachte an die Zugkraft des Mondes, an das Zurückweichen der Fluten, an den Ort, an dem das Schlimmste eintreffen konnte.

Weit vorn war der Junge nur noch als Strichmännchen zu sehen. Dann blieb das Männchen stehen, winkte mit der kleinen Hand. Jury winkte zurück.

Und dann wusste er es plötzlich.

45

»Das ist unmöglich«, sagte Macalvie, nachdem er eine Weile geschwiegen hatte.

»Glaube ich nicht.« Jury hatte Macalvie gleich angerufen, als er wieder in Islington war.

»Aber Declan Scott hätte es doch sicher –?«

»Nein, nicht unbedingt. Denken Sie an Lena Banks. Scott hatte keine Ahnung, wer sie war.«

»Stimmt. Aber er hatte sie auch seit über einem Jahr nicht mehr gesehen.«

Am anderen Ende der Leitung wandte sich Macalvie vom Telefon ab, um jemandem Anweisungen zu geben. Dann war er wieder dran und sagte: »Das könnten die doch unmöglich durchhalten. Nicht über all die Zeit.«

»Ich glaube schon.«

Wieder verfiel Macalvie in Schweigen. Das war während dieses Telefongesprächs jetzt schon das dritte Mal. Für Macalvie bestimmt ein Rekord.

»Ich bin morgen früh wieder in Cornwall«, sagte Jury. »Und bringe Cody mit.« Jury lächelte.

»Was haben Sie vor?«

»Lassen Sie das mal meine Sorge sein.«

»Und was ist mit Cody?«

»Lassen Sie das mal unsere Sorge sein. Meine, schließlich habe ich ihn da mit hineingezogen.«

»Als ich mit ihm gesprochen habe, hörte er sich aber gar

nicht so an, als wäre er mit ›hineingezogen‹ worden. Der redete eigentlich daher, als wäre es seine absolute Sternstunde gewesen.«

»War es vielleicht auch.«

46

Pete Apted saß in seinem großzügig in Rosenholz, Mahagoni und Leder ausgestatteten Büro und verzehrte gerade einen Apfel. In Hemdsärmeln, die Füße auf dem Schreibtisch und ohne Schlips sah er eher aus wie der Promoter einer Rockgruppe als wie ein richtiger Anwalt. Sich zum Ritter schlagen zu lassen, hatte Pete Apted abgelehnt, denn das (behauptete er) hätte ihn nur unnahbar erscheinen lassen.

»Sie *sind* aber doch unnahbar«, hatte Jury einmal zu ihm gesagt, »außer für ein paar von uns tapferen Seelen und die Anwälte, die Ihnen die Fälle vermitteln.« Pete Apted hatte er dank der Großzügigkeit von Jenny Kennington kennen gelernt (dieses Kapitel würde jedoch geschlossen bleiben, was ihn sehr schmerzte), die Apted damals zu Jurys Verteidigung in einer absurden Mordklage engagiert hatte. Und Apted wiederum hatte Lady Kennington in einer Klage verteidigt, die mitnichten absurd war.

Pete Apted schleuderte den Apfelbutzen in Richtung eines Papierkorbs, der zu ebendiesem Zweck strategisch platziert war. Als der Butzen darin landete, stieß Apted siegesfreudig die Arme in die Luft. »Ich stelle ihn nämlich immer ein Stückchen weiter weg.« In einer Anwandlung von Anstandsgefühl nahm er die Füße vom Schreibtisch. »Superintendent, Sie tauchen aber auch immer völlig unerwartet auf. Um wen geht es denn diesmal? Um Sie? Die Dame? Keinen von beiden?«

»Ganz recht.« Jury lächelte. »Wenngleich ich gewissermaßen in die Sache involviert bin, aber nicht in der Rolle des Kriminellen.

Es handelt sich um ein Mädchen namens Samantha Burns. Sie hat eine Fünfjährige erschossen.«

Pete Apted war zwar durch nichts zu schockieren, einiges konnte bei ihm aber doch einen recht bekümmerten Gesichtsausdruck hervorrufen. »Wenn Kinder Kinder umbringen! Wird das hier allmählich zur allgemeinen Freizeitbeschäftigung?«

»Sie hat außerdem einen Zuhälter namens Eddie Noon erschossen. Und mir übrigens dadurch das Leben gerettet.«

»Gut für sie. Dann gilt ihr mein ganzes Mitgefühl.«

»Es gibt ein Haus in der Hester Street, das von einer gewissen Murchison geführt wird. Geführt *wurde*, sollte ich wohl besser sagen, denn sie sitzt inzwischen in Untersuchungshaft.« Er erzählte Apted die Geschichte.

Pete Apted sah ihn eine Zeitlang schweigend an und sagte dann: »Diese kleinen Mädchen, wo sind die jetzt?«

»Um die kümmert sich vorerst das Jugendamt.« Jury hoffte, man würde die Mädchen beisammen lassen, bis für jedes von ihnen eine dauerhafte Lösung gefunden worden war, was er allerdings für nicht sehr wahrscheinlich hielt.

»Wie lange war Samantha in diesem Haus?«

»Seit sie neun oder zehn war.«

»Dann gilt ihr mein noch größeres Mitgefühl. Und was ist mit Ihnen?«

»Ich bin dort ohne Durchsuchungsbefehl hinein.«

»Ah? Das war aber sehr schlau.«

Jury beugte sich zu Apted hin. Wie immer hatte er das Gefühl, sich ihm gegenüber rechtfertigen zu müssen. »Dieses Haus steht schon seit langem unter Beobachtung. Ein Detective Inspector namens Blakeley vom Pädophiliedezernat bemüht sich, genügend Beweismittel für eine Hausdurchsuchung zusammenzukriegen. Als das kleine Mädchen erschossen wurde, stand für ihn fest, dass es nur jemand aus diesem Haus gewesen sein konnte. Einmal gelang es Blakeley sogar, sich Zutritt zu verschaffen, an der Murchison kam er aber nicht vorbei. Der Laden wird sehr, sehr streng geführt.« Jury lehnte sich zurück. »Ich bin reingekommen.«

»Ohne Durchsuchungsbefehl. Von dem, was Sie dort herausgefunden haben, wird bei Gericht nichts, aber auch gar nichts zu verwenden sein. Das ist Ihnen ja wohl klar.«

»Natürlich. Wichtig war mir vor allem, die Kinder da herauszuholen.«

»Äußerst dringliche Umstände.«

»Die ›Umstände‹ herrschten dort aber schon sehr lange vor.«

»Das konnten Sie aber nicht wissen.« Apted nahm sich wieder einen Apfel aus der Tüte, stand auf und schob den Papierkorb noch ein Stückchen weiter weg.

47

Lulu, die Roy immer wieder einen Ball hinwarf, traf sich mit Jury zwischen dem Springbrunnen und den von Melrose schön mit Rasenplaggen belegten Treppenstufen. Roy sprang voraus. »Hallo«, rief sie. Sie deutete auf das Päckchen, das Jury in der Hand hielt. »Was ist das?«

»Mr. Plants Gartenwerkzeug. Die Black Diamond Baum- und Heckenschere.«

Als sie hörte, dass es sich um ein Werkzeug handelte, verlor sie schnell das Interesse. Sie ergriff Jurys Hand. »Ich habe gerade beim Gärtchenbepflanzen mitgeholfen.«

»Nein, hast du nicht, du und Roy, ihr habt doch Ball gespielt.«

Sie tat das Ballspielen als unerheblich ab. »Ach, das war bloß so zwischendurch. Kommen Sie.« Sie zog ihn an der Hand, und zusammen steuerten sie auf den kleinen Geheimgarten zu. »Sehen Sie mal!« Sie deutete auf ein tief violettblaues Stiefmütterchen. »Das habe ich als Erstes gesetzt, weil es am meisten Farbe hat. Und dann das und das und das.« Sie zeigte nacheinander auf die blasseren Töne, bis hin zu einem Lavendelton.

Die armen unschuldigen Stiefmütterchen, dachte Jury. Erbarmungslos waren sie herumgeschoben worden. »Ein sehr hübsches Arrangement, aber meinst du nicht, Mr. Plant sollte sich an seinen eigenen Entwurf halten dürfen – schließlich ist er der Experte?«

»Nein.« Lulu sah Jury mit einem Blick an, als hätte sie von ihm eigentlich mehr erwartet. »Bei ihm sind die Farben völlig gemischt. Hinlegen, Roy.«

Der Hund beachtete sie überhaupt nicht, sondern musterte die beiden unablässig mit heraushängender Zunge.

Jury setzte sich auf die Bank und verschränkte die Arme. »Sag mal, Lulu, konntest du Flora gut leiden?«

Mit gesenktem Kopf schob Lulu das Erdreich um die Stiefmütterchen mit der Schuhspitze umher. Sie nickte. »Das haben Sie mich schon mal gefragt.«

»Ich weiß. Aber vielleicht hast du es dir ja anders überlegt.«

Sie sah ihn verwundert an. »Nein, hab ich nicht. Sie war nett.«

»Zu Hause bei deiner Tante in Little Comfort hast du doch immer mit ihr gespielt, nicht?«

»Ihre Mum hat sie hergebracht.« Sie hörte auf, die Erde herumzuschieben, kam herüber und stützte sich auf die Armlehne der Bank auf. »Manchmal haben wir Karten gespielt.«

Jury blieb eine Weile reglos sitzen, die Arme über der Brust verschränkt. »Alles in allem und obwohl es am Anfang bestimmt schrecklich schwierig war, hat es doch bestimmt viel Spaß gemacht.«

Sie hörte auf, an der Banklehne herumzuschwingen und sah ihn verblüfft an. »Was hat Spaß gemacht?« Ihr Ton war neutral, nicht verwundert und nicht sehr überzeugend.

Jury breitete die Arme aus. »Das alles hier: du und Roy und deine Tante. Und Angel Gate. Der Garten, der Himmel.« Der war strahlend blau. Es war herrlich hier, mit dem Licht, das durch die Bäume strömte und sich über die Blumenbeete ergoss.

»Ach, ist mir doch egal«, sagte sie.

Hatte sie es in dem Moment begriffen und war bereit, wie Joey, die Sache bis zum bitteren Ende durchzustehen? Jury lächelte. Hatte sie kapiert oder nicht? Er fühlte sich an der Nase herumgeführt. Dabei musste er schmunzeln: dass er sich von einem siebenjährigen Mädchen Märchen auftischen ließ, dass er sich lahm legen, schräg angehen und beschwindeln ließ. »Hast *du* beim Kartenspiel denn normalerweise immer gewonnen?«

»Immer. Ich hab immer gewonnen.« Nun hatte sie die Armstütze der Bank gepackt und lehnte sich zurück.

»Weißt du, was du mal werden solltest?«

»Nö. Was denn?«

»Eine, die in Vegas beim Blackjack die Karten austeilt.«

»Ha, witzig. Was ist das?«

»Hm, sobald du herauskriegst, was es ist, musst du es unbedingt werden, denn du wärst bestimmt eine Wucht. Alle würden auf dich schauen. Las Vegas ist ein einziger großer Spielpalast. Du bist jetzt sieben. Bis du siebzehn bist, liegt dir die ganze Stadt zu Füßen.«

Sie blickte auf ihre Füße hinunter, als überlegte sie, ob sie dort gern eine ganze Stadt liegen haben wollte. Sie schürzte die Lippen. »Was für Spiele?«

»Solche, bei denen man schnell denken und eine undurchdringliche Miene aufsetzen muss. Solche, bei denen man absolut nichts rauslässt.« Er beugte sich näher. »Und wo man sich, wenn man schlau ist, seine Wetten sichert.«

Der Bank den Rücken zugekehrt, turnte Lulu herum und beugte sich mit dem Gesicht nach unten über die Lehne. »Ich weiß nicht, von was Sie reden. Was ist Lost Vegas?«

»Las Vegas ist eine Stadt, in der jeder ein Spieler ist. Du weißt schon, wo man Wetten setzt und viel Geld gewinnt. Oder verliert. Da kannst du mit einer Wette Tausende von Pfund gewinnen. Oder verlieren.«

»Kann man auch fünfzig Pence wetten?«

»Jede beliebige Summe. Aber du könntest ja vielleicht den Blackjacktisch betreiben. Du würdest vermutlich deinen Namen ändern wollen, denn Lulu klingt nicht besonders typisch nach Vegas. Du magst doch französische Namen. Deinen Hund hast du ›Roi‹ getauft. Du könntest dich doch Geneviève nennen oder Fleur.«

»Nein. Den fand ich immer scheußlich –« Sie fuhr plötzlich erschrocken zurück. Die Hände auf die Wangen gepresst, starrte sie ihn fassungslos an.

»Du fandest Fleur immer scheußlich? Wie denn das?«

»Jetzt haben Sie mich reingelegt!«

Jury sah zum Himmel. »Na, ich weiß nicht. In die Falle gelockt, vielleicht.«

»Komm, Roy! Wir gehen!«

Jury kam Roy zuvor. »Ach! Wo gehst du denn hin?«

»In die Küche. Zum Tee!«

»Darf ich euch Gesellschaft leisten?«

»Nein!« Sie marschierte davon.

Roy schaute Jury unschlüssig an, dann lief er ihr hinterher.

Und Jury folgte.

48

Wäre ihre Tante in der Küche gewesen, hätte die Kleine es ihr sicher erzählt – sie vorgewarnt –, doch Rebecca Owen war nirgends zu sehen. Declan Scott und Melrose jedoch standen beide am Spülbecken und tranken ihren Tee aus großen Henkelbechern.

»Mr. Jury«, sagte Declan Scott. »Ich hatte gerade Commander Macalvie am Apparat. Er sagte, er sei noch in Launceston und käme gleich herüber.«

Melrose hob grüßend seinen Becher, sagte jedoch nichts.

Lulu war damit beschäftigt, aus zwei verschiedenen Packungen Hundefutter in Roys kleine Näpfe zu schütten. Dazu gab sie ein wenig Rührei, das sie offenbar vom Frühstück noch aufgehoben hatte.

Melrose sagte: »So wie du den Hund fütterst, wird er noch dick und fett.«

»Der braucht viel zu fressen. Der hatte nämlich ein schreckliches Leben«, ertönte es aus der Speisekammer, wo sie die Packungen wieder aufräumte.

Declan sah Jury an und verdrehte die Augen. »Davon hatte ich ja keine Ahnung, Lulu.« Als sie wieder in der Tür erschien, sagte er: »Ich habe Roy immer für einen Glückspilz gehalten, jedenfalls als Hund. Sagtest du nicht, du hast ihn aus einem Wurf von königlichen Welpen bekommen?«

Sie ging in die Hocke und schob ihm den Napf mit dem Ei obendrauf direkt vor die Nase. »Ich hab gesagt, die Zigeuner haben Roy geklaut, bevor er den Palast von innen überhaupt gesehen hat.«

»Ach, entschuldige, dieses Detail hatte ich ganz vergessen.«

»Stimmt. Ihr habt wahrscheinlich« – nun schleuderten ihre Augen messerscharfe Blicke auf Declan und Melrose, und Jury wurde mit einem Extrastich bedacht – »alles vergessen. Roy musste also als Bettlerhund gehen und hoffen, dass sich jemand an seine königliche Herkunft erinnert.« Dies verkündete sie, die Hände resolut in die Seiten gestützt.

»Tut mir Leid, Lulu. Wirklich. Ich werde Roy in Zukunft mit mehr, äh, Respekt behandeln.«

Sie musterte den Hund mit zusammengekniffenen Augen. »Komm schon, Roy!«

Roy, der seinen Fall aus Gunst und Gnade rückblickend nicht so schlimm fand wie Lulu, mampfte seelenruhig weiter.

»Komm schon, Roy! Noch mal sag ich's nicht!«

Roy scherte sich nicht darum, was sie sagte. Er fraß bloß weiter.

»Ich geh jetzt!« Sie war eingeschnappt, machte kehrt und stapfte aus der Küche.

Declan schüttete den Rest von seinem Tee in den Ausguss und sagte: »Vielleicht sollte ich mich mal nach dem Ursprung dieses Problems erkundigen. So vereiteln wir womöglich eine Enthauptung.«

»Man kann nie wissen«, sagte Jury. Mit einem Blick auf die Kanne fragte er: »Ist noch Tee da?«

»Was war denn los? Sie waren mit Lulu ja gut zwanzig Minuten da draußen«, sagte Melrose, nachdem Declan gegangen war.

Als Jury es ihm sagte, machte Melrose erst ein erstauntes Gesicht, dann lachte er. »Aber natürlich, natürlich. Das erklärt so manches, zum Beispiel, wieso Rebecca Owen auf Lulus Bemerkungen oft so aufgeregt reagierte. Weil sie befürchtete, die Kleine würde die ganze Sache auffliegen lassen.«

»Da wäre ich auch nervös geworden. Die Kleine fordert es ja geradezu heraus.«

Melrose meinte: »Mum und Dad und der Autounfall, das war echt perfekt inszeniert – bis hin zu der Zeitung. Ich hätte mich erkundigen sollen, was eigentlich mit den nächsten Verwandten war.« Er schüttelte den Kopf.

»Übrigens, das mit der Waffe haben Sie gut gemacht. Wie kamen Sie auf die Gartenplastik?«

»Durch den Gärtner, diesen alten –«

»Mr. Abbot?«

»Ja, ja. Der quasselte irgendwas über die Rasenplaggen und gebrauchte unter anderem den Ausdruck ›alles im Eimer‹. Ich stand gerade so, dass ich die Bronzeplastik im Blickfeld hatte. Da ist dann wohl der Groschen gefallen.«

Jury nickte. »Die überprüfen das gerade in der Ballistik.«

»Und Lena Banks …«

»Ah, ja. ›Das arme unscheinbare Ding.‹ Das sagten Sie ein paar Mal.«

»Über Lulu.«

»Aber das ist es ja gerade! Es hätte ebenso gut auf Lena Banks zutreffen können. Sie sah ja so ganz anders als Georgina Fox aus! Wir mussten uns von Dennis Dench bestätigen lassen, dass es ein und dieselbe Frau war. Seltsam –« Jury verstummte, als Rebecca Owen die Küche betrat, bepackt mit zwei großen Tüten voller Lebensmittel.

»Ach, hallo«, sagte sie munter. »Ich komme gerade vom Einkaufen.«

Melrose nahm ihr die schwer mit Konservendosen, Obst und Gemüse beladenen Tüten ab. Nachdem er alles auf die Anrichte gestellt hatte, sagte er: »Ich gehe hinaus und schaue mir meine Plaggen noch ein letztes Mal an, dann geht's heute Nachmittag ab nach Northamptonshire.« Er trank den letzten Schluck Tee aus.

»Gut. Ich lasse mich gern mitnehmen«, meinte Jury.

Rebecca strich sich eine Haarlocke aus der Stirn und sagte: »Es tut mir so Leid, dass Sie uns verlassen, Mr. Plant.«

»Es war mir ein Vergnügen, Miss Owen.« Er wandte sich um und ging hinaus in den Garten.

Sie nahm die Kanne mit dem kalten Tee und fragte Jury: »Hatten Sie schon Tee? Oder soll ich frischen machen? Ich mache einfach welchen. Ich nehme auch gern eine Tasse.«

»Kann ich Ihnen mit den Einkäufen behilflich sein?« Jury trat an die Anrichte.

»Gern, wenn Sie mir die nur ins oberste Regal stellen könnten. Sie sind ja groß. Ich brauche dazu immer eine Trittleiter. Der Rest kann in den Schrank hier.«

Er verstaute die Dosen mit Rote Bete und Mais auf dem Regal und trug die große Tüte zu dem schmalen Schrank neben dem Kühlschrank hinüber. Während er alles behutsam einräumte, bemerkte er, ohne sie dabei anzusehen: »Miss Owen, Sie waren nicht ganz aufrichtig zu mir, stimmt's?« Er drehte sich um und lächelte sie an.

Sie starrte ihn verständnislos an, die Teedose in der Hand. »Wie bitte?«

»Wie haben Lena Banks oder Viktor Baumann herausgefunden, wer Lulu in Wirklichkeit war?«

»Ja, wie denn?« Die Stimme gehörte Macalvie, der in der Küchentür stand, hinter sich Platt und Wiggins.

Sie sah nacheinander Jury, dann Macalvie und schließlich Platt und Wiggins an. Die Ärmste schien weniger verstört als vielmehr verzweifelt, als hätte sie geahnt, dass dieser Tag kommen würde, könnte nun aber nicht glauben, dass er tatsächlich da war.

Macalvie fuhr fort: »Wir wissen nämlich, dass Sie Lena Banks erschossen haben.« Er zog die Waffe aus seiner Manteltasche und legte sie auf den langen Tisch. »Mary Scotts Waffe, stimmt's? Damit haben Sie Lena Banks getötet. Diese Chance haben Sie sich wahrlich nicht entgehen lassen. »

Jury hielt sie sanft am Ellbogen und führte sie zu einem Stuhl. »Setzen Sie sich doch hin.« Sie sank schwer auf den Sitz nieder, er nahm neben ihr Platz. Er sah aus, als stünde er ebenfalls unter Beschuss.

Macalvie wartete ab, und als von Rebecca nichts kam, fragte er: »Sie drohte damit, Flora mitzunehmen, nicht wahr?«

Rebecca Owen nickte, räusperte sich und sagte: »Es war Marys Idee. Damals in London, als sie sich bei Brown's mit Lena Banks traf. Es war eigentlich eine Art Erpressung – die Banks meinte, für eine beträchtliche Summe könnte sie Viktor Baumann möglicherweise davon abhalten, wegen Flora etwas zu unternehmen.«

»Was meinte sie mit ›etwas‹?«

»Das sagte sie nicht. Es war nur eine Andeutung. ›Etwas‹ – vermutlich das, was eigentlich hätte passieren sollen – eine Entführung. Merkwürdigerweise nahm die Polizei an, dass er genau das getan hatte. Mary hatte ja auch furchtbare Angst, weil sie doch diese Herzkrankheit hatte, und falls sie sterben sollte, würde Viktor Baumann nichts mehr davon abhalten, das Sorgerecht für Flora zu bekommen. Er war schließlich ihr Vater. Mary hätte gezahlt, wenn sie das Geld gehabt hätte. Die Frau wollte eine halbe Million Pfund, sagte sie. An dem Tag damals im Garten von Heligan sagte Mary also zu Flora, ich würde sie abholen kommen und nach Little Comfort mitnehmen und sie, Mary, käme an dem Abend dazu und würde ihr alles erklären. Sie solle bloß schön brav sein und mit mir gehen. Ich ging zur Kristallgrotte und versteckte mich dort – es waren nur ganz wenige Leute da –, bis ich die beiden sah. Ich tauschte ihren blauen Mantel gegen einen braunen aus, band ihr ein Kopftuch um, und wir gingen über eine der Zulieferstraßen hinaus. So war ich auch hereingekommen. Wenn uns von den Leuten, die dort arbeiteten, jemand gesehen hätte, wäre es natürlich nichts gewesen mit der Entführungsgeschichte. Dann hätten wir ein Weilchen warten und etwas anderes versuchen müssen.«

»Flora machte das alles gar nichts aus. Für so ein kleines Kind ist sie erstaunlich aufgeweckt. Sie ist wirklich sehr stark.«

Jury sagte: »Das nehme ich Ihnen sofort ab.«

»Wissen Sie, sie hielt das alles für ein Spiel. Flora sollte also bei mir bleiben, bis Mary entschieden hatte, wie es weitergehen sollte. Dann könnte sie wieder zurück nach Angel Gate. Aber dann starb Mary plötzlich. Ich wusste wirklich nicht, was ich tun sollte. Flora selbst fürchtete sich vor ihrem Vater. Wenn sie ihn durch dieses Spiel von sich fernhalten konnte, nun, dann wollte sie es gern spielen. Sie liebt ihren Stiefvater.«

»Moment mal«, schaltete sich Macalvie ein. »Sie sagten, Mary Scott hätte Lena Banks das Geld gezahlt, wenn sie es gehabt hätte. *Sie* hatte es vielleicht nicht, aber ihr Mann doch bestimmt.«

Rebecca schüttelte den Kopf. »Er hätte nicht gezahlt. Er hätte die Polizei eingeschaltet.«

»Und zwar zu Recht«, sagte Jury. »Dann hat Declan Scott es also nie erfahren?«

Sie schüttelte den Kopf.

»Mein Gott«, flüsterte Macalvie. »Sie haben ihn die ganze Zeit weiter im Glauben gelassen …? Wenn man bedenkt, wie viel dieser Mann durchgemacht hat?«

Rebecca neigte den Kopf. »Ich hatte das Gefühl, ich musste es tun. Mary wollte es so. Solange Flora in Gefahr war, sollte ich sie bei mir behalten. Und das habe ich getan. Aber glauben Sie bloß nicht, er hätte mir nicht Leid getan. Deshalb brachte ich sie letztlich auch hierher.«

»Aber wie konnte das kleine Mädchen dieses Spiel denn durchhalten?« Macalvie stand vor einem Rätsel.

Jury sagte: » Es ging einfach darum, alle Teller in der Luft zu behalten.«

Macalvie musterte ihn ratlos. »Was zum Teufel soll das heißen?«

Jury lächelte. »Sie wollte sehen, wie weit sie gehen konnte. Es war ein Spaß – das Schicksal herauszufordern. Ab und zu ließ Lulu eine kleine Andeutung fallen – stimmt's, Miss Owen?« Rebecca nickte und lächelte unmerklich. »Etwa, als sie uns erzählte, es gäbe da einen Ort, der nach ihr benannt sei. Den gibt es tatsächlich: Floras Green. Sie wollte sehen, ob wir wohl so schlau wären, dass uns das auffiel?«

»Das hat mich ganz panisch gemacht. Ich hatte schon Angst, sie würde sich verraten.«

»Und wir Polizisten, wir Detektive sind nicht drauf gekommen. Lulu wollte durchhalten, bis die letzte Karte ausgespielt war. Buchstäblich. Sie würde eine großartige Falschspielerin abgeben.«

Cody lächelte. »Jetzt verstehe ich, was Sie meinen. Und ich habe nicht einmal gemerkt ...«

»Lassen wir das.« Macalvie funkelte beide wütend an.

»Aber diese Lena Banks, Miss Owen«, ließ sich Wiggins vernehmen. »Was war denn damit? Wie fand die ... wie fanden die beiden denn heraus, dass Lulu gar nicht Lulu war?«

Rebecca wandte sich ab. »An den weißen Kreuzen.«

Jury runzelte die Stirn. »Sie meinen die, die Flora auf die Bäume vorm Haus gemalt hat?«

Sie nickte. »Eine Zeit lang hatten sie einen Privatdetektiv auf mich angesetzt. Viktor kannte mich doch, wie Sie wissen. Er wusste, wie loyal ich gegenüber Mary war. Als Lulu und ich dann nach Angel Gate zogen, stand das Cottage in Little Comfort leer. Er konnte zwar nicht hinein, aber er konnte sich draußen umsehen, was er auch tat. In einem kleinen Waldstück ganz in der Nähe entdeckte er Bäume mit weißen Kreuzen. Nicht einmal ich wusste etwas davon.«

»Ihr Privatdetektiv«, sagte Jury, »war vermutlich der reisende Baumdoktor, der eines Tages an die Haustür kam und Declan Scott fragte, ob er die Bäume gefällt haben wollte, die mit weißen Kreuzen markiert waren. Und Declan lachte und erklärte ihm, nein, die weißen Kreuze hätte seine Tochter aufgemalt.«

»Ich werd verrückt«, sagte Macalvie. Es entstand eine Pause. Dann fragte er: »Wieso haben Sie die Frau eigentlich hier erschossen? Damit lenkten Sie den Mordverdacht doch auf Declan Scott.«

Rebecca schüttelte abwehrend den Kopf. »Das wusste ich ja nicht. Ich hatte keine Ahnung, dass sie die Fox war. Ich hatte gehofft, Sie würden Viktor Baumann damit in Verbindung bringen.«

»Woher wussten Sie, dass es eine Verbindung gab?«, sagte Cody. »Sie kannten die Frau doch gar nicht. Keiner hier kannte sie.«

»Lena Banks sagte mir, wer sie ist. Es sprach ja nichts dagegen, dass ich es erfuhr. Ich musste mich so oder so fügen. Nach außen hin tat ich auch so, als hätte ich mich gefügt. Ich hätte Ihnen gleich sagen können, dass Viktor kein Mensch ist, der sich etwas mit Gewalt nimmt. Er würde Flora nicht kidnappen. Er würde nie vorfahren und sie in sein Auto zerren. Auf keinen Fall. Der Mann ist doch ein Psychopath, merkt man das denn nicht? Der muss die Illusion aufrecht erhalten, dass die Leute freiwillig mit ihm gehen.« Sie hielt inne und holte tief Luft. »Die Waffe gehörte Mary. Ich bezweifle, dass Declan überhaupt wusste, dass sie eine besaß. Sie können sich ja denken, dass sie das Gefühl hatte, sie bräuchte eine.«

Macalvie nickte. Offensichtlich hasste er das, was er hier tun musste, und tat es nur widerwillig. »Wir müssen Sie jetzt wohl mitnehmen, Miss Owen.«

Zögernd zog Cody die Handschellen aus seinem Gürtel. Auf Macalvies Kopfschütteln hin steckte er sie wieder weg. Die drei durchquerten das Speisezimmer, Jury folgte als vierter in gewissem Abstand.

Sie saßen an einem Tisch vor dem Kaminfeuer und spielten Karten – Declan, Patricia Quint und Lulu. Jury konnte sie sich nur so denken. Sie war nun einmal Lulu. Pat Quint lachte und versetzte Lulu mit ihren Karten einen kleinen Klaps. Die drei wirkten so unbefangen und sorglos, und Jury wusste, dass Lulu es ihnen noch nicht gesagt hatte. Ja, sie würde das Spiel so lange wie möglich aufrecht erhalten, würde nicht nachgeben, würde die Karten, die sie auf der Hand hatte, nicht zeigen, würde die anderen nicht auffordern, die Karten ihrerseits auf den Tisch zu legen. Jury musste sie einfach bewundern. Genau wie Joey.

Als Declan die anderen näher kommen hörte, schaute er über die Schulter und stutzte. »Rebecca?« Er stand auf, ebenso wie Pat Quint und Lulu. Sie war blass. Sie lief zu Rebecca hinüber und packte ihre Hand. Als suchte sie festen Boden unter den Füßen, hüpfte sie auf und ab und hielt dann inne. Ihr Gesicht nahm einen entschlossenen Ausdruck an. Es war traurig mit anzusehen, wie sich das Gesicht einer Siebenjährigen verhärtete. Sie sagte: »Hast du ihnen nicht gesagt, dass wir alles erfunden haben? Du – wir – haben doch gar nichts getan!«

Jury staunte, wie rasch Lulu sich selbst in das Ganze einbezog.

»Wir haben es erfunden. Es ist bloß eine Geschichte. Ich bin wirklich Lulu, und niemand ist hinter mir her. Es ist doch ein Spiel!« Sie funkelte Macalvie wütend an, ging mit den Fäusten aber auf Cody los.

Declan legte ihr den Arm um den Oberkörper und drückte sie fest an sich. »Ist ja gut, Lulu. Ich bin mir sicher, Rebecca passiert nichts.«

Lulu hatte sich losgemacht und hüpfte wieder auf und ab. »Es war aber doch bloß eine Geschichte! Sag's ihnen!« Sie klammerte sich an Rebeccas Hand.

»Mir wird schon nichts passieren, Flora –«

»Nein! Ich will nicht Flora sein! Ich will Lulu sein!«

Patricia Quint war wie vom Donner gerührt.

Declan erstarrte. »*Flora*? Was redest du da?« Er schaute von Lulu zu Rebecca Owen hinüber.

Sie sagte: »Es tut mir Leid, es tut mir ehrlich Leid, Declan. Ich konnte doch nicht –«

Was sie nicht konnte, ging im Schweigen unter, bis Macalvie sagte: »Gehen wir« und Rebecca Owen zur Tür geleitete.

Declan kniete hin und betrachtete Floras Gesicht, das zum ersten Mal, seit Jury sie kannte, so aussah, als würde es sich gleich in Tränen auflösen. »Es wird schon alles gut, Flora. Ich sorge dafür, dass Rebecca nichts passiert. Bleib du schön hier bei Pat.«

Während er in seinen Mantel schlüpfte, sagte er zu Jury: »Was wird denn nun mit ihr?«

»Das kann ich nicht mit Sicherheit sagen, aber ich kann mir vorstellen, dass die Umstände vor Gericht zu ihren Gunsten sprechen werden.« Jury ging mit Declan zur Tür. »Mr. Scott, eins verstehe ich allerdings nicht.«

An der Tür drehte Declan sich um. »Was denn?«

»Ich weiß, man sieht immer das, was man erwartet, und Flora sah als Lulu tatsächlich anders aus. Vermutlich so, wie Lena Banks und Georgina Fox verschieden waren. Ich begreife aber einfach nicht, dass Sie es nicht merkten.«

Declan Scott deutete ein Lächeln an. »Wie kommen Sie darauf, dass ich es nicht gemerkt habe, Superintendent?«

Kommt ein Mann in ein Pub

49

»Ich kann mir nicht denken, Superintendent«, sagte Agatha, »wieso Sie länger in Cornwall verweilen wollen als absolut nötig. Sie erinnern sich doch sicher an das letzte Mal, als wir dort waren.«

Jury spießte ein Würstchen auf, Melrose trank seinen Tee. »An was denn genau?« Melrose zog erstaunt die Augenbraue hoch.

»Die ganze entsetzliche Angelegenheit.«

Melrose unterbrach sein Teetrinken lange genug für die Bemerkung: »Ich sollte mir dafür die Zunge abschneiden, aber mir ist irgendwie, als verspürte ich hier eine starke Präsenz von Henry James.«

Jury kaute sein Würstchen und kicherte.

»Und dabei ist Ihr Unfall erst drei Monate her, Superintendent –«

Melrose fiel ihr ins Wort. »›Unfall‹, Agatha? So wie du das sagst, klingt es, als wäre er vom Fahrrad gefallen.«

Agatha seufzte und belud sich wieder ein Scone mit Brombeermarmelade und Sahne. »Mach dich doch nicht lächerlich, Melrose. Ich spiele ja die Tatsache nicht herunter, dass er angeschossen wurde.«

Jury lächelte. »Ich fühle mich ganz wohl, Lady Ardry. Pudelwohl. Jedenfalls, wenn Martha noch etwas Rührei hat.«

Agatha grinste affektiert. »Martha wird allmählich zu alt zum Kochen.«

»Agatha, jetzt hilf meinem Gedächtnis doch mal auf die Sprünge! Wieso bist du um neun Uhr morgens eigentlich hier?«

»Wieso?«

»Ja, so habe ich mich mehr oder weniger ausgedrückt.«

»Ich schaue doch immer um diese Zeit vorbei – um zu sehen, wie es dir geht.« Sie war plötzlich richtig verschnupft.

Dieses »Vorbeischauen« fand Melrose köstlich. »Nein, tust du nicht. Du kommst sonst zum Elf-Uhr-Imbiss, nicht zum Neun-Uhr-Imbiss.«

»Nun, ich habe etwas Wichtiges zu berichten, aber da es dich nicht interessiert –«

Momentan interessierte Melrose sein Pferd, das gerade draußen vorbeiging und zum Esszimmerfenster hereinschaute.

Der Richtung seines verblüfften Blickes folgend, sah Jury ihm über die Schulter. »Was macht Aggrieved eigentlich da draußen?«

»Das wäre meine erste Frage. Und die zweite: Was hat dieses andere Pferd da zu suchen?« Inzwischen war hinter Aggrieved nämlich ein Schimmel am Fenster vorbeigegangen.

»Das«, sagte Agatha, »ist eben die Information, die ich kundtun wollte.«

Melrose war ausnahmsweise ganz Ohr. Jury hielt mitten in seinem letzten Würstchen inne und spitzte ebenfalls die Ohren. »Nun, dann tue doch kund, meine Güte.«

Agatha verharrte noch fünf Sekunden, während sie sich mit der Serviette zart den Mund abtupfte. »Das Pferd gehört Mr. Strether.«

»Und für wen, zum Teufel, hält der sich, hier heraufzukommen und Aggrieved aus dem Bett zu schmeißen?«

»Pferde schlafen im Stehen«, entgegnete Jury und betrachtete angelegentlich seinen leeren Teller.

»Halten Sie sich da raus«, gab Melrose zurück. Er wandte sich wieder Agatha zu. »Na?«

»Wenn du aufhören würdest zu schreien, würde ich es dir sagen.«

Sie brummte mal wieder vor lauter Selbstgefälligkeit. »Ich habe nicht geschrien. *Das ist geschrien*!« Er legte los.

Ruthven kam aufgeregt herbeigeeilt. »Mylord? Ist etwas nicht in Ordnung?«

»Schon gut, Ruthven. Ich habe nur einen Schrei vorgeführt.« Das verstand Ruthven doch bestens! »Wer zum Teufel ist das andere Pferd da draußen?«

»Es wird wohl das von Mr. Strether sein, Mylord. Mr. Momaday sitzt auf Aggrieved.«

Ruthven, der wusste, dass sie an allem schuld war, warf Agatha einen unterkühlten Blick zu.

»Aber was will denn dieser Strether hier? Ist das ein Freund von Momaday?«

»Nein, ich glaube, Lady Ardry hat ihn eingeladen.«

Melrose wandte sich wieder ihr zu. »Das kapier ich nicht. Wieso? Das ist doch ein wildfremder Mensch.«

»Für mich nicht«, versetzte Agatha. »Und ich dachte mir, deinem armen Pferd würde es gefallen.«

Jury schmunzelte. Dann fragte er Ruthven: »Meinen Sie, Martha hat noch Eier und Würstchen da?«

»Selbstverständlich.« Ruthven nahm Jurys leeren Teller.

»Gefallen? Was? Dass es jetzt einen Spielkameraden hat?« Sie stieß einen gequälten Seufzer aus und verzehrte ihr Scone zur segensreichen Abwechslung einmal wortlos.

Melrose warf seine Serviette hin und stand auf. »Kommen Sie«, forderte er Jury auf.

»Wohin denn? Ich bin noch nicht fertig mit Frühstücken.«

Agatha gluckste vor Vergnügen. »Endlich einmal einer, den du nicht herumkommandieren kannst!«

Jury stand auf und kippte seinen Kaffee hinunter. »Klar kann er das.«

Melrose unterhielt sich mit dem Mann auf dem Pferd, der recht hoch im Sattel saß und nun die Hand herunterstreckte, um die von Melrose zu schütteln. War es nicht ein Gebot der Höflichkeit, vom Pferde zu steigen?

Er sagte: »Lambert Strether, Sir, aus Slough.«

Melrose sah Jury vielsagend an, der jedoch nur mit den Schultern zuckte.

»Lambert Strether, sagten Sie?«

Nun schwang Strether doch das Bein über den Rumpf des Pferdes und stieg ab. Und strahlte, dass seine Zähne nur so blitzten. Er schüttelte Jury die Hand und sagte: »Wie ich sehe, sind Sie sehr belesen.«

»Er schon«, bestätigte Jury mit einer Kopfbewegung in Richtung Melrose. »Ich nicht.«

Strether wandte sich an Melrose. »Sagt Ihnen der Name etwas?«

»Der sagt vielen was.«

»Meine Mutter war eine Verehrerin von Henry James.«

Melrose warf Jury einen Blick zu. »Ist Henry James denn verehrungswürdig? Ich glaube eher nicht.«

»Lambert Strether ist die Hauptfigur in *Die Gesandten*.« Diese bruchstückhafte Information ließ Strether auf Jury los, als säße dieser die meiste Zeit schlafend in der ersten Reihe. »Eigentlich ziemlich peinlich, dieser Name, wenn ich gebildeten Leuten begegne.«

»Wieso haben Sie ihn dann nicht gegen Fred oder Digby oder sonst was ausgetauscht?«

»Oder Trevor?«, meinte Jury. »Trevor kommt immer gut.«

Dieser Vorschlag schien Strether zu verwirren, der den Mund aufmachte, ohne jedoch eine Antwort parat zu haben.

»Lassen wir das mit dem Namen – was tun Sie eigentlich hier, Mr. Strether?«

»Nun, ich hatte eine Verabredung mit Lady Ardry, die behauptete, dies sei ihr Familiensitz.«

»Ist es auch, bloß dass sie nicht drauf sitzt. Aber wieso ist mein Pferd da draußen und noch dazu gesattelt? Das bedeutet, dass ihn jemand geritten hat.«

»Ihr Gartenpfleger, Ihr Geländewart hat auf ihm gesessen, als ihm plötzlich einfiel, dass er etwas zu tun hatte.«

»Ja, zum Beispiel, von meinem Pferd herunterzusteigen. Typisch Mr. Momaday.«

Jury fütterte Aggrieved mit einem Stückchen Würfelzucker, und weil ihm der Schimmel Leid tat, der so einen aufgeblasenen Blödmann herumtragen musste, gab er ihm auch gleich noch eines.

»Aber sagen Sie, Mr. Strether, was führt Sie denn nach Long Piddleton?«

»Ich sehe mich um.«

»Das sehe ich. Aber worin besteht Ihre Mission im größeren, erweiterten Sinn?«

Strether sah ihn verständnislos an, dann begriff er. »Ach, Sie meinen, wieso ich hier im Dorf bin? Ich halte Ausschau nach Immobilien.«

Jury sah Melrose vielsagend an und deutete mit dem Kopf hinauf in Richtung Hügel.

»Tatsächlich?«, sagte Melrose. »Hier gibt's aber gar nicht viel zum Investieren, bis auf das Pub dort oben, das eigentlich glänzend lief, bis es dicht machte.«

Strether blickte in die ungefähre Richtung. »Warum hat es denn dicht gemacht, wenn es so gut lief?«

»Der Besitzer ist umgesiedelt«, erwiderte Jury mit einem Kichern.

»Dann sollte ich es mir vielleicht mal ansehen.«

»Vielleicht sollten Sie das«, sagte Melrose. »Es heißt Man with a Load of Mischief.«

»Interessant.«

»Die Renovierung, die könnte eventuell etwas kostspielig sein, da es so lange unbewohnt war.«

»Ach, das tut nichts zur Sache. Nein, der Preis ist kein Problem. Ich besitze schon viele Immobilien.«

»Was ist denn das für ein Bursche?«, fragte Melrose, als er am Nachmittag mit Jury an Miss Broadstairs Kater Desperado vorbeikam, der oben auf ihrem Gartenmäuerchen schlief. Melrose stupste ihn an, und mit zuckendem Schwanz fuhr der Kater hoch.

Jury sagte: »Wer weiß, jedenfalls nicht das, was er behauptet. Das Jackett saß schlecht, die Manschetten waren ausgefranst, und haben Sie seine Schuhe gesehen?«

»Nein, Sherlock, habe ich nicht.«

»Die Absätze total abgetreten. Würde mich nicht wundern, wenn er Zeitungspapier reingestopft hätte, um die Löcher zu kaschieren.«

»Was wollte er denn?«

»In Ardry End? Den Laden ausbaldowern, vermute ich.«

Melrose blieb am Teich stehen, wo die Enten hin und her flitzten. »Soll das etwa heißen, ich werde demnächst ausgeraubt?«

»Jetzt regen Sie sich mal nicht so auf. Er schaut sich wahrscheinlich bloß um und will sehen, wer ein paar Kröten hat, damit es sich für ihn lohnt.«

Melrose konnte nicht ganz folgen. »Wozu?«

»Ich vermute, er ist ein Betrüger. Ein ›vertrauenswürdiger Herr‹, sozusagen.«

Sie überquerten die Straße. »Moment. Ich hatte ja den Wettbewerb ganz vergessen! Strether, ja, das ist doch der, der den Henry-James-Wettbewerb angeregt hat.«

Jury blieb stehen und schaute über das Kopfsteinpflaster zu dem alten Wirtshausschild und der mechanisch betriebenen Jack-

Figur hinüber. Deren Beinkleider hatten einen neuen Anstrich mit türkisblauer Farbe bitter nötig. »Verstehe. Der Henry-James-Wettbewerb. Wissen Sie, so was passt zu Ihren Gefährten.« Beim Weitergehen fragte er: »Tun die eigentlich auch einmal etwas Konstruktives?«

»Natürlich nicht. Das tut keiner von uns.« Melrose winkte Miss Crisp auf der anderen Straßenseite zu, die gerade einen weiteren Stuhl vor ihrem Gebrauchtmöbelladen aufstellte. Der lag direkt gegenüber von Truebloods Antiquitätengeschäft und bildete einen hübschen Gegensatz. »Und hören Sie auf, von ihnen zu reden, als wären es nicht auch Ihre Gefährten.«

Jury lächelte. »Oh, meine sind es auf jeden Fall.«

Sie betraten den Jack and Hammer, wo Jury herzlich begrüßt wurde, zuerst von Dick Scroggs und dann von den Leuten am Fenstertisch. Diane Demorney stellte sogar ihren Martini lang genug ab, um Jury einen gingeschwängerten Kuss zu geben. Vivian Rivington versuchte es ihr nachzutun, scheiterte jedoch und verpasste seine Wange um ein paar Zentimeter, da sie sich über den Tisch beugen musste. Sie sah Jury verträumt an, als hätte er ihr soeben einen Arm voll Rosen zu Füßen geworfen. Aus Vivian wurde man immer nicht so recht schlau.

»Sie kommen gerade rechtzeitig, um die Beiträge zu bewerten. Melrose hat Ihnen ja von unserem kleinen Wettstreit erzählt. Oder wollen Sie selbst auch was einreichen?«

Trueblood stellte die Frage so ernst, dass Jury lachen musste. »Ich fürchte, ich habe nicht genug Henry James gelesen.«

»Nicht genug *gelesen?*«, kommentierte eine verblüffte Diane, die das Wort behutsam auszukosten schien, als habe sie so etwas Giftiges wie ein Stück Kugelfisch im Mund. »Lieber Gott, Sie glauben doch nicht, *wir* hätten das getan! Ich habe den Anfang von *Bildnis einer Dame* gelesen, wo sie sich zum Tee auf dem Rasen versammeln, obwohl man so spät am Tage auch schon Drinks hätte reichen können. Ich frage mich, ob Henry James da die Prioritäten richtig gesetzt hat.«

Jury warf seinen Mantel auf einen Nachbarstuhl, ließ sich neben Vivian am Fenster nieder und sah sie nacheinander an. »Wenn Sie ihn nicht gelesen haben, wie können Sie ihn dann parodieren?«

Joanna Lewes, ortsansässige Autorin von Liebesromanen, sagte: »Wir haben vor langer Zeit wohl alle irgendetwas von Henry James gelesen, und Marshall hat eine Seite aus *Die Gesandten* kopiert. Also, da kam dieser Mann in den Jack and Hammer –«

»Sie meinen Mr. Lambert Strether?«

»Richtig. Offenbar ein veritabler Idiot – denn ich kann mir nicht vorstellen, dass der echte Lambert Strether in eine Runde hineinplatzt, die auch ohne ihn ihren Spaß hat, Sie etwa? Wir veranstalten also diesen Wettbewerb, bei dem jeder einen Satz schreiben muss – er muss ziemlich lang sein, wenn er Henry James' Stil ähneln soll.«

»Vergessen Sie jetzt nicht den wichtigen Teil«, sagte Vivian.

Jury meinte: »Ich freue mich zu hören, dass es dabei *tatsächlich* einen wichtigen Teil gibt.«

»Wollen Sie was einreichen?«, fragte Trueblood. »Teilnahmegebühr ist ein Pfund fünfzig.«

»Das bezweifle ich doch sehr. Aber zuallererst muss ich den wichtigen Teil hören.«

»Ich bin dabei«, sagte Melrose, knallte zwei Pfundmünzen auf die Tischmitte und nahm ein Fünfzigpencestück wieder an sich.

Trueblood gab Jury die Antwort: »Der Satz muss so anfangen ›Kommt ein Mann in ein Pub.‹ Diese Worte müssen in Ihrem Satz vorkommen. Die einzige erlaubte Abwandlung wäre ›ins‹ anstelle von ›in ein‹, also ›Kommt ein Mann *ins* Pub‹ statt ›Kommt ein Mann *in ein* Pub.‹ Wollen Sie ein Pfund setzen? Der Gewinner erhält sämtliche Einsätze.«

Diane schüttelte den Kopf. »Der Gewinner bekommt das meiste, der Zweite bekommt die Fünfzigpencestücke.«

Jury war drauf und dran, seiner sarkastischen Bemerkung von vorhin noch eins draufzusetzen, als Mrs. Withersby (»unsere Allertollste, unser Supergirl« laut Melrose) ein Zettelchen schwenkend schrie: »Ich hab's, meins is fertig.«

Mrs. Withersby (Dicks Zugehfrau) räusperte sich – ein Unterfangen, das in Anbetracht ihres Konsums von zwei Päckchen Zigaretten pro Tag nicht von schlechten Eltern war. Sie erhob die Stimme und deklamierte: »Kommt ein Mann in ein Pub und is schon bepisst, eh er an die Theke kommt.« Sie gluckste vor Vergnügen und fand es herrlich komisch.

Jury auch. Er betrachtete die Umsitzenden, während diese Mrs. Withersby betrachteten, als zögen sie ihren Beitrag ernsthaft in Betracht.

Trueblood sagte: »Lassen Sie den Zettel bis zur Abstimmung einfach auf dem Tisch liegen.«

»O nein, mein Freundchen. Den behalt ich mal ganz schön bei mir. Könnte ja jemand direkt aus dem Topf rausmopsen.«

»Ich versichere Ihnen, Withersby, altes Haus –«

Den Withersbys dieser Welt »versicherte« niemand etwas, was mit Geld oder Drinks zu tun hatte. Sie wollte den Zettel da haben, wo sie ihn sehen konnte.

»Der bleibt bei mir!«

Diane traf mit ihrer Frage den Nagel genau auf den Kopf. »Wie soll denn jemand was stehlen, was Sie schon laut vorgelesen haben?«

Withersby bedachte sie bloß mit einer wegwerfenden Handbewegung und machte sich davon.

»Wer noch?«, fragte Trueblood.

Vivian hob die Hand wie ein schüchternes Schulmädchen. »Ich habe einen.«

»Schießen Sie los!«

»Kommt ein Mann ins Pub, der mit seiner offenen Miene auf den ersten Blick freimütig wirkte, dessen Gesprächspartner ihn aber eine außerordentliche Eigenschaft zurückhalten sah.«

»Wow! Brillant«, sagte Melrose. »Was soll das aber heißen?«

»Es heißt, dass der Mann zunächst offen und ehrlich erschien, was er aber nicht war. Er hielt mit etwas hinterm Berg.«

»Wieso«, wollte Diane wissen, »haben Sie das dann nicht einfach so ausgedrückt?«

Trueblood stieß einen Seufzer aus. »Diane, das hat man zu Henry James wahrscheinlich auch gesagt. Sogar sein eigener Bruder hat es zu ihm gesagt. Ich bin mir sicher, Henry James war überzeugt, er *hätte* es so ausgedrückt.«

»Ach.« Diane nahm wieder einen Schluck.

Trueblood informierte die Spätankömmlinge, Melrose und Jury, dass dies ebenfalls Bestandteil des Wettbewerbs sei: Man musste erklären können, was man schrieb.

»Ich verstehe nicht, wieso. Das tat Henry James doch auch nicht. Ich meine, wenn man so dämlich ist, dass man nicht versteht, was er meint, dann wird er es einem doch nicht extra erklären.«

An dieser Stelle schaltete Jury sich ein. »Sehen Sie Ihr Grundproblem? Henry James würde nie sagen ›Kommt ein Mann in ein Pub‹ oder ›in das‹ Pub. Hat Henry James überhaupt jemals das schlichte Verb ›kommt‹ verwendet? Ganz zu schweigen von einem Substantiv wie ›Pub‹?«

Joanna reagierte etwas gereizt. »Sie machen ja beim Wettbewerb gar nicht mit. Dann sollten Sie auch keine Meinung äußern dürfen, finde ich. Meiner ist fertig.« Sie raschelte mit dem Blatt Papier herum, als wollte sie es durch Schütteln zum Leben erwecken.

»Ah!«, machte Trueblood. »Lassen Sie mal hören!«

»›Kommt ein Mann ins Pub‹, sagte Woodmount, und bevor wir uns ihm überhaupt zuwenden konnten, zeigte er sich schon in trügerischem Licht.«

Alle sahen sie an. »Interessant«, sagte Trueblood.

Vivian meinte: »Sie verwenden ›kommt ein Mann ins Pub‹ also für etwas, was Ihr Protagonist sagt?«

»Ja. Ich fand das eigentlich recht gewitzt.« Sie lächelte.

»Ich bin soweit«, sagte Diane. Sie las: »Kommt ein Mann ins Pub und bestellt im Tonfall von einem, der es gewohnt ist, dass seinen Wünschen mit charmantem Handeln entsprochen wird, einen Wodka Martini.«

Trueblood schmiss seinen Bleistift hin, während sich ein allgemeines Streitgespräch erhob. »Damals gab es doch noch gar keine Martinis, oder? Ich glaube, Martinis kamen erst in den zwanziger oder dreißiger Jahren auf. Und *Wodka* Martinis gab es schon gar nicht.«

Diane lachte leise. »Aber das ist doch absurd.«

Theo Wrenn Browne sagte gespreizt: »Mit Wunschdenken ist es im Leben nicht getan.«

»Da haben Sie Recht«, erwiderte Diane. »Sondern hiermit.« Sie hielt ihren Martini in die Höhe.

Melrose sagte: »Martinis gibt es schon mindestens seit den achtziger Jahren des 19. Jahrhunderts. Ich bin sicher, Henry James hat sein gerüttelt Maß davon getrunken.«

»Das bezweifle ich«, entgegnete Diane, »sonst hätte er seinen Protagonisten – ganz zu schweigen von seinen Lesern – nicht diese langweilige Tee-im-Grünen-Szene zugemutet.«

Mitten in diesem ganzen Tumult kam der Inspirator ihres Spieles herein – oder vielmehr, stolzierte herein. Lambert Strether. Er trat an die Theke und bestellte sich etwas zu trinken.

»Wie angenehm«, sagte Strether, schritt mit seinem Drink zu ihrem Tisch herüber und wartete auf die Aufforderung, sich doch zu setzen, die allerdings nicht kam. »Ich habe Ihren Rat befolgt, Lord Ardry –«

Als wären sie, dachte Melrose, die dicksten Kumpels.

»– und trage mich nun ernsthaft mit dem Gedanken, in Ihr Pub zu investieren.«

»In The Man with a Load of Mischief?«, fragte Vivian voller Sorge, unliebsame Erinnerungen könnten wachgerufen werden.

»So ist es! Ich habe mich bereits mit der Maklerin in Verbindung gesetzt.«

Joanna, die mit dem Bleistift gerade noch etwas in ihren Satz gekritzelt hatte, sagte ohne den Blick zu heben: »Da werden Sie aber enttäuscht sein.« Für eine Autorin von Liebesromanen schaltete Joanna bemerkenswert rasch. »Mein Angebot liegt nämlich schon auf dem Tisch.«

Strether reagierte darauf sichtlich verärgert, beherrschte sich jedoch. »Das hat man mir gar nicht gesagt. Wieso eigentlich nicht?«

»Mit wem haben Sie denn gesprochen?«

Strether überlegte. »Abigail Sowieso.«

»Ach, mit der. Nein, mit dem Verkauf befasst sich eine andere Maklerin.«

Voller Bewunderung ob dieses klugen Schachzugs ruhten ringsum alle Augen auf Joanna. Und bestaunten das Kaninchen, das sie da soeben aus dem Zylinder gezogen hatte. Was auch immer Strether im Schilde führte, Joanna hatte gerade einen Punkt-, Satz- und Matchsieg davongetragen.

Strether sagte: »Ach, dann habe ich wohl das Nachsehen, oder?«

Sie hatte ihn die ganze Zeit keines Blickes gewürdigt, was sie nun nachholte. »Sieht ganz so aus.«

»Es gibt aber doch bestimmt noch andere Immobilien, in die man investieren könnte. Ein Pub schien mir allerdings ganz besonders, äh, heiter und gesellig.«

Trueblood schnalzte mit den Fingern und sagte: »Wissen Sie was – ich glaube, ich habe genau das Richtige für Sie. Das Lokal liegt ungefähr zwei Meilen außerhalb, etwas abseits von der Straße nach Sidbury. Ein kleines Pub namens Blue Parrot. Eigentlich ist es gar nicht auf dem Markt. Die Agentur hat es exklusiv gelistet. Und was den Eigentümer betrifft, ein ziemlich schräger Vogel, ein recht gerissener Bursche ist das, wenn Sie mich fragen. Hat womöglich noch ein anderes Geschäftchen nebenher laufen.« Trueblood zwinkerte vielsagend und legte den Finger an die Nase.

Melrose Plant verdrehte die Augen. Nur P. G. Wodehouse' lächerlich-komische Helden machten eigentlich diese Geste, oder?

»Sein Name ist Trevor Sly – guter Name, würde ich sagen. Der ist wegen dem Verkauf aber ein bisschen eigen. Will nicht, dass es sich herumspricht, dass er verkaufen will. Lächerlich, was? Will den Laden verkaufen, aber es soll geheim bleiben. Wenn Sie ein Pub suchen, also, was Besseres als den Blue Parrot gibt es nicht. Wissen Sie was, wir könnten Sie hinfahren, wenn Sie möchten, dann könnten Sie mal ein Auge drauf werfen.« Er bedachte Strether mit einem liebenswürdigen Lächeln.

»Sehr freundlich von Ihnen.« Nun wirkte er aber doch eine Spur unschlüssig.

Jury nahm an, seine Unschlüssigkeit rührte daher, dass ihm seine Immobiliengeschäfte aus der Hand genommen wurden. »Mr. Strether, sehen Sie sich lieber vor.«

»Sie sind Mr. Jury, habe ich Recht?«

»Sie haben.«

»Wohnen Sie ebenfalls in diesem reizenden Dorf?«

»Bedauerlicherweise wohne ich im gar nicht so reizenden London. Ich arbeite bei New Scotland Yard.«

Hoppla, da machte Strether aber einen gewaltigen Satz rückwärts und war mit einem Fuß schon fast aus der Tür.

Also trug Jury eben noch etwas dicker auf. »Als Superintendent –«

Noch ein Schritt rückwärts.

»– im Betrugsdezernat.«

Beiläufiges Lächeln und Nicken in der Tafelrunde. Strether schaute ostentativ auf seine Armbanduhr und rief aus: »Ach, ist es schon so spät? Ich muss ja schleunigst –«

So leicht wollte Jury ihn aber nicht davonkommen lassen. »Ich bin hier von Berufs wegen. Es geht um Immobilienbetrügereien in der Gegend.«

»Ganz schlimme Sache«, sagte Trueblood. »Mrs. Oliphant, die Ärmste, hat fünfzigtausend Pfund angezahlt für ein Cottage in Sidbury, und am Ende war der Vertrag null und nichtig. Der so genannte Verkäufer der Immobilie war nämlich überhaupt nicht der Eigentümer.«

»Ein Schock!«, meldete sich Joanna zu Wort. »Und da war doch auch – wie heißt sie gleich? Die Frau, die dachte, sie hätte Anteile an einer Frühstückspension erworben, die dann gar nicht existierte?«

Diane hatte über die Straße geschaut. »Ach, Sie meinen Ada Crisp.« Sie drehte eine Zigarette in einen Halter aus Onyx. »Wir lassen uns aber auch alle so leicht übers Ohr hauen, nicht?«

Lambert Strether murmelte irgendetwas zum Abschied und schoss davon wie ein geölter Blitz.

Höchst zufrieden musterte man sich gegenseitig.

Jury sagte: »Wer braucht da schon einen Henry James?«

50

Jury hatte das Bedürfnis, zu Fuß zu gehen, Mauern empfand er als zu einengend. Er war wieder in der City von London, auf der Ludgate Hill. Er begegnete nur vereinzelten Passanten – seltsam, dabei war Hauptverkehrszeit, und aus den Bürogebäuden strömten die Angestellten nach Hause. Bald wäre er womöglich einer von ihnen, malte er sich fast amüsiert aus.

Die ganze Geschichte wegen des fehlenden Durchsuchungsbefehls wäre ohne große Folgen geblieben, hätte Cody der alten Schnepfe nicht eins in die Fresse gegeben. Jury selbst hatte sich allerdings auch nicht eben vorbildlich verhalten. Ihm war vollkommen klar, wie unklug es gewesen war, Cody in so eine Sache hineinzuziehen.

Nun blühte ihm also ein Verweis, was vermutlich das Einzige war, was ihm blühte, obwohl Racer Jury am liebsten am ausgestreckten Arm verhungern lassen wollte.

Jury fragte sich manchmal, was ihn eigentlich antrieb. So hätte Sarah es ausgedrückt, nicht wahr? Er spürte seine tote Cousine wie einen langen, bis zur Unkenntlichkeit verzerrten Schatten am Bürgersteig entlang. Ja, so würde Sarah es sagen und hatte es auch bei mehr als einer Gelegenheit gesagt: Ich weiß eigentlich gar nicht, was mich antreibt. Er konnte sie so klar und deutlich hören, als wäre sie schon die ganze Zeit neben ihm hergelaufen.

Er ging die Ludgate Hill hinunter in Richtung Cheapside – im Lauf der letzten Monate und in dieser Stimmung nach all den Todesfällen fühlte er sich von der City immer wie magisch angezogen. Das Krankenhaus, das Grave Maurice, Mickey Haggerty – fang nicht wieder davon an, sagte er sich – Vernon Rice. Er hätte nichts einzuwenden gegen einen Drink mit Vernon, vielleicht sogar ein Abendessen. Eine fabelhafte Idee, etwas, was ihn vom Grübeln abhalten würde. Den Leuten, an denen er vorbeiging, klebten die Mobiltelefone wie ein drittes Ohr am Kopf. Als er seines hervorholte, fiel ihm ein, dass er Vernons Nummer nicht bei sich hatte und es ihm auch nichts nützen würde, die Auskunft anzurufen, weil Vernon nicht gelistet war. Trotzdem ermutigte ihn diese Aussicht auf ein Abendessen. Er steckte das Gerät wieder weg, bog in die Martin Lane ein und betrat das erstbeste Pub, das am Weg lag.

Es war ein behagliches Lokal mit dunklen Holzvertäfelungen. Die wenigen Kunden hielt Jury für Stammgäste, vermutlich weil sie so entspannt in Grüppchen oder auch allein dasaßen.

Er ließ sich auf einem Barhocker an der Theke nieder und bestellte, was im Ausschank war. Als er sein Bier bekam, hob ein Mann ein paar Stühle weiter sein Glas und prostete ihm zu. Jury nickte zurück und hob seinerseits das Glas. Er war froh, dass der Mann kein Gespräch anfing, denn wenngleich Jury sich gern mit einem Freund unterhalten hätte, war er auf belangloses Gerede mit einem Fremden nicht sehr erpicht. Die paar Gäste an der Bar saßen schweigend vor ihrem Glas, bis auf einen, der sich mit dem Barmann unterhielt. Zu fortschreitender Stunde würde sich dann wohl eine ausgelassenere Klientel einfinden.

Er brauchte eine halbe Stunde, bis er seine zwei Bier getrunken und ein drittes bestellt hatte. Danach hatte er das Gefühl, dass sich seine Stimmung aufhellte. Was ihm für den Übergang von Rührseligkeit zu relativ klarer Gelassenheit jetzt noch fehlte, wäre eine Zigarette. Alle anderen pafften vor sich hin.

Seine Gedanken wanderten wieder zu Declan Scott, der Jury telefonisch erklärt hatte, wie er bei dieser Verstellungsgeschichte mitgemacht hatte.

»Wusste Flora denn, dass Sie Bescheid wussten?«

»Lulu, meinen Sie?« Er lachte. »Nein, natürlich nicht. Sie müssen verstehen, sie brauchte das – diese Maskerade. Sie musste die Gewissheit haben, dass sie alle an der Nase herumführte, sie musste sich sicher fühlen. Und in der Rolle einer anderen Person fühlte sie sich sicher. Das war mir sonnenklar.«

Jury erinnerte sich kopfschüttelnd. Ein Mann von wahrhaft James'scher Empfindsamkeit!

Drüben an der Bar lachte der Barmann. In dem relativ stillen Lokal klang es fast heiser, wirkte irgendwie störend. Die wenigen Gäste hoben verwundert den Blick oder sahen fragend zu ihm hinüber. Jury gähnte. Zwei Bier hatten gereicht, das dritte war eigentlich nicht nötig gewesen. Gleich würde er davon einschlafen. Er fühlte sich ziemlich benommen. Der Gedanke brachte ihn zum Schmunzeln: Hier saß er nun, völlig anonym, ohne irgendwelche polizeilichen Aufgaben wahrnehmen zu müssen. Alles war zu einem Ende gekommen, alles außer seiner Zukunft, was ihn aber nicht sonderlich beunruhigte.

Während er so dasaß und in sein drittes Pint starrte, kam ein neuer Gast herein und nahm wie selbstverständlich den Barhocker neben Jury ein. Er nickte ihm kurz zu und hielt dann zwei Finger hoch, was der Barmann mit einem Nicken quittierte.

Der Mann war sehr gut gekleidet, schwarzer Kaschmirmantel, Schal und ein Anzug, der definitiv nicht von der Stange war. Außerdem trug er goldene Manschettenknöpfe. Der Whiskey des Fremden kam, worüber der jedoch nicht besonders glücklich schien. Jury vermutete, dass es nicht am Whiskey lag (den der Mann schnell hinunterkippte), sondern an etwas tiefer Liegendem.

Der Barmann brachte die Flasche – mit dem teuren Zeug – und schenkte nach. »Na, wie steht's, Mr. Johnson?«, erkundigte er sich mit einer gewissen Ehrerbietung oder vielleicht einfach Fürsorglichkeit.

»Danke, Trev, gut.«

Trev, der Barmann, lächelte und ging wieder zurück an die Theke.

Jury hätte lieber nicht ihre Namen erfahren, die sich nun nämlich auf diese ihm bisher sehr behagliche kleine Insel der Anonymität eindrängten.

Mr. Johnson zog ein silbernes Zigarettenetui hervor und nahm eine Zigarette heraus, die er mit einem silbernen Feuerzeug anzündete. Neidvoll beobachtete Jury die Geste.

Dies fiel Johnson offenbar auf, der es korrekt interpretierte. »Möchten Sie eine? Ihre scheinen ausgegangen zu sein.«

»Na, und ob die ausgegangen sind. Seit über zwei Jahren schon.«

Der Mann lächelte. »Sie haben aufgehört, stimmt's?«

Jury nickte.

»Wenn es Sie zu sehr stört, kann ich die Zigarette ausmachen.«

So viel Rücksichtnahme überraschte Jury. »Nett von Ihnen, aber ich genieße es, passiv mitzurauchen.«

Johnson lachte. »Ich habe versucht aufzuhören, schaffe es aber irgendwie nicht.«

»Verständlich. Wissen Sie, man gewöhnt sich nie dran. Ich jedenfalls nicht.« Jury trank sein Bier.

»Es hilft einem, zusammen mit dem Zeug hier« – Johnson hob sein Glas – »einigermaßen durch den Tag zu kommen.«

»Manchmal frage ich mich, ob es nicht überhaupt der Zweck des Lebens ist, einigermaßen durchzukommen.«

Wieder lachte Johnson und verfiel dann in Schweigen. Nach einer Weile sagte er: »Was auch der Sinn und Zweck sein mag, ich glaube nicht, dass wir darüber viel zu entscheiden haben.«

Jury runzelte die Stirn. »Ich weiß nicht, ob ich Ihnen da zustimme oder nicht. Lassen Sie mich mal überlegen.«

Johnson lächelte leise und ließ ihn überlegen.

Jury sagte: »Wollen Sie damit sagen, wir werden von äußeren Faktoren bestimmt?«

»Teilweise. Allerdings glaube ich, mehr von inneren Faktoren. Vom Unbewussten. Ich glaube, wir wissen die meiste Zeit gar nicht, warum wir das tun, was wir tun.«

»Hmm.« Jury hatte gar nicht bemerkt, dass er die ganze Zeit auf sein leeres Glas gestarrt hatte, bis Johnson zu ihm meinte: »Kommen Sie, wir nehmen noch einen.« Er machte Trev, dem Barmann, ein Zeichen.

Jury richtete sich auf. »Ich glaube, für mich ist es genug.«

Johnson lachte wieder. »Nein, ist es nicht.« Er erhaschte Trevs Blick und ließ den Finger über den leeren Gläsern kreisen.

Als die Getränke kamen, sagte Jury: »Was soll's. Cheers!«

»Cheers!« Der andere streckte die Hand aus. »Ich heiße übrigens Harry Johnson.«

»Richard Jury.« Jury schüttelte ihm die Hand. »Manchmal denke ich, wir warten nur auf eine Geschichte.«

»Eine Geschichte?«

»Na, so wie damals, als wir noch Kinder waren. Nicht bloß zur Schlafenszeit, sondern zu jeder Zeit, auf eine Erzählung, die uns von allem weghebt. Selbst wenn wir es uns alles nur ausdenken. Das tun wir mit Träumen, behaupten manche Schlafexperten.«

»Was tun wir?«

»Ach, es heißt doch, Träume hätten keine Bedeutung, es wären bloß mentale Schlacken, Überreste aus den Trümmern des jeweiligen Tages. Dabei stellt sich aber doch die Frage: Wenn der Traum tatsächlich bedeutungslos ist und nur das Überbleibsel des Tages, was ist dann mit dem Erzählten? Warum sind Träume Geschichten? Ganz egal, ob die Bilder seltsam oder exotisch oder unwirklich sind – wieso ist da eine Geschichte, wieso folgen die Ereignisse aufeinander?«

»Gute Frage.«

»Die Traumexperten beantworten es damit, dass sie sagen, der Träumende liefert die Erzählung. Der Träumende erfindet die Geschichte selbst.«

Darüber dachte Harry Johnson eine Weile nach, dann sagte er: »Aber kommt das nicht aufs Gleiche heraus? Der Traum bedeutet doch trotzdem etwas, weil der Träumende selbst die Bilder miteinander verbindet. Verstehen Sie, was ich meine?«

»Absolut.«

Sie saßen eine Weile schweigend da. Dann sagte Harry Johnson: »Wenn Sie eine Geschichte hören wollen, ich erzähle Ihnen eine – obwohl ich sie nicht erklären und Ihnen auch nicht den Schluss verraten kann. Weil es nämlich keinen gibt.«

»Hört sich interessant an.«

»O, interessant ist sie, das kann man sagen.«

»Erzählen Sie.«

»Sie passierte einem Freund von mir. Er war der glücklichste Mensch, der mir je begegnet ist – man könnte fast sagen, er war vom Glück verfolgt –, und hat über Nacht alles verloren.«

»O, verdammt. Sie meinen, bei einem Börsencrash oder so etwas in der Art?«

»Nein, nein. Es ging nicht um Geld. Er hat tatsächlich alles verloren. Eines Morgens wachte er auf und fand sich ohne Frau, ohne Sohn wieder – selbst sein Hund war weg. Er wusste nicht, was passiert war, und natürlich glaubte ihm keiner. Er wusste überhaupt nicht, was er tun sollte, und spielte mit dem Gedanken, zur Polizei zu gehen. Doch was um alles in der Welt hätte er denen sagen sollen? Sie würden ihm nicht glauben, sie würden nicht glauben, dass die Frau, der Sohn und der Hund einfach verschwunden waren. Sie wissen ja, wie stur Polizisten manchmal sein können ...«

»Und ob ich das weiß.« Jury lächelte etwas irre vor sich hin.

»Genau. Und Familien verschwinden ja nicht einfach so – ich meine, außer es kommt ein Psychopath daher und bringt sie alle um. Zu mir sagte er, er hätte das Gefühl, in einer Parallelwelt zu leben, als seien seine Frau und der Sohn in der einen und er selbst in der anderen.«

»Was hat er dann gemacht?«

»Er engagierte die besten Privatdetektive. Sie fanden nichts, keinen Hinweis. Es gab einfach keine Spur.« Harry hielt inne, nahm noch eine Zigarette aus dem Etui, bot es Jury wieder an, und Jury lehnte wieder ab. »Das war vor einem Jahr.«

»Und…?« Plötzlich fiel sie Jury ein, die Antwort auf die Frage, die er sich vorhin in seiner niedergeschlagenen Stimmung gestellt hatte: Was bewog ihn dazu weiterzumachen? Hier war die Antwort: Neugier. Er wartete darauf, dass Harry Johnson die Leerstelle hinter dem »Und –« ausfüllte.

Harry zündete sich die Zigarette an, blies einen Rauchstrahl und sagte: »Der Hund kam zurück.«

Jury musterte ihn ungläubig. »Das ist doch ein Witz, oder?«

»Nein, keinesfalls«, erwiderte Harry Johnson, ohne zu lächeln. »Der Hund kam einfach wieder zurück.« Eine Zeitlang schwiegen sie beide, während Harry Johnson seine Gedanken zu sammeln schien. »Also, wollen Sie den Rest hören?«

Jury nickte wie benommen.

Kommt ein Mann in ein Pub…